W0272653

ANJA JONULEIT

KAISER WALD

ROMAN

PENGUIN VERLAG

FSC www.fsc.org
MIX
Papier | Fördert gute Waldnutzung
FSC® C014496

Penguin Random House Verlagsgruppe FSC® N001967

1. Auflage 2024

Umschlaggestaltung: FAVORITBÜRO, München
Umschlagmotive: Artwork unter Verwendung von
© Arcangel, © shutterstock.com
Satz: Greiner & Reichel, Köln
Druck und Bindung: GGP Media GmbH, Pößneck
Printed in Germany
ISBN 978-3-328-60333-7
www.penguin-verlag.de

Für meine Cousine Andrea Sandmann

»Die Zukunft ist gesichert.«

Prolog

Riga, im Frühjahr 1997

Mir brennen die Augen, als wir durch die Passkontrolle gehen. Eigentlich wollte Mama uns vom Flughafen abholen. Aber da wir so viel Krempel dabeihaben und das alles gar nicht in den Mercedes passt, mietet Waltraud einen VW-Bus. Vom Rücksitz kommt mal wieder nur Gemaule. Falk, der herumtrompetet, er habe keinen Bock auf die Scheiße und was die denn überhaupt im Scheiß-Ostblock wollen, woraufhin Waltraud ihm erklärt, dass wir 1997 haben und der Ostblock seit dem Zerfall der Sowjetunion Ende 1991 nicht mehr existiert. Klar, dass Tristan sie jetzt noch ein bisschen mehr foppen will, indem er sie nach Kippen fragt. Aber Waltraud lässt sich nicht provozieren. Das tut sie nie. »Ich kenne meine Pappenheimer«. Das sagt sie manchmal, und es hört sich für mich echt schräg an, weil Waltraud diesen britischen Akzent hat – auch wenn bei dem Vornamen keiner draufkäme, ist sie schließlich in England aufgewachsen, und nur ihre Mutter ist deutsch. Außerdem ist Waltraud viel zu hübsch für so ein beknacktes Wort wie Pappenheimer. Allerdings gibt sie sich ziemlich viel Mühe, das zu verstecken, und trägt immer so praktische Klamotten. Wahrscheinlich haben die ihr das bei ihrer Ausbildung zur Nanny eingebläut. Bloß nicht die Aufmerksamkeit des Hausherrn auf sich ziehen, sonst gibt es Ärger mit der Hausherrin. Wieso bist du nicht Ärztin geworden oder Anwältin, statt dich um so kleine Arschlöcher wie uns zu kümmern?, hat Tristan in einem seiner lichteren Momente mal gefragt. Aber Waltraud hat bloß gelacht und gesagt, der Job bei uns sei gar nicht so schlecht. Was ja wohl stimmen muss, sonst wäre sie nicht geblieben, als Tristan und Falk und später dann auch ich ins Internat gekommen sind. Seitdem ist sie so eine Art Hausdame, die alles macht, auf das meine Eltern keinen Bock haben. Und jetzt, wo Tristan und Falk – nach dreimal umtopfen – auch noch von meinem Internat, der Luisenhöhe, geflogen sind, ist sie wieder für uns kleine Arschlöcher zuständig.

Ohne das mit Tristan und Falk wäre ich jetzt noch auf der Luisenhöhe statt hier in dieser komischen Gegend. Das Mädchen mit den Asi-Brüdern zu sein war ein beschissenes Gefühl. Aber dann ist alles ganz schnell gegangen. An einem Tag habe ich noch einen Aufsatz im Internat geschrieben, am nächsten schon im Flugzeug nach Delhi gesessen, wo Waltraud gerade den Hausstand aufgelöst hat, weil mein Vater nach Riga versetzt wurde. Und jetzt sind wir hier, und ich weiß auch nicht, wieso ich immer noch die Hoffnung habe, dass wir am Ende doch so was wie eine normale Familie sein könnten.

Ich erinnere mich noch gut an den Tag, an dem wir im Kaiserwald ankamen. Es war, als würde man in die Vergangenheit reisen, an einen Ort, den es eigentlich gar nicht mehr gab.

Kaiserwald I

Penelope. Alles begann – oder endete – an jenem Ostersonntag 1998. Du kennst mich mittlerweile gut genug, um zu wissen, dass ich das genaue Datum abrufbereit habe. Aber es gibt immer noch zu viel in meinem Leben, von dem du keine Ahnung hast. Höchste Zeit, die Geheimnisse endlich aus der Dunkelkammer ans Tageslicht zu holen, Stück für Stück, damit du begreifst, warum ich dich so lange belogen habe.

Es war also am Ostersonntag, dem 12. April, ich war bei meinen Großeltern im Allgäu zu Besuch, als mein Vater anrief und meine Mutter sprechen wollte. Ich lachte, denn ich glaubte, er wollte mich auf den Arm nehmen, so wie er das manchmal tat. Doch da raunzte er mich an, ich solle ihm *verdammt noch mal meine Mutter ans Telefon holen,* was mich verwirrte, denn meine Mutter war doch bei ihm zu Hause. Ich ließ den Hörer sinken, schob den Dackel weg, der wie ein Verrückter meine Beine umschwänzelte, und ging in die Küche zu meiner Oma, die am Herd stand und Knödel machte.

»Hier, der Papa«, sagte ich und streckte ihr das Telefon entgegen. Ich weiß noch genau, wie sie verwundert die Augenbrauen hob, zur Spüle ging, sich die vom Knödelteig glitschigen Hände wusch und das Telefon ans Ohr hob, mit dem rot-weiß karierten Küchenhandtuch daran.

»Ja, hallo?«, fragte sie ungläubig, vielleicht weil mein Papa sonst nie hier anrief, auch nicht an Feiertagen. Dann sagte sie: »Nein, nein, warum sollte sie denn hier sein?«

Während sie meinem Vater zuhörte, schwieg sie, er hatte ihr allerhand zu erzählen. Nichts Gutes anscheinend, denn während sie dastand, veränderte sich ihr Gesichtsausdruck, und ihr sonst so freundlicher Mund war nur noch ein gerader Strich, ihr Blick nach unten gerichtet, so als müsste sie eine unleserliche Handschrift auf dem Küchenboden entziffern. Es kam mir vor wie eine Ewigkeit.

Irgendwann fragte sie: »Und der Land Rover ist auch weg?« Dann schwieg sie wieder, während die Stimme meines Vaters aus dem Hörer drang, blechern und weit entfernt, wie vom anderen Ende der Welt.

Plötzlich richtete sie sich kerzengerade auf. »Was?«, rief sie. »Und da meldest du dich erst jetzt?«

Meine Oma stellte meinem Vater eine Menge Fragen: ob er und meine Mutter sich mal wieder gestritten hätten, ob meine Mutter ihm nicht vielleicht eins auswischen wolle – oder nicht einfach für ein paar Tage ans Meer gefahren sein könnte, es seien ja schließlich Ferien.

Am Ende drückte sie die Taste und legte den Hörer mit dem Küchenhandtuch beiseite. Sie sah mich an, als würde sie mich zum ersten Mal sehen, und dann sagte sie mit furchtbar ernster Stimme: »Lauf schnell und hol den Opa.«

Ich weiß noch, wie ich nach draußen gerannt bin und meine Beine sich auf einmal mürbe angefühlt haben, als ob sie etwas wüssten, dass mein Verstand noch nicht begriff. Der Opa, der gerade beim Holzhacken war, ließ sofort die Axt sinken und eilte hinter mir her ins Haus, und als meine Großmutter ihm sagte: »Die Becky ist verschwunden«, nur diesen einen kurzen Satz, zog eine Abfolge von Gefühlen über sein Gesicht, die sich mir für alle Zeit eingebrannt hat: erst Ungläubigkeit, dann Entsetzen und schließlich Angst.

Die Angst. An sie vor allem erinnere ich mich. Die Angst, die nun in der Welt war wie ein Geist, den man aus der Flasche gelassen hat. Da nutzte es nichts, dass sich die beiden bemühten, mich mit Erwachsenenerklärungen zu beruhigen. Denn ich hatte sie auf dem Gesicht des Opas gesehen und in der Stimme der Oma gehört. Das ist es, was wir beide gemeinsam haben, du und ich. Die Angst. Wobei deine scharfkantiger ist, dich in deinen Träumen verletzt und dir die Seele aufreißt.

Kann ich dir begreiflich machen, wie sich das damals für mich angefühlt hat? Kannst du etwas damit anfangen, wenn ich dir sage, wie sehr ich meine Mutter liebte und dass mein Vater mir nie besonders nahestand? Jedenfalls blieb ich nach diesem Anruf bei meinen Großeltern in Röthenberg, weil mein Vater ja wieder arbeiten musste und sich nicht richtig um mich kümmern konnte. Anfangs war mein Aufenthalt bei den Großeltern nur für die Übergangszeit gedacht. Sie dachten wohl, dass es das Beste für mich wäre, dass ich so den geringsten Schaden erleiden würde. Doch selbst jetzt, nach so vielen Jahren, fällt es mir immer noch schwer, über diese erste Zeit zu sprechen. Wie ich mich durch die Tage tastete, wie bei jedem Klingeln des Telefons ein Stromstoß durch meinen Körper fuhr. Und dann gab es diese seltsamen Minuten, oder waren es Stunden?, in denen ich in einem Spiel versank, wie Kinder es eben tun. Dann fühlte es sich so an, als wäre sie gar nicht richtig weg, sondern immer noch in unserer Wohnung in Riga, wo sie jeden Tag zur Arbeit fuhr und wieder zurück, wo sie die Wäsche wusch und den Küchentisch abwischte, bis ich nach Hause zurückkehrte. Doch wenn ich irgendwann mit einem jähen Schrecken in die Wirklichkeit zurückstürzte, war die Angst wieder da und scheuchte mich durch den Garten. Aber nie so weit fort, dass ich das Telefon nicht hätte hören können.

Berlin, im Sommer 2023

Mathilda. Die Sonne am Abend des 31. Juli stand tief, als Mathilda in Prokhoffs Wagen raste. Und obwohl sie es ja mit Absicht tat, verkrampfte sich ihr Magen, während sie Gas gab, verdichtete sich zu einem dicken harten Klumpen wie manchmal im Halbschlaf, wenn sie das Gefühl hatte, in einen Abgrund zu fallen. Dann der Aufprall. Kreischendes Blech, splitterndes Glas, Bilder, die im Zeitraffer vorüberzogen. Selbst in diesem Moment ließ ihr Hirn sie nicht in Ruhe.

Als der Augenblick vorüber war und sie ihn aus seinem Wagen steigen sah, diesem fetten schwarzen Mercedes-S-Klasse-Ding, dessen

Kühlergrill gerade mal eine leichte Delle zeigte, während ihre Schrottschleuder jetzt um ein Drittel kürzer war und wirklich Schrott, schloss sie die Augen und ließ ihren dröhnenden Schädel gegen die Kopfstütze sinken. Sie spürte, wie etwas Warmes über ihr Gesicht lief.

Die nächsten Minuten waren ohne Bild. Das Knirschen von Schritten im zersplitterten Glas. Jemand, wahrscheinlich Prokhoff, der ihre Autotür aufriss, sie an der Schulter berührte, erschrocken die Luft einsog, panisch auf sie einsprach. »Hallo? Hallo? Können Sie mich hören?« Es klang, als befände er sich in einem Funkloch. Dann wieder das Knirschen und Prokhoffs Stimme. »Einen Notarzt bitte, schnell!« Sie hörte ihn die Adresse durchgeben, kurz darauf andere Stimmen, ein Mann: »Was ist passiert?« Er: »Sie ist einfach rausgefahren.« Eine Frau: »O Gott, das viele Blut ... und sie hängt so komisch da ...« Irgendwann kam der Notarzt, der ihr Augenlid anhob, ihr in die Pupillen leuchtete, erst in die eine, dann in die andere. Ein starker Druck am Arm. Jemand, der sagte: »Blutdruck total im Keller.«

»Wo bringen Sie sie hin?«, hörte sie Prokhoff kurz darauf sagen, wie durch Watte. Aber da hatte sie schon eine Sauerstoffmaske auf. Sie blinzelte, öffnete die Augen, und alles, was sie sah, war Weiß, sein Hemd, und darüber sein Gesicht. Er sah besorgt aus. Als er merkte, dass sie wach war, dass sie nicht sterben würde, zumindest nicht in diesem Moment, glaubte sie, so etwas wie Erleichterung in seinem Blick zu erkennen. Als Mathilda das sah, wurde ihr klar, dass sie es geschafft hatte. Nach Monaten der Ereignislosigkeit hatte sie es endlich geschafft – von nun an würde sie für ihn zu existieren beginnen. Das Gefühl, das jetzt in ihr hochstieg, war eine seltsame Mischung aus Panik und Triumph.

»Ins Martin-Luther-Krankenhaus«, sagte der Sanitäter, ein arabisch aussehender Typ mit Bart.

Sie machte Anstalten, sich aufzurichten, wollte sich die Maske vom Gesicht ziehen, sagen, dass es ihr gut ginge, dass sie nirgends hingebracht werden müsste, doch sie besann sich. Für das, was sie vorhatte, war es viel besser, wenn sie weiter die Schwerverletzte gab, auch wenn sie sicher war, dass ihr nichts Schlimmes passiert war. Und so murmelte sie etwas und tat, als könnte sie keinen geraden Satz mehr herausbringen. Ein Mann, der aussah wie Harry Potter, wahrscheinlich der Notarzt, beugte sich über sie und berührte ihre Schulter. Und da tauchte auch Prokhoff wieder in ihrem Gesichtsfeld auf.

»Kann ich jemanden für Sie anrufen? Der zu Ihnen ins Krankenhaus kommt?«, fragte er überdeutlich und starrte sie an, als wollte er sie hypnotisieren.

»Da ist niemand«, flüsterte sie durch die Maske und machte mit dem Kopf eine ungeschickte, abwehrende Bewegung. Aber er ließ nicht locker, und so hob Mathilda leicht die Maske ab, ihre Stimme hatte tatsächlich wenig Kraft, als sie sagte: »Ich habe niemanden hier ... komme aus Namibia ... bin nur Gaststudentin.« Das Letzte, was sie sah, war sein erstaunter Blick, bevor die Sanitäter sie in den Krankenwagen schoben. Sie schloss die Augen, froh, diesem Blick erst mal zu entkommen. Für den Anfang hatte sie genug gelogen.

Riga, im Frühjahr 1997

Rebecca. Die Geschichte mit Georg begann vier Wochen nach Xenias fünfzehntem Geburtstag, sieben Monate, nachdem ich die Stelle als Lehrerin am Deutschen Gymnasium in Riga angetreten hatte. Xenia war ein waches Mädchen, intelligent und schüchtern, aber auf keinen Fall verwöhnt, wie man angesichts des märchenhaften Reichtums ihrer Familie hätte vermuten können. Wie reich ihre Familie wirklich war, wusste ich da allerdings noch nicht.

Ihre Mutter habe ich kennengelernt, als Xenia das erste Mal Bauchschmerzen hatte und im Krankenzimmer lag. Ich weiß noch, wie mir fast der Mund offen stehen blieb, als sie die Tür des Klassenzimmers öffnete – eine Eiskönigin aus einem Modemagazin, im lindgrünen Kostüm mit beige-rotem Seidentuch. Natürlich hatte ich sie schon bei der Einschulung gesehen, ich musste sie gesehen haben, aber an diesem ersten Tag war ich so aufgeregt gewesen, dass mir die Eltern nur unscharf in Erinnerung geblieben waren, ein Meer von Gesichtern im

Klassenzimmer, Augen, die mich musterten und auf meine Tauglichkeit hin prüften. Ich konnte die Gedanken der Eltern förmlich hören: *Ist sie nicht zu jung? Und ihr Rock nicht zu kurz?* Als Xenias Mutter an diesem Vorfrühlingstag hereinkam, um ihre Tochter abzuholen und sich die Hausaufgaben geben zu lassen, war ich jedenfalls erst mal sprachlos, denn sie sah aus, als käme sie direkt von einem Nachmittagstee in Monaco.

Ich gab meiner Klasse einen Arbeitsauftrag und begleitete Xenias Mutter ins Krankenzimmer, wo ihre Tochter, eine Brechschüssel auf dem Schoß, vornübergebeugt auf der Liege hockte, kalkweiß im Gesicht, und ich weiß noch, was ich dachte, als ich die beiden zusammen sah: die blonde Eiskönigin und das scheue Mädchen, das angeblich ihre Tochter sein sollte. Sicher, auch Xenia war hübsch, mit ihrem energischen Kinn und den tiefbraunen Augen, aber sie war mir von Anfang an spröde und verletzlich vorgekommen. Schon im Krankenzimmer habe ich kurz an ihren Vater gedacht und mich gefragt, ob sie wohl nach ihm käme. Die weltläufige Eleganz ihrer Mutter dagegen mochte eindrucksvoll sein, befremdete mich aber auch, daher verabschiedete ich mich recht zügig und kehrte in mein Klassenzimmer zurück.

Xenia war das jüngste von drei Geschwistern und hatte, so kann man das wohl sagen, einen Narren an mir gefressen. Jedenfalls wollte sie mich, auch wenn das für eine schüchterne Fünfzehnjährige reichlich seltsam war, unbedingt zu ihrem Geburtstagsfest einladen, das direkt im Anschluss an die Frühjahrsferien stattfinden sollte. Zuerst wollte ich nicht, aber dann kam ihre Mutter kurz vor Ferienbeginn deshalb extra noch mal in die Schule. Sie wisse, dass so etwas ungewöhnlich sei, und natürlich solle nicht der Eindruck entstehen, dass sie im Gegenzug dafür etwas erwarten würden, gute Noten oder eine besondere Behandlung. »Xenia würde sich sehr freuen, das ist alles«, sagte ihre Mutter kühl, und so nahm ich die Einladung an.

Die Adresse, die sie mir gab, lag im vornehmen Stadtteil Mežaparks, der mit seinen Villen und parkartigen Grundstücken als eines der schönsten Viertel Rigas galt. Als Kunsthistorikerin wusste ich, dass das Viertel Anfang des zwanzigsten Jahrhunderts als erste Gartenstadt Europas von der deutschen Elite hier in Riga erbaut worden war, doch als ich nun das erste Mal überhaupt seit meiner Ankunft in der Stadt durch die stillen Straßen fuhr, war ich doch verblüfft über die Stimmung, die hier herrschte. Es war gerade so, als wäre ich aus der Gegenwart in eine geheimnisvolle Vergangenheit gefahren, zurück in eine Welt, in der weit entfernte Traumhäuser zwischen Büschen und Kiefernstämmen hindurchschimmerten. Ich verlangsamte das Tempo und hielt Ausschau nach der Hausnummer, die auf der Einladung gestanden hatte, konnte aber kein Schild entdecken, das mir die gesuchte Adresse verraten hätte. Auch war weit und breit kein Mensch zu sehen, den ich hätte fragen können. Doch dann bog ich in eine Straße ein, in der dicht an dicht teure Wagen geparkt waren, viele von ihnen mit Diplomatenkennzeichen, und so wusste ich, dass ich richtig war. Ich parkte den Wagen hinter dem letzten Fahrzeug in der Reihe, einem wie aufgepumpt wirkenden dunkelgrünen Jaguar, und stieg aus.

Ich weiß nicht mehr genau, was ich eigentlich erwartet hatte, stampfende Bässe, ausgelassenes Gejohle von Jugendlichen. Jedenfalls keine Kammermusik von Mozart und haufenweise fein gekleidete Erwachsene, die in Grüppchen zusammenstanden, in einem eleganten Salon, mit Sektgläsern und Canapés in der Hand. Kurz blieb ich an der Tür stehen und hielt nach Xenia Ausschau, doch als ich sie nirgends entdeckte, nahm ich mir ein Glas Sekt, schlenderte zwischen den Grüppchen umher und unterhielt mich mit ein paar Leuten, die Englisch miteinander sprachen. Ich war an solche Veranstaltungen gewöhnt, hatte zuvor schon am Goethe-Institut in Windhoek und an der Deutschen Schule in Montevideo unterrichtet, wo die Mitglieder der ausländischen Communities sich ständig auf irgendwelchen Empfängen trafen. Ich war gerade dabei, mir ein paar Snacks von einem vorbeigleitenden Tablett zu angeln, als ich hinter mir Xenias Stimme hörte.

»Sie sind zu spät!«, sagte sie und klang irgendwie enttäuscht, als hätte ich sie im Stich gelassen.

Ich ließ die Snacks sausen und antwortete ihr, dass ich gerade vom Flughafen käme, direkt aus dem Urlaub, und extra für sie einen Tag früher zurückgekommen sei, was sie zu besänftigen schien. Sie nahm mich bei der Hand und dirigierte mich aus dem Salon, um mir ihr Zimmer zu zeigen. Ich war ein wenig überrascht über ihre Direktheit, vor allem aber darüber, dass sie auf mich gewartet zu haben schien, was mir angesichts der vielen Gäste nicht einleuchtete. Sie zog mich quer durch die Eingangshalle und über eine Marmortreppe nach oben, vorbei an einer Flut von Zimmertüren, was beeindruckend war für jemanden wie mich, die in einem kleinen Forsthaus im Allgäu groß geworden war. In ihrem Zimmer angekommen, gab ich ihr mein Geschenk, ein Zeichenfeder-Set, weil sie, wie ich wusste, vor Kurzem mit dem Comiczeichnen begonnen hatte. Sie schien sich ehrlich zu freuen, was wiederum mich freute, denn ich war mir bis zum letzten Moment nicht sicher gewesen, was ich einem Mädchen, das schon alles hatte, schenken sollte. Und während sie so dastand, in ihrem blauen Samtkleid, und strahlend die Federn aus dem Etui zog, wirkte sie auf einmal wie ein Kind, viel jünger, als sie eigentlich war. Ich drehte mich um, und das Zimmer schien meine Gedanken zu spiegeln, denn alles hier war irgendwie zu mädchenhaft, zu kindlich, und passte nicht recht zu einem Teenager.

»Wo sind denn deine Freundinnen?«

»Wen meinen Sie?«

»Ella und Alise.«

»Ella ist irgendwo unten … Alise durfte ich nicht einladen. Obwohl die ja nur drei Häuser weiter wohnt.« Sie sagte es resigniert, ohne Vorwurf in der Stimme, wie eine Feststellung.

»Ach? Aber warum denn nicht?«, fragte ich verblüfft und musste an all die Erwachsenen denken, die da unten herumstanden und Small Talk betrieben. Eine eigenartige Geburtstagsgesellschaft für ein fünfzehnjähriges Mädchen.

Xenia wich meinem Blick aus. »Meine Mutter findet, dass Alise …«, sie malte Gänsefüßchen in die Luft, »… frühreif ist.«

Ich sah Alise vor mir. Wie viele andere in ihrer Klasse trug auch Alise am liebsten zerrissene Jeans und knappe Oberteile. Ein ganz normaler Teenager also, dachte ich und betrachtete Xenia mit ihrem Samtkleid und der perfekten Zopffrisur.

»Mir kommt sie eigentlich ziemlich …«, ich suchte nach einem unverfänglichen Wort, aber mir fiel nichts Passendes ein, deshalb beendete ich den Satz etwas einfallslos mit: »… ziemlich normal vor.«

Xenia sah mich immer noch nicht an. Da platzte es aus ihr heraus: »Meine Mutter hat Angst, sie könnte zu früh Großmutter werden.«

Ich muss ziemlich dumm aus der Wäsche geschaut haben, denn jetzt kicherte sie. »Sie denkt, Alise steht auf Tristan.«

»Deinen älteren Bruder?«

»Ja.«

Ich unterdrückte ein Seufzen und überlegte, was ich dazu sagen sollte oder ob es nicht besser war, einfach darüber hinwegzugehen. Doch dann wechselte sie unvermittelt selbst das Thema.

»Schauen Sie mal, was ich von meiner Patentante Patrizia bekommen habe. Meine Mutter ist total sauer. Weil sie mir so eine sauteure Digitalkamera geschenkt hat, die ich eigentlich gar nicht wollte. Ich wollte die hier.« Sie griff nach etwas Pinkfarbenem, das auf ihrem Schreibtisch lag, und hielt es mir hin.

»Du musst mir auf die Sprünge helfen. Ist das auch eine Kamera?«

»Eine Spice Cam. Die hab ich mir so sehr gewünscht.«

Auf meinen verständnislosen Blick hin lachte sie und erklärte: »Eine Polaroidkamera … die Spice Girls haben ein cooles Video dazu gedreht.«

Während sie mir ein paar Fotos zeigte, die sie damit gemacht hatte, fiel mein Blick auf eine Zeichnung, die halb verborgen unter ein paar Schulheften auf ihrem Schreibtisch lag. Sie folgte meinem Blick und sagte: »Ich hab noch einen Comic gemalt … wollen Sie ihn mal sehen?«

Als ich nickte, zog sie ein paar Blätter hervor und hielt sie mir hin.

Ein Gesicht in Schwarz-Weiß sah mich an, riesige Augen, ein aufgerissener Mund. Ich griff danach, trat ans Fenster und begann die Zeichnungen durchzublättern.

»Wow«, sagte ich, und ich weiß noch, dass ich wirklich beeindruckt war, einerseits. Andererseits kroch beim Anblick der düsteren Szenen ein ungutes Gefühl in mir hoch. Zu sehen war eine Art Bildergeschichte: ein Mädchen mit langen blonden Haaren in einer Art

Pfadfinderuniform, die mit Pfeil und Bogen bewaffnet durch einen Wald rannte und auf irgendwelche dunklen Gestalten Jagd machte. »Die sind … wahnsinnig gut. Du hast wirklich großes Talent«, murmelte ich und war fasziniert von der Eindringlichkeit der Darstellungen.

Sie senkte verlegen den Blick, aber ich sah, wie sehr mein Lob sie freute. Und ich hatte es ja auch ernst gemeint. Sie war gut, gehörte zu den begabtesten Schülerinnen, die ich je unterrichtet hatte. Und doch verstörten die Bilder mich auf eine Weise, die ich selbst nicht recht verstand. Es war schließlich nur ein Comic.

»Wie bist du denn auf diese Geschichte gekommen?«, fragte ich und betrachtete eine Zeichnung, auf der das blonde Mädchen sich im Gebüsch versteckte, am Rande eines Platzes, auf dem ein riesiges Feuer brannte, eine Art Scheiterhaufen, in dessen Mitte eine Puppe an einen Pfahl gebunden war.

»Ach«, antwortete sie, »das ist mir halt so eingefallen.«

»Das ist … ziemlich außergewöhnlich«, sagte ich, schob die Blätter vorsichtig übereinander und reichte sie ihr. »Irgendetwas muss dich doch inspiriert haben?«

»Ich weiß es echt nicht mehr«, murmelte sie und wich meinem Blick aus. Während sie die Zeichnungen umständlich zurück unter die Hefte schob, sah ich, wie sie rot wurde, und fragte mich verwundert, warum sie log.

Ich dachte, im Kaiserwald würde alles wieder gut werden, würden wir wieder zusammenfinden.

Kaiserwald I

Penelope. Wie das mit meiner Erinnerung ist? Diese Frage ist nicht leicht und schon gar nicht schnell zu beantworten. Wenn du nicht unendlich viel Zeit hast, solltest du sie lieber nicht stellen. Die Wahrheit ist: Ich erinnere mich an alles, an jede Kleinigkeit. Und das ist ein Fluch, mit dem ich lebe, seit ich denken kann. Dass nichts vergeht, dass ich nichts vergessen kann, dass alles immer noch da ist, in mir, in meinem Kopf, jederzeit abrufbereit, jederzeit bereit, hochzuploppen wie ein Springteufel aus einer Kiste.

Und weißt du, was mich im Rückblick am meisten bestürzt? Dass alles in dieser Zeit ja irgendwie auch mit uns zu tun hat, auch wenn das damals niemand ahnen konnte. Aber lass mich vom ersten Tag in der neuen Schule erzählen – einem Tag, der mir schon morgens fast die Luft abschnürte, denn eine neue Schule hieß, dass sich die Erwachsenen einig waren: Meine Mutter würde so bald nicht zurückkommen.

Es war der 24. April, ein Freitag, und meine Oma und Tante Hannelore, die früher einmal Lehrerin gewesen war, begleiteten mich in die neue Grundschule, wo wir einen Termin beim Schulleiter hatten.

»Sie kommt zu Frau Wildenrein, das ist eine unserer erfahrensten Lehrkräfte«, sagte der Rektor und deutete auf ein Foto, auf dem eine sauertöpfische Frau zu sehen war, wobei er die ganze Zeit nur die Oma und Tante Hannelore ansah, so als wäre ich gar nicht im Raum, weshalb ich genug Zeit hatte, ihn anzusehen und darüber nachzudenken, an wen er mich erinnerte. Als er die Noten in meinem Zeugnis sah, hefteten sich seine Glubschaugen direkt auf mich, und da fiel es mir wieder ein. Er hatte große Ähnlichkeit mit der Kröte aus *Der Wind in den Weiden*, dem Buch, aus dem meine Mutter mir immer vorgelesen hatte. Ich wollte nicht weinen, deshalb rutschte ich von meinem Stuhl, und um mich abzulenken, betrachtete ich das große Foto an der Wand, wo alle Lehrerinnen der Schule und der Direktor abgebildet waren. Aber gleich als ich das Foto sah, musste ich schon wieder an meine Mutter denken. Sie hätte das nämlich ungerecht gefunden, dass da *ein* Mann war und ganz viele Frauen, und der Mann war natürlich der Chef. »Ihr werdet das alles mal besser machen!«, hatte sie oft zu mir gesagt, wenn sie die Wäsche aufhängte oder am Herd stand und kochte, nachdem sie den ganzen Tag gearbeitet hatte, während mein Vater in seinem Kabuff saß und Pfeife rauchte und noch etwas Dringendes für die Arbeit erledigen musste.

Am Ende gab der Direktor Tante Hannelore die Telefonnummer einer Lena Wolicek, die in unserer Gegend wohnte und mit der ich zusammen den Schulweg gehen könnte. Als wir kurz darauf den Pausenhof überquerten, sprachen meine Oma und Tante Hannelore mit dieser Lena, und ich weiß noch, wie sie dastand, mit ihrem Pferdeschwanz und der Tattoo-Kette, und zwischen der Oma und Tante Hannelore hin und her lächelte. Und wie die Neugier in ihren Augen aufblitzte.

Aber ich will dich nicht mit alten Schulhofgeschichten langweilen. Auch wenn du einmal zu mir gesagt hast (am 12. Oktober im letzten Jahr war das), dass du alles über mich erfahren willst. Aber da wusstest du natürlich noch nicht, was *alles* bedeutet.

Jedenfalls unterhielten sich die Oma und Tante Hannelore mit Lena und ihren Freundinnen, während ich dabeistand und die ganze Zeit nur daran denken konnte, dass sie alle eine Mutter hatten, die daheim auf sie wartete. Ich weiß, vieles von dem, was *du* durchgemacht hast, war auf eine andere Art viel krasser. Meine Großeltern müssen dir wohl wie ein Traum vorkommen, mit ihrer Wärme und Fürsorge. Aber das ändert nichts daran, wie fremd und wie einsam ich mich auf dem Heimweg fühlte, und das aufmunternde Geplapper von Tante Hannelore und der Oma machte alles nur noch schlimmer. Dabei wusste ich da noch nicht einmal, was für eine Nachricht mich gleich erwarten würde.

Als mein Opa uns zehn Minuten später die Haustür öffnete, gerade als die Oma den Schlüssel ins Schloss stecken wollte, schoss Wurzel, der Rauhaardackel meiner Großeltern, zur Tür heraus und tat wie immer, wenn er uns begrüßte, wie ein Ertrinkender. Ich war ganz damit beschäftigt, ihm den Kopf zu tätscheln, deshalb erkannte ich nicht sofort, dass etwas passiert sein musste. Erst im zweiten Moment bemerkte ich, dass der Opa ganz grau aussah, irgendwie viel älter. So richtig klar wurde es mir dann aber erst, als ich den erschrockenen Blick sah, den Tante Hannelore und die Oma wechselten. Und dann sagte die Oma mit einer Stimme, die ganz verrutscht klang: »Aber du bist ja schon daheim, Joseph, was ist denn los?«

Mein Opa sah von meiner Oma zu Tante Hannelore und wieder zu meiner Oma. »Was soll scho' sein«, brummte er. »Ich hatte halt einen Termin, der nicht so lang gedauert hat.« Doch ich wusste gleich, dass er log. Zwar kam er fast immer zum Mittagessen nach Hause, doch sein Blick huschte umher wie eine ängstliche Maus, die auf der Suche nach einem Schlupfloch von einer Zimmerecke zur nächsten rast. Auch meine Oma merkte es, denn kaum, dass sie sich die guten Schuhe ausgezogen und die Pantoffeln angezogen hatte, sagte sie zu mir: »Geh doch noch ein bisschen in den Garten, bis das Essen fertig ist. Ich ruf dich dann.«

Ich nickte, sah von ihr zu Tante Hannelore und dann zum Opa, schnappte mir den Wurzel und machte auf dem Absatz kehrt. Ich lief ums Haus herum, stieg die paar Stufen zur Kellertür hinunter, drückte mit dem Ellbogen die Klinke herunter und schlich durch den Keller bis hinauf vor die Küchentür. Dort blieb ich stehen, mit dem Hund auf dem Arm.

»Nun sag es doch endlich, worauf wartest du denn noch?« Die Stimme meiner Oma klang schrill, und mit einem Mal spürte ich, wie etwas in mir sich zusammenballte, wie ein Fausthieb von innen. So stand ich da, mit angehaltenem Atem und dem Wurzel, der andauernd versuchte, mir das Gesicht abzuschlecken, und lauschte auf die Stille und auf das Schreckliche, das gleich kommen würde.

»Sie haben den Land Rover gefunden«, sagte mein Opa. »Auf einem Autobahnrastplatz an der A9, zwischen Bayreuth und Nürnberg.«

Berlin, im Sommer 2023

Mathilda. In der Notaufnahme war die Hölle los. Leute im Wartebereich und auf dem Korridor. Während Mathilda durch die Gänge geschoben wurde, bekam sie mit, dass es in der Nähe eine Feier in einem Seniorenheim gegeben hatte und der Kartoffelsalat wohl nicht mehr der frischeste gewesen war. Ihr wurde es ganz anders, als sie hörte, dass die Alten dort reihenweise umgekippt waren, Verdacht auf Salmonellenvergiftung. Am liebsten wollte sie auf der Stelle aufstehen und das Bett frei machen, damit der Typ, der sie herumschob, sich um die Alten kümmern konnte, ihr fehlte ja im Grunde nichts. Doch als sie Anstalten machte, sich aufzurichten, pflaumte der Pfleger, der aussah wie der Häuptling der Hells Angels, sie an, sie solle jetzt mal Ruhe geben. »Sie sehen doch, was hier los ist.« Wahrscheinlich war es dem ganzen Trubel geschuldet, dass die Ärztin Mathilda dann auch nur kurz durchcheckte. Nachdem sie noch mal den Blutdruck gemessen und sich die Wunde angeschaut hatte, meinte sie, Mathilda habe noch mal Glück gehabt, es sei nur eine Platzwunde. Trotzdem müsse sie zur Beobachtung dableiben, mindestens für vierundzwanzig Stunden. Reine Vorsichtsmaßnahme, aber bei einem Schädel-Hirn-Trauma müsse man aufpassen. Dann hetzte sie auch schon wieder weiter. Der Pfleger wischte Mathilda das Gesicht sauber, so vorsichtig, dass sie ihn nur verwundert ansehen konnte. Einen winzigen Moment lang fühlte sie sich wie ein Kind. Sie schloss die Augen, spürte der Erinnerung nach, versuchte sie zu greifen. Und tatsächlich bekam sie etwas zu fassen, und einen Moment lang sah sie ihre Mutter vor sich, so deutlich, als stünde sie hier vor ihr.

»Dat müsste halten«, sagte der Hells Angel in ihre Erinnerungen hinein. Sie öffnete die Augen, tastete ihre Stirn ab, auf der jetzt ein dickes Pflaster klebte.

»Danke«, sagte Mathilda. Er nickte und brachte sie auf ein Zimmer in der obersten Etage, am Ende des Korridors.

»So«, sagte er, »dat is' unsre Luxussuite. Wenn wat is, Ihn' schlecht wird oder so, klingeln Se.« Er deutete auf das Bedienpanel, das an dem Bettgalgen baumelte, und war schon wieder im Begriff, das Zimmer zu verlassen, als er sich an der Tür noch einmal umdrehte und mit strengem Blick sagte: »Und bleib'n Se verdammt noch ma' im Bett!«

Mit einem Mal war es still. An der Wand gegenüber hing ein Flachbildschirm, zwei blassblaue Bilder einer Wüstenlandschaft, auf der Kamele zogen, irgendwo in der Ferne. Durch ein Fenster zur Linken sah sie in grüne Bäume. Gegenüber ein Tisch mit zwei Stühlen, darauf ein Obstteller mit Trauben, Melonenstücken, einer Birne, zwei kleine Saftflaschen, Wasser. Die Vorhänge zartblau und grau. Wenn Mathilda es nicht besser gewusst hätte, würde sie denken, sie wäre im Urlaub, in einem »besseren« Hotel. Das Einzige, was hier Krankenhausatmosphäre verbreitete, war dieser Galgen mit dem Bedienpanel.

Sie sah aus dem Fenster, ins sommermüde Grün der Bäume. Die Abendsonne ließ die Buchen am Straßenrand aufleuchten. Und obwohl es fast windstill war, schien es, als raschelten die Blätter ganz leise. Wie eine Unterwasserlandschaft, dachte Mathilda und wunderte sich ein bisschen über die Ruhe und die Abgeschiedenheit dieses Ortes inmitten der Stadt. Sie fragte sich, wo die Alten aus dem Seniorenheim waren. Und musste plötzlich an zu Hause denken. Wenn ihr tatsächlich mal was passieren sollte, würde niemand ihre Familie benachrichtigen. Niemand würde die Verbindung herstellen können. Es war ja alles falsch: ihr Führerschein, ihr Pass, ihr Name. Nichts davon gehörte zu ihr. Es gab nur zwei Menschen auf der Welt, die wussten, was sie vorhatte. Der eine war Baldrich, ein ehemaliger Kamerad, der früher bei den ITlern in Murnau stationiert gewesen war und ihr – natürlich undercover und nicht gerade legal – die notwendigen Informationen über die Prokhoffs beschafft hatte. Die andere Person lebte über achttausend Kilometer Luftlinie von Berlin entfernt. Mathilda atmete tief ein und wieder aus. Wenn all das hier vorüber war, würde sie nach Hause fahren und endlich reinen Tisch machen.

In dem Moment klopfte es, sie sagte: »Ja, bitte?«, und Prokhoff kam herein. Und obwohl sie ja genau das gewollt und sogar herausgefordert hatte, verschlug es ihr bei seinem Anblick jetzt den Atem. Nicht weil er noch immer das blutbefleckte Hemd trug und irgendwie dramatisch aussah, fast wie der Held in einem amerikanischen Actionfilm. Es war vielmehr die Tatsache, dass er hier tatsächlich vor ihr stand, der Mann, um den in den letzten Monaten ihr ganzes Denken gekreist hatte und den sie um jeden Preis hatte kennenlernen wollen. So sahen sie sich einen Moment lang an, Prokhoff, der in der geöffneten Tür stand, und Mathilda, die im Bett lag und sich ertappt fühlte, als könnte er die Gedanken hinter ihrer Stirn lesen.

Er schloss die Tür so behutsam, als hätte er es mit einer Sterbenden zu tun, und kam ganz leise auf Mathilda zu, ohne sie aus den Augen zu lassen. Einen Moment lang fühlte sie sich mies unter diesem Blick, der echte Sorge ausdrückte – mehr Sorge, als einem Menschen gebührte, der mit Absicht in ein anderes Auto gebrettert war. Doch das Gefühl verschwand so schnell, wie es aufgeblitzt war.

»Wie geht es Ihnen?«, fragte er schließlich und deutete auf ihren Kopf. Sie überlegte kurz. In die Bewusstlosigkeit konnte sie jetzt nicht mehr sinken, also sagte sie möglichst schwach, aber mit einem tapferen Lächeln: »Es geht schon.«

Prokhoff zog sich einen Stuhl heran und setzte sich. »Ich konnte noch keinen Arzt sprechen. Die sind hier vollauf beschäftigt. Ein Pfleger sagte mir, dass man Sie auf jeden Fall zur Beobachtung hierbehalten will.«

»Morgen werde ich heimgehen, auf jeden Fall.« Sie sagte das bestimmt, zu bestimmt, sie konnte nicht anders. Die Rolle des zarten Opfers lag ihr nicht.

Er zog eine Augenbraue hoch und warf ihr einen Blick zu, halb amüsiert, aber auch ein bisschen streng. Auf einmal hatte sie das Gefühl, sich hier wie ein trotziges Kleinkind aufzuführen. »Sie sollten auf das hören, was man Ihnen empfiehlt.«

Mathilda machte eine abwehrende Handbewegung, schüttelte den Kopf, was sie besser gelassen hätte, denn sofort begann das Zimmer zu wandern. Ihre Hand sank zurück aufs Bett, ihr Kopf auch. So verharrte sie eine ganze Weile, wartete, bis alles wieder stillstand. Erst jetzt kam ihr der Gedanke, dass ihr Manöver auch ganz anders hätte ausgehen können.

Als sie die Augen wieder öffnete, sah er sie noch immer an. Sie wusste nicht recht, wie sie diesen Blick interpretieren sollte. Sie wollte nicht, dass er sie für einen Pflegefall hielt, seinen Pflegefall. Andererseits war sie jetzt dort, wo sie hingewollt hatte, schließlich saß er hier neben ihrem Bett und sprach mit ihr. Und so besann sie sich auf die Rolle, die sie zu spielen hatte, und sagte: »Das ist sehr nett, dass Sie nach mir sehen. Obwohl ich es ja war, die ...«

»Nun machen Sie sich mal keine Gedanken. Autos kann man reparieren.« Er stutzte, verzog das Gesicht erneut und sagte: »Obwohl *Ihr* Wagen ehrlich gesagt eher nicht so aussah.«

Mathilda verkniff sich den Impuls zu nicken und sagte möglichst reglos: »Das war zum Glück nur ein Mietwagen. Meiner ist zurzeit in der Werkstatt.«

»Ich wusste gar nicht, dass es solche Schrottkarren als Mietwagen gibt.«

Sie fragte sich kurz, ob er sie auf den Arm nahm, was durchaus sein könnte angesichts des überlegenen Grinsens auf seinem Gesicht. Und dann sagte er: »Aber was die Hauptsache ist: Sie erinnern sich an alles.«

Einen Moment lang sah sie ihn irritiert an. Wie hatte er das gemeint? Wusste er etwas, wusste er womöglich, wer sie war? Aber das konnte ja nicht sein. Er kannte sie doch nicht, und wie hätte er es denn herausfinden sollen, in der Kürze der Zeit? Da erst begriff sie, dass er sich auf den Unfall bezog, auf die Erinnerungslücken, die nach einem Schädel-Hirn-Trauma auftreten konnten.

Erleichtert lächelte sie. »Ja ... klar. Das ist natürlich gut. Dass ich mich an alles erinnere.«

Rebecca. Am frühen Abend, vielleicht gegen sechs, habe ich ihn zum ersten Mal gesehen. Zwei Stunden lang hatte ich mich mit verschiedenen Leuten unterhalten, mich am Büfett bedient, für einen Gesellschaftsfotografen posiert, zusammen mit Xenia und anderen Gästen, deren Namen ich vergessen habe. Jetzt war ich auf dem Weg nach draußen, um frische Luft zu schnappen. Ich überlegte, ob es unhöflich wäre, jetzt schon zu gehen, denn mein Mann und meine Tochter warteten zu Hause auf mich, zusammen mit den unausgepackten Reisetaschen und einem Haufen schmutziger Wäsche, den ich vor Schulbeginn am Montag noch waschen wollte.

Ich weiß noch genau, wie ich über die Terrasse nach unten geschlendert bin, in Richtung See, und da stand dieser Mann, direkt am Ufer, mit dem Rücken zu mir, und rauchte. Im ersten Moment habe ich noch überlegt, ob ich kehrtmachen und wieder hineingehen soll. Aber die kühle Luft fühlte sich gut an auf meinem erhitzten Gesicht, also blieb ich einfach stehen. In dem Moment drehte er sich um, und etwas Seltsames geschah. Einen Augenblick lang musterte er mich, wortlos und mit einem Blick, der mich dort festhielt, wo ich stand. Dann lächelte er, es war ein leicht ironisches Lächeln, hob die Hand mit der Zigarette und sagte: »Sie sehen aus, als könnten Sie auch eine vertragen.« Seine Stimme klang dunkel, sanft und bestimmt zugleich. Sie hatte etwas Hypnotisches, was mich einen kurzen Moment lang irritierte, ich weiß auch nicht, warum. Vielleicht weil ich das Gefühl hatte, ertappt worden zu sein. Es gefiel mir nicht, dass man mir mein Bedürfnis nach einer Pause so deutlich ansah. Und so zögerte ich, als er mir ein Etui hinhielt, obwohl eine Zigarette genau das war, worauf ich Lust hatte.

»Ich rauche eigentlich nicht mehr«, sagte ich und dachte an Robert, der es abstoßend fand, wenn ich nach Zigarette roch. Doch etwas an dieser Situation, das Dämmerlicht, die Frische dieses Frühlingsabends und sein unverwandter Blick ließen mich die letzten Schritte auf ihn zugehen und die Hand ausstrecken.

Die Zigarette zwischen den Lippen sah ich auf das Feuerzeug, das er mir hinhielt, ein schweres silbernes Ding, das zu dem Etui passte und auf dem ein paar Buchstaben eingraviert waren, wahrscheinlich seine Initialen. Erst sehr viel später begriff ich, dass dieser Einstieg symptomatisch war für alles, was dann kam: das berauschende Gefühl, dass er mich kannte, dass er wusste, was ich eigentlich wollte, noch bevor es mir selbst klar war.

Eine Weile rauchten wir schweigend, sahen in Richtung des Wassers, auf den See, wo zwei Männer in einem Boot vorüberglitten, lautlos, und sich mit neugierigem Blick nach uns umwandten. Ein leiser Wind fuhr durch die blattlosen Zweige der Birke, als er eine vage Handbewegung in Richtung Haus machte und mich fragte: »Und? Wie finden Sie das alles hier?«

Ich stutzte, fragte mich, was genau er meinte, die Villa, das Geburtstagsfest?

»Sehr schön«, antwortete ich höflich und sah, wie sein Mund sich zu einem schiefen Lächeln verzog, als er sagte: »Es ist wie in einem Zirkus.«

Ich runzelte die Stirn, wusste nicht, was ich darauf erwidern sollte, und so erschien mir Schweigen das Diplomatischste. Ich würde mich nicht dazu verleiten lassen, mich negativ über die Gastgeber zu äußern.

Da sagte er: »Sie haben recht. Lassen Sie uns über etwas ... Spannenderes sprechen. Über Sie zum Beispiel.« Und wieder sah er mich mit so viel Aufmerksamkeit an, als wäre meine Antwort das Einzige, was für ihn in diesem Augenblick zählte.

Ich zog an meiner Zigarette, sog den Rauch tief in meine Lungen und überlegte, was ich darauf sagen sollte. Ich bin eine zweiunddreißigjährige Lehrerin, die ihren Kleiderschrank nach Farben sortiert und deren Ehe ein einziger Sauhaufen ist, eine Farce, die aber weder mein Mann noch ich beenden wollen, wegen unserer Tochter und vielleicht auch aus Bequemlichkeit, aus einem Mangel an Vorstellungskraft, wie es danach weitergehen könnte. Doch das sagte ich natürlich nicht, sondern wählte eine neutrale Version.

»Ich arbeite am Deutschen Gymnasium in der Āgenskalna iela.«

Er zog an seiner Zigarette, stieß den Rauch aus. »Sie sind Frau Maywald. Und unterrichten Deutsch und Kunst.«

Ich bemühte mich, nicht allzu erstaunt auszusehen. »Oh? Na, dann …«

»Ja. Der Elternabend im letzten Jahr. Sie haben sich vorgestellt. Eine kleine Ansprache gehalten. Sie trugen einen grünen Rock und braune Stiefel.«

Ich blinzelte verblüfft. »Also geht Ihr Kind auch auf diese Schule?«

Er kam nicht mehr dazu zu antworten. Im Augenwinkel sah ich eine Bewegung. Ich wandte mich um und sah Xenias Mutter auf uns zukommen, mit federnden Schritten, ein kamelhaarfarbenes Cape über den Schultern.

Als sie uns erreicht hatte, lächelte sie mich an und sagte: »Ich sehe, Sie haben sich schon kennengelernt.«

Sie muss mir meine Verwirrung angesehen haben, denn plötzlich lachte sie: »Hat er sich Ihnen nicht vorgestellt? Das ist mal wieder typisch.« Sie drehte sich dem Mann zu, machte eine ausladende Geste und erklärte: »Das ist mein Mann, Xenias Vater.« Und dann legte sie ihren Arm um seine Schultern. Erst später, als ich schon im Wagen saß, fiel mir ein, dass sie ihn mir nicht mit Namen vorgestellt hatte. Offenbar wollte sie, dass er für mich in erster Linie ein Vater war, Xenias Vater. Und ein Ehemann, *ihr* Ehemann, das vor allem. Ob sie mich da schon als Gefahr betrachtet hat? Jedenfalls habe ich betont harmlos gelächelt, »Sehr erfreut« gemurmelt und bin den Blicken der beiden ausgewichen, als hätte ich etwas Unrechtes getan. Was zu dem Zeitpunkt nicht der Fall war. Das alles ist dann ja erst später gekommen.

Xenia. *Unser nächstes Thema: das Porträt im Expressionismus. Was mir daran gefällt: der Bruch mit alten Regeln und Wertvorstellungen. Bruch hört sich für mich sowieso gut an. Nach Freiheit. Weniger gut ist, dass das eine Partnerarbeit werden soll. Und obwohl Frau Maywald meine absolute Lieblingslehrerin ist, rammt sie mit diesem Wort einen rostigen Pfahl durch meine Mitte. Jeweils zwei Leute sollen sich gegenseitig malen. Natürlich werde ich übrig bleiben. Ich bin ja die Neue, die man auffällig unauffällig begafft. Über die man auffällig unauffällig flüstert. Doch da sagt Frau Maywald was von Auslosen. Alle sollen ihren Namen auf einen Zettel schreiben und ihn falten. Frau Maywald geht rum und sammelt die Zettel ein. Ein paar von uns ziehen jeweils zwei Zettel. Wenig später habe ich eine Partnerin. Es ist Alise. Ich sehe, wie sie die Augen verdreht, und möchte ihr am liebsten die Fresse polieren. Oder weit fortfliegen, zurück in mein früheres Leben. In die Höhle, die ich aus Decken und Kissen gebaut habe, als ich fünf oder sechs war. Nach dem Unterricht kommt sie auf mich zu. »Also-wie-machen-wir-das-jetzt«, sagt sie leiernd und schräg an mir vorbei. Ich weiß, dass sie bei uns in der Nähe wohnt. Aber ich antworte im selben Ton: »Keine Ahnung. Ich hab auch keinen Bock auf dich.« Und gehe aus dem Klassenzimmer.*

Im Kaiserwald war es auch, wo unsere Familie endgültig zerfiel. Sicher waren die Risse schon vorher dagewesen, unsichtbar, haarfein, wie Adern.

Kaiserwald I

Penelope. Röthenberg also. Jetzt weißt du, wie ich in dieses Nest im Allgäu kam. Du würdest die Nase rümpfen, da bin ich mir sicher: 1700 Einwohner. Ein Landmaschinenmechaniker. Ein Wirtshaus. Eine Raiffeisenbank. Eine BayWa. Eine Molkerei, der größte Arbeitgeber in der Gegend. Sogar einen Bahnhof gab es, nicht mehr als eine Haltestation in der Pampa, und damit er noch eine Daseinsberechtigung hatte, war auf der einen Seite eine Getränkehandlung untergebracht, mit Bierkästen, die sich bis zur Regenrinne stapelten. Von einem Ende des Dorfes bis zum anderen waren es damals drei Kilometer. Auf der Landkarte sah Röthenberg aus wie ein zerfledderter Lappen oder wie ein Rorschachtest, in alle Richtungen zerflossen.

Meine neuen Mitschüler in der Röthenberger Grundschule begegneten mir mit Ehrfurcht. Sie beäugten mich wie ein exotisches Tier, immer aus einer sicheren Distanz heraus, aber doch nah genug, dass sie jeden meiner Blicke, jede Regung genau erkennen konnten.

Du lachst? Vielleicht glaubst du, dass ich übertreibe? Dann solltest du abwarten, bis du die ganze Story gehört hast. Denn ich kann dir ohne jede Übertreibung sagen, dass sie von mir fasziniert waren, von mir und der Aura der Tragödie, die mich umgab. Für sie war ich das große blonde Mädchen, dessen Mutter sich entweder aus dem Staub gemacht hatte (was asozial genug war, um Aufsehen zu erregen) oder entführt und ermordet worden war (die weitaus aufregendere Variante). Sie alle fühlten sich von mir angezogen, wie man von einem Tierkadaver auf der Straße angezogen wird oder von einem Unfall, an dem man vorbeikommt und so langsam wie möglich fährt, damit man auch noch die grausigen Details zu Gesicht bekommt, um dann entsetzt und erleichtert weiterzufahren, zurück ins eigene, unzerbrochene Leben. Und so wie es bei Unfällen immer wieder Typen gibt, die filmen, und im Zoo Besucher, die ein Steinchen ins Löwengehege werfen und »Buh« rufen, gab es auch unter meinen neuen Mitschülern ein Mädchen, das mich zu einer Reaktion bringen wollte, und das war Lena. Durch sie lernte ich, unnahbar auszusehen, frei von Gefühlen. Und was hätte ich auch fühlen sollen? Meine Mutter war weg, wie ausradiert, der Mensch, den ich für unsterblich gehalten hatte, war fort, hatte sich buchstäblich in Luft aufgelöst. Nichts war von ihr geblieben außer einem Wagen auf einem Autobahnrastplatz.

Hast du dich schon mal gefragt, was passiert, wenn ein geliebter Mensch einfach verschwindet? Wahrscheinlich nicht, du hast deine eigenen Dämonen, die du in Schach halten musst, wenn die Dunkelheit kommt und sie ihre Finger nach dir ausstrecken. Weißt du, was ich gedacht habe, als du neulich nachts im Wald plötzlich vor mir standest? Dass wir ein bisschen wie aus einem Märchen sind, du und ich, wie Hänsel und Gretel, die sich endlich auf dem Heimweg befinden. Aber ich schweife ab. Jedenfalls habe ich wohl kaum über etwas so häufig und so intensiv nachgedacht wie über das Verschwinden, allerdings ohne je zu einer zufriedenstellenden Antwort zu kommen. Auch ist mir nicht klar, wie ich das überlebt habe. Bis heute frage ich mich, wieso mein Leben damals nicht einfach aufgehört hat. Ich wollte mich auflösen in jenen Nächten, in denen ich wach lag, an meinen Nägeln kaute und in die Vergangenheit reiste, in jeden einzelnen Tag, in jede einzelne Minute, als es sie noch gab, mit ihrem weichen, hellen Haar, dem Duft nach Pfirsichen und ihrem breiten, lustigen Lachen, das immer ein wenig rau klang, ein wenig heiser, als müsste sie sich eigentlich räuspern. Und dann das Lauschen in die Stille hinein, tagsüber. Das Unterbrechen jeder Tätigkeit, die Geräusche verursachte, auch wenn es nur das Blättern im Heft bei den Hausaufgaben war. Das Innehalten beim Kauen eines Apfels. War da nicht das Motorengeräusch des Land Rovers, dieses Dieselbrummen, wenn sie angefahren kam? Und jedes Mal wieder dieses Herzklopfen, wenn ich nach draußen raste, mit fliegenden Beinen quer durch den Garten lief, raus auf die Straße, nur um zu sehen, dass es irgendjemand war, irgendjemand in irgendeinem Wagen.

Und dann kam der Tag, an dem ich sie an unserer Schule vorbeifahren sah.

Jetzt siehst du ziemlich irritiert aus. Irritiert und ungläubig, genau wie ich mich an jenem Freitag fühlte. Es war der 29. Mai 1998, der letzte Schultag vor den Pfingstferien. Ich brauche noch nicht mal die Augen zu schließen, um wieder dort zu sein, in jenem Moment, als eine Schockwelle durch meinen Körper fuhr und eine so überwältigende Hoffnung in mir auslöste, dass mir ganz schlecht wurde.

Es war neun Uhr dreißig. Wir standen auf dem Pausenhof herum, ein kleiner Pulk von Mädchen, ich mit meinem unbewegten Gesichtsausdruck zwischen zwei Mitschülerinnen, die sich gerade darüber stritten, wer nach den Ferien neben Lena sitzen durfte. Ich hörte kaum zu, sondern dachte darüber nach, wie ich gleich nach der Schule auf die Weide hinter unserem Haus laufen und ein paar besondere Kräuter für die Kühe pflücken würde. Ich stand halb mit dem Rücken zu den anderen und stellte mir vor, einen Steg über den Grottenbach zu bauen, um an den Rotklee auf der anderen Bachseite zu kommen, als ich den Wagen sah. Ich weiß noch genau, wie es sich anfühlte, es war, als hätte man mir einen Stromstoß versetzt. Da fuhr sie vorbei, in ihrem graugrünen Land Rover Defender mit den rot-weiß karierten Vorhängen, der Dachreling und dem Ersatzrad obendrauf.

Als der Pausengong ertönte, setzte ich mich in Bewegung. Ich lief quer über den Schulhof, zum Tor hinaus, die Rufe der anderen sehr weit entfernt, auch die Stimme der jungen Lehrerin. Ich lief auf die Straße, wo ich den Land Rover fahren sah, die Hauptstraße entlang, die durch das zerfledderte Dorf führte. Ich lief die ganzen drei Kilometer bis zum Bahnhof und weiter, bis zum Parkplatz der Seilbahn, die zum Hörnleberg führt. Ich lief die ganzen fünfzehn Kilometer, und als ich müde wurde, setzte ich mich auf eine Bank, in der Erwartung, dass sie umkehren und hier vorbeikommen würde. Aber sie kam nicht.

Berlin, im Sommer 2023

Mathilda. Sie sank zurück auf die schräg gestellte Rückenlehne des Krankenhausbetts und dachte an die letzten Monate, die sie quasi vor dem Tor der Prokhoff'schen Villa in Zehlendorf verbracht hatte – von der ganzen Familie unbemerkt hatte sie das Muster ihrer Tage kartografiert. In wechselnden Mietwagen parkte sie an einer Stelle unter den Bäumen, die nicht von den Kameras erfasst wurde, und beobachtete das Kommen und Gehen der Mutter, des Vaters und der beiden Söhne, auch die Frau des Bruders mit ihren Kindern auf dem Rücksitz hatte sie immer wieder gesehen. Dabei war mit der Zeit der Gedanke entstanden, sich auf *ihn* zu konzentrieren, den bisher unverheirateten Sohn. Nach ein paar Wochen hatte sie festgestellt, dass der Mann zwischen der Zehlendorfer Villa, einem Penthouse in der City, seiner Arbeit im ROD-Tower und sporadischen Besuchen im Ruderclub pendelte, weshalb sie schließlich auch noch das Rudern angefangen hatte, zusätzlich zu ihren Laufrunden, den Workouts und dem Krav-Maga-Training, das sie zweimal die Woche absolvierte. Wochenlang hatte sie diesen elitären Club besucht und Mühe gehabt, sich die Trainerin vom Leib zu halten, die ihre Fitness bemerkt hatte und sie gleich ins Förderprogramm des Clubs hatte aufnehmen wollen. Mathilda war die Ruderei herzlich egal, es ging ihr einzig und allein darum, Prokhoff kennenzulernen. Mehrmals hatte sie versucht, sich ihm unauffällig zu nähern, doch immer ohne Erfolg. Bis zu dem Tag, an dem sie ihn mit einer Frau hatte streiten sehen. Sie hatte die Frau wiedererkannt, von einem Bild im Internet. Es war Charlotte Brandt. Auf dem Foto stand sie bei einer Spendengala neben Prokhoffs Verlobter, dem bekannten It-Girl Josephine von Wittgenstein. Da hatte sie ihre Chance gewittert und sich mit der Brandt angefreundet.

Bei der Brandt probierte sie auch das erste Mal die Lügen aus, die sie sich in den Wochen zuvor zurechtgelegt hatte, angefangen mit ihrer Kindheit in Namibia und wie es für sie gewesen war, auf einer Farm namens *Klein Grasbrook* aufzuwachsen. Am Anfang kamen ihr die Worte wie dicke Brocken im Mund vor, doch nachdem sie sich ein wenig warmgeredet hatte, fühlte sich alles ganz natürlich an. Fast hätte sie angefangen, selbst daran zu glauben: wie ihre Eltern sie ins Internat geschickt hatten und sie nur alle paar Monate nach Hause kommen durfte. Wie erhofft schien das Wort Internat so eine Art Passwort für die Brandt zu sein. Denn kaum hatte Mathilda es ausgesprochen, wurde sie offener, zugänglicher, vergaß sogar für eine Weile ihre affige Angewohnheit, die Haare herumzuwerfen, und begann ihrerseits zu erzählen. Und so hatte Mathilda schließlich einen genauen Einblick in Falk von Prokhoffs Beziehung mit Josephine von Wittgenstein bekommen und allerlei Wissenswertes über die beiden in Erfahrung gebracht, zum Beispiel, dass Prokhoff und die Wittgenstein sich aus Internatszeiten kannten.

»Du musst dir vorstellen: Die Einladungen zur Hochzeit waren schon verschickt«, hatte die Brandt ihr erzählt, eine Zigarette zwischen den manikürten Fingern. »Und dann kommt er mit Ehevertrag und Verschwiegenheitsklausel daher. Er dachte allen Ernstes, sie unterschreibt das. Klar, dass sie da Schluss machen musste.«

Dann hatte die Brandt zu einem Vortrag über Josephine von Wittgenstein und ihren »Lifestyle« angehoben, darüber, dass »Jo« als Influencerin Privates und Berufliches nicht so leicht trennen könne. »Natürlich postet sie keine Adressen oder so was, ist doch klar«, hatte sie gesagt und die Asche ihrer Zigarette weggeschnippt. »Aber die wollten von ihr, dass sie *nichts* mehr postet, keine Urlaubsfotos mehr, keine Freizeitfotos mehr, nada! Angeblich aus Sicherheitsgründen.«

Mathilda hatte versucht, verständnisvoll zu klingen, aber da sprach die Brandt schon weiter, davon, wie fix und fertig ihre Freundin sei, total im Eimer. Dass sie nur noch rumhing, nichts mehr aß und kaum mehr redete. Mathilda hatte das nicht zusammenbekommen, die strahlend schöne und siegesgewisse »Jo« aus dem Internet und das Bild, das die Brandt hier von ihr malte. Deshalb hatte sie noch einmal nachgefragt: »Aber ... hast du nicht gesagt, dass *sie* Schluss gemacht hat?«

»Ja, schon«, hatte die Brandt zugegeben, und Mathilda war in dem Moment klar geworden, dass die Wittgenstein sich einfach verzockt hatte. Offenbar hatte sie fest damit gerechnet, dass Prokhoff nachgeben würde.

Nach diesem Gespräch hatte Mathilda die Wittgenstein auf Instagram gestalkt und festgestellt, dass sie ständig allen möglichen Quatsch postete, woraufhin Mathilda Prokhoff insgeheim zur gelösten Verlobung gratulierte.

Im Verlauf des Monats sprach Mathilda noch weitere dreimal mit der Brandt. Doch Prokhoff tauchte im Ruderclub nicht mehr auf. Mit der Zeit erschien ihr die Mitgliedschaft dort immer sinnloser und ihre Mission immer aussichtsloser. Bis sie am Abend des 31. Juli den spontanen Entschluss fasste, Prokhoff auf eine andere Art kennenzulernen.

Riga, im Frühjahr 1997

Rebecca. Unsere Ehe war schon lange am Ende, zumindest wenn es um die Art von Intimität ging, die man nur als Paar miteinander teilt, und ich bin mir sicher, dass auch Robert nichts mehr für mich empfand. Oder zumindest nicht mehr exklusiv für mich. Den Beweis dafür hatte ich, ohne es zu wollen, vor etwas über zwei Jahren in unserem Schlafzimmer in Windhoek gefunden. Der Grund für diese Hausdurchsuchung war eine Kollegin gewesen, deren Mann Bettwanzen von einer Geschäftsreise mitgebracht hatte, was sie mir am ersten Schultag nach den Sommerferien erzählte, sodass ich nach dem Unterricht in einem Anflug von Panik und Reinigungswut unser Schlafzimmer auf den Kopf stellte. Zwar fand ich keine Bettwanzen. Was mir stattdessen beim Abrücken von Roberts Kommode von der Wand in die Hände fiel, war ein Brief. Ich weiß noch, wie ich eine Weile einfach so herumstand, auf das Ding starrte und mit mir kämpfte, ob ich der Sache auf den Grund gehen sollte. Ich schnupperte sogar daran, was ziemlich naheliegend war, weil der Brief nach den Überresten eines penetranten Parfüms roch – ich glaube, es war Poison von Dior. Da konnte ich mich einfach nicht mehr beherrschen und las den Brief. Danach gab es nicht mehr den geringsten Zweifel, was mein Mann mit der Absenderin »M« so alles angestellt hatte.

Danach war ich eine Weile hin und her gerissen, wie ich mich Robert gegenüber verhalten sollte. Schließlich entschied ich mich dafür, erst einmal abzuwarten und herauszufinden, wer diese M eigentlich war. Im Kollegenkreis gab es niemanden mit einem M-Namen, also konzentrierte ich mich auf die Schülerinnen der Abiturklasse, wo ich dann auch bald fündig wurde: M stand für eine reizende rothaarige Madeleine. Wahrscheinlich hätte ich mich nach meiner Entdeckung einfach von ihm trennen sollen. Aber da wir ein Kind miteinander großzogen, gab ich ihm nach einer Aussprache noch eine Chance, unter der Voraussetzung, dass wir den Ort wechselten, um irgendwo anders einen Neuanfang zu machen. Doch unser Verhältnis wurde nie wieder so wie vorher und fühlte sich seitdem wie notdürftig gekittet an.

Nach außen hin waren Robert und ich jedoch weiterhin das perfekte Ehepaar: Ich die Künstlertype, die junge Lehrerin, die von ihren Schülerinnen und Schülern angehimmelt wurde. Er der Naturwissenschaftler, gütig, gerecht, gut aussehend, ein charismatischer Mann, der allen Ernstes behauptete, dass es immer die Schuld des Lehrers war, wenn Mathematik nicht zum Lieblingsfach wurde. An seiner letzten Schule war er zweimal hintereinander zum beliebtesten Lehrer gewählt worden. Und dann hatte das perfekte Ehepaar, also Robert und ich, diese wunderbare Tochter, die der eigentliche Kitt war, der unsere Beziehung zusammenhielt: Penelope, kleiner Wildfang mit ständig aufgeschlagenen Knien, die auf jeden Baum kletterte, jedes Wettrennen gewann und Rosa verabscheute. Und im Grunde war sie mittlerweile wohl der einzige Grund, warum wir immer noch zusammenlebten, auf sämtlichen Schulveranstaltungen Arm in Arm zusammenstanden und um die Wette strahlten. Wir nahmen dieses falsche Strahlen sogar mit an den Frühstücks- und den Abendbrottisch, kurzum überallhin, wo Penelope uns sah. Und wenn wir nicht strahlten, so redeten wir zumindest die meiste Zeit höflich miteinander, so kultiviert, wie Akademiker das eben tun, wenn ein achtjähriges Mädchen ihnen zuhört.

Als ich an jenem Sonntagabend nach Hause fuhr, durch eine Stadt, die sich innerlich auf den Frühling vorbereitete, hatte ich noch immer Mozart im Ohr und ging im Geiste die Gespräche durch, die Leute, mit denen ich mich unterhalten hatte. Ich dachte an Xenia, wie sie in ihrem Zimmer stand, in diesem für ein Mädchen an der Schwelle des Erwachsenwerdens allzu reizenden Zimmer, mit ihrer Zopffrisur, im blauen Samtkleid. Wie lange es wohl dauern würde, bis dieses Mädchen erste Anzeichen einer Rebellion zu erkennen geben würde? Oder würde es diese Anzeichen vielleicht doch nie geben? Es war ja nicht ausgeschlossen, dass sie sich eines Tages doch nahtlos in die Schablone einfügen würde, die ihre Mutter für sie bereithielt. Und dann sah ich unvermittelt ihren Vater vor mir, den Mann, von dem ich zuerst gar nicht gewusst hatte, dass er ihr Vater war. *Wie finden Sie das alles hier?* Das waren seine Worte gewesen, ein seltsamer Gesprächsauftakt für einen Gastgeber.

Wie immer parkte ich direkt vor unserem Haus in der Antonijas iela. Für mich, die ich mich im letzten Jahr noch mit der permanenten Parkplatznot in Windhoek herumgeschlagen hatte, war es immer noch ein kleines Wunder, dass man in dieser Stadt, wo immer man hinkam, mühelos einen Parkplatz fand, egal in welchem Viertel.

Beim Betreten der Wohnung traf ich auf eine überdrehte Penelope, die barfuß im Wohnzimmer herumhüpfte, darauf bedacht, nur bestimmte Felder des Parkettbodens zu berühren, während ich Robert in der Küche hantieren hörte. Penelope sprang auf meinen Arm, wobei sie mich fast umwarf. Ich kitzelte sie, und wir alberten ein wenig herum, bevor ich sie wieder auf den Boden stellte. Dann sagte ich: »Du könntest dich schon mal duschen. Morgen fängt die Schule wieder an.«

Zuerst protestierte sie, doch dann verschwand sie um die Ecke, und ich hörte, wie sie die Badtür hinter sich zuzog.

»Was kochst du?«, fragte ich Robert, als ich die Küche betrat.

»Spaghetti mit Tomatensauce. War ja nichts anderes im Haus«, brummte er und kippte eine Packung passierte Tomaten in einen Topf mit angedünsteten Zwiebeln, seine Bewegungen trotzig, ein einziger Vorwurf.

»Du hättest was aus dem Gefrierschrank auftauen können. Wir haben noch jede Menge eingefrorene Bolognese.«

»Du hättest *einkaufen* gehen können statt auf diese alberne Party. Ich verstehe nicht, was daran so wichtig war …«

Ich drehte mich um, um zu sehen, ob Penelope außer Hörweite war. Dann zischte ich: »*Du* hättest einkaufen gehen können. Oder bin ich hier die Einzige mit der Lizenz zum Einkaufen?«

Eine Weile lang maßen wir uns schweigend, dann drehte ich mich um und ging in den Hauswirtschaftsraum, ein Luxus, den diese riesenhafte Wohnung uns bot: ein eigenes Zimmer mit Waschmaschine und Trockner. Wie zu erwarten gewesen war, hatte Robert seinen Koffer mit der Schmutzwäsche einfach in der Mitte des Raumes ausgekippt.

Ich leerte meinen eigenen und Penelopes Koffer, sortierte die Wäsche, befüllte die Waschmaschine und ging in Penelopes Zimmer, um ihr einen frischen Schlafanzug herauszulegen. Nach dem Abendessen, das von Penelopes munterem Geplapper abgesehen recht schweigsam verlief, las ich ihr die Geschichte vom Kartoffelkönig vor und blieb dann auf der Bettkante sitzen, einfach, um noch nicht ins Schlafzimmer gehen zu müssen.

Als Robert und ich später im Bett lagen, Rücken an Rücken und in gebührendem Abstand voneinander, jeder mit einem Buch vor der Nase, musste ich auf einmal wieder an das Fest denken, an den Mann am Fluss, an Xenias Vater. Und auch später noch, als wir das Licht längst gelöscht hatten, war dieses Bild das letzte, was ich vor mir sah, bevor ich einschlief: einen dunkelhaarigen Mann mit ergrauten Schläfen, der an einem Seeufer stand und rauchte.

Und wie das Haus, in dem wir wohnten, so hatte auch die Schule, die wir besuchten, etwas Aus-der-Zeit-Gefallenes, mit dieser Dornröschenhecke, die an zwei Seiten des Gebäudes bis übers Dach hinauswuchs.

Kaiserwald I

Penelope. Ich sehe, du hast Tränen in den Augen. Ich will dich nicht traurig machen. Aber so geht diese Geschichte nun einmal. Inzwischen wissen wir beide, wie sie endet. Jedenfalls saß ich dort auf dieser Bank und rührte mich nicht vom Fleck, während mein Herz klopfte und ich nicht verstand, warum sie nach Röthenberg gekommen war, mich aber nicht abgeholt hatte. Die ganze Zeit über zuckten die Gedanken wie Blitze durch meinen Kopf, was geschehen sein könnte, dass sie mich nicht mehr lieb hatte. Warum sie mich nicht mehr wollte. Warum sie nicht mehr meine Mama sein wollte.

Am Ende gabelten sie mich auf, der Opa und die Oma. Schon von Weitem sah ich sie die Straße entlangkommen, in Opas altem Suzuki-Jeep. Sie schimpften nicht, auch nicht, als wir zu Hause waren und beim Abendessen saßen.

Später hörte ich die Oma telefonieren, hinter der verschlossenen Stubentür. Ich hörte sie weinen so wie manchmal, wenn sie allein war und glaubte, dass niemand es bemerkte, und irgendwann sagte sie: »Du musst kommen und ihn mitbringen. Sie glaubt es sonst nicht.«

Erst nach einer Weile begriff ich, dass sie mit meinem Vater sprach. Aber was er mitbringen sollte, verstand ich erst eine gute Woche später, am Samstag, dem 6. Juni, als er mit dem Land Rover meiner Mutter angefahren kam, den er bis unters Dach vollgepackt hatte mit ihren Habseligkeiten.

An jenem Tag regnete es in Strömen, und als wir alle zusammen zu Abend gegessen hatten, meine Großeltern, mein Vater und ich, wollte ich die Sachen meiner Mutter aus dem Auto holen, aber mein Vater widersprach und sagte, wir würden erst morgen alles auspacken. Doch ich wollte nicht warten und rannte nach draußen, in die Dunkelheit, und fing an, Koffer und Kartons ins Haus zu schleppen, durch den Regen, bis mein Vater schließlich doch dazukam und mir tragen half. Ich weiß noch genau, wie meine Großeltern in der Haustür standen, blass und ernst, und uns dabei zusahen, aber sie halfen nicht, traten nur beiseite und ließen uns vorbei. Mein Opa schlug vor, dass wir die Sachen in den Keller verfrachten sollten, aber ich wollte sie alle bei mir haben, in meinem Zimmer, ich bestand darauf. Und so füllte sich der kleine Raum, bis überall Kartons und Koffer herumstanden.

Später kam mein Vater noch mal in mein Zimmer. Er setzte sich auf die Bettkante, im Licht der Nachttischlampe, während der Regen an die Fensterscheibe tickerte. Er räusperte sich, hob die Hand und strich mir übers Haar.

»Deine Oma hat mir erzählt, dass du schon ein paar Freundinnen gefunden hast.«

Ich nickte leicht. Ich wusste, dass er das hören wollte, dass ihn das freuen würde.

»Und wie gefällt es dir sonst in der neuen Schule? Ist die Lehrerin nett?«

Wieder nickte ich, obwohl auch das nicht stimmte.

»Du weißt, dass du jederzeit zu mir kommen und bei mir wohnen kannst.« Er verstummte. Auf der Treppe waren Schritte zu hören, die Schritte meiner Oma, die kurz vor meiner Zimmertür haltmachten und sich dann wieder entfernten.

»Ich weiß.«

»Aber ich kann nicht in Riga bleiben. Ich brauche einen Neuanfang.« Jetzt atmete er aus, wobei sein Atem zittrig klang. Auch sein Mund zitterte. Ich schaute weg, hinüber zu der Wand aus Kartons, in denen die Kleider meiner Mutter waren.

Nach einer Weile fragte ich: »Aber … was ist, wenn sie zurückkommt und dich dort nicht findet?«

Er strich mir weiter über den Kopf, mit immer der gleichen Bewegung, wie ein Roboter. Ich hatte ihn lieb, und ich glaubte, dass er mich auch lieb hatte. Aber ich wusste auch, dass sie oft gestritten hatten, er und meine Mutter. Hinter den Türen hatte ich ihre wütenden Stimmen gehört, ich hatte gehört, wie sie sich angeschrien hatten, mitten in der Nacht, durch die Zimmerwand, wenn sie dachten, ich würde schlafen, oder hinter der Wohnungstür, wenn ich draußen auf dem Korridor stand, den Finger schon auf dem Klingelknopf.

»Wenn sie zurückkommt …«, seine Stimme brach weg wie ein morscher Ast, »dann wird sie wissen, wo sich dich findet.«

Ich nickte. Das klang einleuchtend. Doch dann fiel mir etwas ein: »Aber sie hat ja kein Auto mehr.«

»Nein. Sie hat kein Auto mehr.« Er schluckte. Wandte den Blick ab. Dann schlug er die Hände vors Gesicht und weinte lautlos. Jetzt streichelte ich ihn, bis er die Hände herunternahm, sich mit den Ärmeln über die Augen wischte und sagte: »Ich hab mir eine neue Arbeitsstelle gesucht. Im August werde ich umziehen, nach Japan. Wenn du willst … also … ich würde mich wirklich sehr freuen, wenn du mitkämst.«

»Ich weiß«, sagte ich. »Aber ich kann hier nicht weg. Nebenan sind Kühe. Die muss ich füttern.«

Jetzt lächelte er, aber nur ganz kurz. »Du bist ein tapferes Mädchen«, sagte er und blinzelte ziemlich heftig. »Deine Mama fände es sicher gut, wenn du dich um die Kühe kümmern würdest.«

»Ja. Um die und um die Oma. Die ist nämlich auch traurig.«

»Alle sind traurig.«

Eine ganze Weile sagte keiner von uns ein Wort. Wir lauschten auf das Rauschen des Regens und auf den Zweig des Apfelbaums, der immer mal wieder gegen die Fensterscheibe klopfte. Dann sagte er: »Aber du musst mich besuchen kommen, ja?«

Ich nickte. »Ja«, sagte ich. »Ich komm dich besuchen.«

Dann endlich stellte ich die Frage, die ich schon lange mit mir herumtrug: »Wohin ist sie gefahren?«

»Was meinst du damit?«

»Warum war sie auf der Autobahn unterwegs? Wohin führt diese Autobahn?«

»Wohin die Autobahn führt? Na ja, der Wagen wurde auf einem Rastplatz zwischen Bayreuth und Nürnberg gefunden. Das ist die normale Strecke, wenn sie …«

»Also wollte sie zu mir?« Ich richtete mich im Bett auf, stützte mich ab, ließ ihn nicht aus den Augen.

Er zuckte die Achseln, beugte sich wieder vor, rieb sich über das Gesicht. »Ich weiß es nicht. Aber … es ist gut möglich, dass sie hierher unterwegs war.«

»Habt ihr euch wieder gestritten?«, fragte ich nach einer Weile.

Er nahm die Hände vom Gesicht. Überrascht und blank sah er aus. Wie ein Mann, den man gerade aus dem Tiefschlaf gerissen hatte. Er räusperte sich. »Nein«, sagte er zögerlich, »nein, wir haben uns nicht gestritten. Wie kommst du denn darauf?«

Ich nickte langsam. Dann legte ich mich hin, den Kopf auf das Kissen. »Ich bin müde«, sagte ich und drehte mich zur Wand. Warum log er mich an? Ich würde es doch niemandem verraten, dass sie wieder gestritten hatten.

Berlin, im Sommer 2023

Mathilda. Der Schwindel kam wieder, und so machten sie doch noch eine Computertomografie. Als der Hells Angel sie – in einem Rollstuhl! – zum CT fuhr, wunderte sie sich wieder einmal über die Vorzugsbehandlung, aber auch darüber, dass sie hier wegen so einer Lappalie locker ein Krankenhausbett belegte. Das alles musste auf Prokhoffs Mist gewachsen sein. Überhaupt schlichen alle so übervorsichtig um sie herum, dass immer wieder dieses Gefühl in ihr hochploppte, das alles geschehe nicht wirklich, und sie sich fragte, wann der Film, in den sie geraten war, denn nun zu Ende wäre. Als auch die Mitarbeiterin beim CT sie so wattemäßig behandelte, musste sie plötzlich an damals denken, an Noah und ihre erste Woche in der Kampfkompanie, an ihren ersten Berglauf, wie Noah sie alle angebrüllt hatte, sie sollten gefälligst »aus dem Arsch«

kommen. Dann hatte er sich demonstrativ eine Zigarette angezündet und war rückwärts weitergejoggt, den Berg hoch. An die Art von Behandlung war sie gewöhnt, nicht an diese Leisetreterei in diesem Krankenhaus. Wahrscheinlich hatte Prokhoff Schiss, dass sie ihn irgendwie verklagen könnte, auf Schmerzensgeld oder wovor so ein steinreicher Typ sonst noch Angst haben könnte. Auch hatte sie das Gefühl, dass er sie genau im Auge behalten wollte, denn er kam täglich vorbei, um nach ihr zu sehen. Es war schon fast ein Ritual. Dass seine Besuche einen anderen Grund haben könnten – auch dieser Gedanke kam ihr erst sehr viel später.

Jeden Abend klopfte es an der Tür, und Prokhoff kam herein, mit einem Blumenstrauß, einem Buch oder Pralinen. Einmal war gerade eine Schwester bei ihr, eine hübsche Blondine mit einem strahlenden Lächeln, das noch viel strahlender wurde, als sie *ihn* sah. Mathilda gegenüber war sie gleich noch viel freundlicher – sie lachte noch begeisterter als sonst über einen lockeren Spruch, den Mathilda vom Stapel ließ, und immer wieder huschte ihr Blick zu Prokhoff. Mathilda begann zu ahnen, wie viele Frauen da draußen nichts lieber täten, als es sich hinten auf seinem Schimmel bequem zu machen und mit ihm in den Sonnenuntergang zu reiten. Ein bisschen ärgerte sie diese Erkenntnis. Für ihre Zwecke wäre es bedeutend einfacher, es mit einem Plauzenträger mit Stirnglatze zu tun zu haben statt mit einem Typen, der in der verdammten Genetik-Lotterie den Jackpot geknackt hatte, mit diesem semmelblonden Haar, dem kantigen Kinn, das irgendwie an das alte Hollywood erinnerte, an Typen wie Kirk Douglas oder Robert Redford. Und während sie ihn ansah, musste sie wieder daran denken, was die Brandt über ihn gesagt hatte: *Der ist wie Teflon. An dem perlt alles ab.*

Vier Tage später wusste Mathilda immerhin so viel von ihm: dass er manchmal joggte und gerne ruderte (was keine großen Neuigkeiten für sie waren), dass er bei der ROD Immobilien AG *arbeitete* (was die Untertreibung des Jahrhunderts war), dass er einen Bruder namens Tristan hatte, dass er außer Lakritze keine Süßigkeiten mochte, dass er Schach spielte und gerne las, Philosophie vor allem, aber wenig Zeit dafür hatte. Und dass dieses Lächeln auf seinem Gesicht festgetackert zu sein schien. Fast hätte man den Eindruck gewinnen können, dass er sich dahinter eingerichtet hatte.

Was *er* vier Tage später über *sie* zu wissen glaubte, entsprach zugegebenermaßen nur zu einem kleinen Teil der Wahrheit: dass sie Mathilda hieß, vierunddreißig Jahre alt war und die deutsche sowie die namibische Staatsangehörigkeit besaß. Dass ihre Eltern beide tot waren. Dass sie Psychologie studiert und ein paar Jahre in einer psychiatrischen Klinik in Windhoek gearbeitet hatte und derzeit ein Aufbaustudium in Sportpsychologie absolvierte. Dass sie Glühwein und indisches Essen mochte und hier in Berlin so gut wie niemanden kannte.

Es war am vorletzten Abend ihres Krankenhausaufenthalts, als sie eine für sie unerwartete Beobachtung machte. Sie und Prokhoff hatten sich gerade verabschiedet, er war gegangen, und sie stand am geöffneten Fenster ihres Krankenzimmers, als sie ihn unten auftauchen sah, auf dem Weg zu seinem Wagen, der am Straßenrand geparkt war. Er hatte die Autotür schon erreicht, als er den Kopf drehte, so als hätte ihn jemand gerufen. Ein Mann tauchte auf, den Mathilda sofort, auch auf die Entfernung, als Obdachlosen erkannte, als einen ziemlich alten und klapprig wirkenden Obdachlosen. Der Mann sagte etwas, und Mathilda erwartete, dass Prokhoff ihn abwimmeln und davonbrausen würde. Doch das tat er nicht. Stattdessen führte er den Mann zu einer Bank, wo beide sich setzten und ein Gespräch begannen. Am Ende schien Prokhoff dem Alten einen Vorschlag zu machen, doch der schüttelte mehrmals den Kopf, woraufhin Prokhoff zu seinem Wagen ging, etwas holte, wahrscheinlich seine Brieftasche, und dem Alten etwas gab, wahrscheinlich Geld. Als er davongefahren war, stand Mathilda noch immer am Fenster, den Blick weiter nach unten gerichtet, wo der Alte immer noch auf der Bank saß. Plötzlich hatte sie das Gefühl, einen winzigen Blick hinter Prokhoffs smarte Fassade getan zu haben. Und musste leider zugeben, dass er anscheinend nicht der Arsch war, den sie erwartet hatte.

Rebecca. Das Gymnasium lag in einer grünen Gegend, an einer grünen Straße, und wenn ich aus dem Fenster meines Klassenzimmers blickte, sah ich in eine grüne Wand. Die Buchenhecke, die den Schulkomplex zu den beiden Straßen hin umschloss, zur Vīlipa iela und zur Āgenskalna iela, reichte nämlich bis übers Dach der Schule, und die war drei Stockwerke hoch. Tatsächlich war diese Hecke mit ein Grund, warum ich mich jeden Tag darauf freute, in diese Schule zu gehen. So auch an diesem ersten Montag nach den Frühjahrsferien. Bald würde die Hecke wieder in einem unwirklichen Hellgrün leuchten.

Ich betrat das Lehrerzimmer vor Robert, der auf dem Gang von einer Schülerin aufgehalten worden war. Ich fühlte mich überwach, aufgeputscht von zu viel Kaffee, den ich zu Hause im Stehen in mich hineingeschüttet hatte, als Maßnahme gegen zu wenig Schlaf. Die meisten Kollegen waren schon da. Drei von ihnen standen in der Kaffee-Ecke und quatschten, ich grüßte hier und dort, es war ein großes Hallo, ein typischer erster Schultag nach den Ferien. Ich ging zu Lilija und Janis, die an ihren Tischen saßen, umarmte sie, und wir redeten ein paar Minuten, bevor ich an mein Fach trat, die Post herausnahm und zu meinem Platz ging.

Die Notiz, eine Nachricht von Maija Kalniņš, der Schulsekretärin, stach mir ins Auge, noch bevor ich mich wieder gesetzt hatte. Dass sie von ihr war, wusste ich auf den ersten Blick. Wie immer hatte sie etwas dazu gemalt, diesmal ein kleines Gesicht mit weit aufgerissenen Augen, was mich sofort zum Lachen brachte. Sie und ich teilten denselben Humor, eine kindische Form von Komik, die Robert respektlos nannte, was uns aber nicht davon abhielt, gewisse Meinungen über gewisse Leute auszutauschen. Und so reicherte sie ihre Mitteilungen hin und wieder mit ein paar Zeichnungen an, einem Feuer speienden Drachen oder einem Strichmännchen, das eine Art Metalldetektor in der Hand hielt, der allerdings nicht nach »Gold« suchte, sondern nach »Streit«. Die Nachricht heute lautete: *Xenias Eltern bitten um ein persönliches Gespräch.* Einen Moment lang saß ich einfach so da und sah auf die Telefonnummer neben dem kleinen Gesicht. Xenias Eltern? Die hatte ich doch gerade erst gesehen. Verwundert legte ich die Notiz zur Seite, sah die restlichen Nachrichten und Unterlagen durch und machte mich dann auf den Weg in mein Klassenzimmer.

In den zwei Stunden, in denen ich Xenia an diesem Tag unterrichtete, beobachtete ich das Mädchen, doch sie schien mir wie gestern zu sein, wie eigentlich immer: ein recht normaler, wenn auch ein wenig scheuer Teenager, der sich bei mir in Deutsch und Kunst wohlzufühlen schien und aus sich herausging. Von den Kollegen wusste ich, dass das nicht in allen Fächern der Fall war. Vor allem in den Naturwissenschaften wirkte sie unkonzentriert und desinteressiert.

In der großen Pause rief ich die Nummer an, die Maija mir hinterlassen hatte, und erreichte eine Frau, die, wie sich herausstellte, eine Sekretärin war. Ich teilte ihr mit, dass ich jeden Donnerstagabend eine Elternsprechstunde abhielt, dass es aber auch möglich sei, einen anderen Termin zu vereinbaren. Am Ende verständigten wir uns auf Freitagabend in zwei Wochen um neunzehn Uhr, was mir eigentlich nicht recht war, da die Freitagnachmittage für Penelope reserviert waren. Als ich den Hörer auflegte, rätselte ich noch immer, was für einen Grund Xenias Eltern haben könnten, mit mir über ihre Tochter sprechen zu wollen. Und auf dem Rückweg zu meinem Klassenzimmer musste ich plötzlich wieder an Xenias Vater denken. Wie er mich angesehen hatte, mit diesem undurchdringlichen Blick, kurz bevor seine Frau so demonstrativ den Arm um ihn gelegt hatte. Sie war mir vorgekommen wie ein Hund, der sein Revier markiert.

Mittags gingen Lilija und ich in den Botanischen Garten an der Vīlipa iela. Wir setzten uns auf eine Bank in der Sonne und packten unser mitgebrachtes Essen aus, Brote und jede Menge geschnittenes Gemüse. Es war ein wunderbarer Frühlingstag, ein Erwachen und eine Frische, die mich ganz beschwingt machten.

»Erzähl mir von eurem Urlaub«, sagte Lilija mit ihrer kindlichen Stimme, griff nach einem Möhrenstift und biss ab.

Ich erzählte ihr von der Taufe in den USA, zu der wir eingeladen worden waren, von Roberts Schwester, die in Seattle lebte und ihr erstes Kind bekommen hatte, und wie wir im Anschluss ein paar Tage die Küste hoch in Richtung Kanada gefahren waren.

»Ach, ich beneide dich«, sagte sie. »Uldis und ich fahren in immer die gleiche langweilige Datscha, in allen Ferien dasselbe … Sauna, im Sommer Baden, am Strand herumlungern und essen, essen, essen …« Sie klopfte sich auf den runden Bauch.

Ich sah sie an, ihr breites, rotwangiges Gesicht, das kastanienbraune, leicht zerzauste Haar, und musste lachen. Und plötzlich war mir klar, dass alles genau andersherum war, dass wir beide genau entgegengesetzt agierten: Sie spielte alles herunter, ihre Ehe mit Uldis, die bestens funktionierte, ihre Ferien, von denen sie in Wirklichkeit jede Minute genossen hatte, die Datscha in Jūrmala, die ein wunderbares Holzhaus direkt am Meer war, mit einer kleinen Veranda und einem Garten mit Sauna. Und ich, die ich ihr von unseren Reisen erzählte, von Disney World und Safaris in Namibia. Nicht dass ich damit angegeben hätte, ich erzählte ihr nur immer, was wir so gemacht hatten, Robert, Penelope und ich, und doch hörte sich das immer wie ein perfektes Leben an – eine perfekte Ehe, eine perfekte kleine Familie. Und mit einem Mal entschied ich, dass das nun aufhören würde.

»An seiner letzten Schule hatte Robert ein Verhältnis mit einer Schülerin.«

Lilija, die gerade von ihrem Käsebrot abgebissen hatte, ließ das Brot sinken und sah mich an.

»Ja«, sagte ich und zuckte die Achseln. »Und in den USA haben wir unsere Zeit hauptsächlich damit verbracht, uns vor Penelope zusammenzureißen. So war unser Urlaub.«

Das war die Wende: Lilijas Anblick, wie sie dasaß, mit dicken Backen, die braunen Augen auf mich gerichtet. Ich spürte ihre Fassungslosigkeit und fragte mich zum ersten Mal überhaupt, was zur Hölle ich eigentlich mit einem wie Robert wollte. Warum ich mich nicht schon längst von ihm getrennt hatte.

Vielleicht hatte etwas in mir gewusst, was kommen würde. War das möglich? Konnte man so etwas spüren wie einen Wetterumschwung?

Kaiserwald I

Penelope. Erinnerst du dich an das Gespräch, das wir führten, nachdem das ganze Lügengebilde in sich zusammengekracht war? Es dämmerte schon, und wir hatten die ganze Nacht hindurch geredet. Zu dem Zeitpunkt wussten wir allerdings noch nicht, was am nächsten Tag Schreckliches auf uns zukommen würde. Dass einer von uns es dort nicht rausschaffen würde. Auf jeden Fall war es das erste wirklich ehrliche Gespräch, das wir führten. Irgendwann hast du geweint, und das Wort Schuld hing in der Luft. Und dann hast du den Kopf geschüttelt, immer wieder, und dich gefragt, ob du das alles nicht hättest verhindern können. Denn irgendwo in deinem Unterbewusstsein hast du die Lügen geahnt, all die Dinge, die sie im Laufe der Jahre unter den Deckel gedrückt haben.

Jetzt kann ich dir sagen: Auch ich schleppe diese Schuld mit mir herum. Ein anderes Hirn wäre den ganzen Erinnerungsschrott im Lauf der Jahrzehnte auf ziemlich natürliche Weise losgeworden, aber weil meines irgendwie anders verdrahtet ist, sehe ich jedes winzige Detail noch immer vor mir: jeden Streit zwischen meinen Eltern, jede ätzende Bemerkung, die ich durch die Wand hörte. Die Schuldgefühle werde ich wohl nie komplett los, und wahrscheinlich werde ich mich bis an mein Lebensende fragen, ob alles anders gekommen wäre, wenn ich Ostern 1998 nicht zu meinen Großeltern geflogen wäre. Denn dann wäre sie bestimmt nicht weggegangen. Sie wäre bei mir geblieben und hätte sich nicht in Gefahr gebracht.

Als mein Vater an jenem Abend mein Zimmer verließ, stand ich noch einmal auf und öffnete die Kartons, die er gebracht hatte. Ich holte einen Pullover meiner Mutter heraus, einen jadegrünen Wollpullover, in dem noch ein wenig von ihrem Duft hing. Ich kuschelte mich in den Pullover, doch mein Kopf wollte keine Ruhe geben, und meine Gedanken rasten weiter hin und her, wie ein winziger Hamster in seinem Rad. Ich musste immer wieder an meinen Vater denken, der gelogen hatte, und an das Gebrüll aus dem Schlafzimmer meiner Eltern, am 20. Dezember 1997. *Hab genug von dir und dieser beschissenen Tussi. Hast deinen Schwanz einfach nicht im Griff.* Ich drückte mein Gesicht fester in den Pullover. *Du musst dich gerade aufschwingen. Tust immer so unschuldig.* Ich kniff die Augen fest zusammen, konzentrierte mich darauf, meine Mutter in dem Pullover zu sehen. Er war einer ihrer Lieblingspullover gewesen, und ich hatte immer gefunden, dass sie darin besonders hübsch aussah. Nach einer Weile verblassten die Stimmen, und ich sah sie plötzlich ganz deutlich vor mir, ihr langes blondes Haar im Kontrast zum zarten Grün des Pullovers, wie sie hereinkam und mir einen Teller mit zwei Leberwurstbroten, Gurkenscheiben und Radieschen brachte. Ich saß gerade vor dem Fernseher und trug den roten Schlafanzug mit den weißen Punkten, den ich im letzten Jahr von meinen Großeltern zu Weihnachten bekommen hatte, und während meine Eltern im Schlafzimmer mit Streiten beschäftigt waren, nutzte ich die Zeit, um *Unser Charly* anzuschauen. Danach guckte ich einfach weiter, einen Erwachsenenfilm, obwohl der mich gar nicht interessierte. Ich wollte einfach nur in Ruhe fernsehen und dabei mein zweites Leberwurstbrot essen. Irgendwann rief ich meine Mutter, ob ich noch ein drittes Brot haben könne, was sie mir kurz darauf brachte. Später setzte sie sich zu mir auf die Bettkante und las mir *Im Wald sind keine Räuber* vor, eines meiner Lieblingsmärchen aus dem Astrid-Lindgren-Buch, und als sie fertig war, bettelte ich sie an, mir noch ein Märchen vorzulesen, weil ja Samstag war und ich am nächsten Morgen ausschlafen konnte.

Ich kuschelte mich noch etwas tiefer in den grünen Pullover, und dann versuchte ich mich daran zu erinnern, wie oft ich sie in dem Pullover gesehen hatte und kam auf genau elf Mal. Irgendwann schlief ich ein.

Mathilda. Nach dem Frühstück packte Mathilda alle Sachen in eine Papiertüte, die die Schwester ihr besorgt hatte. Sie stellte die Blumen, die noch schön waren, in den Aufenthaltsbereich. Im Zimmer der Pfleger steckte sie einen Schein in die Kaffeekasse und ging zurück aufs Zimmer, ein letztes Mal. Es war seltsam, diesen Raum, der ihr die letzten Tage zu einem Kokon geworden war, zu verlassen und wieder nach draußen zu gehen. Sie fühlte sich ungeschützt in diesem Moment, aber auch ratlos, so wie jemand, der lange von einem Urlaub geträumt hat, ihn überraschend bekommt und nun nicht weiß, was er mit sich und seiner Zeit anfangen soll. Vor allem eines war völlig offen: die Frage, wie es nun mit Prokhoff weitergehen würde. Ob es weitergehen würde. Nach diesem Einsatz am Ende doch in einer Sackgasse gelandet zu sein, das wäre unerträglich.

Zwei Minuten später stand sie an der Tür, in den Klamotten, die *er* ihr besorgt hatte – Jeans und weiße Bluse –, ihre eigenen blutbefleckten Kleider steckten in der Papiertüte. Sie sah sich ein letztes Mal um, bevor sie in den Fahrstuhl stieg und zum Empfang hinunterfuhr, wo sie die Pförtnerdame bat, ihr ein Taxi kommen zu lassen. Sie saß keine zwei Minuten auf der Bank, als die Tür aufging und ein Mann in schwarzer Hose und schwarzem Hemd hereinkam. Er war schlank und drahtig, und noch bevor er auf Mathilda zusteuerte, dachte sie »Typ Security«, vielleicht weil er sie an Kallmann erinnerte, der nach Jahren beim KSK irgendwann die Notbremse gezogen hatte und nun als Sicherheitsmann arbeitete.

Der Drahtige blieb vor Mathilda stehen, sprach ihren Namen wie eine Frage aus, und als sie nickte, sagte er: »Roland Brammer. Ich komme stellvertretend für Herrn von Prokhoff, der sich entschuldigen lässt. Er wollte Sie persönlich abholen, ist aber leider verhindert.«

Erleichterung durchflutete sie. Es *würde* weitergehen. Im Aufstehen überlegte sie, dass er garantiert dabei gewesen war, vielleicht tatsächlich beim KSK – seine Haltung, die ganze Ausdrucksweise, alles an ihm schrie »ehemaliger Soldat«. Während sie noch darüber nachdachte, streckte er die Hand aus und nahm ihr die Papiertüte ab, sie ließ sie sich aus der Hand nehmen und folgte ihm nach draußen, wo ein schwarzer Mercedes am Straßenrand stand. Einer, der genau so aussah wie der, in den Mathilda reingebrettert war.

Brammer hielt ihr die Tür auf. Der Mercedes roch neu, nach Leder und Gediegenheit. Die Klimaanlage lief auf Hochtouren, und sie hatte das Gefühl, von satten 35 Grad in einen Kühlschrank zu steigen. Sie nannte ihre Adresse in Lichtenberg, und dann fuhren sie schweigend durch die Straßen, an Tempelhof vorbei, im Schatten der Bäume. Am Alexanderplatz fühlte sie schon wieder diese Enge, die sie immer in großen Städten spürte, das Gefühl, dass jemand ihr die Luft abdrückte. Und wie immer, wenn sie mitten in so einer Innenstadt steckte, war da dieses klaustrophobische Gefühl, dieser Drang, aussteigen zu müssen, jetzt sofort, und loszulaufen, bis da nichts mehr war, keine Büro- und Wohnsilos mehr, kein Beton, keine Menschen, und so lange zu rennen, bis da bloß noch sie war, allein in einem Wald, auf einem Feld. In Berlin-Mitte war es besonders schlimm. Sie schloss die Augen, versuchte sich wegzubeamen, als sie Brammers Stimme hörte: »Alles in Ordnung bei Ihnen?«

Mathilda begegnete seinem Blick im Rückspiegel. Er hatte wohl Anweisungen, auf sie zu achten. Vielleicht wollte er aber auch nur verhindern, dass sie ihm das Auto vollreiherte.

»Ja. Alles klar«, antwortete sie zackig und riss sich zusammen, wartete, bis die Hässlichkeit von Berlin-Mitte an ihr vorbeigezogen war und sie am Volkspark Friedrichshain vorbeikamen. Auf der Landsberger Allee schloss sie noch einmal die Augen und öffnete sie erst, als der Wagen langsamer wurde und hielt.

Brammer machte Anstalten, auszusteigen, wahrscheinlich, um ihr die Tür aufzuhalten. Aber sie kam ihm zuvor, bedankte sich, schnappte ihre Papiertüte, stieg schnell aus und verabschiedete sich. Doch Brammer kam ihr hinterher und streckte ihr etwas entgegen, einen Briefumschlag aus dickem cremefarbenem Papier – und einen Jutebeutel mit der Aufschrift *Ich will nicht nach Berlin*, einer Liedzeile aus dem gleichnamigen Song von Kraftklub. Perplex nahm sie den Beutel entgegen. Im Krankenhaus hatte sie in einem Gespräch mit Prokhoff den Satz einmal zitiert und gewitzelt, dieser Song sei gewissermaßen für sie geschrieben.

»Herr von Prokhoff lässt Ihnen das hier geben. Damit Sie nicht gleich losmüssen«, sagte er. Mathilda griff nach dem Beutel und warf einen Blick hinein. Verwundert sah sie, dass er voller Lebensmittel war: Obst, Brot, Butter, ganz unten sah sie Boxen mit Fertiggerichten von einem Inder. Und dann eine Schachtel schottisches Shortbread, was sie liebte – erst jetzt erinnerte sie sich wieder, das ihm gegenüber einmal kurz erwähnt zu haben.

»Danke«, sagte sie widerwillig gerührt und nickte Brammer zu. Bevor er sich abwandte, machte er diese typische Bewegung mit dem Fuß, und mit einem Mal wusste sie zu hundert Prozent: Der Typ war ein ehemaliger Soldat. Sie wollte ihn schon fragen: *Wo warst du stationiert? Wie lange bist du schon draußen?*, tat es dann aber natürlich doch nicht. Trotzdem hatte sie den Eindruck, dass er sie aufmerksam musterte. Hatte sie sich durch irgendetwas verraten? Auf dem Weg zur Haustür riss sie sich zusammen und drehte sich *nicht* nach ihm um. Doch kaum hatte sie die Tür aufgeschlossen, hielt sie es nicht mehr aus. Sie warf einen kurzen Blick über die Schulter und begegnete noch einmal Brammers Blick, bevor er davonfuhr.

Im Treppenhaus betrachtete sie den dicken cremefarbenen Umschlag, auf dem nichts weiter als *Mathilda* stand. Als sie ihn umdrehte, entdeckte sie seine Adresse – in vornehm geschwungener Druckschrift und mit seinem vollständigen Namen: Falk Albertus Otto Hermann Leonhard von Prokhoff. Ihre erste Reaktion war ein trockenes, ungläubiges Auflachen. Natürlich wusste sie von dieser Namenslitanei. Sie hatte sie auf einer Website gelesen, wo irgendwelche Freaks Zaungast spielten und Blicke in die märchenhafte Welt des Hochadels warfen. Auch Falks Bruder war mit einem derartigen Namensbandwurm bedacht worden: Tristan Hubertus Waldemar Magnus Roderich. Das jedenfalls hatten die Freaks auf ihrer Website zusammengesammelt. Dennoch überraschte es sie, dass er diesen ganzen Kladderadatsch tatsächlich verwendete, hochoffiziell auf seinem hochadeligen Briefpapier. Nicht zum ersten Mal fragte sie sich, was diese beiden Säuglinge ihren Eltern eigentlich angetan hatten, dass die ihnen derartige Mühlsteine um die kleinen Hälse gehängt hatten. Kopfschüttelnd riss sie den Umschlag auf und zog eine handschriftlich beschriebene Karte aus dickem Büttenpapier mit Wappenprägung heraus:

Liebe Mathilda, unseren Gesprächen habe ich entnommen, dass Sie keine Berliner Bioladen-Hipster mögen. Und Berlin eigentlich auch nicht. Trotzdem hoffe ich, dass diese Lebensmittel Sie durch den ersten Tag bringen. Mir werden unsere Gespräche und – na ja – Ihre Sicht der Dinge fehlen. Weshalb ich hoffe, Sie wiedersehen zu dürfen, vielleicht bei einem Abendessen? Ich weiß, das klingt »old-fashioned« (würden Sie sagen). Ich werde mich bei Ihnen melden, wenn Sie gestatten. Aber nun kommen Sie erst mal zu Hause an.

Mathildas Herz fühlte sich an, als wäre es aus dem Takt geraten: Was war denn mit ihr los? Wie konnten denn plötzlich so viele Gefühle gleichzeitig darin Platz haben? Ja, sie war gerührt und belustigt zugleich. Und dann war da auch noch so eine widerwillige Freude. Und nicht zuletzt spürte sie so etwas wie – Scham. Das alles hatte er sich gemerkt! Und sie? Sie hatte ihn von Anfang an mit Lügen überschüttet, was sollte denn das bitte alles werden? Warum schlug ihr Herz immer noch so heftig, verdammt? Mit dem Zeigefinger fuhr sie über das Familienwappen. Was für eine vornehme Art der Kontaktaufnahme, dachte sie und steckte den Brief zurück in den Umschlag. Dabei kam ihr mit einem Mal ihre erste Kompaniefeier in Mittenwald in den Sinn, direkt nach der Versetzung in den Kampfzug. Die damals noch neuen Kameraden hatten sie, Theda und sie, wie komische Tiere beäugt. Nur Werndorf und Ziegler hatten keinerlei Berührungsängste gehabt. Du siehst voll geil aus in Zivil, hatte Werndorf nach ein paar Bier zu ihr gesagt, und Ziegler hatte Theda bestätigt, dass ihr Arsch in dieser Jeans *echt Bombe* aussah. Mathilda grinste vor sich hin, als sie daran dachte, auch an die Diskussionen damals auf Stube, als sie noch in der Grundausbildung gewesen war und die anderen Mädels ständig diese romantischen Komödien aus den Neunzigern sehen wollten, *Pretty Woman* und *Notting Hill* und so ein Zeug. Und jetzt, in genau diesem Moment, war ihr fast so, als wäre sie selbst in so einen Kitschstreifen hineingeraten. Irritiert schüttelte sie den Kopf.

Sie ging die Treppe zu ihrer Mansardenwohnung hoch, wobei sie das Gefühl hatte, als bewegten sich ganze Ameisenstraßen in ihren Gliedmaßen. Ich bin auf Kurs, dachte sie, endlich kommt Fahrt in die Angelegenheit. War es nicht das, was sie so lange gewollt hatte? Während sie die Lebensmittel aus dem Bioladen in den Kühlschrank packte, grübelte sie darüber nach, warum dieser superreiche, gut aussehende und humorvolle Typ sie so dringend näher kennenlernen wollte. Da musste es doch einen Haken geben, oder?

Riga, im Frühjahr 1997

Rebecca. Das Wetter an diesem Freitag war regnerisch. Ich saß in meinem Klassenzimmer und korrigierte Übungsaufsätze, eine Kurzgeschichteninterpretation, die einige Schüler der Oberstufe als freiwillige Hausaufgabe zur Vorbereitung auf die nächste Klausur geschrieben hatten. Hin und wieder sah ich nach draußen, in die Wand der Buchenhecke, deren schiefergraues Geäst im Regen glänzte. Ich konnte es inzwischen kaum mehr erwarten, dass die Hecke endlich zum Leben erwachte und sich in ein Meer aus Hellgrün verwandeln würde.

Das Geräusch des Regens, der aufs Fensterbrett prasselte, lullte mich ein, und ich kämpfte gegen die Müdigkeit. Ich war mitten in der Nacht aufgewacht und hatte eine Weile dagelegen, bis ich schließlich aufstand, um mir einen Tee zu kochen. Erst an der Tür, als ich mich umdrehte und der Lichtschein aus dem Flur auf unser Bett fiel, bemerkte ich, dass Roberts Seite leer war.

In der Küche setzte ich Wasser auf, dann ging ich ins Wohnzimmer und gleich darauf in Roberts Arbeitszimmer, um zu sehen, wo er war. Am Ende schlich ich durch die ganze große Wohnung und schaute sogar in Penelopes Zimmer, fand ihn aber nirgends. Als ich dann mit meinem Lavendeltee auf dem Sofa saß und überlegte, wo er sein könnte, stieg das alte Misstrauen wieder in mir auf, das sich mehr und mehr zu einem dumpfen Groll auswuchs. Schließlich ging ich wieder ins Bett und versuchte, mich auf ein Buch zu konzentrieren, was mir aber einfach nicht gelang. Und so löschte ich das Licht, sah in die Dunkelheit und lauschte dem einsetzenden Regen. Irgendwann musste ich eingeschlafen sein, denn ich erwachte von einem anderen Geräusch. Ich zuckte hoch und sah einen Schatten, der sich langsam durchs Zimmer bewegte. Ich schrie auf, hangelte nach dem Schalter der Nachttischlampe und knipste sie an. Da stand Robert, wie eingefroren in seiner Bewegung.

»Wen hast du denn erwartet?«, fragte er unwirsch und sah mich missmutig an. Er ging weiter zu seiner Bettseite, schlug die Decke zurück, schlüpfte darunter und drehte mir den Rücken zu.

Ich antwortete nicht, betrachtete seinen Rücken, das blau-schwarz karierte Muster seiner Schlafanzugjacke, irgendwie erleichtert, dass er es war, aber auch verärgert über seine Reaktion.

»Wo warst du?«, fragte ich.

»Wo ich war? Na, du bist gut ... Ich war oben, auf dem Dachboden.«

Ich sah ihn an, seinen Rücken, immer noch ungläubig. »Und was wolltest du da, mitten in der Nacht?«

»Sag mal ... das habe ich dir doch erzählt! Ich habe meine Schläger gesucht. Andris und ich wollen am Wochenende auf den Golfplatz gehen.«

Seine Antwort kam glatt, die Worte fließend, ohne das geringste Zögern, was mich verblüffte. Ich war drauf und dran, ihn zur Rede zu stellen und zu fragen, warum zur Hölle er die Schläger mitten in der Nacht suchen ginge, wie lange er denn den Dachboden durchsucht haben wollte und mit wem? Ich wollte ihn damit konfrontieren, dass ich mindestens zwei Stunden wach gelegen hatte, und ihm entgegenschleudern, dass wir anscheinend wieder mal so weit wären. Dann beschloss ich aber, den Mund zu halten. Ich hatte es so satt, ich hatte ihn so satt – ihn und dieses Auf-der-Hut-Sein, dieses ewige Misstrauen. Und diesen Felsblock von einer Ehe, den ich all die Jahre wie ein Sisyphos vergeblich den Berg hochgewälzt hatte.

Daran dachte ich, als ich in meinem Klassenzimmer saß und hinaus in die beginnende Dämmerung sah. Und eigenartigerweise wurde mir genau in dieser Sekunde überdeutlich bewusst, *welche Eltern* da gleich zur Tür hereinkämen – Xenias Vater, der mich auf diese ganz spezielle Art angesehen hatte, und seine Frau, die das gespürt haben musste. In ein paar Minuten würde sich die Tür öffnen, und die beiden kämen herein. Abrupt erhob ich mich, um mir noch schnell eine Tasse Schwarztee zu kochen, weniger weil ich Lust darauf hatte, als aus dem Bedürfnis heraus, die Minuten mit irgendeiner Tätigkeit zu füllen und später etwas zu haben, nach dem ich während des Gesprächs hin und wieder würde greifen können.

Wie zu erwarten gewesen war, lag das Lehrerzimmer fast verwaist da. Nur ein Platz am Fenster war noch besetzt. Andris Balodis, Mathe und Physik, er unterrichtete hauptsächlich die Oberstufe.

»'n Abend, Andris«, sagte ich, »so spät noch hier?«

»Du ja wohl auch, wie man sieht«, sagte er und lächelte fragend.

Ich ging zur Kaffee-Ecke, nahm den Wasserkocher und befüllte ihn.

»Du und mein Mann, ihr wollt es am Wochenende also mal wieder wissen«, sagte ich und öffnete den Schrank.

Andris stand auf, seinen Becher in der Hand, und kam zu mir herüber.

»Wie meinst du das?«, fragte er verwundert.

»Ihr wollt doch golfen … am Wochenende?«, half ich ihm auf die Sprünge, eine Hand immer noch an der Küchenschranktür.

Aber Andris schüttelte den Kopf. »Nicht dass ich wüsste.«

Ich drehte mich um, murmelte etwas von »falsch verstanden« und tat, als suchte ich nach dem richtigen Tee. Also lag ich doch richtig mit meiner Vermutung: Mein Mann hatte wieder etwas am Laufen. Ich griff nach irgendeiner Packung, und als ich mich wieder halbwegs gefasst hatte, wechselte ich mit gespielter Nonchalance das Thema.

»Ich hab gleich noch ein Elterngespräch.« Ich hielt Ausschau nach meiner Tasse und fand sie in der Spüle. Jemand hatte sie benutzt, wahrscheinlich wieder die neue Referendarin.

»Ein Elterngespräch?«, fragte Andris, der mir nichts anzumerken schien. Und während ich einen Teebeutel aus der Packung fischte, kam mir in den Sinn, dass meine Ehe sich im freien Fall befand. Nichts konnte sie mehr retten; der Moment, die Reißleine zu ziehen, war endgültig vorbei. Ich atmete tief ein und aus und wandte mich dann wieder Andris zu, der gerade fragte: »Wer sind denn die Eifrigen?«

Ich sah, wie er eine Augenbraue hochzog und sich dann den Rest aus der Kaffeemaschine einschenkte, eine widerliche erdölartige Flüssigkeit. Andris war bekannt für seine Kaffeesucht. Für seine Kaffeesucht und für seine Neugierde.

»Willst du das wirklich noch trinken?«, fragte ich und erzählte ihm dann, um welche Familie es sich handelte.

»Aha«, sagte er nur und nahm einen Schluck von der schwarzen Brühe, ohne auch nur eine Miene zu verziehen.

Irgendetwas an seiner Reaktion ließ mich aufmerken. Andris neigte weder zu knappen Antworten noch zu übertriebener Schweigsamkeit. »Wie meinst du das?«, fragte ich ihn.

Er schüttelte den Kopf. »Die beiden Jungs sind nicht gerade Musterschüler.«

Ich öffnete den Schrank, um die Zuckerdose herauszunehmen. »Na ja, wer ist das schon ...«

»Die wenigsten, stimmt. Aber ich spreche hier nicht von Lustlosigkeit oder Frechheit. Die beiden sind anscheinend das, was man *schlimme Finger* nennt.«

»Tatsächlich?«, hakte ich nach und wurde neugierig.

»Tja. Zu viel Geld verdirbt den Charakter, da sieht man's mal wieder.« Er grinste. »Die sind schon von etlichen Internaten geflogen. Diese Station hier ist sozusagen die letzte Tankstelle vor der Staatsgrenze.«

»Ach was!«

»Ja.« Er schüttelte missbilligend den Kopf. »Da war wohl alles dabei. Mobben. Drogen. Und sagen wir mal: politisch nicht ganz so korrekte Parolen.«

Ich warf einen Blick auf die Uhr. Was er über die Brüder von Xenia sagte, interessierte mich, aber es war höchste Zeit, ins Klassenzimmer zurückzukehren. Rasch löffelte ich Zucker in meinen Tee und verabschiedete mich. Ich hastete aus dem Lehrerzimmer und nahm mir vor, bei nächster Gelegenheit Ausschau nach Xenias Brüdern zu halten. Während meine Schritte durch den leeren Korridor hallten, fühlte mein Körper sich auf einmal überwach an, durchdrungen von einer vibrierenden Aufregung beim Gedanken an das bevorstehende Gespräch, an dieses Elternpaar mit den verkorksten Söhnen und der spröden Tochter, an diesen Vater, dessen Blick mir verboten vorkam und gefährlich. Und der mich, wenn ich ehrlich zu mir selbst war, die letzten Tage bis in den Schlaf begleitet hatte.

Mein Vater war ein Mann, der den Frauen gefiel. Und die Frauen gefielen ihm.

Kaiserwald I

Penelope. Mein Vater blieb noch zwei Tage, dann reiste er ab, ohne den Land Rover, in einem Taxi. Ich winkte ihm nach, bis das Taxi um die Ecke bog. Dann drehte ich mich um und lief zum Grottenbach, wo ich große Mengen Rotklee abrupfte und damit unter dem Weidezaun hindurchschlüpfte, ganz tief, damit ich keine gewischt bekam. Ich setzte mich neben Lotte, meine Lieblingskuh, und fütterte sie mit Klee. An ihren warmen, großen Leib geschmiegt blieb ich sitzen und lauschte ihrem ruhigen und gleichmäßigen Mahlen.

Als meine Oma später am Tag mein Zimmer betrat, saß ich, den Wurzel auf dem Schoß, auf dem Teppich, inmitten der Kartons. Überall verteilt lagen Stapel von Kleidern. Ich weiß noch, wie meine Oma einen erschrockenen Laut von sich gab, als sie mich so dasitzen sah, damit beschäftigt, das rote Blüschen mit den blauen Vergissmeinnicht zusammenzufalten, was mir nicht richtig gelingen wollte, weil der Hund schon wieder versuchte, mir das Gesicht zu küssen. Ich nahm ihn und setzte ihn auf mein Bett, wo er stehen blieb und fiepte, weil er von allein nicht herunterspringen konnte.

»Jetzt halt mal die Schnauze«, sagte ich streng. Und dann fragte ich meine Oma: »Kannst du mir zeigen, wie das geht?« Ich blickte hoch zu meiner Oma. Sie kam näher, machte einen großen Schritt über einen Stapel und setzte sich aufs Bett.

»Was machst du denn da?«, fragte sie.

»Ich ordne alles nach Farben. Das gefällt Mama.«

»Wo willst du die Sachen denn hintun?«, fragte sie.

»In meinen Kleiderschrank.«

Sie zögerte, bevor sie weitersprach: »Da wird wohl nicht alles hineingehen. Warum bewahren wir die Kartons nicht einfach im Keller auf?«

»Kleider haben im Keller nichts verloren. Da fangen sie an zu müffeln«, zitierte ich meine Mutter. »Außerdem will ich sie lieber hierhaben. Und wenn sie dann wiederkommt ...«

»Da könntest du natürlich recht haben.« Meine Oma sprach jetzt ganz schnell. »Wie wär's, wenn du ein paar von ihren Kleidern in deinen Schrank tust? Und den Rest bewahren wir einfach auf dem Dachboden auf. Dort riecht es gut, aber sie stehen auch nicht im Weg herum. Und wenn sie wiederkommt ...«

Jetzt sah ich, dass sie einen ganz komischen Gesichtsausdruck hatte. Sie schloss kurz die Augen, dann öffnete sie sie wieder, ließ sich vom Bett herunter und kniete sich zu mir auf den Boden.

»Und jetzt zeig ich dir, wie man die Bluse richtig zusammenlegt.«

Du kannst dir denken, dass sie mich nicht mehr aus den Augen ließen, seit ich vom Schulhof abgehauen war. Sie sprachen ständig mit mir, spielten Mau-Mau mit mir, begleiteten mich zu Lena Woliceks Übernachtungspartys und holten mich auch wieder ab. Und immer wieder baten sie mich, ihnen zu helfen. Tante Hannelore beim Ausfüllen des Lottoscheins und beim Streichen ihrer Gartenmöbel. Die Oma beim Unkrautjäten und Häkeln von kleinen Eierwärmern, die aussahen wie Fliegenpilze. Der Opa beim Kontrollieren der Neuanpflanzungen und Markieren von abgestorbenen oder von Schädlingen befallenen Bäumen. Außerdem nahm der Opa mich jetzt immer mit zum Wandern, auf die Alpspitz und in die Feuersteinschlucht, zur Breitachklamm und aufs Hörnle, was mir gut gefiel, denn ich merkte, dass mein Kopf stillhielt, wenn mein Körper in Bewegung war. Einmal probierten sie, mich beim Fußball und beim Taekwondo anzumelden, aber ich weigerte mich, hinzugehen.

An den Abenden brachte die Oma mich ins Bett. Jeden Tag um Punkt acht setzte sie sich zu mir auf die Bettkante und sprach mit mir das Abendgebet, *Müde bin ich, geh zur Ruh.* Ich mochte dieses Ritual, es erinnerte mich an meine Mutter. Auch sie hatte mich jeden Abend zu Bett gebracht, mit mir gebetet und mir dann immer vorgelesen. Am besten gefiel mir der Schluss: *Hab ich Unrecht heut getan, sieh es lieber Gott nicht an. Deine Gnad und Jesu Blut machen allen Schaden gut.* Dann wusste ich: Selbst wenn ich schuld an ihrem Verschwinden sein sollte, weil sie ja unterwegs zu mir gewesen war, würden mir der liebe Gott und Jesus mit seinem Blut vergeben, und am Ende würde alles gut werden. Und außerdem hatte ich ja auch noch diesen Deal mit Gott und Jesus laufen: Wenn ich ihnen jeden Abend vor dem Einschlafen mindestens sechs (wie ein Sechser im Lotto!) Erinnerungen an meine Mutter lieferte, würden sie sie mir noch in diesem Jahr wiederbringen, spätestens an Heiligabend.

Du findest, das klingt verrückt? Im Nachhinein finde ich selbst, dass dieses Verhalten an eine Zwangsstörung erinnert. So wie diese Leute, die jedes rote Auto zählen müssen oder glauben, dass die Welt untergeht, wenn sie in der Küche auf die Fliesenfugen treten. Jedenfalls unternahm ich von da an täglich meine Zeitreisen, direkt nach dem Vorlesen und vor dem Einschlafen. Das eine Mal versuchte ich mich an sechs Daten zu erinnern, an denen meine Mutter das rote Blüschen mit den Vergissmeinnicht getragen hatte (am 5. Mai, 13. Mai, 14. Mai, 20. Mai, 3. Juni sowie am 4. Juli 1996) oder ich sagte im Geiste sechs Kleidungsstücke auf, die sie in den letzten Herbstferien getragen hatte (die gelbe Bluse mit den rot-weißen Kreisen, die rote Bluse mit dem eckigen Ausschnitt und der Borte, den zartgelben Mohairpullover mit den Perlen, das rote Seidenkleid mit dem Gürtel, das rosa-orangefarbene Strickkleid und den roten Schlafanzug mit den Fliegenpilzen, als sie krank war). Ein andermal versuchte ich, mich an sechs Gerichte zu erinnern, die sie im Winter 1995 gekocht hatte, als wir noch in Windhoek gelebt hatten (gefüllte Paprikaschoten, Kartoffelauflauf, Spaghetti mit Tomatensauce, Nudelauflauf, dann Perlhirsesuppe und Mieliepap, weil meine Mutter immer mal wieder etwas ausprobierte, das sie noch nicht kannte). Das alles war vollkommen normal für mich. Bis zu dem Tag, an dem ich erkannte, dass ich mich auch in dieser Hinsicht von meinen Mitschülern unterschied.

Xenia. *Was mir an dem Projekt gefällt: die Ein-Strich-Methode. Und dass es kein Richtig und kein Falsch gibt. Was mir auch gefällt: die Intensität der Farben, die Kontraste, die alles steigern. Was mir nicht gefällt: dass ich es mit Alise machen muss. Immerhin haben wir es geschafft, uns für heute Nachmittag zu verabreden. Da klingelt es schon an der Haustür. Und gleich darauf höre ich Waltrauds Stimme von der Treppe her. Ich warte, bis es an meiner Zimmertür klopft. Ich sage »Ja«, und hereinkommt Alise. Erst reden wir. Wie wir das machen wollen, wer zuerst Modell sitzt. Ich schlage vor, dass wir in den Wintergarten gehen. Wegen Licht und so. Und sie ist einverstanden. Ich sitze zuerst, und sie braucht drei Versuche, bis sie mein Gesicht ohne abzusetzen hinbekommt. Sie lacht, und das macht sie sympathischer. Dann sitzt sie, und ich zeichne. Ich fahre die Konturen ihres Kopfes nach. Ich hätte es schlechter treffen können, denke ich plötzlich. Mit ihrem irren roten Haar und der hellen Haut ist sie ziemlich hübsch. Und während ich ihre Nase und die Lippen und das Kinn zeichne, wird mir klar, dass sie nicht nur hübsch ist. Sondern richtig schön.*

Penelope. Es war ein Montag, genauer gesagt war es Montag, der 29. Juni 1998. In der ersten Stunde hatten wir wie immer Deutsch bei unserer Klassenlehrerin, Frau Wildenrein. Sie mochte mich nicht, das wusste ich, weil sie mich immer nur dann aufrief, wenn ich mich nicht meldete. Wenn ich mich aber meldete, rief sie mich nicht auf. Heute denke ich, dass sie mich deshalb nicht mochte, weil ich von außerhalb kam oder sie mich für asozial hielt. Schließlich war meine Mutter abgehauen oder verschwunden oder ermordet worden, was in ihren Augen keinem anständigen Menschen widerfuhr. Jedenfalls hatte ich mich an diesem Morgen absichtlich nicht zum Vorlesen gemeldet, weil ich diesmal unbedingt drankommen wollte. Mein Aufsatz war gut, das wusste ich. Ich hatte mir Mühe gegeben, und das Thema, die Schwabenkinder, war mir wichtig. In der Woche zuvor hatten wir einen Schulausflug zum Bauernhofmuseum in Wolfegg gemacht, und jeder sollte über das schreiben, was ihn am meisten beeindruckt hatte. Ich hatte am »Schwabenkinderprojekt« teilgenommen und mir alles gemerkt, was die Museumsfrau uns erzählt hatte, über das Leben der Bergbauernkinder, die früher auf den Höfen bei uns geschuftet hatten. Und wenn ich sage »alles«, dann meine ich das auch. Doch als ich nach dem Vorlesen aufsah, wirkte Frau Wildenrein noch missgelaunter als zuvor.

»Das hast du doch niemals allein geschrieben!«, sagte sie, und ihre Stimme klang schon wieder so schrill, wie wenn Jochen während des Unterrichts im Klassenzimmer herumspazierte oder Jennifer ihr Mäppchen auf den Boden knallte, weil sie nicht mitarbeiten wollte.

»Doch«, antwortete ich und wurde rot vor Wut. Schon öfters hatte sie mir unterstellt, dass meine Oma oder der Opa mir geholfen hatten.

»Du sollst mich nicht anlügen. Aufgabe war, einen Aufsatz über das zu schreiben, woran ihr euch erinnert. Ihr solltet dazu keine Hilfsmittel verwenden!«

Die anderen fingen an zu kichern, besonders Lena, was mich noch mehr ärgerte.

Ich presste die Lippen zusammen und starrte Frau Wildenrein wütend an. »Ich hab nix *verwendet.*« Bei diesem letzten Wort verzog ich das Gesicht, so als wollte ich sie nachäffen, woraufhin sie rot anlief und meinte: »So geht das mit dir nicht weiter. Sag deinen Großeltern, ich will sie sprechen.«

Mathilda. Später setzte Mathilda sich an den Laptop und stalkte noch einmal die Wittgenstein, diesmal allerdings nicht auf dem Instagram-Account. Bevor sie sich mit Prokhoff träfe, wollte sie mehr über die Frau wissen, mit der er zehn Jahre zusammen gewesen war.

Sofort zeigte Google über eine Million Ergebnisse an. Gleich zuoberst ein Eintrag in Royalpedia, einer Seite, die auf Adlige spezialisiert zu sein schien: *Geb. im September 1980 in München ist Josephine Theodora Margarete Prinzessin zu Proyse-Wittgenstein eine Person des öffentlichen Lebens und Influencerin.* Gleich darunter ein Link zu einem Instagram-Account. Und jede Menge Bullshit-Artikel. *Durchsichtiges Kleid sicher tragen. Sie ist so dünn geworden. Jo startet ein Mode-Label. Warum sie Follower verliert.* Und unter all diesem Kram plötzlich ein Eintrag, der Mathildas Aufmerksamkeit erregte: *Liebes-Aus. Psychoprobleme nach Trennung.* Das klang so dämlich und so sehr nach *BILD*, dass sie nichts davon mit dem Mann in Verbindung bringen konnte, den sie kennengelernt hatte. Allerdings, das musste sie zugeben, wusste sie doch recht wenig über ihn. Sie klickte auf den Eintrag und sah nun eine blasse, aber auf eine brüchige Weise schöne Josephine zu Proyse-Wittgenstein, die in Jogginghose und Springerstiefeln aus einer Prada-Boutique kam, in beiden Händen großformatige Papiertaschen. Sie las den Artikel, der allerdings kaum etwas aussagte: *Nach der Trennung von Milliardär Falk von Prokhoff (ROD Immobilien AG) ist Jo zu Proyse-Wittgenstein sichtlich in ein Stimmungstief geraten. Hier tröstet sie sich mit Luxus-Shopping im Binge-Format. Ist das gesund? Oder läuft die Skandalprinzessin erneut Gefahr, in die Bulimie abzurutschen?*

Viel gab dieser mickrige Text tatsächlich nicht her. Im Grunde gar nichts. Noch nicht einmal, wer von beiden die Beziehung denn nun beendet hatte. Mathilda schloss die Seite und wollte den Laptop gerade herunterfahren, als sie innehielt und wie neulich auf Jos Instagram-Account ging. Sie klickte sich durch die Fotos, die sie fast alle schon kannte, und fragte sich widerwillig, wie es sich für Prokhoff anfühlen musste, zu wissen, dass er diese überirdisch schöne Frau nicht mehr würde haben können.

Einige Tage später stand Mathilda vor dem Spiegel und tat etwas, was sie sonst nie tat: Sie probierte Klamotten. Noch am selben Abend, nachdem Prokhoff ihr per Brief angekündigt hatte, dass er sie zum Abendessen einladen wolle, hatte sie widerwillig eine Bestellung aufgegeben. Alles secondhand: zwei Blusen, zwei Röcke, zwei Kleider. Ihr Kleiderschrank gab nicht besonders viel her. Vierzehn Jahre lang hatte sie fast ausschließlich Flecktarn und Uniform getragen. Die wenigen Klamotten in ihrem Schrank waren Funktionskleidung. Eine graublaue Seidenbluse, die sie einmal für die Hochzeit eines Kameraden gekauft hatte, war ihr inzwischen ein bisschen zu eng an den Schultern. Die Schuhe hatte sie allerdings neu bestellt, da war sie eigen, denn sie hatte in den vierzehn Jahren einfach zu viele Käsefüße in Kampfstiefeln gerochen.

Sie kam sich komisch vor, als sie nun in die Kleider schlüpfte. Mit zehn Jahren hatte sie zum letzten Mal ein Kleid getragen, beim Abschlussfest der Grundschule war das gewesen. Noch nicht einmal bei ihrer Konfirmation hatte man sie in eines hineinbekommen. Warum sie also jetzt eines anziehen wollte, war ihr selbst nicht ganz klar. Was erhoffte sie sich davon? Zugegeben, sie hatte in den letzten Tagen an ihrem Schlachtplan gefeilt und war zu dem Schluss gekommen, dass sie es unbedingt schaffen musste, so bald wie möglich Prokhoffs Eltern und vielleicht auch den Bruder kennenzulernen. Aber würde ein dämliches Kleid ihr dabei helfen? Als sie nun auch noch in die neuen Schuhe stieg, braune Wildlederpumps, hatte sie endgültig das Gefühl, sich für ein Kostümfest zurechtzumachen. Am Schluss packte sie alles wieder ein, zog Jeans und die Seidenbluse aus ihrem Bestand an und stieg in ihre Sneakers.

Als sie um Punkt acht Uhr aus dem Haus trat, wehte ihr ein kühler Wind entgegen. Das Wetter hatte umgeschlagen, war nun beinahe herbstlich mit den ersten braunen Blättern, die die Linden in diesem ultraheißen Sommer vorzeitig abgeworfen hatten. Sie schaute kurz hoch in den Himmel, wo sich die Wolken schwer und granitgrau zusammenballten, bevor ihr Blick die Straße entlangwanderte, auf der Suche nach dem schwarzen Mercedes. Gleich darauf entdeckte sie Falk von Prokhoff jedoch ein paar Wagen weiter in einem Audi Q8. Er telefonierte und brach abrupt ab, als er sie sah. Schon war er ausgestiegen und kam auf Mathilda zu, mit diesem Gesichtsausdruck, der immer so wirkte, als hätte er alles schon mal gesehen, als könnte ihn nichts überraschen. Im ersten Moment wollte er ihr offenbar die Hand geben, dann entschied er sich aber dafür, sie zu küssen, erst auf die linke Wange, dann auf die rechte, bevor er sie wie ein altmodischer Kavalier zum Wagen begleitete und ihr die Tür öffnete. Einen Moment lang war sie überrascht über sein förmliches Auftreten, fragte sich, wo der Typ wohl hin war, der die doch ziemlich spritzige Karte geschrieben hatte. Und für den Bruchteil einer Sekunde blitzte die verwirrende Frage in ihrem Schädel auf, ob auch *er* etwas im Schilde führte.

»Ich habe uns einen Tisch in einem meiner Lieblingsrestaurants reservieren lassen. Allerdings werden wir eine Weile unterwegs sein. Ich hoffe, das macht Ihnen nichts aus?«

Wieder dieser förmliche Ton. Und war es nicht eigenartig, dass sie immer noch beim »Sie« waren, fragte sich Mathilda, während sie auf die Frankfurter Allee bogen und lange Zeit geradeaus fuhren. Sie steckte immer noch in dieser Stadt fest, in diesem Berlin, aber es war nicht mehr so schlimm, denn jetzt hatte sie endlich das Gefühl, dass sich etwas tat. Vielleicht wäre bald alles vorbei und sie könnte diesen Moloch hinter sich lassen. Unauffällig drehte sie den Kopf zu Prokhoff, betrachtete ihn, wie er dasaß, so ruhig und sicher. Ob diese Ruhe und die Sicherheit mit seinem blauen Blut zusammenhingen, mit all den silbernen Löffeln, mit denen er gefüttert worden war, und mit den Milliarden, die er einfach so geerbt hatte oder noch erben würde? Plötzlich fiel ihr Noah ein, was *er* denken würde, wenn er sie hier so sähe, mit diesem Schattenparker, diesem Warmduscher, wie er ihn nennen würde, da war sie sich sicher. Noah mit seinen eins fünfundneunzig, wie er vorausjoggte, in voller Montur, mit dreißig Kilo Gepäck im Rucksack, der Kampfmittelweste und dem G36.

»... Sie haben hoffentlich auch Hunger?«

Sie begegnete Falks Blick, kam sich ein wenig schäbig vor. Er konnte ja nichts dafür, dass er zu dieser Familie gehörte. Und so antwortete sie ganz besonders liebenswürdig: »Ich habe großen Hunger. Ich habe überhaupt immer Hunger.«

Jetzt lächelte er. »Das ist schön. Eine Frau mit gutem Appetit ... was will man mehr!«

Wieder sah sie ihn an, versuchte in seinem Gesicht zu lesen. War das zweideutig gemeint gewesen? Doch sie konnte beim besten Willen nichts Schmieriges an seinem Ausdruck entdecken. Vielmehr sah er gerade sehr ernst und akkurat aus, die Hände ganz vorschriftsmäßig auf zehn vor zwei, fast als säße er in einer Fahrprüfung. Und plötzlich fragte sie sich, wie weit sie eigentlich zu gehen bereit wäre. In ihrem Leben war sie bisher nur mit einem einzigen Mann im Bett gewesen, und das erst, nachdem sie sich zwei Jahre gekannt hatten. Sie war nicht der Typ für eine schnelle Nummer, nie gewesen. Aber was für ein Typ war Prokhoff? Was für ein Typ konnte jemand sein, der so gut aussah und noch dazu so atemberaubend reich war? Das Gefühl war unvorstellbar für sie. Als Tochter von Durchschnittsverdienern hatte sie keine Ahnung, wie es sich anfühlte, im Geld zu schwimmen. Zwar hatte ihr nie etwas gefehlt, aber sie war in dem Bewusstsein aufgewachsen, dass man sich sein Geld erst einmal verdienen musste, bevor man sich etwas darauf einbilden konnte. Leute, die einen Haufen Zaster einfach so geerbt hatten, waren ihr zutiefst suspekt, so als würden sie einer noch nicht erforschten Spezies angehören, einer unbekannten Art Tiefseefisch zum Beispiel, der man sich lieber nicht ungeschützt nähern sollte. Sie merkte, dass es genau dieses Gefühl von Auf-der-Hut-Sein war, das immer wieder in ihr aufploppte. Was sie von ihm wollte, war klar. Aber was wollte er eigentlich von ihr?

Rebecca. Wieder im Klassenzimmer, ließ ich die Tür offen stehen und trat ans Fenster. Ich sah nach unten, auf den Gehweg zwischen der Hecke und der Schule und hielt nervös Ausschau. So stand ich eine Weile da, trank meinen Tee in kleinen Schlucken und spürte, wie mein Herz viel zu schnell und viel zu laut in meiner Brust hämmerte. Andris' Worte über die missratenen Söhne der Prokhoffs spukten mir im Kopf herum, und ich versuchte mir die beiden vorzustellen, die ich bisher nicht kennengelernt hatte. Ob sie wohl mehr nach der kühlen blonden Mutter gerieten oder nach *ihm*? Irgendwann setzte ich mich wieder ans Pult und starrte in das Aufsatzheft einer Schülerin. In dem Moment hörte ich Schritte auf dem Korridor, und ehe ich mich wappnen konnte, stand Xenias Vater da, mit regennassem Haar. Ich erwartete, im nächsten Moment auch seine Frau zu sehen, aber er schloss ohne zu zögern die Tür. Wie schon an dem Abend des Geburtstagsfests ließ er mich keinen Moment aus den Augen, während er auf mich zukam. Ich legte den Stift aus der Hand, fühlte Verwirrung unter seinem Blick. Wo war seine Frau? Einen Moment war ich unsicher, was ich tun sollte. Aufstehen oder ihm lieber im Sitzen die Hand reichen? Ich entschied mich dafür, aufzustehen und ihm auf Augenhöhe zu begegnen.

Seine Hände waren kalt, was mich überraschte, und es war tatsächlich dieser alberne Gedanke, der mich einen Moment lang beruhigte, dass ich nur Männer kannte, deren Hände immer warm waren, dass Roberts Hände immer warm waren und sonst immer ich die mit den kalten Händen war.

»Sie sind allein«, sagte ich und kam mir, kaum dass ich es ausgesprochen hatte, töricht vor. Ich überspielte meine Unsicherheit, indem ich mit einer burschikosen Geste auf einen der beiden Stühle vor dem Lehrerpult deutete, die ich zuvor dort bereitgestellt hatte.

»Ja«, antwortete er, zog den Mantel aus, einen dunkelblauen Trenchcoat, der an den Schultern schwarz vom Regen war, und legte ihn über einen der Schülertische in der ersten Reihe. »Ehrlich gesagt, wollte *ich* Sie sprechen.«

Ich runzelte die Stirn, und meine Verwirrung wuchs. Und mit der Verwirrung auch die Anspannung.

Ich bemühte mich um ein nüchternes Kopfnicken und bot ihm noch mal mit einer möglichst professionellen Geste einen Platz an. Dann fragte ich: »Was kann ich für Sie tun?«

Er fuhr sich durchs nasse Haar, wobei ein paar Tropfen auf das Pult fielen, auf den Aufsatz, den ich gerade korrigiert hatte. Die Tinte löste sich auf, die Schrift verschwamm. Er folgte meinem Blick.

»Entschuldigung«, sagte er und lächelte über seine Ungeschicklichkeit, doch irgendwie ironisch, als meinte er es nicht wirklich ernst.

Ein leichter Ärger flackerte in mir auf, der mir half, mich innerlich zu fassen. Ostentativ schob ich das Heft von ihm weg, an den Rand des Pults, und zwang mich zu warten, bis er zu sprechen begann: »Wir machen uns Sorgen um Xenias schulische Leistungen.«

»In den Naturwissenschaften, nehme ich an.«

»Ihre Noten im Halbjahreszeugnis waren ja nicht gerade ein Anlass zum Jubeln. Ich frage mich, ob es sinnvoll wäre, sie in die Nachhilfe zu schicken.«

Ich zögerte. »Das wäre natürlich eine Möglichkeit«, sagte ich. »Haben Sie denn schon einmal mit den jeweiligen Fachlehrern gesprochen?«

»Ich wollte zuerst mit Ihnen sprechen.« Er sagte das in einem merkwürdig eindringlichen Ton, den ich nicht recht einordnen konnte, der mir aber das Gefühl gab, dass meine Meinung für ihn wichtig war. Auch hatte ich den Eindruck, von seinem Blick regelrecht festgehalten zu werden.

Mein Herzschlag wurde schneller. »Meiner Meinung nach ist das Grundproblem, dass sie überhaupt nicht versteht, wozu sie das alles lernen soll.« Ich lehnte mich zurück. »Wir müssen versuchen, Xenias Interesse zu wecken. Ihr zeigen, dass ein gutes Abitur ihr dabei hilft, ihr Leben so zu gestalten, wie sie es möchte. *Das* ist das Ziel.«

Er zögerte ein wenig. »Ist das so?«

»Aber ja«, sagte ich. »Und dabei geht es nicht nur darum, dass sie mit einem guten Abi den Studienplatz ihrer Wahl bekommt. Bildung ist doch viel mehr, sie macht verantwortungsbewusst und hilft, autonome und kluge Entscheidungen zu treffen, für uns selbst und auch für andere.«

Er sah mich an und grinste, so als hätte ich etwas wirklich Komisches gesagt.

»Was amüsiert Sie denn so?«, fragte ich.

Da seufzte er und sagte: »Sie hören sich an wie eine Lehrerin … einerseits.«

»Ach ja?« Ich zog die Augenbrauen hoch. »Und was ist mit dem andererseits?«

»Na ja, das ist doch eine ziemlich naive Sicht auf die Dinge. Denn sehen Sie … Ich habe sogar zwei Studienabschlüsse. Und war ich deshalb in der Lage, kluge Entscheidungen für mein Leben zu treffen?«

Hatte er das gerade wirklich gesagt? Verblüfft sah ich ihn an, wie er dasaß, in seinem noblen dunkelblauen Anzug mit Weste, der personifizierte Erfolg, souverän, ein wenig steif zwar, aber zugleich überheblich. Und dazu immer noch dieser ironische Gesichtsausdruck, als wäre das alles ein einziger Spaß.

»Aber Sie wollen schon, dass sie Abitur macht?«

Da zuckte er die Achseln und sagte: »Meine Frau will, dass sie Abitur macht. Ich will eigentlich nur, dass sie glücklich ist.«

Einen Moment lang war ich sprachlos. Ich fixierte ihn, versuchte herauszufinden, ob er das ernst meinte. Oder ob das alles hier, das ganze Gespräch, dieser ganze Auftritt nur eine Art Spiel für ihn war. Dieser Mann strahlte etwas Undurchsichtiges aus, hinter seinem Blick und in seinem Ton und in seinen Gesten lauerte etwas Träges, das mich an einen Löwen vor dem Sprung erinnerte.

So sachlich wie möglich erwiderte ich: »Ich schlage vor, Sie und Xenia unterhalten sich noch einmal mit Frau Berg, das ist unsere Beratungslehrerin. Sie kann eine Art Bestandsaufnahme machen und Xenia dabei helfen, eine Strategie zu finden. Manchmal sind Schüler einfach nur überfordert und haben – gerade in den Naturwissenschaften – auch keine Grundlage mehr. Dadurch fallen sie natürlich immer mehr zurück und haben dann auch immer weniger Lust, sich überhaupt noch anzustrengen. Man muss ihnen wieder eine Perspektive geben.«

Jetzt lächelte er nicht mehr. »Können *Sie* das nicht machen?«

»Was meinen Sie? Mit Xenia reden? Das kann ich schon tun … Aber Frau Berg ist ausgebildete Beratungslehrerin. Sie ist sehr gut in ihrem Job, ich habe erlebt, wie sie Schüler motivieren konnte, bei denen ich …«

»Ich glaube, Sie können das besser. Sprechen *Sie* mit ihr. Bitte.« Sein Blick hatte alle Ironie verloren. Auf einmal sah er nur wie ein besorgter Vater aus, der gekommen war, um für seine scheue Tochter das Bestmögliche herauszuholen. Wo die Söhne ja schon ganz aus dem Ruder gelaufen waren.

»Also gut. Ich werde mit ihr sprechen.«

»Ich wäre Ihnen wirklich sehr verbunden.« Wieder sah er mich an, mit diesem Blick, der auch jetzt etwas zu lange dauerte. Ich tat, als bemerkte ich es nicht, hob die Hände, sagte: »Gut, wenn es also weiter nichts gibt.« Dann schob ich meine Unterlagen zusammen. Wir standen gleichzeitig auf, als eine Regenbö gegen das Fenster prasselte.

»Das scheint sich ja zu einer richtigen Sintflut auszuwachsen«, sagte er und nahm seinen Mantel. »Da reicht es schon, über den Parkplatz zu laufen, und man sieht aus, wie aus dem Fluss gefischt …«

Ich verzog das Gesicht. »Wenn man das Glück hat, ein Auto auf dem Parkplatz stehen zu haben.« Ich schob den Stuhl ans Pult. »Ich bin mal wieder mit der Straßenbahn da. Wie passend.« An der Tür zum Klassenzimmer machte ich Halt, löschte die Lichter und holte meinen Schlüsselbund aus der Tasche. Als ich den Schlüssel ins Schloss steckte, hörte ich ihn sagen: »Ich kann Sie gerne mitnehmen.«

Seine Worte klangen neutral, wie leichthin gesagt. Und doch wirkten sie auf mich so, als würde in mir eine Trommel schlagen. »Das ist sehr nett. Aber ich will Ihnen keine Umstände machen … Ich habe ja einen Schirm.«

Unsere Schritte hallten durch Korridor und Treppenhaus, während wir nach unten gingen. Vor der Eingangstür machte er Anstalten, mir die Tür aufzuhalten, stellte sich aber so, dass ich nicht an ihm vorbeikam. Da sagte er: »Ich mache Ihnen einen Vorschlag. Sie nehmen mich unter *Ihren* Schirm, während wir zu *meinem* Auto gehen. So haben wir beide etwas davon.«

Ich sah zu ihm auf, wie er so dastand, direkt vor mir, und keinen Millimeter zur Seite wich. Sein Blick war so dunkel, eine einzige große Pupille, und schien in mir zu summen, in meinem Magen, in meiner Brust, in meinem Kopf. Und plötzlich hörte ich mich selbst sagen: »Klingt nach einem guten Deal. Überredet.«

Ich spannte den Schirm auf, und wir liefen über den Parkplatz, zum einzigen dort geparkten Wagen, einem dunklen Mercedes mit Diplomatenkennzeichen. Als er mir die Tür aufhielt, musste ich an Lilija denken und ihre Meinung über teure Autos.

»Was ist so lustig?«, fragte er, als er hinter dem Steuer saß und den tropfenden Schirm auf den Rücksitz bugsierte.

Ich zögerte kurz. »Ich habe eine Freundin, die der Überzeugung ist, dass in den wirklich schicken Autos entweder Angeber, Rentner oder Männer mit Plauze sitzen. Dieser Theorie werde ich nun widersprechen können.«

»Da bin ich aber erleichtert«, sagte er lächelnd. »Wo darf ich Sie hinfahren?«

»Wissen Sie, wo der Kronwaldpark ist?«

Er nickte und ließ den Motor an. Die Scheinwerfer tasteten sich über den dunklen Parkplatz, beschrieben eine Kurve. Als wir auf die Āgenskalna iela einbogen, unter die Bäume, die links und rechts der Straße standen, klatschten schwere Tropfen auf die Windschutzscheibe. In der Slokas iela rumpelten wir übers Kopfsteinpflaster und kamen schließlich an meiner Trambahnhaltestelle vorüber. Wie passend es war, dass ich heute Morgen nicht mit dem Land Rover zur Schule gefahren war, sondern wie so oft mit Robert.

»Es ist wirklich nett, dass Sie mich nach Hause bringen.«

Er zuckte fast unmerklich die Schultern. »Eigennutz. So habe ich Ihre Gesellschaft noch ein wenig länger.«

Die restliche Fahrt über schwiegen wir. Es fühlte sich irreal an, hier neben ihm zu sitzen, in diesem schlachtschiffartigen, nagelneuen Wagen, während links und rechts immer wieder Gischtfontänen in die Höhe spritzten.

»Hier«, sagte ich, als wir zehn Minuten später in die Antonijas iela einbogen. Es regnete jetzt so heftig, wie ich es kaum je erlebt hatte. Er setzte den Blinker, fuhr rechts ran und linste durch die Scheibe. »Sind das etwa Drachen?«, fragte er, den Blick auf die Fassade unseres Hauses gerichtet.

»Ja«, sagte ich. »Sehr zur Zufriedenheit meiner Tochter und meines Mannes.« Ich löste den Gurt und machte mich bereit zum Aussteigen.

Da sagte er: »Ihr Mann ist ein Glückspilz.«

Ich lachte. »Wegen der Drachen?«

Er lachte nicht. »So eine Frau wie Sie zu haben.«

Im ersten Moment wusste ich nicht, was ich sagen sollte. Dann sagte ich das Nächstbeste, was mir in den Sinn kam.

»Ich glaube nicht, dass er das auch so sieht.«

»Dann ist er, entschuldigen Sie den Ausdruck, ein verdammter Knallkopf.«

Und dann sahen wir uns an, ein paar Sekunden lang, im gelben Schein des Blinkers. Das einzige Geräusch waren der Regen und mein einfältiges Herz, das laut gegen meinen Brustkorb klopfte. Schließlich nahm ich meine Tasche und stieg aus. In der geöffneten Tür beugte ich mich vor, während der Regen auf meinen Kopf prasselte. »Danke fürs Mitnehmen!«, rief ich. Gerade als ich die Tür zuschlug, glaubte ich ihn sagen zu hören: »Ich würde Sie gerne wiedersehen.«

Das Haus, in das wir zogen, war eines der schönsten, eine Tatsache, die mich nicht weiter überraschte, denn stets waren es die schönsten Villen und die größten Gärten, in denen meine Brüder und ich spielten. So war es immer gewesen. Und so würde es immer sein.

Kaiserwald I

Penelope. Ich sehe dich grinsen. Vielleicht ahnst du schon, in welche Richtung das Ganze geht? Jedenfalls sprachen meine Großeltern am nächsten Tag mit der Lehrerin. Ich stand allein vor dem Klassenzimmer herum und betrachtete Timo Steigs Turnbeutel, der als einziger noch an der Garderobe hing, weil er mal wieder vergessen hatte, die Turnsachen zum Waschen mit nach Hause zu nehmen.

Ich setzte mich auf die Bank und wartete. Ich kam mir wie ein Hund vor, der nicht mit ins Geschäft durfte. Nach einer Weile stand ich auf und ging zur Tür, legte das Ohr ganz nah an das Schlüsselloch und lauschte. Ihre Stimmen klangen gedämpft, wie in Watte gepackt.

»… kann mir keiner erzählen, dass sie sich das alles gemerkt hat.« Das war die Wildenrein.

»Und warum nicht?« Die Stimme von meinem Opa klang gefährlich ruhig. So klang er manchmal, wenn er im Wald oder am Berg irgendeinen Schafseckel traf, der seinen Hund freilaufen ließ. Kurz bevor er ihn so richtig zur Sau machte.

»Das Mädle hat noch nie geschummelt, noch nie. So etwas tut sie einfach nicht.« Das war die Oma. Auch sie schien mit ihrer Geduld am Ende.

»Das würde ich Ihnen ja gerne glauben. Aber all diese Fakten und Daten … ich war ja dabei, als die Frau Hildebrandt-Spengele den Vortrag gehalten hat.«

»Das Mädle ist halt ein Käpsele!« Das war der Opa.

Einen Moment lang war es still. Dann sagte die Wildenrein: »Dann fragen wir sie doch einfach selbst.«

Eilig huschte ich zurück zur Bank. Gleich darauf ging die Tür auf, und die Wildenrein stand da und fragte mit einem ganz zufriedenen Lächeln: »Da ist ja das Käpsele. Komm doch mal rein.«

Langsam betrat ich das Klassenzimmer.

»Frau Wildenrein glaubt, dass du den Aufsatz irgendwo abgeschrieben hast«, sagte meine Oma wie immer in klarstem Hochdeutsch. Ihre Familie stammte aus Pommern und war nach dem Krieg im Allgäu gestrandet, wie sie es ausdrückte.

»Ich hab nix abg'schrieben«, sagte ich und schaute von der Oma hoch zur Wildenrein, die direkt vor mir stand und mich keinen Moment aus den Augen ließ. Jetzt nickte sie. Es war ein zufriedenes Nicken, so als hätte ich ihr gerade noch einmal bestätigt, dass ich sie schon immer beschissen hatte, bei allen Klassenarbeiten, bei allen Hausaufgaben, vom ersten Tag an, als ich an der Hand der Oma das Klassenzimmer betreten hatte.

»Wenn du dir das also alles so schön gemerkt hast«, sagte sie nun, »dann hast du doch sicher nichts dagegen, uns das zu zeigen.«

Du kannst dir ja denken, wie das Ganze ausging. Jedenfalls wurde das Gesicht der Wildenrein immer düsterer, je mehr Fakten und Daten ich herunterratterte. Trotzdem wollte sie immer mehr wissen. Das ging so lang, bis der Opa explodierte.

»Herrgottsacknoamol! Jetzt g'langst aber. Das Mädle isch ja wohl kein Zirkusgaul. Und selbst der letzte Halbdaggl hat jetzt kapiert, wie schlau sie isch.« Er streckte die Hand aus, die ich sofort nahm, und ging mit mir zur Tür hinaus, ohne sich noch einmal umzudrehen. Wir standen vor der Garderobe, als ich von drinnen die Oma hörte, ihre Stimme klang wie immer ganz zart und freundlich.

»Sie sollten das Mädle wohl besser in Ruhe lassen.« Die Oma sagte immer »das Mädle«, ihr einziges Zugeständnis an den Allgäuer Dialekt. Und dann fügte sie noch etwas zarter hinzu: »Sonst müssten wir uns doch einmal ans Oberschulamt wenden.«

So, jetzt kennst du diese Story auch. Noch immer gehört diese Geschichte zu den Lieblingserinnerungen meines Opas. Und ich muss gestehen, zu meinen auch.

Am Nachmittag war dann alles wie immer. Zum Mittag aßen wir geschmelzte Maultauschen und grünen Salat. Als wir bei den Apfelküchle anlangten, fragte ich die Oma, was das Oberschulamt sei, und sie antwortete, dass die einem helfen, wenn man einem Lehrer das Mütchen kühlen müsse. Ich wusste damals nicht, was ein Mütchen war, sah aber am Gesichtsausdruck meiner Oma, was sie meinte, und hakte nicht weiter nach.

Nach dem Mittagessen machte ich meine Hausaufgaben wie immer am Küchentisch, während meine Oma den Abwasch erledigte. Später sortierte ich meine Stifte, die Schulbücher und Hefte nach Farben und ging nach draußen, wo ich mit Lena, Mandy und Janine Himmel und Hölle spielte. Aber dann stritten wir uns, weil Lena behauptete, die Wetterhexe aus Nils Holgersson heiße Isetta, ich ihr aber sagte, das sei ein kleines Auto und die Hexe heiße Isätter-Kajsa. Da war sie beleidigt und sagte, sie wäre nicht mehr meine Freundin, woraufhin ich mit den Schultern zuckte und ging.

Als ich nach Hause kam, schlüpfte ich möglichst geräuschlos zur Hintertür hinein. Das tat ich wegen meiner Oma, weil sie mich immer so ansah, ihre Augen ganz blank vor Sorge, wenn ich früher zurückkam als ausgemacht. Sie fragte dann immer ganz genau nach, worum es gegangen sei, wer was zu mir gesagt habe und was ich geantwortet hätte. Anfangs hatte sie noch nachgebohrt, zum Beispiel, woher ich denn so genau wissen wolle, was für ein T-Shirt Lena am 15. Mai getragen hatte und wie oft der Timo Steig schon eine Strafarbeit wegen vergessener Hausaufgaben bekommen hatte. »Das kannst du doch alles gar nicht mehr wissen«, sagte meine Oma dann immer und sah mich ganz zerknautscht an, so wie sie den Uli von nebenan manchmal ansah, wenn er behauptete, dass sein Vater ein Auto hochheben könne oder er zum Geburtstag einen Löwen geschenkt bekommen habe. Erst als ich ihr letzte Woche vor dem Abendessen von einer Fernsehsendung über Kornkreise erzählt hatte, die der Opa und ich uns im letzten Jahr in den Sommerferien, genauer gesagt am Samstag, dem 16. August, angeschaut hatten, als sie mit ihrer Freundin diese Kaffeefahrt nach Cannobio unternommen hatte, und ich von den schönen Mustern in einem Getreidefeld erzählte, die am 11. Juli 1990 und am 17. Juli 1991 in England entdeckt worden waren und von dem 756 Meter langen Kornkreis, den sie am 26. Juli 1996 gefunden hatten, veränderte sich etwas. Ich weiß noch, wie die Oma und der Opa sich einen Moment lang anschauten und die Oma sich dann ihre vom Salatwaschen nassen Hände an der Schürze abtrocknete, sich die Brille, die sie an einer Kette um den Hals trug, aufsetzte, sich einen Bleistift und den Diddl-Einkaufsblock, den ich ihr zum Geburtstag geschenkt hatte, nahm und mich dann fragte, ob ich das mit den Kornkreisen noch einmal wiederholen könne.

Nach meinem Streit mit Lena Wolicek schlich ich also zur Hintertür herein und wollte gerade die Treppe zu meinem Zimmer hinaufgehen, als ich ihre Stimmen aus der Küche hörte.

»... alles haargenau, jedes einzelne ...« Das war die Oma.

»Aber wie kannst du das denn wissen?«

Jetzt lachte die Oma. Aber es klang nicht besonders fröhlich, sondern eher so, wie sie gelacht hatte, als Tante Hannelore ihr erzählt hatte, dass die dicke Frau am Minigolf-Kiosk schon wieder nach meiner Mama gefragt hatte.

Jetzt sprach die Oma so leise, dass ich kaum etwas verstand außer »schon länger« und »doch aufgefallen sein«.

Der Opa murmelte etwas vor sich hin und sagte dann das, was er auch schon zu der Wildenrein gesagt hatte, dass ich halt ein Käpsele sei.

»Ach, Siggi«, sagte meine Oma da, »ich hab das Gefühl, dass es doch ein bisschen mehr ist. Ich werd dir mal was zeigen.« Als ich die Schritte auf die Tür zukommen hörte, lief ich blitzschnell nach oben und huschte in mein Zimmer. Ich hörte, wie die Oma ebenfalls die Treppe hochkam, und befürchtete schon, sie hätte mich gehört. Aber sie ging nur in ihr Schlafzimmer und dann gleich wieder die Treppe hinunter. Zu gern hätte ich gewusst, was sie dem Opa hatte zeigen wollen.

Mathilda. Nach einer Stunde waren sie endlich da. Ein Restaurant an einem See, Werners hieß es und war natürlich in einer alten Villa untergebracht. Auf dem Parkplatz standen nur zwei Autos unter hunderttausend Euro, was sie noch weniger überraschte.

Gleich am Eingang wurden sie von einer hübschen Brünetten in weißer Bluse und schwarzem Rock empfangen, die Prokhoff überschwänglich begrüßte und Mathilda in ihren Jeans und Sneakers neugierig ansah, bevor sie sie zu einem Tisch an der Fensterfront führte. Der Raum war groß, überall Kristalllüster und Gläserfunkeln, gestärkte Tischdecken und Kerzenschein. Die Speisekarten, die wie dicke schwarze Aktendeckel aussahen, hatten keine Preise. Mathilda ließ Prokhoff bestellen, ihr schmeckte sowieso alles, solange es keine Schnecken waren. Und während er *Trüffelsuppe mit Blätterteighaube* orderte und irgendetwas, das sich wie *Bresse-Huhn in der Salzkruste* anhörte, und Gott weiß was noch, sah Mathilda sich um. Die Tische standen meilenweit voneinander entfernt. Diskretion schien hier oberstes Gebot. Allerdings wäre das an dem heutigen Abend, einem gewöhnlichen Mittwoch unter der Woche, gar nicht nötig gewesen, denn außer ihnen waren nur vier weitere Tische besetzt. Ein paar wichtig aussehende Männer in dunklen Anzügen und ältere Damen, die aussahen wie geklont, mit Chanelkostümen – zumindest sah es für Mathilda danach aus –, mit den unvermeidlichen Perlenketten und fluffig toupiertem, silbergrauem Haar. Unwillkürlich musste sie an Prokhoffs Mutter denken, die sie nur vom Sehen kannte, und die vom Style her gut zu diesen beiden Ladys passen würde – wenngleich sie äußerlich einer klassischen Schönheit entsprach. Wenn alles so lief wie geplant, würde Mathilda sie bald kennenlernen.

Der Wein wurde serviert, die Suppe, das Bresse-Huhn, das Gemüse. Mathilda aß genussvoll alles auf. Wie erwartet waren die Portionen nicht besonders groß, und sie hoffte, dass es noch Nachtisch gab. Während Prokhoff von irgendwelchen Freunden in Amerika erzählte, dachte Mathilda darüber nach, ob er sie bald zu sich nach Hause einladen würde, in seine Supervilla in Zehlendorf, und ob es ihr dann noch möglich wäre, wie geplant rechtzeitig den Absprung zu schaffen. Und was überhaupt rechtzeitig wäre, in ihrem Fall. Parallel stellte Mathilda ihm die Fragen, die man halt stellte, wenn der andere noch neu war und man sich vorsichtig umkreiste wie zwei Hunde, die sich auf dem Dorfplatz begegnen. Nach seiner Schulzeit, nach seinem Studium, nach seiner Bundeswehrzeit, die er – na klar – bei der Luftwaffe verbracht hatte. Wahrscheinlich hatten sie da, ganz die Harten, auch mal in einer Turnhalle biwakiert, dachte sie und verkniff sich ein Grinsen, während sie die Information archivierte. Sie würde einen Kameraden bitten, ihr Prokhoffs Personalakte und seine Gesundheitsgrundakte zu besorgen, auch wenn sie nicht glaubte, dass die sie weiterbringen würden. Aber man wusste ja nie. Als er irgendwann zur Toilette ging, sah Mathilda ihm nach, wie er den Raum durchquerte, in seiner dunklen Hose und dem wie immer weißen Hemd, über dessen Ärmelaufschlag er die Armbanduhr trug. Ja, er trug die Armbanduhr *über* dem Hemd. Ob das ein Statement war, eine Art Dresscode unter Milliardären? Oder ging es ihm einfach auf den Wecker, die Manschette hochzuschieben, um auf die Uhr zu sehen? Was die weißen Hemden anging, so dürfte sein Kleiderschrank so harmonisch und unecht aussehen wie die Schranksysteme von Ikea, in denen immer nur ein paar wenige, farblich aufeinander abgestimmte Teile hingen.

Während er weg war, ging Mathilda im Geiste noch einmal die Informationen durch, die sie erhalten hatte. Auf den ersten Blick schien alles »normal«, soweit man bei diesem privilegierten Leben von »normal« sprechen konnte. Kindheit auf verschiedenen Internaten und im Ausland. Auslandsjahr in den USA. Dort auch Abitur. Bachelor in BWL an der Uni München. Ein zehnmonatiges Praktikum in New York. Masterstudium an der London School of Economics. Dann Eintritt ins Familienunternehmen, wo er alle Abteilungen durchlaufen hatte. Ein Musterlebenslauf, dachte Mathilda. Genau wie vorherzusehen war. Doch da war etwas, das er nicht erzählt hatte, und genau das interessierte sie.

Als er zurückkam und den Nachtisch orderte, lenkte Mathilda das Gespräch in die Richtung, in die sie eigentlich wollte: »Sie sagten vorhin, dass Sie als Kind mit Ihrer Familie im Ausland gelebt haben. Wo waren Sie denn überall?«

»Als wir klein waren, haben wir in Washington und Kapstadt gewohnt, und noch an ein paar anderen Orten.«

Mathilda sah ihn gespannt an, in der Erwartung, dass er von selbst weitersprechen würde. Aber das tat er nicht. Und gerade als sie ihn ganz offen nach diesen anderen Orten fragte, kam der Kellner mit dem Dessert. Unter dem Tisch ballte Mathilda die Hände zu Fäusten und verfluchte den Mann innerlich.

Als der Kellner wieder verschwunden war, überlegte sie kurz, ob sie die Frage wiederholen könnte oder ob das zu auffällig wäre, aber da redete er schon weiter: »Mein Vater war damals im diplomatischen Dienst. Wir haben ein richtiges Vagabundenleben geführt.«

»Das klingt spannend. Da haben Sie bestimmt eine Menge Sprachen gelernt.«

Während er sehr allgemein von seinen Zeiten im Ausland erzählte, versuchte Mathilda zu verstehen, wie das alles zu dem passte, was sie im Internet gefunden hatte: Die von Prokhoffs zählten mit der ROD Immobilien AG zu den Top Ten der reichsten Familien Deutschlands. Das Unternehmen war 1952 gegründet worden, aber erst 1995 an die Börse gegangen. So wie sie es verstanden hatte, gehörte ROD Immobilien zu den großen Gewinnern der Wende, nachdem sie Anfang der Neunzigerjahre die halbe DDR aufgekauft hatten, hauptsächlich Grundstücke und Immobilien in Berlin, Dresden, Leipzig und an der Ostsee. Wie also war es zu verstehen, dass Falks Vater im diplomatischen Dienst gewesen war und die Familie Gott weiß wo überall gewohnt hatte? Von Immobilienhandel war in seinen Ausführungen bislang nicht die Rede gewesen. Und als hätte er ihre Gedanken gelesen, hörte sie ihn ganz unvermittelt sagen: »Das habe ich ja noch nicht erzählt, meine Familie hält die Anteilsmehrheit an einem Unternehmen, der ROD Immobilien AG.«

Wäre Mathilda abergläubisch gewesen, hätte sie das unheimlich gefunden. Tatsächlich sah er sie aufmerksam an, aber auch irgendwie erwartungsvoll. Mathilda erwiderte seinen Blick, ohne mit der Wimper zu zucken, sagte: »Sollte mir das etwas sagen?«

Da lächelte er, aber nicht so ironisch wie sonst. »Nein ... nein ... Auf jeden Fall wollte ich Ihnen nur sagen, dass die Firma, in der ich arbeite, ein Familienunternehmen ist.«

Mathilda ergriff die Gelegenheit, runzelte die Stirn, als würde ihr gerade etwas auffallen und fragte dann: »Aber ... sagten Sie nicht gerade, dass Ihr Vater im diplomatischen Dienst war?«

»Das ist richtig. Und mein Vater hat mit der Firma auch nichts zu tun. Das Unternehmen kommt aus der Familie meiner Mutter.«

»Ah so ... und jetzt? Arbeiten da alle zusammen, Sie, Ihre Mutter und Ihr Bruder?«

»Meine Mutter hat noch Anteile, das ja, aber aus dem aktiven Geschäft hat sie sich mehr oder weniger zurückgezogen.« Täuschte sie sich oder hatte sich sein Tonfall bei der Erwähnung seiner Mutter leicht verändert? Auch sein Gesichtsausdruck wirkte irgendwie härter. Alle lässige Ironie war daraus verschwunden, als er fortfuhr: »Es gibt da eine Familienstiftung, für die sie sich sehr engagiert. Sie und mein Vater.« Das klang beinahe roboterhaft, als hätte er genau diesen Satz schon viele Tausende Male gesagt.

»Ach, und was ist das für eine Stiftung?«

Schmallippig antwortete er: »Sie heißt Dreilinden-Klimaschutzstiftung für Bildung und Nachhaltigkeit.«

Mathilda beobachtete ihn. Er wirkte plötzlich ziemlich gestresst ... Hatte das etwas mit der Stiftung zu tun? Oder war der Grund für seine Anspannung seine Eltern, vielleicht hatten sie einfach kein gutes Verhältnis? Wie ein Jagdhund, der eine Spur witterte, hakte Mathilda noch einmal nach und erkundigte sich interessiert nach den Projekten der Stiftung, als Prokhoff sich unvermittelt zurücklehnte, die Hände auf den Tisch legte und sagte: »Das ist ja fürchterlich! Ich rede hier die ganze Zeit von mir und meiner Familie. Jetzt erzählen *Sie* doch mal. Sie kommen also aus Namibia? Zu meiner Schande muss ich gestehen, dass ich das Land nicht wirklich kenne, obwohl wir ein paar Jahre in Kapstadt gelebt haben.«

»Tatsächlich?«, sagte Mathilda. »Und da haben Sie nie mal einen Ausflug nach Namibia gemacht?«

»Meine Eltern wohl schon, daran erinnere ich mich vage. Aber wir Kinder ... nein. Dafür gab es ja die Nanny.« Wieder dieser Unterton, dachte Mathilda. Doch ehe sie näher darüber nachdenken konnte, fragte er: »Wie war das so für Sie, dort aufzuwachsen?«

»Na ja ... die meiste Zeit war es ... heiß.« Mathilda zwang sich zu einem Grinsen. Und dann begann sie zu erzählen. Sie musste sich nicht besonders anstrengen. Sie erzählte einfach eine Teil-Wahrheit, schnitt die Partien aus ihrer Biografie aus, die sie ihm nicht erzählen wollte, und reicherte die Geschichte mit den Details an, die sie über Monate hinweg sorgfältig ausgewählt hatte.

»Meine Eltern sind beide schon tot«, log sie. »Meine Mutter ist sehr früh gestorben, mit nur fünfunddreißig.«

Er wirkte betroffen.

»Das ist wirklich zu früh«, sagte er. »Darf ich fragen, woran sie gestorben ist?«

Sie war überrascht, wie leicht ihr die Lügen über die Lippen kamen. »Sie ist einfach nicht mehr aufgewacht. Lag eines Morgens tot im Bett. Ich hab sie gefunden.« Mathilda nahm einen Schluck von dem Dessertwein, atmete tief durch und fuhr dann fort. »Ihr Tod wurde gründlich untersucht, es stand offenbar sogar der Gedanke des Fremdverschuldens im Raum. Ich habe das alles gar nicht richtig begriffen. Ich weiß nur noch, wie schrecklich es war, als sie sie abgeholt haben. Sie wurde nach Windhoek gebracht ... zur Obduktion.«

Der Kellner kam und servierte ihnen den Digestif, zwei Gläser mit einer dunkelbraunen Flüssigkeit. Erst als er sich wieder entfernt hatte, blickte Mathilda auf und registrierte Prokhoffs Gesichtsausdruck. Auf einmal saß er da wie hinter einem Vorhang und starrte an ihr vorbei ins Leere. Er sah völlig verloren aus, nichts an ihm erinnerte noch an den smarten und erfolgreichen Milliardärssohn. Der Moment ging vorüber, und Prokhoff schien sich wieder zu erinnern, wo er gerade war. Er legte eine Hand auf ihren Arm und sagte: »Es tut mir leid. Ich wollte keine schlimmen Erinnerungen wecken.«

Sie nickte und fuhr dann fort: »Jedenfalls wurde sie obduziert und ... heraus kam, dass sie offenbar ein Aneurysma hatte.«

Während sie ihre Lügengeschichte weiterspann, fühlten sich die Worte in ihrem Mund auf einmal sperrig an, und seine feingliedrige Klavierspielerhand wog schwer auf ihrem Arm. Wenn er doch bloß eben nicht so verwundbar ausgesehen hätte, dachte sie und war erleichtert, als er seine Hand wegzog. Sie räusperte sich und griff nach ihrem Glas, leerte es und stellte es wieder ab. Sie war doch wohl nicht dabei, Gefühle für diesen Kerl zu entwickeln, nur weil er mal kurz bedröppelt aus der Wäsche geguckt hatte? Sie musste aufpassen. Diese Familie war gefährlich. Sie durfte sich nicht ablenken lassen. Nicht ablenken und vor allem nicht täuschen lassen. Doch so sehr sie sich das auch vorsagte: Das Gefühl, soeben auf einen Verwundeten eingeschlagen zu haben, blieb.

Riga, im Frühjahr 1997

Rebecca. Penelope war ein Bewegungskind. Bei Wind und Wetter wollte sie nach draußen, sie wollte herumrennen und hüpfen und irgendwo hochklettern, sie wollte Ball spielen und schaukeln und rutschen. Sie war auch der Grund, warum wir uns, als wir nach Riga zogen, nur Wohnungen in der Nähe eines Parks angesehen hatten. Das Apartment in der Antonijas iela, das wir schließlich bezogen, lag dann sogar gleich in der Nähe von vier Grünanlagen: Wir hatten die Auswahl zwischen dem Wöhrmannschen Garten, der Esplanāde, dem Basteiberg und dem Kronwaldpark.

Für Penelope war Riga eine Stadt der Tiere und das nicht etwa, weil wir ständig mit ihr in den Zoo gingen. In dem Viertel, in dem wir wohnten, prangten die Tiere überall an den Hausfassaden der Jugendstilhäuser, und ich weiß noch, wie Penelope am Tag unseres Einzugs stocksteif stehen blieb und die Drachen links und rechts über dem Eingangsportal begutachtete.

»Wo warst du so lange?«, fragte Penelope, als ich an dem Freitagabend nach Hause kam. Sie stand in der Diele und beobachtete mich, wie ich die Schuhe auszog und auf die Gummimatte stellte.

Ich gab ihr einen Kuss und sah, wie sie sich über die Wange wischte. »Du bist nass.«

»Ich hatte ein Gespräch mit dem Vater einer Schülerin«, sagte ich und ging in den Hauswirtschaftsraum, wo ich meinen Mantel zum Trocknen aufhängte und aus der Hose stieg. Ich holte ein Handtuch aus dem Korb mit der frischen Wäsche und rubbelte mir den Kopf.

»Backen wir trotzdem noch?«

»Hat Papa das denn nicht mit dir gemacht?«, fragte ich und schlüpfte in eine ungebügelte Hose, die im Wäschekorb lag.

»Papa hat die ganze Zeit telefoniert.«

Ich presste die Lippen aufeinander, und genau in dem Moment erschien Robert im Türrahmen. Er kam auf mich zu und gab mir einen flüchtigen Kuss auf die Wange. Ich wollte mich wegdrehen, tat es aber nicht, weil Penelope uns beobachtete.

»Alles klar?«, fragte ich und hängte das Handtuch zum Trocknen auf.

Fast unmerklich schüttelte er den Kopf. »Ich muss noch mal kurz weg«, sagte er. »Brian helfen, einen Schrank zu zerlegen.«

Brian war ein Bekannter von Robert aus dem Golfclub, ein Diplomat der britischen Botschaft, der kurz davorstand, in sein Heimatland zurückzukehren.

»In Ordnung«, sagte ich und fragte mich kaum noch, ob das denn stimmte. Dann wandte ich mich Penelope zu. »Dann haben wir zwei ja jede Menge Zeit.« Penelope quittierte diese Bemerkung mit einem Hüpfer und rannte schon einmal in die Küche. Und während ich in der Diele stand und Penelope die Schubladen aufziehen hörte, musste ich wieder an Xenias Vater denken, an die Worte, die er gesagt hatte, nachdem wir uns verabschiedet hatten.

Am Dienstag darauf sprach ich mit Xenia. Nach dem Unterricht bat ich sie, da zu bleiben, um mit ihr über einen Kunstwettbewerb zu sprechen, einen deutsch-lettischen Jugendförderpreis, der von der Kulturstiftung der Stadt Riga zusammen mit der Baltic International Bank ausgeschrieben worden war. Ich hatte ihn zuvor im Unterricht der ganzen Klasse vorgestellt und wollte jetzt noch einmal mit Xenia allein darüber sprechen. Wir saßen uns gegenüber, genau dort, wo am Freitag zuvor ihr Vater und ich uns gegenübergesessen hatten, was sich im ersten Moment falsch anfühlte, ja fast ungehörig. Ich drängte das Gefühl beiseite und sagte: »Das Thema ist *Zweiheit* … und ich finde, du solltest unbedingt mitmachen.«

Sie sah mich überrascht an, was ich schon erwartet hatte, denn trotz ihrer herausragenden Begabung schien sie sich selbst für eher mittelmäßig zu halten.

»Meinen Sie wirklich?«

»Ja, das meine ich.«

Und dann sagte ich ihr, dass ich sie in der Tat für meine begabteste Schülerin hielt, in Kunst, und für eine der Besten in Deutsch. Ich merkte, dass sie mir nicht recht glaubte, und als ich sie fragte, ob sie schon einmal darüber nachgedacht hatte, eine Mappe zusammenzustellen, damit sie sich nach dem Abitur an einer Kunstakademie bewerben könnte, wirkte sie geradezu sprachlos. Doch dann geschah etwas, was wiederum mich erstaunte: Sie lachte schrill auf.

»Was erheitert dich denn so?«, fragte ich.

»Sie haben meine Mutter doch kennengelernt. Sie glauben doch wohl nicht im Ernst, dass sie *damit* einverstanden wäre.«

»Aber … deine Mutter ist doch, soweit ich weiß, im Kunstförderverein?«

»Ja, stimmt. Aber Sie verstehen das nicht … Die macht das bloß, weil es … na ja … irgendwie dazugehört. In Wirklichkeit empfindet sie das meiste, was da gezeigt wird, als *Geschmiere* und *entartet*.«

Ich sah sie ungläubig an. »Na, *dieses* Wort verwendet sie sicher nicht«, sagte ich mit einem halben Lachen in der Stimme.

Xenia zuckte nur die Achseln und wandte den Blick ab. Auf einmal schien sie sich unwohl zu fühlen.

»Und dein Vater? Was ist mit ihm?«, fragte ich. »Hat der nicht mehr Sinn für die Kunst?«

»Der ist Volljurist.«

»Das erklärt natürlich alles.« Wir grinsten uns an, und der Moment hatte etwas Verschwörerisches an sich.

So saßen wir uns gegenüber, bis ich schließlich tief Luft holte und sagte: »Vielleicht redest du trotzdem mal mit ihm? Sag ihm, was du willst, was dir gefällt, was du dir vorstellst …«

Auf einmal veränderte sich ihr Gesichtsausdruck. »Sie kennen meine Eltern nicht«, sagte sie und senkte den Blick. »Niemand kennt sie.« Abrupt stand sie auf, nahm ihre Tasche und verließ das Klassenzimmer. Doch ihre Worte hallten immer weiter durch meinen Kopf, und ich fragte mich, was genau sie damit hatte sagen wollen.

Ich weiß nicht mehr genau, wann ich begriff, dass alles nur Fassade war, ein Stück, das sie für ihre Freunde und Bekannten, für uns, für alle anderen inszenierten.

Kaiserwald I

Penelope. Beim Abendessen schaute mich der Opa immer wieder nachdenklich an. Irgendetwas schien ihm den Appetit verhagelt zu haben, jedenfalls aß er weniger als in den letzten Monaten, wo er an jedem einzelnen Abend ein Käsebrot, ein Leberwurstbrot und ein Brot mit Thüringer Rotwurst und drei saure Gurken verdrückt hatte. Außerdem stellte er mir lauter komische Fragen, nach der ersten Wanderung, die er mit mir unternommen hatte, als wir durch die Feuersteinschlucht auf den Auerberg gegangen waren, ob ich mich noch daran erinnerte, was ich natürlich tat, an sie und an alle anderen Wanderungen, die ich mit dem Opa im letzten und im vorletzten und im vorvorletzten Monat unternommen hatte. Als ich allerdings unseren Ausflug zur Breitachklamm erwähnte, den wir am 10. August letzten Jahres gemacht hatten, und der Oma von dem lustigen Hund erzählte, der sich klatschnass neben seinem Herrchen geschüttelt hatte, und von dem roten Auto mit dem Münchner Kennzeichen, über das der Opa sich aufgeregt hatte, tat er etwas Komisches. Er stand auf und holte ein paar seiner alten Kalender aus seinem Arbeitszimmer. Dann fragte er mich, als würde er sich selbst nicht so gut erinnern: »Als du letztes Jahr in den Sommerferien bei uns warst, wann waren wir da noch mal auf dem Hörnle?«

»Am 17. August.«

»Und in der Feuersteinschlucht?«

»Am 10.«

»Und was war am 13. August?«

Da musste ich lachen, denn jetzt verstand ich, dass der Opa mich austricksen wollte.

»Da sind wir doch auf die Hochalphütte gegangen, und die Oma ist mit der Bergbahn gefahren, und dann haben wir Kaiserschmarrn gegessen!«

Da schaltete sich die Oma ein. Auch sie war kurz aufgestanden und hatte sich etwas aus einer Schublade geholt, ein schönes blaues Schreibbuch mit rosa und gelben Blumen, auf dem »1996« stand. Das sah ich, weil sie nun darin herumblätterte und mich dann fragte: »Und was war am Tag davor? Weißt du das auch noch?«

»Am Montag? Da hast du mittags Fleischküchle gemacht, und es war so heiß, dass du mir im Garten das Planschbecken mit Wasser gefüllt hast. Aber dann hast du mit mir geschimpft, weil ich den Wurzel auch hineingestellt hab und er durchs Haus gelaufen ist, und du hattest gerade gewischt. Und abends bist du zur Tante Hannelore gefahren, weil sie sich den Fuß gebrochen hatte. Und da durfte ich dann vor dem Fernseher essen, Pfannkuchen mit Erdbeermarmelade, zwei Stunden hat der Opa mich fernsehen lassen, bis zu den Nachrichten, wo sie dann von irgendeinem Jahrestag sprachen, an dem ein Mann namens Peter Fechter 1962 an der Grenze erschossen worden war.«

Es war jetzt sehr still im Raum. Die Oma hatte ihr Blumenbuch wieder zugeklappt. Einen Moment lang sah sie mich über den Rand ihrer Brille hinweg an. Dann schaute sie zum Opa und nickte, und ich sah auch zum Opa, der irgendwie ganz runde Augen machte, bis er auf einmal zu lachen anfing und gar nicht mehr aufhörte. Da musste ich auch lachen, obwohl ich eigentlich gar nicht wusste, was so lustig war. Irgendwann zog der Opa dann das rot-weiß karierte Schnupftuch, das er immer dabeihatte, aus dem Hosensack und tupfte sich die Augen trocken.

»Mensch, Mädle«, sagte er. »Was hat der Herrgott dir bloß für ein Hirn mitgegeben.«

Mathilda. Eine Woche später umarmte Prokhoff sie das erste Mal. Sie machten einen Spaziergang, im Tiergarten, er hatte sie mit dem Auto abgeholt, und Mathilda dachte gerade über die Dreilinden-Stiftung nach, von der sie bei dem Abendessen neulich das erste Mal gehört hatte. Falks Reaktion hatte sie aufmerken lassen, und sie hatte im Internet nach Informationen gesucht, auch wenn sie sich nicht vorstellen konnte, dass irgendetwas im Zusammenhang mit dieser Stiftung für sie interessant sein könnte. Alles, was sie gelesen hatte, klang auf eine Art lobenswert, die sich jeder Kritik entzog. So vergab die Stiftung Stipendien in den Bereichen Klimaschutz und Nachhaltigkeit und veranstaltete Workshops und Seminare über Umweltthemen und alternative Lebensformen. Besonders förderte sie wohl irgendwelche Ökodörfer, von denen es schon eine ganze Menge zu geben schien. Nur eines hatte sie noch nicht abgecheckt: die Links auf der Dreilinden-Website, die zu den Kooperationspartnern der Stiftung führten. Jedenfalls konnte Mathilda sich beim besten Willen nicht vorstellen, warum irgendwer – abgesehen von Donald Trump vielleicht – auf eine derartig gute Sache so kritisch reagieren sollte, wie sie es beim Sohn der Familie wahrgenommen hatte. Wahrscheinlich stand etwas anderes im Hintergrund, irgendein Postengerangel oder innerfamiliärer Zoff darüber, wer wie viel zu sagen hatte.

In dem Moment blieb er plötzlich stehen, direkt am Ufer des Landwehrkanals, und nahm sie in den Arm.

Und weil sie mit ihren Gedanken meilenweit entfernt gewesen war und die Umarmung so völlig unerwartet kam – sie waren ja noch immer beim Sie –, stand Mathilda da wie ein Pappkamerad. Aber er hielt sie fest, sanft und entschieden zugleich, und sie spürte, wie alle Anspannung plötzlich von ihr abfiel. Er roch angenehm, ein Rasierwasser mit Bergamotte und Holz oder etwas anderem, das ihr fremd war. Es war das erste Mal, dass sie ihm so nah war, und zu ihrer Überraschung konnte sie nur eines denken: Es fühlte sich gut an. Er war kleiner als Noah, in dessen Armen Mathilda sich immer winzig vorgekommen war, trotz ihrer eins fünfundsiebzig. Aber es fühlte sich jetzt alles fast richtig an.

Wie schon das letzte Mal im Restaurant, kurz bevor er seine Hand auf ihre gelegt hatte, stieg in ihr wieder dieses Gefühl auf, in die falsche Richtung unterwegs zu sein. So hatte sie sich das nicht vorgestellt. Sie hatte nicht damit gerechnet, ihn zu mögen. Sie hatte nicht damit gerechnet, es mit einem richtigen Menschen zu tun zu haben. Mit einem Mann, der ihren Humor verstand und selbst welchen besaß, und der trotzdem manchmal so wirkte, als hätte das Leben ihm schon öfters eins übergebraten.

Als er sich von ihr löste und sie anschaute, sah sein Gesicht anders aus als eben noch, nackter, aber auch irgendwie entschlossener. Er hielt sie auf Armeslänge von sich und sagte, ohne den Blick von ihr zu nehmen: »Ich möchte Sie gerne küssen.«

Selbst in dieser Situation siezte der Mann sie noch! Sie fragte sich, warum er es nicht einfach tat, ohne Ankündigung. War er immer so, überkorrekt und vorsichtig und darauf bedacht, nichts falsch zu machen? Doch bevor sie diesen Gedanken noch zu Ende gedacht hatte, tat *sie* es. Seine Lippen waren weich, und es fühlte sich gut an, und sie musste sich kein bisschen überwinden.

Als sie sich wieder voneinander lösten und weitergingen, Arm in Arm durch den Spätnachmittagsdunst, überkam Mathilda wieder so ein Gefühl, als wäre das alles unwirklich. Wie um alles in der Welt war es möglich, dass sie ihn eben geküsst hatte und dass es ihr nicht im Geringsten unangenehm gewesen war, ganz im Gegenteil? Dass sie es schön gefunden hatte und es wieder tun wollte. Eine Weile gelang es ihr, nichts weiter zu denken und sich einfach diesem Gefühl hinzugeben, das sie umhüllte wie ein warmer Mantel. Arm in Arm gingen sie vorbei an den ersten schon ein wenig bunten Ahornbüschen, die langsam aus dem Dunst auftauchten und wieder verschwanden. Mit einem Mal schob sich ein anderes Gefühl dazwischen, ein weitaus unangenehmeres, und eine Stimme in ihrem Kopf sagte ihr, dass sie dabei war, jemanden aufs Fieseste zu täuschen. Das alles war ja nicht echt, es durfte nicht echt sein. Doch dann tat sie etwas, das sie selbst

überraschte. Sie schob die Stimme in ihrem Kopf einfach beiseite, blieb stehen, nahm sein klares, offenes Gesicht in ihre Hände und küsste ihn noch einmal.

Riga, im Frühjahr 1997

Rebecca. Am nächsten Morgen, als Robert und ich in seinem Wagen zur Schule fuhren, dachte ich wieder über Xenias Worte nach. Was hatte sie damit gemeint, dass niemand ihre Eltern kannte? Offenbar benahmen sie sich zu Hause – ihren Kindern gegenüber – anders als nach außen hin? Aber: War das nicht immer so? Was hatte sie dann gemeint? Wahrscheinlich handelte es sich nur um das typische Verhältnis zwischen Eltern und ihren pubertierenden Kindern, um die üblichen Spannungen, die in dieser herausfordernden Zeit entstanden, wenn die Eltern merkten, dass die Kinder eine andere Richtung einschlugen, als sie selbst sich das vorgestellt hatten.

Solche Fragen gehörten für mich zum Schulalltag, so auch am darauffolgenden Donnerstagabend, als ich wie gewohnt meine Elternsprechstunde abhielt. Nachdem ich mich mit zwei Müttern über die misslungenen Aufsätze ihrer Söhne unterhalten hatte, packte ich meine Tasche und löschte das Licht. Als ich am Lehrerzimmer vorbeikam, warf ich einen kurzen Blick hinein. Wie das letzte Mal auch saß nur noch Andris an seinem Tisch und arbeitete.

»Hast du kein Zuhause?«, frotzelte ich und winkte ihm zum Abschied zu.

»Das Gleiche könnte ich dich fragen«, rief er mir nach, während ich in Richtung Treppe ging. Ich mochte die späten Stunden in der Schule, mochte die Stille, wenn der Lärm des Tages verklungen war und nur meine Schritte durch den Korridor hallten.

Draußen empfing mich ein kühler Wind. Ich schlug den Kragen hoch und überquerte den halbdunklen Schulhof, als jemand meinen Namen rief.

Überrascht blieb ich stehen und wandte den Kopf. Und da sah ich ihn. Er stand ein Stück entfernt, am Rand des Schulhofs, an seinen Wagen gelehnt. Im gelblichen Schein der Laterne sah ich, wie er sich abstieß und auf mich zukam. Als wir uns gegenüberstanden, streckte er die Hand aus.

»Den habe ich auf dem Rücksitz gefunden.«

»Danke«, sagte ich und nahm meinen Schirm entgegen. »Den hatte ich ganz vergessen.«

»Ich nicht. Das können Sie mir glauben.«

Sein Gesicht lag im Schatten, sodass ich den Ausdruck darauf nicht recht erkennen konnte, als er nun zu mir sagte: »Sie haben mit Xenia gesprochen. Dafür danke ich Ihnen.«

»Das war doch selbstverständlich.« Ich wollte weitersprechen, ihm von dem Kunstpreis erzählen und dass ich Xenia zu überzeugen versuchte, sich an dem Wettbewerb zu beteiligen, doch er unterbrach mich.

»Kommen Sie, ich fahre Sie nach Hause. Wir reden unterwegs. So schlagen wir zwei Fliegen mit einer Klappe.«

»Sind Sie immer so praktisch veranlagt? Letztes Mal der Tauschhandel mit dem Schirm …«

»Aber ja. Ich bin so praktisch, praktischer könnte man gar nicht sein …« Er hielt mir die Wagentür auf. »Nun kommen Sie schon. Steigen Sie ein. Ich fahre Sie.«

Wie schon das letzte Mal kamen wir an der Trambahnhaltestelle vorbei, und unterwegs erzählte ich ihm von meiner Idee, Xenia dazu zu bringen, sich an dem Wettbewerb zu beteiligen, um auf diese Weise ihre Motivation und ihr unverkennbares Talent zu fördern und ihr klarzumachen, welche beruflichen Möglichkeiten sie mit dem Abitur hätte.

Die ganze Fahrt über unterhielten wir uns, und als wir in meiner Straße ankamen, fuhr er rechts ran. Diesmal stellte er den Motor ab, und wir sprachen einfach weiter, über alle möglichen Themen. Und obwohl diese ganze Unterhaltung mir wie eine Schimäre vorkam, nur ein Vorwand, um den Abschied hinauszuzögern, hatte ich das Gefühl, *gab er mir das Gefühl*, dass alles, was ich sagte, von ungeheurer Wichtigkeit für ihn war, dass *ich* für ihn von ungeheurer Wichtigkeit war. Anfangs wagte ich kaum, ihn anzusehen, seine geschliffenen Züge, die dunklen Augen, die im Schein der Straßenlaterne unergründlich wirkten, auf eine betörende Art gefährlich, und mich festzuhalten schienen. Doch während ich weiter irgendwelches unsinnige Zeug von mir gab, an das ich mich später nicht einmal mehr erinnerte, wollte ich mehr von diesem Gefühl. Ich wurde mutiger und erwiderte seinen Blick, ohne ihn ein einziges Mal abzuwenden. Und während wir so dasaßen und sprachen, unsere Blicke ineinander verhakt, sah er auf einmal wirklich wie ein Raubtier aus. Aber wie eines, das mich faszinierte.

Nach einer gefühlten Ewigkeit, in der ich das Donnern meines eigenen Herzens zu hören glaubte, trat schließlich eine Gesprächspause ein, in der mein Blick auf die Uhr am Armaturenbrett fiel.

»So spät schon«, sagte ich mit heiserer Stimme und löste den Sicherheitsgurt.

Er folgte meinem Blick und wandte sich gleich darauf wieder mir zu. Dann beugte er sich vor und küsste mich, und die Welt hörte auf sich zu drehen. Und obwohl ich wusste, dass es falsch war, war mir das einfach egal.

Ich weiß nicht, ob Geld den Charakter verdirbt. Ist das so? Vielleicht weil wir mit der Zeit denken, dass wir uns alles kaufen können?

Kaiserwald I

Penelope. Ich kann es immer noch nicht fassen, was sie dir angetan haben, was sie euch angetan haben, mit ihren kranken Vorstellungen davon, wie ihr zu sein hattet. Und dass die Ursache für unser beider Elend, deins und meins, im Grunde ihr Weltbild ist. Kein Wunder also, wenn du sagst, dass du deine ganze Kindheit am liebsten in die Tonne kippen würdest. Nur nicht die Tage bei deinen Großeltern. Und so haben wir noch etwas gemeinsam: liebevolle Großeltern. Wie meine so sind, fragst du?

Also zuerst einmal die Oma. Sie heißt Eva-Maria, aber für mich war sie immer die Evi-Oma. Diesen Namen hatte ihr meine Mutter gegeben, um sie für mich von der anderen Oma, der Mutter meines Vaters, zu unterscheiden. Sie ist nicht besonders groß, höchstens eins sechzig, hat feines, blondes Haar, das sie alle paar Tage mit Lockenwicklern bestückt, und große wasserblaue Augen. Meistens lächelt sie. Auch spricht sie oft vor sich hin, in so einem munteren, ganz lustigen Tonfall, den sie auch beibehält, wenn sie im Grunde traurig ist. Ich wusste damals schon, dass sie raucht, auch wenn sie es nie vor mir tat, jedenfalls nicht am Anfang. Am Anfang versuchte sie, das Rauchen vor mir zu verbergen. Sie verschwand dann meist nach draußen, nachdem sie mir zuvor kleine Aufträge erteilt hatte (den Feldsalat zweimal gründlich waschen, die Garnrollen im Nähkästchen sortieren, die Besteckschublade ausräumen, damit sie sie auswischen konnte). Wahrscheinlich hielt sie mich da noch für ein kleines Kind, das nichts begriff. Doch mit der Zeit, mit den Monaten, wurde ihr klar, dass ich durchaus wusste, was sie da draußen vor der Tür tat, und sagte zu mir, sie gehe mal eine schmören, das war das Wort, das sie verwendete. Später dann, als ich schon älter war, sagte sie zu mir, ich solle das bloß nie anfangen, denn man sehe ja an ihr, wohin das führe.

Heute weiß ich, wie sehr auch meine Großeltern litten. Meine Oma hinter verschlossenen Türen, wo sie weinte und manchmal von Tante Hannelore getröstet wurde, mit einer Stimme, die ganz anders war als die, mit der sie sonst mit ihrer Schwester sprach. Mein Opa mürrisch, in sich gekehrt. Manchmal sah ich ihn nach Einbruch der Dämmerung im Garten sitzen, auf dem Klotz, wo er den ganzen Abend über Holz gehackt hatte, in einer Verbissenheit, die ich erst heute begreife. Er hockte dann da, mit nach vorne abfallenden Schultern, bis seine Silhouette sich im Grau des Abends auflöste und ich ihn nur noch anhand der Glut seiner Pfeife ausmachen konnte, die hin und wieder aufglomm. Manchmal trieb er sich auch im Wald herum, dann wartete sein Gedeck auf dem Abendbrottisch, und die Oma wurde ganz nervös vor Sorge. Wenn er dann endlich auftauchte, nach Einbruch der Dunkelheit, hörte ich, wie sie mit ihm schimpfte, warum er ihr das antäte, sie würde es nicht ertragen, auch noch ihn zu verlieren. Einmal, als ich nach dem Abendbrot mit dem Biomüll aus dem Haus trat, um ihn zum Kompost zu bringen, sah ich ihn im Zwielicht im Garten stehen, eine hagere Gestalt in brauner Jacke, mit seiner Förstermütze. Ich wollte zu ihm hinlaufen, doch dann merkte ich, dass seine Schultern ganz komisch ruckelten, und als er später hereinkam, waren seine Augen gerötet.

Und dann war da noch die Sache mit dem Kuchen. Im Gegensatz zu meiner Mutter, die versessen gewesen war auf Süßigkeiten aller Art, vor allem auf Kuchen, habe ich meine Oma nie etwas Süßes essen sehen, kein einziges Stück Kuchen, niemals. Das Laster meiner Oma sind die Zigaretten, nicht der Zucker. Und doch stand sie jeden zweiten Tag in der Küche und rührte Kuchenteig an, für Marmorkuchen zum Beispiel, oder sie knetete Teig für ein Zopfbrot oder für Zuckerkuchen, den sie mir und den Mädchen, die zu mir zum Spielen kamen, mit einem Glas Milch servierte. Ich glaube im Grunde, dass es der Kuchen war, den die Mädchen mehr schätzten als meine Gesellschaft, denn manchmal fragten sie schon danach, kaum dass sie zur Tür hereinkamen. Manchmal schimpfte der Opa die Oma wegen des Kuchens. Sie solle uns nicht ständig mit so einem Mist füttern, der viele Süßkram mache uns nur schlapp und verderbe uns den Appetit auf etwas Richtiges, doch die Oma backte unbeirrt weiter. Weißt du, was ich heute glaube? Dass auch sie einen Deal mit dem lieben Gott abgeschlossen hatte: Wenn sie nur immer genügend Kuchen im Haus hätte, würde eines Tages die Tür aufgehen und meine Mutter käme herein, würde sich an den Tisch setzen und ein Stück Marmorkuchen verdrücken.

Berlin, im Sommer 2023

Mathilda. Eines Abends lud Falk sie zu sich nach Hause ein, das erste Mal. Es gab jetzt viele erste Male, sie häuften sich, aber Mathilda war inzwischen Meisterin darin geworden, nicht weiter darüber nachzudenken. Auch nicht darüber, wann sie begonnen hatte, ihn Falk zu nennen. Vielmehr beschäftigte sie, während sie in der S-Bahn saß, einer der Links auf der Dreilinden-Website, dem sie in der vergangenen Nacht eher beiläufig nachgegangen war und der zu einer etwas dubiosen Gruppierung namens *Last Exit* geführt hatte.

Sie stieg aus und grübelte beim Verlassen des Bahnhofs Zehlendorf noch immer darüber, dass es sich bei dieser Gruppierung offenbar nicht um diese Art Umweltaktivisten vom Typ *Last Generation* und *Extinction Rebellion* handelte, also um Leute, die sich auf Straßen klebten und Flughäfen blockierten, um auf die Klimakatastrophe aufmerksam zu machen. *Last Exit* wurde in allen Foren als deutlich aggressiver beschrieben und bewertet. Noch immer wunderte sie sich, was das nun eigentlich bedeutete: Unterstützte die Dreilinden-Stiftung – und damit ausgerechnet der Prokhoff-Clan – extremistische Klimaaktivisten?

Als Mathilda schließlich in die Von-Prokhoff-Straße einbog, überkam sie kurzzeitig ein Gefühl der Unwirklichkeit. Hier ganz offiziell entlangzugehen, sich nicht in einem Auto zu verkriechen und halb wegzuducken, wenn er oder ein anderes Familienmitglied auftauchte, fühlte sich seltsam an. Und während sie den Bürgersteig entlangging und den alten Baumbestand hinter den Zäunen betrachtete, um sie herum nichts als gepflegte Stille, fragte sie sich, wie das alles hier eigentlich mit dem Umweltgedöns zusammengehen konnte, die fette Villa, in der sie wohnten, die fetten Autos, die sie fuhren, der Privatjet und der Helikopter, der auf dem Dach der ROD Immobilien landete?

Eine Erinnerung schoss ihr durch den Kopf, Falks Gespräch mit dem Obdachlosen. Vielleicht fand er das alles ja genauso widersprüchlich wie sie? Heuchlerisch war es allemal. Der Pöbel sollte bitte schön für den Umweltschutz sorgen, während die Prokhoffs wie die Sonnenkönige lebten und ökologische Fußabdrücke groß wie Fußballfelder hinterließen. Mathilda beschleunigte ihre Schritte. Und während sie links und rechts in die Gärten sah, begann sie zu ahnen, wie der Prokhoff-Clan sich tagtäglich fühlen musste. Wie alle Leute, die hier wohnten, sich tagtäglich fühlen mussten, in dieser gottverdammten Blase, die sie mit ihresgleichen teilten: Wer hier lebte, hatte es geschafft. Wer hier lebte, fuhr zwar häufig nach Berlin zur Arbeit oder besuchte die Restaurants dort, die angesagten Ausstellungen, ging in Konzerte und Museen, ließ dann aber alles wieder hinter sich, die vollen Straßen der Innenstadt, den Lärm, die Abgase, die Obdachlosen, und kehrte zurück in diesen Mikrokosmos aus altem Baumbestand und gestutzten Büschen, aus Hecken und Rasenflächen und Statuen aus Granit und Outdoorsitzgruppen, die sich Lounge nannten.

Als Mathilda an der Pforte ankam, hatte sich ihr Groll in Startbereitschaft verwandelt. Sie drückte auf die Klingel neben dem Messingschild mit den Initialen *»v. P.«*. Die Pforte öffnete sich mit einem diskreten Klicken, und Mathilda ging hinein, unter den Augen der beiden Kameras. Jetzt wird es ernst, dachte sie und hatte das Gefühl, nach endlosen Monaten des Verharrens und Beobachtens endlich den Hirsch auf der Lichtung gesichtet zu haben. Dies war der Moment, auf den sie hingearbeitet hatte, seit jenem Tag vor anderthalb Jahren, als der anonyme Brief sie erreicht hatte, der sie von einem Augenblick auf den anderen aus-

ihrem Leben katapultiert hatte: die Sekunden, die es gedauert hatte, die Sätze zu lesen und ihre ungeheuerliche Bedeutung zu verstehen. Der Brief, der sie aus ihrem gesamten bisherigen Leben gekickt hatte, der Brief, der ihr einen allerersten Hinweis gegeben hatte. Dieser Brief war von einer solchen Wucht und Glaubwürdigkeit, nicht nur, weil der Verfasser offensichtlich etwas wusste, das ihr selbst und ihrer Familie verborgen war. Die Zeilen klangen nicht nur wie gut gemeinte Hinweise, dieser Spur nachzugehen, nein, dieser Brief klang wie ein Hilfeschrei – auch wenn sie nicht die geringste Ahnung hatte, wer hinter diesen Zeilen steckte, die von so unschätzbarer Tragweite für ihr eigenes Leben geworden waren.

Sie atmete tief ein, fühlte sich überwach, fast wie damals im Einsatz. Sie fragte sich, was heute noch geschehen würde. Wem sie gleich gegenüberstehen würde. Welchen Familienmitgliedern sie begegnen würde. Sie wusste, dass außer Falk seine Eltern hier auf dem Anwesen wohnten und sein Bruder Tristan mit Familie öfters mal zu Besuch war. Allerdings hatte sie den Vater während ihrer monatelangen Beobachtungen nur selten gesehen. Man hätte fast denken können, er hatte noch ein anderes Haus, eine andere Wohnung – vielleicht sogar ein anderes Leben.

Sie schloss die Pforte hinter sich und ging durch einen Torbogen. Er war in eine dichte dunkelgrüne Eibenhecke geschnitten, die als Sichtschutz zur Straße hin diente. Sie nahm alles haargenau auf, folgte einem weißen Kiesweg, der frisch geharkt aussah und zwischen akkurat gestutzten Buchsbaumhecken entlangführte. Es dauerte eine Weile, bis sie beim Eingangsportal ankam, das Grundstück war riesig, wohl das größte hier in der Gegend. Links und rechts des Portals standen zwei gigantische Pflanzkübel mit üppig blühenden Chrysanthemen in allen Farben, die einen starken Kontrast zu den weißen Säulen des Eingangsportals bildeten. Jetzt ging die Haustür auf, und eine junge Philippinerin lächelte Mathilda entgegen. Sie steckte in einer Art Uniform, graue Bluse und schwarzer Rock, und bat Mathilda herein. Langsam betrat sie die Empfangshalle und fühlte sich auf einmal wie in ihrer Ausbildung zum Orts- und Häuserkampf. Aufs Äußerste angespannt, in maximaler Konzentration, immer in der Erwartung, sich gleich eine Kugel oder Schlimmeres einzufangen. Erst als sie bemerkte, dass die Angestellte sie unsicher anlächelte, wurde ihr klar, wie absurd sie sich benahm, und entspannte sich etwas. Trotzdem: Ein bisschen fühlte es sich gerade so an.

Sie folgte der Frau die Treppe nach oben, durch Korridore mit alten Meistern, Spiegeln an den Wänden und Statuen auf Säulen. Der Laden hier, dachte Mathilda bissig, hätte Görings Waldhof Carinhall Konkurrenz machen können. Hinter der Hausangestellten bog sie nach rechts in einen weiteren Korridor. So langsam begann sie zu verstehen, dass sie hier keinem Familienmitglied begegnen würde. In dieser Flucht aus Gängen und Treppen musste man sich verabreden, um sich zu sehen.

Die junge Frau brachte sie bis zu einer Flügeltür – und dort stand er, barfuß, in Jeans und dem obligatorischen blütenweißen Hemd, und lächelte ihr entgegen. Genau genommen sah er aus, als wäre er einer beschissenen Raffaello-Werbung entstiegen, zu clean, zu smooth, um wahr zu sein, mit seinem ebenmäßigen Gesicht, dem blonden Haar und diesem vielen Zahnweiß. Und hätte sie ihn nicht mit diesem Obdachlosen reden sehen, wäre sie jetzt davon überzeugt, dass er der Raffaello-Mann *war*. Und dass er sie nur aus einem einzigen Grund hierher eingeladen hatte: um sie flachzulegen.

»Danke, Mayari«, sagte er zu dem Hausmädchen. Auch Mathilda bedankte sich, aber die junge Frau hatte schon wieder kehrtgemacht. Mathilda sah sie gerade noch um die Ecke verschwinden.

Sie standen sich gegenüber, und trotz seines Lächelns wirkte er ein wenig abwesend, als wüsste er nicht recht, was er an diesem Ort mit ihr anfangen sollte, was Mathilda zugegebenermaßen irritierte, weil er sie schließlich eingeladen hatte. Dann war der Moment vorüber, und er küsste sie, allerdings so, wie man eine entfernte und beliebige Bekannte küsste, auf die eine und auf die andere Wange. Da waren wir doch schon weiter, dachte Mathilda widerwillig enttäuscht, während er sie mit einer Handbewegung hereinbat. Dann erst bemerkte sie, dass er seine AirPods trug und offenbar gerade telefonierte. Er zeigte auf seine Ohren, bedeutete ihr pantomimisch »zwei Minuten« und verschwand dann wieder.

Mathilda, die inzwischen in einer Art Diele stand, hatte das Gefühl, jetzt ein anderes Haus betreten zu haben. Wo vorher Gemälde und Spiegel gehangen, wo marmorne Konsoltische und Kommoden gestanden hatten, Amphoren mit Herbststräußen und Figurinen, sah sie hier: nichts. Ein einziges weißes Nichts, das nach exklusivem Raumduft roch. Sie zog ihre Jacke aus und hörte Falk im Nebenzimmer sprechen. Er klang ungewöhnlich angespannt, als er sagte: »Aber Sie wissen doch, dass die Stiftung nicht in meinen Aufgabenbereich fällt.«

Mathilda spitzte die Ohren. Wieder diese Stiftung, dachte sie. Und während sie ihre Sneakers abstreifte und sich nach einer Möglichkeit umsah, ihre Jacke loszuwerden, fragte sie sich, warum er bei der Erwähnung der Familienstiftung immer so aussah, als würde er gerade etwas Unangenehmes riechen.

»Frau König, ich bin sicher, das wird sich alles aufklären«, sagte er nun. »Aber wenden Sie sich dazu doch bitte an meinen Vater.«

So ging es noch eine Weile hin und her, während Mathilda sich im Geiste den Namen *König* notierte. Und dann kam Falk, immer noch mit Gewitterstimmung im Blick.

»Entschuldige«, sagte er und nahm ihr die Jacke ab, drückte auf eine der Seitenwände, die lautlos aufglitt und einen Einbauschrank freilegte. Nachdem der Schrank die Jacke und ihre Sneakers verschluckt hatte und die Tür sich wieder zu der glatten weißen Oberfläche schloss, atmete er durch, nahm Mathilda an der Hand und führte sie in eine Küche.

»Ärger?«, fragte sie, während sie den Blick über die deckenhohen weißen Einbauschränke schweifen ließ und an der ebenfalls reinweißen Kücheninsel hängen blieb, die so groß war, dass sie darauf ihr tägliches Workout hätte machen können. Das einzige Zugeständnis an etwas Farbe, wenn man Metallgrau und Schwarz als Farbe bezeichnen wollte, waren die in die Schrankwand eingelassenen Elektrogeräte, der Wasserhahn aus gebürstetem Stahl in der Mitte der Kücheninsel und das Cerankochfeld. Und als wäre das alles nicht schon genug Star Trek, stand auf der verdammten Kücheninsel auch noch ein weißer Apple-Laptop, an dem er wohl gerade etwas angesehen hatte, eine Grafik mit roten und grünen Kurven. Dieses ganze Weiß, schoss es ihr durch den Kopf. Ob er einfach nur einen Reinheitsfimmel hatte? Vielleicht steckte ja mehr dahinter, irgendwas Pathologisches, und innerlich sah er aus wie Dorian Gray.

Sie sah ihn eine wegwerfende Handbewegung machen. Er klappte den Laptop zu und fragte, ob sie etwas essen wollte, obwohl sie sich ja eigentlich nur auf ein Glas Wein verabredet hatten. Sie schüttelte den Kopf. »Ich hab schon gegessen, McDonald's.«

»Aber trinken tust du schon etwas?« Noch immer hörte sich seine Stimme anders an als sonst, und sie fragte sich einmal mehr, worum es in dem Gespräch mit dieser Frau König gegangen sein mochte.

»Was hast du denn Gutes?« Durch ihre Socken spürte Mathilda die Wärme der Fußbodenheizung.

»Ich kann dir einen Chablis anbieten oder Rioja. Oder falls du lieber Bier möchtest – ich habe ein paar Craftbiere kalt gestellt. Du kannst auch gerne einen Kaffee haben. Oder lieber Tee?«

Er hörte sich an wie der Kellner in einem Restaurant. Einen Augenblick lang war Mathilda versucht, ihn zu fragen, ob er nicht einfach nur *Bier* dahabe. Oder vielleicht einen weißen Tee, damit sie hier nicht so auffiele? Aber sie bezweifelte, dass er das in seiner derzeitigen Stimmung spaßig finden würde, daher sagte sie einfach: »Ein Bier wär schön.«

Er nickte. »Geh schon mal rüber und mach's dir bequem!«

Als sie das Wohnzimmer betrat, blieb sie kurz stehen. Eine einzige große Glasfront mit Fenstern bis zur Decke, und die war bestimmt vier Meter hoch. Das Licht jedenfalls schien von überallher zu kommen, noch verstärkt von den gelben Laubbäumen im Garten, durch die die späte Septembersonne hindurchleuchtete. Der luftige Raum, das Licht, das Weiß, die karge Einrichtung gaben ihr wieder das Gefühl, eine Zukunftsvision zu betreten oder eine dieser Hochglanzzeitschriften über minimalistisches Wohnen. Als sie auf das gigantische cremefarbene Sofa zusteuerte, war sie sich fast sicher, dass er mit diesem ganzen Weiß irgendetwas kompensierte. Vielleicht wollte er sich aber auch nur vom düsteren Prunk seiner Eltern distanzieren, von den alten Meistern an den Wänden und den marmornen Diskuswerfern auf Säulen.

Er betrat den Raum, auf dem Tablett eine Flasche Bier und Gläser, und sie setzten sich. Er wollte ihr einschenken, aber sie nahm lieber die Flasche. Er selbst trank Wasser. Die Stimmung war immer noch gedämpft, was Mathilda auf das Telefonat zurückführte, vielleicht aber auch darauf, dass sie sich hier zum ersten Mal in einem privaten Setting begegneten. Bisher hatten sie sich nur auswärts getroffen, in Restaurants, zum Spazierengehen in irgendwelchen Parks. Nie hatte einer von ihnen den anderen in seiner natürlichen Umgebung gesehen. Noch einmal ließ sie den Blick schweifen. Der Raum an sich war schön. Das viele Licht, das honigfarbene Parkett. Trotzdem fühlte es sich ein bisschen an, als säße man in einem OP.

Plötzlich fragte er: »Wie gefällt es dir?«

Mathildas Blick wanderte zu ihm. Mit einem Mal kam ihr die Situation so irreal vor, *er* kam ihr irreal vor, und sie fragte sich, ob dieser Superreiche, der ihr hier gegenübersaß, überhaupt ein Mensch war oder dieser Typ aus *Twilight*. Was würde wohl passieren, wenn sie ihm eine Nadel in den Finger stäche? Käme da überhaupt Blut – und wenn ja, welche Farbe hätte es?

Wie es ihr gefiel? Sie runzelte die Stirn. Meinte er die Villa, oder wollte er etwas zu seinem Einrichtungsstil hören? Was sollte sie ihm antworten? So neutral wie möglich sagte sie: »Es ist sehr ... weiß.«

Er prustete los, von einer Sekunde auf die andere war der Damm gebrochen. Verblüfft sah sie ihn an. Das war der krasseste Gefühlsausbruch, den sie bisher an ihm erlebt hatte.

»Das war kein Witz«, sagte sie, musste jetzt aber auch grinsen.

Er lachte noch immer. »Nichts für ungut ... Aber wenn du versuchst, diplomatisch zu sein ...«

»Ich finde mich ziemlich diplomatisch«, sagte Mathilda mit einem verschmitzten Lächeln, und mit einem Mal war die Luft wie gereinigt.

Der Rest des Abends verlief in ungewohnter Fröhlichkeit. Sie redeten stundenlang, er erzählte von seinen Monaten im Internat in Salem, was für einen Unsinn er und sein Bruder dort getrieben hatten, bevor sie auch dort rausgeflogen waren. Sie wollte nachhaken, doch da begann er von den Sommerferien auf dem Land zu erzählen, wenn seine Eltern

Gott weiß wo unterwegs gewesen waren. Dann hatte er immer bei seinen Großeltern väterlicherseits sein dürfen, wo er einfach in den Tag leben und herumlümmeln durfte.

»Das war die schönste Zeit. Niemand wollte etwas von mir.«

»Wie meinst du das?«, fragte sie und dachte an ihre eigene Kindheit. Sie konnte sie noch immer spüren, die Sorglosigkeit, die viele Jahre ihre zweite Natur gewesen war. Doch sie schob den Gedanken energisch beiseite und bemerkte, dass sein Ausdruck sich verändert hatte.

»Ich war immer in irgendwelchen ... Strukturen. Im Internat, in Ferienkursen oder in Jugendcamps.«

»Jugendcamps?«, fragte sie interessiert. »So wie bei den Pfadfindern?«

Er zögerte kurz, bevor er antwortete: »So was in der Art.«

»Mit Lagerfeuer und Geländespielen und Zelten?« Sie konnte ihre Begeisterung kaum verbergen.

Er nickte und verzog das Gesicht.

»Und das hat dir nicht gefallen? Bewegung und draußen sein in der Natur? Ich war auch bei den Pfadfindern, für mich war es das Tollste überhaupt!«

Mit einem Mal war der Vorhang wieder da.

»Der Meinung waren meine Eltern auch immer.«

»Du aber nicht?«

Er zögerte kurz. Sein Blick hatte sich verdunkelt, Mathilda konnte sich das nicht erklären. War es nur die Erinnerung daran, von den Eltern zu etwas gezwungen worden zu sein, das man als Kind partout nicht wollte? Wie Geige üben oder Tante Hermine ein Begrüßungsküsschen geben?

Mit einer wegwerfenden Bewegung schob er den Vorhang in seinem Blick zur Seite und grinste wieder, so als könnte er sich selbst nicht ernst nehmen. »Ach, vergiss es. Das ist Jammern auf allerhöchstem Niveau. Der arme reiche Junge, der zum Waldlauf gezwungen wurde und keine Lust aufs Zelten hatte!«

Mathilda überging sein offenkundiges Unwohlsein, tat, als hätte sie den Sturm seiner Gefühle, der ihn soeben ganz deutlich erfasst hatte, nicht bemerkt und fragte: »Aber zumindest laufen tust du jetzt freiwillig?«

»Das habe ich dir erzählt?«

»Oh ja«, sagte sie lächelnd und wollte ihm erklären, bei welcher Gelegenheit, verkniff es sich aber im letzten Moment. Sie wollte nicht den Eindruck erwecken, als führte sie Buch über jede seiner Äußerungen.

»Na ja ... da habe ich vielleicht ein bisschen dick aufgetragen. Ich gehe hin und wieder joggen. Wenn es meine Zeit erlaubt.«

»Was meistens nicht der Fall ist.«

»Nein.« Er schüttelte den Kopf. »Falsche Prioritäten, nehme ich an.«

»Wie wär's, wenn wir mal zusammen laufen gingen?«

Ein breites Grinsen erschien auf seinem Gesicht. »Nicht dein Ernst.«

Einen kurzen Moment lang war sie verwirrt. Hielt er sie etwa für eine lahme Ente? Oder glaubte er, sie wäre als Frau seinem Lauftempo nicht gewachsen?

»Wieso denn nicht?«, fragte sie.

»*Du* willst also mit mir zusammen *Sport machen*.« Tatsächlich malte er nun Gänsefüßchen in die Luft, gerade so, als hielte er sie maximal für qualifiziert, an einem Rollatorrennen im Altersheim teilzunehmen.

Da entfuhr es ihr: »Ich werd dich schleifen, bis dir das Arschwasser kocht.«

Der Satz war raus, ehe sie sich bremsen konnte. Sie hätte sich ohrfeigen können. Warum konnte sie ihre dumme Klappe nicht halten? Sie war doch aus einem ganz bestimmten Grund hier, und jetzt versaute sie alles mit einem einzigen Satz. Doch sie ließ sich nichts anmerken und hielt seinem Blick gleichmütig stand. Dann war es eben so. Sie war eben so.

Und wieder überraschte er sie mit einem Lachanfall, er konnte sich gar nicht mehr einkriegen. Als er sich beruhigt hatte, tupfte er sich die Tränen aus den Augenwinkeln und sagte mit fröhlicher Stimme: »Na dann ... lass uns doch bald laufen gehen.«

Ihre Anspannung löste sich, und sie atmete aus. »Gut«, antwortete sie erleichtert. Und nahm sich vor, ihre Zunge in Zukunft im Zaum zu halten.

Xenia. *Auf einmal habe ich Freundinnen, Alise und Ella. Alises Vater ist ein hohes Tier bei der lettischen Polizei und Ellas Vater der amerikanische Botschafter. Also ist meine Mutter erst mal einverstanden, als ich ihr von ihnen erzähle. Doch das ändert sich schlagartig, als die beiden mich besuchen kommen, an einem Samstagabend, kurz bevor meine Eltern das Haus verlassen. Beim Anblick meiner neuen Freundinnen gefriert das Gesicht meiner Mutter nämlich zu Eis. Ich weiß, dass das für mich kein gutes Zeichen ist, aber auf einmal sehe ich einfach nur so was wie ein Gemälde vor mir: total abgefahren, wild, eine Art Historienbild, das* Die Königin und ihre Widersacherinnen *heißen könnte. Die Königin ist meine Mutter im silbergrauen Abendkleid. Die Widersacherinnen sind eine rothaarige Alise im senfgelben Pullover und eine sehr aufrecht dastehende Ella, die wirklich wie Ella Fitzgerald aussieht. Nur dass diese Ella Rastas hat und so einen Kopfputz trägt, ultramarin und weiß gemustert. Damit sieht sie gleichzeitig modern und uralt aus, wie eine zeitreisende Matriarchin aus einem afrikanischen Land. Doch die eigentlichen Feindinnen sind ganz klar meine Mutter und Alise. Ihre Blicke kreuzen sich wie Klingen. Und mir fallen auf einmal diese blutrünstigen Judith-Bilder ein. Caravaggio und Gentileschi. Ich weiß auch nicht, warum, aber ich habe das Gefühl, dass jede Menge Gewalt in der Luft liegt, in diesen Farben, dem Silber, dem Ocker und dem Karmesin von Alises Haaren. Vor allem aber in den Gesichtern, die einem wirklich Angst einjagen können.*

Rebecca. Das Herz hämmerte in meiner Brust, als ich auf dem Bürgersteig vor dem Haus stand und mir bewusst wurde, was da gerade mit mir passiert war. Ich hatte den Vater einer Schülerin geküsst. Ich hatte ihn geküsst, und ich hatte es gewollt, und es war mir egal gewesen, dass oben in der Wohnung über unseren Köpfen ein anderer Mann auf mich wartete, *mein* Mann, der wahrscheinlich gerade damit beschäftigt war, unserer Tochter eine Gutenachtgeschichte vorzulesen. Wie in Trance ging ich unter den steinernen Drachen hindurch und schloss die Haustür auf, leerte mit automatischen Bewegungen den Briefkasten und versuchte, den Rausch festzuhalten, in dem ich gerade eben versunken war. Ich war ein einziger großer Herzschlag, als ich am Fahrstuhl vorbeiging und die Stufen hinaufstieg, bis in den dritten Stock.

Als ich in die Diele trat und meinen Mantel auszog, fiel mein Blick in den Spiegel. Überrascht stellte ich fest, dass ich äußerlich immer noch dieselbe war, vielleicht ein wenig zerzauster als sonst, aber immer noch dieselbe. Oder lag da etwa eine verräterische Röte auf meinen Wangen? Auch mein Blick kam mir auf einmal so intensiv vor, die Pupillen vergrößert, das Blau der Iris so dunkel, schon fast nicht mehr blau. Hastig löste ich den Haargummi und band mir die Haare neu. Dann wandte ich mich ab und rief möglichst sorglos: »Ich bin da-a!« Als keine Antwort kam, ging ich schnell in die Gästetoilette, um mir die Hände zu waschen und noch eine kleine Verschnaufpause zu haben.

Ich fand Robert in der Küche, wo er gerade dabei war, sich einen Mokka zu kochen. »Du kommst spät«, sagte er und gab mir einen seiner flüchtigen Küsse auf die Wange. Wie immer, wenn er mich zur Begrüßung umarmte, war sein Körper lasch, wie innerlich unbeteiligt.

»Die Elternsprechstunde hat heute etwas länger gedauert«, murmelte ich und öffnete den Kühlschrank.

»Gab's Ärger?«

»Nein. Das nicht. Aber Xenias Vater ist besorgt wegen ihrer Noten in den Naturwissenschaften«, sagte ich, immer noch mit dem Rücken zu ihm, während ich Butter und Käse herausholte.

»Er war bei dir in der Sprechstunde?«

»Äh … ja.«

Ich war froh, dass ich mit dem Rücken zu ihm stand und er nicht sehen konnte, wie mir eine verräterische Röte vom Hals her bis ins Gesicht kroch. Doch dann geschah etwas mit mir. Sollte er es doch sehen. Sollte er doch sehen, dass ich in Flammen stand wegen eines anderen Mannes. Hinter mir fing die Kanne an zu brodeln, und der Duft nach frischem Mokka erfüllte die Küche. Langsam drehte ich mich um und wandte Robert mein Gesicht zu.

»Ist das der Vater von dem Mädchen, bei dem du eingeladen warst?«, fragte er und setzte im nächsten Augenblick ein leicht verwirrtes »Was ist?« hinterher.

Ich habe ihn geküsst. Und es war wie eine Explosion. Diese Worte dachte ich und hätte sie ihm am liebsten entgegengeschleudert. Aber ich tat es nicht. Ich lächelte nur vielsagend und sagte: »Was soll schon sein?«

Sein Blick verweilte auf meinem Gesicht. Und vielleicht hat er in diesem Moment schon verstanden, was mit mir los war. Dann war der Augenblick vorüber, er drehte sich wieder zu seiner Kanne um und fragte wie immer: »Auch einen Mokka?«, und ich antwortete wie immer: »Du weißt doch, dass ich dann nicht schlafen kann.«

Ich fing an, mir ein Brot zu schmieren, und Robert nahm seinen Mokka und ging zur Tür, hielt jedoch im Türrahmen inne und sagte: »Ach ja, wegen der Sommerferien. Meine Mutter wüsste gern, ob du auch mitkommst.«

Jedes Jahr die gleiche Frage. Dabei war Robert genau so klar wie mir, dass seine Mutter sich nichts sehnlicher wünschte, als dass ich zu Hause bliebe und sie ihren Sohn und ihre Enkelin vier Wochen für sich hätte. Es war nicht so, dass sie mir gegenüber je unfreundlich oder gar feindselig gewesen wäre, das nicht. Meist begrüßte sie mich mit einer übertriebenen Freundlichkeit, die schon pathologisch wirkte, ignorierte mich dann aber die meiste Zeit so konsequent, dass man den Eindruck gewinnen könnte, sie leide unter einer Persönlichkeitsstörung. Aber vielleicht hatte das alles ja bald ein Ende. So wie die Begegnungen, bei denen sie mir jedes Mal das Gefühl vermittelt hatte, dass sie mich im Grunde für ein kleines Biest hielt, auch jetzt noch, neun Jahre nach unserer Heirat. Für sie war ich noch immer die kindliche Verführerin, eine ausgebuffte Lolita, die ihrem Buben, dem rechtschaffenen Lehrer, den Kopf verdreht und ihm ein Kind angehängt hatte.

Ich sah auf, stellte die Butterdose und den Käse zurück in den Kühlschrank und sagte: »Ich denke, ich werde hierbleiben. Ich habe so viel vorzubereiten, ich komme sonst mit meinen Sachen in Verzug.«

»Das ist schade. Meine Eltern hätten sich gefreut, dich zu sehen.« Die Erleichterung in seinem Gesicht strafte seine Worte Lügen.

Zwei Tage später begannen die Anrufe, die anfangs jedes Mal von Robert entgegengenommen wurden. Als er das erste Mal mit dem Hörer in der Hand dastand und etwas ratlos »Hallo! Hallooo?« sagte, war ich gerade damit beschäftigt, Kartoffeln in Scheiben zu schneiden, für ein Gratin, das ich später Lilija und Uldis vorsetzen wollte, unseren Sonntagmittagsgästen. Zu dem Zeitpunkt dachte ich mir noch nichts dabei, doch als sich die Anrufe an den Tagen darauf wiederholten, wurde ich misstrauisch und überließ es Robert, ans Telefon zu gehen – die Situation erinnerte mich zu sehr an einen Stalker, der mich während meines Studiums in München durch beharrliches Atmen in Unruhe versetzt hatte. Erst eine Woche später, ich war gerade dabei, die Küche zu wischen, während Robert noch eine Runde durch den Park joggte, war ich gezwungen, selbst ans Telefon zu gehen. Mit einem mulmigen Gefühl sagte ich nur: »Ja, bitte?« Als zunächst keine Antwort kam, wollte ich gleich wieder auflegen. Doch dann sagte jemand meinen Namen. »Rebecca«, nicht wie eine Frage, mehr wie eine Feststellung. Es dauerte ein paar Sekunden, bis ich begriff, dass er es war.

»Hallo«, sagte ich und spürte, wie eine Lawine von Gefühlen über mir hereinbrach. Herzklopfen. Verwirrung. Euphorie.

»Endlich erreiche ich Sie«, sagte er, und seine Stimme klang rau, ein wenig heiser. »Ich habe es schon die ganze Woche versucht, aber immer war Ihr Mann am Telefon.«

»Warum haben Sie nicht nach mir verlangt?«

»Das fragen Sie allen Ernstes?«

»Ist mit Xenia alles in Ordnung?«

»Ja. Mit ihr ist alles in Ordnung. Aber deswegen rufe ich nicht an. Ich rufe an, um Ihnen zu sagen ... Ich kann nicht aufhören, an Sie zu denken.«

Ich umklammerte den Hörer fester und spürte den Herzschlag in meinem Kopf. Leise sagte ich: »Ich habe auch an Sie gedacht.«

»Ich bin vorhin an Ihrem Haus vorbeigefahren, das muss man sich mal vorstellen.«

Ich wollte etwas sagen, aber jedes Wort erschien mir entweder unpassend oder zu banal. Also hielt ich einfach weiter den Mund. Und da auch ihm die Worte ausgegangen zu sein schienen, schwiegen wir beide, wie zwei ungeschickte, hilflose Teenager. Als ich schon glaubte, er hätte aufgelegt, räusperte er sich und sagte: »Ich möchte Sie gerne wiedersehen.«

In diesem Augenblick hörte ich in der Diele Geräusche, das Klingeln des Schlüsselbunds, der in die Schale gelegt wurde.

»Ich muss aufhören«, flüsterte ich.

»Sehen Sie in Ihren Briefkasten«, das war das Letzte, was ich ihn sagen hörte. Dann war es still in der Leitung. Ich legte auf und drehte mich um. In der Tür stand Robert.

»Hallo«, sagte ich und versuchte, ihn möglichst unschuldig anzusehen. »Du bist ja schon wieder da!«

»Es hat angefangen zu regnen. Mit wem hast du telefoniert?« Täuschte ich mich oder sah er mich misstrauisch an?

»Ach, das war nur wieder der große Schweiger ...« Ich bemühte mich um einen möglichst arglosen Tonfall, während mir das Herz in der Brust hämmerte.

Einen Moment lang sah er mich nur an. Was hatte er gehört? Doch dann sagte er: »Nächstes Mal halte ich den Hörer an die Musikbox und drehe voll auf.«

Ich quittierte den Satz mit einem undefinierbaren Brummen, das sowohl Zustimmung als auch Skepsis ausdrücken konnte, und fragte: »Hast du die Post mitgebracht?«

»Ach, das hab ich ganz vergessen. Ich geh noch mal runter …«

»Lass nur«, sagte ich, »kann ich auch machen. Du willst wahrscheinlich duschen.«

Nachdem Robert im Bad verschwunden war, nahm ich den Postkastenschlüssel aus der Schale in der Diele. Auf dem Weg nach unten fragte ich mich, was mich im Briefkasten erwarten würde. Unten angekommen, schloss ich ihn auf und nahm die Post heraus, fand aber nur ein paar Wurfsendungen und Rechnungen. Ich war schon wieder auf dem Weg nach oben, als ich beim erneuten Durchblättern den rosa Wurfzettel einer Pizzeria bemerkte, der in der Mitte gefaltet war. Ich blieb stehen und klappte ihn auf. Und da entdeckte ich sie, eine kleine handschriftliche Notiz ganz unten auf der Seite: *Donnerstagabend, Līksnas iela 28, Moskauer Viertel.* Im ersten Moment war ich verwirrt, verstand nicht, was das bedeuten sollte. Wollte Georg mich zu einer Pizza einladen? Doch dann dämmerte es mir: Die Pizzeria hatte nichts mit der Adresse zu tun. Das Moskauer Viertel war ein reines Wohngebiet, und er hatte mich eingeladen, ihn dort zu treffen.

Die nächsten zwei Tage verbrachte ich in einem Zustand übertriebener Wachheit, so als hätte ich jede Menge Aufputschmittel geschluckt. Beim Unterrichten lobte ich meine Schüler über den grünen Klee, für einen cleveren Beitrag in Deutsch oder wenn ihnen ein Bild besonders gut gelang. Meine euphorische Stimmung schwappte auf meine Schüler über, und sie wetteiferten um meine Aufmerksamkeit. Besonders Alise und Xenia legten sich für ein Lob in Kunst so richtig ins Zeug. Und auch wenn es albern klingen mag, so war ich in Xenias Nähe wie elektrisiert, als wäre sie eine Brücke zu ihm, als kommunizierte ich durch sie mit ihm. In den Pausen oder wenn die Schüler in ihre Arbeit vertieft waren, faltete ich den Zettel auf, um mir die Nachricht, die er mir geschrieben hatte, wieder und wieder anzusehen. Und dann stöberte ich durch meinen Kleiderschrank, auf der Suche nach etwas, in dem ich mich schön fühlte, und als ich nichts fand, das gut genug gewesen wäre, kaufte ich mir ein neues Kleid. Am Donnerstagmorgen, als ich fertig angekleidet in die Diele kam, sah Robert mich mit großen Augen an und sagte: »Wow! Schickes Kleid. Ist das neu?«

Penelope kam zu mir, berührte die rote Seide und sagte: »Schöööön!«

Ich wagte kaum, die beiden anzusehen, als ich meinen Mantel vom Bügel nahm und hineinschlüpfte.

»Ich fahr heut selbst«, sagte ich zu Robert. »Ich treff mich nach der Arbeit noch mit Taisija.«

Robert stutzte. Auf seinem Gesicht erschien ein empörter Ausdruck. »Das sagst du mir aber früh. Hätte ja auch sein können, dass ich was vorhabe …«

»Hast du aber nicht«, sagte ich, und verließ mit Penelope das Haus, um sie zur Schule zu fahren.

Den ganzen Tag über blieb ich in dieser elektrisierten Stimmung. Noch acht, noch sieben, noch sechs Stunden, bis ich ihn wiedersehen würde, bis ich seinen dunklen Blick auf mir spüren würde und seine Hände auf meinem Körper und seine Lippen auf meinen. Denn das war es doch, was geschehen würde. In der Mittagspause blieb ich im Lehrerzimmer sitzen, eine übergroße graue Strickjacke über meinem roten Seidenkleid, und würgte eine halbe Stulle hinunter, während ich mich halbherzig mit Lilija und Janis unterhielt. Am Ende des Tages, als die Kollegen nach und nach die Schule verlassen hatten – die Schüler waren längst zu Hause, stand ich im leeren Klassenzimmer und löschte das Deckenlicht. Ich sah hinaus in die Buchenhecke und beobachtete, wie das frische Grün der Blätter blasser wurde, bis schließlich alles grau war. Ich war gerade im Begriff, das Lehrerzimmer abzuschließen, als das Telefon klingelte. Ich wollte es schon klingeln lassen, als ich es mir im letzten Moment anders überlegte und zum Telefon hastete. Es war Robert: »Gott sei Dank erreiche ich dich. Penelope hat sich beim Leistungsturnen den Arm gebrochen. Ich fahr jetzt mit ihr ins Krankenhaus in der Lāčplēša iela.«

Ich umklammerte den Hörer. »Ich komme sofort«, sagte ich atemlos, und während ich die Treppe hinunterrannte, war alles, woran ich denken konnte, meine kleine Tochter, mein liebes Kind. Und dass das jetzt vielleicht die Strafe für mich war.

Ich weiß noch, wie er sie ansah, als sie den Raum betrat, mit diesem Blick, der keinen Zweifel an seinen Gedanken ließ.

Kaiserwald I

Penelope. Um die ganze Geschichte zu verstehen, werde ich dir jetzt auch noch von Mathilda erzählen, davon, wie ich sie kennengelernt habe. Ich kann mir denken, dass dich dieses Kapitel verletzt oder vielleicht auch provoziert, wegen der ganzen Lügen, aber jetzt weißt du ja auch, dass es nicht anders ging. Mathilda ist jedenfalls meine älteste Freundin, und ich kann wohl sagen, dass ich ohne sie nie so weit gegangen wäre. Ohne sie wäre ich auch nie auf die Idee gekommen. Versteh mich nicht falsch: Ich will Mathilda nicht den Schwarzen Peter zuschieben. Aber sie hat diesen ganzen Wahnsinn überhaupt erst möglich gemacht. Alles hatte also auch mit Mathilda zu tun, so wie es wahrscheinlich auch mit ihr zu tun hatte, dass ich in Röthenberg nie eine richtige Freundin fand, damals.

Ich war fünf Jahre alt, als wir uns kennenlernten. Meine Mutter arbeitete damals beim Goethe-Institut in Windhoek, mein Vater bei der Deutschen Schule, wo ich den angegliederten Kindergarten besuchte und mich gleich am ersten Tag mit einem Mädchen anfreundete. Sie war groß und blond wie ich, doch im Gegensatz zu mir trug sie ihr Haar immer offen. Um den Hals hatte sie ein Lederband, an dem ein Haifischzahn hing, und ich weiß noch, wie sie mir im Sandkasten gegenüberstand und mir zulachte, mit einem breiten Zahnlückenlächeln. Sie streckte die Hand aus, auf der ein lichtgrüner Edelstein lag, jedenfalls glaubte ich das damals, und sagte zu mir: »Den schenk ich dir!« Dann wollte sie, dass ich ihr bei der Schatzsuche im Sandkasten half, und das tat ich auch.

Mathildas Eltern hatten eine Farm nördlich von Windhoek, wo sie

Rinder hielten und Touristen in Lodges beherbergten und durch die Gegend karrten, auf Safaris und zu Ballonfahrten, zu denen sie auch meine Eltern und mich einluden. Unsere Eltern freundeten sich an, und so kam es, dass Mathilda und ich unzertrennlich wurden. Mal übernachtete Mathilda bei mir, in dem Townhouse, das wir in Ludwigsdorf gemietet hatten, einem Viertel von Windhoek. Ein andermal schlief ich bei ihr, meist an den Wochenenden, weil die Farm eine Fahrstunde entfernt von Windhoek lag.

Die Zeit auf Mathildas Farm gehört zu den schönsten Erinnerungen, die ich habe, was natürlich auch damit zusammenhängt, dass meine Welt damals noch komplett war. Meist ging die Reise ins Wochenende schon am Freitagmittag los, wenn meine Mutter uns vom Kindergarten abholte und eine Kurve über die Nelson Mandela Avenue fuhr, wo wir bei einem informellen Markt hielten, um eine ganze Wagenladung Früchte in den Kofferraum zu laden. Wir beide bekamen dann auch gleich etwas in die Hand, was mich immer wieder neu mit Genugtuung erfüllte, weil man im Auto meines Vaters nicht essen durfte, keinen Keks, kein Brot und auf gar keinen Fall Obst. Ich weiß noch, dass er das konsequent durchhielt und dass wir uns bei längeren Autofahrten immer vorher satt gegessen haben mussten, sonst hatten wir eben Pech gehabt. Bei sehr langen Fahrten hielten wir an, aber das Essen fand immer in sicherem Abstand zu seinem Wagen statt. Ich erinnere mich, dass meine Mutter sich darüber lustig machte, und sein Auto, einen Passat, den Heiligen Gral nannte. Das Auto meiner Mutter war weder heilig noch ein Gral, es war eine fahrende Rumpelkammer, ein Land Rover, den sie im Laufe der Jahre selbst zum Camper ausgebaut hatte, und wenn wir an Freitagnachmittagen auf dem Weg nach Norden klebrige Finger vom Obstessen hatten, fuhr meine Mutter kurz rechts ran und kippte uns aus einem Kanister Wasser über die Hände. Einmal, ganz am Anfang war das, als meine Mutter am Straßenrand hielt, um Melonen zu kaufen, führte Mathilda mich zu einem Stand nebenan. Dort blieb sie vor einem Korb mit komischen graubraunen Dingern stehen, auf die sie zeigte. »Das sind Mopane-Raupen«, sagte sie zu mir und griff sich eine, steckte sie sich in den Mund und kaute.

Und während sie kaute, sah sie mich die ganze Zeit an. Dann sagte sie: »Das kannst du nicht.«

Ich schaute ihr zu, bis sie das Ding ganz gegessen und alles runtergeschluckt hatte. Ich warf einen Blick über die Schulter zu dem Melonenstand und sah, dass die Händlerin, eine dicke Frau mit einem bunten Tuch im Haar, immer noch mit meiner Mutter redete. Dann nahm ich mir eine. Die Raupe fühlte sich trocken an und hart, wie diese Pilze vom Chinesen, die Mama manchmal kaufte und in Wasser einweichte. Ich biss hinein, ohne die Raupe noch einmal anzusehen. Sie schmeckte nach Salz und Fisch, aber nicht schlimm, und so kaute ich, ohne das Gesicht zu verziehen, und dann schluckte ich sie runter.

Ich weiß nicht, ob Mathildas Eltern reich waren, wahrscheinlich eher nicht. Aber für mich waren sie damals die reichsten Menschen, die ich kannte, mit ihrem Farmhaus auf einem Hügel, von dessen Veranda man weit übers Land blickte auf ein Flussbett mit einer Wasserstelle, wo sich an den Abenden das Wild versammelte, Zebras und Wasserböcke, Giraffen und Kuhantilopen, sogar Nilpferde gab es da. Auch zwei Hunde mit großen Ohren lebten auf der Farm, sie hießen Gustav und Heinemann. Mathildas Mutter hatte sie bei einem Spanienurlaub gerettet. Doch das war nicht das Einzige, was mich begeisterte. Auf einem palmenbestandenen Gelände, inmitten von zwei Dutzend mit Bougainvillea überwachsenen Lodges, gab es einen Pool, aber keinen, wie ich ihn kannte. Dieser Pool hier hatte die Form eines Sees, er schlängelte sich zwischen den Palmen und Lodges entlang um eine künstliche Insel. Allerdings durften wir Kinder den Pool nur benutzen, wenn keine Gäste da waren, was meistens in den sehr frühen Morgenstunden war und der Grund dafür, dass wir gar nicht früh genug aufstehen konnten.

Die Farm von Mathildas Familie gehörte zu den ältesten in Namibia und lag am alten Bayweg, der ersten Verbindungsroute zwischen den Missionsstationen. Wer auf die Farm wollte, musste, nachdem die richtige Straße endete, kilometerweit über eine Piste fahren, durch einen Flusslauf, vorbei an drei Toren, die meine Mutter, wenn sie uns brachte, öffnete und wieder hinter sich schloss. Über der Haustür der Farm stand die Jahreszahl 1906, das Jahr, in dem Mathildas Uropa, Kapitän

a. D. Bekendorp, die Farm gekauft und sie nach seiner Heimat *Klein Grasbrook*, einem Vorort von Hamburg, benannt hatte. Ganz früher, so erzählten die Bilder an den Wänden in der Eingangshalle, war Klein Grasbrook eine Rinderfarm gewesen, mit 20 000 Hektar. Dann kam die Maul- und Klauenseuche, und aus der Not heraus war die erste Jagd- und Gästefarm Namibias entstanden.

Als wir Namibia nach ein paar Jahren verließen, war das für mich, als würde meine Welt untergehen. Ich erinnere mich, wie Mathilda und ich, bald neun Jahre alt, vor dem Eingang zum Flughafen standen, und ein warmer Wind durch die Palmen über unseren Köpfen wehte, während unsere Eltern darüber sprachen, dass Mathilda uns bald besuchen kommen sollte, am besten noch in diesen Sommerferien. Doch dann kam alles anders, und als Mathilda mich endlich in Deutschland besuchte, war meine Mutter nicht mehr da, und ich lebte bei meinen Großeltern.

Berlin, im Herbst 2023

Mathilda. Eine Woche später waren sie zum Joggen verabredet. Sie hatten vereinbart, dass Mathilda ihn zu Hause abholen sollte und sie von dort aus loslaufen würden, in den Grunewald. Mathilda hatte eine Laufroute ausgearbeitet, eine schöne Strecke vorbei am Jagdschloss bis zur Krummen Lanke. Und auch wenn es an diesem Tag neblig war, freute sie sich auf die Bewegung. Während sie den Zaun des Prokhoff'schen Grundstücks entlangging, schrieb sie ihm eine Nachricht, dass sie da war und draußen auf ihn wartete. Als sie die Pforte erreicht hatte, bemerkte sie, dass das große Tor offen stand. Ein wenig wunderte sie sich. Bisher war sie der Meinung gewesen, dass man hier genau darauf achtete, die Welt auszusperren. Jedenfalls hatte sie in all den Monaten, in denen sie die Familie gestalkt hatte, nie erlebt, dass das Tor länger geöffnet geblieben war, als für die Zeit, die es dauerte, hindurchzufahren. Wahrscheinlich würde gleich jemand herauskommen – vielleicht die Mutter mit ihrem Porsche. Daher ging Mathilda ein paar Schritte in die andere Richtung und blieb in einiger Entfernung stehen.

Zehn Minuten später war Falk immer noch nicht da und hatte auch nicht geantwortet. Also schrieb sie eine weitere Nachricht und überlegte, ob sie vielleicht klingeln sollte. Sie ging in Richtung Tor und spähte hinein. Außer der Altpapiertonne, die jemand bereitgestellt hatte, um sie später hinauszufahren, war nicht viel zu sehen, da die Einfahrt eine Kurve beschrieb und der Garten mit dichten Büschen und Sträuchern bestückt war. Auch der Nebel behinderte ihre Sicht. Kurz spielte sie mit dem Gedanken, einen Blick in die Tonne zu werfen, denn vielleicht gab es da ja etwas Aufschlussreiches zu entdecken, doch dann hörte sie auf einmal Stimmen vom Haus her.

»... beruhige dich doch!« Das ist Falk, dachte sie überrascht und blieb still stehen.

Einen Moment lang hörte man nichts, dann war da ein Schluchzen zu hören, das Schluchzen einer Frau, dann ein ersticktes »... kann nicht mehr.«

Wer war das? Falks Mutter? Oder die Schwägerin, die schmale blonde Frau mit den drei Kindern, die sie ein paarmal hatte ein und aus fahren sehen?

Nun war wieder Falk zu hören, aber sehr leise, sehr zurückgenommen. So als redete er beschwörend auf die Frau ein. Mathilda zögerte kurz. Dann schlich sie durch das Tor, in die Richtung, aus der die Stimmen kamen, im Schutz des Nebels, wobei sie darauf achtete, nicht auf den Kies zu treten, sondern auf dem Gras zu gehen. Als die Stimmen ganz nah klangen, schlüpfte sie zwischen zwei hohe Eiben und blieb dort stehen, vollkommen lautlos.

»Das hatten wir doch schon alles.« Falk klang wie immer ruhig.

Da sagte die Frau mit rauer, tränenerstickter Stimme: »... weißt doch genau, dass das nicht so gemeint war.« Und obwohl man deutlich hörte, dass sie weinte, klang ihr Ton irgendwie lockend, sinnlich. Wie der Ton einer Frau, die es gewohnt war zu bekommen, was sie wollte.

Einen kurzen Moment hörte man nichts mehr, dann wieder Falk, der urplötzlich ungeduldig klang, so als müsste er sich zusammenreißen, um nicht komplett die Beherrschung zu verlieren: »Es geht doch nicht nur um die Klausel«, sagte er barsch. »All die Jahre ... dieses ganze Hin und Her ... du musst doch selbst gemerkt haben, dass wir beide uns nur gegenseitig fertigmachen. Ich will einfach nicht mehr!«

Jetzt spitzte Mathilda noch mehr die Ohren. Also sprach er mit der Wittgenstein. Und wieder war da von dieser ominösen Klausel die Rede.

Im nächsten Augenblick hörte Mathilda schnelle Schritte im Kies, dann eine Art Keuchen wie bei einem Gerangel und Falk, der zischte: »... bist ja total irre ...«

Da brüllte die Frau: »Du bist so ein Wichser!« Und fügte kurz darauf hinzu: »An deiner Stelle wär ich vorsichtig! Wenn du mir zu dumm kommst, werd ich ein paar interessante Fotos posten. Mal sehen, wie die Leute *das* finden werden ... Die heiligen Wohltäter und Klimaschützer, dass ich nicht lache!« Kurz darauf wieder Schritte im Kies, eine Autotür, die zugeschlagen, ein Motor, der gestartet wurde.

Blitzschnell schlüpfte Mathilda aus ihrem Versteck, rannte durch das Tor und schaffte es gerade noch bis zum Bürgersteig, wo sie sich ein paar Meter weit entfernt hinkniete und so tat, als würde sie sich die Schnürsenkel binden. Im nächsten Augenblick stieß ein goldgrüner Porsche 911S rückwärts aus der Einfahrt, mit aufjaulendem Motor. Und so kauerte sie da, das Knie auf dem rauen Asphalt, und sah Josephine von Wittgenstein an sich vorbeirasen, Falks frühere Verlobte.

Es dauerte einen Moment, bis Falk hinterherkam. Er trug bereits eine Laufhose. Obenherum steckte er allerdings noch immer in einem weißen Hemd.

»Alles in Ordnung bei dir?«, fragte Mathilda ihn und erhob sich.

»Ja ... ja«, sagte er und verzog das Gesicht zu einem ironischen Lächeln. Er wirkte vollkommen gefasst. Nichts deutete darauf hin, dass er gerade in ein kleines Handgemenge verwickelt gewesen war. »Ich ziehe mich eben zu Ende um. Möchtest du mitkommen oder ...«

»Ich warte hier.«

»Ich beeile mich.«

Während Mathilda vor dem Tor stand, schlug ihr Herz hart und schnell. Sie war jetzt hellwach, dachte über das nach, was die Wittgenstein gesagt hatte. Was waren das für *interessante Fotos*? Wenn sie sich nicht sehr irrte, dann ging es hier doch wieder um diese Stiftung. War das der Grund dafür, die Wittgenstein mit einer Verschwiegenheitsklausel zum Schweigen zu verdonnern? Was war faul an dem Verein? Allerdings hatte Falk, als er Mathilda soeben begrüßt hatte, nicht besonders besorgt ausgesehen.

Als Falk ein paar Minuten später herausgelaufen kam, mit schwarzen Trainingsklamotten, und das Tor geräuschlos hinter ihm zufiel, fragte Mathilda sich noch immer, wie sie den Streit, den sie eben mitangehört hatte, einordnen sollte.

»Wo möchtest du laufen?«, fragte er.

»Ich habe uns eine Laufroute ausgearbeitet«, sagte sie. »Neun Komma zwo Kilometer. Krumme Lanke, Jagdschloss und wieder zurück.«

Er warf Mathilda einen seiner amüsierten Blicke zu, sagte: »Donnerwetter, du hörst dich an wie ein Schleifer beim Bund.«

Einen kurzen Augenblick hielt sie vor Schreck die Luft an, versuchte zu checken, ob er etwa Bescheid wusste. Vielleicht hatte er ja Erkundigungen über sie eingezogen und machte sich nun einen Spaß daraus, sie gegen die Wand laufen zu lassen?

Nach einigen Minuten hatte Mathilda sich wieder beruhigt. Nein, dachte sie, während sie in den Grunewald einbogen. Während sie ihm einen unauffälligen Blick von der Seite zuwarf, bemerkte sie, dass dicht hinter ihnen ein Jogger lief, der sie kurz darauf überholte, ein arabisch aussehender Typ mit Bart, der so locker und flockig lief, als kostete es ihn nicht die geringste Mühe. Mathilda dachte noch, dass er ihr irgendwie bekannt vorkam, doch er verschwand, bevor sie näher darüber nachdenken konnte, woher.

Bäume tauchten im Nebel auf und verschwanden wieder. Ein Spaziergänger mit einem Hund an der Leine kam ihnen entgegen, wobei sie das Hecheln hörten, bevor sie den Hund sahen. Dann niemand mehr. Mathilda stellte die Sprachnavigation auf ihrem Smartphone lauter. Bei dem Nebel sollte sie sich lieber nicht nur auf ihren Orientierungssinn verlassen. Nach einer Weile hatten sie einen Rhythmus gefunden, wenngleich sie für Mathildas Empfinden viel zu langsam liefen, in so einem Schlaffi-

Tempo, in dem man die ganze Zeit quatschen konnte, ohne dass einem die Puste ausging. Trotzdem fand sie es schön, Schulter an Schulter mit ihm zu laufen, durch den Nebel, der alle Geräusche zu verschlucken schien, sogar ihre Schritte. Und so klang die Stimme des Navis umso bizarrer, als es sie aufforderte, demnächst links abzubiegen.

Auf einmal tauchte eine Gestalt aus dem Nebel auf. Es war der schwarzbärtige Läufer von vorhin, der sich offenbar auf dem Rückweg befand. Doch plötzlich flashte eine Erinnerung in ihr auf. Das ist ja der Feldhasen-Jogger, den ich am 31. Juli vor Falks Haus gesehen habe, dachte sie. Und dann ging alles ganz schnell. Der Typ lief direkt auf Falk zu, mit etwas in der Hand, das ein Messer sein musste. Mathilda reagierte fast unmittelbar, versetzte dem Kerl einen Tritt in die Magengrube. Er stöhnte auf, sackte zusammen, ließ das Messer fallen, es schlitterte über den Weg. Mathilda lief zum Messer, griff es und schleuderte es so weit weg, wie sie konnte, in den Nebel hinein, und kehrte zurück zu dem Angreifer, der sich gerade aufrappelte. Sie rechnete damit, dass er sie attackieren würde. Doch kaum war er wieder auf den Beinen, rannte er davon. Die ganze Zeit über kauerte Falk da, seltsam verkrümmt, auf dem Waldweg. Sie beugte sich über ihn.

»Bist du verletzt?«, fragte sie und bemerkte, dass er weiß war wie Quark.

»Nicht wirklich«, sagte er nun, aber er klang schwach.

Mathilda holte ihr Smartphone aus der Armhalterung, schaltete die Taschenlampe ein und richtete sie auf Falk. Als sie den Schnitt in seinem Jackenärmel entdeckte, öffnete sie vorsichtig den Reißverschluss seiner Trainingsjacke, zog ihm die Jacke von der Schulter und sah nach. Erleichtert stellte sie fest, dass es wirklich nur ein Kratzer war.

»Du hast so was von Glück gehabt«, sagte sie und zog ihm die Jacke wieder über und den Reißverschluss zu. Dann griff sie in ihre Jackentasche und holte einen Oat Bar heraus, packte ihn aus und gab ihn Falk.

»Iss das.«

Wie auf Autopilot griff er nach dem Riegel, biss hinein und kaute. Doch als Mathilda kurz darauf wieder nach ihrem Smartphone griff, um den

Notruf zu wählen, legte Falk seine Hand auf ihre und sagte: »Bitte lass es gut sein. Es ist ja nicht so schlimm ...«

Sie konnte kaum glauben, was er da gerade sagte. »Jemand ist mit einem Messer auf dich losgegangen. Wir müssen die Polizei rufen!«

»Was soll das bringen? Das war irgend so ein Junkie. Außerdem ...« Er begann sich hochzustemmen, schwankte ein bisschen, »... ist er längst über alle Berge.« Mathilda half ihm auf die Beine.

»Das kann nicht dein Ernst sein. Du musst ...«

Doch er unterbrach sie recht barsch: »Nein.« Als er merkte, wie sie zurückwich, fügte er etwas verbindlicher hinzu: »Mathilda. Wir sind in Berlin! Die Parks hier sind voll von Drogenabhängigen, die alles für ein paar Kröten tun würden.«

Doch sie sah ihn nur stumm an. Das kannst du deiner Oma erzählen, dachte sie. Und während sie jetzt eilig zurückliefen, in ziemlich flottem Tempo, und jeder Baum wie ein Schatten aus dem Nebel auftauchte und wieder verschwand, befand Mathilda sich in äußerster Alarmbereitschaft. Auch Falk wirkte unruhig und sah sich ständig um. Erst als sie die Straße erreicht hatten, verlangsamten sie ihre Schritte. An seinem keuchenden Atem erkannte sie, dass er ziemlich am Ende war.

»Alles in Ordnung?«, fragte sie und blieb stehen. »Willst du dich nicht doch lieber durchchecken lassen? Komm, ich fahr dich ins Krankenhaus. Du stehst doch unter Schock.«

»Nein, nein ... es geht schon.« Er setzte sich wieder in Bewegung, langsamer nun. Sie gingen die menschenleere Straße entlang. Zehlendorf wirkte wie ausgestorben. Kein Auto war zu hören, kein Mensch zu sehen. Als wären sie die einzigen Überlebenden. Und Überlebende sind wir ja auch, dachte Mathilda. Als die Pforte der Prokhoff'schen Villa auftauchte, hielten sie an. So standen sie sich gegenüber, Falk mit dem Rücken zur Straßenlaterne, die wie ein orangeroter Mond mit einem Hof auf halber Höhe hing. Seinen Gesichtsausdruck konnte Mathilda nur schemenhaft erkennen, als er sagte: »Wer bist du nur, Mathilda Bekendorp?«

Der Schreck fuhr ihr in die Glieder, und sie hatte Mühe, ihr Gesicht unter Kontrolle zu halten.

Sie wollte gerade antworten, etwas Scherzhaftes, als er weitersprach: »Wie du diesem Typen eine verplättet hast! Wie hast du das nur gemacht?«

»Hast du doch gesehen: Ich habe mit dem Fuß ausgeholt und ihm ... na ja ... ordentlich in die Eier getreten.« Mathilda sagte es leichthin, wollte das Ganze nicht unnötig aufbauschen. Aber er ging nicht auf ihren Tonfall ein. Leise fragte er: »Wieso bist du so fit?«

Täuschte sie sich oder klang in seiner Stimme so etwas wie Argwohn mit? So lässig wie möglich zuckte Mathilda die Achseln. »Weil ich seit Jahren trainiere. Krav Maga.«

»Krav *was*?« Er sah sie vollkommen verständnislos an.

»Krav Maga. Eine israelische Selbstverteidigungstechnik.«

»Wo lernt man denn *so was*?«

Sie versuchte, so nah wie möglich bei der Wahrheit zu bleiben. »Bei uns an der Uni gab es damals diese Kurse. Seitdem mache ich das mehr oder weniger regelmäßig.«

»Wohl eher *mehr*.« Er blickte sie immer noch unverwandt an. So als sähe er sie zum ersten Mal. »Du hast mir gerade das Leben gerettet. Ist dir das eigentlich klar?«

Sie wollte schon eine flapsige Bemerkung machen, die aufkommende Rührseligkeit mit einer Handbewegung wegwischen. Doch sie tat es nicht. Dazu war das Ganze zu ernst. »Wahrscheinlich war es so.«

Einen Moment lang schwiegen sie. Irgendwo in der Ferne, in einer anderen Welt, ertönte ein Martinshorn, das anschwoll und wieder verklang. Dann sagte Falk: »Du weißt ja, was das für Konsequenzen hat. Wenn man jemandem das Leben rettet?« Im Gegenlicht der Straßenlaterne versuchte Mathilda zu erkennen, ob er das wieder ironisch meinte. Doch seine Stimme klang immer noch ernst. »Es bedeutet, dass du von nun an für mich verantwortlich bist. Für alle Zeit.«

»Das ist lang«, sagte sie.

Wohl eine halbe Ewigkeit sahen sie sich an. Dann zog er sie so fest an sich, dass sie seinen Herzschlag spüren konnte, als wäre es ihr eigener.

Später in der Nacht saß Mathilda in ihrer Wohnung, in Bundeswehrunterwäsche, vor sich eine von diesen Schreibunterlagen aus Papier, die fast die ganze Tischplatte bedeckten. In der Hand hielt sie einen Kugelschreiber. Sie wollte ein paar Gedanken zu den Ereignissen des Abends aufs Papier kritzeln, doch ständig funkte der schwarz vermummte Typ dazwischen und lief in einer Endlosschleife auf Falk zu, das Messer in der Hand. Sie durchlebte alles neu, sah, wie sie ihn mit einem Tritt außer Gefecht gesetzt hatte, seinen Sturz, ihren Griff nach seinem Messer, das sie weit weggeschleudert hatte und wie der Mann schließlich als Schatten wieder im Nebel verschwunden war. Dabei hatte das Ganze vermutlich keine zwei Minuten gedauert. Und dann war da immer wieder auch Falks Gesicht, ganz dicht vor ihr, sie hörte, wie er über die Verantwortung sprach, die sie nun für ihn hatte: für alle Zeit.

Abrupt stand sie auf, stöpselte sich die AirPods in die Ohren, Iron Maiden, und fing an, ein paar Workouts zu machen, so knackig, dass ihr am Ende der Schweiß übers Gesicht lief. Endlich gab ihr Kopf Ruhe. Die Szene im Park hatte nun etwas von ihrem Schrecken eingebüßt, und sie war jetzt in der Lage, sich auf das zu konzentrieren, was wichtig war: dass sie den Mann schon einmal gesehen hatte. *Er* war der Jogger mit dem Feldhasenstyle gewesen, den sie am 31. Juli am Haus der Prokhoffs hatte vorbeilaufen sehen. Also konnte der Überfall kein Zufall gewesen sein. Der Typ war nicht zufällig im Park aufgetaucht; er hatte es auf Falk abgesehen.

Sie duschte, ging zum Kühlschrank und holte sich ein Red Bull, auch wenn das hieße, dass sie erst spät würde einschlafen können, und setzte sich wieder. Sie richtete die Schreibtischlampe aus, nahm einen Schluck und begann, ihre Gedanken in einer Art Bewusstseinsstrom-Technik niederzuschreiben. Natürlich landete sie wieder bei dem Angriff im Park, doch nun stand nicht mehr der Schrecken im Vordergrund, sondern Falks Reaktion. Sicher, sie waren in Berlin, wo es jede Menge Junkies gab, die einem an die Kohle wollten. Aber dieser Mann war kein Junkie gewesen. Sie hatte lange genug Leute trainiert, um den Unterschied zwischen einem Schlappschwanz und einem Sportler zu erkennen. Dieser Typ war durchtrainiert gewesen. Inzwischen war sie sich sicher, dass

Falk das ebenso verstanden hatte. Sie hatte seinen Blick gesehen, kurz bevor er ihr untersagt hatte, die Polizei zu holen. Gab es da also etwas, von dem Falk nicht wollte, dass es bekannt wurde? Jedenfalls würde das zu der Auseinandersetzung zwischen ihm und der Wittgenstein passen. Sie trank noch einen Schluck und umkringelte dann die Worte *Jogger* und *interessante Fotos,* zog eine Verbindungslinie und malte ein Fragezeichen an den Rand. Was waren das für Bilder, die die Prokhoffs als *Wohltäter und Klimaschützer* in Verruf bringen konnten? Auf keinen Fall konnte die Wittgenstein damit nur den pompösen, wenig umweltverträglichen Lebensstil gemeint haben. Es musste um etwas Krasseres gehen, um etwas, das der Familie wirklichen Schaden zufügen konnte. Vielleicht drehten sie in ihrer Immobilienfirma irgendwelche krummen Dinger? Ließen asbestverseuchten Bauschutt illegal entsorgen. Oder sie errichteten Wohnhäuser auf chemikalienbelastetem Gelände, auf dem das Grundwasser verunreinigt war? Mathilda spürte den Koffein-Kick des Getränks nun deutlich. Und wieder landeten ihre Gedanken bei der Familienstiftung. Falks angespannte Reaktion, wann immer es um die Stiftung ging, war greifbar. Allerdings hatte sie schon so viel recherchiert und nichts gefunden, was der Rede wert gewesen wäre. Der Verein war so weiß wie gebleachte Zähne. Abgesehen vielleicht von dem Link, der zu diesen linksextremen Aktivisten namens *Last Exit* führte.

Genau in diesem Moment hatte sie plötzlich das Gefühl, in ihrem Gehirn würde etwas einrasten. Konnten diese Linksextremisten etwas mit dem Überfall auf Falk zu tun haben? Oder ging ihre Fantasie gerade mit ihr durch? Einen Moment lang dachte sie über diese Möglichkeit nach. Doch dann erschien ihr das Ganze doch zu absurd. Sie war dabei, sich auf irgendwelchen Nebenschauplätzen abzuarbeiten, einfach weil ihr andere, echte Erkenntnisse fehlten. Sie sollte sich auf das konzentrieren, was real war. Und im Moment war das vor allem die Drohung der Wittgenstein mit irgendwelchen Fotos, die in ihrem Besitz waren. Offensichtlich hatten die Prokhoffs also einen guten Grund, die Wittgenstein mit einer Verschwiegenheitsklausel mundtot machen zu wollen. Was aber konnte das sein? Es musste eine Möglichkeit geben, das herauszufinden.

Sie stand auf, holte ihr Smartphone und schickte Baldrich eine Nachricht. *Brauche deine Hilfe. Ruf mich an.* Und obwohl es schon nach Mitternacht war, dauerte es keine Minute, bis es klingelte.

»Hey, Bro«, sagte er. »Was gibt's?«

Sie erklärte ihm, was sie von ihm wollte, woraufhin er erst einmal schwieg.

»Bist du noch dran?«, fragte Mathilda, und Baldrich antwortete mit einem lakonischen »Ja.« Dann sagte er: »Ich kann es versuchen. Aber wenn die Frau ähnlich gute Firewalls wie die Prokhoffs hat, dann gute Nacht.«

»Probier's trotzdem.«

An einem stürmischen Herbstabend zwei Tage später fand Mathilda, als sie nach einem ausgedehnten Lauf in ihre gemütliche Wohnung zurückkehrte, eine Nachricht von Baldrich auf ihrer Mobilbox vor. Noch in Laufklamotten rief sie ihn an.

»Ich hab's«, sagte er und fuhr dann fort: »Smartphone und Festplatte. Aber durchsuchen musst du den Sauhaufen selbst.«

Mathilda bedankte sich bei Baldrich und wollte gerade auflegen, als er fragte: »Was willst du eigentlich von der?«

»Ist Teil meiner Recherche«, sagte sie knapp.

Baldrich erwiderte: »Die ist verdammt heiß«, was Mathilda aus einem Grund, über den sie lieber nicht näher nachdenken wollte, ärgerte.

Nach dem Telefonat stieg Mathilda rasch unter die Dusche und setzte sich dann unverzüglich an ihren Laptop, eine Tasse Pfefferminztee neben sich. Sie hatte eigentlich nicht damit gerechnet, dass Baldrich Erfolg haben würde. Im letzten Jahr hatte er vergeblich versucht, die Rechner und Smartphones der Prokhoffs zu knacken. *Es ist leichter, ins Scheiß-Pentagon einzubrechen*, hatte er gesagt und ihr am Ende eine fette Rechnung präsentiert, von der sie allerdings nur die Hälfte bezahlen sollte. Kameradenrabatt.

Etliche Stunden später fühlte sie sich so elend wie schon lange nicht mehr. Sie wusste nun, dass die Wittgenstein über einen schier unerschöpflichen Vorrat an Luxusklamotten verfügte, in denen sie sich fast täglich ablichten ließ oder selbst ablichtete, und erfuhr, wo sie sich in den vergangenen Jahren aufgehalten hatte, um diese Klamotten zu präsentieren. Sie kannte ihre Familienmitglieder und Freunde und sogar ihr Blutbild. Sie hatte erfahren, was die Wittgenstein verdiente (eine geradezu schwindelerregende Summe angesichts des Bullshits, den sie Mathildas Meinung nach machte) und dass sie eine Villa in München-Grünwald besaß sowie Apartments in Monaco, Sankt Moritz und Manhattan. Interessant, aber völlig wertlos für Mathilda, waren die Mails eines Rechtsanwalts in Salt Lake City, den die Wittgenstein damit beauftragt hatte, die Provo Canyon School – ein Internat, das sie besucht hatte, als sie siebzehn war – auf Schadensersatz wegen Misshandlung zu verklagen. Mathilda fragte sich, ob das möglicherweise dasselbe Internat war, auf dem Falk und die Wittgenstein sich damals kennengelernt hatten, und machte sich im Geiste eine Notiz. Womit Mathilda allerdings nicht gerechnet hatte, waren die unzähligen Pärchenbilder, die die Wittgenstein zusammen mit Falk zeigten. Mit einem Engegefühl in der Kehle betrachtete sie die Fotos und Videos, auf und in denen er sie im Arm hielt oder die Wittgenstein ihn mit Schneebällen bewarf und er sie packte und in den Schnee drückte und sie dann auch noch küsste. Das schlimmste Video von allen aber zeigte die beiden, als er ihr den Verlobungsring an den Finger steckte, während im Hintergrund *When a Man Loves a Woman* lief und die Wittgenstein mit Tränen in den Augen ein »Ja« hauchte. Und auch wenn Mathilda klar war, dass dieser Moment nicht so intim war, wie er schien, da jemand das Ganze ja mit dem Smartphone filmte, so fühlte es sich für sie dennoch so an, als würde ihr jemand eine Faust in den Magen rammen.

Sie wandte den Blick ab. Sie hatte mehr als genug gesehen. Die Bilder, die sie eigentlich gesucht hatte, schienen nicht da zu sein. In einer brüsken Bewegung klappte sie ihren Laptop zu und stand auf.

Rebecca. Lilija blieb stehen. Sie bückte sich, hob ein leeres Vogelnest vom Boden auf.

»Das ist doch was für Penelope«, sagte sie und reichte es mir.

»Danke.« Ich betrachtete das kleine Knäuel aus Gräsern und Reisig. »Das wird ihr gefallen.«

Es war ein wolkenverhangener Tag, still und irgendwie träge, *ich* fühlte mich träge, nach einer Nacht mit zu wenig Schlaf. Ich holte eine Plastiktüte aus meiner Handtasche und tat das Nestchen hinein.

Da sagte Lilija plötzlich: »Ich muss mit dir reden.«

Vorsichtig schob ich die Plastiktüte in meine Handtasche und sah sie an. »Aber ja ... was gibt es denn?«

Sie war stehen geblieben, stand ein paar Schritte hinter mir, in ihrem hellgrauen Mantel. Ihr kastanienbraunes Haar leuchtete rötlich vor dem Grün der jungen Birkenblätter im Hintergrund.

»Ich war mir nicht sicher, ob ich es dir sagen soll ... Bin mir immer noch nicht sicher. Uldis meinte, ich soll mich da besser nicht einmischen. Aber ... wie könnte ich nicht!« Ihre Augen wirkten groß und dunkel, die Sommersprossen auf ihrem blassen Gesicht wie lustige kleine Sprenkel, in vollkommenem Widerspruch zu ihrer ernsten, ja bestürzten Miene.

Ein ungutes Gefühl kroch in mir hoch. »Nun sag schon. Raus damit!«

Einen Moment lang schien sie noch mit sich zu ringen. Dann brach es aus ihr heraus: »Letzte Woche habe ich Robert mit Tanja Ozols gesehen.«

Im ersten Moment begriff ich gar nicht, wovon sie sprach, und schon gar nicht, von wem. Tanja Ozols, wer sollte das sein? Erst allmählich dämmerte es mir.

»Du meinst die Referendarin? Du hast Robert zusammen mit der *Referendarin* gesehen?«

Sie nickte. Ohne mich auch nur eine Sekunde aus den Augen zu lassen, sagte sie leise: »Ich war auf dem Centrāltirgus. Einkaufen. Als ich zum Auto zurückging, habe ich sie gesehen. Arm in Arm. Ich dachte erst, ich hätte mich verguckt. Also bin ich hinterher. Aber ... Sie waren es. Oh, Uldis hatte recht, ich hätte es dir nicht erzählen sollen. Es tut mir so leid!« Sie hatte immer schneller gesprochen und sah so betroffen aus, als habe *sie* etwas falsch gemacht, als sei *sie persönlich* für diese Nachricht verantwortlich.

Ein paar Sekunden vergingen, in denen ich sie nur anschaute. Ich musste bestürzt ausgesehen haben, ich hätte bestürzt sein müssen, doch alles, was ich spürte, war Erleichterung. Irgendwo im Park hörte ich ein Kind rufen, eine Frau antwortete, und während Lilija die Hand um meine Schultern legte und mir ungeschickt über den Arm strich, hatte ich das Gefühl, dass irgendetwas in mir umkippte, dass etwas zu Ende war, endgültig. Das Ganze war so grotesk, dass ich fast gelacht hätte: Tanja Ozols, die immer meine Tasse nahm, hatte jetzt auch meinen Mann genommen, und mir war das fast egal.

Sie war Gift, pures, tödliches Gift. Sie hielt sich für unwiderstehlich. Und irgendwie war sie es auch.

Kaiserwald I

Penelope. Wann ich eigentlich so ein harter Knochen wurde, willst du wissen? Man sagt ja, Bildung formt den Charakter. Bei mir waren es wohl eher die neuen Mitschüler auf dem Rupert-Neß-Gymnasium, auf das ich nach den Sommerferien ging.

Es gibt da ein Foto von mir, besser gesagt zwei, die meine Oma an der Kühlschranktür kleben hatte und die für mich den Aufbruch in diese neue Zeit markieren: Auf dem ersten Bild sitze ich mürrisch und ohne eine Miene zu verziehen auf der Treppe des Hauses, mit dem Hund auf dem Schoß. Auf dem zweiten Bild explodiert die Inszenierung, denn der Wurzel wollte nicht mehr still sitzen, wand sich in meinen Armen, streckte die Schnauze nach oben in mein Gesicht. Auf dem Foto sieht es so aus, als würde der Hund mich wachküssen: das bärtige Hundegesicht, die rosa Zunge, meine weit aufgerissenen Augen, das erschrockene Lachen. Der kleine Wurzel lebt schon lange nicht mehr, aber bis heute sind diese Fotos für mich ein Symbol dafür, dass alles irgendwie zusammengehört, Traurigkeit und Lachen, Leben und Vergänglichkeit. Und dass sich alles von einem Moment auf den anderen verändern kann.

Was erst mal gut war: In der neuen Schule fühlte ich mich nicht mehr so sehr unter Beobachtung, die Brandmarke des verlassenen Kindes war hier weniger sichtbar. Auch entfernte ich mich aus Lenas Dunstkreis und freundete mich mit ein paar Jungen an, mit denen ich auf dem Pausenhof kickte. Allerdings, so glaube ich heute, nahm sie es mir übel, dass ich ihr in den Sommerferien die Gefolgschaft verweigert hatte und es dank Mathilda sogar geschafft hatte, zeitweise mehr Aufmerksamkeit auf mich zu ziehen als sie: das mutterlose Mädchen, das allein nach Afrika geflogen war, um dort vier Wochen auf einer Farm zu verbringen, wo es Giraffen und Zebras gab und fremdländisch aussehende Menschen. Mein Besuch bei Mathilda in Namibia war wohl der eigentliche Grund dafür, warum sie in der neuen Schule anfing, über mich zu tuscheln. Und sie sorgte auch dafür, dass ich meinen Spitznamen *Giraffe* bekam.

Allerdings war ich nicht das einzige Kind, dem Lena das Leben mit Spitznamen versüßte. Neben mir gab es noch *Glubschi, das Froschauge,* und *Schweinchen Babe.* Einen Jungen, dessen Vater Afrikaner war, nannte sie *Jim Knopf,* aber nur, wenn kein Erwachsener in der Nähe war. Und jetzt kommen wir zu Valentin.

Valentin war der Klassenrüpel, und im Grunde war er es, der mir den ersten Crashkurs in Wehrhaftigkeit gab. Jedenfalls tat Valentin sich damit hervor, dass er bei jeder Gelegenheit unsere Spitznamen verwendete, sie quer über den Schulhof brüllte oder von hinten durch den ganzen Bus. Besonders auf Bastian, meinen Nebensitzer, einen kleinen Jungen mit Brille, hatte er es abgesehen. Er schubste ihn im Vorbeigehen, nannte ihn nur *Spastian* und schüttete ihm Saft in den Schulranzen. Bei den Klassenarbeiten zwang er Bastian, ihn abschreiben zu lassen. Einmal sperrte er ihn nach dem Unterricht in die Toilette, indem er zwei Türklinken mit einem Seil zusammenband, was ihm aber niemand nachweisen konnte.

Ich fing an, Valentin zu beobachten. Ich achtete auf jedes Wort, das er sagte, hörte immer genau zu, wenn er sich meldete. Diese Fixierung auf die Sprache hatte ich von meiner Mutter, die sie wiederum von ihrer Mutter hatte. In all den Jahren, die meine Oma schon im Allgäu lebte, hatte sie nicht auch nur das leiseste bisschen Mundart angenommen. Im Gegensatz zum Opa sprach sie akkuratestes Hochdeutsch und wurde nie müde, den Opa zu korrigieren, wenn er »besser wie« oder »der Butter« sagte. Ich weiß, dass die Oma auch versuchte, mir Sachen abzugewöhnen. So gefiel es ihr nicht, wenn ich immer »*der* Opa« sagte. Aber ich tat es trotzdem.

Jedenfalls merkte ich mit der Zeit, dass Valentin sich im Unterricht anstrengen musste, um Hochdeutsch zu sprechen, und dass es ihm manchmal schwerfiel zu erkennen, was Dialekt war und was nicht. In einem Aufsatz, den der Deutschlehrer ihn vorlesen ließ, hatte er »geloffen« geschrieben anstatt »gelaufen« und andere, mir unbekannte Wörter verwendet. Auf dem Schulhof, wenn er mit seinen Kumpels von der Realschule – die allesamt schon in der sechsten Klasse waren – Ball spielte, sprach er so starken Dialekt, dass ich ihn kaum verstand. Irgendwann fing ich an, mir die Wörter und Sätze zu merken, die er sagte, und zu Hause den Opa danach zu fragen. So erklärte der Opa mir, dass »Riabl« der Kopf war und »Riaßl« der Mund, dass »kaien« werfen bedeutete und vieles mehr. Mit der Zeit hatte ich ein ganzes Repertoire an Dialektwörtern. Und dann schrieben wir die Englischarbeit.

Es war warm an diesem Vormittag im frühen Oktober, die Fenster standen offen, und eine schräge Sonne schien auf unsere Köpfe. Wie immer mussten wir unsere Tische auseinanderschieben und zwischen uns und unsere Nebensitzer einen Schulranzen stellen. Vor der Stunde hatte ich diesmal jedoch den Platz mit Bastian getauscht, in der Hoffnung, dass unser Englischlehrer Heumann es nicht merken würde. Valentin hingegen merkte es sofort und zischte mir von hinten zu, ich solle ihn gefälligst abschreiben lassen, sonst bekäme ich hinterher eine auf die »Gosch«. Ich sehe noch seinen verblüfften Gesichtsausdruck vor mir, als ich mich kurz zu ihm umdrehte und ganz eingeschüchtert nickte, so als hätte ich Angst vor ihm. Stattdessen hatte ich mich gut auf diesen Moment vorbereitet. Ich hatte alle Vokabeln, die wir für die Klassenarbeit lernen mussten, durchforstet und den Opa gefragt, was dies und jenes auf Allgäuerisch hieß. Außerdem hatte ich genügend Schmierpapier eingesteckt.

Wie Herr Heumann angekündigt hatte, bestand die Hälfte der Arbeit aus einer Vokabelabfrage und aus Sätzen, die wir vom Englischen ins Deutsche übertragen sollten. Ich musste nicht lange überlegen und schrieb alles extra groß und extra deutlich auf das Schmierpapier, und als ich aufblickte und Herrn Heumann am Pult Zeitung lesen sah, schob ich das Blatt mit den falschen Lösungen ganz nach rechts, so dass Valentin alles gut erkennen konnte. Auch in die englischen Wörter baute ich immer wieder Fehler ein, aber natürlich nicht zu auffällig, denn Valentin war ja nicht ganz blöd.

Als wir die Arbeit eine Woche später herausbekamen, ging Herr Heumann durch die Reihen und gab uns die Hefte zurück. Zu jedem sagte er ein paar Worte wie »gut gemacht« oder »nächstes Mal musst du dich aber ein bisschen mehr anstrengen«. Als er mir eine Eins zurückgab, lächelte er mich ganz freundlich an, sagte »Weiter so« und blieb dann kopfschüttelnd vor Valentins Tisch stehen. »Also so etwas habe ich selten gelesen. Wo hast du denn diesen Quatsch her?«, fragte Herr Heumann, der aus Hannover stammte. »Was soll das sein, *kaien*? Und *Knui*. Keine Ahnung, was du damit meinst.«

Die anderen fingen an zu lachen. Herr Heumann war niemand, der andere bloßstellte. Aber die Art und Weise, wie er die allgäuischen Wörter aussprach und Valentin dabei vollkommen verständnislos ansah, so als wohnte er in einer Höhle, war einfach komisch. Bevor er sich umdrehte und zurück zum Pult ging, sagte er noch: »Und der Komparativ im Deutschen wird mit *als* gebildet.«

Valentins und meine Feindschaft war damit besiegelt. Gleich nach dem Unterricht wartete er auf mich, um sich zu rächen. Ich wehrte mich, so gut es ging, packte ihn am Kragen, so wie er mich packte, und wir wälzten uns auf dem Schulhof herum wie die Schweine im Pfuhl. Bastian und Johannes unternahmen einen Versuch, ihn von mir loszubekommen, aber Valentins Sechstklässlerfreunde von der Realschule schubsten sie weg. Als Valentin anfing, auf mich einzudreschen, sah ich keine andere Möglichkeit, als laut um Hilfe zu schreien. Ich schrie, bis ein Schüler aus der Oberstufe, ein großer Kerl in einem Parka, Valentin packte und ihn von mir wegzog.

Als ich an dem Tag nach Hause kam, war die Oma entsetzt über die Schrammen in meinem Gesicht und den Schmutz auf meiner Jacke.

»Was ist denn passiert?«, fragte sie erschrocken.

»Ich bin hingefallen«, antwortete ich nach einigem Zögern. Ich wollte die Oma nicht beunruhigen. Als der Opa an diesem Abend nach Hause kam, sagte ich ihm, ich würde jetzt doch gerne ins Taekwondo gehen.

Mathilda. Mit Falk in diesem Boot zu sitzen war wie in einem Super-8-Film: zu schön, um wahr zu sein, als wäre es schon Vergangenheit, als wären sie beide schon Vergangenheit. Und das würden sie ja auch bald wieder sein – sobald Mathilda erreicht hatte, was sie wollte. Mit aller Macht stoppte sie diesen Gedanken. Sie wollte ihn nicht haben, nicht jetzt, wo sie durch das Wasser glitten, auf dem bunte Blätter trieben. Der Herbst zog an ihnen vorbei, goldene Birken und Erlen und der Farn, gelbgrün und derart leuchtend, dass er schon künstlich aussah, wie radioaktiv. So hatte Mathilda sich den Spreewald nicht vorgestellt, so eingewebt in Licht. Das einzige Geräusch war das leise Plätschern, wenn Falk die Paddel ins Wasser tauchte. Und irgendwo in der Ferne rätschte ein Eichelhäher. Ansonsten Stille.

Falk hatte sie auf einen Wochenendtrip in seine Hütte im Spreewald eingeladen, eine kleine Behausung direkt am Wasser, schlicht, alles aus Holz, aber mit einer Sauna. Er habe sich die Hütte vor vielen Jahren gekauft, erzählte er, um schnell von allem weg zu sein. Und dann sagte er noch, dass niemand außer ihr davon wüsste. Unwillkürlich fragte sie sich, ob das auch die Wittgenstein miteinschloss, schob aber auch diesen Gedanken rasch beiseite. Inzwischen war sie sich sicher, dass er ihre Gesellschaft auch deshalb schätzte, weil sie nicht ständig nachfragte und immer noch mehr wissen wollte. Was grotesk war, weil Mathilda ja eigentlich alles wissen wollte über ihn und seine Familie.

Jetzt hielt er auf einen kleinen Steg zu. Sie stiegen aus dem Boot, und Mathilda überlegte, dass das alles hier eigentlich gar nicht zu ihm passte, jedenfalls nicht zu dem Ruderclubtyp, für den sie ihn ursprünglich gehalten hatte. Auch nicht zu dem Mann, der der Wittgenstein vor laufender Smartphone-Kamera einen Ring an den Finger gesteckt hatte. Jedenfalls hätte sie ihm diese Hütte niemals zugetraut. Und auch nicht, dass er Spaß daran hatte, allein im Spreewald herumzupaddeln.

Nachdem er das Boot festgebunden hatte, luden sie die mitgebrachten Sachen aus, eine rot-blau karierte Decke mit einer silberfarbenen

Isolierschicht, eine 2-Liter-Isolierkanne von Stanley, dieselbe, die Mathilda auch besaß, und einen Picknickkorb, den Falk wahrscheinlich von irgendeiner Haushälterin hatte packen lassen.

Ein paar Meter weiter, auf einer kleinen Lichtung, breitete er die Decke aus. Sie setzten sich, und er fing an, den Korb auszupacken. Mathilda schickte sich an, ihm zu helfen, aber er ließ sie nicht.

»Du bist mein Gast. Lass dich bedienen.«

Er griff nach der Isolierkanne, schraubte sie auf und schenkte etwas Dunkelrotes, Dampfendes in eine Tasse, die er Mathilda in die Hand drückte.

»Glühwein?«, fragte sie und lächelte ihn an. »Das hast du dir gemerkt?«

»Das und alles andere, was du mir erzählt hast.« Er sagte das in einem ernsten Ton und sah sie lange an, und als sie sich schon fragte, ob er ihr noch etwas sagen wollte, wandte er sich wieder dem Picknickkorb zu. Mathilda stand auf, ging mit ihrer Tasse zum Steg, wo sie sich hinsetzte und aufs gegenüberliegende Ufer schaute, hinauf in den Himmel, aus dem hin und wieder gelbe Blätter segelten. Sie verfolgte deren taumelnden Weg abwärts, bis sie sachte und lautlos auf dem braunen Wasser landeten. Sie nahm einen Schluck aus der Tasse. Der Wein war süß und stark, er schmeckte nach Zimt und Nelken und Cognac und nach etwas anderem, von dem sie glaubte, dass es Kardamom war. Sie musste an das erste und einzige Mal denken, als sie Glühwein mit Kardamom getrunken hatte, auf dem Schwabinger Weihnachtsmarkt war das gewesen, zusammen mit Theda und Noah, Werndorf und Ziegler. Als sie noch Kameraden gehabt hatte. Sie verdrängte die aufkommenden Bilder. Sie war jetzt hier und wollte an nichts anderes denken.

»Es ist angerichtet«, sagte Falk ein paar Minuten später, und Mathilda drehte sich um. Sie nahm den letzten Schluck Glühwein, ging zurück zur Decke und setzte sich neben ihn.

»Wo hast du den denn aufgetrieben?«, fragte sie und hob die Tasse.

»Er schmeckt dir nicht«, sagte er und machte eine Grimasse, sodass sie sich zu sagen beeilte: »Nein, nein, er schmeckt ganz wunderbar!«

»Da bin ich aber froh.« Er strich sich ein paar imaginäre Schweißtropfen von der Stirn. »Weil ich den selbst zusammengebraut hab.«

»Ach wirklich?« Verblüfft sah sie ihn an. »Aber das Essen ... das hast du doch wohl nicht alles selbst gekocht?«

»Nein«, antwortete er jetzt und grinste breit. »Nur selbst gekauft.«

Widerwillig gerührt nickte Mathilda. Also keine Haushälterin, die alles für ihn erledigt hatte.

»Es ist schön, dass man mit dir solche Sachen machen kann«, sagte er unvermittelt.

»Was meinst du?«

»Na ...« Er beschrieb einen weiten Kreis mit beiden Händen. »So etwas. Ein bisschen herumschippern. Ein Picknick in der Natur.«

Mit einem Mal merkte sie auf, ergriff die Gelegenheit und fragte wie nebenbei: »Ich dachte, du hast es nicht so mit der Natur.«

»Wie kommst du denn darauf?«

»Die Jugendcamps? Du hast mir doch mal erzählt, dass dich das ziemlich genervt hat.«

Einen Augenblick lang sah er sie nur an. Dann sagte er: »Glaub mir, die Natur war es damals nicht, die mich gestört hat.«

Sie wollte schon nachfragen, doch etwas in seiner Miene, ein unsichtbares Stoppschild in seinem Blick, ließ sie innehalten. Ein andermal, dachte sie.

»Ich hoffe, es ist etwas dabei, was du magst«, sagte er und deutete auf einen der beiden Teller, auf denen er alles Mögliche arrangiert hatte: Bulgursalat und Hackbällchen, winzige runde Blätterteigtaschen mit Feta und Tomaten, Oliven und gegrillte Auberginen. Er gibt sich so verdammt viel Mühe, schoss es ihr durch den Kopf, und für eine Sekunde fühlte sie sich so mies, dass ihr ganz eng in der Kehle wurde.

»Was ist?«, fragte Falk. »Nichts dabei, was dir schmeckt?«

»Nein ... aber nein! Es ist einfach ... perfekt! So etwas hat noch nie ein Mann für mich gemacht.«

»Dann hast du bisher vielleicht die falschen Männer gekannt?«

Wieder tauchte Noahs Gesicht vor ihr auf. Doch sie schob ihn weg, mit aller Macht. Er hatte hier nichts verloren, er hatte in ihrem Leben nichts mehr verloren. Jetzt beugte Falk sich zu ihr. Sein Gesicht dicht vor ihrem flüsterte er: »Für mich hat das auch noch keine Frau gemacht. Mir das Leben gerettet.«

Sie schluckte. Unterdrückte die verdammte Rührung, die in ihrer Kehle feststeckte, und versuchte, die Stimmung ein wenig aufzulockern, indem sie möglichst scherzhaft zurückflüsterte: »*Die* Karte werde ich ab jetzt immer spielen.«

»Das hoffe ich doch«, sagte er, immer noch ernst, immer noch ein paar Zentimeter vor ihrem Gesicht. Und genau in diesem Moment wurde ihr klar, dass alles anders lief als geplant. Dass sie ihn nicht nur anziehend fand, sondern ihn wirklich mochte, was noch schlimmer war. Und während diese Erkenntnis sie wie ein Donnerschlag traf, sah sie ihn lächeln, nach einem der beiden Teller greifen und ihn ihr in die Hand drücken. Das alles hier war tatsächlich perfekt, dachte sie erschüttert, dieser Moment war perfekt und echt, und ihre Gefühle waren es auch. Obwohl sie im tiefsten Inneren wusste, dass das hier nicht von Dauer sein konnte, weil sie ihm die Hucke vollgelogen hatte, und das alles im Grunde gar nicht echt sein *konnte*, so wollte Mathilda in diesem Moment doch, dass es für immer anhielt: Falk neben ihr, der leichte Dusel, den der Glühwein in ihrem Kopf verursacht hatte, das Essen, das so hübsch aussah, so bunt und appetitlich, das dunkle Wasser mit den gelben Blättern. Die Einsamkeit und die Stille und der Licht gewordene Spreewald.

»Du frierst doch nicht?«, fragte er sie später, nach dem Essen. Sie lagen nebeneinander auf der Decke und sahen in den Himmel.

Mathilda lächelte. »Da muss schon viel passieren, bis ich friere«, sagte sie.

Nach einer Weile des Schweigens sagte er: »Du bist schon ... speziell.«

Sie drehte den Kopf nach links, sah ihm in die Augen. Er lag dicht neben ihr, so dicht, dass sie die kleinen goldgrünen Sprenkel in seiner Iris erkennen konnte.

»Wieso?«

»Wieso?« Sein Gesicht öffnete sich zu einem Grinsen. »Na ja. Du läufst viel schneller als ich. Du trittst einem Typ, der mit einem Messer auf mich zukommt, ins Gemächt. Du frierst nie. Du isst wie ein Scheunendrescher. Du liegst hier mit mir im Wald. Und dabei bist du so ... schön.«

Sie sah ihn zunächst amüsiert, dann irritiert an, er wirkte auf einmal so ernst. Seine Augen tasteten über ihr Gesicht, ganz langsam, so als müsste er es auswendig lernen.

Und plötzlich fragte er: »Willst du mich heiraten?«

So also war es, wenn die Zeit stehen blieb.

Mathilda sah ihn an. Hatte er das gerade ernst gemeint? Oder war das sein Humor, der manchmal so leise daherkam, dass man ihn kaum erkannte?

Und während Mathilda ihn ansah, aus dieser merkwürdigen Perspektive, sie beide nebeneinander auf der Picknickdecke, die Gesichter einander zugewandt, unter einem Himmel aus lichten Blättern, schob sich mit einem Mal das Video der Wittgenstein dazwischen, diese kitschige Inszenierung, und sie fragte sich, wie lange das eigentlich her war. Sie schluckte schwer, doch schon in der nächsten Sekunde dachte sie, dass sein Gesicht ganz anders wirkte als das Gesicht des Mannes auf dem Video. Plötzlich war da nur noch er, sein Mund und dieser unbeschreibliche Ausdruck in seinen Augen. Und ehe sie sich noch stoppen konnte, weil das eigentlich gar nicht sein durfte, weil es so nicht geplant gewesen war, so nicht, hörte sie sich sagen: »Ja.« Ein leises, flüsterndes Ja, aber dennoch ein Ja.

Riga, im Sommer 1997

Rebecca. Drei Wochen nach Beginn der Sommerferien begingen die Daheimgebliebenen in Jūrmala das Johannisfest, weswegen Robert erst am 25. Juni mit Penelope zu seinen Eltern reisen würde, zwei Tage später als eigentlich geplant. Ich wunderte mich, weil das bedeutete, dass er dieses Jahr nicht zum Geburtstag seiner Mutter in Deutschland sein würde, machte mir aber weiter keine Gedanken. Wahrscheinlich war die kleine Referendarin der wirkliche Grund.

Für mich war es das erste Johannisfest in Lettland, das erste Johannisfest überhaupt, und nach dem, was man mir erzählt hatte, würde es ein Feuer am Strand geben und reichlich Bier und Johanniskäse, den Uldis zusammen mit Andris Balodis selbst herstellen würde. Robert würde beim Aufbauen der Zelte und Bierbänke helfen, Lilija und ich waren für den Bastelstand eingeteilt, wo Eltern und Kinder die Möglichkeit hätten, sich Kränze aus Eichenlaub und Wiesenblumen zu binden, auch das offenbar eine lieb gewonnene Tradition. Schon am Vortag machten wir uns auf den Weg, um frisches Eichenlaub zu schneiden und Wiesenblumen zu pflücken, die sie in Eimern voll Wasser stellten, eine Aktion, die ganz nach Penelopes Geschmack war, auch wenn ihr Arm immer noch eingegipst war. Die Nacht würden wir in Lilijas Datscha verbringen, und natürlich dachte ich daran, dass Robert die Gunst der Stunde nutzen und bei Tanja Ozols übernachten würde. Oder würde er sie gar in unsere Wohnung einladen? Jedenfalls fragte ich mich, ob ich bei meiner Rückkehr etwas bemerken würde, den Duft ihres Shampoos in meinem Kopfkissen, oder vielleicht würde Tanja Ozols nun ja auch noch meine Haarbürste benutzen. Als Lilija, Penelope und ich nach dem Blumenpflücken gegen Mittag auf dem Parkplatz hinter dem Kiefernwald ankamen, sah ich seinen Passat und ihren Honda, die nicht weit voneinander entfernt an der Absperrung standen. Den Wagen, nach dem ich eigentlich Ausschau hielt, entdeckte ich nicht. Seit dem Donnerstagabend, an dem Penelope beim Turnen gestürzt war, hatte ich nichts mehr von ihm gehört. Ich hatte ihn anrufen wollen, aber nicht gewusst, wie ich ihn erreichen sollte. Die einzige Nummer, die ich von ihm hatte, war die seiner Sekretärin in der Botschaft, doch die zu wählen, war mir unangemessen erschienen.

Ich lief ein paarmal zwischen Parkplatz und meinem Land Rover hin und her, um alle Eimer mit Blumen und die Körbe mit dem Eichenlaub zum Strand zu befördern. »Es riecht nach Regen«, sagte Lilija, als ich die letzten beiden Körbe neben den Basteltisch stellte, und sah hinauf in einen tief hängenden Himmel. Ich selbst ließ immer wieder den Blick über den Strand schweifen. Ob er noch kommen würde?

»Dann ist es ja doch gut, dass sie die Partyzelte aufstellen«, murmelte ich und sah mich weiter nach Georg um. Stattdessen entdeckte ich Robert, der mit Penelope auf dem Arm dastand und ihr etwas zu erklären schien. Keine zwei Meter von ihm entfernt stand Tanja Ozols und lachte über irgendetwas, das Andris zu ihr gesagt hatte. Sie lachte so künstlich, dass Robert seinen Vortrag unterbrach und zu ihr herübersah.

»Na also«, murmelte ich vor mich hin und spürte mehr, als dass ich es sah, wie Lilija mich anblickte.

»Geht es dir gut?«, fragte sie. Ihre Stimme klang ganz rau vor Sorge, rau und irgendwie ungehalten, nach unterdrückter Wut, was mir guttat. Lilija auf meiner Seite zu wissen, stärkte mich, und so gelang es mir, gelassen abzuwinken. Irgendwie war die Situation ja auch beinahe komisch. Dort drüben stand mein Mann mit unserer Tochter, und eine junge Referendarin bemühte sich um seine Aufmerksamkeit, die ihrer Meinung nach zu sehr von dem Kind in Anspruch genommen wurde. Und ich stand hier, dachte selbst an jemand anderen und überlegte, wie es nun weitergehen sollte. Wann ich meinen Mann damit konfrontieren sollte, dass ich Bescheid wusste. Oder ob ich die nächsten Wochen seiner Abwesenheit nutzen sollte, um mir in Deutschland einen Scheidungsanwalt zu suchen, der mir das Sorgerecht verschaffen sollte. Um nichts in der Welt würde ich Penelope hergeben.

Am späten Nachmittag war das Fest in vollem Gange. Überall liefen Frauen in langen Röcken und Leute mit Kränzen auf dem Kopf herum, auch Männer, was irgendwie ulkig aussah. Ein paar Eltern hatten eine kleine Bühne aufgebaut und spielten lettische Volkslieder, gemischt mit amerikanischen Popsongs. Jetzt, wo an unserem Stand kein Betrieb mehr war, hatte Lilija sich aufgemacht, um uns etwas zu essen zu besorgen. Währenddessen fegte ich die Pflanzenreste von den Basteltischen, um mehr Sitzgelegenheiten für Leute zu schaffen, die etwas essen wollten. Ich fühlte mich müde und seltsam enttäuscht, als jemand mich an der Schulter berührte. Xenia.

»Hallo«, sagte ich und spürte, wie mein Herzschlag davongaloppierte. »Ihr seid spät dran.« Unauffällig musterte ich sie, ihr überaus adrettes blau-weißes Sommerkleid, das zu einem Kranz geflochtene Haar. Nur die pinke Spice Cam, die sie in den Händen hielt, passte nicht recht zu ihrem gediegenen Aufzug.

Sie verzog das Gesicht zu einer Grimasse und sagte: »Meine Brüder«, so als würde das alles erklären.

Ich nickte verständnisvoll und ließ den Blick schweifen. Und dann sah ich ihre Eltern.

Sie standen neben dem zu einem Turm aufgeschichteten Feuerholz und unterhielten sich mit einem Ehepaar, das ich nicht kannte. Sie sahen atemberaubend zusammen aus, anders konnte man es nicht sagen. Das war das Erste, was mir durch den Kopf schoss. Er groß und sonnengebräunt in einem weißen Hemd mit hochgekrempelten Ärmeln und heller Sommerhose. Sie in einem weißen Etuikleid, eine Farah-Diba-Sonnenbrille auf dem hochgesteckten blonden Haar. Neben ihnen dümpelten die Söhne herum, zwei ausgesprochen gut aussehende Jugendliche. Als sie mir das letzte Mal in der Schule aufgefallen waren, hatten sie schulterlanges Haar gehabt. Heute jedoch sahen sie aus, als hätte man sie direkt aus den Hamptons eingeflogen, mit akkurat geschnittenem Kurzhaar und pastellfarbenen Polohemden. Fehlte nur noch JFK.

»Schön, dass du da bist«, sagte ich zu Xenia, und ein paar Minuten unterhielten wir uns über Belanglosigkeiten. Bald bekam ich aber den Eindruck, dass etwas sie beschäftigte, dass sie mir eigentlich etwas sagen wollte. Und da brach es aus ihr heraus: »Ich hab ein Bild eingereicht. Für den Förderpreis.«

»Aber … das ist ja großartig. Wie schön!« Ich freute mich ehrlich. »Was für ein Motiv hast du gewählt?«

»Das ist schwer zu beschreiben«, druckste sie herum. »Es ist eine Art Porträt. Und dann auch wieder nicht.«

»Hast du denn kein Foto, das du mir zeigen kannst?«

Sie schüttelte den Kopf, wich meinem Blick aus und wechselte abrupt das Thema. »Ich würde gerne einen Kranz flechten«, sagte sie.

Ich wunderte mich ein bisschen. Warum war sie erst so mitteilsam, und gleich darauf so geheimniskrämerisch? Fast hätte man denken können, dass sie mir das Bild nicht zeigen wollte. Ich dachte an den Comic, an dem sie arbeitete, an diese düsteren und bedrohlich wirkenden Zeichnungen. Einen Moment lang betrachtete ich sie noch aufmerksamer. Dann schob ich den Gedanken beiseite und sagte: »Ich lauf schnell zum Auto, dort hab ich noch einen Eimer mit Blumen.«

Ich war froh, kurz allein sein zu können. Auf dem Weg zum Parkplatz versuchte ich mich zu sammeln. Nun war er also doch gekommen. Wie sollte ich mich ihm gegenüber verhalten? Würde man mir nicht ansehen, was ich für ihn empfand? Dass ich innerlich brannte, wenn ich nur an ihn dachte? Als ich zurückkam, den Eimer mit Wiesenblumen in der Hand, saßen Xenia, Lilija und Penelope plaudernd auf der Bank. Lilija empfing mich mit den Worten: »Xenias Familie hat ein Strandhaus ganz in der Nähe unserer Datscha.«

»Ach ja?«, sagte ich, bemüht, meine Stimme *normal* klingen zu lassen, was mich einiges an Anstrengung kostete, und wechselte dann rasch das Thema. »Hier haben wir noch genug Blumen für deinen Kranz.« Ich bückte mich, fischte Wiesensalbei, Schafgarbe und Rotklee aus dem Eimer. Und hörte Xenia plötzlich sagen: »Das ist meine Kunstlehrerin, Papa!«

Mein Magen krampfte sich zusammen. Ich richtete mich auf, und da stand er, in seinem weißen Hemd mit den hochgekrempelten Ärmeln, keinen Meter von mir entfernt.

»Wir kennen uns doch schon«, sagte er, vollkommen natürlich, und streckte mir die Hand entgegen. Nichts in seiner Miene deutete darauf hin, dass er gerade einer Frau gegenüberstand, die er geküsst hatte und der er einen Zettel mit einer Adresse in den Briefkasten geworfen hatte. Und plötzlich geschah das Unvermeidliche: Die Welt um uns her verschwand für einen Augenblick und alles, was es für mich gab, war sein dunkler Blick, mit dem er mich festhielt. Als unsere Hände sich voneinander lösten und er Lilija begrüßte, fühlte sich mein Gesicht so heiß an, als stünde es in Flammen. Schnell bückte ich mich wieder über den Blumeneimer und nestelte daran herum, in der Hoffnung, dass mich niemand ansprechen würde, bis sich die Röte in meinem Gesicht wieder verzogen hatte.

Der Moment ging vorüber, und ich war gleichzeitig heilfroh und enttäuscht, als Ella und Alise, Xenias Freundinnen, auftauchten und mich fragten, ob sie auch noch einen Kranz binden durften. Die drei Mädchen boten ein wunderhübsches Bild: Ella mit ihren schwarzen Zöpfchen und der ebenholzfarbenen Haut, die in wunderschönem Kontrast standen zu Alises wilder roter Mähne und Xenias hellblonden Haaren. Im Gegensatz zu Ella und Xenia, die beide Sommerkleider trugen, steckte Alise in knappen Jeans-Shorts und in einem Blüschen, das sie kokett vor dem Bauch verknotet hatte.

In dem Moment trat Xenias Mutter zu uns. Mir fiel der kühle Blick auf, mit dem sie Alise streifte. Auch schien sie deren Gruß entweder nicht gehört zu haben oder sie ignorierte ihn einfach, bevor sie mich mit einem für ihre Verhältnisse überaus warmen Lächeln begrüßte. Doch Alise schien diese Zurückweisung nicht im Geringsten zu stören, im Gegenteil. Auf ihren Lippen zeigte sich ein Lächeln, und sie warf ihr langes Haar mit einem hochmütigen Schwung nach hinten. Also war es, wie Xenia gesagt hatte: Ihre Mutter hielt Alise und wohl auch Ella für keinen guten Umgang.

Jetzt stand sie mir gegenüber und redete so freundlich mit mir, dass ich es im ersten Moment nicht fassen konnte und mich fragte, wie es möglich war, dass sie ausgerechnet mich zu mögen schien. Die Frau, die ihren Mann geküsst hatte. Sie schwärmte von diesem Fest, weil hier die Traditionen hochgehalten würden. Ich bot ihr an, sich zu uns zu setzen und ebenfalls einen Kranz zu winden, doch zu meiner Erleichterung lehnte sie ab. Und so setzte ich mich nur mit den Mädchen an den Tisch, froh, etwas zu tun zu haben, und zeigte ihnen, wie man einen Kranz wand. Und während der ganzen Zeit schaffte ich es, kein einziges Mal aufzublicken, obwohl ich mir sicher war, dass ich, hätte ich es getan, *seinen* Augen begegnet wäre.

Es war kurz vor Sonnenuntergang, als die drei Mädchen sich schließlich ihre Kränze auf den Kopf setzten und sich von Andris fotografieren ließen. Ich betrachtete die drei, wie sie posierten und dabei übermütig lachten und sich dann zu den anderen gesellten, die dabei waren, sich in einem weiten Kreis um die Feuerstelle herum aufzustellen. Auch Lilija und ich reihten uns ein. Neben mir schob Penelope ihre kleine Hand in meine, und wir sahen zu, wie das Feuer entzündet wurde, wie es erst ganz schwach brannte, dann immer heller wurde und schließlich wild loderte. Als alle sich an den Händen fassten und zu singen begannen, wagte ich endlich, mich umzusehen. Links neben Penelope stand Lilija, die mir zulächelte, während sie sang. Ein paar Leute weiter bemerkte ich Robert neben Tanja Ozols. Sie hielten sich an den Händen und sangen aus Leibeskräften. Ich sah rasch weg und ließ meinen Blick weiterwandern, den Kreis entlang, Claire von Prokhoff stand neben Xenia. Sie sang nicht mit, sondern betrachtete mit unbewegter Miene jemanden auf der gegenüberliegenden Seite. Ich folgte ihrem Blick und entdeckte Alise, zwischen Tristan und Falk. Sie wirkte ziemlich exaltiert, vollkommen ausgelassen. Und wieder dachte ich, wie unglaublich schön dieses Mädchen war. Vielleicht hatte Xenias Mutter mit ihrer Befürchtung ja recht, schoss es mir durch den Kopf. Wie hatte Xenia es ausgedrückt? Ihre Mutter habe Angst, vorzeitig Großmutter zu werden? Ich war noch ganz mit diesem Gedanken beschäftigt, als ich ihn entdeckte, Georg von Prokhoff. Auch er sang nicht mit, stand nur da, vollkommen ernst, und sah zu mir herüber, so als hätte er die letzten zehn Minuten nichts anderes getan.

Halten die Erwachsenen uns für so dumm? Wissen sie denn nicht, dass wir sie längst durchschaut haben?

Kaiserwald I

Penelope. So kam es, dass ich zweimal die Woche ins Taekwondo-Training ging. Mit den anderen Kindern fühlte ich mich nicht richtig wohl, aber die Bewegungen gefielen mir. An den Wochenenden begleitete ich den Opa in die Berge, zum Wandern oder, als dann der erste Schnee fiel, auf seinen Skitouren. In meinem ersten Winter in Röthenberg, ich war inzwischen elf Jahre alt, lief ich auch oft hinüber zum Kuhstall des Nachbarbauern, wo ich Stunden verbrachte, ganz nah an den dampfenden Kühen. Ich mochte ihren Geruch, ich mochte die Wärme, die ihre großen Körper ausstrahlten. Ich mochte die Geräusche, das beruhigende Mahlen ihrer Kiefer, das leise Klirren der Ketten. In diesen Momenten fühlte ich mich geborgen. An anderen, weniger guten Tagen konnte nichts mich trösten, wenn in meinem Kopf die immer gleichen Fragen tanzten: Wie hatte meine Mutter einfach gehen können, warum und wohin war sie gegangen – und mehr als alles: Wie hatte sie mich nur allein lassen können? Als ich älter war, gelang es mir ein bisschen besser, dieses Gedankenkarussell zu stoppen, oder ich dachte nicht mehr so häufig daran. Und doch war dieser Mangel wie ein Krater in mir, entstanden durch den Erdrutsch ihres Verschwindens. Was mir heute klar ist: Alle wichtigen Entscheidungen, die ich je getroffen habe, sind auf diesen Erdrutsch zurückzuführen. Ich weiß, dass auch du so einen Erdrutsch erlebt hast. Oder nein, bei dir war es gleich eine ganze Serie. Zuerst die Tote. Und dann die ganzen Lügen, die dich dazu brachten, an dir und deinem Verstand zu zweifeln, du konntest gar nicht anders. Der große Unterschied zwischen uns bleibt, wie alles weiterging: Dich haben sie den Löwen zum Fraß vorgeworfen. Ich hatte meine Oma. Und den Opa, der eines Tages – ohne es zu ahnen – etwas tat, das mein Leben in eine ganz bestimmte Richtung lenkte.

»Morgen machen wir einen Ausflug«, sagte der Opa eines Abends zu mir.

Ich weiß noch genau, wie überrascht ich war, als wir erst am späten Vormittag losfuhren. Wenn der Opa und ich eine Wanderung vorhatten, weckte er mich immer spätestens um fünf. Und noch etwas war an diesem Tag anders: Bevor wir losfuhren, kam die Oma aus dem Haus gelaufen, ein hellblaues Gazetuch um ihre Lockenwickler geschlungen und den Wurzel auf dem Arm, der wieder einmal versuchte, ihr das Gesicht abzulecken. Sie sagte »Pfui«, trat an mein Fenster, das ich schnell herunterkurbelte und beugte sich vor, sah an mir vorbei zum Opa, mit einem ganz strengen Blick. »Wenn es dir langweilig wird heute oder du vielleicht Angst bekommst, dann sagst du dem Opa das, abgemacht? Dann geht er mit dir ein Eis essen!«

Ich drehte den Kopf und sah den Opa an, der mit brummiger Miene dasaß, die Hände auf dem Steuer. Er nickte kurz und brummte zur Oma hin: »Ja, ja, scho' recht.« Dann drehte er den Zündschlüssel, und wir fuhren davon. Noch zweimal fragte ich den Opa nach unserem Ziel, doch er antwortete immer nur: »Wirst schon sehen.« Als wir endlich anhielten, waren wir in einem kleinen Ort mit vielen Bauernhäusern, vor denen immer noch, obwohl es schon Ende Oktober war, die Geranien in den Kästen um die Wette blühten. Der Opa parkte den Wagen am Straßenrand, und auf einmal fiel mir auf, dass außer uns noch ganz viele andere Autos hielten, aus denen Leute ausstiegen und die Straße entlanggingen.

Ich sah den Opa fragend an, bevor ich ebenfalls ausstieg, aber er bemerkte es nicht oder er tat jedenfalls so. Er nahm meine Hand, und wir gingen in die Richtung, in die alle gingen, vorbei an den Häusern mit den Geranien und einem kleinen Bäcker. Nach einiger Zeit wurden es immer mehr Leute, und wir kamen auf den Rathausplatz, wo überall am Rand Leute standen, ein paar Familien mit Kindern, aber hauptsächlich ältere Männer, mit denen der Opa redete. Ein paar von ihnen klopften dem Opa auf die Schulter, oder der Opa klopfte ihnen auf die

Schulter, und dann sprachen sie die ganze Zeit miteinander. Sie sprachen auch mit mir, bis auf einmal von Weitem eine Musik zu hören war wie auf der Kirmes in Röthenberg. Auf der war ich mit Mama gewesen, fiel mir ein, am 3. August 1997, nach unserer Rückkehr aus Namibia – wir hatten die Großeltern in den Sommerferien besucht, ich hatte Zuckerwatte gegessen und eine große Tüte Magenbrot und auf dem Heimweg in einen Vorgarten gekotzt.

Die Musik kam näher, und ich stand da, an Opas Hand, und sah zu ihm hoch. Auf einmal guckte er ganz feierlich, als stünde etwas Großes bevor, und schaute die ganze Zeit in die Richtung, aus der die Musik kam.

Und plötzlich dämmerte mir, warum wir hier waren, warum er mich hierhergebracht hatte. Weil *sie* hier war, weil meine Mutter hier irgendwo wartete – *das* war die Überraschung.

Mein Herz fing wie wild an zu klopfen, es klopfte und donnerte in meiner Brust. Und als ich noch mal zu ihm hochsah, entdeckte ich ein Glitzern in seinen Augen. Ja, das waren Tränen, tatsächlich Tränen. Da hielt ich es nicht mehr aus, ich riss mich los und rannte in die Richtung, aus der die Musik kam. Ich hörte noch, wie er mir hinterherrief, aber da war ich schon um die Ecke und lief, immer der Musik entgegen.

Doch alles, was ich sah, waren Männer in Uniform, Soldaten, die die Straße entlangmarschiert kamen, im gleichen Schritt. Ich dachte, vielleicht kommt sie ja am Ende, und so lief ich weiter, vorbei an den marschierenden Soldaten und den rot blühenden Geranien der Bauernhäuser, aber die Soldaten hörten nicht auf zu marschieren, es kamen immer mehr, und sie sahen alle geradeaus. Als keine Soldaten mehr übrig waren, blieb ich stehen. Die Musik war längst verklungen, als der Opa mich einholte. Er war außer Atem, und ich sah ihm an, dass ich ihm einen üblen Schrecken eingejagt hatte. Aber ich sah ihm auch an, dass ich ihm nichts erklären musste, dass er verstand, was ich gedacht hatte. Als er wieder zu Atem gekommen war, sagte er nur: »Ach, Mädle, suchst du sie immer noch.«

Ich nickte, ohne etwas zu sagen. Dann nahm der Opa meine Hand, und wir gingen zurück auf den Rathausplatz, und der Opa redete die ganze Zeit, was er sonst nie tat. Den ganzen Weg über hielt er meine Hand fest und erzählte mir alles Mögliche, von damals, als er bei den Gebirgsjägern gewesen war, und dass das hier alles Gebirgsjäger waren und dass sie heute ein feierliches Gelöbnis ablegten. Dann schlug er vor, dass wir nachher noch Pizza und Eis essen und am Wochenende eine Bergtour machen könnten. Er hörte erst auf zu reden, als wir auf dem Rathausplatz ankamen und seine Freunde – die er Kameraden nannte – zur Seite traten, um mich nach vorne in die erste Reihe zu lassen, damit ich alles gut sehen konnte. Mein Opa, der hinter mir stand, strich mir nun unablässig über den Kopf. So stand ich dort, direkt gegenüber von den Soldaten, die alle gleich aussahen, von der Mütze bis zu den Stiefeln alle gleich. Ich sah in ihre Gesichter, betrachtete sie, jeden Einzelnen, jedes einzelne blank geputzte Gesicht in der ersten Reihe und dann in der zweiten. Auf einmal spürte ich, wie mich eine große Ruhe überkam, eine große Ruhe und ein großer Frieden bei dieser Ordnung und dieser Gleichheit. Und in dem Moment dachte ich zum ersten Mal, dass ich auch so eine Uniform haben wollte, so eine andere Haut, in die ich schlüpfen konnte, um einer von ihnen zu sein. Um eine andere zu sein.

Berlin, im Herbst 2023

Mathilda. Sie konnte nicht glauben, was ihr da gerade passierte. Alles, was ihr etwas bedeutete, hatte sie aufgegeben, um diese eine Sache durchzuziehen: ihren Beruf und die Menschen, die sie liebte. Doch die Aktion war auf Zeit angelegt gewesen. Dabei einen Heiratsantrag zu bekommen, war außerhalb ihrer Vorstellungskraft gewesen. Noch weniger allerdings hätte sie sich vorstellen können, dass ihr die eigenen Gefühle in die Quere kämen. Wenn ihr vor zwei Monaten jemand erzählt hätte, sie würde sich in einen der Prokhoffs verlieben, hätte sie dieser Person rundheraus bescheinigt, nicht mehr alle Nadeln am Baum zu haben. Und nun hatte Falk ihr einen Heiratsantrag gemacht, ausgerechnet er. Mathilda konnte an nichts anders denken in dieser Nacht, in der sie sich neben ihm hin und her wälzte, so gut das auf dem eins vierzig breiten Bett überhaupt möglich war, und den Geräuschen der Nacht lauschte, dem Ruf der Käuzchen und dem Springen der Fische in der lautlosen Spree. Falk lag dicht neben ihr und schlief so still, dass sie sich schon fragte, ob er überhaupt noch lebte. Ja, Falk war ein unauffälliger Schläfer, keiner von denen, die akustisch ganze Räume einnahmen und nachts ausgedehnte Sägearbeiten verrichteten, so wie Noah damals. Doch all die Stille war nicht still genug für sie, denn während sie dalag und lauschte, kreisten ihre Gedanken immer weiter um das, was heute geschehen war: Falk von Prokhoff hatte sie tatsächlich gefragt, ob sie ihn heiraten wolle – und sie hatte ohne zu zögern Ja gesagt. Und das, noch bevor überhaupt irgendetwas zwischen ihnen passiert war – das nämlich, was heute sonst immer zuerst passierte, außer man war einer dieser fundamentalen Christen, die Sex vor der Ehe für eine Sünde hielten. Jedenfalls kam Mathilda sich ganz komisch vor, altmodisch, wie eine Baptistin in einer *True Love Waits*-Community oder wie in einer fernen Vergangenheit, in der Minnesänger um Frauen warben, mit winzigen Klampfen und Liedern, die sie unter einem Turmfenster vortrugen. Aber das Leben war nicht so, so konnte es nicht sein, nicht im einundzwanzigsten Jahrhundert. Heutzutage lernten die Leute sich über Tinder kennen, sie wischten nach links, meistens, und manchmal auch nach rechts, und dann ging es ab in die Kiste, noch bevor sie sich richtig kennengelernt hatten. Und wenn sie sich trafen, dann war da immer der Gedanke, ob nicht noch was Besseres nachkäme, jemand Besseres, Aufregenderes, Schöneres. Also konnte das, was sie hier gerade erlebte, ja eigentlich nicht sein. Wo war der Haken?

Was sie betraf, war der Haken klar genug. Sie konnte den Antrag unmöglich annehmen. Weil sie ein Fake war, weil die ganze Lovestory ein Fake war, weil sie sich nicht in ihn verlieben durfte. So war das nicht geplant gewesen. Doch die andere Frage, die sich ihr in dieser schlaflosen Nacht aufdrängte, war viel schwerer zu beantworten: Wie zur Hölle war es ihr gelungen, ihn an die Angel zu bekommen, ausgerechnet Prokhoff, diesen Milliarden-Euro-Mann? Wie war es möglich, dass ausgerechnet *er ihr* einen Heiratsantrag gemacht hatte, dem elternlosen Mädchen aus Afrika? Wieder wanderten ihre Gedanken zu der Wittgenstein, zu all den Fotos und Videos von ihr und Falk, die sie auf ihrem Smartphone gespeichert hatte. Die beiden hatten ein schönes Paar abgegeben. Warum hatte er das alles sausen lassen? Lag es wirklich nur an dem Vertrag, den sie nicht hatte unterschreiben wollen?

Am Abend desselben Tages warf Mathilda den Hausschlüssel auf das Tischchen neben ihrem Eingang. Einen Moment blieb sie so stehen, lauschte dem Trommeln des Regens auf dem Dachfenster. Diese winzige Wohnung, dachte sie, und merkte erst jetzt, wie froh sie war, wieder hier sein zu dürfen. Es war anstrengend, jemanden zu geben, der man nicht war, und dauernd darauf zu achten, was man sagte, woran man sich erinnern durfte und woran nicht. Umso mehr, als ihr während der letzten Tage immer klarer geworden war, dass sie dabei war, sich zu verändern. Sie hatte sich das so einfach vorgestellt, hatte lediglich die Schwierigkeit gesehen, sich Zugang zu den Prokhoffs zu verschaffen. Womit sie nicht gerechnet hatte, waren diese verdammten Gefühle, die sich jetzt so massiv in den Vordergrund spielten und von deren Wucht sie schlichtweg überwältigt war. Sie kam sich vor wie damals, als sie bei einem Orientierungsmarsch auf einen Waldweg geraten war, der von ihr unbemerkt einen Bogen beschrieben hatte, wodurch sie an einer ganz anderen Stelle herausgekommen war als ursprünglich geplant.

Sie streifte sich die nassen Schuhe von den Füßen, stellte sie ordentlich auf die Gummimatte neben der Tür und schaltete die Stehlampe ein. Hier war alles so, wie sie es brauchte: klar, überschaubar und geordnet. Da war der Tisch unter dem Dachfenster, an dem sie aß, Sudokus löste und bügelte; das Bett in der Nische, halb durch einen bunten Vorhang abgetrennt; die Rudermaschine, die Hanteln, die Klimmzugstange; das Billy-Regal, die zwei großen bunten Bodenkissen, die drei Lampen, die kleine Küchenzeile von IKEA. Diese Wohnung war ihr Kokon auf Zeit, ihre Schutzhütte und momentan der einzige Ort, an dem sie *sie* war.

Auf Socken lief sie über den dicken Berberteppich, das einzige Einrichtungsstück von Wert, das sie besaß, und knipste auch noch die beiden anderen Stehlampen in den Zimmerecken an. Sie setzte Wasser auf, brühte sich einen Pfefferminztee. Während der Tee zog, ging sie ins Bad, löste die präparierte Kachel unterhalb der Badewanne und holte das andere Smartphone heraus. Kaum hatte sie es eingeschaltet, gab das Gerät mehrere Plingtöne hintereinander von sich. Mit dem Tee machte sie es sich auf einem der Bodenkissen bequem, lehnte sich an die Wand neben dem Billy-Regal. Mehrere Leute hatten ihr geschrieben, Tillie, deren Nachricht sie als erste beantwortete, aber auch Hartmann, der gleich mehrere Fotos und ein Video geschickt hatte. Das altbekannte Gefühl übermannte sie, als sie die Fotos öffnete, sich das Video ansah. Die gleißende Sonne, der Wüstensand. Hartmann und Strobel, in voller Montur, kurz vor der Abfahrt. Mathildas Magen zog sich zusammen. Zu der Zeit war alles noch einfach gewesen, eine klare Sache. Sie hatte eine Mission gehabt, die ihrem Leben Rahmen und Struktur gegeben hatte.

Und dann hatte der Brief in der Feldpost gelegen, zusammen mit drei Weihnachtskarten und einem Paket von daheim. Vor eineinhalb Jahren war das gewesen, als sie und die Kameraden des Mittenwalder Gebirgsjäger-Bataillons 233 im Rahmen der MINUSMA-Mission Weihnachten im westafrikanischen Camp Castor verbracht hatten. In ihrem Kopf hörte sie noch immer Noahs Stimme. Jemand hatte einen Weihnachtsbaum aus Deutschland nach Mali geschafft, eine richtige Tanne mit Kugeln, es hatte ein Krippenspiel gegeben, bei sengender Hitze, und dann ein Büfett. Sie hatte den Brief aus ihrer Feldbluse geholt, ihn neugierig aufgerissen und auf den Text gestarrt, ohne irgendetwas zu begreifen. Sie hatte den Brief umgedreht, um zu sehen, ob es auf der Rückseite Hinweise auf einen Absender gab. Aber da war nichts. Nur der kurze Text auf der Vorderseite, mit dem Computer geschrieben: ein paar Sätze, die gereicht hatten, sie aus ihrem alten Leben zu sprengen.

Sie schloss das Video, schrieb Hartmann, es ginge ihr gut, er müsse sich keine Sorgen machen, dann scrollte sie weiter durch die Nachrichten. Und da war sie, eine WhatsApp von Noah. Seine letzte Nachricht war vom 26. Dezember gewesen. *Wo bist du, Kleines? Frohe Weihnachten.* Und jetzt das, ausgerechnet heute.

Ihr ganzer Körper versteifte sich, sie starrte auf die kleine runde Eins und kämpfte mit sich. Sie könnte die WhatsApp löschen, sie könnte endlich alles löschen, den Chat, den Kontakt. Bisher hatte sie das einfach nicht geschafft, hatte alles aufbewahrt, obwohl sie nicht mehr geschrieben hatten, kein einziges Wort. Doch dann öffnete sie die Nachricht.

Hey Kleines, was machst du so?

Wie apathisch saß sie da, starrte auf die banalen Worte, die so unverbindlich klangen, so kumpelhaft, so oder so interpretierbar und gleichzeitig doch so intim. So hatte er sie schon damals manchmal genannt, wenn sie zu zweit waren. Auch nach dem Fünfzig-Kilometer-Marsch mit dreißig Kilo Gepäck, bei dem zwei Gruppen schlapp gemacht hatten, sie nicht. Auch nach der Durchschlageübung Nacht. *Kleines*. Und verglichen mit seinen eins fünfundneunzig machte das ja vielleicht sogar Sinn.

Mathilda schaltete das Smartphone aus, stand abrupt auf. Sie hatte Besseres zu tun, als sich in weinerlichen Erinnerungen an ihre Militärzeit zu suhlen. Wenn Hartmann sie so sehen würde. »Raff dich, du Memme«, sagte sie laut zu sich selbst, legte das Smartphone wieder an seinen Platz hinter den Fliesen und zog ihre Laufklamotten an.

Nach einem Spurt durch den strömenden Regen machte sie ihre fünf Klimmzüge, absolvierte fünftausend Meter auf der Rudermaschine, zu mehr war sie heute nicht in der Lage. Und als sie endlich unter der Dusche stand und der heiße Wasserstrahl auf ihre Muskeln prasselte, waren endlich auch ihre Gedanken zufrieden, für den Moment.

Riga, im Sommer 1997

Rebecca. Als Penelope einschlief, den Kopf auf meinem Schoß, war es längst dunkel geworden. Wir saßen auf einer Decke im Sand und lauschten der Musik, die inzwischen aus Lautsprechern kam. Vorsichtig hob ich Penelopes Kopf an, stand auf, packte Eimer und Scheren und Bindedraht zusammen und sagte zu Lilija: »Ich bring nur schnell die Sachen ins Auto, dann hol ich Penelope.«

»Ihr könnt doch noch mal bei uns schlafen«, sagte sie, doch ich schüttelte den Kopf.

»Danke, aber wir fahren nach Hause.«

Der Sand war unangenehm kalt unter meinen Füßen. Ich schlüpfte in meine Sandalen und ging los. Bei jedem Schritt sanken meine Füße in den Sand ein, daher war ich froh, den hölzernen Steg zu erreichen, der durch das Kiefernwäldchen zum Parkplatz führte. Ich war noch nicht sehr weit gekommen, als jemand meinen Namen rief: »Rebecca!«

Ich brauchte mich nicht umzudrehen. Ich wusste auch so, wem die Stimme gehörte.

Ohne mich zu fragen, nahm er mir die beiden Eimer ab.

»Das ist lächerlich«, sagte ich. »Die sind nicht schwer.«

Doch er ließ sich nicht beirren. »Sie sind nicht gekommen.« Ich war überrascht, wie wütend seine Stimme klang. Ich sagte nichts, wollte in diesem Moment keine Erklärungen abgeben, sondern zuckte die Achseln und steuerte meinen Wagen an, ohne mich noch einmal umzudrehen. Mit automatischen Bewegungen öffnete ich die Heckklappe meines Wagens, nahm ihm die Eimer ab, stellte sie hinein und schloss die Heckklappe wieder.

»Das ist also Ihr Wagen«, sagte er und deutete auf den Land Rover. »Kann man da drin schlafen?«

Ich ging nicht auf seine Frage ein. »Ich muss zu meiner Tochter«, sagte ich stattdessen, bewegte mich aber nicht vom Fleck. Im milchigen Licht der Parkplatzlaternen verschwammen die Konturen, und ich konnte seinen Gesichtsausdruck nur erahnen. Über uns bewegten sich die Kronen der Kiefern sacht im Nachtwind, aus der Ferne wehten der Beat und das Johlen der Jugendlichen herüber.

In dem Moment hörten wir den Schrei. Es war der Schrei eines Mädchens oder einer jungen Frau, er musste aus dem Kiefernwäldchen kommen, nicht sehr weit von uns entfernt. Das Mädchen klang panisch, es rief etwas, das ich erst nicht verstand. Aber dann begriff ich, es war ein Name: »Alise! Alise!« Immer wieder der Name. Eine Schrecksekunde lang sahen wir uns an, mit aufgerissenen Augen. Er reagierte als Erster, fragte: »Haben Sie eine Taschenlampe im Auto?«

Ich nickte, riss die Beifahrertür auf, holte die Taschenlampe aus dem Handschuhfach. Wir liefen los, in den Wald hinein, in die Richtung, wo wir nun Hilfeschreie auf Lettisch hörten. Hinter uns, am Strand, rief eine Frau: »Was ist denn da los?«, und ein Mann schrie: »Das kommt von da!« Doch wir drehten uns nicht um, sondern rannten weiter, im Lichtkegel der Taschenlampe, der sich zuckend über die Baumstämme bewegte, über Heidelbeersträucher und totes Geäst.

»Hallo?«, rief ich, als das Rufen verstummte, und dann wieder: »Hallo, wo bist du?«

Und dann sahen wir sie: Ella im grellweißen T-Shirt, über den halb nackten Körper eines anderen Mädchens gebeugt, über Alise, deren langes rotes Haar sich im Heidelbeerkraut verfangen hatte. Neben ihr auf dem Waldboden lagen ihr knappes Blüschen und der Blumenkranz, den sie geflochten hatte.

»Was ist mit ihr?«, fragte ich, gab Ella die Taschenlampe und kniete mich neben das reglose Mädchen. »Habt ihr Alkohol getrunken?«

»Wir haben nicht viel getrunken, ehrlich nicht.« Ellas Stimme klang panisch.

»So riecht das aber nicht gerade.«

»Wir haben nur ein Bier getrunken, ehrlich!«

Ich beugte mich über Alise, schüttelte leicht ihre Schultern, tätschelte ihre Wangen. Ihr Gesicht war starr, fast wächsern, ihre Haut eiskalt. Ich legte meine Wange an Alises Nase, und da spürte ich es, ganz schwach: leise Atemzüge.

»Habt ihr Drogen genommen?« Georgs Stimme klang scharf, und ich sah, wie Ella zusammenzuckte. Auch ich hatte Mühe, sie nicht anzuschreien, gleichzeitig konnte ich die aufsteigende Panik nur mühsam in Schach halten.

»Wir müssen sie in die Seitenlage bringen, Ella, hilf mir mal.«

An Georg gewandt, sagte ich: »In meinem Wagen ist eine Decke. Können Sie die bitte holen? Und sagen Sie schnell jemandem Bescheid, damit ein Krankenwagen kommt, beeilen Sie sich!«

Noch immer erstarre ich innerlich, wenn ich an die Minuten zurückdenke, die darauffolgten. An das reglose Mädchen vor mir im Heidelbeerkraut. An das gespensterhafte Weiß in Ellas aufgerissenen Augen. Und an die Ungewissheit, ob Alise überleben würde. Obwohl es dann ja noch viel schlimmer kam.

Sie probierten alles aus, Bier, Wein, Gin, Wodka und Whiskey, und als der Alkohol ihnen langweilig wurde, stiegen sie um auf Pillen und Koks. Einer von ihnen wusste immer, wo man etwas herbekam.

Kaiserwald I

Penelope. Dieses Erzählen fühlt sich merkwürdig an, wie eine Form von Therapie. Noch viel merkwürdiger fühlt es sich allerdings an, es ausgerechnet dir zu erzählen, nach allem, was ich getan habe. Aber so ist es eben jetzt. Also erzähle ich einfach weiter und gelange jetzt zu dem Tag, als der Anruf kam – das war am Morgen des 2. Dezember 2002, einem Montag.

Meine Mutter war seit vier Jahren und acht Monaten verschwunden. Ich war gerade im Bad und putzte mir die Zähne, als das Telefon klingelte. Ich flitzte in die Diele, vorbei an dem kläffenden Wurzel, und drückte auf die grüne Taste.

Es war mein Vater. Er war überrascht, mich zu hören, und ich erklärte ihm, dass heute die ersten beiden Stunden ausfielen und ich erst mit dem dritten Bus fahren müsste. Wir sprachen eine Weile miteinander, ich erzählte ihm vom Taekwondo, von dem Turnier, das am Samstag anstand, und dass der Opa und ich am Sonntag eine Skitour auf das Riedberger Horn machen würden, doch bald wollte mein Vater die Oma sprechen, also lief ich in die Küche und reichte ihr den Hörer. »Der Papa«, sagte ich und sah, wie erstaunt sie guckte. Auch der Opa, der auf der Küchenbank saß und aus seinem Haferl Kaffee trank, wirkte überrascht.

»Hallo?«, sagte meine Oma mit großen runden Augen und einem Fragezeichen in der Stimme, in der gleichzeitig noch etwas anderes mitschwang, etwas Wackeliges, das ich so von der Oma nicht kannte, und von dem ich glaubte, dass es Angst war. Erst schaute sie mich durchdringend an – oder schaute sie durch mich hindurch? –, dann nickte sie und wandte mir den Rücken zu, wahrscheinlich, um mir zu zeigen, dass ich jetzt gehen sollte, dass die Dinge, die sie mit meinem Vater zu besprechen hatte, Erwachsenendinge waren. Doch ich ließ mich nicht abschütteln, ich blieb einfach auf der Schwelle stehen, streichelte den Hund und wartete. Genauso wie der Opa. Ich betrachtete Omas Rücken, die weißen Blümchen auf dem Hellblau ihrer Bluse, die rote Schleife ihrer Schürze, und spitzte die Ohren. Was hatte mein Vater ihr zu sagen? Ging es um meine Mutter? Gab es endlich Neuigkeiten? Meine Oma hörte eine Weile schweigend zu, sagte »Ja, ja« und kurz darauf »Was?«, dann drehte sie sich zu mir um, sagte »Moment mal, ja?«, bedeckte den Hörer mit einer Hand und schickte mich nach oben in mein Zimmer. Ich ging nicht sofort, sondern blieb noch kurz stehen, um etwas aus ihrem Gesicht herauszulesen, eine gute oder eine schlechte Nachricht, irgendwas. Dann drehte ich mich um, zog die Tür ganz leise hinter mir zu, ließ den Hund in der Küche und ging zur Treppe. Ich stampfte nach oben, sodass sie es auf jeden Fall hören mussten, und rutschte auf dem Geländer wieder nach unten. Vor der Küchentür blieb ich stehen. Auf der anderen Seite der Tür fiepte der Hund.

»Aber wieso hast du das getan?«, fragte die Oma jetzt. »Was versprichst du dir davon?« Dann wieder Stille, einzig unterbrochen durch das nervige Fiepen. »Dir muss doch klar sein, welche Folgen das haben kann!« Und schließlich: »Du hast gut reden. Bist weit weg. Aber wir hier müssen dann wieder damit leben.«

Es folgte eine längere Stille. Hatte die Oma etwa einfach aufgelegt? Da fragte der Opa: »Was wollte er denn?«

Jetzt spitzte ich die Ohren, hielt den Atem an, damit ich nur ja kein Wort von dem, was die Oma gleich sagen würde, verpasste. Doch sie antwortete nicht, nur das Fiepen des Hundes füllte die Stille. Mit einem Mal wurde die Küchentür aufgerissen.

Die Oma sah mich an, und auch der Opa, von der Küchenbank aus.

»Was machst du denn da hinter der Tür? Geh und hol deine Schultasche, dein Bus fährt doch gleich.«

Aber ich blieb stehen, fragte: »Was hat Papa denn getan?«

Die Oma seufzte, schüttelte den Kopf, mit diesem zerknautschten Gesichtsausdruck, den sie immer dann hatte, wenn etwas sie aufregte oder belastete.

»Nichts Schlimmes. Dein Vater hat nichts Schlimmes getan. Und jetzt lauf, du musst los.«

Ich wandte mich ab, aber sehr langsam, es war, als wären meine Füße irgendwie festgeklebt und könnten sich nur mit Mühe lösen. Die Oma schloss die Küchentür hinter sich, und ich ging nach oben in mein Zimmer, wobei ich Mühe hatte, dem Hund nicht auf die Pfoten zu treten, weil er mich die ganze Zeit umschwänzelte. Ich tat mein Mäppchen in den Rucksack, die Hefte, und war gerade im Begriff, wieder nach unten zu gehen, als ich den Opa brüllen hörte, durch die geschlossene Küchentür, die Treppe herauf, bis zu mir: »*Was* hat dieser Saudepp g'macht?«

Berlin, im Herbst 2023

Mathilda. Am nächsten Tag befand Mathilda sich noch immer auf einer Art innerem Alarmposten – in so einem Zustand war sie zuletzt vor eineinhalb Jahren gewesen, beim Lesen des anonymen Briefs. Sie telefonierte gerade mit Tillie und erzählte von ihrem Dilemma wegen des Antrags, von ihren Gefühlen, die allem, was sie vorhatte, widersprachen, als ein Anruf von Falk auf dem Display erschien.

»Er ruft an. Was soll ich ihm sagen?«, fragte sie und hätte den Anruf am liebsten weggedrückt, doch Tillie redete ihr gut zu und meinte: »Du sagst doch selbst, du kommst nicht schnell genug voran. Das ist deine Chance, Bewegung in die Sache zu bringen.«

Und so nahm sie das Gespräch an.

»Ich möchte dich sehen. Hast du heute Abend Zeit?«, fragte Falk. Sie verabredeten sich für achtzehn Uhr. Falk wollte zu ihr kommen, sie das erste Mal in ihrer winzigen Wohnung besuchen.

Um kurz vor sechs stand sie am Fenster und hielt Ausschau nach seinem Wagen, welchem auch immer. Da tauchte der schwarze Mercedes auf, parkte am gegenüberliegenden Bürgersteig. Doch als die Fahrertür aufschwang, stieg nicht Falk aus, sondern Roland Brammer. Brammer ging um den Wagen herum, und sogar von hier oben aus dem dritten Stock erkannte Mathilda seine Körperspannung und wie wachsam er war, während er sich nach allen Richtungen umsah. Prompt fragte Mathilda sich, ob seit dem Überfall im Grunewald noch etwas vorgefallen war. Dann erst öffnete Brammer die hintere Wagentür, in der nun ein Blumenstrauß auftauchte und kurz darauf Falk. Auf dem Weg zur Haustür trug er diesen Blumenstrauß vor sich her wie der ewige Hochzeiter auf diesem altmodischen Stickbild, das in jenem deutschen Café in Windhoek direkt gegenüber der Kuchentheke gehangen hatte. Nur dass er dabei weder bieder noch harmlos aussah, ganz im Gegenteil. Die ganze Situation wirkte eher bedrohlich, wie aus einem Mafiafilm. So als käme als Nächstes die Szene mit dem Drive-by-Shooting.

Als es gleich darauf klingelte, betätigte Mathilda den Türöffner und lief dann gleich noch mal zum Fenster, um zu schauen, was Roland Brammer jetzt machte, ob er davonfuhr oder auf Falk wartete. Tatsächlich stieg er ins Auto und blieb dort sitzen, vor Mathildas Haus. Sie verließ ihren Ausguck am Fenster, öffnete die Wohnungstür für Falk und wartete, bis er auf dem Treppenabsatz auftauchte, mit seinem Blumenstrauß. Er lächelte etwas unsicher, als er ihr die Blumen überreichte, sie zur Begrüßung küsste, auf eine etwas steife Art, und ihr dann in die Wohnung folgte.

»Gib mir deine Jacke«, sagte Mathilda und nahm ihm die Anzugjacke ab. Er schien direkt aus der Firma zu kommen, das und einiges mehr hatte sie während ihrer monatelangen Beobachtung herausgefunden. Meist arbeitete er bis spät in den Abend hinein.

Mathilda hängte die Jacke auf einen Bügel, fragte ihn, was er trinken wollte, ein alkoholfreies Bier oder Wein. Er entschied sich für Bier. Seltsam, dachte sie, sie hatte ihn noch nie Bier trinken sehen, und überhaupt kam er ihr irgendwie fremd vor, wie er ihr jetzt hier gegenübersaß, auf dem Sitzkissen am Boden, gegen die Wand gelehnt, eine Flasche Beck's in der Hand. Er ließ den Blick durchs Zimmer wandern.

»Gemütlich hast du's hier.«

Sie grinste. »Gib dir keine Mühe.«

»Womit?«

»Den passenden Euphemismus für meine Wohnung zu finden.«

»Gefällt sie dir denn nicht?«

»Oh, *mir* gefällt sie schon.«

»Und warum sollte sie *mir* dann nicht gefallen?«

Jetzt musste sie wirklich lachen. »Das fragst du mich allen Ernstes?«

Da sagte er etwas Merkwürdiges. »Nicht alles ist so, wie es auf den ersten Blick scheint.«

Mathilda unterdrückte das leichte Unwohlsein, das in ihr aufstieg. Täuschte sie sich oder war sein Blick bohrender geworden? Hatte er sie vielleicht inzwischen überprüfen lassen und irgendetwas herausgefunden und wollte sie nun testen? Mathilda nahm einen Schluck aus ihrer Flasche und fragte mit leicht schief gelegtem Kopf und in einem möglichst unverfänglichen Tonfall: »Was meinst du damit?«

Er sah sie noch immer an, nahm dann ebenfalls einen Schluck und wischte seine Antwort mit einer Geste weg. »Ach was, vergiss es.« Dann stand er auf, ging zur Garderobe. Ein eiskalter Schrecken durchfuhr sie. Es ist vorbei, dachte sie, er hat tatsächlich Erkundigungen über mich eingezogen, er weiß alles, das war's. Doch dann sah sie, dass er in seine Jackett-Tasche griff und etwas herausholte, etwas Kleines, Schwarzes. Und ehe Mathilda recht begriff, was er da tat, klappte er das Ding auf und hielt ihr einen Ring hin, ein schlankes Gebilde aus zwei Goldreifen, von denen einer mit winzigen Steinen besetzt war. Auf dem zweiten Ring saß ein größerer tropfenförmiger Stein.

»Das ... das neulich war so nicht geplant ... deshalb hatte ich auch keinen Ring parat.«

Mathilda schaute von ihm zu dem Kästchen auf seiner Hand, dann wieder zu ihm. Wie das letzte Mal kam ihr plötzlich alles wieder ganz unwirklich vor. Dieses Gefühl verstärkte sich noch, während sie zusah, wie er ihr den Ring an den Finger steckte. Wie war das möglich: er passte perfekt.

»Er ist wunderschön«, sagte sie und betrachtete ihre Hand mit dem Ring. Sie sah fremd aus, Mathilda trug sonst keine Ringe. Sie trug überhaupt keinen Schmuck, nur einen Fitnesstracker.

»Es freut mich, dass er dir gefällt«, sagte Falk. Und dann, schon im nächsten Moment: »Ich möchte, dass du meine Familie kennenlernst.«

Bamm, einfach so, keine sechzig Sekunden, nachdem er ihr den Ring an den Finger gesteckt hatte.

Mathilda hielt die Luft an. Auf einmal war sie überwach. Wie war das möglich, dass jetzt alles so schnell ging und sie wie eine F-35 auf ihr Ziel zuschoss? Vor ein paar Monaten hatte sie noch gerätselt, wie sie es anstellen sollte, ihn kennenzulernen. Jetzt war sie verlobt und würde seine Eltern treffen. Ich bin drin, dachte sie. Und wiederholte diesen Satz bei sich. *Ich bin drin.* Doch schon im nächsten Moment war da ein Störfeuer. Das ist zu schön, um wahr zu sein, meldete sich eine Stimme in ihrem Kopf. Und mit ihr entstand das unangenehme Gefühl, etwas Wichtiges nicht mitzubekommen. Doch dann sah sie ihn an, registrierte den Blick, mit dem er sie ansah, und dachte verwundert: Er meint es ernst. Wirklich ernst. Und war bestürzt über sich selbst, über die vielen, vielen irritierenden Gefühle, die gleichzeitig irgendwo tief in ihr drin existierten und um ihre Aufmerksamkeit buhlten. Eines davon musste so etwas wie Liebe sein.

Riga, im Sommer 1997

Rebecca. In der Johannisnacht, so heißt es, darf man bis zum Sonnenaufgang nicht schlafen gehen. Am Morgen des Johannistages soll man durch Tau waten, dann wird man immer genug Geld in der Tasche haben, und wenn man eine Frau ist, soll man sich das Gesicht mit Tau benetzen, wegen der Schönheit und so. Ich selbst tat weder das eine noch das andere. Stattdessen verbrachte ich die Nacht im

Krankenhaus, zusammen mit Ella und Alises Eltern. Auch Xenia und Georg wollten nicht gehen, und so saßen wir zu sechst im Wartebereich der Jurmala Slimnīca, während Alises Mutter entweder herzzerreißend weinte oder Schimpftiraden ausstieß. Zu Beginn der Warterei befragte Alises Vater abwechselnd Xenia und Ella immer wieder, was sie getrunken hätten, wie viel, und welche Drogen sie genommen hätten. Von Ella wusste ich, dass Alises Vater ein hohes Tier bei der Polizei war, was durchaus spürbar war. Die Befragung glich nämlich eher einem scharfen Verhör, und unwillkürlich fragte ich mich, was für eine Vergangenheit er wohl haben mochte – ob er die alte Ordnung vermisste, als die Sowjetunion in Lettland noch das Sagen gehabt hatte. Da allerdings sowohl Xenia als auch Ella ziemlich nüchtern wirkten und allenfalls etwas nach Bier rochen, stellte er die Vernehmung nach einiger Zeit ein. Trotzdem wurde ich den Eindruck nicht los, dass die beiden uns irgendetwas verheimlichten. Besonders Xenia schien anders als sonst, ihre Stimme beinahe roboterhaft, etwas schien in ihr zu arbeiten. Auch bemerkte ich, wie sie sich am Kaffeeautomaten von ihrem Vater abwandte, mit einer harschen Bewegung, und ihm den Rücken zudrehte. Was mich jedoch am meisten beschäftigte, war die Tatsache, dass Alise zum Zeitpunkt ihres Auffindens halb nackt gewesen war. Hatte sie sich dort mit einem Jungen vergnügt, war dann bewusstlos geworden und der Junge hatte aus Angst Reißaus genommen? Oder war es ganz anders gewesen? Hatte ihr jemand etwas zu trinken gegeben oder gar irgendeine Pille, um sich dann an ihr zu schaffen zu machen? Jedenfalls passten beide Theorien zu dem Umstand, dass Ella steif und fest behauptete, sie habe, als sie Alise fand, jemanden weglaufen hören.

Gegen Morgen kam eine streng aussehende Ärztin und überbrachte uns die Nachricht, dass Alise bei Bewusstsein war. Ich war unendlich erleichtert, und noch erleichterter war ich, als wir erfuhren, dass bei der Untersuchung keinerlei Verletzungen oder Spuren eines sexuellen Übergriffs festgestellt worden waren. Also war nicht viel geschehen, das Mädchen war noch einmal mit dem Schrecken davongekommen.

Als wir uns vor dem Krankenzimmer von Alises Eltern verabschiedeten, wäre ich am liebsten mit hineingegangen, um mich zu überzeugen, dass es ihr wirklich gut ging. Doch ich wollte nicht aufdringlich sein. Auch hatte ich den Eindruck, dass Alises Eltern uns am liebsten so schnell wie möglich loswerden wollten. Jetzt, wo die schlimmste Sorge sich verflüchtigt hatte, schien es ihnen unangenehm zu sein, dass ausgerechnet ihre Tochter wegen »so etwas« im Mittelpunkt stand.

Xenia. *Es ist faszinierend, wie meine Mutter anderen Leuten gegenüber so tut, als sei sie »interessiert«. Und dabei auch den größten Langweilern zuhört, wenn alle anderen längst die Geduld verloren haben und weiterziehen. So wie jetzt bei der Spendengala für ihr neuestes Projekt, dieses Ökodorf in der lettischen Pampa. Da steht sie und redet mit einer nichtssagend aussehenden Frau, bloß weil die von irgendeiner Behörde ist. Sie ist so verdammt aufrecht, grazil, ein Glas in der Hand und ein Lächeln im Gesicht. Wenn sie was von jemandem will, ist sie wirklich gut darin, der Person zu signalisieren: Sieh her, ich bin so wie du, trotz meines Reichtums, trotz meines Aussehens. Manchmal beneide ich diese Leute, mit denen sie spricht und denen sie in solchen Momenten ihre ganze Aufmerksamkeit schenkt. Zumindest scheint es so, aber ich weiß es besser. Sie nimmt sie mit ihrem Lächeln für sich ein, gibt ihnen das Gefühl, sie wären selbst so schön, so reich, so privilegiert. Vielleicht bin ich auch deshalb immer noch so versessen darauf, sie in diesen Momenten zu beobachten. Mit dem Blick einer Fremden, weil ich die andere Seite kenne. Die zeigt sie erst, wenn die Gäste weg sind. Wenn sie Waltraud und die anderen Angestellten herumscheucht. Wenn sie Falks Körperhaltung und Tristans Schulnoten kritisiert. Oder mich und mein Gekritzel fertigmacht. Oder wenn sie mit Papa redet, mit diesem harten Gesicht.*

Riga, im Sommer 1997

Rebecca. Der Vorfall beschäftigte mich lange. Je mehr Zeit verging, desto überzeugter war ich, dass Alise auf keinen Fall selbst etwas genommen hatte. Das Mädchen mochte frühreif und provokant sein, es gefiel ihr auch, im Mittelpunkt zu stehen. Aber nicht auf diese Weise.

Dazu war sie zu beherrscht. Sie würde niemals die Kontrolle abgeben, im Gegenteil: Sie war jemand, der selbst gerne die Kontrolle ausübte. Am Tag vor Roberts Abreise erzählte ich ihm von meinen Bedenken. Er war gerade beim Kofferpacken und damit beschäftigt, seine Hosen zusammenzufalten. Als er in nüchternem Tonfall sagte: »Das sehe ich aber anders. Die kommt mir schon ziemlich experimentierfreudig vor.«

»Experimentierfreudig?«, fragte ich empört. »Das kann sie ja wohl kaum gewollt haben: halb nackt und bewusstlos in einem Wald gefunden zu werden!«

Er ließ die Hose, die er gerade in der Hand hatte, sinken. »Bist du dir da so sicher?«, fragte er. »Wenn sie irgendwas eingeworfen hat und dann mit jemandem herumgemacht hat … Sie kommt mir wie ein ziemliches Früchtchen vor.«

»Ein *Früchtchen?*«

Er holte einen Stapel leichter Sommerpullover aus dem Schrank, warf sie aufs Bett. »Na ja, eine, die halt gern mit ihren Reizen spielt.«

»Was willst du denn damit sagen? Dass du dich von ihr angemacht fühlst, von einem fünfzehnjährigen Mädchen?«

Robert blickte auf, sein Gesichtsausdruck übellaunig.

»Natürlich nicht.« Er griff nach dem obersten Pulli, begann routiniert, ihn zusammenzulegen. »Allerdings finde ich, dass du eine reichlich naive Sicht hast.«

Ich warf ihm einen ärgerlichen Blick zu. »Aber das versuche ich dir doch gerade zu sagen: Sie mag herumkokettieren. Aber dass sie so ein Risiko eingeht, was einzuwerfen, das sie nicht einschätzen kann. Dafür ist sie zu … gerissen.«

Robert machte eine ungeduldige Handbewegung. »Ach was. Du weißt doch genauso gut wie ich, wie unberechenbar junge Leute sein können. Sie hat das wahrscheinlich schon mal gemacht. Oder sie hat das Zeug von jemandem, dem sie vertraut. Was wissen wir schon! Und jetzt würde ich gerne in Ruhe weiterpacken, wenn du gestattest.«

Nach Roberts und Penelopes Abreise rief ich bei Alise zu Hause an, um mich zu erkundigen, wie es ihr ging. Ihre Mutter war äußerst angebunden - Alise ginge es gut und ich solle mir keine weiteren Gedanken machen. Als ich sie fragte, ob Alise denn inzwischen etwas über die Umstände erzählt habe, bat sie mich, nicht weiter nachzufragen, die Angelegenheit sei für sie peinlich genug. Dann legte sie einfach auf. So stand ich eine Weile in der Diele herum, den Hörer in der Hand, mit dieser Unruhe, die sich seit meinem Gespräch mit Robert noch verstärkt hatte. Ohne es zu wollen, hatte er mir einen Gedanken in den Kopf gepflanzt, den ich nun nicht mehr loswurde. Was, wenn es tatsächlich so war: Wenn Alise das Zeug von jemandem bekommen hatte, dem sie vertraute? Oder jemand hatte ihr unbemerkt etwas ins Getränk getan. So oder so war das alles extrem beunruhigend: Offenbar gab es da jemanden, der es auf junge Mädchen abgesehen hatte.

Sie waren reich an allem, Schönheit, Häusern, Geld und Grundstücken, und dieser Reichtum ließ sie glauben, dass sie sich alles erlauben konnten. Und so erlaubten sie sich alles.

Kaiserwald I

Penelope. Mein Vater, ein Saudepp? Du kannst dir denken, dass ich den ganzen Tag über diesen Ausbruch meines Opas nachgrübelte. Es ging um etwas, das *Folgen* haben könnte. Aber was? Was hatte mein Vater getan, was hatte die Oma damit gemeint, als sie gesagt hatte, dass *wir dann wieder damit leben müssen*?

Als ich nachmittags von der Schule kam, fragte ich meine Oma erneut nach dem Anruf, aber sie sagte nur: »Nun mach dir mal keine Gedanken, es ist nichts.« Mir war klar, dass sie log. Im Anschluss versuchte ich mein Glück beim Opa und löcherte ihn. Aber auch er tat, als wäre alles in bester Ordnung, was er noch schlechter konnte als die Oma. Beim Abendessen herrschte dann eine ganz komische Stimmung. Dabei waren sie nicht etwa schweigsam, ganz im Gegenteil. Sie sprachen miteinander, plapperten pausenlos, fragten mich nach diesem und jenem. Die Oma erkundigte sich beim Opa sogar nach dem aktuellen Holzpreis, ein Thema, das sie in etwa so interessierte wie mongolischer Kehlkopfgesang oder das Ohm'sche Gesetz, das wir gerade in Physik durchnahmen. Doch egal wie auffällig sie sich verhielten, so richtig misstrauisch wurde ich erst, als sie mich direkt nach dem Abendessen auf mein Zimmer schickten (»Du kannst bis neun CD hören«) und behaupteten, der Opa müsse jetzt noch was für die Arbeit erledigen, und die Oma werde in ihrem Nähzimmer ein bisschen fernsehen. Warum wollte der Opa jetzt noch was für die Arbeit machen und warum guckte die Oma auf dem winzigen Fernseher in ihrem Nähzimmer, wenn sie genauso gut auf dem großen im Wohnzimmer schauen könnte? Schließlich guckte der Opa doch gerade weder Sportschau noch Fußball oder etwas anderes für sie Langweiliges.

Ich sagte also gute Nacht, hörte eine Weile CD, den Hund auf dem Schoß, und tappte nach unten, wobei ich den Wurzel in meinem Zimmer einschloss. Diesmal würde ich mich nicht verraten lassen. Im mittleren Stockwerk war es still, auch unten schien niemand zu sein. Also arbeitete der Opa wirklich und die Oma guckte alleine fern? Auf Zehenspitzen schlich ich weiter, zum Arbeitszimmer meines Opas, schaute durchs Schlüsselloch. Doch das Zimmer war dunkel. Also hatten sie tatsächlich gelogen. Aber wo war der Opa dann? War er noch mal weggefahren? Wenn ja: wohin? Aus dem Nebenraum, dem kleinen Nähzimmer meiner Oma, erklang jetzt die Abschlussmelodie der *Tagesschau*. Ich zögerte kurz und schaute dann auch hier durchs Schlüsselloch.

Da saßen sie beide, mit dem Rücken zu mir, die Oma auf dem braunen Sessel und der Opa auf dem Stuhl, der sonst am Nähtisch stand. Sie saßen ganz dicht vor dem kleinen Fernsehgerät und sahen unverwandt auf den Bildschirm. Aus dem Fernseher kam erst eine unheimliche Melodie, dann sagte ein Mann mit einer ebenso unheimlichen Stimme: »Guten Abend, meine Damen und Herren. Willkommen zu einer neuen Folge von *Ohne jede Spur*. Wir berichten heute über einen Vermisstenfall, der schon einige Jahre zurückliegt.«

Und dann sagte er den Namen meiner Mutter.

Noch immer ertrage ich es kaum, mich an diesen Moment zu erinnern. Aber der Vollständigkeit halber erzähle ich dir auch davon. Was für ein Schock es für mich war, jemanden da draußen in der Welt den Namen meiner Mutter aussprechen zu hören und nun glasklar anerkennen zu müssen, dass sie Gegenstand eines Vermisstenfalls war. Ich weiß noch, wie ich dort vor dem Schlüsselloch kauerte, bevor ich mich endlich aus meiner Erstarrung löste, mich langsam erhob und so lautlos wie ich gekommen war nach unten schlich. Im Wohnzimmer schaltete ich den Fernseher ganz leise, setzte mich dicht davor und zappte durch die Programme, bis das Gesicht meiner Mutter erschien. Ich starrte auf den Bildschirm, auf meine Mutter im roten

Kleid. Ich weiß noch genau, wie ich zu zittern anfing, und dass es eine Weile dauerte, bis ich kapierte, dass das ein Foto war, das gleiche Foto, das ich auf meinem Nachttisch stehen hatte. Dann erschien mein Vater und sprach davon, wie er monatelang unter den Verdächtigungen gelitten hatte und wie sehr *ich* immer noch unter allem leide, dass ich mit meinem kindlichen Verstand geglaubt hätte – und vielleicht immer noch glaubte –, schuld an ihrem Verschwinden zu sein. Und dann erzählte er etwas, das ich zunächst gar nicht richtig begriff. Er erzählte, meine Mutter habe eine Affäre gehabt, und eine Frau mit rötlichem Haar, eine Freundin meiner Mutter, die Lilija hieß und sich anhörte wie ein Kind, sagte, meine Mutter sei sehr verliebt gewesen. Der Moderator, ein Mann mit einer Grabesstimme, fragte auch andere nach diesem Liebhaber, und eine Frau namens Taisija meinte, sie wisse nichts über ihn, außer dass er dunkles Haar gehabt habe und dass meine Mutter davon geträumt habe, mit ihm wegzugehen, irgendwohin in den Süden, auf eine griechische Insel oder nach Taormina – allerdings doch wohl niemals ohne ihre Tochter. Dann unterhielt sich der Moderator noch mit drei weiteren Leuten, deren Namen mir nichts sagten, die ich aber alle schon einmal gesehen hatte. Zum Schluss sprach nur noch der Mann mit der Grabesstimme.

»Was geschah in der Nacht zwischen dem 4. und 5. April 1998? Wohin fuhr die junge Frau in ihrem graugrünen Land Rover? War sie allein unterwegs oder zusammen mit jenem unbekannten Mann, den wir nur von Erzählungen kennen? Hatte sie sich dort auf dem Rastplatz zwischen Bayreuth und Nürnberg mit jemandem verabredet, in dessen Wagen sie stieg? Oder kam die Person, mit der sie verabredet war, niemals dort an, und sie wurde das Opfer eines *Zufallsverbrechens*?«

Nachdem die Sendung vorbei war, schaltete ich den Fernseher aus und blieb sitzen, stumm. Die Stille nach diesen furchtbaren Worten war kaum zu ertragen.

Mathilda. Irgendwo auf dem platten Land. Struppige Heide und Wacholderbeeren zogen vorüber, ein Löschteich. Dann goldgelbe Birken, rotbraune Eichen, grüne Kiefern unter einem blauen Herbsthimmel, dessen Blau so künstlich aussah wie das Blau auf einer alten Ansichtskarte. Nach einem Kilometer wurde die Straße zu einem unbefestigten Weg, der bald in eine holprige Piste überging, auf der sie nicht schneller fahren konnten als dreißig. Mathilda ließ das Fenster herunter und lehnte sich hinaus. Es war ein ungewöhnlich warmer Tag für Oktober. Allerdings hatte der Wetterbericht einen Umschwung vorhergesagt, Sturmböen und sintflutartige Regenfälle und einen Temperatursturz um mehr als fünfzehn Grad. Und tatsächlich wälzten sich ganz hinten über dem Wald schon die ersten Regenwolken heran. Sie drehte sich zu Falk. Er saß am Steuer, die Hände akkurat aufs Lenkrad gelegt. Wie immer trug er ein langärmliges weißes Hemd, und wie immer hatte sie keine Ahnung, was er gerade dachte. Obwohl das heute vielleicht nicht ganz stimmte. Denn hatte er seit ihrer Abfahrt aus Berlin nicht auffällig oft in den Rückspiegel geschaut? Mathilda nahm an, dass diese unterschwellige Habachtstellung mit Brammers Abwesenheit zusammenhing. Auf ihre Frage nach dem Bodyguard hatte Falk allerdings nur die Achseln gezuckt und geantwortet, der habe heute seinen freien Tag. Was Mathilda nicht glaubte. So wenig wie das Märchen vom Junkie-Jogger, der irgendwelche Leute im Nebel attackierte. Es musste also einen anderen Grund geben, warum er Brammer heute nicht dabeihaben wollte.

»Es sieht nach Regen aus«, sagte sie unverfänglich und sah, wie er kaum merklich nickte, ohne etwas zu erwidern.

Mit ihrem Herumrätseln über den rasanten Verlauf ihrer Beziehung war sie nicht weitergekommen, auch wenn sie sich unentwegt den Kopf darüber zerbrach, wie es wohl zu dem Heiratsantrag gekommen war, den er ihr vor gut einer Woche gemacht hatte, und warum er es derart eilig hatte, sie ihren Eltern vorzustellen.

Und dann gab es natürlich noch die anderen Dinge, die ihr keine Ruhe ließen, vor allem die geheimnisvollen Fotos, über die die Wittgenstein angeblich verfügte. Auch beim dritten und vierten Versuch, diese Sauhaufen von Laptop und Smartphone zu durchkämmen, hatte Mathilda nichts entdecken können. Vielleicht bluffte die Wittgenstein bloß? So oder so mussten die Bilder mit der Stiftung zusammenhängen, vielleicht auch mit diesen Aktivisten von *Last Exit*, anders war die Anspielung der Wittgenstein ja wohl kaum zu verstehen. Und über allem schwebte die Frage, wer der Typ im Grunewald gewesen sein mochte und warum er es auf Falk abgesehen hatte.

Ein Schlagloch riss sie aus ihren Gedanken.

»Entschuldige«, sagte Falk. »Die Straße ist nicht in allerbestem Zustand.«

»Ihr solltet euch bei der Gemeinde beschweren. Die hätten das doch schon längst sanieren müssen.«

»Ich fürchte, da ist die Gemeinde nicht zuständig. Das ist eine Privatstraße.«

Sie stutzte. »Du meinst, wir fahren schon die ganze Zeit, seitdem wir abgebogen sind, auf *eurer* Straße?«

»Ja, und du siehst ja, in welchem Zustand sie ist.«

Mathilda zögerte. Dann fragte sie vorsichtig: »Aber ... ist euch das nicht lästig? Immer so einen Rumpelweg entlangzufahren?«

Jetzt seufzte Falk. »Das ist es in der Tat. Aber ... na ja ... das ist so eine Art Privatfehde zwischen meinen Eltern. Das Rittergut stammt vom Familienzweig meines Vaters. Es verschlingt Unsummen, und inzwischen lebt er mehr hier als in Berlin. Was meiner Mutter, glaube ich, manchmal ein bisschen aufstößt.« Er verstummte abrupt, schien plötzlich zu überlegen, wie oder ob er fortfahren sollte. Doch kurz darauf zuckte er die Achseln und grinste: »Du wirst das alles ohnehin bald erfahren. Meine Mutter hat das Geld in die Ehe gebracht. Und mein Vater den Titel. Das lässt sie ihn manchmal spüren.«

Mathilda wandte sich wieder nach vorne, überlegte gerade, was für eine Art Ehe das war, wenn der eine den anderen zappeln lässt, als der Wald sich zu einer Allee öffnete und in der Ferne ein Gebäude mit einem Torbogen sichtbar wurde. Erst in diesem Augenblick, da sie durch den Torbogen fuhren, wurde ihr richtig bewusst, dass sie gleich diesen beiden Menschen gegenüberstehen würde, diesen *Angehörigen eines niedersächsischen Uradelsgeschlechts*, wie es irgendwo in den Tiefen des Internets geheißen hatte. Wobei Falks Mutter dann ja wohl kein blaues Blut vorweisen konnte. Wie auch immer es war: Die Prokhoffs waren Menschen, die mit ihr reden und ihr unter Umständen unbequeme Fragen stellen würden, auf die sie zu antworten hatte, ohne sich im Dickicht ihrer Lügen zu verstricken.

Falk stellte den Motor aus und löste seinen Sicherheitsgurt. »Bist du bereit?«, fragte er, und als Mathilda nickte, nickte auch er, und sie stiegen aus. Wärme umfing sie, die in altem Mauerwerk gespeicherten Sonnenstrahlen eines fast sommerlichen Tages, und während sie in der noch geöffneten Wagentür stand, wandte sie den Blick, versuchte, alles in sich aufzunehmen. Die Freitreppe, die zu einer wuchtigen schwarz lackierten Doppelflügeltür hinaufführte; der gepflasterte Hof; die uralte Linde in seiner Mitte, die runde Bank drum herum. Einen Moment lang wünschte sie sich inständig, sich jetzt einfach auf diese Bank setzen und dort sitzen bleiben zu dürfen, für die nächste Stunde, für den Rest ihres Lebens. Nichts mehr zu müssen, niemanden mehr zu belügen, nicht mehr aufzupassen, was man sagte, einfach nur hier sitzen, mit geschlossenen Augen.

»Kommst du?«, fragte Falk in ihren albernen Wunschtraum hinein, und sie nickte, schlug die Autotür zu. Doch gerade, als Mathilda den ersten Schritt auf die Treppe setzte, war auf einmal hektisches Gekläffe zu hören, und ehe sie reagieren konnte, kamen zwei Hunde auf sie zu gewetzt und taten so, als wollten sie sie in der Luft zerreißen. Falk, der schon oben vor der Haustür stand, den Schlüssel in der Hand, gab einen scharfen Befehl, und die Hunde ließen augenblicklich von ihr ab und liefen zu ihm hoch.

»Weimaraner«, sagte Mathilda mit klopfendem Herzen und wartete, bis die Hunde zu ihr zurückkamen und sie misstrauisch umkreisten, während sie ihre Hand ausstreckte und sie daran zu schnuppern begannen.

»Du kennst dich mit Hunden aus?«

Im ersten Moment wusste Mathilda nicht, was sie sagen sollte. Doch dann kam ihr der rettende Gedanke: »Auf der Farm hatten wir Podencos.« Mathilda musste an Gustav und Heinemann denken, diese beiden fledermausohrigen Geschöpfe auf Klein Grasbrook, die selbst ausgesehen hatten wie die zu jagende Beute.

Falk wusste offenbar nicht, wovon sie sprach. Also sah sie sich genötigt, ihre Geschichte noch ein bisschen weiter auszubauen, und erklärte: »Podencos. Jagdhunde. Vertragen die Hitze gut. Aber das war nicht der Grund, warum meine Mutter sie auf einem Spanienurlaub gerettet hat. Du glaubst nicht, was für ein Theater es war, die nach Namibia zu bringen. In Transportboxen im Frachtraum. Die haben den ganzen Flughafen zusammengeheult ...«

Zu Mathildas Erleichterung schien das Thema für Falk erledigt. Er nickte nur, schloss die Haustür auf und sagte entschuldigend: »Ich geh mal voraus«, wie immer, wenn er ihr nicht den Vortritt ließ, in Restaurants zum Beispiel. Am Anfang hatte sie Mühe gehabt, sich an diese Gentleman-Attitüde zu gewöhnen. Mittlerweile schaute sie ihn wenigstens nicht mehr verblüfft an, wenn er vor einer geöffneten Tür stand und wartete.

Mathilda folgte ihm langsam, nicht ohne zu beobachten, wie die beiden Hunde reagierten, wenn diese Fremde, der sie es gerade eben noch hatten zeigen wollen, nun einfach so ins Haus spazierte.

Nach der Helligkeit draußen brauchte sie einen Moment, bis sich ihre Augen an das Dämmerlicht im Haus gewöhnt hatten. Sie folgte Falk durch ein holzgetäfeltes Vestibül mit altertümlichen Porträts von steif aussehenden Männern und Frauen an den Wänden. Im Internet hatte sie gelesen, dass die von Prokhoffs urkundlich das erste Mal 1203 erwähnt worden waren. Die ältesten Gebäudestrukturen des ehemaligen Ritterguts Dreilinden stammten offenbar aus dem Mittelalter, und das Gut und der umliegende Landbesitz befanden sich seit 700 Jahren ununterbrochen in Familienbesitz. Im Vorbeigehen suchte sie in den Gesichtern eine Ähnlichkeit mit Falk, konnte aber keine entdecken – es war schwer, sich vorzustellen, was er mit diesen streng dreinblickenden Männern und den fromm aussehenden, schmallippigen Frauen zu tun haben sollte.

»Kommst du?«, hörte sie Falk da sagen, also löste sie sich vom Anblick der blassen Ahnen und folgte ihm in ein Wohnzimmer mit einem bis zur Decke reichenden dunkelgrünen Kachelofen, von dem eine tropische Hitze ausging. Auch in diesem Raum hingen die Wände voller Ahnenbilder. Mehrere Lampen, die auf Beistelltischen neben zwei sich gegenüberstehenden cognacfarbenen Ledersofas mit Knöpfen in der Lehne standen, verbreiteten ein schummriges Licht, aber zu sehen war niemand. Mathildas Blick blieb an einer silbernen Schale hängen, in der lauter kleine Steine mit eingravierten Symbolen lagen.

»Was ist das?«, fragte Mathilda.

»Hm? Was meinst du?«

Sie zeigte auf die Schale mit den jadegrünen Steinen.

»Ach das ... ein antikes Runenorakel.«

»Ach wirklich? Sind deine Eltern irgendwie esoterisch?«

Er verzog den Mund zu einer verächtlichen Grimasse. »*Das* zumindest kann man ihnen nicht vorwerfen«, sagte er vieldeutig und dann: »Vielleicht sitzen sie draußen.« Er ging auf eine Fenstertür zu, die auf einen Freisitz führte. Mathilda wunderte sich noch über den bitteren Unterton bei dieser Bemerkung, als sie Claire von Prokhoff entdeckte, die draußen in eine Wolldecke gehüllt dasaß und döste. Mathilda hatte sie schon mehrere Male in Zehlendorf beobachtet, wie sie mit ihrem Porsche das Grundstück verlassen hatte oder nach Hause gekommen war. Auch von Nahem sah sie keinen Tag älter aus als fünfzig, was ihrer Berechnung nach nicht sein konnte. Von der Tür beobachtete sie, wie Falk seine Mutter, die von hier aus wie sein weibliches Ebenbild wirkte, sanft am Arm berührte, wie Claire einen Moment lang desorientiert blinzelte und sich ihr Gesicht kurz darauf zu einem Lächeln öffnete. Dann sagte Falk etwas, und das Lächeln verschwand so schnell, wie es aufgeflackert war. Claire sah sich suchend um, bis sie Mathildas Blick hinter der Scheibe begegnete. Mathilda atmete tief durch, schob die Hunde, die sie mit ihren kühlen feuchten Nasen anstupsten, beiseite und trat nach draußen, wo Falk jetzt sagte: »... waren gerade in der Nähe. Das ist Mathilda.«

Da begriff sie, dass Falk ihr Kommen nicht angekündigt hatte, dass seine Eltern sie überhaupt nicht erwarteten. Kurz war sie versucht, ihn direkt darauf anzusprechen und die Sache gleich hier vor seiner Mutter zu klären, doch dann bremste sie sich gerade noch rechtzeitig. Sicher war es wenig ratsam, als Einstieg gleich eine kleine Auseinandersetzung zu bieten, wie in einem Bauerntheater. Also lächelte Mathilda so charmant, wie es ihr möglich war, streckte die Hand aus und schloss sich Falks Lüge an: »Ich hoffe, wir kommen nicht ungelegen. Aber es hat sich einfach angeboten, wo wir schon in der Gegend waren. Falk hat mir so viel von Ihnen erzählt!«

Falks Mutter zögerte, bevor sie Mathildas Hand ergriff, gerade lange genug, um deutlich zu machen, was sie von diesem Überraschungsbesuch hielt. Mit einem distanzierten Gesichtsausdruck erwiderte sie: »Sie müssen mir mein Erstaunen nachsehen. Aber es kommt nicht oft vor, dass Falk uns eine seiner Freundinnen vorstellt.«

Eine seiner Freundinnen. Mathilda verstand den Wink und lächelte noch etwas breiter, ein Lächeln mit ganz viel Zahn diesmal. Es brauchte schon mehr, um sie in Verlegenheit zu bringen.

»Wo ist denn Papa?«, fragte Falk jetzt, wobei er das Wort auf der letzten Silbe betonte, was in Mathildas Ohren gestelzt klang, vollkommen unecht, wie aus einer dieser Schweden-Schnulzen, die sich Moosgruber in der Grundausbildung immer angesehen hatte, wodurch Mathilda gezwungen gewesen war, erst um Viertel vor zehn auf Stube zu kommen.

»Im Gewächshaus, wo sonst«, sagte Falks Mutter, legte das Buch auf ihrem Schoß beiseite, schlug die Decke weg und erhob sich aus ihrem Liegestuhl, wobei sie Falks Hand ignorierte.

Als sie stand, bemerkte Mathilda, wie groß sie war, so groß wie sie selbst.

In dem Moment hörten sie ein fernes Donnergrollen, und zeitgleich spürte Mathilda die ersten Regentropfen. Instinktiv griff sie nach der Decke und dem Buch, um beides vor dem Regen in Sicherheit zu bringen, doch da sagte Claire: »Lassen Sie«, steckte den Kopf ins Haus und rief: »Waltraud! Es regnet!« Kurz darauf erschien eine hübsche Frau von vielleicht Ende vierzig und begann eilig die Sachen von der Terrasse zu räumen. Im Hineingehen sagte Claire von Prokhoff beiläufig: »Seien Sie so nett und sagen meinem Mann, dass wir Gäste haben, und bringen uns dann Tee und Kaffee, ja?«

Falk reagierte beinahe sofort. So gedämpft, dass seine Mutter, die inzwischen im Haus verschwunden war, es nicht hören konnte, sagte er zu Waltraud: »Ich geh schon.« An Mathilda gewandt erklärte er: »Ich bin gleich zurück«, dann drehte er sich um und rannte durch den stärker werdenden Regen. Etwas zögerlich betrat Mathilda das Wohnzimmer, wo Falks Mutter vor dem Kachelofen stand und ihr mit einer lässigen Handbewegung einen Platz anbot.

Mathilda zog die Strickjacke aus, bevor sie sich auf die braune Couch setzte. Sie schob eines der großen blau-weiß gemusterten Kissen beiseite. Im Raum war es viel zu warm, was Claire von Prokhoff allerdings nicht zu bemerken schien. Immer noch buhlten die beiden Hunde um Mathildas Aufmerksamkeit, stupsten sie an, wollten gestreichelt werden.

»Das sind wunderschöne Hunde«, sagte sie, darum bemüht, die Streicheleinheiten zwischen beiden gerecht zu verteilen.

»Sie sind zu nichts zu gebrauchen«, sagte Claire und setzte sich ebenfalls. »Sie können sie haben. Platz jetzt, ihr Tölpel!«

Die beiden Hunde reagierten sofort, ließen von Mathilda ab und legten sich gehorsam hin, die Vorderpfoten ordentlich nebeneinander ausgerichtet.

Mathilda wollte noch etwas sagen, zu den Hunden, doch Claire kam ihr zuvor und fragte: »Und Sie sind also eine Freundin meines Sohnes? Wie lange kennen Sie beide sich denn schon?« Mathilda bemerkte, wie Claires Blick beiläufig über ihr hellgraues Poloshirt wanderte, kurz ihre Sneakers taxierte und schließlich beim Ring an ihrem Finger hängen blieb.

Während sie noch überlegte, was sie antworten sollte, stand plötzlich Falk wieder im Raum. »Wir haben uns im Sommer kennengelernt, im Akademischen Ruderclub«, antwortete er an Mathildas Stelle und warf ihr einen fast beschwörenden Blick zu.

»Dann rudern Sie auch?«

»Ja, ja ...«, antwortete Mathilda und bemühte sich, dabei normal zu klingen. Warum erzählte Falk seiner Mutter nicht einfach die Wahrheit? »Ich habe damit angefangen, nachdem ich nach Berlin gezogen bin.«

»Woher kommen Sie, wenn ich fragen darf?« Claire von Prokhoff ließ sie keinen Moment aus den Augen.

Mathilda lächelte verbindlich, wohl wissend, dass die Prokhoff das, was sie gleich sagen würde, verblüffend finden würde. »Ich komme aus Namibia.«

Und tatsächlich sah Mathilda sie die Augenbrauen heben. »Aus Afrika? So sehen Sie nun nicht gerade aus.«

Mathilda stutzte. Doch während sie noch überlegte, ob das ein rassistischer Witz gewesen war, fuhr Claire von Prokhoff fort: »Was hat sie nach Berlin verschlagen?«

»Ich bin Psychologin und mache in Berlin ein Aufbaustudium in Sportpsychologie.«

Die Haushälterin trat ein und unterbrach die Befragung. Das Tablett vor sich her balancierend, wartete sie auf die Anweisungen ihrer Arbeitgeberin. Das gab Mathilda Gelegenheit, Falks Mutter näher zu betrachten: ihre schlanke Gestalt, die tadellos aufrechte Haltung, in der sie dasaß, in dunkelblauen Chinos, beigem Twinset und Perlenkette, der Inbegriff lässiger Eleganz.

»Wir nehmen den Tee im Speisezimmer, danke, Waltraud«, erklärte sie. Dann wandte sie sich wieder Mathilda zu und lächelte wie zuvor ein routiniertes Lächeln. Mathilda erwiderte das Lächeln ebenso distanziert, rang sich aber eine freundliche Bemerkung ab: »Das ist ein wunderschönes Haus. Wie alt ist es?«

Genau wie zuvor mit den Hunden machte Claire eine wegwerfende Handbewegung. »Es ist der Stammsitz der von Prokhoffs, das Haupthaus wurde 1560 erbaut, eine alte Bruchbude. Hoffnungslos ... Wenn Sie Details wissen möchten, müssen Sie meinen Mann fragen. Er wird es Ihnen danken und Sie nicht mehr gehen lassen wollen.«

Sie unterhielten sich noch eine Weile zu dritt, als in der Diele eine Tür zu hören war. Falk, der immer noch stand, verließ den Raum und kehrte kurz darauf zurück.

»Mein Vater zieht sich noch um«, sagte er zu Mathilda und wandte sich dann an seine Mutter: »Wo ist Tristan? Wollte er heute nicht auch da sein?«

Sie sah, wie Claire eine Augenbraue hochzog. »Er hat angerufen, er kommt erst morgen. Will noch mit Kroge zum Golfen. Warum?«

Falk ging nicht auf die Frage ein. Stattdessen begann er, so etwas wie Konversation zu betreiben, zeigte auf die verschiedenen Porträts und erzählte Mathilda, nicht ohne den üblichen ironischen Unterton, welcher seiner Vorfahren darauf abgebildet war, ein Thema, das Claire zu langweilen schien. Allerdings unterbrach sie ihn auch nicht; ihren Gesichtsausdruck nach zu schließen betrachtete sie das als eine Art Pflichtübung, die eben dazugehörte und die man hinter sich bringen musste, damit der jeweilige Besucher wusste, mit wem er es hier zu tun hatte.

Gerade als Falk auf das letzte der von Prokhoff'schen Ahnenporträts zeigte, betrat Falks Vater den Raum. Mathilda sah sein Gesicht nicht, denn er beugte sich nach unten, tätschelte die Köpfe der beiden Hunde, die ihn umtanzten. Im Gegensatz zu seiner Frau schien er nicht allzu viel Aufmerksamkeit auf seine Kleidung zu verwenden, denn er trug eine ziemlich in die Jahre gekommene Cordhose und einen an den Ärmeln hochgeschobenen grünbraunen Pullover mit Flicken an den Ellbogen. Es war das erste Mal, dass sie ihn sah. Im Internet hatte es kein einziges Foto von ihm gegeben. Er sei als klagewütig bekannt, das hatte Baldrich ihr gesagt und ihr geraten, sie solle aufpassen. Jetzt richtete Falks Vater sich auf und kam auf sie zu. Er wirkte nicht besonders klagewütig, das war das Erste, was Mathilda dachte. Mit seinem grauen, für ihren Geschmack etwas zu langen Haar und der Harry-Potter-Brille wirkte er eher wie das Klischee eines Bildungsbürgers. Doch als er nun näher kam und ihr gegenüberstand, musste sie mit einem Mal an den Lieblingsfilm ihres Großvaters denken – der hieß *Der Leopard,* und darin verguckte sich ein alternder Patriarch in die junge Braut seines Neffen. Und obwohl der Patriarch in dem Film blaue Augen hatte und Georg von Prokhoffs Augen dunkel waren, fühlte sie sich absurderweise plötzlich wie die junge Frau in dem Film. Das Gefühl verstärkte sich noch, als er ihre Hand ergriff, eine Idee zu lange festhielt und sie dabei betrachtete. Und einen Moment lang, die Zeit, die es dauerte, sie zu begrüßen, hatte sie den Eindruck, dass er in sie hineinsah. Und sie durchschaute.

Rebecca. Und dann trafen wir uns doch, Xenias Vater und ich. Ich kann nicht sagen, dass ich Robert gegenüber ein schlechtes Gewissen hatte, nachdem ich einen Tag nach seiner Abreise tatsächlich ein paar fremde Haare aus meiner Bürste gezogen hatte, die von Tanja Ozols stammen mussten. Aber ich will der Reihe nach erzählen.

So gern ich meinen Beruf als Deutsch- und Kunstlehrerin mochte, hin und wieder hatte ich das Bedürfnis, selbst Kunst zu machen, weshalb ich mir einen Atelierplatz in einer Werkstatt in Engure angemietet hatte, einem kleinen Ort am Meer. Auch in diesen Sommerferien fuhr ich nach der Abreise von Robert und Penelope dorthin.

Die Werkstatt lag in einem stillgelegten Fabrikgebäude direkt am Fischereihafen. Mehrere Leute teilten sich die Räumlichkeiten miteinander, und alle machten sie Kunst. Meist fuhr ich freitagabends los und übernachtete in einer Fischerhütte direkt gegenüber, um gleich Samstagfrüh vor Ort zu sein. Dort arbeitete ich den ganzen folgenden und den halben nächsten Tag durch und fuhr dann zurück nach Riga. Diese kleinen Auszeiten waren mir heilig, ich freute mich schon Wochen vorher darauf, auch deshalb, weil ich mich mit ein paar Leuten angefreundet hatte, einem Bildhauer namens Kaspars und einer Malerin namens Taisija.

An diesem Abend jedoch war alles anders. Den ganzen Tag über hatte ich an meinem Projekt gearbeitet, aber nicht besonders viel hinbekommen. Meine Gedanken waren ständig abgeschweift, immer wieder dachte ich an die Ereignisse in der Johannisnacht, an Alise, an Roberts herzlose Worte, aber auch daran, dass ich einen anderen Mann geküsst hatte. Und wenn ich ehrlich zu mir selbst war, würde ich es jederzeit wieder tun. Ich dachte über meine Ehe nach, die jetzt endgültig den Bach runtergegangen war, und fragte mich, wie es weitergehen sollte, mit mir und Penelope, und wie ich die Trennung am besten hinbekommen würde. Und dann grübelte ich darüber nach, warum Ella und Xenia in jener Nacht im Krankenhaus so schuldbewusst gewirkt hatten. Ob sie mehr wussten, als sie zugegeben hatten?

Die Sache ließ mir keine Ruhe, und so rief ich nachmittags Ella an. Doch die Haushälterin der Familie erklärte mir, Ella sei mit ihren Eltern in die USA gereist. Kurz überlegte ich, mir die Nummer geben zu lassen, doch dann kam mir ein anderer Gedanke. Ich könnte bei Xenia anrufen. Und während ich so dasaß, mit dem Hörer in der Hand, beschleunigte sich mein Herzschlag, und ehe ich es mir anders überlegen konnte, wählte ich bereits die Nummer. Seine Nummer.

Es klingelte eine gefühlte Ewigkeit, während ich in dem unordentlichen Büroraum hinter Kaspars' Atelier stand und durch die regenbenetzten Scheiben auf das graue Meer blickte. Fast erschrak ich, als laute Musik an mein Ohr drang, ein wummernder Bass, dann eine männliche Stimme, die rief: »Ja?« Ich glaubte, einen von Xenias Brüdern zu erkennen und erklärte, wer ich war und wen ich sprechen wollte.

»Die ist mit meiner Mum in Deutschland«, sagte der Junge laut, fast brüllend. Und dann: »Ich gebe Ihnen mal meinen Dad.«

Und ehe ich reagieren konnte, war er da, ganz dicht an meinem Ohr. »Hallo? Wer ist denn da?« Er sprach ebenfalls laut. Dann wurde es still im Hintergrund. Wahrscheinlich hatte er den Raum verlassen oder die Musik ausgestellt. Mein Herz schlug jetzt wie verrückt, als ich noch einmal meinen Spruch aufsagte, als ich ihn sagen hörte: »Und ich hatte schon gehofft, Sie rufen meinetwegen an.«

Eine Pause trat ein, in der ich überlegte, ob ich darauf reagieren sollte. Schließlich hörte ich mich selbst sagen: »An dem Donnerstag … ich konnte nicht kommen. Weil …« Auf einmal störte mich der Klang meiner eigenen Stimme. Ich kam mir lächerlich vor, wie eine Bahnsteigkartenlöserin oder jemand, der vor einer Revolution noch rasch um Erlaubnis bitten will. Warum manövrierte ich mich eigentlich dauernd in so einen Erklärungsnotstand? Und so fuhr ich barscher als beabsichtigt fort: »Ich rufe wegen Alise an. Die Sache lässt mir keine Ruhe. Wissen Sie, wie es ihr geht?«

Ich hörte, wie er tief durchatmete, bevor er in einem merkwürdig sanften Ton sagte: »Gut, soweit ich weiß.« Amüsierte er sich etwa über mich?

Betont ruhig fuhr ich fort: »Ich wollte eigentlich noch einmal mit Xenia sprechen. An dem Abend im Krankenhaus hatte ich den Eindruck, sie wüsste etwas, was sie vor uns nicht sagen will.«

Da sagte er: »Hm … ja wirklich? Na ja, Xenia ist jedenfalls den ganzen Juli über bei ihren Großeltern in Deutschland.«

Auf einmal hatte ich den Eindruck, dass sein Ton sich verändert hatte. Dass es da tatsächlich etwas gab, das er mir nicht sagen wollte. Etwas, das er wusste. Oder bildete ich mir das vor lauter Anspannung nur ein? Es war schon so: Jedes Mal, wenn ich mit diesem Mann sprach, fühlte ich mich wie bei einer Achterbahnfahrt. Ich riss mich zusammen und fragte: »Hat Xenia mit Ihnen über den Abend gesprochen? Hat Sie Ihnen was erzählt?«

Es dauerte einen Moment, bis er antwortete: »Ja«, sagte er zögerlich. »Sie hat mit mir gesprochen.« Und dann fügte er hinzu: »Ich würde lieber nicht am Telefon darüber reden.«

Es war längst dunkel, als ich Taisija, die die Letzte in der Werkstatt war, einen Abschiedsgruß zurief, und die schwere Tür aufschob. So gut es ging, unterdrückte ich meine Unruhe, die einerseits daher rührte, dass ich *ihn* gleich wiedersehen würde. Andererseits stellte ich mir die Frage, was so wichtig oder so heikel war, dass er es mir nicht am Telefon erzählen wollte. Doch als ich dann hinaustrat und seinen Wagen am Ende des Parkplatzes erblickte, veränderte sich etwas. Ich weiß nicht, ob es an der Bö lag, die mir durchs Haar fuhr, oder an den roten Rücklichtern, die in der Dunkelheit leuchteten. Jedenfalls fühlte ich mich mit einem Mal verwegen, so als wäre ich plötzlich in eine andere, aufregendere Haut geschlüpft und hätte die alte in der Werkstatt zurückgelassen. Kurz bevor ich ihn erreicht hatte, stieg er aus und öffnete mir die Tür. Als wir im Wagen saßen, sagte er: »Ist es Ihnen recht, wenn wir nach Jūrmala fahren? Wir haben dort ein Haus … Da können wir in Ruhe reden.«

Ich nickte nur, immer noch damit beschäftigt, diesem neuen Mata-Hari-Gefühl in meinem Brustkorb nachzuspüren, dem Prickeln auf meiner Haut. Dann fuhren wir los. Und vielleicht war es das Brummen des Wagens, wie er durch den Abend glitt, ruhig und geheimnisvoll. Jedenfalls verfestigte sich das Gefühl, und ich fragte mich mit einem leisen Staunen, wo sich diese Frau in mir all die Jahre versteckt hatte. Ich drehte den Kopf, sah ihn unauffällig von der Seite an, seine Hände, die auf dem Steuer lagen, die leicht gebogene Nase, das energische Kinn, die grauen Schläfen. Wie alt mochte er sein, Anfang fünfzig? Ich hatte immer eine Schwäche für Männer gehabt, die älter waren als ich, was sicher mit ein Grund dafür war, dass ich seinerzeit mit Robert zusammengekommen war. Und nun saß ich hier, zehn Jahre später, erneut neben einem Mann, den die meisten meiner Freundinnen als »ziemlich alt« bezeichnet hätten.

Es fühlte sich komisch an, auf eine rauschhafte Weise verboten, als wir am Ortschild von Jūrmala vorbeifuhren, durch das Viertel, in dem Lilijas Datscha war. Kurz stellte ich mir vor, wie es wäre, wenn sie mich vorbeifahren sähe, auf dem Beifahrersitz dieses Wagens, neben ihm, was sie wohl denken würde, doch der Gedanke zog vorbei wie die Kiefern am Straßenrand. Das Sommerhaus von Xenias Familie lag am entgegengesetzten Ende von Jūrmala, in einer Gegend, in der die Häuser aussahen, als hätte ein Zuckerbäcker um die Jahrhundertwende sie sich ausgedacht, mit Türmchen und Erkern und hölzernen Verzierungen um die Fenster. Wie schon die Villa in Mežaparks lag auch dieses Haus inmitten eines waldartigen Grundstücks, halb verborgen hinter Kiefern und Birken. Als wir ausstiegen, roch es würzig, nach Regen und Borke und Moos, und während ich auf die hölzerne Veranda zuging, sog ich die Luft tief in meine Lungen. Im Brustkorb dieser neuen Frau war überraschend viel Raum. Jedenfalls gab ich mich nicht allzu beeindruckt, als wir die Eingangshalle durchquert hatten und in ein großes, helles Wohnzimmer traten, das in einen Wintergarten überging.

»Sie haben bestimmt noch nichts gegessen?«, fragte er. Ich verneinte und wollte schon hinzufügen, das sei nicht weiter wichtig und er solle sich keine Umstände machen, doch ich tat es nicht, dieser Satz passte nicht mehr zu mir. Dann wollte er wissen, was ich gerne trinken würde, Wein oder lieber etwas Stärkeres, und trat an einen Barwagen, auf dem jede Menge Flaschen standen. Ich trank selten Alkohol und wollte deshalb schon wieder den Kopf schütteln, als ich mich sagen hörte: »Ein Glas Weißwein wäre schön.«

Er bat mich, es mir bequem zu machen, und verließ den Raum. Ich sah mich um: sandfarbene Leinensofas, weiße Bücherregale bis zur Decke, ein Teppich, der wie ein echter Aubusson aussah, in hellen Gelbtönen gehalten. Überall Beistelltische und Lampen. Und an den Wänden Ölgemälde, in denen ich ein paar Skagensmaler erkannte. Außerdem hing da das *Schwabenmädchen* von Hermann Tiebert, einem Maler der neuen Sachlichkeit, den ich sehr mochte, obwohl er von den Nazis auf die Gottbegnadeten-Liste gesetzt worden war. Ich fragte mich, wie es sich anfühlte, so zu leben, sich solche Bilder leisten zu können, solche Häuser.

Georg von Prokhoff betrat das Zimmer und brachte mir den Wein.

»Fühlen Sie sich wie zu Hause«, sagte er, sah mir einen Moment zu lang in die Augen und ging dann wieder in Richtung Küche.

Ich nippte an meinem Wein und sah mir künstlerisch wirkende Schwarz-Weiß-Fotos auf einer Anrichte an, von den Kindern, der ganzen Familie, aber auch Fotos, auf denen Claire und Georg mit irgendwelchen wichtig aussehenden Leuten zu sehen waren, in denen ich zwei ehemalige Minister und den Schriftsteller Ernst Jünger zu erkennen glaubte. Ich löste den Blick von den Fotos und schlenderte weiter, den Korridor entlang, und spähte in einen angrenzenden Raum, eine Art Arbeitszimmer. Im Türrahmen blieb ich abrupt stehen. Überall an den Wänden waren Geweihe und jede Menge Fotos von Jägern mit ihren Trophäen. An einer Wand hingen sogar präparierte Tierköpfe, Steinböcke und Hirsche und sogar ein Rhinozeros. Also war er Jäger? Abgestoßen und fasziniert zugleich trat ich näher, betrachtete die Fotos, konnte aber kein Bild von ihm entdecken. Dafür gab es etliche Bilder, auf denen seine Frau, Xenias Mutter, zu sehen war. Wie eine Landadelige sah sie aus, tadellos, als posierte sie für eine britische Jagdzeitschrift. Ein Foto fiel mir besonders ins Auge. Darauf kniete sie, ein Gewehr haltend, hinter einem erlegten Löwen. Angewidert wandte ich mich ab und kehrte zurück ins Wohnzimmer, wo ich das Glas abstellte und dann weiter in den Wintergarten ging. Dort entdeckte ich auf einem Korbtisch ein Buch, eines dieser Coffee Table Books, das man nur durchblätterte, um die Wartezeit zu überbrücken, aber niemals ernsthaft las. Auf dem Cover waren drei Lindenbäume zu sehen, eingerahmt von einem Ährenkranz, in den Kornblumen eingeflochten waren. Darüber stand in einem Bogen *Das einfache Leben* und etwas auf Lettisch, *Trīs Liepas*, was, soweit ich verstand, auf Deutsch *Drei Linden* bedeutete. Ich nahm das Buch zur Hand, blätterte es durch. Es schien ein Bildband über das Leben in einem Dorf namens Trīs Liepas zu sein, und wie das Cover schon vermuten ließ, waren die Fotos überaus ästhetisch gestaltet. Der Fotograf hatte ein gutes Auge für Stimmungen und Perspektiven, jedes einzelne Foto war ein regelrechtes Kunstwerk, egal ob es sich um Körbe mit Obst und Gemüse handelte, Frauen in Leinenkleidern mit einem Brotschieber in der Hand vor einem Ofen oder rustikale Brotzeitteller mit Radieschen und Käse auf ockerfarbenem Leinen. Doch die Bilder, auf denen die Dorfbewohner zu sehen waren, faszinierten mich am meisten. Egal, ob Mann oder Frau, ob jung oder alt, sie alle wirkten so authentisch, so vollkommen auf das konzentriert, was sie taten, auf eine schlichte Art.

In dem Moment hörte ich ein Geräusch und blickte auf. Er stand im Durchgang zum Wintergarten und lächelte mir zu.

»Es wäre dann angerichtet«, sagte er mit einem leicht ironischen Lächeln auf den Lippen.

Ich stand auf, legte das Buch zurück und sagte: »Wunderschöne Fotos. Zu schön, um wahr zu sein.«

Sein Lächeln wurde breiter. »Das könnte man denken. Ist aber in Wirklichkeit genauso schön.«

»Ach ja? Dann kennen Sie das Dorf?«

Er nickte. »Das will ich hoffen«, sagte er. »Das ist ein Projekt, das wir finanzieren. Aber jetzt kommen Sie doch bitte. Ich hab uns einen kleinen Snack zubereitet.«

Ich folgte ihm in die Küche, einen großen Familienraum mit vielen Fotos an Wänden und Kühlschrank. Ein Bild erregte meine besondere Aufmerksamkeit. Es klebte am Kühlschrank und zeigte Claire von

Prokhoff mit ihren drei Kindern. Das Bild musste vor vier, fünf Jahren aufgenommen worden sein, denn die Jungen waren höchstens zwölf und Xenia vielleicht neun oder zehn. Das Auffällige an dem Foto aber war seine Perfektion, die an die geschmeidige Ästhetik einer Patek-Philippe-Werbung erinnerte, an eine Uhrenfirma, die Unerreichbares verkaufte: Träume von perfekten Eltern mit ihren perfekten Kindern. Tatsächlich fielen mir im nächsten Moment Andris' Worte ein. Wie hatte er die Söhne genannt? Missraten? Nein, der Ausdruck, den er verwendet hatte, war *schlimme Finger*.

Vielleicht war es der ungewohnte Weingenuss oder die andere Frau, die mich mit einem Augenzwinkern sagen ließ: »Das ist ein ziemlich erlesenes Kühlschrankfoto. Gehört es nicht eher in einen Silberrahmen?«

Georg von Prokhoff schien zu stutzen. Dann blitzte etwas in seinem Blick auf.

»Meiner Frau gefallen Gegensätze. Sie nennt das *gekonnter Stilbruch*.«

Ich nickte betont versonnen. »Von Ihrer Frau könnte ich sicher noch eine Menge lernen«, sagte ich und merkte, dass er etwas erwidern wollte. Aber er tat es nicht. Und so setzte ich mich an den Tisch, an dem er sonst mit seiner Familie saß, und ließ den Blick über das Essen gleiten, über einen knusprigen goldbraunen Brotlaib, über kleine bunte Schüsselchen mit irgendwelchen Dips, über ein rustikales Brett, auf dem buntes Gemüse arrangiert war neben Käse und Salami. Ich sah ihn an, dann wieder die Sachen auf dem Tisch. *Er* hatte diesen Tisch gedeckt, was mich rührte, ich hatte ihn nicht für jemanden gehalten, der Brot aufschnitt und Radieschen in kleinen Schüsselchen arrangierte.

»Das sieht ja aus wie in dem Buch«, sagte ich.

»Zu schön, um wahr zu sein?«

»Ganz recht.« Ich grinste schief. Und er grinste zurück.

»Auch auf die Gefahr hin, dass Sie mir nicht glauben werden. Aber ein paar dieser Sachen sind tatsächlich aus dem Dorf.«

»Sie nehmen mich auf den Arm.«

»Das würde ich mir nie erlauben.«

»Ach nein?« Diesmal war *ich* es, die *ihn* eine Spur zu lange ansah, bis er den Blick schließlich abwandte und nach der Flasche Rotwein griff, die auf dem Tisch bereitstand. Während er den Wein entkorkte, waren seine Bewegungen so sicher und formvollendet, dass ich mich unwillkürlich fragte, wie oft er das schon gemacht hatte. Vielleicht hatte er in diesen Dingen, dem Entkorken von Wein, dem Anrichten kleiner Speisen in Schüsselchen, dem Beeindrucken einer Frau, die nicht seine war, ja eine gewisse Routine entwickelt. Doch als wir uns dann gegenübersaßen und er mir Wein einschenkte, glaubte ich zu bemerken, wie seine Hand leicht zitterte. Oder lag es an dem, was er mir gleich sagen würde, über das, was Xenia ihm erzählt hatte? Denn deshalb war ich schließlich gekommen. Und dann fragte ich ihn ganz direkt: »Was wollten Sie mir am Telefon nicht erzählen?«

Er legte das Vorlegebesteck, das er gerade in die Hand genommen hatte, wieder auf den Tisch.

»Sie verlieren keine Zeit.«

Ich schwieg, wartete ab.

Da sagte er: »Das war nur ein Vorwand.«

»Wie bitte?«

»Das mit dem Sprechen. Ich weiß eigentlich gar nicht viel.«

»Sie meinen … Xenia hat Ihnen gar nichts erzählt?«

»Na ja … zumindest nichts, was ich Ihnen nicht genauso gut am Telefon hätte sagen können. Es tut mir leid.« Er lächelte entschuldigend.

»Warum haben Sie mich dann hierhergeholt?«

Statt einer Antwort sah er mich nur an, mit diesem Blick, der mir tief in den Körper fuhr. Leise sagte er: »Ich wollte Sie wiedersehen.«

Im ersten Moment wusste ich nicht, wie ich reagieren sollte. Ich hatte nicht erwartet, dass er das einfach so wiederholen würde. Doch dann war da das Herz dieser anderen Frau und ihr Mut, und so hob ich mein Glas, nahm einen großen Schluck Wein und sagte: »Ich wollte Sie auch wiedersehen.«

Wohl eine Ewigkeit saßen wir einfach so da, unsere Blicke ineinander versunken, bis ich schließlich sagte: »Das wissen wir also jetzt.« Mit immer noch wild klopfendem Herzen lehnte ich mich zurück und lächelte ihn an: »Dann können Sie mir jetzt ja sagen, was Sie unter *nicht viel* verstehen.«

Er machte es sich bequem und sagte, ohne mich aus den Augen zu lassen:

»Xenia hat erzählt, Alise sei in einen Lehrer verliebt.«

Das durfte ja wohl nicht wahr sein, dachte ich, und hätte am liebsten auf den Tisch geschlagen. Dieses Thema schien mich zu verfolgen, egal, wohin ich ging, egal, was ich tat. Es kostete mich all meine Selbstbeherrschung, das Glas, das ich immer noch in der Hand hielt, abzustellen und ihn ruhig zu fragen: »Hat sie gesagt, in welchen Lehrer?«

Er zuckte die Achseln. »Nein. Keine Ahnung.«

Ich wusste nicht, ob ich erleichtert sein sollte oder nicht. Meine Gedanken hatten sich schon wieder verselbstständigt. Warum dachte ich nur jedes Mal an Robert, wenn es um verliebte Schülerinnen ging? Außerdem war das Mädchen erst fünfzehn. Da würde doch selbst Robert kalte Füße bekommen.

»Vielleicht sollte man das nicht so hoch hängen. Wenn man auf jedes Mädchen aufpassen müsste, das für einen Lehrer schwärmt ...«

»Das stimmt natürlich.« Er hob das Glas an die Lippen und trank einen Schluck. Doch dann sagte er: »Es ist nur so, dass Xenia erzählt hat, Alise habe so Andeutungen gemacht, dass er angeblich ...«, er malte Gänsefüßchen in die Luft, »... *auch total auf sie stehe*. Und dann hat sie ... ich meine Alise ... wohl angekündigt, es beim Johannisfeuer *drauf ankommen zu lassen*, was auch immer sie damit meinte. Nach dem Vorfall hat Xenia versucht, allein mit ihr zu reden und sie zu fragen, was denn nun an dem Abend los war, aber Alises Mutter bewacht sie wie ein Zerberus. Und dann ist Xenia ja nach Deutschland gefahren und hatte keine Gelegenheit mehr, mit ihr zu sprechen.« Entwaffnend hob er die Hände.

»Vielleicht hat das eine ja gar nichts mit dem anderen zu tun«, sagte ich.

»Was meinen Sie?«

»Na ja: Sie ist verliebt in einen Lehrer. Das ist das eine. Das erklärt aber noch lange nicht, dass sie bewusstlos im Wald lag.«

»Sie denken, jemand hat ihr etwas ... gegeben?«

Ich lehnte mich zurück und sah ihn an: »Haben Sie das nicht auch schon gedacht?«

»Das oder sie hat tatsächlich einfach viel zu viel getrunken? Oder vielleicht sogar was eingeworfen? Eine von diesen Pillen, die jetzt so angesagt sind ... Ich bin nicht so naiv zu glauben, dass meine Tochter mir alles erzählt. Und ich habe den Eindruck, dass Alises Eltern ... sagen wir mal ... vom alten Schlag sind. Vielleicht hat Alise einfach gelogen, was das angeht.«

»Ja ...«, sagte ich. »Das kann natürlich sein.«

»Sie hat also zu viel getrunken ... vielleicht auch was genommen ... und war dort mit jemandem verabredet ...«

»... der dann stiften gegangen ist?« Einen Moment lang sah ich ihn abwartend an. Als er nichts weiter sagte, schob ich meinen Teller beiseite und stützte die Ellbogen auf den Tisch.

»Sie war halb nackt«, sagte ich eindringlich. »Sie hat sich die Klamotten jedenfalls nicht einfach so heruntergerissen. Es *muss* jemand bei ihr gewesen sein.«

Er atmete laut ein und aus. »Ja«, sagte er. »Ja, natürlich.«

»Jemand, der sich an einem bewusstlosen Mädel zu schaffen gemacht hat.« Ich beugte mich vor und fixierte ihn. »Sprechen wir es doch mal aus: Was ist, wenn wir es hier mit einem Typen zu tun haben, der jungen Mädchen Pillen unterjubelt, um sie zu missbrauchen?«

Er sah mich an, als würde er etwas Unangenehmes riechen. »Das wäre ... widerlich.«

»Ja, das wäre es.« Ich nickte. »Und deshalb werde ich im September, wenn die Schule wieder losgeht, nichts unversucht lassen, um der Sache auf den Grund zu gehen.«

Im Nachhinein denke ich, dass meine Mutter die Arbeit meines Vaters nur deshalb duldete, weil ihr Leben dadurch abwechslungsreicher wurde, vielleicht aber auch deshalb, weil sie auf diese Weise die Möglichkeit hatte, andere einflussreiche Menschen mit ähnlichen Wertvorstellungen wie den ihren kennenzulernen.

Kaiserwald I

Penelope. Nein, nein, sag nichts. Ich will kein Mitleid. Und schau mich bitte nicht so an, ich werde nicht auseinanderbrechen. Aber ich gebe zu, dass diese Sendung damals allerhand losgetreten hat. Angefangen bei meinen Träumen. So erhielt ich in dieser Nacht eine Nachricht von meiner Mutter, ein kleines duftendes Briefchen auf Blumenpapier, in dem sie mir schrieb, dass ich meinen Koffer packen solle und dass sie mich an der Autobahn abholen werde, zwischen Bayreuth und Nürnberg. Ich war so glücklich, endlich wieder von ihr zu hören, dass ich weinte und gleich loslief, ohne den Koffer, um ja nicht zu spät zu kommen. Ich lief den ganzen Weg zum Bahnhof von Röthenberg, und als ich ankam, fuhr gerade der Zug ein. Zuerst freute ich mich, ich dachte, besser kann es ja nicht laufen, aber dann war ich mir nicht sicher, ob es der richtige Zug war. Ich wollte einen Schaffner fragen, aber auf dem Röthenberger Bahnhof war weit und breit kein Mensch zu sehen, nur die Bierkästen stapelten sich bis zur Regenrinne hinauf, also rannte ich zur Fahrplanauskunft, konnte aber die Abfahrtszeiten nicht begreifen, weil ich gar nicht wusste, wie spät es war. Auf einmal schrillte ein Pfiff, und der Schaffner, der nun doch da war, brüllte: »Türen schließen selbsttätig! Vorsicht bei der Abfahrt!«. Im Bruchteil einer Sekunde entschied ich mich, in den Zug zu steigen, die Türen schlossen sich hinter mir, und der Zug fuhr los. Mir wurde klar – warum, weiß ich nicht, aber ich wusste es auf einmal ganz sicher –, dass dieser Zug *nicht* zum Autobahnrastplatz zwischen Bayreuth und Nürnberg fuhr. Ich spürte Panik in mir aufsteigen, ich war gefangen in dem Zug, der in eine völlig andere Richtung fuhr, ich würde zu spät kommen, ich würde es nicht schaffen. Ich lief los, durch die Abteile, die menschenleer waren, und auf einmal dämmerte es, doch da war ich plötzlich in einem Gebirge, auf einem schmalen, steinigen Pfad, und konnte keinen Schritt mehr tun, weil es inzwischen stockfinster war und ich nicht sehen konnte, wo der Abgrund war. Ich wollte rufen, meine Oma und den Opa, aber so sehr ich mich auch anstrengte, es kam einfach kein Laut aus meiner Kehle.

Als ich erwachte, sah ich das Gesicht meiner Oma, im Schein der Nachttischlampe, über mich geneigt.

»Du glühst ja!«, sagte sie und strich mir das verklebte Haar aus der Stirn.

»Ich wollte zu Mama«, flüsterte ich, »aber ich bin zu spät gekommen.«

Sie nickte, legte mir einen kalten Lappen auf die Stirn.

»Was hat dein Vater sich nur dabei gedacht«, murmelte sie.

Die nächsten Tage sind mir in Erinnerung wie ein Film, den ich einmal gesehen habe, vor langer Zeit. Der Hals tat mir weh, und mir war so übel, dass ich auf der Bettkante kauerte, vornübergebeugt, und auf den blauweißen Flickenteppich vor meinem Bett kotzte. Und während ich abwechselnd schwitzte und fröstelte, hörte ich den Dezemberregen gegen das Fenster trommeln. Ich erinnere mich daran, wie kalt die Klobrille war, als ich ins Bad schlich, zu kalt, um sich darauf zu setzen, und wie ich auf den Fliesenboden fiel und schlotternd dalag, bis der Wurzel vor der Badezimmertür fiepte und die Oma hereintrat, die mir aufhalf und mich zurück ins Bett brachte. Der Arzt kam und sprach mit meiner Oma, ich hörte die Wörter Himbeerzunge und Scharlach. Wie aus weiter Ferne hörte ich es, Scharlach, und fand es schön, dieses kraftvolle, leuchtende Wort. Immer mal wieder drehte ich mich im Bett um oder hob den Arm oder ein Bein, nur um das Frösteln meines Körpers zu spüren, das ich als angenehm und unangenehm zugleich empfand. Ich *war* das Frösteln, es gab in diesem Moment nichts als dieses Gefühl. Alles andere war ausgelöscht, es gab keine Zeit mehr, weder Tag noch Nacht, alles war gleich,

ich lag in einem Bett, und der Dezemberregen trommelte ans Fenster. Später dann kamen die stecknadelkopfgroßen hellroten Flecken dazu, die sich rau anfühlten, wie rote Gänsehaut. So verging Weihnachten. Das Kochen und Frösteln ebbte ab, mein Kopf klarte wieder auf, wie Eisblumen auf einem Fenster, die langsam schmelzen, wenn die Sonne darauf scheint. Der Ausschlag verblasste, und irgendwann schälte sich die Haut, als wäre ich von einem Strandurlaub zurückgekehrt.

Als es mir besser ging, versuchten die Großeltern die Rede auf die Sendung zu bringen. Im Fiebertraum hatte ich wohl ständig davon gefaselt. Sie sprachen vorsichtig, als stünde ich an einer Klippe und jedes ihrer Worte könnte mich in die Tiefe stoßen. Am Schluss umarmte mich die Oma, und das Gesicht des Opas sah ganz schief aus, so als müsste auch er sich die Tränen verdrücken. Und dann sagte er: »Scho' recht«, und stand abrupt auf. Das war das einzige Mal, das wir darüber sprachen.

Am nächsten Tag bekam ich Besuch, zuerst von Bastian und zwei Jungen aus dem Taekwondo, später von Johannes. Aber es war natürlich Lena, die mir unter die Nase rieb, was die anderen mir aus Nettigkeit verschwiegen hatten: dass nämlich *alle* aus meiner Schule die Sendung gesehen hatten und nun Bescheid wussten, dass meine Mutter einen Lover gehabt hatte.

Berlin, im Herbst 2023

Mathilda. Sie spürte ein seltsames Unwohlsein, das vielleicht von Prokhoffs Leopardenblick herrührte, vielleicht aber von etwas anderem, das sie sich nicht erklären konnte. Das Lächeln auf ihrem Gesicht fühlte sich steif an, starr. Auch hatte sie Angst, dass Prokhoff ihren Herzschlag spürte, auf seiner Haut.

»Du bist mir einer … wieso hast du mir nicht gesagt, dass wir so hübschen Besuch haben? Dann hätte ich mir was Besseres angezogen.«

Immer noch sah er Mathilda an, durch seine runden Brillengläser, und das Gefühl, dass er wusste, wer sie war, wurde stärker: Sie war aufgeflogen, gleich würde alles explodieren, ihr schöner Plan, ihre Tarnung. Doch dann erschien die Haushälterin in der Tür. Wie in einem englischen Krimi und absurderweise auch noch mit einem leicht britischen Akzent sagte sie: »Der Tee ist im Kaminzimmer serviert.«

Als Mathilda hinter Claire von Prokhoff das Zimmer betrat, ließ ihre Anspannung nach, und sie wandte einen Trick an, der ihr schon oft geholfen hatte: Mit aller ihr zur Verfügung stehenden Konzentration sah sie sich im Zimmer um mit dem Vorsatz, sich jedes noch so kleine Detail einzuprägen. Den Sekretär in der Ecke, die Vitrine mit dem Porzellan an der gegenüberliegenden Wand. Die Kinderbilder, auf denen Falk und sein Bruder in Pfadfinderuniform zu sehen waren. Fotos von Claire und Georg neben irgendwelchen wichtig aussehenden Leuten. Und daneben auch hier die Ahnen. Wenn die Prokhoffs außer Geld eines hatten, dann waren es Ahnen, dachte Mathilda und setzte sich schließlich, ließ Falk ihr den Stuhl zurechtrücken. Just in dem Moment drückte der Wind gegen die Scheibe, und ein Regenschauer wischte darüber. Mathildas Augen wanderten zum Fenster. Die Bäume im Park bogen sich im Wind, und ein Ast ging krachend zu Boden.

Georg hatte es ebenfalls gesehen und sagte: »Da hat mein Sohn ja das richtige Wetter für Ihren Besuch hier ausgesucht.« Und dann, an Falk gewandt: »Ihr solltet über Nacht bleiben. Es ist gefährlich, bei so einem Sturm durch den Wald zu fahren.«

Wie auf ein geheimes Kommando legte der Wind noch ein wenig zu. Er drückte gegen die Scheibe und ließ sie ächzen und knarzen. Mathilda wurde plötzlich klar, was für eine Chance das war. Sie hatte nicht zu hoffen gewagt, dass sie so bald Gelegenheit bekäme, sich bei den Prokhoffs im Haus umzusehen. Mit einem Schulterzucken und einem freundlichen Lächeln erwiderte sie Falks fragenden Blick und sah dann hinüber zu Falks Mutter, die unschlüssig wirkte. Sie schien die Lage abzuwägen, die Sicherheit ihres Sohnes gegen die Tatsache, einen ungebetenen Gast – Mathilda – über Nacht hier beherbergen zu müssen. Schließlich sagte sie: »Papa hat recht. Ihr müsst hierbleiben. Ich werde Waltraud sagen, sie soll dein Zimmer anheizen.«

Die erste halbe Stunde schleppte sich so dahin. Mathilda aß zwei runde Möhrenküchlein mit winzigen Marzipankarotten und ein Obsttörtchen. Als sie sich auch noch zwei Macarons nahm und dann noch ein drittes und immer noch nicht satt war, sah Georg sie mit demselben ironischen Lächeln an, das Mathilda schon von seinem Sohn kannte. Frauen, die zulangten, war man hier anscheinend nicht gewohnt, Claire jedenfalls stocherte immer noch in ihrem ersten Obsttörtchen herum. Auch hatte Mathilda das Gefühl, dass Claire sich ihr gegenüber bewusst desinteressiert verhielt, sie fragte nichts mehr, sprach Mathilda kein einziges Mal mehr direkt an. Vielleicht wollte Claire ihr auf die Art deutlich machen, dass Mathilda nur eine von vielen war – dass es sich einfach nicht lohnte, sie näher kennenzulernen, weil sie morgen schon wieder aus dem Leben ihres Sohnes verschwinden würde.

Und tatsächlich wusste Claire ja nicht, warum sie wirklich hier waren, denn Falk hatte bisher keine Anstalten gemacht, das Gespräch auf den tatsächlichen Grund ihres Besuchs zu lenken. Jedenfalls schleppte sich die Konversation dahin wie Kamerad Biermann auf den letzten Kilometern einer Durchschlageübung. Erst als Falk zu seinem Vater sagte: »Mathilda studiert Psychologie«, kam eine gewisse Dynamik in ihr Gespräch, denn es stellte sich heraus, dass Falks Vater ein begeisterter Hobby-Psychologe war.

Eine Weile unterhielten sie sich über das Psychologiestudium, und Georg sagte, dass er *Psychologie heute* abonniert hatte. Dann erzählte er von einem Buch, das er gelesen hatte, über die Verbindung zwischen Natur und Psyche. Eine Weile sprachen sie über das Waldbaden in Japan, das dort als Therapie gegen Depressionen anerkannt war.

Da sagte Claire unvermittelt: »Das kommt mir alles so degeneriert vor ... Warum gehen die Leute nicht einfach so in den Wald?«

»Wenn es so einfach wäre«, sagte Mathilda. »Aber das allein genügt leider nicht. Eine klinische Depression muss umfassend behandelt werden.« Sie kam sich ein wenig oberschlau vor, aber da die Psychologie nun mal ihr Wissensgebiet sein sollte, zumindest vorübergehend, wäre es merkwürdig gewesen, an dieser Stelle nicht einzuhaken.

Claire lachte auf, aber es klang nicht besonders fröhlich. »Schauen

Sie sich doch nur die Amerikaner an. Übergewichtig und krank ... und dann denken sie, sie brauchen nur ihr Prozac zu schlucken und schon ist alles wieder gut. Statt dass sie sich regelmäßig bewegen. Aber wenn man mal derart fett ist, dann ist sowieso alles zu spät. Man muss in der Kindheit ansetzen. Meiner Meinung nach sollte in der Schule viel mehr Leibeserziehung auf dem Stundenplan stehen.«

Sie sagte tatsächlich *Leibeserziehung*. Mathilda warf einen unauffälligen Blick auf Falk, der inzwischen ziemlich bedient aussah. Bedient und über die Maßen angespannt. Mathilda fragte sich, woher diese Anspannung kam. Hatte er diese Litanei einfach schon zu oft gehört? Vielleicht erinnerte es ihn an die ungeliebten Jugendcamps seiner Kindheit und daran, dass seine Eltern ihn dazu gezwungen hatten. Oder steckte etwas ganz anderes dahinter? Gerade überlegte sie, wie sie das Thema etwas ausbauen konnte, um mehr zu erfahren, als Georg sagte: »Jedenfalls tut es jedem gut, sich in und mit der Natur zu beschäftigen. Ich selbst arbeite viel im Garten.« Zögernd löste Mathilda ihre Augen von Falk, nur um erneut Georgs Leopardenblick zu begegnen. Er sieht einfach nicht wie ein Gärtner aus, schoss es ihr durch den Kopf. Aber wie musste einer aussehen, der gerne in der Natur arbeitete? Leicht verwirrt sagte sie das Erstbeste, was ihr in den Sinn kam: »Wie sind Sie denn zum Gärtnern gekommen?«

»Ich habe mich eigentlich schon immer für Pflanzen interessiert.«

Auf einmal lachte Claire. Und wieder klang es nicht besonders amüsiert. »Als wir uns kennenlernten, konntest du keine Osterglocke von einer Tulpe unterscheiden.«

»Das mag sein«, murmelte Georg etwas verlegen. »Aber das hat sich dann ja geändert.«

»Das kann man wohl sagen«, sekundierte Falk seinem Vater. »Du hast damals dein ganzes Leben umgekrempelt. Hast du dir nicht von heute auf morgen das Gewächshaus bauen lassen?«

Jetzt verdrehte Claire die Augen, aber es war das erste Mal, dass so etwas wie Wärme in ihrem Lächeln aufschien. »Ich habe meinen Mann damals für verrückt gehalten. Zuerst sind hier die Baumaschinen angerückt und haben den halben Park auseinandergenommen, und dann fing er an, ökologischen Landbau zu studieren. Sie können sich vorstellen, dass ich mehr als überrascht war.«

»Wann war das überhaupt?«, fragte Falk nun.

Ohne zu überlegen, sagte Georg: »Ich war damals siebenundvierzig.«

Mathilda rechnete nach. Sie wusste inzwischen, dass Georg in diesem Jahr zweiundsiebzig wurde. Demnach musste es vor fünfundzwanzig Jahren gewesen sein. *Vor fünfundzwanzig Jahren.* Mathilda blinzelte. Also bedeutete das doch ... Und ehe sie sichs versah, stiegen aus den Tiefen ihrer Erinnerungen Bilder an die Oberfläche, und Georgs und Falks Stimmen traten in den Hintergrund. Mathilda griff nach ihrer Tasse, umklammerte sie fester als beabsichtigt und nahm einen großen Schluck. Das alles geschah in wenigen Sekunden, und als sie die Tasse wieder abstellte, hatte sie sich wieder im Griff. Das konnte kein Zufall sein, dachte sie und wagte dann doch einen Vorstoß, auch auf die Gefahr hin, dass das jetzt zu viel war, dass sie zu neugierig wirkte.

»Sie waren im diplomatischen Dienst ... das hat mir Falk erzählt. Wie kommt es, dass man so einen spannenden Beruf aufgeben will?«

»Ich hatte einfach genug von der Unruhe. Wir sind damals alle drei Jahre umgezogen. Und ich denke, es war auch besser so für die Kinder.« Er lächelte: »Vielleicht hatte ich einfach nur eine Midlife-Crisis. Jedenfalls fand ich, dass das Leben zu kurz ist für ungeliebte Beschäftigungen.«

Mathilda nickte. »Man sollte das tun, was einem Freude bereitet. Bei mir war's im Prinzip ähnlich. Ich habe zuletzt in einer psychiatrischen Klinik in Windhoek gearbeitet. Aber mein Herz schlägt doch eher für die Sportpsychologie. Also habe ich meine Koffer gepackt und mache nun ein Aufbaustudium hier an der Humboldt.«

»Ja, man sollte viel mehr nach seinen Neigungen gehen«, pflichtete Georg ihr bei. »Wobei ich allerdings nur zu meinem Privatvergnügen gärtnere. Beruflich betreibe ich ökologische Landwirtschaft. Aber nebenher macht es mir einfach Spaß, mit allem Möglichen herumzuexperimentieren.« Wieder blitzte auf seinem Gesicht dieses raubtierhafte Lächeln auf, das die harmlosen Worte Lügen strafte.

»Ach ja, was sind denn das für Experimente?«, fragte Mathilda und betrachtete ihn widerwillig fasziniert.

Ohne den Blick von ihr zu lassen, winkte Georg ab. »Das interessiert Sie nicht wirklich.«

»Oh doch, sonst würde ich nicht fragen.«

Georg räusperte sich. Dann hob er an. »Also ... am Anfang habe ich noch Torfquelltöpfe gekauft. Auch mit Kokosquelltöpfen habe ich experimentiert. Mittlerweile bemühe ich mich um mehr Nachhaltigkeit und verwende Behälter aus dem Haushalt. Leere Tetra-Packs, Eierkartons, PET-Flaschen ...«

»Ja, mein Mann ist jetzt im Recycling tätig.« Claire von Prokhoff verzog das Gesicht.

Mathilda bemerkte, wie Falk seine Mutter bedeutungsvoll anschaute. Sie aber beachtete ihn nicht und warf stattdessen ihrem Mann einen provozierenden Blick zu. Wahrscheinlich machte sie öfter solche Bemerkungen, denn ihre Stimme triefte nur so vor Sarkasmus, als sie nun fortfuhr: »Seitdem nenne ich das Gewächshaus auch *die Müllhalde*.«

Etwas zu schwungvoll schenkte Falk seiner Mutter Tee nach, obwohl ihre Tasse noch gar nicht leer war, stellte die Kanne geräuschvoll wieder ab und bot ihr mehr Gebäck an. »Nimm doch noch ein Macaron.«

Claire schien seine Anspannung nicht zu bemerken, denn sie wandte sich unvermittelt an ihren Mann und sagte: »Mathilda hat übrigens ihre Kindheit in Namibia verbracht.«

Einen kurzen Moment war es still. Mathilda wusste nicht, ob das Ehepaar von Prokhoff wegen ungeklärter Recyclingfragen kurz vor Ausbruch des Dritten Weltkriegs stand oder weil die Tatsache, dass sie aus Afrika kam, für sie irgendetwas bedeutete. Sie blickte von Falks Mutter zu seinem Vater. Und tatsächlich. Irgendetwas lag in der Luft, etwas Unausgesprochenes, Bedeutungsschweres. Mathilda spürte, wie ihr Körper sich versteifte. Also war da etwas? Doch der Moment ging vorüber, und Georg fragte: »Sie kommen aus Namibia?«

»Ja.« Mathilda lächelte ihr routiniertes Ja-ich-komme-tatsächlich-aus-Afrika-Lächeln. »Falk hat mir erzählt, dass Sie auch einige Zeit in Afrika gelebt haben? In Kapstadt, nicht wahr?«

Georg nickte. »Ja«, sagte er. »Aber jetzt erzählen Sie doch mal. Aus welcher Gegend kommen Sie?«

Und Mathilda erzählte, wenngleich mit gemischten Gefühlen, die ganze Geschichte, die sie sich sorgfältig zurechtgelegt hatte, von der Farm der Familie in der Nähe von Windhoek. Vom Ururgroßvater, der 1907 aus Deutschland ausgewandert war und mit seinen zehn Kindern die Farm aufgebaut hatte. Sie erwartete schon fast kritische Nachfragen, denn die Deutschen hatten damals ja ziemlich gewütet in dem Land. Doch dann sagte Claire nur: »Und Ihre Eltern leben also in Namibia und bewirtschaften die Farm …«

Das gab Mathilda Gelegenheit, zurück zum eigentlichen Thema, zu *ihrem* Thema zu kommen. Sie ließ eine winzige Pause, die andeuten sollte, dass ihr das Weitersprechen schwerfiel.

»Meine Mutter ist gestorben, als ich fünfzehn war, mein Vater letztes Jahr.«

Wie immer, wenn sie diese Geschichte erzählte, hielt Mathilda einen kurzen Moment die Luft an. Obwohl sie doch beim Lügen inzwischen eine gewisse Routine entwickelt haben müsste, fiel es ihr immer noch schwer. Es fühlte sich einfach falsch an, ein bisschen so, als würde sie den Zorn der Götter heraufbeschwören, so wie sie hier mit den Gefühlen ihrer Mitmenschen spielte. Und tatsächlich wirkte Georg betreten, fasste sich aber schnell wieder und sagte: »Das tut mir leid.« Claire schwieg. In ihren Augen stand etwas anderes, das Mathilda nicht ganz begriff, und sie hatte den Eindruck, als wollte sie weiterfragen. Doch ehe sie dazu kam, stand Falk geräuschvoll auf und trat an eines der Fenster.

»Es sieht tatsächlich so aus, als würde das noch eine Weile so weitergehen.«

Seine Stimme klang so ruhig und gleichmütig wie immer. Und doch war da etwas an seiner Haltung, an der Art, wie er dort mit dem Rücken zu ihnen am Fenster stand, das Mathilda aufhorchen ließ. Seine eckigen Schultern kamen ihr vor wie ein heruntergelassener Schlagbaum mit einem Durchfahrt-verboten-Schild.

Sie stellte sich neben ihn und schaute hinaus in den Park, zu den Büschen und Bäumen, an denen Wind und Regen sich wütend zu schaffen machten. So standen sie eine Weile nebeneinander, bis Falk sich umdrehte und ihre Hand nahm. Dann schaute er von seiner Mutter zu seinem Vater und sagte: »Es hat einen bestimmten Grund, dass wir beide heute hier sind.«

Claire von Prokhoff, die gerade die Teetasse zum Mund führen wollte, hielt in ihrer Bewegung inne und sah Falk an, dann ihren Mann. Falk begann nun in einem Ton zu sprechen, der Mathilda normalerweise zum Lachen reizen würde, es jetzt aber nicht tat.

»Liebe Eltern«, sagte Falk, »wir sind gekommen, um euch mitzuteilen, dass wir uns verlobt haben.«

Mathilda konnte nur mit Mühe ein albernes Kichern unterdrücken, das mit Macht ihre Kehle hochstieg. Die Szene war einfach zu komisch: Falk und sie standen da wie Hänsel und Gretel im Wald, das Lächeln seiner Mutter war urplötzlich eingefroren, auch das Burt-Lancaster-Strahlen von Falks Vater schien für einen Moment wie festgetackert. Claire von Prokhoff fasste sich als Erste und sprach aus, was beide dachten: »Das kommt ziemlich überraschend.«

Als auch Georg die Sprache wiederfand, blieb sein Blick auf Mathilda hängen, fast so, als wollte er eine neue exotische Pflanzenart untersuchen. Dann murmelte er etwas von *darauf anstoßen*, was ihm einen toxischen Blick seiner Frau einbrachte, doch er beachtete sie nicht, stand mechanisch auf, um fünf Minuten später mit einer Flasche Champagner und vier Gläsern zurückzukehren. Während er die Flasche entkorkte, schob schließlich auch Claire ihren Stuhl zurück und erhob sich, wenngleich mit ostentativem Zögern. Es wirkte fast, als würde sie darauf warten, dass jemand aus *Verstehen Sie Spaß* aus einer Ecke sprang und sie aus diesem Albtraum befreite. Überhaupt kam Mathilda das alles vor wie aus dem Fernsehen. Sie stand hier mit diesen Superreichen im Kaminzimmer ihres Rittergutes und stieß auf eine gemeinsame Zukunft mit ihrem Sohn an, den sie kaum kannte, der sie aber gefragt hatte, ob sie ihn heiraten wolle. Und während Georg von Prokhoff ihr das Glas mit dem Champagner reichte, fixierte er sie weiter mit einem seltsamen Ausdruck im Gesicht. Nur dass sie diesmal das Gefühl hatte, ihn ebenfalls zu durchschauen. Und für einen winzigen Moment glaubte sie, ihm schon einmal begegnet zu sein.

Rebecca. Nach dem Gespräch über Alise standen wir draußen und rauchten. Meine Stimmung hatte sich verändert, genau wie der Sommerabend. Regen prasselte jetzt auf das Verandadach. Er hatte mir einen Pullover geliehen, einen dicken cremefarbenen Wollpullover, der irisch wirkte und in dem ich fast versank. Ich blickte hinaus, in den dunklen Garten, sah die Baumstämme der großen Kiefern sich gegen das Licht der Straßenlaternen abzeichnen. Und während sein Pullover mich wie ein Kokon umhüllte und ich mich am liebsten der Wärme, die ja von *ihm* kam, hingeben wollte, schossen mir trotzdem diese Gedanken an Alise wie ein Sperrfeuer durch den Kopf. Wie war das gewesen in dieser verdammten Johannisnacht? Wen hatte ich mit ihr zusammen gesehen und wann? Ein Käuzchen rief irgendwo in einem Baum, und in der Ferne, hinter dem Rauschen des Regens, hörte man die Brandung.

»Woran denken Sie?«, fragte er.

Ich schnippte die Asche über das Verandageländer und schob den Gedanken an die Johannisnacht energisch beiseite.

»Wie weit ist es von hier zum Meer?«, fragte ich.

Er betrachtete mich einen Moment lang, schien noch etwas anderes sagen zu wollen, ehe er antwortete: »Nicht sehr weit. Oben auf dem Dach ist so ein Ausguck, von da aus können Sie es sehen.« Im Licht der Verandalampe wirkten seine Augen fast schwarz.

»Schön. So ein Haus am Meer. Eine Freundin von mir hat hier eine Datscha. Sie hat sie mir einmal zum Malen zur Verfügung gestellt. Das war schön.«

»Oh … Das könnten Sie hier auch tun. Jederzeit. Das Haus wird den ganzen Sommer über leer stehen.«

Ich lachte. »Aber wozu hat man dann ein Sommerhaus?«

Er verzog das Gesicht. »Meine Frau hielt es für … angemessen, eines zu haben.«

Ich ging nicht darauf ein. Doch er schien auch keine Erwiderung von mir zu erwarten. Stattdessen erkundigte er sich nach meiner Kunst.

Woran ich denn gerade arbeitete, in der Werkstatt in Engure? Irgendwann fragte er: »Wäre es nicht schön, wenn Sie nur das machen könnten?«

»Was meinen Sie? Nur malen?«

»Ja … Ich meine, wenn Sie sich nur noch auf Ihre Kunst konzentrieren könnten.«

Er nahm einen Aschenbecher vom Fensterbrett, stellte ihn auf das Holzgeländer der Veranda.

»Ach, wissen Sie …« Ich nahm einen tiefen Zug von meiner Zigarette. »Ich bin gern Lehrerin. Ich könnte das, glaube ich, auch gar nicht, so ganz und gar in der Kunst aufgehen. Dazu bin ich dann doch zu sehr in der Realität verankert. Aber wissen Sie was? Ein bisschen langsamer tun … nicht ständig so durchgetaktet zu sein … ein bisschen einfacher leben … Das ist es, wovon ich träume.«

»Oh«, sagte er augenzwinkernd. »Dann haben wir wohl denselben Traum.«

Ich schnippte die Asche von meiner Zigarette. Meinte er das gerade tatsächlich ernst? »Entschuldigen Sie … Aber das ist schwer vorstellbar.«

Er stutzte. »Was meinen Sie?« Dann schien er zu begreifen, machte eine ausladende Handbewegung, »Weil ich das hier habe?«

Ich zuckte die Achseln. »Ja. Genau das. Sie sind doch … reich, nicht wahr? Sie brauchen doch gar keinen Brotjob. Warum tun Sie es dann nicht: einfach einfach leben.« Ich lächelte ihn an. »Das könnten Sie doch! Wenn Sie es wirklich wollten.« Ich sah ihn schweigend an.

»Sie werden lachen. Aber es wird nicht unbedingt leichter dadurch, dass man es kann. Ist nicht ein gewisser existenzieller Druck auch ein Antrieb, der einem hilft zu leben?«

»Soll ich Sie jetzt etwa bemitleiden? Weil Sie nicht arbeiten *müssen*?«

Eine Pause entstand, in der er mich ansah, mit einem Blick, den ich nicht recht deuten konnte. »Es wird nicht alles im Leben leichter, nur weil man im Geld schwimmt.«

»Nein, natürlich nicht. Aber vieles eben doch …«

Wir verfielen in Schweigen, zogen an unseren Zigaretten und lauschten ansonsten dem Regen, der unerbittlich niederging. Plötzlich sagte er: »Ich fahre morgen nach Trīs Liepas.«

»Das Dorf aus dem Buch?«

»Ja.«

»Und was machen Sie dort? Ich nehme nicht an, dass Sie sich an der Feldarbeit beteiligen werden ...« Ich sah ihn, wie er hier neben mir stand, im weißen Hemd, mit seinem akkuraten Haarschnitt und den manikürten Händen, in denen er die Zigarette hielt.

»Nein, diesmal geht es um die Finanzierung eines Brunnenprojekts, das die Dorfbewohner planen. Allerdings ... Sie werden lachen ... beteilige ich mich hin und wieder tatsächlich. Zum Beispiel haben wir gemeinsam ein Fundament ausgehoben.«

»Sie meinen, so richtig mit Schaufel und so?«

»Jetzt grinsen Sie doch nicht so unverschämt«, sagte er und musste selbst grinsen. Dann wurden wir beide wieder ernst.

»Warum kommen Sie nicht einfach mit?«

»Nach Trīs Liepas?«

»Ja.«

»Ich zeige Ihnen das Dorf, Sie unterhalten sich ein bisschen mit den Leuten dort, schauen sich alles an ...«

Das konnte er doch unmöglich ernst meinen? Was würden die Dorfbewohner denken, wenn er dort mit mir aufkreuzte?

Er schien meine Gedanken lesen zu können, denn er sagte: »Trīs Liepas ist unser Vorzeigedorf. Meine Frau und ich bringen immer mal wieder jemanden mit, der sich das Ganze anschauen will.«

Ich sah ihn direkt an. Auf einmal schien die Luft zwischen uns wieder zu vibrieren. Und mit einem Mal wurde mir klar, dass alles auf diese eine Frage zugelaufen war. Dennoch zögerte ich, wollte sagen *Ich weiß nicht recht*, doch dann war da plötzlich wieder diese andere Frau, deren Herz in meinem Brustkorb donnerte, und sie sagte einfach Ja.

Xenia. *Was an diesem Wochenende Premiere hat: Meine Eltern wollen mit uns zusammen »Zeit verbringen«. Das heißt im Klartext, dass wir am Freitagabend zusammen Monopoly spielen und am Samstag einen Ausflug nach Ventas Rumba machen. Das Spielen endet damit, dass Falk ausrastet, weil Tristan sich weigert, ihm auch nur eine einzige beschissene Straße zu verkaufen. Und der Ausflug zum »breitesten Wasserfall Europas« artet in einen Zoff zwischen Papa und Tristan aus. Weil Tristan den Wasserfall als Flachwichser-Pissbecken bezeichnet. Den Sonntag verbringen wir zu Hause. Aber Papa telefoniert dauernd wegen der Arbeit. Und meine Mutter sitzt im Wintergarten, die Vogue auf dem Schoß. Ich mache ein Foto von ihr, mit meiner neuen Kamera. Sie sieht aus wie aus einem Film. Zu schön für die echte Welt, in der die Leute Pickel haben und dicke Oberschenkel. Als ich Französisch in der Schule bekam, hab ich gelernt, dass ihr Name zu ihr passt. Claire. Denn meine Mutter ist tatsächlich hell, mit ihrem blonden Haar und den blauen Augen; sie sieht aus wie eine Teerose, eine seltene Züchtung. Hochempfindlich, lebensfähig nur unter den allerbesten Bedingungen. Aber ich weiß, dass es ganz anders ist: Sie ist robust wie Unkraut. Wie ein Knöterichgewächs, durch nichts zu vernichten.*

Und dann kam die Nacht, die alles veränderte. Ich weiß noch, wie ich da stand, zwischen den Zelten, und im ersten Moment glaubte, ich hätte mich getäuscht. Doch dann trat sie aus dem Schatten der Bäume, und ich sah sie, ihr rotes Haar, in dem sich das Mondlicht verfing.

Kaiserwald

Penelope. Du sagst, ich solle ein Buch schreiben, über all das, was passiert ist, jetzt, wo sich die hässliche Wahrheit zu zeigen beginnt. Mit meinem Gedächtnis könne ich das ja. Weil alles noch da ist, in diesem Kopf, der nichts je vergisst. Du wirst staunen, aber vielleicht tue ich das auch. Allerdings müsste ich dann einige Namen verfremden, sonst würde der eine oder die andere mich sicher verklagen, allen voran Lena Wolicek, die dann, wie du später noch erfahren wirst, nicht besonders gut wegkommt.

Schon als ich am nächsten Morgen im Bus neben ihr saß und nach und nach die anderen Schüler zustiegen, bemerkte ich die verstohlenen Blicke, die sie mir zuwarfen. Doch erst als ich in den Zug umstieg und Lena und ich durch die Abteile gingen, auf der Suche nach freien Plätzen, begriff ich, dass sie es wussten, dass alle es wussten. Sie alle hatten die Sendung gesehen, und wer sie nicht gesehen hatte, war von den anderen informiert worden, über jedes grausige Detail. Es war wie eine Art Spießrutenlauf, die sensationslüsternen Blicke der anderen kamen mir wie auf mich gerichtete Kameras vor. Ich fühlte mich nackt, ohne die Schutzhülle der Normalität, die mich bisher verborgen hatte und mir wie eine Tarnkappe vorgekommen war. Die verdammte Sendung war wie eine Brandbombe gewesen, die jemand durch mein Fenster geworfen hatte, und zurückgeblieben war nichts als schwarze Erde und Ödland. Jetzt war ich für jeden sichtbar in meiner ganzen Verletzlichkeit, meinem ganzen Anderssein. Der Weg über den Schulhof schien unendlich, und während ich einen Fuß vor den anderen setzte, fühlte ich jede Bewegung, jedes Aufsetzen des Fußes, jedes Abrollen, ich fühlte mein Gesicht, die Starrheit und Verkrampfung meiner Gesichtsmuskeln und fragte mich, ob alle das sahen.

Im Klassenzimmer ging ich sofort zu meinem Platz, ohne jemanden anzusehen. Bei meinem Eintreten wurde es leiser, und aus dem Augenwinkel sah ich, wie ein paar Mädchen die Köpfe zusammensteckten und zu tuscheln anfingen. Irgendwo am Fenster sang einer, ich glaube, es war Valentin, die Titelmelodie von *Derrick* und ein anderer stimmte ein. Ich pfefferte meinen Rucksack unter die Bank in der letzten Reihe und ließ mich auf meinen Stuhl fallen, äußerlich vollkommen unberührt.

»Ey, Fettgesicht, schalt mal den Fernseher aus«, rief Johannes Valentin zu.

»Ey, Giraffe, wenn deine Mutter wieder auftaucht, sag Bescheid! Damit ich …«

Die Tür ging auf, unser Mathelehrer Brugger kam herein, und Valentin verstummte.

Während des Unterrichts spürte ich immer wieder die Blicke meiner Mitschüler, die mich von der Seite her musterten. Als Herr Brugger mich aufrief, um eine Aufgabe zu rechnen, drehten sich alle zu mir um und scannten mein Gesicht, als müssten sie es auswendig lernen, aber ich gab wie immer die Unnahbare, das Gesicht blank, frei von Emotionen.

In der Pause standen Johannes und ich gerade beim Bäcker an, als Valentin ganz dicht an mir vorbeiging und mir ins Ohr sagte, aber so laut, dass alle Umstehenden es hören konnten: »Hey, Wikingerin: Wenn deine Mutter wieder auftaucht, sag Bescheid. Ich stehe zur Verfügung.« Dann machte er eine obszöne Bewegung mit der Hüfte.

»Verpiss dich, du Idiot«, sagte ich und wollte ihn wegschubsen, aber er wich mir aus, lief zurück zu seinen Kumpels, die am Schulhofrand standen und uns beobachteten. Nach einer Weile fingen sie wieder an, die *Derrick*-Titelmelodie zu singen, lauter diesmal. Als der Pausengong ertönte und alle sich in Richtung Eingang schoben, verstellte

Valentin mir den Weg, schob sein Gesicht dicht vor meines und sagte mit einem fetten Grinsen: »Ich an ihrer Stelle wäre auch abgehauen, mit so einer Missgeburt als Tochter.«

Dann ging alles ganz schnell. Ohne nachzudenken, holte ich mit dem Kopf Schwung, donnerte mit meinem Schädel gegen seinen und zielte dabei auf seine Nase. Er schrie auf, Blut lief ihm aus der Nase. Er hob die Hände, versuchte, das Blut aufzufangen, aber es sickerte durch seine Finger. Im Nu war er umringt von einigen anderen, die aufgeregt durcheinanderriefen.

»Die, die … die hat mir die Nase gebrochen«, stotterte er durch all das Blut und zeigte auf mich. Alle sahen in meine Richtung. Ich zuckte die Achseln und ging davon.

Gleich am nächsten Morgen wurde ich zum Rektor bestellt. Gerade als ich das Zimmer betreten wollte, kam Valentin durch die Tür. Er sah aus wie nach einer Nasenkorrektur, mit einem dick gepolsterten weißen Verband auf der Nase und leicht blutunterlaufenen Augen. Der Rektor befragte und ermahnte mich, aber sonst hatte die Angelegenheit keine Konsequenzen.

Nach diesem Vorfall erwartete ich täglich Valentins Rache. Aber auch von seiner Seite kam nichts.

Berlin, im Herbst 2023

Mathilda. Falks »Zimmer«, wie Claire es genannt hatte, war eine holzgetäfelte Suite mit eigenem Wohnbereich und Teeküche, zwei Schlafzimmern und Bad. Es erinnerte Mathilda an das feine und unglaublich teure Luxusresort, in dem sie nach dem Abitur geputzt hatte, um die Wartezeit bis zum Beginn der Grundausbildung zu überbrücken. Auch dort hatte der honigfarbene Parkettboden bei jedem ihrer Schritte geknarzt, und wie in dem Resort stand auch in dieser Teeküche ein Wasserkocher von Smeg neben einem antiken Silbertablett, auf dem verschiedene Teebeutel und Nescafé-Tütchen arrangiert waren. Im Resort hatte die hübsche Anordnung jedoch nie lange gehalten, und wann immer Mathilda zum Saubermachen gekommen war, hatte sie meist als Erstes die leeren Tütchen aufgesammelt, die überall im Zimmer verstreut waren. Dort hatte sie auch gelernt, dass feine Leute nicht automatisch feine Manieren haben – sie musste regelmäßig verklebte Fernbedienungen säubern oder Bremsspuren in der Toilette beseitigen. Einmal hatte ein Gast es sogar geschafft, das Bidet mit der Toilette zu verwechseln.

»Alles in Ordnung? Gefällt dir das Zimmer nicht?«, fragte Falk in ihre Gedanken hinein.

»Oh, das ›Zimmer‹ ist toll«, lachte sie und betrachtete das schwarze Metallbett mit den mattgoldenen Messingknöpfen, die sechs Kopfkissen, den Bettüberwurf in Grau und Ocker. Sechs Kopfkissen, dachte sie und unterdrückte ein Grinsen. »Wer hat das eingerichtet?«

»Na ja … einrichten *lassen* trifft es wohl eher. Meine Mutter … zusammen mit einer Freundin von mir.«

»Ach, welche Freundin denn?«

»Sie heißt Josephine. Ich war früher mal mit ihr zusammen.«

Auf einmal sah Mathilda sich alles noch aufmerksamer an. Die gemusterte Tapete, mattsilberne Kränze auf grauem Grund, die messingfarbenen Wandlampen, die verschiedenen Kerzenständer und Kristallbehälter, die auf einer Truhe am Fußende des Bettes standen. Sie warf einen Blick ins Bad, in dem über einer Badewanne mit Klauenfüßen flauschige Handtücher hingen. Die ganze Bude war mit verdammt viel Geschmack eingerichtet worden, aber irgendwie auch so, als wäre das alles nicht ganz ernst gemeint: das Hirschgeweih über dem Badezimmerspiegel, die Ahnenbilder neben drei Hundeporträts, einer der Ahnen in Feldherrnuniform, die beiden anderen mit einer spanischen Halskrause.

»Die Hunde sind klasse«, sagte Mathilda und lächelte.

»Ja, das sind die Deutsch Drahthaar, die wir früher einmal hatten und die sie … also Josephine … besonders gerne mochte. Sie hat die Bilder extra anfertigen lassen.«

Mathilda stutzte. »Du meinst, sie hat die *Hunde* porträtieren lassen?«

Das musste sie unbedingt Tillie erzählen. Sie würde denken, dass diese Josephine nicht mehr alle Nadeln an der Tanne hatte.

»Na ja … sie haben nicht Modell gestanden oder so. Ich glaube, sie hat dem Künstler Fotos von ihnen gegeben.«

Es klopfte an der Tür. »Ja, bitte?«, sagte Falk, und daraufhin kam Waltraud herein, einen Arm voll Kleider. An Mathilda gewandt, sagte sie: »Die soll ich Ihnen von Frau von Prokhoff bringen.«

»Das ist aber nett, vielen Dank!«, sagte Mathilda, nahm Waltraud die Kleider ab und betrachtete die Haushälterin unauffällig. Sie trug die gleiche adrette Bluse in Hellgrau wie die Hausangestellte in Zehlendorf. Sonst aber entsprach Waltraud in keinster Weise der Vorstellung, die sie von einer Hausangestellten hatte, und im Übrigen auch nicht der von einer Waltraud. Mit ihrer sportlichen Figur und dem außergewöhnlich hübschen Gesicht erinnerte Waltraud sie vielmehr an eine Schauspielerin, die sich als Haushälterin verkleidet hat, Juliette Binoche etwa – obwohl dazu dieser nette britische Akzent nicht so recht passen wollte. An Falk gewandt sagte Waltraud nun mit einem feinen Lächeln: »Abendessen ist um zwanzig Uhr. Ich hoffe, das passt?«

Falk bedankte sich. Als Waltraud die Tür hinter sich geschlossen hatte, vollkommen geräuschlos, sagte Mathilda wie nebenbei: »Sie ist ziemlich hübsch.«

Falk, der gerade nach seinem Smartphone gegriffen hatte, blickte kurz auf und sagte leichthin: »Ja, nicht wahr? Als Jugendlicher war ich total in sie verknallt.«

»Also ist sie schon lange bei euch.«

»Schon ewig. Sie war erst unser Kindermädchen und hat uns von Posten zu Posten begleitet. Als wir ins Internat kamen, ist sie trotzdem bei meinen Eltern geblieben und hat die Familie als Haushälterin überallhin begleitet. Washington, Kapstadt, Riga …«

Mathilda fühlte sich, als hätte er ihr einen kalten Guss versetzt. »Ihr wart in Riga?«, fragte sie, und jeder Muskel in ihrem Leib spannte sich an. »Das hast du mir gar nicht erzählt.«

Und dann geschah etwas Unerwartetes. Ihre Blicke trafen sich, und Mathilda glaubte zu erkennen, dass er irgendwie erschrocken war über seinen eigenen Satz. Doch gleich darauf war der Ausdruck auf seinem Gesicht schon wieder verschwunden. Doch seine Stimme klang jetzt eine Spur zu lässig: »Nicht? Ich dachte ja … Wir waren an so vielen Orten.«

»Nein. Das hast du nicht erzählt. Wie ist es denn dort so?«

»Ganz nett. Aber so richtig kennengelernt habe ich die Stadt eigentlich gar nicht. Tristan und ich sind ja dann bald in die USA, wo wir Abi gemacht haben.« Sein Smartphone vibrierte, und er schaute darauf. So etwas wie Irritation huschte über sein Gesicht.

»Warum nimmst du nicht ein Bad?«, fragte er. »Ich muss noch ein paar Sachen machen, Anrufe erledigen und Mails schreiben. Das kann ich nur unten im Arbeitszimmer. Das WLAN im oberen Stockwerk …« Er verdrehte die Augen. »Das ist auch so was.«

»Wie die Rumpelstraße?«

»Exakt.« Jetzt lächelte er. »Wir sehen uns dann um acht unten, ja?«

»Was genau heißt *unten*? Ich meine, falls ich dich suchen sollte, kann ich ja schlecht durchs ganze Haus geistern …«

»Warum nicht? Sieh dich ruhig ein wenig um. Und wenn du dich verläufst, schick mir einfach eine WhatsApp. Dann komme ich dich holen.«

Mathilda traute ihren Ohren nicht. Er hatte ihr soeben einen Freifahrtschein fürs Schnüffeln erteilt.

»Okay«, sagte sie.

Er wollte gerade das Zimmer verlassen, als sie ihn am Arm fasste und zurückhielt: »Deine Eltern«, sagte sie. »Sie scheinen nicht wirklich begeistert von uns zu sein … von mir.«

Da wurde sein Gesicht ganz weich. »Das müssen sie auch nicht«, sagte er und zog sie an sich. »*Ich* bin es, der begeistert sein muss.« Er gab ihr einen langen Kuss. »Und das bin ich.«

Ein paar Minuten später, nachdem sie sich das Badewasser hatte einlaufen lassen, ging sie zurück in den Wohnbereich. Möglichst leise öffnete sie die Tür zum Korridor und lauschte. Als nichts zu hören war, schloss sie die Tür wieder und begann, die Kommoden und Schränke in Falks *Zimmer* zu durchsuchen. Noch immer klingelte ihr *Riga* in den

Ohren. Das hatte er tatsächlich gesagt: Sie waren in Riga gewesen. Und sie hatte Monate gebraucht, um das herauszufinden. Ob das etwas bedeutete? Diese Verschwiegenheit im Zusammenhang mit dem Aufenthalt der Familie dort? Fast fieberhaft arbeitete sie sich durch sämtliche Schubladen und Fächer, wobei sie darauf achtete, auch die Unterseiten der Schubladen und die Rückwände der Möbel zu inspizieren. Aber sie fand nichts, was sie nicht erwartet hätte, auch keinen Hinweis auf die Stadt. Überall hier herrschte penible Ordnung, wobei sie wohl davon ausgehen konnte, dass er für die Ordnung *hier* kaum selbst verantwortlich war. Der Vollständigkeit halber nahm sie sich auch noch den begehbaren Kleiderschrank vor, obwohl sie nicht damit rechnete, dort etwas Aufschlussreiches zu finden. Sie stellte fest, dass Falk ausschließlich langärmlige Oberteile zu besitzen schien. Was zu seiner Marotte mit den langärmligen weißen Hemden passte. Wahrscheinlich gab es da so einen Dresscode der oberen Zehntausend, irgendein ungeschriebenes Gesetz, das besagte, dass kurzärmlige Hemden ein No-Go waren. Am Ende zog sie einen Hocker heran und warf noch einen raschen Blick in die cremefarbenen Schachteln, die auf einem Regalbrett ganz oben standen. Sie war gerade dabei, den Deckel wieder darauf zu legen, um die letzte Schachtel an ihren Platz zu schieben, als sie etwas sah, das ihre Aufmerksamkeit erregte: ein braunes Halstuch mit Lederschlaufe und ein paar bunte Anstecknadeln. Sie stieg vom Hocker, stellte die Schachtel auf den Boden, besah sich das Halstuch mit dem Lederknoten, griff dann in die Schachtel und holte die Anstecknadeln heraus. Offenbar waren das Falks gesammelte unliebsame Erinnerungen an sämtliche Pfadfindercamps, zu denen seine Eltern ihn gezwungen hatten. Ihr Blick glitt über die hübschen kleinen Symbole, ein stilisiertes Lagerfeuer, Wolfspfoten, zwei gekreuzte Pfeile.

Nun holte sie die wüstenfarbenen Pfadfinderhemden aus der Schachtel und betrachtete die Abzeichen auf dem Hemdkragen, den gestickten Schriftzug auf der rechten Brusttasche. *Wolfssöhne.* Ihr Blick glitt weiter über die anderen bunten Aufnäher auf der linken Brust. *Wendland Sommercamp* und *Campo Hobbit Roma* und *Africaners Youth Camp*. Mit einem Mal stieg eine Erinnerung in ihr auf, ganz vage nur, aber doch so deutlich, dass sie den Gedanken festhielt. Ja, dachte sie. Diese Namen kamen ihr bekannt vor, sie musste sie schon einmal gesehen haben – auf den Hemden einiger Mädchen zusammen mit dem Schriftzug *Wolfstöchter*. Sie schloss die Augen, um sich besser konzentrieren zu können, hörte das Jubeln und Kreischen junger Stimmen, als wäre es gestern gewesen. Aber war da auch ein Falk dabei gewesen?

Sie öffnete die Augen. Die Bilder waren verschwunden. Sie war wieder hier, in Falks begehbarem Kleiderschrank. Sie faltete die Hemden, legte alles wieder in die Schachtel und stand auf. Und doch musste es so sein: Sie und Falk mussten sich schon einmal begegnet sein. Doch so sehr sie auch in ihrem Gedächtnis kramte, sie konnte sich nicht an ihn erinnern.

Riga, im Sommer 1997

Rebecca. Die Fahrt nach Trīs Liepas dauerte drei Stunden. Wir sprachen kaum in diesen Stunden. Nur hin und wieder fragte er etwas, aber eine Unterhaltung kam nicht so recht in Gang. Die meiste Zeit aber verbrachte ich damit, ihn ungeniert zu betrachten.

Nach dem Regen am Vorabend schien an diesem Morgen die Sonne. Die Landschaft glitt an uns vorüber, kilometerweit lichte Birken- und Kiefernwälder. Einmal, als wir anhielten, um auszutreten, ging ich einen Waldweg entlang, um mich herum ein Duft nach Sommer und Preiselbeeren und Kiefernnadeln. Ich dachte daran, wie er mich in der letzten Nacht nach unserem Abendessen nach Hause gefahren hatte, in einem aufgeladenen Schweigen, das doch keiner hatte brechen wollen. Auf dem Rückweg kam mir Penelope in den Sinn und der Wochenendausflug, den wir mit ihr gemacht hatten, Robert und ich, im vergangenen Jahr, nur ein paar Wochen nach unserer Ankunft in Riga im letzten Sommer. Wir wollten Preiselbeeren sammeln, hatten uns ins Auto gesetzt und waren losgefahren, aufs Geratewohl. In irgendeinem Wald hatten wir angehalten und waren ausgestiegen. Penelope war sofort losgelaufen, mit ihrem Eimerchen in der Hand, und hatte einen entzückten Schrei ausgestoßen, als sie die vielen Beeren sah, die wie rote Perlen an den Sträuchern hingen. Dann hatte sie sich hingekniet und zu pflücken begonnen. Ich weiß noch, wie sie dort kauerte, vollkommen in sich versunken und voller Sammeleifer, dieses kleine Mädchen, das sonst nur herumhüpfte und für das es nicht wild genug zugehen konnte, und wie die Septembersonne zwischen den Kiefern hindurchgeschienen und ihr blondes Haar zum Leuchten gebracht hatte.

Als ich zum Wagen zurückkehrte, hatte ich Mühe, die Bilder wieder loszuwerden. Aber dann dachte ich an Robert und an die Haare in der Bürste und an all die Zumutungen, die ich über die Jahre in dieser Ehe gesammelt hatte, und die aufkommende Wut rückte mir den Kopf zurecht. Ich würde mich so oder so von Robert trennen. Und heute wollte ich einfach nur eine Frau sein, die mit einem Mann zusammen war, der ihr gefiel.

Die Landschaft veränderte sich, die Birken und Kiefern wurden zu Kornfeldern und Wiesen voller Margeriten und Kornblumen. Am Straßenrand standen immer mal wieder Leute, meist alte Frauen, die große Gläser mit eingelegten Gurken verkauften oder Zwiebeln und Knoblauch, die in langen Zöpfen von provisorisch aufgestellten Holzgestellen baumelten. Die letzten Kilometer fuhren wir auf einer unbefestigten Straße, bis wir zu einem selbst gezimmerten Holzschild kamen, auf dem *Trīs Liepas* stand und drei Bäume abgebildet waren.

»Wie einsam es hier ist«, sagte ich und blickte hinaus in das unendlich scheinende, goldgelb schimmernde Kornfeld.

»Ja«, sagte er und lächelte leicht. »Der perfekte Ort, um sich vor der Welt zu verstecken.«

Ich sah ihn an, wollte ihn schon fragen, ob er das denn wolle, sich vor der Welt verstecken, als er langsamer fuhr und schließlich am Wegrand hielt, der voller Margeriten stand. Er stellte den Motor ab, und es war still. Er ließ die Fenster herunter, und ein Duft von Wiesenblumen und Mittagshitze wehte zu uns herein, das einzige Geräusch war das Zirpen der Zikaden.

»Hören Sie das?«, fragte er, lehnte den Kopf an die Nackenstütze und schloss die Augen.

Ich nickte, obwohl er mich ja gar nicht ansah, und dann betrachtete ich ihn stumm, ließ meinen Blick über sein Gesicht gleiten, sein Kinn, den Hals, seinen Oberkörper im dunkelblauen Poloshirt, die gebräunten Oberarme. Ich betrachtete ihn vollkommen ungeniert, und dann stellte ich mir vor, wie es wäre, ihn zu berühren, seine Lippen unter meinen Fingerspitzen, sein Kinn, seine nackte Haut. In dem Moment öffnete er die Augen und sah mich an. Er sah mich direkt an, stumm und ohne wegzusehen, und ich erwiderte seinen Blick, wohl eine halbe Ewigkeit, bis er endlich den Blick abwandte, den Motor startete und weiterfuhr.

Als wir ausstiegen, meinte meine Mutter, die Häuser seien nur deshalb so schön, weil die deutsche Elite sie zu Beginn des zwanzigsten Jahrhunderts hatte bauen lassen.

Kaiserwald I

Penelope. Ich sehe dir an, dass du schockiert bist. Ist es wegen Valentins Niedertracht? Oder wegen meiner Gewaltbereitschaft? Vielleicht denkst du ja, dass Gewalt nie eine Lösung sein kann. Dann werde ich dir jetzt was sagen: Ich bin keine Pazifistin. Weil Pazifismus schwach ist und niemals funktionieren wird. Und ob du's glaubst oder nicht: mit den Monaten vergaßen meine Mitschüler den Vorfall, sie vergaßen die Sendung, und nach und nach verblasste mein zweifelhafter Ruhm als die Tochter einer Frau, die entweder eine verantwortungslose Schlampe war oder einem Verbrechen zum Opfer gefallen war. Ein Mädchen aus der neunten Klasse wurde schwanger und löste mich als Trash-Star der Schule ab. Ich allerdings hatte nichts vergessen, ganz im Gegenteil. Es verging keine Nacht, in der ich nicht wach lag und mich mit den Gespenstern meines Lebens herumschlug. Es war, als habe die Sendung einen Schieber geöffnet, eine Schleuse, die zu lange geschlossen gewesen war und durch die jetzt ungebremst und mit großer Gewalt meine Vergangenheit strömte und mich hinwegriss. Tagsüber hatte ich meinen Kopf meistens gut im Griff. Ich beschäftigte mich durchgehend, lernte viel und ging fast jeden Tag mit meinen Tourenskiern auf den Sonnenberg oder rannte, wenn die Schneeverhältnisse es erlaubten, die sieben Kilometer bis nach Simmerberg und zurück. Meist war ich auf dem Rückweg so erledigt, dass mein Kopf keine Bilder mehr übrighatte und ich weder an die Grabesstimme aus *Ohne jede Spur* dachte noch an die Stimmen der Leute, die vor laufender Kamera über meine Mutter gesprochen hatten.

Es war an einem Samstagabend Ende März, ein eisiger Nordostwind umwehte das Forsthaus und ließ die alten Schindeln knarzen und knacken. Wie jeden Abend zögerte ich das Zubettgehen so lange wie möglich hinaus. Meine Großeltern waren schon vor zwei Stunden ins Bett gegangen, ich aber saß noch immer am Fenster, hatte gesehen, wie das Licht im Nebenzimmer ausgegangen war, und versuchte zu lesen, als plötzlich das Telefon klingelte.

Ich erschrak, sah auf die Uhr. Gleich Mitternacht. Seit dem 12. April 1998 bedeutete das Klingeln des Telefons für mich nichts Gutes. Ich saß einen Moment lang wie schockgefrostet da und spürte, wie das Adrenalin durch meinen Körper schoss. Dann stand ich auf, lief hinunter, drückte die grüne Taste und hob den Hörer ans Ohr.

»Hallo«, sagte ich. Ich weiß nicht, warum, aber ich erwartete, meinen Vater zu hören. Meinen Vater, der mir etwas über meine Mutter sagen würde, wieder einmal. Dass sie irgendwo aufgetaucht war. Dass jemand sie gesehen hatte. Dass es eine Spur gab. Doch niemand meldete sich.

»Hallo?«, wiederholte ich mit wild hämmerndem Herzen. »Wer ist denn da?«

Als immer noch niemand antwortete, loderte die Angst in mir auf, rot und wild und schrill, und ich schrie ins Telefon: »Was ist passiert?«

Da sagte eine Frauenstimme meinen Namen. »Penelope? Bist du das?« Sie klang dumpf. Wie in Watte. Oder so, als hielte jemand ein Tuch um den Hörer.

Ich umklammerte das Telefon fester, presste die Muschel an mein Ohr.

»Wer ist da?«, fragte ich mit zitternder Stimme.

Doch statt einer Antwort hörte ich nur diesen einen Satz: »Es ist nicht deine Schuld.«

Ich fing an zu weinen. »Wer ist da?«, schrie ich die Worte in den Hörer, ich war völlig aufgelöst.

Doch es blieb bei diesem einen Satz, aber sie sagte ihn noch einmal, leiser diesmal.

Dann legte sie auf.

So stand ich da, in der kalten Diele, während der Wind ums Haus fegte und durch mein Herz.

Es ist nicht deine Schuld.

Ich stand da, den Hörer noch immer in der Hand, als die Oma die Treppe herunterkam, in ihrem weißen Nachthemd, die bloßen Füße in den Hausschlappen. Natürlich hatte sie mich gehört, ich hatte ja so laut in den Hörer gebrüllt. Dann trafen sich unsere Blicke, und ich erkannte in ihren Augen dieselbe scharfkantige Angst, die ich kurz zuvor selbst empfunden hatte.

»Wer war das?«, fragte sie mit einer Stimme, die zu kippen drohte.

»Ich weiß es nicht«, antwortete ich und stellte das Telefon in die Ladeschale. Wir setzten uns an den Küchentisch, und ich erzählte ihr, was die Frau gesagt hatte. Als die Oma sich anschickte, die Frage zu stellen, kam ich ihr zuvor. »Nein«, sagte ich und schüttelte den Kopf. »Das war sie nicht.«

»Bist du dir ganz sicher? Du warst noch klein, als sie …« Die Oma atmete tief ein und ganz zittrig wieder aus. Und dann kullerte eine Träne aus ihrem rechten Auge.

Jetzt traten auch mir Tränen in die Augen. »Du weißt doch, Oma, dass ich nichts …« Ungeduldig wischte ich mir mit dem Ärmel meines Schlafanzugs über die Augen.

Die Oma nickte. »Ich weiß ja. Dass du nichts vergisst.« Dann stand sie auf, ging zum Kühlschrank, holte Milch heraus und Honig. Während sie die Milch in einen Topf goss, murmelte sie vor sich hin. »Wer macht denn so was? Ich verstehe das alles nicht.« Sie setzte sich wieder an den Tisch. Schweigend warteten wir darauf, dass die Milch warm wurde, hörten die Kochplatten knistern und die Fensterläden klappern.

Die Oma sagte: »Das ist nur wegen dieser unseligen Sendung. Das hätte dein Vater nicht tun sollen.«

Ich erwiderte nichts. Ich wollte der Oma nicht sagen, dass ich seit der Sendung Mühe hatte, einzuschlafen und dass ich jede Nacht an Lilija dachte, an diese Frau namens Taisija und auch die anderen Leute, die über meine Mutter gesprochen hatten. Zwar kannte ich ihre

Namen nicht, wusste aber noch ganz genau, wann und wo ich sie schon einmal gesehen hatte und was sie zu mir gesagt hatten. Nur an die Anruferin konnte ich mich nicht erinnern.

Am nächsten Tag rief ich meinen Vater an. Er war bestürzt, hatte aber auch keine Idee, wer das gewesen sein könnte. Noch Wochen später rekapitulierte ich das kurze Gespräch, erinnerte mich an die Stimme, an den Ausdruck. Und obwohl der Opa der Meinung war, dass sich jemand einen hässlichen Scherz erlaubt haben musste, wollte ich nicht so recht daran glauben. Die Stimme hatte nicht danach geklungen, sie hatte zu ernst gewirkt. Sie hatte sich eher angehört, als sei sie in irgendeiner Weise *persönlich* vom Verschwinden meiner Mutter betroffen, als wäre es ihr wichtig, mich von meinen Schuldgefühlen zu befreien. Wie merkwürdig, dachte ich immer und immer wieder und wurde den Eindruck nicht los, dass diese Frau *mich* kannte, auch wenn ich mich nicht an *sie* erinnerte.

Berlin, im Herbst 2023

Mathilda. Später beim Abendessen mit Bœuf Bourguignon, Wurzelgemüse und winzigen Kartöffelchen herrschte eine gedämpfte Stimmung, was Mathilda nicht weiter erstaunte. Wahrscheinlich hatten Falks Eltern mit ihm über sie gesprochen. Selbst die Haushälterin, so war ihr Eindruck, behandelte sie beim Servieren mit spröderer Zurückhaltung als zuvor. Mathilda selbst tat unbeirrt arglos. Unter den Blicken von Falks Eltern und der von Prokhoff'schen Ahnen, deren Augen Mathilda aus ihren Rahmen zu verfolgen schienen, stellte sie immer wieder Fragen zu Falks Kindheit, nach seinen Lieblingsspielzeugen, ob er Spinat gemocht hatte, mit wem er befreundet war. In Wirklichkeit jedoch brannte sie darauf, den richtigen Moment abzupassen, um nach alten Fotos von Falk zu fragen. Sie musste wissen, wie er früher ausgesehen hatte, als Heranwachsender. Denn wenn es stimmte, dass sie ihm schon einmal begegnet war, dann war er damals wohl etwa siebzehn Jahre alt gewesen.

Sie saßen inzwischen im Wohnzimmer, bei Kaffee und Cognac, Claire und Falk auf einem der beiden braunen Sofas, Mathilda ihnen gegenüber in einem Sessel, während Georg mit der Cognacflasche hantierte. Der Sturm draußen tobte weiter, genau wie auch der Regen unbeirrt gegen die Fensterscheiben prasselte. Es könnte eigentlich sogar ganz gemütlich sein, dachte Mathilda und lauschte den Geräuschen der Natur und dem gelegentlichen Knacken der Holzscheite im Kachelofen. Im Hintergrund hörte sie Falk und seine Mutter über Geschäfte reden. Auf einmal änderte sich sein Tonfall, und Mathilda horchte auf. »... was passiert, wenn die König damit an die Öffentlichkeit geht?«, fragte er. Eine kurze Pause entstand, bevor Claire leise etwas antwortete, das Mathilda nicht ganz verstand. Sie konnte sich aber zusammenreimen, dass es offenbar um eine Mitarbeiterin der Stiftung ging, die am nächsten Tag nach Dreilinden kommen wollte, um irgendetwas *in Ruhe zu bereden*. Mathilda warf Falk einen unauffälligen Blick zu. Er saß auf einmal da wie ein verstocktes Kind, die Lippen aufeinandergepresst. Was sie dann von ihm zu hören glaubte, klang verblüffenderweise fast wie ein *mit dem ganzen Scheiß in Ruhe lassen*. Mathildas Sinne waren jetzt aufs Äußerste geschärft. Gespannt wartete sie auf Claires Reaktion. Doch da reichte ihr Georg schon einen Cognacschwenker und fragte: »Mathilda, wie war das eigentlich, auf einer Farm in Namibia aufzuwachsen? Erzählen Sie doch mal ein bisschen.«

Mathilda blieb nun gar nichts anderes übrig, also erzählte sie von der Farm, der Rinderzucht, den frei lebenden Büffeln und Nashörnern. Ein bisschen hatte sie Sorge, man könnte ihr ansehen, was sie wirklich umtrieb und was sie vorhatte. Doch Falks Vater schien nicht misstrauisch zu sein. Er schien sie als die Person zu sehen, die sie vorgab zu sein: als bemühte junge Frau, die sich nichts sehnlicher wünschte, als gut genug für den Sohn aus reichem Haus zu sein.

Falks Vater wollte alles wissen, mal fragte er nach den nächstgelegenen Einkaufsmöglichkeiten, den Wetterverhältnissen, dann wieder nach solchen Dingen wie dem Bewässerungssystem auf der Farm, über das sie sich glücklicherweise tatsächlich informiert hatte. Eine gründliche Vorbereitung war eben alles, dachte sie, während sie ihn sagen hörte, wie bedauerlich es sei, dass die meisten Menschen ja eine sehr zweidimensionale Vorstellung von diesem Kontinent hatten. »Da gibt es so viel Ignoranz. Die meisten denken bei Afrika doch nur an Dürre und Trockenheit … Wüste vor allem«, sagte er.

Und das war der Moment, in dem sie wieder zuschlug, die Erinnerung an dieses andere Afrika, das Mathilda ja tatsächlich kannte, und auf einmal sah sie alles wieder vor sich, die Wüste, den roten Staub, der sich in ihre Nase setzte, in die Ohren, in alle Hautfalten. Für den Bruchteil einer Sekunde stellte sie sich vor, wie diese drei Warmduscher hier reagieren würden, wenn sie ihnen erzählte, welche Erinnerungen sie noch mit einem Leben in Afrika verband.

Da schaltete Falks Mutter sich in das Gespräch ein.

»Ich war nur einmal in Deutsch-Südwestafrika … ein verhältnismäßig ordentliches Land … für Afrika.« Mathilda sah sie irritiert an: Hatte sie wirklich »Deutsch-Südwestafrika« gesagt? Offenbar, ihr Ton war ironisch, leicht verächtlich, und einen kurzen Moment war Mathilda versucht, ihr ein paar Takte zu sagen, über ein sehr dunkles Kapitel der auch nach Jahrzehnten noch immer nicht aufgearbeiteten Kolonialgeschichte, über blasierte Touristen und übersättigte Europäer, die dachten, sie wüssten alles, aber von nichts eine Ahnung hatten. Doch sie schluckte den aufkommenden Ärger hinunter. Und da fuhr Claire auch schon fort. »Ich war damals auch in Swakopmund … kennen Sie das?«

Mathilda nickte und lächelte dabei. Sollte sie Claire sagen, dass der Name in der Sprache der Nama und Damara so viel wie *Scheißloch* bedeutete? Aber auch das verkniff sie sich und nickte nur freundlich, während Falks Mutter für ihre Verhältnisse beinahe schwärmerisch fortfuhr: »All diese deutschen Straßennamen! Und die Häuser, auf denen *Altes Amtsgericht* und *Bibliothek* und all so etwas stand. Man kam sich vor wie in einem Seebad an der Ostsee.« Bei der Erinnerung wurde ihr Gesicht weicher und verlor für einen Augenblick den kühlen Ausdruck.

»Ja, Swakopmund ist die deutscheste Stadt in Namibia.«

»Ich weiß noch, wie putzig wir das fanden, Schwarzwälder Kirsch und Bienenstich in Afrika zu essen. Wie hieß das Café noch gleich?« Sie sah

Mathilda auffordernd an, so als müsste sie über alle Cafés in Namibia Bescheid wissen.

»Das war bestimmt das Café Anton.«

Claire nickte. Dann fragte sie: »Gibt es immer noch diese deutsche Zeitung?«

»Die *Allgemeine Zeitung*, meinen Sie?«

Sie unterhielten sich noch eine Weile über Namibia, wobei Claire von Prokhoff hartnäckig bei »Deutsch-Südwestafrika« blieb. Innerlich musste Mathilda grinsen. Falks Mutter klang wie eine verkappte Reichsbürgerin, womöglich träumte sie vom Wiederaufblühen des Kaiserreichs? Jetzt leerte sie gerade ihr Cognacglas – es war das dritte, und auch dem Wein hatte sie während des Essens schon gut zugesprochen –, doch sie stellte es elegant und vollkommen sicher wieder ab. Von der Trinkfestigkeit her hätte diese Frau gut in den Deltazug gepasst, dachte Mathilda.

Auf einmal beugte Claire sich vor und sagte in beinahe verschwörerischem Ton: »Seien wir doch mal ganz ehrlich. Das Land steht nur deshalb einigermaßen gut da, weil *wir* den Einheimischen dort gezeigt haben, wie es geht.«

Wir, dachte Mathilda fassungslos und musste an sich halten, Falks Mutter nicht zu fragen, wie das damals denn wohl so gewesen war, unter dem alten Bismarck, als man den Menschen von »Deutsch-Südwestafrika« gezeigt hat, wo es langgeht – um nicht das böse Wort vom Völkermord in den Mund zu nehmen. Aber sie konnte gerade noch an sich halten, das war jetzt nicht die Zeit für eine Diskussion, die aus dem Ruder laufen musste. Da bemerkte sie den Blick, den Falk seiner Mutter zuwarf. Eine Mahnung, nicht so einen erbarmungslosen Mist zu reden? Oder sich mit dem Cognac zurückzuhalten?

Doch Claire schien es nicht zu bemerken, oder sie ignorierte ihren Sohn einfach. Jedenfalls fabulierte sie immer weiter über Afrika und wie man den Kontinent ihrer Meinung nach »auf Vordermann bringen« könnte. Mittlerweile klang ihre Stimme doch ein wenig verschliffen, so als kämen ihr die Worte mit leichter Verzögerung über die Lippen. Auf einmal wandte sie sich an ihren Mann und fragte: »Kannten wir nicht mal jemanden, der am Goethe-Institut in Windhoek gearbeitet hat?« In ihrer Frage lag ein seltsam scharfer Unterton, der Mathilda den Atem anhalten ließ. Kaum zu glauben, was Claire da gerade gesagt hatte. Ihr Blick huschte zu Georg.

»Nicht, dass ich wüsste«, antwortete er knapp.

Doch Mathilda war sich sicher, vollkommen sicher, dass Georg log.

Riga, im Sommer 1997

Rebecca. Als ich Trīs Liepas zum ersten Mal sah, ich meine, als wir durch eine Allee aus Lindenbäumen darauf zufuhren und auf den Dorfanger kamen, war es, als würden wir in die Vergangenheit eintauchen, in eine Astrid-Lindgren-Utopie, die auf keinen Fall real sein konnte. Kleine holzverkleidete Häuser mit Veranden und blühenden Bauerngärten drum herum, Wäsche, die im Sommerwind wehte, weiße Holzzäune, die allesamt so aussahen, als hätte Tom Sawyer sie gerade frisch streichen lassen. Am Rande des Dorfangers ein altes Backhaus, in einiger Entfernung davon drei uralte Lindenbäume, die um eine Art Thingplatz wie bei den Germanen herumstanden. Und um das Bild komplett zu machen, drei blonde Kinder, zwei Jungen und ein Mädchen mit Zöpfen, die auf den Findlingen herumhüpften, aber damit aufhörten, als sie Georgs Auto entdeckten, und stattdessen zu uns herübersahen.

»Das ist …« Ich brauchte eine Weile, bis ich die richtigen Worte fand, »zu schön, um wahr zu sein.«

Ich löste meinen Sicherheitsgurt, stieg aus und winkte den Kindern, die zurückwinkten. Doch die Stimmung von vorhin steckte noch tief in meinem Körper, und bei jeder Bewegung, bei jedem Schritt war ich mir Georgs Anwesenheit überdeutlich bewusst.

Da kamen die Kinder angelaufen, barfuß und mit sonnengebräunten Beinen. Ich war überrascht, als sie ihn auf Deutsch begrüßten.

»Das sind Kaspar, Luis und Alma«, sagte er, woraufhin mir die Kinder artig die Hand gaben. Sie mussten in Penelopes Alter sein, vielleicht auch ein, zwei Jahre älter.

»Freut mich, euch kennenzulernen«, sagte ich und stellte mich meinerseits vor.

Er unterhielt sich eine Weile mit den Kindern, fragte, was sie so machten, ob sie sich schon darauf freuten, im September in die Schule zu gehen. Er sprach mit ihnen wie mit Erwachsenen, was mir gefiel. Ich mochte Leute, die Kinder ernst nahmen und nicht in diesen übertriebenen Singsang verfielen, von dem sie glaubten, er wäre kindgerecht.

»Rebecca ist Lehrerin«, sagte er, woraufhin die Kinder mich mit großen Augen ansahen.

»Bist du unsere neue Lehrerin?«, fragte der Junge, der Kaspar hieß, ein kräftiger Kerl mit kurzen Haaren und Seitenscheitel und einer Stirnlocke, die ihm immer wieder ins Gesicht fiel.

Ich lachte. »Nein. Ich arbeite in Riga. An einer deutschen Schule.«

Nun musterten sie mich alle drei. »Wir haben hier auch bald eine deutsche Schule«, sagte das Mädchen, Alma.

»Stimmt gar nicht«, fiel ihr Kaspar ins Wort. »Wir finden ja keinen Lehrer.«

»Wir werden schon jemanden finden, keine Sorge«, sagte Georg.

Da meldete sich der andere Junge, Luis.

»Kommst du uns zu Hause besuchen?«, fragte er Georg. Er hatte weizenblondes kinnlanges Haar, das er sich aus dem Gesicht strich.

»Ja. Dein Vater und ich, wir müssen über ein paar Sachen reden.«

Jetzt sagte Alma: »Kommst du heute Abend zum Gemeinschaftsessen?« Sie hatte ein schmales Gesicht und sehr blaue Augen, in der gleichen Farbe wie die Blümchen auf ihrem Kleid. Ich brauchte einen Moment, bis ich begriff, dass sie mich meinte.

Ich sah Georg an, der wiederum mich ansah.

»Es wäre doch schön, hier zu Abend zu essen, was meinen Sie?«

»Ich weiß nicht recht … Wollten wir nicht heute Abend wieder in Riga sein?«

»Das können wir ja später immer noch entscheiden«, sagte er und sah mich an, ohne zu lächeln. Wieder fing mein Herz an, schneller zu schlagen.

Die Kinder warfen uns noch einen letzten Blick zu, dann liefen sie davon, um weiterzuspielen, während wir über den Platz schlenderten.

»Im Dorf herrscht Autoverbot«, sagte er. »Die Bewohner haben sich geeinigt, dass man die Autos nur zu Transportzwecken verwendet.«

»Und wo haben sie dann die Autos stehen?«

»Auf einem Parkplatz auf der anderen Seite. Die Gemeinschaft verfügt sowieso nur über drei Fahrzeuge.« Er deutete in Richtung eines Birkenwäldchens.

»Aber das Autoverbot gilt nicht für Sie?«

Er grinste. »Sie haben mich erwischt. Normalerweise halte ich mich an die Regel. Nur heute habe ich ein paar Ersatzteile dabei. Das ist der eine Grund.« Er machte eine kleine Pause und sah mich an. »Der eigentliche ist natürlich, dass ich Sie beeindrucken wollte.«

»Mit dem Mercedes?« Ich warf ihm einen Seitenblick zu, grinste amüsiert oder tat zumindest so, um meine Aufregung zu verbergen, denn mein törichtes Herz war bei seinen Worten sofort losgaloppiert. *Er wollte mich beeindrucken*.

»Ich glaube nicht, dass man eine Frau wie Sie mit einem Auto beeindrucken kann.«

Ich schwieg. Ich kam mir irgendwie albern vor bei diesem Geplänkel, bei dem ich kein Wort so meinte, wie ich es sagte. Also ging ich nicht darauf ein und fragte stattdessen: »Dann leben hier lauter Deutsche?«

»Im Moment sind es Deutsche und Letten. Aber das wird sich bald ändern … 1995 hat Lettland ja einen Antrag auf Mitgliedschaft in der EU eingereicht. Ich gehe davon aus, dass unsere Landhäuserprojekte im Laufe der nächsten Jahre an Fahrt aufnehmen werden.« Er deutete auf die Mitte des Platzes. »In der Vergangenheit war hier ein Fischteich. Und die Hühner liefen frei herum. Über Jahrhunderte hinweg gab es hier ja oft Kriege, und Soldaten zogen durchs Land und nahmen alles Essbare mit, was sie finden konnten. Aber sie hatten keine Zeit, Fische zu fangen oder länger hinter Hühnern herzulaufen. Und so haben die Fische und die übrig gebliebenen Hühner das Überleben der Dorfbewohner garantiert.« Er deutete auf das Backhaus.

»Das ist später entstanden, und auch den Thingplatz haben wir errichten lassen. Für die Dorfversammlungen, aber natürlich auch für Feste.«

Ungläubig sah ich ihn an. »Sie meinen, Sie haben diese Findlinge extra hierhertransportieren lassen?«

Er zuckte die Achseln. »So was ist gut für die Moral«, sagte er und lächelte, als würde er es nicht ganz ernst meinen. »Aber jetzt fahren wir erst mal zu Wolf und Magdalena. Wolf ist hier so etwas wie der Ortsvorsteher.«

Es war früher Nachmittag, als wir wieder in den Wagen stiegen und durchs Dorf fuhren, im Schritttempo über sandige Wege, an deren Rändern Vogelbeerbäume wuchsen. Die Häuser hier waren heruntergekommen, die Farbe der Holzverkleidung schälte sich, und die Gärten hinter den halbhohen Zäunen schossen ins Kraut, ich sah Wilde Möhre und Goldrute und Gräser, und doch hatte das Ganze etwas Wildromantisches. Die Ästhetik des Verfalls, dachte ich und sah mich um, bis die Häuser außer Sicht waren.

»Ein Jammer, nicht wahr?«, sagte er. »Aber bald werden diese Häuser wieder bewohnt sein.«

»Dann lassen Sie sie renovieren?«

»Na ja … nicht direkt. Das werden die neuen Bewohner selbst tun.«

»Ich dachte, das Dorf gehört der Stiftung? Dann haben Sie sie verkauft?«

»Nein. Es funktioniert so: Die Stiftung schreibt die Häuser und das dazugehörige Land aus. Die Leute bewerben sich darum, und ein Gremium entscheidet, wer hier einziehen darf.«

Ich verzog das Gesicht zu einem schiefen Grinsen. »Dann ist das in etwa so wie in München, wo es zweihundert Bewerber auf ein WG-Zimmer gibt, und der Erste, der »Ja« schreit, kriegt den Zuschlag?«

»Sie haben natürlich recht, wenn Sie glauben, dass viele das hier wollen. Aber ganz so einfach ist es natürlich nicht. Die Bewerber durchlaufen ein relativ kompliziertes Auswahlverfahren. Es geht ja nicht darum, *irgendjemanden* zu finden. Die Leute müssen schon hierher passen.«

»Und was für Auswahlkriterien sind das? Dass jemand Erfahrung in der Landwirtschaft mitbringt?«

»Das ist natürlich nicht gerade ein Nachteil. Aber ausschlaggebend ist etwas anderes … die Einstellung. Die muss zu unserem Konzept passen.«

»Und das wäre?«

»Unsere Dörfer sollen Orte sein, an denen Ideale und das reale Leben zusammenpassen. Und unser erstes und oberstes Ideal ist ein nachhaltiges Leben im Einklang mit der Natur. Wobei die Leute hier einen Lebensstil pflegen, bei dem es gelingt, vermeintliche Gegensätze unter einen Hut zu bringen, wie Ökologie und Ökonomie, aber auch Kultur und Soziales. Eine Lebensweise, bei der man alles miteinander verbindet: Arbeit, Wohnen und Freizeit.« Er verstummte abrupt. »Habe ich das nicht schön gesagt? Ich höre mich an wie bei einem Vortrag …« Dann winkte er ab. »Sie müssen mir das nachsehen. Diese ganze Sache hier nimmt mich gerade sehr gefangen.«

Die letzten Häuser endeten, aber wir fuhren noch ein Stück weiter, folgten dem Weg, der eine langgezogene Kurve an einer Pferdekoppel entlang beschrieb, und kamen schließlich an eine Art Gutshaus, dessen komplette Vorderseite bis unters Dach mit wildem Wein berankt war. Die weißen Sprossenfenster standen weit offen, und auch die Haustür war geöffnet. Wir stiegen aus, und ich wollte schon einen Witz machen – dass es hier ja kaum zum Aushalten sei vor lauter Postkarten-Idylle: das Grün der Weinblätter, das Weiß der Fensterläden und das Ziegelrot des Daches –, als ich die Musik hörte, irgendein uraltes Lied, das zu uns herüberwehte. In dem Moment trat eine Frau aus dem Haus, ein etwa eineinhalbjähriges Kind auf der Hüfte. Ihr Haar war nachlässig hochgesteckt, auf eine Weise, die einfach unwiderstehlich wirkte. Schon von Weitem winkte sie uns zu und kam uns entgegengelaufen, mit flatterndem Rock, ihre schweren Brüste wippten unter der hellblauen Bluse. Ganz offensichtlich trug sie keinen BH, und wie die Kinder auf dem Dorfplatz war auch sie barfuß.

»Wie schön, dich zu sehen«, sagte sie und begrüßte Georg, indem sie einen Arm um ihn schlang, sich kurz an ihn drückte und ihn auf die

Wange küsste. Georg erwiderte die Umarmung und auch den Kuss, dann küsste er auch noch das Kind, offensichtlich einen kleinen Jungen, nahm mich dann beim Arm und stellte mir Magdalena vor und mich als *Rebecca, eine Freundin der Familie aus Riga*, was mich zugegebenermaßen überraschte. Noch überraschender aber war Magdalenas Reaktion, die auch mich in einer halben Umarmung an sich drückte und mit einer ganz warmen Stimme sagte: »Herzlich willkommen, Rebecca aus Riga.«

Dann ließ sie mich wieder los und schaute mich aus hellblauen Augen aufmerksam an. Fasziniert betrachtete ich ihr sonnengebräuntes Gesicht, die weißen Zähne und das zerzauste braune Haar mit den blonden Strähnchen. Sie sah aus wie die personifizierte Gesundheit, eine griechische Göttin der Fruchtbarkeit oder Mutter Erde, die ohne die kleinste Veränderung, direkt so, wie sie war, zu einem Fotoshooting für Demeter hätte gehen können.

Sie führte uns in eine große Diele, in der es angenehm kühl war. Die Musik, die aus dem Nebenraum zu kommen schien, wurde lauter. Allen Ernstes Heinz Rühmann, dachte ich amüsiert, *Ich brech' die Herzen der stolzesten Frau'n*. Das konnte ja wohl nicht wahr sein.

»Was wollt Ihr trinken? Zitronenwasser? Kräuterlimonade?«, fragte sie und bat uns, die Schuhe auszuziehen. Im ersten Moment zögerte ich, doch nachdem Georg ohne Weiteres seine Mokassins abgestreift hatte, zog auch ich meine Sandalen aus und genoss die Kühle des Ziegelbodens unter meinen Füßen. Magdalena drückte mir den kleinen Jungen in den Arm und verschwand in der Küche.

»Geht ins Esszimmer!«, rief sie über die Schulter. »Und wenn die Musik abgelaufen ist, seid so lieb und legt noch einmal auf. Nicht dass sie wieder aufwacht.«

Ich warf Georg einen fragenden Blick zu, der die Achseln zuckte, um gleich darauf durch eine große Doppelflügeltür zu treten, die ebenfalls weit offen stand. Ich folgte ihm in ein Esszimmer, das mit dem Wohnzimmer einen einzigen riesigen lichtdurchfluteten Raum bildete. Neben einem grob gezimmerten Tisch, an dem eine ganze Fußballmannschaft Platz gehabt hätte, stand ein Gitterbettchen mit Himmel, aus dem, kaum dass die Musik verstummt war, prompt ein unzufriedenes Greinen drang. Georg durchquerte rasch den Raum, steuerte auf ein Trichtergrammofon zu, das auf zwei übereinander gestapelten Obstkisten an einer weiß gekalkten Ziegelwand stand. Kurz darauf erklang wieder Heinz Rühmanns Stimme.

»Dieses Kind braucht ständig Beschallung«, sagte Magdalena, als sie, ein schweres Holztablett mit Limonadenkrug und Gläsern vor sich her balancierend, das Esszimmer betrat und mir, nachdem sie das Tablett abgestellt hatte, den kleinen Jungen wieder abnahm und ihn in einen Laufstall stellte. »Ich bin ja schon zufrieden, dass ich auf den Kniff mit der Musik gekommen bin.« Sie lächelte breit, sodass wieder ihre blendend weißen Zähne zu sehen waren, und griff nach einem Apfelschnitz, den sie dem Jungen in die Hand drückte. Der führte den Apfel gleich zum Mund und begann daran herumzunagen. Kurz dachte ich an meine erste Zeit mit Penelope, die sich niemals in einen Laufstall hatte befördern lassen, was bei Besuchen meiner Schwiegermutter stets Unverständnis hervorgerufen hatte. Überhaupt äußerte sie sich gern zu Erziehungsfragen und hatte mir immer wieder erklärt, früher sei es für Eltern ja völlig ausgeschlossen gewesen, dauernd ihre Kinder herumzutragen. Daran musste ich denken, während ich dem zufriedenen kleinen Jungen im Laufstall zusah, wie er seelenruhig an seinem Apfel kaute. Was meine Schwiegermutter wohl zu der Tatsache gesagt hätte, dass Magdalena, kaum dass die Schallplatte abgelaufen war, aufstand, um sie von Neuem zu starten?

Unwillkürlich musste ich lächeln, woraufhin Georg mich fragte, was mich so amüsierte. Im ersten Moment winkte ich ab, doch er ließ nicht locker, und so erzählte ich es ihm.

Da sagte Magdalena mit einem Seufzen: »Was glaubst du, warum wir hierhergezogen sind?« Sie schenkte uns Limonade ein und setzte hinzu, mit einem komischen schwäbischen Akzent: »*Willsch nicht mal langsam zufüttern? Das Kindle isch ja so mager!* Weißt du was: Hier kann ich einfach mein Ding machen, in aller Ruhe, wie ich es will. Muss niemandem Rechenschaft ablegen. Und bin vor allem zweitausend Kilometer weit von meinen Eltern und Schwiegereltern in Spießbürgerhausen entfernt.« Sie lachte, als sie meinen Gesichtsausdruck sah. »Kommt dir dieser Wunsch etwa bekannt vor?«

»Na ja … zumindest, was meine Schwiegermutter angeht«, sagte ich zögerlich. »Was meine Eltern betrifft, so wäre ich eigentlich lieber näher bei ihnen. Aber so ist es jetzt eben.«

Auf einmal legte sie den Kopf schief und fragte: »Was machst du?«

»Ich bin Lehrerin. Deutsch und Kunst.«

»So jemanden wie dich könnten wir hier gut gebrauchen. Für die neue Schule.«

Ich lächelte höflich, wollte nicht hervorheben, dass ich auf Gymnasiallehramt studiert hatte und eine Dorfschule mit ABC-Schützen nicht unbedingt meiner Vorstellung von Berufstätigkeit entsprach. Deshalb lenkte ich das Gespräch wieder auf ein anderes Thema und fragte mehr aus Verlegenheit denn aus echtem Interesse: »Wie viele Einwohner hat euer Dorf denn?«

»Im Moment sind wir 250. Am Ende des Jahres werden wir wohl rund fünfzig Leute mehr sein. Wenn alle durchkommen.«

»Durchkommen?«, wiederholte ich und sah sie fragend an, woraufhin sie Georg einen Blick zuwarf.

»Du hast ihr das Prinzip noch nicht erklärt?«

»Doch … na ja … nur ganz grob. Aber sie ist hier nicht als Bewerberin. Rebecca schaut sich nach einem geeigneten Ort für ein Schülerprojekt um.« Verblüfft sah ich ihn an. Wie leicht ihm diese Lüge über die Lippen ging.

»Wer hier wohnen will, muss ein Jahr lang einen Probelandsitz bewirtschaften. Das heißt, in der Landwirtschaft arbeiten und ein Handwerk erlernen. Wer sich nach einem Jahr bewährt, darf bleiben, bekommt ein Haus und ein Stück Land zum dauerhaften Bewirtschaften zugeteilt.«

Die Musik verstummte, und fast zeitgleich sagte eine tiefe Männerstimme hinter mir: »Georg, alter Junge, wieso hast du nicht gesagt, dass du so früh kommst!«

Ich drehte mich um, sah einen hünenhaften Kerl mit Bart, der auf Georg zuging und ihn umarmte. Wie richtige Männer das taten, klopften sie sich gegenseitig auf die Schulter, was mich verblüffte, da ich Georg bisher nicht für den kumpeligen Typ gehalten hatte, in seinem Poloshirt mit dem kleinen Krokodil und den Cargoshorts, die sicher von Prada oder Gott weiß von wem stammten.

»Das ist Wolf, er ist hier der Ortsvorsteher«, stellte Georg uns vor, und der Mann, der einen ganzen Kopf größer war als ich, drückte mich so sanft, als wäre ich aus Glas. Wie seine Frau zuvor sah auch er mich aufmerksam an.

Wir unterhielten uns noch eine ganze Weile, tranken Limonade, bis schließlich das Baby im Gitterbettchen zu weinen anfing. Magdalena stand auf, holte es heraus und setzte sich wieder zu uns an den Tisch. Sie schob ihre Bluse hoch und legte das Kind an, das sofort gierig zu saugen anfing.

Ich wandte den Blick ab. Nicht dass es mir unangenehm war, aber ich wollte sie nicht anstarren. Ich selbst hatte nie zu den Müttern gehört, die im Bus oder bei einem Treffen mit Freunden mal eben so den Busen auspacken. Ich hatte mich immer in ein anderes Zimmer zurückgezogen, einfach weil Penelope meine ganze Aufmerksamkeit gefordert hatte und immer unruhig geworden war, wenn sie die nicht bekam.

Als das Baby fertig getrunken hatte und nun ganz still dalag, erhob Magdalena sich und sagte: »Komm, lassen wir die Männer in Ruhe reden. Ich führ dich ein bisschen herum. Wenn du Ideen für ein Schulprojekt suchst, solltest du dir das anschauen …«

Georg warf mir einen entschuldigenden Blick zu, zumindest interpretierte ich ihn so. Ich folgte Magdalena, die mit dem Baby auf dem Arm voranging und mich durch die Diele in ein angrenzendes Zimmer führte. Dort standen drei Webstühle, die fast den ganzen Raum einnahmen.

Magdalena legte mir ihr Baby in den Arm, setzte sich an den Webstuhl und fing an, mir die Funktionsweise zu erklären. Ich bemühte mich, ihr zuzuhören, konnte mich aber nicht richtig konzentrieren. Das alles hier war wie ein Overkill für mich, diese ganze Arkadien-Atmosphäre, der Raum mit den Deckenbalken, der Rosenduft, der durch die geöffneten Fenster hereinwehte, die hellgrünen Blätter des Wilden Weins, die in der Mittagsstille raschelten, die Kühle des Ziegelbodens unter meinen nackten Füßen.

»Wann wolltest du das Projekt mit deiner Klasse machen?«, fragte Magdalena.

»Mal sehen«, antwortete ich ausweichend. »Ich bin noch auf der Suche, wir haben noch kein konkretes Datum im Auge.«

»Weißt du was? Solange die Männer beschäftigt sind, machen wir einen kleinen Rundgang, und ich zeige dir die Werkstätten hier am Ort. Dann kannst du dir einen Überblick verschaffen, und die Ideen kommen dann von ganz allein ...«

Sie stand auf, und wir gingen zurück ins Wohnzimmer, wo Georg und Wolf jetzt über Zeichnungen gebeugt dastanden und sich unterhielten. Der kleine Junge war im Laufstall eingeschlafen. Magdalena nahm ein blaues Tuch, das über dem Laufstallgitter hing und wand es sich mit wenigen, geübten Bewegungen um den Oberkörper. Sie legte das Baby hinein und strich das Tuch breit. Im Hinausgehen fing ich Georgs Blick auf.

»Bleibt nicht zu lange weg«, sagte er in scherzhaftem Ton. »Ich vermisse euch schon jetzt.«

Ich tat so, als müsste ich lachen, doch in Wahrheit tat mein albernes Herz schon wieder einen Sprung.

Wir traten vor die Tür, in die Nachmittagssonne, und gingen den Feldweg entlang zurück ins Dorf. Die Hitze des Nachmittags schien sich in den Wiesen verfangen zu haben, und Magdalena hielt einen großen Sonnenschirm über uns, was die Unwirklichkeit dieses Nachmittags noch unterstrich.

Sie fragte mich nach meinem Studium, und ich erzählte ihr, dass Riga für mich seit dem Ende des Studiums schon die dritte Anstellung als Lehrerin an einer Auslandsschule war. Sie sah mich ungläubig an.

»Sei mir nicht böse, aber das nimmt man dir kaum ab. Du siehst aus, als kämst du frisch von der Uni.«

Ich lachte. »Ach komm. Ich bin immerhin schon zweiunddreißig.«

»Das ist immer noch sehr jung. Ich selbst war mit dreiunddreißig völlig fertig und habe alles hingeschmissen. Kompletter Neustart.«

Ich sah sie von der Seite an. Es war schwer zu glauben, dass es im Leben dieser Ökofrau je so eine Zeit gegeben haben sollte.

»Was hast du denn vorher gemacht?«

»Ich hatte BWL studiert und bei einer Bank gearbeitet. Hab ein Kind bekommen und dann noch eins und schließlich …«, sie war stehen geblieben, im Schatten eines Baumes, »… einen Burn-out.« Das sagte sie und grinste mich schief an. »Daraufhin hab ich gekündigt und eine Umschulung zur Hebamme gemacht. Wolf und ich sind mit den Kindern in eine Kommune in den Schwarzwald gezogen. Ja, und seit fünf Jahren sind wir nun hier.«

»*Du* hast mal bei einer Bank gearbeitet?«, fragte ich ungläubig und sah sie an, das wilde Haar, das ungeschminkte Gesicht, das Baby im Tragetuch vor ihrem wogenden Busen.

»Kaum vorstellbar, ich weiß.«

»Na ja. Hebamme passt jedenfalls viel besser zu dir.«

Wir setzten unseren Weg fort, und sie sagte: »Ich hätte nie gedacht, dass ich mich je so … frei fühlen würde. So im Einklang mit allem. Schon damals, als ich noch bei der Bank gearbeitet habe, wollte ich viele Kinder haben. Aber … das hat einfach nicht mit der Realität zusammengepasst. Du weißt schon, diese Zwei-Kinder-und-die-Frau-soll-bitte-schön-auch-berufstätig-sein-Politik. Du reibst dich auf, entfernst dich immer weiter vom eigentlichen Sinn des Lebens, bis dir eines Tages vom vielen Rasen die Achse von deinem Hamsterrad schmilzt.«

Bei der Vorstellung musste ich lachen. »Okay, so weit war's bei mir noch nie … obwohl ich schon gerne noch ein Kind hätte. Aber das pack ich einfach nicht mit meinem Job.«

Sie sah mich aufmerksam an, sagte aber nichts dazu. Stattdessen fragte sie: »Woher kennst du Georg?«

»Über die Schule. Ich unterrichte Xenia in Kunst und Deutsch. Sie ist ein begabtes Mädchen … sehr sogar.«

Plötzlich sagte sie: »Dann kennst du ja auch Claire.«

Ich nickte. »Ja.«

Ich fühlte mich zunehmend unwohl. Ich spürte, wie Magdalena mich von der Seite ansah, und hatte alle Mühe, mich zusammenzureißen und mir meine wahren Gefühle nicht anmerken zu lassen. Inzwischen waren wir auf dem Dorfanger angekommen, und Magdalena steuerte auf eines der Häuser zu. Vor der weißen Pforte blieb sie stehen: »Das klingt jetzt vielleicht komisch für dich. Aber ich hab Georg noch nie so ... lebendig gesehen wie heute. Ich habe den Eindruck, dass er dich sehr ... schätzt.« Sie ließ mich nicht aus den Augen, hielt ihren aufmerksamen Blick unverwandt auf mich gerichtet. Ich wusste nicht, was ich erwidern sollte, nur dass mich ihre Worte vollkommen unvorbereitet trafen.

Mit ihrem Geld kauften sie nicht nur Häuser. Sie kauften ganze Stadtviertel und Dörfer und die Seelen der Bewohner gleich mit.

Kaiserwald I

Penelope. Wer die Anruferin war, möchtest du wissen? Kannst du dir das nicht denken? Ich werde es dir am Ende meiner Geschichte sagen, falls du nicht vorher selbst daraufkommst. Nun aber zurück zum Rupert-Neß-Gymnasium, wo sich in der Zwölften alles auflöste. Von nun an gab es keine Klassen mehr, jeder ging allein in seinen Kurs. Bastian entschied sich für Physik und Mathe als Profilfach, Johannes für Biologie und Englisch. Ich selbst belegte Deutsch und Geschichte und war nun wieder zusammen mit Lena, die die gleiche Fächerkombination gewählt hatte. Während der Fünfminutenpausen saß ich allein in meiner Bank und beobachtete die anderen. Sie alle schienen zu wissen, wie man miteinander umzugehen hatte, wann man etwas Witziges sagen durfte und wann man besser die Klappe hielt, wann man den anderen scherzhaft schubsen durfte und wann nicht, wann und wie lange man einander ansehen durfte, und wann es Zeit war, den Blick zu senken. All das schien den anderen immer klar zu sein. Ich war die Einzige in dieser Choreografie, die die Bewegungen nicht draufhatte, was mich aber auch nicht weiter störte, da meine Mitschüler mich in Ruhe ließen und ich sie.

Doch dann gab es diesen Jungen in meinem Geschichtskurs. Er war groß und dünn und hieß Leon und trug so eine Hermann-Hesse-Brille. Nach einem Auslandsjahr an einer Highschool in den USA war er neu an unsere Schule gekommen. Seine Familie stammte aus Norddeutschland, er sprach anders als wir, schneller, schien nichts ernst zu nehmen außer den Geschichtsunterricht, wo er sich mit dem Lehrer anlegte und über Bismarck diskutierte und über die Rolle der Wehrmacht im Zweiten Weltkrieg. Jemand erzählte, sein Vater sei Professor an irgendeiner Uni in England und die Eltern hätten sich getrennt. Seine Mutter hatte offenbar das alte Bauernhaus in Blumegg gekauft, wo sie Yoga- und Selbstfindungskurse anbot. Auf dem Pausenhof stand Leon grundsätzlich in der Raucherecke, meistens allein, bis Lena und ihre Freundin Sissi sich irgendwann zu ihm stellten und so taten, als würden sie rauchen. Als Sissi einmal krank war, schleppte Lena mich mit zur Raucherecke, wo ich fünf Minuten wie ein Fremdkörper herumstand und Lena bei ihren Flirtversuchen zusah, bis ich mich umdrehte und wegging. Einmal, nach dem Sportunterricht, der jetzt im Spätsommer im Freien stattfand, grinste Leon mich an und sagte »Bionic Woman« zu mir. Ich wusste nicht, was er damit meinte, also ignorierte ich es. Doch als er es die Woche drauf, nachdem er mir beim Weitsprung zugesehen hatte, noch einmal sagte, erwiderte ich, er solle die Fresse halten, woraufhin er mich verblüfft ansah.

Berlin, im Herbst 2023

Mathilda. Sie hatte keine Ahnung, wo sie nach den Fotoalben suchen sollte. Als Erstes wollte sie im Bücherregal im Wohnzimmer nachsehen. Außerdem hatte sie nicht viel Zeit, nur die Viertelstunde, die es dauerte, bis Falk aus dem Bad käme. Langsam ging sie durch den Korridor, lauschte angespannt, und als niemand zu hören war, machte sie sich auf den Weg nach unten. Doch als sie sich dem Wohnzimmer näherte, hörte sie gedämpfte Stimmen. Sie saßen also immer noch dort. Es roch nach Zigarre und schwach nach Kaffee, offenbar waren sie zur nächsten Runde übergegangen. Dann würde sie eben in einem anderen Zimmer anfangen. Sie wollte sich gerade umdrehen, als ihre Neugierde siegte. Sie trat näher an die Tür und blieb dort stehen.

»... eigentlich froh sein. Ich verstehe dich nicht.« Das war Georg.

»... typisch ... Seite bist.« Claire von Prokhoff war nur undeutlich zu hören.

»Sei bitte nicht albern. Hier geht es doch nicht darum, auf jemandes Seite zu sein.«

Claire murmelte etwas Unverständliches, woraufhin Georg sagte:

»... dankbar ... Josephine los sind ... scheint wirklich ...« Es klapperte, während er sprach. Offensichtlich hantierte Georg an der Tür des Kachelofens herum.

»... naiv ... dich natürlich nicht ... hübschen Fratze blenden ... damals ...«

»Ich bitte dich. Reiß dich zusammen.«

»... Josephine ... wenigstens aus einer passenden Familie!«

»... nicht dein Ernst sein!«

Die Hantiererei hatte aufgehört, und beide waren nun deutlich zu hören. Gerade sagte Georg: »Deine Angst vor Erbschleicherei ist paranoid. Es wird ein Ehevertrag aufgesetzt. Wir haben nichts zu befürchten.«

Kurz war es still. Dann sagte Claire: »Dieses Mädchen ist ein Niemand. Willst du so jemanden in deiner Familie haben?«

Auf einmal wurde Claires Stimme noch deutlicher. Offensichtlich näherte sie sich der Tür. Blitzschnell drehte Mathilda sich um, öffnete die nächstgelegene Tür und schlüpfte hinein. Im dunklen Esszimmer stehend hörte sie die beiden vorübergehen und wartete noch einen Moment, nachdem die Stimmen verklungen waren. Dann öffnete sie die Verbindungstür zum Wohnzimmer, lauschte in die Stille hinein. Erst dann machte sie Licht. Die Luft war schwer von Zigarrenrauch, und Mathilda ging rasch zu einer Büchervitrine. Sie überflog die Buchrücken, die dort standen, konnte aber nichts entdecken, was einem Fotoalbum auch nur im Entferntesten ähnlich gesehen hätte. Als Nächstes öffnete sie einen antiken Schrank, der jedoch auch nichts von Interesse enthielt. Erst in der obersten Schublade eines schwarz lackierten Sekretärs, der unter einem der Fenster stand, wurde sie fündig. Dort lagen sie: etliche in braunes Leder gebundene Bücher, die aussahen wie Fotoalben. Sie holte das Erste heraus, las die Schrift auf dem Buchrücken, 1935 bis 1945, klappte es kurz auf und warf einen Blick auf alte Schwarz-Weiß-Bilder, griff dann nach dem nächsten und übernächsten Album, bis sie die Jahre gefunden hatte, auf die es ankam. 1995 bis 2000.

Gleich auf dem ersten Foto erkannte sie ihn. Nein, sie hatte sich nicht getäuscht! Es war nicht nur eine flüchtige Ahnung: *Er* war das gewesen! Gebannt betrachtete sie das Bild, das ihn und seinen Bruder Tristan – es *musste* sein Bruder sein, die Familienähnlichkeit war unverkennbar – beim Segeln zeigte, braun gebrannt und mit semmelblondem Haar. Sowohl er als auch sein Bruder trugen das Haar damals fast schulterlang und wirkten wie Angehörige einer australischen Surfer-Community. Allerdings erinnerte Mathilda sich nicht an ihre Namen, nicht an *diese* Namen, Falk und Tristan, denn bei den Pfadfindern hatten sie ganz anders geheißen. Falk war bei allen nur *Albi* gewesen und Tristan seltsamerweise *Rodi*. Dann fielen ihr die vielen Vornamen ein. Aber natürlich. Tristan war Tristan Hubertus Waldemar Magnus Roderich. Und Falks komplette Vornamensserie lautete Falk Albertus Otto Hermann Leonhard. Albi und Rodi!

Auf dem Foto sahen sie jünger aus als zu der Zeit, als Mathilda ihnen begegnet war, sie schätzte sie auf vierzehn, höchstens fünfzehn, was ja zu der ersten Jahreszahl auf dem Rücken des Albums passte. 1995. Ihre Begegnung hatte im Sommer 1997 stattgefunden. Um nichts in der Welt hätte Mathilda den Jungen auf dem Foto mit dem Mann, dem Falk von heute, in Verbindung gebracht. Er wirkte so unbeschwert und ausgelassen auf dem Bild, wie sie den erwachsenen Falk nie erlebt hatte. Über ihm schien immer ein Schleier zu schweben. Sie blätterte um, sah weitere Fotos der Brüder beim Segeln und – tatsächlich – beim Surfen. Sie ließ das Album sinken, verharrte in ihren Erinnerungen, die jetzt in immer schnellerer Folge nach oben ploppten. Albi beim Bogenschießen. Albi, der Strafrunden um die Zelte drehte, weil er zu spät zum Essenfassen gekommen war. Rodi, der Gruppenleiter war und einen kleinen Jungen namens Fred, der beim Fahnenappell nicht stillstehen konnte oder wollte, zu zehn Liegestützen verdonnert hatte. So dachte sie an die eine oder andere Begebenheit, als etwas sie irritierte. Nein, dachte sie, etwas passte hier nicht, – da fehlte jemand. Noch einmal ging sie im Geiste die Begegnungen mit Albi und Rodi durch und war sich schließlich sicher: Da war noch jemand gewesen, eine Schwester. Albi und Rodi hatten eine Schwester gehabt, ein Mädchen namens Xenia.

In dem Moment hörte sie Schritte auf dem Korridor. Rasch stopfte sie die Alben zurück in den Sekretär, löschte das Licht und verschwand durch die Terrassentür nach draußen, drückte die Tür wieder zu und verbarg sich hinter einem Wacholderstrauch, der sich im Wind hin und her bauschte. Von dort aus beobachtete sie, wie das Licht im Wohnzimmer wieder anging und die Haushälterin auf die Terrassentür zusteuerte. Mathilda sah, wie Waltraud einen kurzen Moment innehielt, bevor sie die Tür aufdrückte, mit einem Türstopper gegen den Wind fixierte und noch zwei Fenster öffnete, um den Zigarrenmief herauszulassen. Als sie schließlich das Zimmer verließ, ein Tablett mit Cognacschwenkern, Kaffeetassen und einem Aschenbecher vor sich her tragend, betrat Mathilda erneut das Wohnzimmer, wo sie einen Moment lang stehen blieb und lauschte. Was, wenn sie gleich Waltraud in die Arme liefe? Sie sah sich um und ging dann zum Bücherschrank, öffnete die Glastür und griff wahllos hinein. Mit zwei Büchern als Alibi stieg sie die Treppe hinauf, immer damit rechnend, gleich Waltraud über den Weg zu laufen. Aber sie begegnete niemandem.

Als sie wieder ins Zimmer trat, war Falk noch immer im Bad, was sie erleichterte, aber auch wunderte. Durch die Tür hörte sie ihn telefonieren, mit gedämpfter Stimme. Schnell legte sie die Bücher auf ihren Nachttisch und zog ihr Schlafshirt an. Im Bett löschte sie die Nachttischlampe und drehte sich auf die Seite.

Also hatten sich ihre Wege schon einmal gekreuzt, in jenem Sommer vor so vielen Jahren. Diese Erkenntnis an sich war schon eine kleine Erschütterung. Aber der wahre Donnerschlag blieb doch die Tatsache – denn es war eine Tatsache, sie war sich zu hundert Prozent sicher –, dass da eine Schwester gewesen war, ein Mädchen namens Xenia, und dass Falk diese Schwester bisher mit keinem einzigen Wort erwähnt hatte. Was bedeutete das? Hatte es überhaupt etwas zu bedeuten? Vielleicht hatte Falk diese Schwester nur deshalb nicht erwähnt, weil sie sich nicht besonders nahestanden? Das gab es ja öfter unter Geschwistern. Nur weil das gleiche Blut in ihren Adern floss, hieß das nicht automatisch, dass sie eine enge Bindung hatten. Dennoch störte sie etwas an dem Gedanken. Etwas passte nicht. Denn selbst wenn Falk nichts mit seiner Schwester anfangen konnte oder vielleicht sogar mit ihr verfeindet war, so hätte er ihre bloße Existenz doch zumindest erwähnen müssen. Schließlich hatte er ihr alles Mögliche erzählt, von seinen Jahren in diversen Internaten, von denen er geflogen war, von seinen Kumpel's, von Cousinen und Cousins, von seinen Sommern auf Dreilinden. Und selbst wenn seine Schwester nicht mehr leben sollte und er es als zu schmerzhaft empfand, über sie zu sprechen, dann hätte er das doch zumindest einmal kurz erwähnt. Nein, etwas an der Sache war merkwürdig.

Sie drehte sich auf den Rücken und blickte in die Dunkelheit. Noch immer hörte sie Falk hinter der Badezimmertür leise sprechen. Auch er hat Geheimnisse vor mir, dachte sie und fragte sich, mit wem er wohl sprach, um diese Uhrzeit, doch sicher mit niemandem aus der Firma? Und dann sah sie mit einem Mal die schöne Josephine von Wittgenstein vor sich und spürte einen seltsamen Stich in der Magengegend. Was ist das nur mit mir?, dachte sie. Ich werde mich doch wohl nicht in meinen eigenen Gefühlen verheddern? Nicht nach all dem Aufwand, den ich betrieben habe. Und dann dachte sie daran, dass es zwischen ihnen bisher nicht mehr gegeben hatte als ein paar intimere Berührungen und lange, zugegebenermaßen berauschende Küsse. Warum hatte er kein einziges Mal versucht, mit ihr zu schlafen? War es wegen der Wittgenstein? Liebte er sie noch? Vielleicht hatten die beiden ja noch immer so ein bizarres On-Off-Ding laufen, nach dem Motto *Sie küssten und sie schlugen sich*. Und der Heiratsantrag, den Falk ihr gemacht hatte, war nichts weiter als ein Spiel, um die Wittgenstein zu verletzen? Plötzlich hörte sie im Geiste Noahs Stimme. *Etwas an deinem Warmduscher ist oberfaul.*

Und wie zur Bestätigung dieser Gedanken hörte sie Falk jetzt aus dem Bad kommen, durchs dunkle Zimmer schleichen und nahezu geräuschlos unter die Bettdecke schlüpfen. Doch keine dreißig Sekunden später machte er wieder Licht.

»Sag mal, wie riecht's denn hier?«, fragte er leicht vorwurfsvoll, und als Mathilda sich nach ihm umdrehte, sah sie ihn aufrecht im Bett sitzen und sie anstarren. »Ich dachte schon, mein Vater liegt neben mir. Rauchst du heimlich Zigarre?«, fragte er jetzt schon mit einem Anflug von Ironie.

Im ersten Moment wusste sie gar nicht, was er meinte. Erst dann fiel es ihr wieder ein. »Ertappt«, sagte sie und blinzelte gegen die Helligkeit an. Dann lachte sie: »Nein, Spaß. Ich war gerade noch unten und hab mir was zum Lesen geholt.« Sie deutete auf die beiden Bücher auf dem Nachttisch. »Da war ein Mordsmief. Den habe ich wohl mitgebracht, entschuldige!«

Er sah von ihr zu den Büchern und verzog das Gesicht zu einem ungläubigen Lächeln: »Ernst Jüngers *In Stahlgewittern*? Und *Afrikanische Spiele*? Da hast du ja einen guten Griff getan. Das sind Papas unbezahlbare handsignierte Erstausgaben.«

Mathilda spürte, wie die Röte ihr ins Gesicht stieg. »Oh ... das tut mir leid. Das wusste ich nicht.«

Er winkte ab und lachte. »Ach was, er wird sich freuen, dass sich überhaupt jemand für diesen Kram interessiert. Von uns weiß das ja keiner zu schätzen.«

Mathilda schlug die Decke zurück und verließ das Bett. »Ich bring sie sofort wieder zurück.«

»Aber nein ... lass das doch!«

Einen Moment lang stand Mathilda da, dann sagte sie: »Okay, also gut ... dann morgen. Aber jetzt springe ich noch mal schnell unter die Dusche ... wegen der Zigarren und so ...«

»Aber nein, komm lieber her ...«, sagte er, doch da war sie schon halb im Bad, erleichtert, die Tür hinter sich schließen zu können.

Sie wusste nicht, wie lange sie geschlafen hatte, als ein Geräusch, ein klägliches Wimmern, sie jäh weckte. Desorientiert richtete sie sich auf, versuchte zu verstehen, woher das Wimmern kam, bis Falk neben ihr zu brabbeln begann, wirres, unverständliches Zeug, doch dann begriff sie, dass er Englisch sprach oder vielmehr rief, ein verzweifeltes »No, no!« und »Just let me go!« Schnell knipste sie die Nachttischlampe an und berührte ihn an der Schulter.

»Wach auf, Falk, es ist alles gut«, sagte Mathilda in der Hoffnung, ihn zu beruhigen, aber er warf sich weiter herum und schrie in einem Traum, der nichts Gutes erahnen ließ. Sie fasste ihn noch einmal an der

Schulter, fester diesmal, doch erst als sie begann, ihn leicht zu schütteln, schlug er die Augen auf und starrte sie an, ohne sie wirklich zu sehen. Sein Gesicht glänzte vor Schweiß. Erst ganz langsam schien er zu begreifen, wer sie war und wo er sich befand.

»Oh …«, sagte er und legte die Hände aufs Gesicht, rieb sich die Augen, als wollte er die Bilder des Albtraums wegwischen.

»Es ist alles gut«, wiederholte sie und strich ihm über die Schulter. »Du hast nur schlecht geträumt.«

Er sah sie an, aus ausdruckslosen Augen und immer noch benommen, dann schob er die Hände unter den Kopf und seufzte.

»Tut mir leid, wenn ich dich geweckt habe«, sagte er. Da fiel Mathildas Blick auf die Innenflächen seiner Handgelenke. Im ersten Moment dachte sie, dass sie sich täuschte, dass das Licht merkwürdige Schatten warf, doch dann sah sie genauer hin.

»Aber … was hast du denn *da*?« Sie sog erschrocken die Luft ein. »Hast du dich da mal verletzt?«

Ohne zu fragen, nahm sie seine Hände und hielt die Handgelenke unter das Licht der Nachttischlampe. Schnell zog er die Hände zurück, verschränkte sie auf dem Bauch, die Handrücken nach oben. Aber Mathilda hatte sie schon gesehen: die beiden etwa zehn Zentimeter langen knochenweißen Narben an seinen Pulsadern.

Xenia. *Nach dem missglückten Ausflug nach Ventas Rumba schicken sie uns jetzt wieder jedes Wochenende zu einem anderen Jugendtreffen, in Schweden oder Finnland und wer weiß wo überall. Und immer öfter in ihr doofes Ökodorf. Damit wir mit »unseresgleichen« zusammen sein können und Kontakte knüpfen. »Ihr seid die Elite Europas«, sagt meine Mutter. »Macht was draus.« Was ich nicht so recht verstehe: Warum wir nicht darüber reden dürfen, was wir dort machen. Wahrscheinlich ist das auch wieder so ein Elitending. Mann, ich kann's nicht mehr hören. Aber egal. Für mich ist es da eigentlich ganz okay. Weil ich Freundinnen von früher wiedertreffe. Die finden das Ganze auch echt beknackt. Dabei dürfen wir Mädchen ja auch einigermaßen coole Sachen machen, beim letzten Mal haben wir Webrahmen gebaut. Aber ich weiß, dass Falk alles hasst, was da passiert: Das frühe Aufstehen. Feuermachen im Wald. Den Drill und das Angebrüllt-Werden. »Was soll der ganze Scheiß?«, fragt er. »Wenn ich es warm haben will, dreh ich die Heizung an.« Tristan dagegen findet es echt abgefahren. Aber der ist auch Gruppenleiter. Und hat Spaß daran, andere Liegestütze machen zu lassen oder sie anderweitig zu schikanieren.*

Riga, im Sommer 1997

Rebecca. An diesem Nachmittag lernte ich die Bewohner von Trīs Liepas kennen. Ich hatte noch nie so viele Öko-Utopisten auf einem Haufen gesehen. Vollbärtige Männer in Zimmermannshosen, die Zäune reparierten und wussten, wie man schmiedete und drechselte und Leder bearbeitete. Frauen in bunten Kleidern oder Röcken, die Kerzen zogen, töpferten und Wolle spannen. Kinder, die barfuß über den Dorfplatz rannten und auf Grashalmen Musik machten. Babys in naturbraunen Leinen-Latzhosen und Stoffwindeln, die mit über einem Jahr noch voll gestillt wurden. Es war wie in einem Film - oder auf einem Mittelalterfestival. Doch im Gegensatz zu den Mittelalterfreaks stiegen diese Leute hier am Tagesende nicht in einen Bus, um in ihre Dreizimmerwohnung in Bottrop zurückzufahren. Diese Leute hier meinten es ernst. Was ich sah, war ihr Leben, das Leben in einer Utopie. Natürlich taten sie das, was sie mir zeigten, nicht den ganzen Tag und verdienten damit wohl auch nicht ihren Lebensunterhalt, aber was die Männer und Frauen da konnten, das Drechseln und Holzschnitzen und Weben, war eine der Voraussetzungen, um in Trīs Liepas aufgenommen zu werden: der Erwerb und Erhalt einer alten Handwerkskunst.

Nach unserer Rückkehr füllte Magdalena einen Korb mit Tellern, Bechern und Besteck und drei andere Körbe mit Brot, die sie für das Gemeinschaftsessen gebacken hatte. In ihrem Haus wimmelte es plötzlich von Kindern und Jugendlichen, und wie sich herausstellte, waren vier davon Magdalenas Kinder, zwei Jungen und zwei Mädchen; sie und Wolf hatten insgesamt also sechs Kinder. Der älteste Junge war schon neunzehn und würde Trīs Liepas nach den Sommerferien verlassen, um in Deutschland alternativen Landbau zu studieren.

Als wir um kurz vor acht auf den Thingplatz kamen, hatten die Bewohner Tische aufgestellt, auf denen jeder seine mitgebrachten Schüsseln und Platten mit Käse und Wurst, sauren Gurken, eingelegten Kürbissen und Tomaten ablud. Zum Sitzen gab es dann allerdings keine Bänke, sondern jeder setzte sich hin, wo er gerade Lust hatte. Manche hatten Decken mitgebracht, auch Magdalena, die mir eine braune Wolldecke reichte, auf der ich mich mit meinem Teller setzte.

Während des Essens unterhielt ich mich mit Magdalena und zwei anderen Frauen: Ellen, einer ehemaligen Erzieherin aus Hamburg, und Peggy, einer Köchin aus Berlin. Georg setzte sich erst zu einer kleinen Gruppe von Männern, dann wechselte er mehrmals den Platz, wohl, um mit möglichst vielen unterschiedlichen Männern zu sprechen. Ich versuchte, ihm nicht allzu auffällig mit Blicken zu folgen, was mir, glaube ich, nicht besonders gut gelang. Später, als es dunkel zu werden begann, zündete der Schmied des Dorfes ein Lagerfeuer an und auch die Fackeln, die rund um den Thingplatz im Boden steckten. Nicht zum ersten Mal an diesem Abend musste ich an Penelope denken. Ich sah sie vor mir, mit all den barfüßigen Kindern, und malte mir aus, wie auch sie hier herumrennen und Stockbrot über das Feuer halten würde. Ja, dachte ich, meinem kleinen Mädchen würde es hier gut gefallen, an diesem Ort ohne Straßen und Autos, ohne Ampeln und Stoppschilder.

Als Georg sich später zu mir auf die Decke setzte, fragte ich: »Wie gefällt es eigentlich deinen Kindern hier?« Im Laufe dieses Nachmittags waren wir ganz nebenbei einfach zum Du übergegangen, und es fühlte sich mehr als richtig an.

Er verzog das Gesicht zu einem schiefen Grinsen. »Ganz ehrlich? Meine Söhne halten diese Leute hier für Spinner. Und mich übrigens auch.«

Ich musste an die beiden halbwüchsigen Jungen vom Johannisfeuer denken, wie sie dort gestanden hatten, in ihren pastellfarbenen Poloshirts, mit ihren akkurat geschnittenen Haaren. Sie hatten so unglaublich elitär ausgesehen, dass ich Mühe hatte, sie mir hier inmitten dieser Utopisten vorzustellen.

»Und Xenia?«

»Xenia …« Er sah mich nachdenklich an. »Ich denke, sie hat jedes Mal ein wenig Anlaufschwierigkeiten. Aber wenn sie erst mal ein, zwei Tage da ist, gefällt es ihr meistens recht gut. Wir halten hier ja zweimal im Jahr Jugendfreizeiten ab.«

»So richtig pfadfindermäßig?«, fragte ich.

»Ja. Mit allem, was dazugehört. Lagerfeuer, Schnitzeljagden, Wanderungen, Singen …«

»Das würde meiner Tochter auch gefallen.«

»Dann schick sie doch hierher. Ich kann mich um einen Platz für sie kümmern.«

»Klingt, als wären die Plätze ziemlich umkämpft.«

»Das ist vielleicht etwas übertrieben. Aber … ja … die Teilnehmerzahl ist begrenzt. Die meisten Eltern melden ihre Kinder schon ein Jahr vorher an.«

»Dann muss es ja wohl gut sein.«

»Ich glaube, die Freizeiten sind deshalb so begehrt, weil die Kinder hier eine großartige Gemeinschaft erleben, ganz nah an der Natur. Ist ein bisschen altmodisch, aber das macht für mich gerade den Charme aus.«

»Penelope ist erst acht. Da ist sie wahrscheinlich sowieso noch zu jung.«

»Sag das nicht. Die jüngsten Teilnehmer sind fünf. Die nächste Freizeit findet in zwei Wochen statt, in der letzten Ferienwoche. Übrigens startet die Freizeit mit einem *Tag des offenen Dorfs*. Da können Besucher einen Blick in die Werkstätten werfen und sich über ökologischen Landbau und das Dorfprojekt informieren. Also wenn du möchtest, besorge ich Penelope einen Platz.«

Ich erwiderte seinen Blick, und plötzlich wurde mir klar, dass es hier nicht um Penelope ging. Es ging nicht um Penelope und nicht um Xenia, es ging auch nicht um Kinder, die an die Natur herangeführt werden sollten. Es ging um uns, um ihn und um mich und darum, einen Grund zu haben, uns wiederzusehen, ein Alibi, miteinander zu sprechen und uns anzusehen. Wir würden mit den Kindern auf dem Rücksitz hierherfahren und dann alleine zurückfahren, Knie an Knie, und alles hätte seine Berechtigung, niemand würde sich irgendetwas dabei denken. Ich musste an Magdalenas Worte von vorhin denken. *Ich habe Georg noch nie so lebendig gesehen.* Die Bedeutung dieser Worte erfasste mich mit voller Wucht, sie spukten immer weiter in meinem Kopf herum, während ich Georg im Feuerschein der Fackel betrachtete, seine fein geschwungenen Lippen und die braun gebrannten Oberarme, wie er dasaß, so ruhig und selbstverständlich und auch ein bisschen träge, wie ein Löwe, der sich ausruht. Kein anderes Gefühl hatte mehr Platz, als dass ich ihn wollte, mehr als alles andere auf der Welt in diesem Moment.

Es war nach zwölf, als sich die Zusammenkunft langsam auflöste. Nach und nach gingen in den Häusern rund um den Dorfanger die Lichter an, um bald darauf wieder zu erlöschen. Auch wir brachen auf, unter den Letzten in der Runde, Magdalena und die Kinder waren längst gegangen. So machten wir uns zusammen mit Wolf auf den

Rückweg durch die Vollmondnacht, die so hell war, dass ich den Ausdruck auf Georgs Gesicht genau erkennen konnte. Plötzlich schien er in sich gekehrt und antwortete einsilbig auf Fragen, die Wolf oder ich ihm stellten, wie gedankenverloren. Beim Gutshaus holten wir unser Gepäck aus dem Wagen und schlichen, nachdem wir Wolf gute Nacht gesagt hatten, hinauf in eine ausgebaute Remise, in der die beiden Gästezimmer lagen, die Magdalena für uns vorbereitet hatte.

»Ja, dann«, sagte er in der Diele vor der Tür zu seinem Zimmer, die Hand schon auf der Klinke. »Das war … ein schöner Abend.«

Ich nickte, sagte: »Ja … das war es«, und fand, dass meine Stimme dabei ganz merkwürdig klang, wie die Stimme einer Fremden.

Einen Augenblick lächelten wir uns an, wahrscheinlich warteten wir darauf, dass der jeweils andere die Initiative übernahm. Doch da wir beide schwiegen, wandte ich mich ab, öffnete die Tür zu meinem Zimmer und drehte mich noch einmal zu ihm um. Da tat Georg einen Schritt nach vorne, auf mich zu. So standen wir da, in der geöffneten Tür, und in diesen zwei, drei Sekunden schien die Zeit stillzustehen. Die Luft war stickig und irgendwie staubig, und durch das Stickige und Staubige roch ich den schwachen Duft seines Rasierwassers. Er war mir jetzt so nah, dass ich die Wärme seines Körpers dicht an meinem spürte. Mit einer unendlich sachten Bewegung legte er seine Fingerspitzen an mein Kinn und hob es an, so dass wir uns in die Augen sahen. Langsam kam sein Mund näher, berührte meine Lippen, und dann schob er mich in das Zimmer, immer noch sehr sacht, sehr langsam, und schloss die Tür hinter uns.

Natürlich könnte ich der Sommernacht die Schuld geben für das, was dann geschah, oder dem Vollmond oder den Zikaden, die so laut und so ausdauernd zirpten, dass ich mich fühlte wie in einer Nacht im Süden – irgendwo auf Sizilien oder Kreta, aber ganz sicher nicht in einem lettischen Ökodorf dreieinhalbtausend Kilometer weiter nördlich, in der Remise einer achtköpfigen deutschen Familie in Leinenklamotten. Jedenfalls hat niemand mich dazu gedrängt, mit ihm zu schlafen, nicht in dieser Nacht und auch nicht in all den Nächten, die noch folgen sollten.

Ich wusste, dass mein Vater und sie ein Liebespaar waren. Aber es machte mir nichts aus, denn ich mochte sie mehr als meine eigene Mutter.

Kaiserwald I

Penelope. Jetzt also auch noch *Bionic Woman.* Du glaubst nicht, welche Spitznamen ich im Laufe meines Lebens zu hören bekommen habe, aber davon erzähle ich dir ein anderes Mal. Jetzt geht es darum, dich mit allen Fakten zu versorgen. Du hast mich übrigens mal gefragt, am 19. Oktober war das, seit wann ich eigentlich Sport treibe. Aus naheliegenden Gründen konnte ich dir diese Frage damals nicht ehrlich beantworten, darum tue ich es jetzt:

Es war in dieser Phase meines Lebens, dass ich wirklich ernsthaft zu trainieren begann. Ich musste raus aus der Rolle des Opfers, ich wollte mich selbst und meine Kraft auch körperlich spüren. Also machte ich Bergläufe, ging regelmäßig zum Taekwondo und fing auch noch exzessiv mit Biathlon an, nahm aber noch nicht an Wettkämpfen teil, weil ich weiterhin am liebsten allein war. Es ging mir zu der Zeit einzig und allein darum, meinen Kopf in Schach zu halten. Und das schaffte ich am besten, indem ich mich jeden Tag bis zur Erschöpfung bewegte.

Allerdings hatte sich längst herumgesprochen, dass ich ein *irgendwie krasses Gedächtnis* hatte, weshalb ich immer dann gerufen wurde, wenn es galt, sich an etwas aus dem Gemeinschaftskundeunterricht zu erinnern oder irgendeinen Quatsch zu entkräften, den jemand behauptete.

Es war am 6. Oktober. Ich war siebzehn, das Schuljahr hatte gerade begonnen, als Frieda aus meinem Geschichtskurs mir von der anderen Seite des Klassenzimmers aus zurief: »Wie war das Wetter letztes

Jahr in den Herbstferien?«, und dann Sebi, ihren Nebensitzer, herausfordernd ansah.

Ich war an solche Fragen gewöhnt und musste auch nicht lange überlegen, sondern sprang im Geiste auf den Zeitstrahl und reiste zurück. Am 30. Oktober hatte ich einen Berglauf auf den Sonnenkopf gemacht. An Allerheiligen war ich mit dem Opa im Wald gewesen, und wir hatten den Sturmschaden begutachtet. »Das Wetter war eigentlich die ganze Woche gleich. Trüb, ein bisschen Regen, nicht besonders kalt. Warum fragst du?«

»Ich will nur wissen, ob es geschneit hat.«

Inzwischen hatten sich ein paar Mitschüler zu uns umgedreht und hörten gespannt zu, auch Leon.

Ich überlegte noch ein bisschen weiter, dachte daran, dass ich am 3. November mit Tante Hannelore beim Werksverkauf von Vaude gewesen war und sie mir eine blaue Softshell-Jacke gekauft hatte, die ich am nächsten Tag gleich angezogen hatte, als ich nach Simmerberg lief und zurück.

»Nö. Geschneit hat es das erste Mal am 10. November, das war ein Mittwoch. Aber da waren die Herbstferien ja schon vorbei.«

Ich sah, wie Frieda Sebi ein Gesicht schnitt. Zu mir sagte sie: »Der Sebi hat nämlich behauptet, er wär in den Herbstferien das erste Mal beim Skifahren auf dem Hochgrat gewesen.«

»Okay, okay, dann war's eben in der Woche drauf«, meinte Sebi daraufhin.

Da schaltete sich Leon ein, der zwei Bänke entfernt von mir saß. Mit einer hochgezogenen Augenbraue rief er Sebi zu: »Was seid ihr denn für Spackos?« Mit dem Kinn machte er eine Bewegung in meine Richtung: »Die verarscht euch doch nur. Woher will die das denn wissen?«

Ich zuckte die Achseln und wandte mich ab. Ich hatte kein Bedürfnis, es diesem Typen zu zeigen. Stattdessen bückte ich mich, hangelte unter dem Tisch nach meinem Rucksack und holte mein Mäppchen hervor, warf es auf den Tisch.

Aber er gab keine Ruhe. Er kippelte mit seinem Stuhl zurück, sodass er hinter seinem Nebensitzer vorbeisah, und wandte sich mir zu.

»Woher willst du das denn wissen, hä?«

Ich reagierte nicht. Er sah mich weiter von der Seite an, mit diesem für ihn typischen Gesichtsausdruck, ein bisschen schief, provozierend, überheblich.

Da rief Frieda von der anderen Seite her: »Sie weiß es eben.«

»Aber woher?«

Jetzt grinste Frieda ihn an. Auch sie konnte einen auf überheblich machen. »Man merkt, dass du immer noch neu bist.« Dann beugte sie sich ein wenig vor und betonte während des Redens jede einzelne Silbe, als habe sie es mit einem Gehirngeschädigten zu tun. »Es ist einfach so: Du kannst sie nach irgendwas fragen ... was sie am 5. August letztes Jahr gemacht hat oder ...«, sie überlegte, »oder was der 12. Juli für ein Wochentag war ... oder meinetwegen, was wir am 20. September in Geschichte besprochen haben ... oder wo du gesessen hast und was du anhattest. Da wirst du dein blaues Wunder erleben.«

Ich beachtete die beiden nicht weiter. Unser Geschichtslehrer Rüsch war inzwischen hereingekommen. Ich holte meinen Kuli aus dem Mäppchen und schlug den Block auf.

Aber Leon gab keine Ruhe. Ein wenig verächtlich, als hätte er es mit Leuten zu tun, die allesamt ziemlich einfältig waren, sagte er: »Ja, aber die kann euch doch alles erzählen. Ihr könnt das doch gar nicht nachprüfen.«

Da ereiferte sich Sebi. »Für wie doof hältst du uns eigentlich! Nur weil du's nicht peilst, heißt das noch lange nicht, dass ...«

»So, Leute, wenn ihr jetzt eure Privatgespräche einstellen würdet ...« Rüsch stand vorne an der Tafel und sah zwischen Leon und Sebi hin und her.

Doch Leon wollte sich nicht geschlagen geben. Noch einmal kippte er mit seinem Stuhl nach hinten, sah Sebi an und tippte sich an die Stirn: »Ihr seid solche Landeier.«

Da sagte ich: »Am 5. August *letztes* Jahr war ich in Swakopmund, das ist in Namibia, und habe im Meer gebadet. Der 12. Juli war ein Dienstag. Am 20. September hatten wir gar kein Geschichte, da war Herr Rüsch auf Studienfahrt. Die Woche davor aber schon, direkt am

14. September, dem Montag nach den Ferien. In der Stunde war es auch, wo du das erste Mal über die Bismarck-Biografie gelabert hast, die du dir in den Ferien reingezogen hattest. Du hast in der ersten Reihe rechts gesessen, hattest ein schwarzes *Fuck-the-System*-Shirt an, und nach der Schule hat deine Mutter dich mit dem Auto abgeholt. Wie immer hat sie an der Bushaltestelle geparkt, woraufhin der Busfahrer, der Dicke mit der Glatze, ziemlich aggro geworden ist. Alles klar?«

Berlin, im Herbst 2023

Mathilda. Im Nebenraum, so einer Art Servierküche – die richtige Küche war im Untergeschoss – fauchte die Kaffeemaschine, ein chromglänzendes Ungetüm wie in einer italienischen Bar. Kurz darauf betrat Waltraud das Speisezimmer und stellte den Cappuccino vor ihr auf den Tisch.

Mathilda saß allein beim Frühstück. Seit dem Aufwachen grübelte sie über ihre Entdeckungen vom Vortag nach. Wie merkwürdig, dass sie ihn von früher kannte, dass sie sich tatsächlich begegnet waren. Und dass es da diese Schwester gegeben hatte. Xenia. Noch in der Nacht hatte sie Xenia von Prokhoff gegoogelt, aber nichts gefunden. Diese Schwester war wie vom Erdboden verschluckt, als hätte sie nie existiert. Möglicherweise hatte das Mädchen ja ganz anders geheißen und Xenia war auch nur ein Spitzname gewesen, so wie Albi und Rodi. Mehr als alles andere aber beschäftigten Mathilda die Narben an Falks Handgelenken, sein erschreckter Blick, als er die Hände vor ihr zurückgezogen hatte. Sie fragte sich, ob diese Narben der Grund dafür waren, dass er so früh aufgestanden war, denn so hatte sie keine Gelegenheit mehr gehabt, ihn noch mal darauf anzusprechen. Er hatte ihr einen Zettel auf den Nachttisch gelegt, in dem er behauptete, er müsse arbeiten. Doch sie war sich fast sicher, dass das nur ein Vorwand war und er ihr aus dem Weg ging. Wo Claire und Georg waren, wusste sie nicht, nahm aber an, dass Georg irgendwo draußen auf seinem Gut unterwegs war. Ihr war das Alleinsein ganz recht. So hatte sie erst mal Gelegenheit, richtig wach zu werden, denn viel geschlafen hatte sie nach Falks Albtraum gestern Nacht nicht mehr.

»Ein dummer Jungenstreich, der aus dem Ruder gelaufen ist.« Mit diesen Worten hatte Falk versucht, die Narben an seinen Handgelenken kleinzureden.

»Das glaubst du ja wohl selbst nicht«, entfuhr es Mathilda daraufhin, doch er blieb dabei und schmückte das Ganze noch mit einer abenteuerlichen Anekdote von einer Mutprobe im Internat und einer Wette unter Kumpels aus.

Mathilda nahm ihm kein Wort ab. Dazu sahen die Narben viel zu schlimm aus. Bei der Erinnerung an die verunstaltete Haut an diesen empfindlichen Stellen überkam sie ein Schauder, und sie ertappte sich dabei, wie sie ihre eigenen Handgelenke gegen ihren Bauch drückte, mit den Handrücken nach außen. Zwei Dinge waren ihr jetzt klar: dass die langärmligen Hemden keine Marotte waren – und warum er vor dem Ausziehen bisher jedes Mal das Licht gelöscht hatte. Vielleicht waren diese Narben ja der Grund dafür, warum er sie bisher noch nicht angerührt hatte? Sie wusste auch nicht, warum ihr dieser Gedanke fast tröstlich erschien.

Sie nahm einen vorsichtigen Schluck von dem heißen Cappuccino, in der Hoffnung, dass das Koffein die Müdigkeit vertreiben würde und ihr einen klaren Kopf verschaffte. Noch immer konnte sie kaum glauben, was sie gestern Nacht entdeckt hatte. Dieser dem Anschein nach so perfekte Mann musste irgendwann einmal versucht haben, sich die Pulsadern aufzuschneiden. Anders waren diese Narben nicht zu verstehen. Sie trank den Cappuccino aus und sah nach draußen, doch die vielen Sprossen in den Fenstertüren zerteilten den Blick so sehr, dass es ihr vorkam, als würde sie durch ein Gefängnisgitter schauen.

Im Nebenraum klapperte Waltraud mit dem Geschirr. Mathilda griff nach der Kristallschale mit dem Obstsalat, schöpfte sich auf. Seit gestern Nacht machte ihr noch ein anderer Gedanke zu schaffen: Wie würde Falk reagieren, wenn er herausfände, wer sie eigentlich war? Und was würde *sie* dann tun? Sie nahm den letzten Schluck aus der Tasse und dachte wieder an sein Gesicht, den Ausdruck in seinen Augen, bloß und nackt. Und plötzlich ertappte sie sich dabei, wie sie den Gedanken, ihn einfach wieder aus ihrem Leben zu löschen, energisch wegschob.

»Noch einen Cappuccino?«, fragte Waltraud, die auf einmal neben ihr stand. Mathilda zuckte zusammen. Sie hatte die Haushälterin nicht kommen hören. Sie würde in Zukunft besser aufpassen müssen. Diese Frau bewegte sich wie eine Katze, vollkommen lautlos.

Mathilda nickte. »Ja, sehr gerne.«

»Vielleicht auch noch ein bisschen Bacon und Scrambled Eggs?« Waltraud deutete auf ein Sideboard, auf dem, wie in einem Hotel, mehrere Warmhaltebehälter standen.

»Gerne, aber ich nehm mir selbst.« Sie stand auf, trat an das warme Büffet und bediente sich noch mal. Als Waltraud ihr wenig später den zweiten Cappuccino brachte, fragte sie sich, ob sie wohl vor ihrer Abfahrt noch einmal die Gelegenheit bekäme, in den Familienalben nach dieser Xenia zu suchen, an die sie sich so klar und deutlich erinnerte, als wäre es gestern gewesen. Xenias Gesicht vor Augen nahm sie gerade einen Schluck aus ihrer Tasse, als von der Diele her plötzlich Kinderstimmen zu hören waren und dann eine Frau, die rief: »Stopp, stopp, stopp, Schuhe ausziehen!« Ein vielleicht fünfjähriger hellblonder Junge in dunkelgrünen Gummistiefeln kam hereingelaufen, eine Dreckspur auf dem weiß lackierten Dielenboden hinter sich her ziehend. Als er Mathilda erblickte, blieb er abrupt stehen und sah sie unter den Ponyfransen seines Topfhaarschnitts an. Kurz darauf folgte eine weizenblonde Frau, ein Kleinkind auf dem Arm. Sie sah Mathilda mindestens ebenso erstaunt an wie Mathilda sie. Allerdings war Mathilda der Frau gegenüber im Vorteil, denn sie hatte sie immer mal wieder in deren Porsche Cayenne beobachtet, wie sie, die Kinder auf dem Rücksitz, vor der Villa in Zehlendorf gestanden und darauf gewartet hatte, dass das Tor aufglitt. Es war Veronika von Prokhoff, Falks Schwägerin. Jetzt, wo Mathilda sie das erste Mal von Nahem sah, bemerkte sie, was für ein schmales, blasses Gesicht diese Frau hatte, was für außerordentlich feine Gesichtszüge. Eine Madonna mit Kind, fuhr es Mathilda durch den Kopf. Und dann erschien hinter Veronika ein etwas älteres Mädchen, das ihr wie aus dem Gesicht geschnitten war, mit ebenso blondem, zu einem Zopf geflochtenem Haar und den gleichen schmalen Wangen.

»Oh, hallo«, sagte die Frau in einem leicht nasalen Ton.

»Ich bin Mathilda«, sagte Mathilda und stellte ihre Tasse beiseite, ging auf die Frau zu und streckte die Hand aus.

»Veronika von Prokhoff.«

Die Hand der Frau war eiskalt, was sie selbst zu bemerken schien, denn sie sagte: »Es ist so kalt geworden! Gestern hatten wir tagsüber noch 24 Grad und heute ... Sag guten Tag, Jonathan!«

Aber Jonathan war nicht geneigt, stattdessen stampfte er mit seinen schmutzigen Stiefeln über den Boden und sah zufrieden auf die Abdrücke, die er hinterließ.

Veronika von Prokhoff betrachtete ihn gelassen, ein Lächeln auf den Lippen, so als hätte ihr kleiner Sohn gerade eine besonders originelle Showeinlage geliefert. Was das Mädchen nicht zu finden schien, denn sie packte ihren Bruder fest am Arm und sagte: »Hör auf, Mann, du machst alles schmutzig.« Der Junge verzog das Gesicht und fing an zu weinen, das Mädchen verzog keine Miene. Und dann, als wäre nichts geschehen, ließ sie ihn los, streckte Mathilda die Hand entgegen und sagte förmlich: »Guten Tag. Ich heiße Wilhelmine von Prokhoff.«

Hier schienen alle verdammt viel Wert auf diesen Namen zu legen. Mathilda betrachtete das blasse Mädchengesicht. Wie eine kleine Erwachsene wirkte sie, mit ihren beigen Reiterhosen und der dunkelgrünen Steppjacke, die sie immer noch trug. Einzig die rot-weiß gepunkteten Hüttenschuhe mit den Pilzaufnähern fielen aus dem Bild.

Jetzt erklärte sie: »Ich habe ein Pferd. Es heißt Fallada. Möchten Sie es sehen?«

»Du siehst doch, dass die Dame noch beim Frühstücken ist ...«, näselte Veronika.

Da sagte ein Mann hinter ihnen: »Wir haben Besuch ... Guten Morgen!«

Der Mann kam auf Mathilda zu. »Ich bin Tristan.« Auch er reichte ihr die Hand. Ein fester Druck, warme Hände. Die Ähnlichkeit mit Falk war nicht zu übersehen. Allerdings wirkte Tristan anders als sein Bruder wie ein ehemaliger Sunnyboy, immer noch sonnengebräunt, aber mit einer leichten Plauze, die er jedoch unter einem gut geschnittenen Hemd kaschierte. Mathilda dachte an die alten Fotos. Trotz der Sonnenbräune hatte auch Tristan mit seinem akkurat gescheitelten Kurzhaarschnitt und dem vollen Gesicht wenig Ähnlichkeit mit dem Jungen von damals.

Er sah Mathilda forschend an, während der kleine Jonathan, immer noch in Gummistiefeln, zum Büffet lief, sich ein Croissant schnappte und hineinbiss. Krümel rieselten auf seine dunkelblaue Steppjacke.

»Der macht nur Dreck«, rief Wilhelmine vorwurfsvoll. »Warum sagt ihr das dem nicht!«

»Entschuldigen Sie«, sagte Tristan nun, ging auf den Jungen zu, nahm ihm das Croissant aus der Hand, eine Spur zu energisch, hob ihn hoch und trug ihn aus dem Raum. Der Junge begann zu schreien und zu zappeln und versuchte auch, seinen Vater zu treten. Etwa im gleichen Moment fing das Kleinkind auf Veronika von Prokhoffs Arm an zu greinen, sodass auch sie sich wegdrehte.

Mathilda war erleichtert, nicht mehr im Zentrum der Aufmerksamkeit zu stehen. Sie setzte sich wieder an den Tisch und frühstückte weiter, während das Ehepaar von Prokhoff damit beschäftigt war, die beiden kleineren Kinder zu bändigen. Vollkommen unbeeindruckt zog Wilhelmine ihre Jacke aus, setzte sich an das einzige verbliebene Gedeck, das für Falk vorgesehen war, faltete die Stoffserviette auseinander und griff nach einem Brötchen.

Zwei Minuten später kam Waltraud aus dem Anrichtezimmer, einen Eimer in der einen Hand und einen Wischer in der anderen, und begann mit gleichmäßigen Bewegungen über den Fußboden zu fahren.

»Hier ist noch was«, sagte Wilhelmine und deutete auf eine Stelle neben sich. Waltraud folgte dem Hinweis und bewegte den Wischer in die Richtung. Mathilda fiel auf, dass ihre Lippen einen geraden Strich bildeten. Sie wirkte so, als hätte sie derartige Szenen schon zu oft erlebt. Mathilda konnte sie verstehen. Am liebsten hätte sie Waltraud den Wischer entrissen und ihn Veronika oder Tristan in die Hand gedrückt.

Mathilda legte ihre Serviette beiseite und stand auf, stellte die Tasse auf den Teller. »Ich werd mal nachsehen, wo Falk abgeblieben ist. Wir müssen ja bald zurück.« Während sie das Geschirr abtrug, hörte sie im

Weggehen Veronika von Prokhoffs ein wenig leiernden Tonfall »... nicht auf den Boden werfen«, was den kleinen Jonathan, da brauchte Mathilda sich gar nicht umzudrehen, sicher nicht im Geringsten interessierte.

Im Servierraum räumte Mathilda den Teller und die Tasse in die Spülmaschine.

»Das müssen Sie nicht tun«, sagte Waltraud, die gerade den Servierraum betrat, den Wischer in der Hand, und das Spülbecken ansteuerte.

»Da bricht sich ja wohl keiner einen Zacken aus der Krone, wenn er mal einen Teller wegräumt.« Mathilda schloss die Klappe des Geschirrspülers, nickte Waltraud zu und verließ den Raum.

Riga, im Sommer 1997

Rebecca. In jener Sommernacht in Trīs Liepas wurden wir also ein Liebespaar. Ich weiß noch genau, wie alles sich anfühlte, wie er sich anfühlte, die Wärme seiner Haut unter meinen Fingerspitzen, sein Duft, das Gewicht seines Körpers, und als wir später nebeneinanderlagen und auf die Geräusche der Nacht lauschten, war alles so natürlich, es fühlte sich richtig an, unabdingbar, wie ein Naturgesetz. Auch als ich am nächsten Tag nach unten in die Küche kam, wo Magdalena Marmelade kochte und die Kinder herumrannten, und mich zu Georg und Wolf an den Tisch setzte, fühlte es sich immer noch richtig an. Ich aß zwei Scheiben von Magdalenas selbst gebackenem Brot, dick mit Butter und frisch gekochtem Pflaumenmus bestrichen, und hatte das Gefühl vollkommener Sorglosigkeit. Ich war so glücklich wie schon lange nicht mehr, und die Aussicht, auf der Fahrt zurück nach Riga drei ganze Stunden neben ihm zu sitzen und ihn nach Herzenslust ansehen zu können, erfüllte mich mit Vorfreude und Aufregung.

Zum Abschied gab Magdalena mir von dem frisch gekochten Pflaumenmus mit, davon und von dem Brot, das sie am Vortag gebacken hatte, und einen Moment lang fühlte es sich an wie damals während meiner Studentenzeit, wenn ich nach einem Besuch daheim wieder nach München zurückfuhr, die Taschen voller Vorräte, die meine Mutter mir mitgegeben hatte.

»Komm bald wieder, Rebecca aus Riga«, sagte Magdalena zum Abschied und umarmte mich, auch Wolf drückte mich kurz. Selbst die Kinder verabschiedeten sich höflich von uns, jedes einzelne von ihnen mit Handschlag, sogar der Eineinhalbjährige streckte sein kleines Händchen aus. Wie die Orgelpfeifen, schoss es mir durch den Kopf, und einen Moment lang kam ich mir wie in einem alten Heinz-Rühmann-Film vor, in dem alles ganz putzig war und alle so furchtbar gute Laune hatten, und wo die Leute Wörter sagten wie »prächtig« und »famos«.

Als wir im Auto saßen, fragte Georg mich, worüber ich mich so freute, und während wir davonfuhren und unsere Hände zum Winken durch die offenen Fenster streckten, verstärkte sich das Gefühl noch mehr, als ich mich umdrehte und sah, wie sie dort standen, die ganze Familie, und uns mit flatternden Händen hinterherwinkten.

»Es ist so herrlich altmodisch hier …«, antwortete ich ausweichend.

»Wenn altmodisch *das* bedeutet, dann ist es wohl etwas Gutes«, sagte er lächelnd und nahm meine Hand. »Also wirst du wiederkommen? Mit deiner Tochter?«

Ich wandte mich um und sah ihn an. »Dann bekommt sie also einen der umkämpften Plätze?«

»Unbedingt.«

Eine Woche später kehrten Robert und Penelope aus Deutschland zurück. Gleich am ersten Abend entschuldigte er sich und verschwand, angeblich, um wichtige Unterlagen in der Schule zu holen, die er vor den Ferien vergessen hatte. Zwei Stunden später rief er mich kurz an, um mir mitzuteilen, dass er immer noch in der Schule sei und noch ein wenig an seiner Unterrichtsvorbereitung arbeiten wolle – eine glatte Lüge, die ich ihm bereitwillig durchgehen ließ. Natürlich war mir klar, mit wem er seine Zeit verbrachte. Aber ich war einfach nur froh, mit Penelope allein zu sein, mit ihr herumzualbern und bei Popcorn *Pippi in Taka-Tuka-Land* anzuschauen, einen Film, den Robert *unerträglich blöde* fand.

Als ich sie später ins Bett brachte, erzählte ich ihr von Trīs Liepas und der Kinderfreizeit und fragte sie, ob sie Lust hätte, eine Woche dort zu verbringen, mit Zelten und Lagerfeuer, woraufhin sie sofort aufsprang, auf ihrem Bett herumhüpfte und »Ja, ja!« rief. Es würde Penelope guttun, vor Schulbeginn noch einmal aus der Stadt herauszukommen, mit anderen Kindern durch den Wald zu rennen, im Zelt zu schlafen und Stockbrot zu braten. Jedenfalls rechnete ich fest damit, am nächsten Wochenende mit Georg, Xenia und Penelope nach Trīs Liepas zu fahren. Doch dann kam alles ganz anders.

Im Kaiserwald war es auch, wo sie sich daran zu erinnern schienen, dass wir ja eine Familie waren oder einmal versuchen könnten, eine zu sein. Ein Experiment, das schon im Entstehen scheiterte, weil niemand von uns wirklich Lust darauf hatte, nicht einmal sie selbst.

Kaiserwald I

Penelope. Nach dieser Stunde sprach mein Geschichtslehrer mich an.

»Hast du mal einen Moment?«

Die anderen schlenderten an mir vorbei, mit Ohren wie Rhabarberblätter. Sie blieben an der Tür des Klassenzimmers stehen, aber Herr Rüsch sah sie so lange an, bis sich alle verzogen. Dann sagte er: »Das da vorhin … Ich nehme an, du erinnerst dich wirklich an alles? Was du wann gemacht hast und so?«

Ich zuckte die Achseln. »Klar. Oder glauben Sie mir nicht?«

»Doch, doch, ich wollte sowieso schon längst mal mit dir reden. Hast du dich schon mal testen lassen? Wegen einer Hochbegabung?«

Ich sah ihn an und musste lachen.

»Haben Sie meine Noten in Mathe und Physik gesehen? Und in Chemie hab ich letztes Jahr, bevor ich es abwählen konnte, gerade so eine Vier geschafft.«

Er schien nichts dabei zu finden. »Na ja«, sagte er, »das scheint dich eben nicht sonderlich zu interessieren. Aber ansonsten … hast du ein so gutes Gedächtnis, wie ich es noch nie erlebt habe.«

Ich zuckte die Achseln. »Das mit meinem Gedächtnis passt schon. Aber hochbegabt … das bin ich sicher nicht.«

Ich schulterte meinen Rucksack und wollte gehen. Da bückte er sich nach seiner Aktentasche, stellte sie auf den Stuhl und holte etwas heraus.

»Das hier trage ich schon länger mit mir herum.« Er hielt mir ein paar Blätter hin. »Ein Artikel aus der *Welt.*«

Ich warf einen Blick auf die Überschrift. Augenblicklich wurde mir ganz komisch zumute: *Die Frau, die nichts vergisst* stand dort.

»Wenn du das gelesen hast, können wir ja mal drüber reden. Natürlich nur, wenn du willst.«

Ich starrte weiter auf das Blatt, auf die Worte, die mich unangenehm berührten, sagte aber nichts.

Als ich zum Busbahnhof kam, war der frühe Bus schon weg. Ich setzte mich auf eine Bank und las. Der Artikel, den Rüsch mir mitgegeben hatte, handelte von einer Frau in den USA, Jill Price, die unter einer seltenen Störung des autobiografischen Gedächtnisses litt. Ein Professor und Hirnforscher namens James McGaugh hatte sie untersucht und festgestellt, dass ihr Gehirn ihre Erinnerungen nicht archivierte und sie sich deshalb detailliert an alles erinnerte, an das Wetter, an ihre Kleidung, was sie gemacht, was sie gegessen hatte, kurzum an jeden einzelnen Tag ihres Lebens seit ihrem achten Lebensjahr. Im Laufe der Zeit war der Professor auf weitere Menschen gestoßen, die über ein derart außergewöhnliches Gedächtnis verfügten. Wissenschaftlich wurde dieses Phänomen als HSAM bezeichnet, was für Highly Superior Autobiographical Memory stand. Die Erinnerungsfähigkeit dieser Leute hatte nichts mit einer Inselbegabung zu tun und bezog sich vor allem auf Ereignisse aus dem eigenen Leben, konnte aber auch Geschehnisse aus der Weltgeschichte einbeziehen, sofern sich die betroffene Person dafür interessierte oder emotional darauf reagierte. Alles in allem waren diese Menschen nicht nur in der Lage zu rekonstruieren, was sie an einem beliebigen Tag ihres Lebens getan hatten. Vielmehr erinnerten sie sich an jeden einzelnen Tag mit einer Intensität, als würden sie ihn gerade erleben.

Ich ließ den Artikel auf meinen Schoß sinken.

Das war ich.

Der Bus kam, und ich stand auf, stieg ein.

Die Frau in dem Artikel, das war ich.

Ich setzte mich in die letzte Reihe in den fast leeren Bus und las noch einmal alles durch. Dann faltete ich den Artikel und steckte ihn in meinen Rucksack.

Natürlich hatte ich all die Jahre gespürt, dass etwas mit mir anders war. Ich hatte mich gefragt, wie es kam, dass niemand sonst sich in dieser Intensität und Genauigkeit erinnerte, hatte das aber immer mit meiner Mutter in Verbindung gebracht. Ich hatte geglaubt, mich nur deshalb so viel schärfer und deutlicher zu erinnern, weil *mir* das passiert war, weil *ich* als Einzige die Mutter verloren hatte. Ich hatte gedacht, ich könnte das ganze Zeug deshalb nicht vergessen, weil ich eben versuchte, sie auf diese Art zurückzubekommen. Wenn ich mich nur genau genug an alles erinnerte, dann würde ich irgendwann den Weg zu ihr finden. Und nun las ich in diesem Artikel, dass diese Frau, diese Jill Price – und all die anderen Leute – sich auf die gleiche Art und Weise erinnerten wie ich, auch ohne eine Mutter verloren zu haben.

In der nächsten Schulstunde gab Rüsch mir die Telefonnummer eines Professors in München, der sich mit Leuten wie mir beschäftigte. Du kannst dir sicher denken, dass ich eine Weile brauchte, um diese Informationen zu verdauen. Etwa einen Monat lang rang ich mit mir, bevor ich meinen Großeltern den Artikel zeigte. Als ich es dann getan hatte, herrschte bestürztes Schweigen. Natürlich hatten sie all die Jahre gewusst, dass etwas mit mir nicht stimmte. Aber es nun schwarz auf weiß zu sehen, mit einem Begriff, der das Ganze fasste, war doch noch etwas ganz anderes.

Was folgte, ist schnell erzählt. Ich wusste, dass die Oma es für richtig hielt, der Angelegenheit nachzugehen, doch der Opa wollte nichts davon wissen. »Lasst das Mädle doch in Ruhe! Was soll der Schmarrn?« Er wirkte sehr besorgt. Am Ende überließen sie mir die Entscheidung. Nach einigem Ringen siegte meine Neugierde, und so ließen wir uns noch in der gleichen Woche an der Uniklinik in München einen Termin geben, wo ich den Professor traf, der mir sofort Fragen stellte, die ich wohl alle zu seiner Zufriedenheit beantwortete. Es folgten monatelang aufwendige Tests. Auch scannten sie mehrere Male mein Gehirn. Das Ganze dauerte etwa ein halbes Jahr, dann stand die Diagnose endgültig fest: Ich hatte tatsächlich HSAM.

Mathilda. Trotz der Behauptung, Falk und sie wollten bald nach Berlin zurück, hatte es Mathilda im Grunde nicht eilig. Lieber wollte sie in Ruhe nachdenken, wie sie nun weiter vorgehen sollte, um zum Beispiel einen Blick in die Fotoalben zu erhaschen. Auch fragte sie sich, ob sie es wagen könnte, diese Veronika nach Xenia zu fragen, wofür sie natürlich allein mit ihr sprechen müsste. Sie trat hinaus in den warmen Herbstsonnenschein. Vom Sturm des gestrigen Abends war nichts mehr übrig. Die alte Linde im Innenhof hatte Blätter und Zweige gelassen, aber ein guter Geist hatte schon alles auf einen Haufen gekehrt. Allerdings war es jetzt deutlich kälter als am Vortag. Mathilda zog den Reißverschluss der dunkelblauen Daunenjacke – Claire von Prokhoffs Jacke – zu und schlang sich den Schal um den Hals. Dann durchquerte sie den Innenhof, kam zu den Stallungen, wo sie Wilhelmines Pferd vermutete, und ging dann weiter zu einem lang gestreckten Fachwerkgebäude mit einem Birnenspalier, vor dem eine weiße Bank in der Sonne stand. Sie warf einen Blick in das Gebäude und sah einen großen Konferenztisch, um den rund zwanzig Stühle standen. Neben dem Eingang hing ein Messingschild mit der Aufschrift *Dreilinden-Stiftung*.

Auf dem Weg zum Torhaus stellte sie sich vor, wie es vor Hunderten von Jahren wohl gewesen sein mochte, als Ritter Roderich von Prokhoff hier herrschte, ohne fließendes Wasser, ohne Elektrizität, ohne Telefon. Sie dachte an Mägde, die über den Hof liefen, im Schneetreiben, ein Tragjoch mit Wassereimern auf den Schultern, das Klappern von Pferdehufen auf dem Pflaster, Depeschenreiter mit wehendem Umhang, eine Hühnerschar, die auseinanderstob. Mit einem Frösteln steckte sie den Schal in den Jackenkragen. Vor dem Pförtnerhaus blieb sie stehen, betrachtete den Torbogen mit dem Familienwappen derer von Prokhoff. Drei stilisierte Linden und etwas, das wie ein Halbmond aussah, sowie die Zahl 1695. In einer alten Chronik, die sie in einem Online-Antiquariat aufgestöbert hatte, war zu lesen, dass der Gutshof selbst im achtzehnten Jahrhundert erbaut worden war, die ältesten Gebäudestrukturen des ehemaligen Ritterguts aber aus dem Mittelalter stammten.

Sie wollte gerade durch das Torhaus gehen, als ein roter Cinquecento auf sie zukam. Das Licht spiegelte sich in der Windschutzscheibe, sodass Mathilda nicht in den Wagen hineinsehen konnte. Erst als das Auto neben ihr anhielt und die Scheibe heruntерglitt, sah sie, dass eine blonde Frau hinter dem Steuer saß und ihr unsicher zulächelte. Die Frau war etwa in ihrem Alter und trug eine bis zum Hals zugeknöpfte weiße Bluse.

»Hallo?«, sagte sie in einem fragenden Tonfall. »Ich suche Herrn und Frau von Prokhoff?«

Mathilda musterte die Frau interessiert. Sie war sehr blass und wirkte angespannt, gleichzeitig hatte sie etwas eigenartig Trotziges an sich. Plötzlich schien der Besucherin einzufallen, dass sie sich nicht vorgestellt hatte, und sie ergänzte: »Entschuldigen Sie. Ich heiße Sieglinde König, und bin eine Mitarbeiterin der Dreilinden-Stiftung.«

»Ach, Frau König ... Hallo. Am besten, Sie klingeln dort, die Haushälterin weiß sicher, wo die beiden sind.« Gerne hätte Mathilda sich mit der Frau unterhalten und ein wenig weiter recherchiert. Auch spielte sie kurz mit dem Gedanken, das Gespräch zwischen den Prokhoffs und Sieglinde König zu belauschen. Aber dabei liefe sie womöglich Falk in die Arme, der sie mit seinem Bruder bekannt machen würde. Sie wollte ihre freie Zeit lieber nutzen, um sich persönlich einen Überblick über das Anwesen zu verschaffen, von dem sie schon so viel gelesen hatte. Vor allem aber hoffte sie, irgendwo auf das Gewächshaus und auf Georg zu stoßen, um von ihm unter vier Augen ein paar Dinge aus der Vergangenheit zu erfahren, ganz besonders über die Zeit in Riga. Also verabschiedete sie sich von Sieglinde König und setzte ihren Weg fort.

Draußen vor dem Tor bog sie links ab und folgte der Mauer, die um das Anwesen herumführte. Nach ein paar Minuten wollte sie schon wieder umkehren, denn es schien nirgendwo eine Zugangsmöglichkeit zum Park zu geben. Doch dann stieß sie auf eine schmiedeeiserne Pforte, die, als sie die Klinke herunterdrückte, tatsächlich nachgab. Der Park war eher ein Wald, und in der Ferne, zwischen alten Eichen und übermannshohen Rhododendren, sah sie die Rückseite des Gutshauses. Sie folgte einem sich zwischen Bäumen und blutroten Ahornbüschen dahinschlängelnden Pfad und sah auf einmal eine Konstruktion aus Metall und Glas auftauchen, offenbar Georgs Gewächshaus. Nach Claires wegwerfendem Satz über die *Müllhalde* hatte Mathilda sich etwas völlig Heruntergekommenes vorgestellt, wie das alte Treibhaus einer kurz vor der Pleite stehenden Gärtnerei. Doch wie alles, was diese Familie besaß, wirkte auch dieser Nutzbau – zumindest von Weitem und von außen – äußerst edel. Mit dem gebogenen Glasdach, den graugrünen Streben und dem dschungelartigen Innenleben erinnerte es an eine viktorianische Orangerie. Mathilda sah auf die Uhr, gleich halb elf. Das war knapp, falls Falk am Vormittag noch zurückfahren wollte. Aber die Chance auf ein Gespräch mit Georg konnte sie nicht ungenutzt lassen. Also folgte sie, statt geradeaus zurück zum Gutshof zu gehen, einem schmalen Weg nach rechts, der direkt zum Treibhaus führte. Wegen der üppig wuchernden Pflanzen konnte man nicht hineinsehen, also ging sie auf der Suche nach dem Eingang an der Längsseite des Gewächshauses entlang. Sie war gerade an der Ecke angekommen, als sie jemanden sagen hörte: »… diskutiere darüber nicht mehr mit euch.«

Mathilda blieb stehen. Das war Falks Stimme. Für seine Verhältnisse klang er aufgebracht, seine Stimme bebte, man spürte mühsam unterdrückten Zorn.

»Falk, bitte! Deine Mutter macht sich doch nur Gedanken. Immerhin kennst du die Frau erst seit Kurzem.« Auch Georgs Ton klang gereizt und so gar nicht jovial, wie sie ihn gestern Abend erlebt hatte.

»Diese Frau taucht aus dem Nichts auf … und am nächsten Tag seid ihr verlobt? Sag mal, wie naiv bist du eigentlich!« Claire von Prokhoff schaffte es, gleichzeitig nervenleidend *und* empört zu klingen. Also wollte sie die Hochzeit verhindern. Mathilda ging in die Knie, um ganz sicherzugehen, dass niemand sie entdeckte.

»Warum können wir nicht einfach in Ruhe darüber reden? Es ist keinem gedient, wenn ihr euch jetzt …«

Plötzlich sagte Claire in scharfem Ton: »Er hat uns hier überfallen … so ist es doch, oder? Das hast du mit Absicht gemacht … Denkst du, nur weil du hier einfach so aufkreuzt und uns dieses Fräuleinwunder präsentierst, dass wir deshalb …«

»Claire, ich bitte dich! So kommen wir nicht weiter.«

Es folgte eine kurze Stille. Dann sagte Falk – und seine Stimme klang auf einmal gespenstisch ruhig: »Das war die Bedingung. Die ich hiermit erfülle.«

Im nächsten Moment hörte Mathilda das metallische Schleifen einer Tür, die geöffnet wurde. Hastig drehte sie sich um, rannte zum Ende des Gewächshauses und verschwand im Gebüsch. Dort hockte sie eine ganze Weile und lauschte angestrengt. Als nichts mehr zu hören war, keine Schritte, keine Stimmen, wagte sie sich wieder hinaus und ging mit weichen Knien in einem großen Bogen zum Gutshaus zurück.

Riga, im Sommer 1997

Rebecca. Als Penelope Robert von dem Camp erzählte, reagierte er anders als erwartet. Normalerweise drängte er sich nicht gerade vor, wenn es darum ging, Penelopes Freizeit zu organisieren, und überließ es mir, die richtigen Beschäftigungen für sie herauszusuchen und Treffen mit anderen Kindern zu organisieren. Doch dieses Mal fragte er genau nach, wollte wissen, was das für ein Dorf sei und wer diese Zeltfreizeit organisiere. Am Ende wollte er selbst mitfahren, um sich das Ganze anzusehen, bevor er seine Tochter dort ablieferte. Am Tag vor der Abfahrt schlug er dann auch noch vor, früh loszufahren und auf der Hinfahrt einen Abstecher nach Jūrmala zu machen, um dort ein, zwei Stündchen am Strand zu verbringen. Ein bisschen wunderte ich mich über diesen Vorschlag, und noch irritierender war, dass er mich plötzlich wieder anders anzusehen schien. Als er während der Fahrt eine Hand auf meinen Oberschenkel legte, begann ich zu überlegen, ob Tanja Ozols womöglich mit ihm Schluss gemacht hatte. Ich weiß noch, wie seine Hand immer schwerer und heißer wurde, bis es mir auf einmal unerträglich erschien und ich in einer brüsken Bewegung nach meiner Tasche auf dem Rücksitz hangelte, nur um seine Hand irgendwie loszuwerden, ohne sie direkt abschütteln zu müssen. Als wir in Jūrmala aus dem Wagen stiegen, war ich erleichtert, doch beim Anblick von Penelope erfasste mich gleich die nächste Gefühlswelle. Voller Begeisterung war sie aus dem Auto geklettert und hatte jauchzend das Meer begrüßt, jetzt rannte sie vor uns her zum Strand, mit ihrem aufblasbaren Wassertier, einem rosaroten Riesenkrebs, den meine Mutter ihr geschenkt hatte.

Es war nicht besonders warm an diesem Tag, aber Penelope schien die Frische nichts auszumachen, ganz im Gegenteil. Sie konnte nicht genug bekommen vom Wasser, vom Planschen, von den Kraulübungen, die Robert mit ihr machte. Ich beobachtete sie, meinen Mann und meine Tochter, wie sie am Strand herumtollten, wie Robert sie an den Hand- und Fußgelenken festhielt und ihren schmalen Körper wie auf einem Karussell herumschleuderte. Ich sah Robert zu, wie er bis zur Hüfte im Wasser stand, wie Penelope immer wieder auf ihn zuschwamm, auf seinen Arm kraxelte, mit einem wilden, glücklichen, übermütigen Gesichtsausdruck, damit er sie in hohem Bogen durch die Luft werfen konnte. All das wäre bald Vergangenheit – es war nur noch eine Frage der Zeit, bis die heile Welt meiner kleinen Tochter in Scherben liegen würde. Doch dann schob ich diese Gedanken energisch beiseite und vergegenwärtigte mir, dass diese Welt schon lange nicht mehr heil war. Aus den anfänglichen Haarrissen waren dicke Sprünge geworden, die kein Kitt mehr kleben konnte. Ich jedenfalls würde alles daransetzen, dass für Penelope am Ende alles gut werden würde.

Die restliche Fahrt verlief schweigend. Penelope hörte Märchen auf ihrem Walkman, und irgendwann, als ich schon gar nicht mehr darauf gefasst war, begann mich Robert noch einmal nach Trīs Liepas zu fragen, wie ich überhaupt auf dieses Nest gekommen sei. Ich erzählte ihm die gleiche Lüge, die ich Magdalena und Wolf aufgetischt hatte, nämlich dass ich auf der Suche nach einem Ort für ein Schulprojekt gewesen sei und mich Xenias Vater auf Trīs Liepas gebracht habe. Falls Robert es merkwürdig fand, dass ich dieses Projekt vor seiner Abreise nach Deutschland mit keinem Wort erwähnt hatte, ließ er es sich nicht anmerken, was allerdings noch nicht viel hieß, denn Robert war das personifizierte Pokergesicht. Er hatte seine Gefühle schon immer gut unter Kontrolle gehabt, ganz im Gegensatz zu mir, was vielleicht sogar der Grund dafür gewesen war, dass ich mich seinerzeit in ihn verliebt hatte.

Auf den letzten Kilometern hatte ich Mühe, meinen inneren Aufruhr zu verbergen. Seit einem heimlichen Telefonat vor drei Tagen hatte ich nicht mehr mit Georg gesprochen und wusste nicht, wann er dort eintreffen und ob ich ihm gleich gegenüberstehen würde. Mit vor Aufregung feuchten Händen fragte ich mich, ob es mir in Georgs Gegenwart wohl gelingen würde, Robert die Unbeteiligte vorzuspielen – die harmlose Lehrerin, die nur an einem Ort für ein gutes Schulprojekt interessiert war.

Es war um die Mittagszeit, als wir auf den Parkplatz vor dem Dorf fuhren. Im Gegensatz zum letzten Mal war hier jetzt die Hölle los. Ich sah eine Menge Leute, die neben ihren Autos standen und sich unterhielten, Eltern, die ausstiegen und andere Eltern begrüßten, als wären sie alte Freunde. Ich erkannte ein paar Gesichter aus der Schule, auch drei Frauen, mit denen ich auf Xenias Geburtstagsfeier gesprochen hatte. Ich ließ meinen Blick über den Parkplatz schweifen, konnte aber weder ihn noch seinen schwarzen Mercedes entdecken. Eine Mischung aus Enttäuschung und Erleichterung stieg in mir auf. Er war nicht da, noch nicht, und vielleicht würde ich ihn heute ja gar nicht sehen. Wir stiegen aus, ich spürte Penelopes kleine Hand, die sich in meine schob. Eine Mutter aus der Schule, Susanna irgendwas, die wie Georg bei der deutschen Botschaft arbeitete, winkte mir von Weitem zu, und Robert öffnete den Kofferraum. In dem Moment hörte ich eine Stimme hinter mir.

»Hallo … wie schön, dass Sie gekommen sind. Und das muss dann wohl Penelope sein?«

Ich drehte mich um. Da stand Georg, mit einem Lächeln im Gesicht, und streckte zuerst mir und dann Penelope die Hand entgegen. Dann wandte er sich an Robert: »Es freut mich sehr, Sie kennenzulernen.« Er tat dies so weltgewandt und lässig, mit einem so selbstbewussten Lächeln – nicht zu schmal und nicht zu breit, sondern genau richtig –, dass ich mich fast fragte, ob das wirklich der Mann war, den ich geküsst und berührt hatte, mit dem ich mir vor wenigen Tagen das Bett geteilt hatte und nach dem ich mich seitdem jeden einzelnen Tag, jede Minute verzehrt hatte, um so ein kitschiges und peinliches Wort zu gebrauchen.

»Wo ist Xenia?«, fragte ich, um etwas zu sagen und meine Gefühle unter Kontrolle zu bekommen.

»Ehrlich gesagt: Ich habe keine Ahnung. Sie ist …«, er machte eine hilflose Geste und lachte dabei, »… vermutlich mit meiner Frau unterwegs.«

Ich atmete aus. Also hieß das, dass seine Frau nicht da war? Mein Blick huschte zu Robert, auf der Suche nach einem Zeichen, das mir verriet, was er dachte, aber er wirkte vollkommen entspannt und schien keinerlei Verdacht zu schöpfen.

Kurz darauf hievte Robert Penelopes Rucksack aus dem Kofferraum, ein riesiges Ungetüm, und schwang ihn sich auf den Rücken. Georg griff unaufgefordert nach ihrem Schlafsack und der Isomatte. So gingen sie beide vor uns her und führten eines dieser Gespräche unter Männern, bei denen ich als kleines Mädchen immer stumm gelauscht hatte, stumm und ehrfürchtig, weil sie so eine Sicherheit ausstrahlten, so eine Unverwundbarkeit, mit ihren tiefen Stimmen und breiten Schultern. Es hatte lange gedauert, bis ich begriffen hatte, dass diese Sicherheit nur in meiner Vorstellung existierte und dass Männer auch nicht mehr Ahnung vom Leben hatten als ich. Wortfetzen drangen an mein Ohr, ich hörte, wie Georg die Aktivitäten auflistete, die für die Kinder auf dem Programm stünden, wie sie vom Segeln sprachen und wie Robert von dem Segeltörn auf der Ostsee erzählte, auf den er in den nächsten Tagen gehen würde. Ich betrachtete sie, Robert mit seinen eins neunzig und dem nicht allzu kurz geschnittenen dunkelbraunen Haar, in kariertem Hemd und Jeans und mit seiner Brille, und Georg, auch er dunkel, aber kleiner, höchstens eins achtzig und schlanker, drahtiger. Er trug wieder Polohemd und Shorts, schien mit dieser Art Kleidung verwachsen zu sein.

Auf dem Dorfplatz wimmelte es von Leuten. An zwei Tischen saßen je zwei Jugendliche in einer Art Pfadfinderuniform, offensichtlich damit beschäftigt, die Neuankömmlinge zu registrieren und ihre Namen mit den Anmeldelisten abzugleichen. Ich wollte mich gerade anstellen, als Georg abwinkte und sagte, das sei nicht nötig, er werde das nachher erledigen. Stattdessen bedeutete er uns, ihm zu folgen, und führte uns zu einem Zelt, in dem schon mehrere Pfadfinderinnen ihre Schlafplätze bezogen hatten. Mit einem verschwörerischen Gesichtsausdruck ging Georg in die Knie und sagte zu Penelope: »Wir müssen jetzt schnell sein, sonst sind die besten Plätze schon alle weg. Such dir lieber gleich einen aus.«

Penelope schaute zu mir hoch, wie um sich rückzuversichern, dass die Person, die ihre Hand hielt, immer noch ich war. Plötzlich schien sie verschreckt bei der Vorstellung, ganz allein hierzubleiben, bei all diesen Kindern, von denen sie keines kannte. Offenbar bemerkte das auch Georg, denn jetzt sagte er: »Ich hab eine Idee. Du wartest hier mit deiner Mama, und ich such jetzt mal die Gruppenleiterin von deinem Zelt, die freut sich schon auf dich ...«

Er verschwand, und als er nach ein paar Minuten zurückkehrte, ging nicht nur Xenia hinter ihm her, sondern auch Alise. Mit einem Schlag war die Erinnerung an die Johannisnacht wieder zurück. Und das mulmige Gefühl, das ich nun mit ihr verband, war es auch. Ich betrachtete sie unauffällig, versuchte zu spüren, wie es ihr ging. Also hatten ihre Eltern die Zügel wieder etwas gelockert? Vielleicht hielten sie das Umfeld hier für gefahrloser als das Stadtleben? Es wunderte mich jedenfalls sehr, sie hier zu sehen. Ich hatte sie nicht für eine Pfadfinderin gehalten. Doch genau wie die meisten anderen steckte auch sie schon in der Kluft, mit sandfarbenem Hemd, dunkelblauem Halstuch und knielangem Rock. Wobei sie - ganz Alise - die obersten Knöpfe ihres Hemds geöffnet und den Lederknoten, der das Halstuch zusammenhielt, kess nach unten geschoben hatte. Den Gürtel, der von einer Metallschnalle zusammengehalten wurde, hatte sie ziemlich eng um die Taille gezurrt. Mein Blick huschte zu Robert, ich konnte nicht umhin, ihn genau anzusehen, aber sein Ausdruck blieb gleichmütig, und er wirkte völlig ungerührt von ihrer Anwesenheit. Alise dagegen schien sich auf einmal nicht recht wohlzufühlen, sie wich meinem Blick aus, und ich fragte mich, ob das an den Ereignissen beim Johannisfeuer lag. Oder gab es vielleicht einen anderen dahinterliegenden Grund?

Als Xenia mich erblickte, umarmte sie mich und gab Robert die Hand, ganz das wohlerzogene Mädchen, als das ich sie kannte. Dann kniete sie sich vor Penelope auf den Boden und sprach mit ihr. Ich staunte, wie geschickt sie im Umgang mit Kleineren war, völlig anders als im Klassenverbund. Ihre Scheu, die sie sonst im Unterricht an den Tag legte, war verschwunden. Hier schien sie sich ihrer selbst vollkommen sicher zu sein. Und ehe ich michs versah, gingen die beiden, Xenia und Penelope, Hand in Hand lustig plaudernd davon. Alise folgte ihnen in einigem Abstand, offensichtlich erleichtert, von uns wegzukommen. Sie hatte uns zur Begrüßung nur kurz angeschaut, mit einem knappen und beinahe verhuschten Lächeln, wie ich es von ihr sonst nicht kannte. Im Unterricht gehörte sie zu den Schülern, die sich häufig meldeten. Sie schien die Blicke, die sie auf sich zog, zu genießen, und wenn ihre Antworten falsch waren, verzog sie den Mund zu einer koketten Schnute und zuckte die Achseln, aber peinlich war ihr nur selten etwas.

»Wenn du willst, kannst du gleich hier neben mir schlafen«, sagte Xenia später zu Penelope, nachdem sie uns herumgeführt und uns alles gezeigt hatte, die große Feuerstelle in der Mitte des Dorfplatzes, den kleinen See, wo die Kinder unter Anleitung ein Floß bauen würden, den Wald, in dem die Schatzsuche stattfinden würde. Am Ende des Rundgangs leuchteten Penelopes Augen, und noch bevor ich sie fragte, ob sie nun bleiben wolle, wusste ich die Antwort.

Während der Tour übers Gelände hatte ich wiederholt versucht, mich Alise zu nähern und ein Gespräch mit ihr zu beginnen, aber sie blieb einsilbig und zurückhaltend. Ich musste immer wieder daran denken, wie ich sie an dem Abend aufgefunden hatte, halb nackt und wie tot im Heidelbeerkraut. Und plötzlich war da dieser Gedanke. Er kam aus dem nichts und war doch so naheliegend, dass ich mich wunderte, nicht schon früher darauf gekommen zu sein. Auf dem Weg hierher hatte ich etliche bekannte Gesichter entdeckt, Väter und ältere Jungen, die am Abend des Johannisfeuers auch am Strand von

Jūrmala gewesen waren. Was, wenn der, der Alise das angetan hatte, auch hier war?

Auf einmal war alles anders. Die Aufregung, hier zu sein, am selben Ort wie Georg, trat in den Hintergrund. Alles, was ich jetzt noch spürte, war Beklommenheit. Und die herankriechende Furcht, Penelope hier zu lassen. Ich atmete tief ein und wieder aus, um mich zu beruhigen. Ich musste allein mit Alise sprechen.

Zwei Stunden später gelang es mir endlich, Alise unter dem Vorwand, mir den Bücherstand zu zeigen, von der Gruppe zu trennen. Ich bemerkte wohl, dass sie meiner Bitte nur widerwillig nachkam. Nachdem ich mir zwei Bücher, einen Bildband über Trīs Liepas und eines mit dem Titel *Der alternative Weg* ausgesucht hatte, fragte ich sie auf dem Rückweg übers Gelände wie beiläufig: »Geht es dir wieder gut?«

Sie sah geradeaus und zuckte mit den Schultern. »Klar. Alles in Ordnung.«

»Du hast uns da einen ganz schönen Schrecken eingejagt«, sagte ich betont lässig.

Sie reagierte nicht, aber es war nicht zu übersehen, wie unangenehm ihr das Thema war. Mich hier durch die Hintertür zu nähern, würde nicht funktionieren. Also blieb ich neben einer Bank stehen und sagte spontan: »Komm, ich will kurz mit dir reden.« Ich setzte mich auf die Bank. Alise blieb stocksteif stehen, mit Widerwillen im Blick, doch ich ignorierte das und klopfte stattdessen auf die freie Fläche neben mir. »Bitte. Nur einen Augenblick.«

Schließlich setzte auch sie sich, auf die vorderste Kante. Sie fühlte sich sichtlich unwohl, hatte aber nicht den Mumm, mir das Gespräch zu verweigern, und so hob ich an: »Wie du vielleicht weißt, war ich es, die dich gefunden hat an dem Abend. Im ersten Moment dachte ich wirklich, du wärst tot.«

Sie erwiderte nichts, sah weiter geradeaus.

»Und deine Mutter ... sie hat sehr geweint im Krankenhaus. Für sie war das die Hölle. Eine ganze Weile wussten wir ja nicht ...« Ich sah Alises Mutter vor mir, ihr blasses, vom Weinen verquollenes Gesicht. Sie hatte mir so leidgetan.

Doch Alise erwiderte unbeeindruckt: »Soll ich Ihnen sagen, was für meine Eltern die Hölle ist: dass andere über sie tratschen. Das ist das Einzige, was die juckt. Wie sie nach außen hin dastehen.«

»Hör mal, das mag dir so erscheinen, aber es sind deine Eltern … und sie wollen doch nur, dass es dir gut geht, dass dir nichts passiert.«

Alise hob die Augenbrauen, verzog ihr Gesicht zu einem abfälligen Grinsen, sagte aber nichts mehr.

Ich ignorierte die Grimasse und fuhr fort: »Okay, reden wir mal Klartext. Es geht hier nicht nur um dich, ist dir das klar? Wenn dir jemand was gegeben hat, irgendwelche Pillen, dann musst du mir sagen, wer das war. Er könnte es jederzeit wieder tun. Und wenn du es nicht genau weißt, also wenn dir jemand was ins Getränk getan hat, hast du ja vielleicht einen Verdacht?«

Ich betrachtete sie, ihre perfekten Züge, die grünen Augen und den Leberfleck über den vollen Lippen, der in seltsamem Kontrast zu ihrer hellen, sommersprossigen Haut und dem roten Haar stand. Im ersten Moment war ihr Gesicht völlig ausdruckslos. Doch dann verzog sich ihr Mund zu einem selbstgefälligen Lächeln. Oder tat sie nur so, als würde sie lächeln? Die normale Abwehrreaktion einer Pubertierenden? Ich fuhr fort, eindringlicher nun: »Hast du dir schon mal überlegt, was ist, wenn der Typ, der dir das angetan hat, auch hier ist? Bei dir, bei anderen? Du musst mir alles sagen, was du weißt.«

Eine Gruppe Jugendlicher in Pfadfinderuniform lief vorüber. Wortfetzen drangen herüber, es ging um irgendeinen Wettbewerb im Bogenschießen und darum, wer die besten Chancen auf den Sieg hatte. In einiger Entfernung rannten ein paar Kinder in Penelopes Alter vorbei und riefen etwas, das ich nicht verstand, bevor sie in einem Birkenwäldchen verschwanden. Noch ein paar Jahre, schoss es mir durch den Kopf, dann ist auch meine Tochter in Alises Alter.

Ich drehte mich wieder zu Alise: »Du solltest mir sagen, was passiert ist. Ich verspreche dir, ich lass dich bei allem außen vor.«

Da schüttelte sie ihr Haar zurück und sah mich direkt an, das Kinn leicht hochgereckt, die Lippen zu einem Schmollmund verzogen und einen fast hochmütigen Ausdruck in den Augen. Sie fühlt sich mir überlegen, schoss es mir durch den Kopf. Als ob sie etwas weiß, das ich *nicht* weiß, das mich aber betrifft. Aber was konnte das sein? Roberts Worte fielen mir ein. Er hatte sie ein Früchtchen genannt. Eine, die mit ihren Reizen spielt. Das hatte er gesagt. Auf einmal spürte ich eine heftige Abneigung gegen das Mädchen. Hatte Robert am Ende doch recht? War sie das, war Alise ein *Früchtchen*? Ich schob das Gefühl mit aller Macht beiseite. Es handelte sich hier um eine ganz normale Fünfzehnjährige, ein außergewöhnlich schönes Mädchen, das ja, aber eben doch um ein Mädchen, das gerade den Kinderschuhen entwachsen und dabei war, sich ins Erwachsenenleben hineinzutasten, nicht mehr und nicht weniger. In dem Moment änderte sich ihr Gesichtsausdruck, als wäre sie irritiert - oder hatte etwas sie erschreckt? Jedenfalls war ihr Blick plötzlich auf etwas hinter mir gerichtet. Rasch wandte ich mich um. Doch alles, was ich bemerkte, war das raschelnde Grün des Birkenwäldchens.

Vielleicht hat es mit seinem blauen Blut zu tun? Vielleicht enthält es die Erbinformation, dass er sich alles nehmen kann, was er will. Alles und alle.

Kaiserwald I

Penelope. Hast du dir je Gedanken gemacht, wie es ist, so einen Namen am Hals zu haben? Pe-ne-lo-pe. Vier Silben, drei Es und ein O, dazu das Gewicht der griechischen Sagen. Ich weiß nicht, was sich meine Mutter dabei gedacht hat, mir einen solchen Namen zu geben. Ich hätte sie fragen sollen, als noch Zeit war. Aber als kleines Mädchen war mir mein Name egal. Erst später, auf dem Gymnasium, bemerkte ich, wie die Lehrer stutzten, wenn sie das erste Mal die Klassenliste abfragten. Vor allem die Geschichts- und Deutschlehrer fühlten sich herausgefordert, einen kleinen Bildungsbürgerwitz einzustreuen oder mich nach meinem Ehemann, Odysseus, zu fragen. Aber ich schweife ab. Ich wollte dir ja von unserer Abschlussfahrt erzählen.

Schon im Schuljahr zuvor hatten wir uns entscheiden müssen, wohin wir in der Oberstufe auf Klassenfahrt gehen wollten. Es standen verschiedene Ziele zur Auswahl, und ich hatte mich zusammen mit Johannes beim Wildwasserrafting in Südtirol angemeldet. Aber am Ende gab es mehr Leute als Plätze, und so landete ich allein auf der Rom-Liste, zusammen mit Lena und ihrer Entourage.

Am Montagmorgen um halb sechs fuhren meine Großeltern mich zu der Haltestelle, wo der Reisebus nach Rom abfahren sollte. Es regnete an dem Tag, was meiner Stimmung entsprach, denn ich hatte schon jetzt keine Lust auf eine Großstadt. Mit der denkbar schlechtesten Laune stieg ich in den Bus und setzte mich auf den einzigen freien Platz, der ausgerechnet neben Leon war. Nach der ersten Pinkelpause startete er einen Gesprächsversuch.

»Was hörst du?«, fragte er.

Ich nahm die Stöpsel aus den Ohren. »Das fragst du mich?«

»Ja. Warum nicht?«

»Wieso willst du das wissen?«

Da sagte er mit provozierender Langsamkeit: »Das nennt sich Kon-ver-sa-tion?«

Einen kurzen Moment lang erwiderte ich seinen Blick, dann steckte ich mir wieder die Stöpsel in die Ohren und schloss die Augen. Zwei Stunden später gab mein MP3-Player den Geist auf. Ich wollte das Ding gerade in meinen Rucksack stopfen, als Leon mir etwas vor die Nase hielt. Ich war schon drauf und dran, seine Hand wegzuschlagen, doch dann begriff ich, dass er mir einen Akku hinhielt.

»Du kannst ihn ruhig nehmen. Der beißt nicht.«

»Danke«, sagte ich noch immer zögerlich, nahm den Akku und schloss ihn an. Ich hörte weiter Musik, holte zwei Stullen aus dem Rucksack und streckte sie Leon hin.

»Wurst oder Käse?«

Im ersten Moment schien er ablehnen zu wollen. Doch dann griff er nach dem Wurstbrot. Nachdem er es aufgegessen hatte, gab ich ihm noch einen Apfel, den er ebenfalls aufaß.

Als der Bus an einer Raststätte irgendwo an der Autostrada del Sole hielt, setzten sich alle in Bewegung und gingen wie bei einer Ameisenstraße in Richtung des Servicegebäudes. Auch ich stellte mich an, und als ich wieder herauskam, sah ich, dass man durch den ganzen Laden laufen musste, um zum Ausgang zu kommen, vorbei an Büchern und Würsten und riesigen Stücken Parmesan. Ein paar von uns alberten herum, indem sie die Würste aus den Körben nahmen und obszöne Gesten damit machten, die üblichen Kindereien. Ich beachtete sie nicht, ging an ihnen vorbei und wollte gerade nach draußen gehen, als jemand von der Theke her meinen Namen rief. Überrascht drehte ich mich um.

Da stand Leon und wedelte mit einem Stückchen Papier, von dem ich nicht gleich begriff, dass es ein Kassenzettel sein musste.

»Hey, Bionic Woman, ich spendier dir einen Kaffee!«

Ich kniff die Augen zusammen und fixierte ihn. Am liebsten hätte ich ihm den Mittelfinger gezeigt. Doch dann beschloss ich, diese Sache gleich jetzt zu klären, zu Beginn der Reise. Ich hatte keine Lust, mir eine Woche lang immer wieder diesen bescheuerten Spitznamen anzuhören. Also ging ich langsam auf ihn zu.

Berlin, im Herbst 2023

Mathilda. Die Rückfahrt verlief schweigend. Das einzige Geräusch war der Regen, der einige Kilometer hinter Dreilinden überraschend wieder eingesetzt hatte, und dazu das monotone Hin und Her der Scheibenwischer. Draußen zogen Wälder vorbei, dann Kulturlandschaft mit Feldern und vereinzelten Gehöften. Unter dem Einfluss des Gesprächs, dessen Zeugin sie geworden war, spürte Mathilda Falks Zorn, der unter der Oberfläche brodelte wie Wasser in einem Dampfkochtopf. Während der gesamten Heimfahrt erfüllten Claires Worte den Innenraum des Wagens. Sie hätte gern versucht, mit ihm über das Wochenende zu sprechen, über seine Eltern und wie das alles nun eigentlich gelaufen war. Aber das Stoppschild auf seinem Gesicht verbot es ihr. Mathilda fragte sich, ob es etwas zu bedeuten hatte, dass sie abgefahren waren, ohne dass Falk sie Tristan und Veronika als seine Verlobte vorgestellt hatte. Vor allem aber fragte sie sich, was es mit dieser Bedingung auf sich hatte, von der er im Gewächshaus gesprochen hatte.

Es war schon dunkel, als Falk vor dem Mietshaus in Lichtenberg hielt.

»Kommst du noch mit rauf?«, fragte sie und versuchte in seinem Gesicht zu lesen. Täuschte sie sich oder hatte sich seine Stimmung noch einmal verändert?

»Ich glaube nicht«, antwortete er. Als er dann hinzufügte: »Ich muss noch was für ein Meeting morgen vorbereiten«, war ihr klar, dass das nur eine Ausrede war. Er hatte keine Lust – oder einfach keine Kraft? –, mit ihr über seine Eltern und ihre Reaktion auf die Verlobung zu sprechen. Oder breitete sich das Gift, das Claire mit ihren Worten in ihn geträufelt hatte, langsam aus?

»Klar«, sagte sie und schluckte ihre Enttäuschung herunter. Sie nahm ihre Handtasche und den Trench vom Rücksitz und beugte sich zu ihm, um ihm einen Abschiedskuss zu geben. Da sagte er: »Ich finde, wir sollten so bald wie möglich heiraten.«

Mathilda erstarrte in ihrer Bewegung. Mit dem Gesicht dicht vor seinem sah sie ihn an, im Hintergrund das Prasseln des Regens auf der Windschutzscheibe. Im schwindenden Licht des späten Nachmittags wirkten seine graublauen Augen dunkel, sein Blick undurchdringlich. Langsam richtete sie sich wieder auf.

»Es ist doch so«, fuhr er fort und sah sie weiter an, ohne zu lächeln. »Warum noch länger warten? Ich weiß nicht, wie es dir geht, aber mich persönlich öden diese gigantischen Hochzeitsfeiern an. Ich wünsche mir ein schlichtes Fest in kleinem Rahmen. Außerdem wäre es schön, die Presse herauszuhalten.« All das sagte er in einem trockenen Ton, er klang wie der Moderator in einer Vorstandssitzung, bei der es um die Eigenkapitalquote eines Unternehmens ging. Mathilda befand sich immer noch in einer Art Schockstarre.

»Was meinst du mit *die Presse heraushalten*?«, fragte sie schließlich und versuchte, sich den zusätzlichen Schrecken nicht anmerken zu lassen, den dieser letzte Satz in ihr ausgelöst hatte.

»Ich habe dir das nie erzählt, einfach weil es nicht relevant ist. Die Frau, mit der ich vor dir zusammen war, Josephine, sie war ... ist mit ihren Aktivitäten in den sozialen Netzwerken ziemlich vorne mit dabei. Das hat zu einem ständigen Konflikt geführt. Unsere Familie hält sich sehr zurück, was Medienpräsenz und Pressefotos angeht, hauptsächlich aus Sicherheitsgründen.«

Mathilda nickte langsam. Was Medienpräsenz in sozialen Netzwerken anging, brauchten sie bei ihr keine Sorge zu haben. Aber was sollte sie nun antworten? Nicht im Traum hätte sie gedacht, dass es so schnell gehen würde. Sie hatte sich in ihn verliebt, das ja. Aber würde sie ihn wirklich heiraten? Sie hatte im Grunde überhaupt nie heiraten wollen. Und um welchen Zeitraum ging es hier eigentlich, um Monate oder gar nur um einige Wochen? Und was war mit ihrer Recherche, mit ihrem Ziel? Sie war vom Start losgelaufen, doch statt geradewegs auf das Ziel zuzurennen, steckte sie jetzt irgendwo auf halber Strecke in einem Dickicht aus Gefühlen. Wie sollte sie die Situation auflösen, das Chaos ordnen, in das sie sich selbst hineinmanövriert hatte?

»Und? Was denkst du?«

Um Zeit zu gewinnen, antwortete sie: »Also ... Ich bin mir nicht sicher, ob wir dieselbe Vorstellung von schlicht haben?«

Er sah sie kurz an, prüfend, bevor er weitersprach: »Darf ich ganz ehrlich zu dir sein? Am liebsten wäre mir eine Trauung auf dem Standesamt. Nur wir zwei. Was hältst du davon?«

Mathilda stockte der Atem. Fieberhaft überlegte sie, wie viel Zeit ihr dann noch bliebe. »Du meinst, wir gehen aufs Standesamt, und das war's? Keine Hochzeitsfeier mit Verwandten und Freunden?«

Jetzt schien er doch ein wenig ins Schleudern zu geraten. »Ich weiß, das klingt vielleicht nicht gerade festlich. Aber ich ...«

Sie suchte nach einer passenden Antwort. Sollte sie sich erst mal darauf einlassen? Oder so tun, als zierte sie sich, weil es kein richtiges Fest geben würde? Sie zögerte noch drei weitere Sekunden, doch dann antwortete sie: »Das ... das ist schon in Ordnung. Wenn das dein Wunsch ist.« Sie lächelte ihn an. Wahrscheinlich hielt er sie jetzt für ganz besonders tapfer. Für jemanden, der seine eigenen Wünsche für die des anderen beiseiteschob. Dabei war alles, was Mathilda denken konnte, dass sie einer Hochzeit in kleinem Rahmen tatsächlich gerade zugestimmt hatte.

»Dann bist du also einverstanden?« Falk machte den Eindruck, als wollte er ihr am liebsten die Hand reichen. Ein mündlicher Vertrag, per Handschlag besiegelt.

Mathildas Kopf dröhnte, während sie tief Luft holte, sich zu einem schiefen Lächeln zwang und sagte: »Ich bin mit allem einverstanden, solange auf meiner Hochzeit nicht James Blunt oder Milow aufgelegt wird.« In Wirklichkeit stieg langsam ein Gefühl der Panik in ihr auf. Wie konnte sie das alles nur abwenden? Es war doch alles auf einer Lüge aufgebaut, sie war nicht die, für die er sie hielt. Abgesehen von allen bürokratischen Hürden, die sie sich kaum vorzustellen wagte: Was sollte denn das bitte für eine Ehe sein, die auf Verrat gründete? Nein, sie musste die Hochzeit so weit hinauszögern, bis sie erreicht hatte, was sie wollte. Aber was genau wollte sie denn jetzt eigentlich wirklich von diesem Mann? Sie wollte ihren Plan zu Ende bringen, das ja. Womit sie aber nicht rechnen konnte: Ja, sie hatte sich in ihn verliebt. Und das Letzte, was sie wollte, war, ihn zu verletzen.

Jetzt lächelte er, das erste Mal, seit sie losgefahren waren. »Dann werde ich mich um einen zeitnahen Termin auf dem Standesamt bemühen.«

Mathilda nickte, immer noch halb benommen. Sie drehte sich abrupt von ihm weg und machte Anstalten, die Tür zu öffnen.

»Warte«, sagte er, legte seine Hand auf ihre. Im ersten Moment fürchtete sie schon, er würde jetzt doch noch etwas sagen, das sie glauben lassen konnte, er wolle sie tatsächlich aus Liebe heiraten. Doch er holte nur den Schirm vom Rücksitz. Inzwischen schüttete es wie aus Kübeln, und Falk stieg aus, ging um den Wagen herum, öffnete die Beifahrertür und begleitete Mathilda unter dem Schirm zum Hauseingang. Das Wummern in ihrem Kopf übertönte mittlerweile alles, den prasselnden Regen, Falks Stimme, seine Worte, die sie nicht erreichten.

Er ließ den Schirm sinken, klappte ihn zu, und sie standen sich gegenüber. Er küsste sie flüchtig, zu flüchtig für einen Mann, der gerade mit seiner Verlobten über die bevorstehende Hochzeit gesprochen hatte. Mathilda stand regungslos da und sah ihn davongehen. Doch dann machte er auf dem Absatz kehrt und kam zurück. Einen Moment lang sah er sie an, mit einem seltsam intensiven Blick. Und plötzlich zog er sie an sich und küsste sie mit einer Intensität, dass ihre Gedanken endlich aussetzten und sie nichts mehr spürte als seinen Körper, seine Wärme, seinen Mund, sein Verlangen. »Mathilda«, sagte er dann, »ich liebe dich sehr. Es muss dir alles ein wenig seltsam vorkommen, aber bitte vergiss nicht, dass ich dich heiraten möchte aus tiefster Überzeugung. Aus tief empfundener Liebe.«

Und noch ehe sie etwas erwidern konnte, drehte er sich um und ging zu seinem Wagen. *Das wären eigentlich meine Worte gewesen*, dachte sie verstört und sah ihm nach, mit wummerndem Herzen, bis die roten Rücklichter des Mercedes kleiner wurden und er aus ihrem Blickfeld verschwand.

Xenia. *Ich habe ein bisschen Schiss. Dass irgendwer krank sein könnte. Opa vielleicht. Und dass Papa es uns nicht sagen will. So wie bei Oma. Als sie Krebs bekommen hat. Warum sonst die Heimlichtuerei am Telefon? Doch dann bekommt das Ganze eine andere Richtung. Es ist schon spät, nach Mitternacht. Und weil ich nicht schlafen kann, gehe ich noch mal in die Küche, mir Milch mit Honig machen. Ich komme an Papas Arbeitszimmer vorbei und höre ihn reden. Wahrscheinlich wäre ich gar nicht stehen geblieben, wenn er nicht so leise sprechen würde. Telefoniert er wieder? Kurz überlege ich, zu ihm reinzugehen und mit ihm zu reden. In Ruhe mit ihm reden, ist immer schön, aber dafür müssen wir allein sein, und ich höre plötzlich eine zweite Stimme. Waltraud. Irgendwie klingt sie komisch, anders als sonst. Also bleibe ich stehen und höre ein bisschen zu. Aber die Tür ist zu dick, und sie sprechen zu leise, als dass ich verstehe, was sie sagen. Und weil mir jetzt wieder Oma einfällt und wie das alles damals war, bin ich mir auf einmal sicher, vollkommen sicher, dass es um Opa geht. Dass er was hat, dass sie uns wieder was verheimlichen. Also gehe ich ins Wohnzimmer und von dort aus auf die Terrasse und ums Haus rum bis vor Papas Fenster, das bestimmt gekippt ist, sodass ich lauschen kann. Und falle fast rückwärts um, als ich sehe, was da abgeht: denn Waltraud sitzt auf Papas Schoß.*

Berlin, im Herbst 2023

Mathilda. In ihrer Wohnung kam Mathilda nicht zur Ruhe. Falks Worte, die Dringlichkeit, mit der er gesprochen hatte, echoten in ihrem Kopf. Und plötzlich dachte sie an das Gespräch, das sie im Gewächshaus mitangehört hatte. *Das war die Bedingung*, hatte er zu seinen Eltern gesagt. Und *Die ich hiermit erfülle*. Was hatte er bloß damit gemeint?

Eine Weile lief sie ruhelos hin und her und holte schließlich ihr zweites Smartphone aus dem Versteck im Bad, doch Tillie war nicht zu erreichen. Nach fünf vergeblichen Versuchen zog sie sich ihre regendichten Laufsachen an und verließ das Haus. Als sie eine Stunde später zurückkehrte und unter die Dusche stieg, hatte sie immer noch keine Lösung für ihr Dilemma gefunden. Fast staunend wurde ihr klar, dass sie mittlerweile bis zum Hals in dieser Liebe steckte. Dass sie ihn haben wollte, mit ihm zusammen sein wollte, against all odds gewissermaßen, auch wenn das viel zu pathetisch für sie klang. Aber warum wollte er sie gleich heiraten? Plötzlich musste sie an die Wittgenstein denken, an die schöne Josephine, und daran, dass Falk und sie kurz vor der Hochzeit gestanden hatten. Nun hatte Falk wie in einem schlechten Witz »die Nächste bitte« gesagt und sich wie bei der Reise nach Jerusalem einfach einen neuen Platz gesucht. Die Frage jetzt war nur, wie lange er brauchen würde, um das Aufgebot zu bestellen.

Nach dem Duschen versuchte sie ein weiteres Mal, Tillie zu erreichen, doch während es tutete, kam ihr ein ganz anderer Gedanke. Nämlich, dass Tillie bisher kaum etwas wusste von ihren wahren Gefühlen Falk gegenüber und wie ernst es wirklich war. Wie würde sie reagieren, wenn sie ihr gleich erzählte, dass es ihr mittlerweile nicht mehr nur darum ging, so viele Informationen wie möglich zusammenzukratzen? Dass sie sich in den Mann, den sie eigentlich nur hatte aushorchen wollen, verliebt hatte? Und wie sehr sie sich insgeheim schämte für diesen Verrat? Fast erleichtert, dass sich Tillie auch diesmal nicht meldete, legte sie das Smartphone wieder beiseite und stellte den Backofen an, um sich eine Tiefkühlpizza zu machen. Als sie nach der Pizza immer noch diese Unruhe verspürte, aß sie noch einen ganzen Becher Häagen-Dazs-Eis hinterher, mit dem Ergebnis, dass sie sich noch schlechter fühlte als vorher. Sie war gerade dabei, sich die Zähne zu putzen, als ihr Smartphone klingelte.

»Gut, dass du anrufst!«, sagte Mathilda, wusste aber inzwischen gar nicht mehr, ob das stimmte.

»Was ist los, ist was passiert?« Tillies Stimme klang besorgt, wie immer in letzter Zeit.

»Er macht jetzt ernst mit der Heirat und will das möglichst schnell.«

»Was? Aber wie kann das sein?« Tillie klang jetzt geradezu alarmiert.

»Ich weiß auch nicht.« Sie wollte schon hinzufügen, dass an der Sache vielleicht etwas faul sein könnte, tat es aber nicht. Dann hätte sie nämlich auch alles andere erklären müssen, und dazu war sie jetzt einfach nicht in der Lage.

»Okay, okay, jetzt mal ganz ruhig. Er will dich heiraten. Aber das heißt ja nicht, dass das gleich morgen stattfinden wird. Ich nehme mal an, in seinen Kreisen ...«, Tillie betonte die Worte, als handelte es sich um eine Geschlechtskrankheit, »... braucht man mindestens ein halbes bis dreiviertel Jahr Vorlaufzeit.«

»Das ist es ja gerade. Er will einfach nur aufs Standesamt gehen, so bald wie möglich!«

Eine Weile war es still. Dann sagte Tillie mit einer Nüchternheit in der Stimme, als ginge es darum, einen Tisch im Restaurant zu reservieren: »Dann besorge ich dir eben die Papiere.«

»Was meinst du damit?«

»Ich meine damit«, sagte Tillie, »dass du für die Eheschließung Dokumente benötigst. Und die werde ich dir besorgen.«

»Aber ...«

»Was!«, sagte Tillie deutlich ungehalten. »Du bist so weit gekommen. Da wirst du doch jetzt wohl keinen Rückzieher machen!«

»Ich ... nein ... Aber das geht doch nicht!«

»Warum nicht? Weil du dann das tun musst, was du sowieso schon die ganze Zeit tust: lügen?«

Mathilda sagte nichts, die Tragweite ihres Handelns schnürte ihr die Kehle zu. Es war zu spät. Sie steckte in diesem Dickicht fest, in diesem Labyrinth aus Lügen und tiefen Gefühlen.

»Du ziehst das jetzt einfach bis zum Ende durch. Es macht keinen Unterschied mehr, verstehst du?«

Mathilda zögerte. Jetzt wäre die Gelegenheit, Tillie zu erklären, wie es um sie stand. Doch alles, was sie herausbekam, war: »Aber was ist mit dir? Ich meine, das betrifft schließlich auch dich!«

»Um mich mach dir mal keine Sorgen.«

Rebecca. Am nächsten Tag stritten Robert und ich. Zu meiner Überraschung hatte er die halbe Nacht in einem der beiden Bücher gelesen, die ich in Trīs Liepas gekauft hatte. Während wir frühstückten - das letzte gemeinsame Frühstück, bevor er zu seinem sechstägigen Segeltörn aufbrach -, ließ er kein gutes Haar an dem Buch, moserte an dem Autor herum, an seinen spinnerten Ideen und behauptete sogar, dass für sein Empfinden ein bisschen zu oft die Rede von »Lebensraum« und »Volk« war, und was das bedeutete, das wüsste man als Deutscher ja. Ich war empört und hätte ihm um ein Haar an den Kopf geworfen, dass er ja nur eifersüchtig auf Georg von Prokhoff sei, weil der mit seiner Stiftung etwas bewegen wolle, und dass für Robert ja schon alle als Öko-Spinner galten, die zum Frühstück Müsli aßen. Jedenfalls war ich erleichtert, als ich ihn eine Stunde später mit zwei großen Reisetaschen voller Segelklamotten die Treppe hinuntergehen sah. Eine ganze Woche meine Ruhe zu haben und tun und lassen zu können, was ich wollte, erschien mir in dem Moment unglaublich reizvoll. Doch als ich die Wohnungstür hinter mir schloss und zurück in die Küche ging, war es auf einmal so still, und ich tigerte rastlos von Zimmer zu Zimmer, riss alle Fenster auf, um Luft und die Geräusche der Stadt hereinzulassen. Von einer unerklärlichen Unruhe erfasst, verbrachte ich die nächsten Stunden mit Aufräumen und Putzen, bis alles sauber und nichts mehr zu tun war. Am Nachmittag kochte ich mir einen viel zu starken Tee, setzte mich an meinen Schreibtisch am geöffneten Fenster und bereitete den Unterricht für die erste Schulwoche vor. Jedenfalls tat ich so - in Wirklichkeit gingen meine Gedanken auf Wanderschaft. Ich dachte an Georg und wie wir uns geliebt hatten, an sein Gesicht über meinem, und erging mich in Tagträumen, während mein Blick hinaus in das große Häusergeviert in meinem Hinterhof wanderte, in die Lindenbäume, die in diesem heißen Sommer schon vereinzelt gelbe Blätter zeigten. Ich malte mir aus, wie es wäre, ein ganzes Wochenende mit ihm zu verbringen, eine ganze Woche, den Rest meines Lebens. Ich spielte mit dem Gedanken, ihn anzurufen, aber dann stellte ich mir vor, dass vielleicht seine Frau am Apparat wäre, und ließ es bleiben. Von irgendwoher unter den Linden hörte ich Kinder lachen und musste an Trīs Liepas denken, an Penelope, die jetzt bestimmt durch den Wald lief oder im See badete. Und dann landete ich wieder bei Alise und meinem Versuch, mit ihr zu reden. Wieder und wieder fragte ich mich, was am Abend des Johannisfeuers wirklich geschehen war. Ich ertappte mich dabei, wie ich unser gestriges Gespräch in Gedanken regelrecht sezierte und mich fragte, wie es möglich war, dass ein fünfzehnjähriges Mädchen, noch dazu eine meiner Schülerinnen, so starke ambivalente Gefühle in mir auslösen konnte. Ich war mir inzwischen ganz sicher, dass sie etwas vor mir verbarg, etwas, das über den bloßen Konsum irgendeiner Droge am Abend des Johannisfeuers hinausging - etwas, das mich betraf und dessentwegen sie sich mir überlegen fühlte. Aber was konnte das sein? Und was war das am Ende unseres Gesprächs für ein Gesichtsausdruck gewesen, als sie über meine Schulter geblickt und irgendetwas - oder irgendjemanden - entdeckt hatte, der sie irritiert oder erschreckt hatte? War das Angst in ihrem Blick?

Es war schon kurz vor sieben, als ich meine Unterrichtsvorbereitungen mehr schlecht als recht beendet hatte und die Wohnung verließ, um vor Ladenschluss noch in den kleinen Supermarkt in unserem Viertel zu gehen. Draußen auf der Straße staute sich die Hitze, es roch nach Asphalt, nach Staub und Sommer in der Stadt. Ich schwitzte schon wieder, obwohl ich nur ein luftiges Sommerkleid trug, und wechselte die Straßenseite, um in den Schatten zu gelangen. Ich kam an der Stelle vorbei, an der Georg gehalten hatte, als er mich von der Schule nach Hause gefahren hatte, und wieder brachen sich die Erinnerungen Bahn. Ich sah ihn vor mir, am Tag unserer Ankunft in Trīs Liepas, wie er neben mir im Wagen gesessen hatte. Ich dachte an die Zikaden und an die Mittagsstille, nachdem er die Scheiben heruntergelassen hatte, an sein Profil, an die geschlossenen Lider und wie ich ihn angeschaut und schon in dem Moment alle Bedenken über Bord gekippt hatte.

Als ich eine halbe Stunde später zurückkehrte, Plastiktüten in beiden Händen, war ich komplett durchgeschwitzt. Das Haar klebte mir im Nacken und an der Stirn, ich freute mich auf eine lauwarme Dusche und einen Abend vor dem Fernseher. Ich stellte die Plastiktüten vor der Haustür ab und kramte gerade in meiner Handtasche nach dem Schlüssel, als jemand von der gegenüberliegenden Straßenseite meinen Namen rief.

Ich drehte mich um, blinzelte gegen die letzten Strahlen der Abendsonne und trat ein Stück zur Seite, um besser sehen zu können. Es war Georg, im Schatten unter einem Baum. Er setzte sich in Bewegung und kam auf mich zu.

Wir standen uns gegenüber. Ich sah mich um, wusste nicht recht, wie ich reagieren sollte. Auch Georg schwieg zunächst, dann sagte er: »Komm mit mir.«

»Mit dir kommen?«, wiederholte ich und lachte nervös. Ich fühlte mich töricht, kaum dass ich die Worte ausgesprochen hatte.

Doch Georg lächelte nicht. »Ich weiß, dass du allein bist. Ich bin auch allein. Wir haben eine ganze Woche. Also …« Er zögerte. »Wann sollen wir uns sehen, wenn nicht jetzt?«

Ich saß neben ihm, bei offenem Fenster, und spürte den Abendwind im Gesicht, während der Wagen über das Kopfsteinpflaster der Moskauer Vorstadt rumpelte. Alles fühlte sich unwirklich an, die letzten schrägen Sonnenstrahlen, die die braunen, wie aus der Zeit gefallenen Holzhäuser beleuchteten; die kreuz und quer über der Straße verlaufenden Stromleitungen; die Straßenlaternen, die dünn wie Halme aussahen, als könnte der leiseste Windhauch sie zu Fall bringen. Er bog in eine Seitenstraße mit Mehrfamilienhäusern ein, die wie ausgestorben wirkte und in der nur ein paar vereinzelte Autos geparkt waren. Auch hier war die Bebauung locker, mit vielen freien Flächen zwischen den Häusern. Es fühlte sich nicht so an, als befände man sich in einer Stadt, noch dazu in einer Hauptstadt.

Wir stiegen aus, er nahm mir die Tasche ab, und wir überquerten die Straße, gingen auf ein Haus zu, das hoch gebaut war, höher als die übrigen Häuser in der Nachbarschaft und auch sonst ganz anders. Mit seinen eigenartigen Proportionen und der schmutzig braunen Fassade wirkte es wie eine Festung, zugleich erinnerte es mich irgendwie an die gesichtslosen Hochhäuser am Rand italienischer Autobahnen. Ich zählte fünf Stockwerke und versuchte zu erraten, in welchem Stockwerk seine Wohnung lag. Vor der Haustür blieb er stehen, mit dem Rücken zu mir, steckte den Schlüssel ins Schloss. Ich drehte mich noch einmal um, ließ den Blick über die wenigen Autos am Straßenrand schweifen. Jetzt war ich also wirklich hier, an dieser Adresse, die er mir vor Wochen gegeben hatte, auf diesem Flyer von der Pizzeria. Ich suchte die Klingeltafeln ab, auf der nur lettische Namen standen. Nur auf dem obersten Klingelschild fehlte ein Name. War das seine Wohnung? Plötzlich schoss mir allerhand Unsinn durch den Kopf, und während ich an ihm vorbei das Haus betrat, brach eine Frage nach der anderen über mich herein: Wie viele Frauen hatte er wohl schon hierher eingeladen? Unterhielt er hier etwa, ganz routiniert, ein Liebesnest? Und wenn ich gleich die Wohnung beträte, würde dann ein schwarzes Ledersofa dort stehen oder einer von diesen schrecklichen Fernsehsesseln, die man verstellen konnte? Während ich die Treppe hochstieg, wurde ich immer nervöser. Es war eine Sache, in einer nach Geißblatt duftenden Sommernacht übereinander herzufallen. Aber jetzt eine Treppe hinaufzusteigen und nicht zu wissen, ob in dieser Wohnung vielleicht einer dieser Sessel auf mich wartete, war zu viel für meine Nerven. Es kostete mich meine ganze Selbstbeherrschung, ein albernes Lachen zu unterdrücken.

Ich ließ ihn vorbeigehen und blieb auf dem zweiten Treppenabsatz stehen, um kurz nachzudenken. Noch konnte ich umkehren, einfach nach unten laufen, und außer dieser einen Sommernacht wäre nichts geschehen. Ich wäre einfach nur ein fremdes Treppenhaus hinauf- und wieder hinuntergegangen. Ich würde nach Hause gehen, zu Fuß, würde mich einfach durchfragen, die Tasche könnte er mir vor die Haustür stellen, ich müsste noch nicht einmal die Tür öffnen, wenn er klingelte. Doch in dem Moment ging die rechte Wohnungstür auf, und eine braunhaarige Frau um die vierzig trat heraus, einen Stapel Papiere unter dem Arm. Wir nickten uns zu, und ich tat, als würde ich etwas in meiner Handtasche suchen. Wobei ich allerdings den Eindruck bekam, dass sie mich neugierig ansah, neugierig und wissend. Also ging ich doch rasch weiter, Stufe um Stufe nach oben.

Ich nahm die letzte Stufe und blickte auf. Da stand er und sah mir entgegen, vor der geöffneten Wohnungstür.

»Was ist denn los?« Er wirkte erschrocken.

»Ich … ich kann das hier nicht. So bin ich nicht.«

Da tat er einen Schritt auf mich zu, hob die Arme, ließ sie wieder sinken, schien auf einmal ratlos. »He, he, he … du musst nichts tun, was du nicht willst … ich …« Er brach ab. »Pass mal auf. Wir … Ich …« Plötzlich lachte er. »Vor lauter Aufregung bekomme ich noch Wortfindungsstörungen, ich …« Wieder verstummte er. Dann legte er die Arme um mich, zog mich an sich und hielt mich im Arm. »Ich bin es doch«, murmelte er, dann flüsterte er meinen Namen, und ich spürte seinen Herzschlag, schnell und hart. Ein galoppierendes Herz, dachte ich und wurde ruhiger. Ich spürte, wie mein Atem sich verlangsamte, wie sein Herzschlag sich verlangsamte. Er ist es doch, dachte ich, seine Worte im Geiste wiederholend. Und mit einem Mal musste ich lachen.

»Was ist?«, fragte er, ohne mich loszulassen.

»Ich hatte Angst, dass du … Hast du einen verstellbaren Fernsehsessel?«

»Was?«, fragte er ungläubig und hielt mich einen Moment lang von sich, um mir ins Gesicht zu sehen. »Willst du das ernsthaft wissen?«

Ich nickte zögerlich. Dann schmiegte ich mich wieder an ihn.

Es dauerte eine Weile, bis er antwortete: »Nein«, sagte er. »Nein. Ich habe keinen verstellbaren Fernsehsessel.«

Die Wohnung war ganz anders, als ich sie mir vorgestellt hatte, aber auch anders als die anderen Häuser der Familie. Tatsächlich wirkte sie unfertig, halb ausgeräumt, wie die Wohnung verstorbener Eltern, die man geerbt, aber noch nicht renoviert hat, und in der immer noch die alten Sachen herumstehen. Die Anrichte aus den Fünfzigerjahren, das altmodische Sofa mit dem braunen Samtbezug. Und am Fenster ein großer Büroschreibtisch mit einer dreistrahligen Tütenlampe aus den Sechzigern. Er deutete auf mehrere Aktendeckel und diverse Papiere, die überall herumlagen, entschuldigte sich für das Chaos und erklärte, er nehme manchmal etwas Arbeit mit hierher. Dann verschwand er in der Küche, nachdem er mir mit einer vagen Geste einen Platz angeboten hatte. Ich setzte mich auf den Rand der Couch und sah mich um, mit einer Mischung aus Scheu und Erleichterung. Kein Ledersofa, kein Fernsehsessel. Keine routinierte Fremdgängeratmosphäre, wie ich befürchtet hatte.

Es dauerte eine Weile, bis er mit einem Tablett mit Flaschen und Gläsern und einer Kanne zurückkehrte und sagte: »Ich wusste nicht, was du möchtest.« Dabei lächelte er, zum ersten Mal, seit wir die Wohnung betreten hatten. Es wirkte irgendwie scheu, dieses Lächeln, und plötzlich verstand ich, dass auch er nervös war, vielleicht genauso nervös wie ich.

»Was hast du denn da?«, fragte ich, und er machte sich daran, die Flaschen hochzuheben und sie mir hinzuhalten, ganz klar ein Versuch, die Stille mit Aktivität zu füllen.

Und so tranken wir süßen kalten Tee mit Eiswürfeln und Schwarzem Balsam, den ich noch nie getrunken hatte, obwohl ich doch schon ein ganzes Jahr in Riga und Schwarzer Balsam das Nationalgetränk war. Während ich in dieser Sechzigerjahrewohnung war und trank, verschwand nach und nach alle Scheu, das ganze schlechte Gewissen, das ich noch kurz zuvor verspürt hatte. Vielleicht war es der Alkohol, jedenfalls entspannte ich mich mit jedem Schluck mehr, bis irgendwann ein irrationales Glücksgefühl in mir aufstieg, eine Leichtigkeit, wie ich sie schon lange nicht mehr gespürt hatte. Noch Stunden später, als wir längst im Bett lagen, war ich wie eingehüllt in diesen Kokon aus Staunen und aus Begehren und der immer wiederkehrenden Frage, warum er mich gewählt hatte, wo er doch alles zu haben schien. Plötzlich sagte er: »Unser erster Abend, weißt du noch? Ich war bei dir in der Schule … Es hat gegossen wie aus Eimern.«

Ich drehte mich zu ihm. Der Mondschein fiel auf sein Gesicht, und seine Augen erschienen so schwarz wie sein Haar. Es fühlte sich merkwürdig an, hier in seinen Armen zu liegen und darüber zu sprechen, wie wir uns nähergekommen waren. So als hätten wir bereits eine gemeinsame Vergangenheit, ja, als steckten wir bis zum Hals in einer Geschichte, einem Gebilde aus Anekdoten und kleinen und größeren Erlebnissen, die zwei Menschen verbinden. Und mit einem Mal wurde mir klar, dass es genau so war: Wir steckten bereits mittendrin in dieser Geschichte. Und offenbar hatte keiner von uns vor, sich daraus zu befreien.

Die ganze Woche verbrachten wir in seiner Wohnung in der Moskauer Vorstadt, bei weit geöffneten Fenstern, durch die der Sommerwind hereinwehte. An den Abenden, nachdem die Sonne untergegangen war, machten wir lange Spaziergänge durch stille Straßen.

Am letzten Abend, einen Tag vor Roberts Rückkehr, fragte ich Georg: »Warum arbeitest du eigentlich hier? Ich meine, du hast ein Büro in der Botschaft, ihr habt dieses große Haus in Mežaparks, das Haus in Jūrmala.«

Er zuckte die Achseln, sagte leichthin: »Manchmal ist es schön, ein bisschen für sich zu sein.«

»Aber … deine Frau. Findet sie das nicht … merkwürdig?«

Da verschloss sich seine Miene. »Meine Frau und ich schätzen beide unsere Ruhe.«

An dieser Stelle hätte ich aufhören sollen zu fragen, doch der nahende Abschied machte mich traurig und wagemutig zugleich. Und so sagte ich: »Diese Wohnung hier … weiß deine Frau also davon?«

»Diese Wohnung gehört der Firma meiner Frau.«

Plötzlich fühlte ich mich, als hätte mir jemand einen Eimer kaltes Wasser über den Kopf gegossen. Die Wohnung, in der wir uns eine Woche lang vergnügt hatten, gehörte seiner Frau. Ich wusste nicht, was ich darauf sagen sollte. Also schwieg ich.

Doch dann sagte Georg: »Die Firma meiner Frau hat so viele Häuser und Wohnungen, ich glaube also nicht, dass sie sich an diese spezielle Wohnung erinnern wird.«

Ich lachte ungläubig. Dieses Gespräch war wirklich schräg. »Verstehe ich das richtig: Ihr seid so reich, dass ihr gar nicht mehr wisst, was euch gehört?«

Fast unwillig schüttelte er den Kopf. »Die Familie meiner Frau besitzt ein Immobilienunternehmen. Und das hat hier im Osten nach der Wende eine Menge Eigentum erworben. Häuser, Grundstücke, Wohnungen, die haben ganze Stadtviertel aufgekauft. Aber lass uns über etwas anderes reden.«

Ich wollte noch etwas fragen. Doch dann bemerkte ich seinen Gesichtsausdruck, der mit einem Mal verändert wirkte, abweisend, wie unerreichbar. So als befände er sich plötzlich hinter Glas. Und so ließ ich es bleiben. Doch zurückblieb das eigenartige Gefühl, das etwas Wichtiges ungesagt geblieben war.

Da war dieses Viertel, das sie Moskauer Vorstadt nannten. Ich fand es schön, obwohl man den Ostblock darin spürte, die alte Sowjetunion. Dort hatte er eine Wohnung, in der er sich mit ihnen traf.

Kaiserwald I

Penelope. Leon schien immun gegen meinen bedrohlichen Blick, denn er drehte sich zum Barmann um und gab seine Bestellung auf.

»Was is'n das immer für'n Scheiß mit Bionic Woman?«, raunzte ich ihn von hinten an.

Er fuhr herum. »Wuwuwu, jetzt fahr doch nicht gleich wieder hoch, das is' eigentlich 'n Kompliment!«

»Verarschen kann ich mich selbst. Also lass es einfach.«

Einen kurzen Moment lang sah er mich genauso verblüfft an wie beim letzten Mal, als er mich so genannt hatte. Er schien es wirklich nicht zu kapieren.

»Warum gehst du gleich so ab?«, fragte er.

»Ich nenn dich doch auch nicht Lauch oder so.«

Er sah an sich hinunter. Sein schwarzes Rammstein-T-Shirt hing an ihm wie an einem Kleiderbügel. Doch er hob den Arm zu einer Kraftprotzgeste, spannte seinen unterentwickelten Bizeps an und sagte so trocken wie immer: »Ich fühl mich mehr wie Rambo.«

Ein paar aus unserer Stufe gingen an uns vorbei, warfen uns neugierige Blicke zu, bevor sie nach draußen verschwanden. Leon beachtete sie nicht. Er ließ den Arm sinken, drehte sich zur Bar um, schob einen Kaffee und gleich darauf einen Behälter mit Zuckertütchen über den Tresen. Dann streckte er zwei Finger in die Höhe, was in der Situation wohl so viel wie *Peace* heißen sollte.

»Was soll das sein?«

»Eine Friedenspfeife, sieht man das nicht?«

Aber ich ließ nicht locker. »Und was ist das mit dieser Bionic Woman?«

Er sah mich an, als hätte ich ihn gefragt, wer zur Hölle der Papst sei. »Ernsthaft? Die kennst du also echt nicht? Ich dachte, du verarschst mich.«

»Ernsthaft.« Ich nahm ein Tütchen, riss es auf und rührte den Zucker in die winzige Tasse. Dann nahm ich einen Schluck und verzog das Gesicht. Der Kaffee war bitter und süß und sehr stark. Ich stellte die Tasse wieder ab.

»Und Espresso scheinst du auch nicht zu kennen.«

Ich ging nicht darauf ein, sagte nur: »Bionic Woman also.«

Wieder sah er mich mit diesem überlegenen Lächeln an. Doch dann fing er an, mir von seinem Highschool-Jahr in den USA zu erzählen, wo er ständig ferngeguckt hatte, alte Serien aus den Siebzigern und Achtzigern wie *Kojak* und eine Serie, die *The Bionic Woman* hieß.

»Sie hat also einen Unfall, bei dem sie schwer verletzt wird, so richtig krass. Und dann bekommt sie diese bionischen Gliedmaßen eingesetzt. Dadurch kann sie megaschnell rennen und mit ihrem rechten Arm Stahl biegen und so. Irgendwie muss ich da immer dran denken, wenn ich dich sehe.«

»Stahl verbiegen und so?«

»Jaaa«, sagte er gedehnt und grinste jetzt ziemlich breit. »Und dann hast du ja angeblich auch noch dieses unglaubliche Gedächtnis.«

Ich sah ihn reglos an. Verarschte er mich gerade doch wieder? »Ich sag dir was, auch wenn du's kaum glauben wirst: Ich bin keine bionische Frau. Aber die Sache mit dem Gedächtnis stimmt wirklich.«

Ich drehte mich um und wollte weggehen. Aber er hielt mich am Arm fest. Das Grinsen war aus seinem Gesicht verschwunden. Er sah ernst aus, als er nun sagte: »Ich verarsch dich nicht. Ehrlich nicht.«

Ich nickte langsam. »Okay. Passt.«

Wir redeten noch ein paar Minuten und verließen dann die Bar. Vor dem Gebäude zündete sich Leon eine Zigarette an und erzählte weiter, von seinem Highschool-Jahr und von Berlin, wo er gewohnt hatte, bevor seine Eltern sich getrennt hatten. Es fühlte sich komisch an, mit ihm so ganz normal zu reden. Ein bisschen wie nach einem Gewitter, wenn die Wolken sich verzogen haben, aber immer noch irgendwo sichtbar sind, nur dass sie jetzt keine Rolle mehr spielen. Langsam gingen wir zum Parkplatz zurück. Schon von Weitem sah ich, wie die anderen, die in Gruppen vor dem Bus herumstanden, uns neugierig entgegensahen. Besonders Lena und ihre Freundinnen schauten immer wieder zu uns hin, und Lena fing an, ziemlich laut zu lachen und ihre langen Haare herumzuwerfen. Ich hatte schon länger den Eindruck, dass sie ernsthaft auf Leon stand, aber richtig sicher war ich mir erst in diesem Moment.

Leon und ich waren die Letzten, die in den Bus stiegen. Als wir durch den Gang zu unseren Plätzen gingen, folgten Lena und ihre Freundinnen uns mit ihren Blicken. Da hörte ich Leon hinter mir murmeln: »Landeierparty.«

Als wir wieder saßen, meinte ich: »Du bist so ein arroganter Arsch«, musste aber lachen.

Leon sagte nur: »Sorry, aber die erinnern mich an die Kuhherde neben dem beschissenen Haus, das meine Mutter gekauft hat.«

»Wow. Und ich dachte, *ich* hab Probleme.«

»Was für Probleme solltest *du* haben?«

»Dann hat's dir noch keiner gesteckt?«

Er blinzelte. »Was meinst du?«

Ich zuckte die Achseln. »Meine Mutter ist verschwunden, als ich neun war.«

Jetzt stierte er mich an, was beinahe ein wenig dümmlich aussah – für mich ein klares Signal, dass sein Erstaunen echt war, dass er wirklich keine Ahnung gehabt hatte. Er sagte: »Echt jetzt?«, immer noch mit diesem leicht debilen Gesichtsausdruck. Dann wandte er sich ab und murmelte etwas vor sich hin, das sich anhörte wie: »Du hast gewonnen.«

So ist das eben. Die meisten Teenager hassen jede Form von Eigentümlichkeit. Sie wollen nicht auffallen, nicht im Mittelpunkt stehen. Wie nennen sie das heute, *cringe*? Am liebsten wollen sie in der Menge untergehen. Weißt du noch, wie du mir einmal erzählt hast, dass auch du diese Sehnsucht hattest? Ich jedenfalls habe damals gehofft, dass Leon die Sache auf sich beruhen lassen würde.

Die restliche Zeit flog dann auch vorbei wie die Landschaft vor dem Fenster. Eine Weile dösten wir vor uns hin, dann hörten wir Musik, ließen uns gegenseitig Lieder hören, aßen den Proviant, den die Oma mir eingepackt hatte. Leon steuerte Schokolade und Chips bei und dazu jede Menge lauwarme Cola, alles Zeugs, das ich sonst nie zu mir nahm. Ab und zu hatte ich den Eindruck, dass eine Frage in seinem Blick stand, zu dem, was ich ihm vorher erzählt hatte, doch er hakte nicht nach. Und dann kam er unvermittelt auf den Tag zu sprechen, an dem ich vor dem ganzen Geschichtskurs explodiert war. Ich erklärte ihm noch einmal, wie das mit meinem Gedächtnis war, woran ich mich erinnerte. Da platzte es aus ihm heraus: »Wie jetzt? Du erinnerst dich an *jeden einzelnen Tag*?« Diesmal war sein Blick nur noch halb so überheblich wie sonst.

Ich zuckte die Achseln. »Na ja ... Ja.«

Plötzlich sagte er: »15. September.«

Ich warf ihm einen flüchtigen Blick zu und fingerte die letzten Chipskrümel aus der Packung.

»Im Ernst jetzt? Der 15. September war doch der Dienstag, als du Rüsch so klugscheißerisch gefragt hast, ob wir in diesem Schuljahr auch den Afrikafeldzug durchnehmen und wie viele Stunden dafür geplant seien. Du hattest ein graues T-Shirt mit Matrix drauf an.« Ich knüllte die Chipstüte zusammen, überlegte kurz und fuhr dann fort. »Das war in diesem Jahr. Im Jahr davor, also am Montag, dem 15. September 2008, war das mit den Lehman Brothers, ich meine, dass die ihre Pleite angemeldet haben.«

Da guckte er mich an, als hätte ich behauptet, ich hieße Jesus. Ich grinste ihn an.

Zögerlich sagte er: »Okay. Aber du kannst mir hier ja jeden Bullshit erzählen. Ich kann das ja gar nicht überprüfen.«

Ich zuckte die Achseln. »Musst du auch nicht. Ich weiß, dass es stimmt.«

Da bückte er sich und kramte in seinem Rucksack. Als er sich wieder zurücklehnte, hielt er sein Blackberry in der Hand und drückte darauf herum. Dann drehte er sich um, mit dem Rücken zur Scheibe, und hielt das Ding so, dass ich das Display nicht sehen konnte.

Er sah mich prüfend an, bevor er fragte: »Also, wenn du das alles so genau weißt, dann kannst du mir sicher sagen, was der 8. Februar für ein Wochentag war.«

Ich musste nicht lange überlegen. »Ein Dienstag.«

»Und der … 22. Mai?«

»Ein Sonntag.«

Er fragte mich nach immer neuen Daten, blätterte in seinem Kalender immer weiter zurück.

»Der 18. März 1999?«

»War ein Donnerstag.«

»Und der 21. Mai?«

»Christi Himmelfahrt. Also auch ein Donnerstag.«

Irgendwann ließ er das Blackberry sinken. Das Überhebliche in seinem Blick war vollkommen verschwunden: »Fuck aber auch … du bist ein Scheißgenie!«

»Du weißt schon, dass ich 'ne Vier in Physik hatte. Und in Mathe hab ich nur deshalb keine Fünf gekriegt, weil der Basti mich hat abschreiben lassen.«

Aber er schien mich gar nicht zu hören. Er sah mich einfach weiter so an, mit diesen runden Augen, als hätte er mich gerade übers Wasser gehen sehen.

Schweiz, im Herbst 2023

Mathilda. Die Location, ein Fünf-Sterne-Hotel am Schweizer Ufer des Bodensees mit eigenem Hubschrauberlandeplatz, wirkte wie aus einem Real-Estate-Porn. Meterhohe Decken, edle Hölzer, Seidentapeten, lange Tische mit Damastdecken und Kristallgläsern und Servietten so hoch wie Türme. Ein Barock-Quartett, das die Hochzeitsgäste befidelte. Alles war dermaßen geschmackvoll und kultiviert, dass Mathilda am liebsten in einem Loch im Boden verschwunden wäre. Und wenn sie an die Worte dachte, die Falk gestern Nacht zu ihr gesagt hatte, dann wusste sie, dass er sie gerne in das Loch begleitet hätte. Aber das ging natürlich nicht. Denn sie waren ja das Brautpaar.

»Das noch, dann sind wir frei«, hatte er ihr ins Ohr geflüstert und sie geküsst. Sie hatte seine enorme Anspannung gespürt, und um ihn zum Lachen zu bringen, hatte sie geantwortet: »Du hörst dich an wie Russell Crowe in *Gladiator*.«

Aber er hatte den Witz nicht verstanden. »Gladiator. Das klingt gut.«

»Du hast den Film nie gesehen.«

»Nein. Wieso? Ist das wichtig?«

»Russell Crowe stirbt.«

Daraufhin hatte Falk ungläubig aufgelacht. Danach war die Stimmung eigenartig gewesen, um nicht zu sagen beklommen.

Daran dachte sie jetzt, während sie sich ihren Weg durch die Hochzeitsgäste bahnte, auf der Suche nach den Toilettenräumen. Daran – und wie unfassbar rasant sich alles entwickelt hatte. In den letzten Wochen hatten sich die Ereignisse überschlagen. Nachdem Mathilda ohne Weiteres den Ehevertrag samt Verschwiegenheitsklausel unterzeichnet hatte und Falk und sie heimlich auf dem Standesamt gewesen waren, hatte Claire sie mit solcher Macht bearbeitet, dass sie eingeknickt waren und diesen Tag nun irgendwie bis zum Ende durchstehen mussten. Immerhin fand die ganze Chose *im kleineren Kreis* statt: Mathilda hatte ohnehin keine Familie beizusteuern, und bei den Prokhoffs bedeutete *im kleineren Kreis*, dass sie es *nur* mit rund zweihundert Gästen zu tun hatten. Wobei das auch etwas Gutes hatte: Sie würde heute Gelegenheit haben, im Gespräch mit allen möglichen Leuten sehr vieles herauszufinden, das sie ihrem Ziel womöglich noch ein Stückchen näher brachte. In den letzten Wochen hatte sie noch einmal richtig Gas gegeben, hatte, wann immer sich die Gelegenheit bot, das Haus bis in den hintersten Winkel durchkämmt, und Agnes, die Berliner Haushälterin, in ein unauffälliges Kreuzverhör genommen. In einer Nacht hatte sie sich sogar den gesamten Papiermüll vorgeknöpft, aber nichts Brauchbares gefunden. Die Prokhoffs schienen fast paranoid zu sein mit dem, was sie ins Altpapier warfen. Wobei diese Paranoia Mathilda in anderer Hinsicht durchaus entgegenkam, denn genau deshalb war auf dieser Hochzeit keinerlei Presse zugelassen. Also würden zumindest keine Fotos von ihr in irgendwelchen Klatschzeitschriften auftauchen. Zudem hatten die Gäste eine Erklärung abgeben müssen, dass sie keine Fotos posten würden, nicht vom Brautpaar, nicht von den Gästen, nicht von sich selbst. Kein Foto von nichts also, daher war die Gefahr gering, dass irgendjemand, der Mathilda von früher kannte, sie wiedererkennen würde. Zwar besuchten ihre Leute ohnehin kaum dieselben Websites wie diese Jetset-Typen hier, aber man konnte nie wissen. Andererseits, überlegte Mathilda vor dem Spiegel in einem der Toilettenräume – oder vielmehr Erfrischungsräume, wie sie hier genannt wurden –, würde sie mit dieser Frisur und in diesem Kleid sowieso niemand erkennen. Nie im Leben hätte Mathilda sich vorstellen können, dass ausgerechnet sie sich jemals in so einem absurden Brauttraum wiederfinden würde. Wenn es nach ihr gegangen wäre, hätte sie das schlichte weiße Secondhandkleid getragen, das sie online gekauft hatte. Aber auch hier hatte Claire sich durchgesetzt. Sie hatte darauf bestanden, Mathilda zu einem *Couturier* nach Zürich fliegen zu lassen, wo zwei Verkäuferinnen, eine Stylistin und besagter Couturier um sie herumgestanden hatten.

»Bei ihrer Größe und Figur«, hatte die eine gesagt und die andere angesehen, »kann sie alles tragen. Etui, A-Linie, Mermaid, Trompete.«

»Und eben deshalb«, hatte die andere erwidert, »hat sie A-Linie schon mal nicht nötig.«

Und dann hatten sie über Ausschnittsformen diskutiert, über asymmetrische, runde, schulterfreie, herzförmige, und Mathilda wie einer Modepuppe ein Kleid nach dem anderen angezogen. Als es gar nicht mehr anders ging und Mathilda sich für eines entscheiden musste, hatte sie das Ding genommen, das am wenigsten entflammbar aussah.

Sie wandte den Blick von ihrem Spiegelbild ab. Das Kleid, das sie auf dem Standesamt getragen hatte, war schöner gewesen. So wie der ganze Tag schöner gewesen war. Der Gegensatz hätte nicht größer sein können, dachte sie und sah auf einmal wieder Falks Gesicht vor sich, den Blick in seinen Augen, als er nicht einfach nur *Ja* sagte, sondern dazu auch noch das vollständige Eheversprechen abgab, diese aufgeladenen Worte sagte: *In guten wie in schlechten Zeiten* und *Bis dass der Tod uns scheidet.* Nie würde sie diesen Moment vergessen, nie den Klang seiner Stimme und den Ernst, der in seinem Ton gelegen hatte. Und als sie wenig später dasselbe gesagt hatte, hatte auch sie es ernst gemeint.

Die Tür ging auf, und Veronika kam herein. Mathilda stand sicher schon seit fünf Minuten vor dem Toilettentisch und hielt als Alibi das kleine Erfrischungshandtuch in der Hand. Veronika warf ihr ein Lächeln zu, ging zu einem der Waschtische und hielt sich die Hände unter den Wasserstrahl. Mathilda steckte das benutzte Handtuch durch eine Öffnung im Toilettentisch. So war das hier: Nichts beleidigte das Auge der ästhetisch empfindenden Gäste.

»Ein wunderschönes Fest«, sagte Veronika, trat zu Mathilda an den Toilettentisch, holte sich ebenfalls eines der heißen, duftenden Handtücher aus dem Wärmeschrank und begann, sich Hals und Gesicht abzutupfen. »Und ein wunderschöner Ort.«

Mathilda nickte und versuchte dabei, glücklich und erschöpft auszusehen: so, wie sie sich vorstellte, dass eine Braut auszusehen hatte. »Ja, das stimmt. Wo habt ihr geheiratet, Tristan und du?«

»In Bellagio. Meine Familie hat dort ein Anwesen.«

Natürlich hat sie das, dachte Mathilda. Laut sagte sie: »Das hört sich auch nicht so übel an«, und zwinkerte Veronika zu. Dann ergriff sie die Gelegenheit beim Schopf und sagte: »Solche Feiern sind ja immer eine großartige Gelegenheit, alle kennenzulernen. Die ganze Familie auf einmal. Aber …«, sie senkte die Stimme und verzog das Gesicht zu einer komischen kleinen Grimasse, »es ist auch der vollkommene Overkill … all die Namen mit den richtigen Gesichtern zusammenzubekommen!«

Veronika lächelte und schaffte es, gleichzeitig mitfühlend und ein bisschen blasiert auszusehen. »Natürlich«, sagte sie in ihrem typisch nasalen Tonfall. »Für dich sind ja alle fremd.« Was Mathilda interpretierte als: Du bist eben keine von uns.

Mathilda ignorierte die Anspielung und fragte betont interessiert: »Also die Cousinen heißen …« Und dann zählte sie die Namen auf und lieferte eine kleine Beschreibung dazu. So ging das eine Weile, aber dann hielt sie den Moment für gekommen. Sie hatte lange überlegt, wie sie es so hinkriegen konnte, dass sie sich selbst nicht verriet, war aber zu keinem befriedigenden Ergebnis gekommen.

»Du, sag mal«, hob sie an und bemühte sich um einen arglosen Gesichtsausdruck. »Jemand hat mich nach einer Xenia gefragt. Ich wusste ehrlich gesagt nicht, was ich darauf sagen soll. Muss ich wissen, wer das ist?« Mathilda öffnete ihr Brauttäschchen und tat so, als würde sie etwas suchen, beobachtete Veronika dabei aber unauffällig im Spiegel.

Veronika zögerte einen Moment, bis sie antwortete: »Xenia war Tristans und Falks Schwester.«

Mathilda riss die Augen auf und musste ihre Bestürzung noch nicht einmal spielen. »Sie *hatten* eine Schwester?«

Daraufhin schüttelte Veronika abwehrend den Kopf. »Nein … ja …« Sie schien mit sich zu ringen, ob sie mehr erzählen sollte.

Mathilda sah sie an, innerlich aufs Äußerste angespannt, und wartete darauf, dass Veronika weitersprach. Ihrer Erfahrung nach war Schweigen die beste Methode, um jemand anderen zum Reden zu bringen. Doch dann sagte Veronika nur: »Ich weiß auch nicht viel. Tristan redet nicht gern über sie. Sie ist wohl eines Tages einfach abgehauen.«

Mathilda spürte, wie sich ihr die Nackenhaare aufstellten.

»Du meinst, sie ist … verschwunden?«

Veronika zögerte. Sie schien mit sich zu ringen, ob sie weitersprechen sollte. Doch gerade, als sie antworten wollte, ging die Tür auf und eine von Falks zuvor erwähnten Cousinen betrat den Raum, eine sehr schlanke, um nicht zu sagen anorektische Person im rückenfreien Kleid – Henrike – die sofort zu plappern anfing. Mathilda fluchte innerlich, denn auf Veronikas Gesicht erschien ein Automatenlächeln, und das Gespräch war damit beendet. Widerwillig entschuldigte sie sich und verließ den Erfrischungsraum, um sich eine ruhige Ecke zu suchen. Sie musste über das nachdenken, was sie soeben erfahren hatte.

Mathilda sah sich unauffällig um, ging dann zur Garderobe und ließ sich ihren Mantel reichen. Draußen auf der Terrasse war eine Theke aufgebaut, wo ein einsamer junger Mann darauf wartete, Hot Toddys an die Gäste zu verteilen. Sie ging an der Theke vorbei in Richtung Brüstung, wo in einiger Entfernung eine Frau stand und rauchte. Zu spät erkannte Mathilda, dass es sich bei der Frau um eine von Georgs Cousinen handelte, die ihr als Patrizia vorgestellt worden war. Mathilda, die jetzt nicht reden wollte, trat unauffällig den Rückzug an, doch Patrizia hatte sie schon entdeckt.

»Na, ein bisserl frische Luft schnappen«, sagte sie und lachte ihr freundlich zu. »Die brauchst du jetzt sicher dringend!«

Mathilda, deren Gedanken noch immer um die verschwundene Xenia kreisten, hielt abrupt inne. Hatte sie den Unterton gerade richtig interpretiert? Sie schlenderte hinüber zu Patrizia, die sofort anfing, Mathilda davon zu erzählen, wie sie selbst vor vierzig Jahren nicht schnell genug hatte wegkommen können vom Familienclan der Prokhoffs. Mathilda gab dem jungen Mann hinter der Theke ein Zeichen, woraufhin der ihnen kurz darauf zwei Hot Toddies brachte. Patrizia stieß ihren Becher gegen den von Mathildas und sagte: »Das ist gut, der wärmt dich im eiskalten Inneren der Prokhoff'schen Sippe.«

Mathilda betrachtete Patrizia interessiert. Sie sah älter aus als Georg und herber, ihre Stimme zeugte von zu vielen Zigaretten, vielleicht auch von zu viel Alkohol.

»So schlimm?«, fragte sie, woraufhin Patrizia nickte und mit der Zigarette nach unten in den Hotelpark zeigte, wo sich ein paar Kinder, auch die von Veronika, in piekfeinen Klamotten in Laubhaufen wälzten.

»Das sind alles arme Schweine. Sie wissen es nur noch nicht.«

Mathilda musste lachen. »Ach wirklich? Warum sagst du das?«

Da winkte Patrizia plötzlich ab, als hätte sie das Gefühl, zu viel gesagt zu haben.

Doch Mathilda hatte schon angebissen. Und so sagte sie: »Aber wenigstens haben sie einander. Ich selbst bin Einzelkind. Ich habe mir immer Geschwister gewünscht.« Wie zur Bestätigung ihrer Worte warf ein kleiner Junge, nicht älter als drei, einen Arm voll Laub in die Luft. Er juchzte, während das Laub durch die Luft stob. Mathilda wartete noch einen Augenblick, dann senkte sie die Stimme und fuhr fort: »Ich weiß nicht, ob ich das sagen sollte, denn es ist natürlich ... ein bisschen verrückt. Aber es ist wohl so, dass Falk bis zuletzt gehofft hat, Xenia würde zur Hochzeit kommen.« Sie verzog den Mund, signalisierte tief empfundenes Bedauern.

Just in diesem Moment tauchte Falk unten im Park auf. Wie synchronisiert sahen Patrizia und sie in seine Richtung. Er ging vorbei an den Kindern, hielt sein Smartphone in der Hand und blickte zerstreut und – war das möglich? – beunruhigt auf das Display. Da traten zwei Frauen, Veronika und seine Cousine Bérenice, eine sportliche Blondine, zu ihm. Bérenice legte ihre Hand auf Falks Arm und sagte ihm etwas ins Ohr, woraufhin er lachte und sein Smartphone in die Tasche seines Sakkos gleiten ließ. Die drei begannen eine Unterhaltung, und auf einmal erschien Falk ihr geradezu unerträglich selbstsicher, so wie er dastand, in seinem Smoking und mit seiner Patek Philippe über der weißen Hemdmanschette, und diese beiden Frauen zum Lachen brachte, die ihm nur so an den Lippen hingen. Und doch weiß ich es besser, dachte Mathilda. So ist er gar nicht. So nicht. Und mit einem Mal waren da wieder Falks schicksalhafte Worte von gestern Nacht: *Dann sind wir frei.* Mit der Erinnerung stieg eine Beklommenheit in ihr hoch, die ihr die Luft abschnürte. Denn am Ende des Gladiator-Films war Russell Crowe zwar frei und das Tor zur Welt öffnete sich, er selbst würde aber niemals hindurchgehen. Fast schmerzhaft zog sich Mathildas Magen zusammen, und wie zur Bestätigung ihrer Gefühlslage hörte sie Patrizia sagen: »Ja mei, so war er halt schon als Kind. Sich bloß nix anmerken lassen.«

Mathilda atmete tief ein und wieder aus und ließ ein paar Sekunden vergehen. Als sie ihre Fassung endlich wiedererlangt hatte, sagte sie: »Ich frage mich, ob man da nicht irgendetwas machen kann, wegen Xenia, um sie zu finden.«

Einen Moment lang sah Patrizia sie mit einem schwer zu deutenden Blick an. Dann nahm sie den letzten Schluck von ihrem Hot Toddy und fragte scheinbar völlig zusammenhanglos: »Deine Schwiegermutter und du, versteht ihr euch gut?«

Mathilda, die ihre Überraschung nicht verbergen konnte, antwortete mit einer Gegenfrage: »Wie kommst du denn jetzt auf Claire?«

»Weil ich zuerst wissen muss, wie du mit ihr klarkommst.«

»Ich ...« Mathilda verstummte sofort wieder. Dann wägte sie ab und sagte mit einem schiefen Grinsen zu Patrizia: »Ich glaube nicht, dass sie und ich Busenfreundinnen werden.«

Jetzt nickte Patrizia fast bedächtig. Dann drückte sie ihre Zigarette in einem bereitgestellten Aschenbecher aus, ging zur Theke, um noch zwei Hot Toddies zu holen, und kehrte damit zu Mathilda zurück.

»Verschwunden ... hm?«, fragte sie und nahm einen vorsichtigen ersten Schluck von dem dampfenden Getränk. »Diesen Schmarrn haben sie dir also erzählt.« Sie fixierte Mathilda, die nicht recht wusste, wie sie reagieren sollte. Sie konnte der Frau schlecht sagen, dass Falk ihr *gar nichts* erzählt hatte. Dass sie bis vor Kurzem noch nicht einmal von der Existenz einer Schwester gewusst hatte.

»Also ... stimmt das gar nicht?«, fragte Mathilda schließlich ein wenig zögerlich.

Weitere Sekunden vergingen, in denen Patrizia sie immer noch ansah. So als überlegte sie, ob sie weitererzählen sollte. Dann seufzte sie und sagte: »Das war eine ganz komische Sache damals. Ich weiß auch nicht alles, nur das, was Falk mir erzählt hat. Xenia ist ja meine Patentochter ... Das wusstest du auch nicht, was? Jedenfalls war Xenia gerade mit der Kunsthochschule fertig, und dann hat sie direkt dieses Buch veröffentlicht, diese ... wie nennt man das noch ... Graphic Novel?«

Patrizia nahm einen erneuten Schluck, und Mathilda tat es ihr gleich. Es kam ihr vor, als würde auf einmal Strom durch ihre Adern fließen.

»Dazu musst du wissen, dass sie eine ... problematische Kindheit hatte. Alle drei Kinder hatten eine problematische Kindheit. Die haben sie ja von einem Internat ins nächste geschoben. Das ging so lange, bis die beiden Jungens niemand mehr haben wollte. So war das damals. Da haben sie sie notgedrungen nach Hause geholt und auf eine staatliche Schule geschickt. Georg war damals gerade nach Riga versetzt worden, als Gesandter, glaube ich.« Versonnen nickte Patrizia jetzt vor sich hin.

Mathilda wagte kaum zu atmen. Mit einer Stimme, die sich in ihren eigenen Ohren fremd anhörte, fragte sie: »Und da ... ist Xenia *verschwunden?*«

Jetzt sah Patrizia sie erstaunt an.

»Was? Nein, nein, damals noch nicht. Aber das war die Zeit, in der irgendwas passiert sein muss. Das, was sie dann später in dieser ... Novel ... verarbeitet hat. *Kaiserwald* oder so ähnlich hieß das Ding.«

Mathilda verstand immer weniger. Sich klar und deutlich auszudrücken war offenbar nicht Patrizias Stärke. Oder sie setzte einfach zu viel Vorwissen voraus, über das Mathilda nicht verfügte. Vielleicht sollte sie Patrizia einfach reinen Wein einschenken und sie bitten, ihr alles zu erklären, detailliert und von Anfang an? Doch da sprach Patrizia schon weiter: »In dem Buch hat sie wohl nicht nur ihre miese Kindheit verarbeitet, was allein schon gereicht hätte, um Claire einen Herzinfarkt zu bescheren. Sie hat da alles Mögliche hineingepackt, eine lesbische Liebesgeschichte, Misshandlungen ... und dann auch noch einen Mord. Es war eine ziemlich wilde Mischung aus Fiktion und Wahrheit. Und genau das war wohl das Problem.«

Mathilda glaubte, nicht recht zu hören. »Was meinst du damit?«

»Ich weiß da auch nicht alles. Ich hab mir das damals halt so zusammengereimt: Die kamen einfach nicht damit klar, dass vieles in dem Buch genau der Realität entsprach. Und dass dadurch der Eindruck entstehen konnte, dass die *Sagrada Família* nicht so heilig war, wie sie immer tat.«

Wie betäubt starrte Mathilda Patrizia an, doch die schien nichts von Mathildas Verstörung zu bemerken, sie fuhr einfach fort mit ihrer Erzählung.

»Jedenfalls haben Claire und Georg damals alles darangesetzt, dass das Buch vom Markt genommen wird. Verletzung der Persönlichkeitsrechte und so. Klagewütig waren sie ja schon immer. Ja, und danach ist Xenia einfach abgehauen. Und ich habe nie wieder was von ihr gehört.«

Xenia. *Ich werde nie mehr ein Feuer sehen können, ohne dass mir die Kotze hochkommt. Und Sonnwend wird für immer der Tag bleiben, an dem meine Kindheit endgültig den Bach runtergegangen ist. Ich bin erst fünfzehn, aber ich fühle mich wie hundert. Als hätte ich schon alles gesehen, was das Leben an Scheiße zu bieten hat. Am liebsten würde ich einfach verschwinden. Nie mehr zurückkommen. Ich meine, im Internat ging auch ganz schön was ab. Aber das hier ist eine ganz andere Nummer. Mann, sind die alle abgefuckt. Erst Papa und Waltraud. Und an dem Abend dann auch noch der Maywald mit der Ozols. Der sich von ihr im Auto ... Ich kann das gar nicht zu Ende denken. Ich hätte gute Lust, die alle hochgehen zu lassen. Irgendwo eine Tretmine einzubauen und sie reintappen lassen, dass ihnen alles um die Ohren fliegt, ihre ganzen Lügen. Womit ich aber am wenigsten klarkomme, ist das mit Alise. Ella hat gesagt, sie wär nackt gewesen, als sie sie gefunden hat. Ich weiß ja, dass sie es an dem Abend drauf ankommen lassen wollte mit Tristan, ausgerechnet mit dem. Aber egal wie mies und eklig ich das finde, dafür hätte sie sich doch nicht so wegschießen müssen. Irgendwie ist das beängstigend.*

Riga, im Spätsommer 1997

Kurz nach den Sommerferien passierten zwei Dinge. Die anonymen Anrufe fingen wieder an, nur dass der Anrufer diesmal nicht Georg war und ich darum Robert ans Telefon gehen ließ. Das andere, weitaus erfreulichere, betraf Xenia: Sie war mit ihrem Bild für den Jugendförderpreis der Stadt Riga nominiert worden. Ich selbst hatte das Bild bisher nicht zu Gesicht bekommen, da sie es in den Ferien gemalt hatte. Als ich im Unterricht die frohe Botschaft verkündete, reagierte sie allerdings merkwürdig verhalten, so als beträfe sie das Ganze nur am Rande. Überhaupt wurde mir an diesem Tag klar, dass sie sich verändert hatte. Im Unterricht schien sie nicht recht bei der Sache zu sein, und in den Pausen blieb sie für sich, war in sich gekehrt, wortkarg. Doch das Auffälligste war: Sie und Alise sprachen kein Wort mehr miteinander. Ich wollte Xenia und auch Alise darauf ansprechen, doch die beiden gingen mir aus dem Weg, jedenfalls kam es mir so vor. Nach dem Unterricht rafften sie, kaum dass die Schulglocke ertönt war, eilig ihr Zeug zusammen und stürzten – jede für sich – aus dem Klassenzimmer. Ich war versucht, Georg davon zu erzählen, doch nach einigem inneren Hin und Her beschloss ich, mich nicht einzumischen. Die Situation war kompliziert genug: Ich als Xenias Lehrerin, die der Meinung war, mit ihr eine außergewöhnlich begabte Schülerin zu haben, die ich gerne fördern würde; Xenia, die wiederum meine Tochter auf einer Zeltfreizeit betreut hatte und von der Penelope so begeistert war, dass sie immer wieder von Xenia erzählte und unentwegt Fahrtenlieder aus dem Camp vor sich hin summte. Xenias Vater und ich, die wir uns heimlich in dieser Wohnung im Moskauer Viertel trafen, der Wohnung, die der Firma seiner Frau gehörte. Hätte ich ein schlechtes Gewissen haben sollen? Meiner Tochter oder Robert gegenüber, Xenias Mutter gegenüber? Oder Xenia selbst? Unübersehbar war jedenfalls, dass sie mir gegenüber immer verschlossener wurde, um nicht zu sagen abweisend. Aber auch das ignorierte ich weitgehend und gab mich in diesen Wochen ganz meiner rauschhaften Verliebtheit hin. So träumte ich immer häufiger davon, mit Georg zusammenzuleben, irgendwo im Süden, auf Kreta oder vielleicht auf Sizilien, wo die Familie wohl ein Haus besaß. Wenn ich ihn anrief und seine Stimme hörte, wenn irgendwo ein schwarzer Mercedes vorbeifuhr, wenn ich in der Mittagspause die Treppe des Mietshauses in der Moskauer Vorstadt hochging und ihn dort am Türrahmen lehnen sah, empfand ich eine Art von Aufregung und Lebendigkeit, die mir durch den ganzen Körper fuhr, durch den Magen, den gesamten Blutkreislauf. Ich hatte vorher nicht einmal gewusst, dass man sich so fühlen konnte.

Erst Wochen, nachdem die Schule wieder begonnen hatte, wurde es anders – und nicht nur deshalb, weil er und ich nun weniger Zeit füreinander hatten. Ich tat mir zunehmend schwerer damit, Robert ins Gesicht zu sehen, wenn ich Ausreden und sogar neue Bekannte erfand. Ein Treffen mit einer nicht existierenden Ellen vom Goethe-Institut. Ein Kinoabend mit Taisija, die angeblich für ein paar Tage in der Stadt war. Am liebsten hätte ich ihm gesagt: *Ich weiß von Tanja Ozols. Aber das macht mir nichts, ich habe selbst einen Geliebten. Lassen wir uns doch gegenseitig die Freiheit.* Aber ich war zu feige. Und so bastelte ich weiter an meinen Ausreden und tat im Gegenzug ahnungslos, wenn Robert mal wieder einen ganzen Nachmittag *zum Golfspielen* verschwand oder übers Wochenende mit *ein paar Bekannten* zu einem späten Segeltörn aufbrach.

Und dann kam der Tag, an dem Lilija und ich in der Mittagspause in den Botanischen Garten gingen, zum ersten Mal seit den Sommerferien, was mir aber erst jetzt auffiel. Es war Anfang Oktober, und über allem lag schon der Zauber des Herbstes, die ersten Bäume ließen die Blätter fallen, und unter den Kastanien im Park glänzten ein paar späte Früchte. Zu Beginn verlief unser Gespräch wie immer. Wir unterhielten uns über den Kunstförderpreis, der am kommenden Samstag in einem alten Fabrikgebäude im weniger vornehmen Teil von Mežaparks verliehen werden würde. Ein bisschen wunderte ich mich über diesen Ort. Ich hatte angenommen, die Vernissage würde in den Räumlichkeiten der Bank im Zentralbezirk stattfinden, doch die Kuratoren hatten kurzfristig die Möglichkeit erhalten, die Ausstellung hier zu zeigen.

Ich war mit meinen Gedanken noch ganz bei der bevorstehenden Veranstaltung, als ich Lilija plötzlich fragen hörte: »Sag mal, was ist eigentlich mit dir los?«

»Was meinst du?« Ich blieb stehen, sah sie an.

»Ich meine«, sagte sie, hob ein paar Kastanien auf und hielt sie in der offenen Hand, »dass dies unsere erste gemeinsame Mittagspause seit den Sommerferien ist. Willst du mir nicht endlich sagen, was mit dir los ist? Hab ich irgendwas falsch gemacht?«

Ich überlegte nur kurz. Dann holte ich tief Luft und sagte: »Ich hab was mit dem Vater einer Schülerin.«

Zu meiner Überraschung schien sie ganz und gar nicht verblüfft. »Wer ist es?«, fragte sie, ohne mich aus den Augen zu lassen.

»Xenias Vater.«

Sie reagierte nicht gleich, atmete einmal tief ein und wieder aus und sah mich dabei weiter unverwandt an; ihr Blick glitt über mein Gesicht, als sähe sie mich zum ersten Mal. Dann presste sie die Lippen zusammen, nickte still und ging einfach weiter. Ich sah ihr nach, wie sie hier und dort stehen blieb, sich nach weiteren Kastanien bückte und sie in die Plastiktüte tat, für Penelope.

»Was ist? Verurteilst du mich jetzt?«, rief ich ihr nach.

Langsam drehte sie sich um. Ihr Ausdruck hatte sich verändert, sie sah jetzt angespannt aus, und als sie sprach, schien sie ihre Worte mit Bedacht zu wählen.

»Dieser Mann«, sagte sie, »ist der Vater einer deiner Schülerinnen *und* der Gesandte eurer Botschaft! Konntest du dir nicht eine etwas unkompliziertere Affäre aussuchen?«

Ich war perplex. »Ist das alles, was du mir dazu zu sagen hast?«

So standen wir uns gegenüber, ein paar Meter voneinander entfernt, bevor sie sich in Bewegung setzte und langsam auf mich zukam.

»Natürlich nicht. Aber ich frage mich, wie ernst es dir ist. Wie sehr du ... na ja ... da drinsteckst? Bist du verliebt?«

»Natürlich bin ich verliebt. Was ist denn das für eine Frage?« Dann hob ich die Arme und ließ sie langsam sinken. »Ich bin so verliebt, dass ich an nichts anderes mehr denken kann.«

Sie blies die Backen auf, ließ die Luft geräuschvoll entweichen. »Siehst du. Genau das meine ich. Dass dieser Mann dir nicht guttut.«

»Was soll das denn heißen? Sag mal, willst du nicht endlich zum Punkt kommen?«

Da spuckte sie es endlich aus. »Ich weiß nur, was die Gerüchteküche sagt. Dass er ... na ja ... schon so einiges am Kochen hatte. Vielleicht ist das alles ja auch nur dummes Gequatsche.«

»Was für Gequatsche?«

Sie holte tief Atem. »Ich habe von mindestens zwei Frauen gehört, mit denen er angeblich eine Affäre hat.«

Sie war etwas Besonderes. So viele Male wollte ich mit ihr sprechen und sie vor ihm warnen. Und doch habe ich es nie getan.

Kaiserwald I

Penelope. Und dann kam die Nacht, in der ich sie im roten Kleid sah.

Es war der 13. Oktober, der vorletzte Tag unseres Aufenthalts in Rom. Beim Frühstück in der Jugendherberge saß ich wie immer neben Leon. Seit der Fahrt hingen wir ständig miteinander ab, zwei Freaks, die sich gefunden hatten. Natürlich entgingen mir die Blicke der anderen nicht. Besonders Lena und ihre Clique schienen sich nicht damit abfinden zu wollen, dass Leon und ich uns gut verstanden. Im Laufe der Tage versuchte Lena immer wieder, Leons Aufmerksamkeit auf sich zu ziehen. Mal behauptete sie, ihr seien die Kippen ausgegangen, ein andermal bot sie ihm einen Big-Red-Zimtkaugummi an, weil sie wusste, dass er die aus den USA kannte und mochte, und als wir aus den Vatikanischen Museen kamen, hängte sie sich *wahnsinnig spontan* an ihn dran, so als ob sie vor lauter Erschöpfung kaum mehr geradeaus laufen könnte. Er ließ es gleichmütig über sich ergehen, löste aber recht bald ihre Hand aus seiner Armbeuge, und dann wurde der Bürgersteig ohnehin so schmal, dass alle im Entenmarsch hintereinander laufen mussten.

Als ich jetzt aufstand, um mir noch einen Becher mit Orangensaft vom Frühstücksbuffet zu holen, rief Leon mir hinterher, ich solle ihm noch ein Croissant mitbringen. Ich schenkte mir Orangensaft aus einem Kanister ein, griff nach dem letzten in Plastik verpackten Croissant und wollte gerade zurück an meinen Platz gehen, als ich Lena dort stehen sah, über Leon gebeugt, das lange braune Haar fiel ihr wie ein Fächer halb übers Gesicht. Sie lachte und schob ihr Haar zurück, langsam, aufreizend, woraufhin Leon ihr einen langen Blick zuwarf, das übliche Lächeln auf den Lippen, das alles bedeuten konnte. Flirtete er etwa mit ihr? Ich wusste, dass einige Mädchen aus der Stufe auf ihn standen, allen voran Lena. Doch bisher hatte ich immer geglaubt, er sei so eine Art Festung, uneinnehmbar.

Ich ging auf die beiden zu, als ich Lena sagen hörte: »Also bist du dabei?«

Er ließ sich Zeit mit der Antwort, sah an Lena vorbei, zu mir. Lena richtete sich auf, in einer einzigen lässigen Bewegung, wobei ihr das Haar auf den Rücken schwang. Sie musterte mich, ein wenig verächtlich, so wie meistens. Dann trat sie zur Seite, gab meinen Stuhl frei und sagte zu Leon: »Wir bringen Wodka mit.«

»Cool«, sagte Leon jetzt und wandte sich zu mir: »Was bringen wir mit? Whiskey?«

Ich zuckte die Achseln, warf das Croissant auf Leons Teller und setzte mich. »Keine Ahnung. Bin eh nicht so auf Hart-Alk.«

Nachdem Lena sich verzogen hatte, erzählte Leon mir, dass wir uns nachts um zehn zum Vorglühen rausschleichen würden, und danach ginge es dann zum Feiern in einen Club, ins Executive, zwei Straßen weiter.

»Ich glaube ja nicht, dass die mich dabeihaben wollen«, sagte ich nüchtern und beobachtete zwei Mitschüler, wie sie herumalberten und einer den anderen in den Schwitzkasten nahm.

»Das ist ja grad der Joke dabei«, antwortete er grinsend. »Die sind bedient, und wir haben Fun.«

»Ach, ich weiß nicht … die Sauferei interessiert mich nicht besonders. Außerdem will ich keinen Ärger kriegen.«

»Das ist ja nicht auszuhalten mit dir. Was willst du denn später mal deinen Enkeln erzählen? Dass du dich immer an alle Regeln gehalten hast? Jetzt komm schon!«

Ich sah ihn an, sein dunkles, fast schwarzes Haar, die blasse Haut, die braunen Augen hinter der runden Brille.

»Okay … also schön. Aber wenn ich keinen Bock mehr hab, geh ich einfach.«

Die Luft war kühl, als wir auf die Straße traten. Vor uns ratterte ein Lieferwagen über das Kopfsteinpflaster, so ein dreirädriger. Dann überraschend Stille. Die Eisdiele neben unserer Jugendherberge war hell erleuchtet, kein Kunde war zu sehen an diesem Herbstabend.

Wir überquerten die Straße, bogen in die nächste enge Seitenstraße ein und kamen schließlich an eine Allee, die links und rechts mit Platanen bestanden war. Wir überquerten die Allee und erreichten einen Platz, wo ich schon von Weitem die anderen sitzen sah. Sie hockten auf den Stufen eines Brunnens, hatten die ganze Breitseite besetzt. Kim, Sissi und Benji rauchten, Isabelle, Tore, Sven und Lena alberten herum. Als Lena uns sah, stand sie auf und begrüßte Leon mit einem Küsschen rechts und links, was albern war, da sie sich gerade erst beim Abendessen in der Jugendherberge gesehen hatten. Mich beachtete sie nicht. Und ich sie auch nicht.

Lena verteilte kleine weiße Plastikbecher, schenkte uns allen zuerst Cola ein, halb voll, ging dann zu ihrem Rucksack und holte eine Flasche Absolut Vodka heraus und toppte die Cola mit Wodka.

Isa und Tore exten ihre Becher leer, die anderen tranken in normalem Tempo. Ich selbst nippte nur. Ich hatte bisher nur ein einziges Mal Alkohol getrunken, mit Bastian und Johannes. Wir waren vierzehn gewesen, und Johannes hatte eine Flasche Apfelschnaps aus dem Keller seiner Eltern mitgehen lassen. Es war der erste Tag der Sommerferien gewesen, und wir hockten auf der Sellarbahn hinter der Schule, dem inoffiziellen Treffpunkt für Saufgelage und Gekiffe. Das Ganze war nicht gut ausgegangen für Basti und mich, wir hatten uns zu den Büschen geschleppt und uns die Seele aus dem Leib gekotzt.

In einem der Palazzi gegenüber dem Brunnen ging ein Fenster auf, und eine Frau mit einem Kind auf dem Arm erschien. Sie stand eine ganze Weile am Fenster und sah zu uns herunter. Auf einmal musste ich daran denken, wie es gewesen war, ein Kind zu sein, sicher und sorglos auf dem Arm einer Mutter, in der Wärme dieser Umarmung. Ein Kind ohne das Gewicht von Verlust auf den Schultern, ein Kind mit einem wendigen Körper, das in Gummistiefeln in Pfützen sprang und an der Hand seiner Mutter die Straße entlanglief, in dem Bewusstsein, dass es immer so weitergehen würde. So war das Leben, und es würde sich nie ändern.

Das hat mir gerade noch gefehlt, dachte ich und wandte den Blick ab, ehe ich noch tiefer in den Strudel meiner Erinnerungen hineingerissen wurde. Sven sagte: »Du trinkst ja gar nicht«, und so nahm ich jetzt doch einen Schluck. Fast auf der Stelle spürte ich, wie der Alkohol in meine Gliedmaßen schoss. Lena ging reihum und schenkte allen nach, auch mir, und dabei lächelte sie mir überraschend freundlich zu. Und mit einem Mal war es einfach gut, hier zu sein, in diesem fremden Land, und auf dieser Treppe zu sitzen, neben den anderen, die eigentlich gar nicht so schlimm waren. Es war gut, den Becher in der Hand zu halten und immer mal wieder einen Schluck zu nehmen, von dem süßen und starken Zeug. Es war gut, sich nachschenken zu lassen, als würde ich dazugehören, als sei ich eine von ihnen, als wäre ich ganz normal. Ich trank den Becher leer und fühlte mich wieder weich und biegsam wie früher. Mir war so frei und leicht zumute, als hätte der Wodka meine Wurzeln gekappt und alles abgeschnitten, was mich unten hielt, was mich sonderbar und anders machte.

Schweiz, im Herbst 2023

Mathilda. Es war nach drei, als sie Falk, der außerordentlich konzentriert wirkte, in den Fahrstuhl half. Er und ein paar seiner Freunde hatten es zum Ende hin noch einmal richtig krachen lassen und eine Runde und einen Trinkspruch nach dem anderen absolviert. Mathilda betrachtete ihn von der Seite und war mit ihren Gedanken doch meilenweit von ihm entfernt. Seit ihrem Gespräch mit Patrizia konnte sie an nichts anderes mehr denken als an Xenia und das Comic-Buch mit dem eigenartigen Titel. Ein Buch, das dazu führte, dass sie alles hinter sich gelassen hatte: ihre Eltern und Brüder, ihr ganze Verwandtschaft. Ihr altes Leben. Ein Buch, das offenbar nur so wimmelte vor dunklen Geheimnissen.

Falk schwankte leicht, und sie richtete seinen Blick auf ihn. Sie hatte ihn noch nie alkoholisiert erlebt, nicht einmal ansatzweise. Ihn, den smarten und weltgewandten Typen, der sich sonst immer im Griff hatte, nun so zu sehen, war derart merkwürdig, dass Mathilda sich fragte, ob er sich absichtlich betrunken hatte. Nicht dass sie es schlimm gefunden hätte, Gott bewahre, dafür hatte sie in dieser Hinsicht schon zu viel erlebt. Aber dass *er* es jetzt war, das passte für sie einfach nicht ins Bild. Nicht nach dem, was er gestern Nacht zu ihr gesagt hatte, diesen Satz über das Freisein. Oder vielleicht gerade deshalb?

Als sich die Lifttüren schlossen, war die Stille ohrenbetäubend. Die Musik, die Stimmen, der ganze Abend summte in Mathildas Kopf, während sie vollkommen lautlos nach oben glitten, aus dem Lift stiegen und zu ihrer Suite gingen, die Schritte gedämpft von einem dicken dunkelgrün-ockerfarbenen Teppich. Das einzige Geräusch war das Rascheln ihres Abendkleides – das Hochzeitskleid hatte sie im Laufe des Nachmittags gegen eine cremefarbene Robe eingetauscht. Sie lotste Falk durch die Tür in den Spa-Bereich, wo sie ihn auf einen Sessel bugsierte und anfing, ihn auszuziehen. Das Ganze hatte nichts Erotisches an sich, in seiner Banalität erinnerte es sie eher an ihre Zeit im Deltazug, wo sie Bsirske, die sich bei jedem zweiten Besäufnis ins Off geschossen hatte, regelmäßig aus ihrem stinkenden Kampfanzug geschält hatte.

Auf einmal tastete er nach ihrem Handgelenk. Sie wusste nicht gleich, was er von ihr wollte, bis er sie festhielt, ihr das Gesicht zuwandte und mit schwerer Zunge sagte: »Ich liebe dich so sehr, weißt du das, Mathilda Bekendorp? Auch wenn du meinen Namen nicht willst.«

Sie sah ihn an, die vom Alkohol weit geöffneten Pupillen, sein ebenmäßiges Gesicht, sein Mund dicht an ihrem. Sogar jetzt, trotz der Alkoholfahne und der schleppenden Sprechweise, empfand sie nichts als Zuneigung, nein, Liebe für ihn.

»Ich liebe dich auch, Falk von Prokhoff«, sagte sie und wollte fortfahren, ihn auszuziehen, aber er hielt ihr Handgelenk noch immer umschlossen.

»Und weißt du, was noch?«, fragte er nun. »Du hast recht, dass du den Scheißnamen nicht willst. Weil an dem Namen, da klebt jede Menge …«

Doch ehe er den Satz zu Ende bringen konnte, war es geschehen: Sie konnte nur noch zusehen, wie es aus ihm herausbrach. Mehrmals musste er sich übergeben, zwischendurch stöhnte er, und Mathildas Frage verhallte ungehört: »Falk, was hast du da eben gesagt? Dass an eurem Namen jede Menge Blut klebt?«

Natürlich erhielt sie keine Antwort, und im nächsten Moment begann etwas zu vibrieren. Es musste Falks Smartphone sein, das anscheinend in der Sakkotasche auf dem Stuhl steckte. Sie wunderte sich, wer ihm um diese Zeit Nachrichten schickte, und war versucht, es herauszuziehen und unauffällig darauf zu schauen. Aber dann sackte Falk vom Sessel auf den Boden, wo er in Unterhose und Unterhemd sitzen blieb.

Als sein Magen sich langsam beruhigt hatte, säuberte Mathilda ihn, so gut es ging – zum Duschen war er nicht mehr in der Lage –, und beförderte ihn ins Bett. Dann stopfte sie alle Kissen, die sie finden konnte, unter seinen Kopf und setzte sich zu ihm auf die Bettkante und hielt ihm ein Wasser hin.

»Kommst du klar?«, fragte sie, streichelte seine Schulter und betrachtete ihn, wie er dort kauerte, halb im Sitzen, mit weit aufgerissenen Augen.

Er nickte fast unmerklich. »Ich bin so ein Arsch«, nuschelte er. »Ich verdien dich gar nicht.«

»Warum solltest du mich nicht verdienen?«

»Weil ich so ein verlogenes Arschloch bin.« Die Worte klebten aneinander. *Sonverlognesarschloch*.

Mathilda spürte, wie ein unangenehmes Gefühl in ihr hochkroch. »Wie meinst du das?« Dann machte sie einen Schuss ins Blaue: »Weil du mir nichts von deiner verschwundenen Schwester erzählt hast?«

Er blinzelte kurz. Mathilda konnte die Holzräder in seinem Kopf förmlich rasen sehen. »Wer hat'n dir davon erzählt?«

»Stimmt es denn nicht?«

Er versuchte sich aufzurichten, sackte aber sofort wieder zurück. »Fuck.« Es folgten noch ein paar weitere Kraftausdrücke, und Mathilda fragte sich mit einem Aufblitzen von Humor, ob sie vielleicht doch nicht so verschieden waren, wie sie gedacht hatte. Dann kniff er die Augen zusammen, riss sie aber gleich darauf wieder auf. »Mann, das dreht sich alles.«

Eine Weile saßen sie so da: Falk der vor sich hin stierte, und Mathilda, die ihn betrachtete, in einer seltsamen Mischung aus widerwilliger Zärtlichkeit und einer immer stärker werdenden Wut. Warum hatte er sich auch dermaßen wegschießen müssen? Und Mission hin oder her, das war ihre Hochzeitsnacht. Fast barsch sagte sie nun: »Versuch die Augen offen zu lassen.« Und dann, etwas sanfter: »Was war da los ... mit deiner Schwester? Warum habt ihr keinen Kontakt mehr?«

»Meine Schwester ... die wollte dann einfach nur noch weg.« Er verstummte. »Den ganzen Abfuck hinter sich lassen.«

»Wohin ist sie denn gegangen?« Mathilda musste sich zwingen, nicht allzu ungeduldig zu klingen. Mit einer Ruhe in der Stimme, die sie nicht empfand, fragte sie: »Willst du mir nicht erzählen, was damals los war? Wir sind doch jetzt Mann und Frau. Wir sollten keine Geheimnisse voreinander haben.«

Er starrte sie an, mit seinem glasigen Blick, den geweiteten Pupillen. Kurz flammten Gewissensbisse in ihr auf. Sie sollte ihn in diesem Zustand wirklich in Ruhe lassen, dachte sie. So war sie nicht, sie nutzte die Schwächen ihrer Mitmenschen nicht aus, normalerweise nicht. Doch jetzt schob sie das Gefühl energisch beiseite.

»Dasissesja«, sagte er jetzt.

»Was? Was ist damit?«

»Ichkannsnichsagen. Niemals.«

Mathilda spürte, wie sich ihr Körper anspannte. »Hey«, sagte sie dicht an seinem Gesicht. »Ich bin es. Die Frau, die dir das Leben gerettet hat. Du kannst mir alles sagen.«

Auf einmal liefen ihm Tränen übers Gesicht. Mathildas Magen verkrampfte sich. Auf gut Glück sagte sie: »Du schleppst das doch schon so lange mit dir herum, nicht wahr? Hat es mit dem zu tun, was damals passiert ist? Mit Xenias Buch?«

Sie konnte förmlich sehen, wie er sich durch den dichten Nebel in seinem Gehirn tastete, etwas zu erkennen suchte, eine Art Wegmarkierung vielleicht oder einen Hinweis darauf, woher sie etwas wusste, was sonst mit Sicherheit niemand wusste. Doch Mathilda ließ ihm keine Zeit zum Nachdenken, sie redete einfach weiter auf ihn ein, strich ihm über den Kopf, berührte seinen Arm. »Erzähl es mir«, flüsterte sie schließlich. »Lass es raus.«

Es dauerte ein paar Sekunden, doch dann sagte er plötzlich: »... werd ich nie vergessen können. Wie sie dalag.«

Durch Mathildas Körper ging ein Ruck. Sie war jetzt überwach, ließ ihn nicht aus den Augen. »Wer?«, fragte sie unter äußerster Anspannung. »Wer lag da? Was ist passiert?«

Aber er sagte nur: »Die haben mir nicht geglaubt. Aber ich hab sie gesehen. Und sie war tot.«

Mathilda starrte ihn an. Was erzählte er ihr denn da gerade? Dass seine Schwester tot war? Sie ließ die Augen nicht von ihm, wollte ihn mit ihrem Blick beschwören, fragte noch einmal: »Falk, was ist da passiert? Sag's mir.«

Wieder vergingen die Sekunden. Als er nicht antwortete, fragte sie ganz direkt: »Die Tote, die du gesehen hast. War das Xenia?«

Doch er sah sie nur an. Dann blies er die Backen auf und sagte: »Nein! Wie kommst du denn darauf?« Plötzlich klang er schon fast wieder nüchtern.

Einen Augenblick lang war sie verwirrt über seine Reaktion, über die plötzliche Bestimmtheit seiner Antwort. Ihre Gedanken überschlugen sich. War das möglich, fragte sie sich und spürte plötzlich eine kalte Klarheit in ihrem Kopf. Und dann setzte sie alles auf eine Karte: »Dann war das diese Lehrerin? Die Tote, die dalag?«

Ihr Puls dröhnte in ihren Ohren, während sie die Luft anhielt, nicht zu atmen wagte. Sie war jetzt ganz nah dran, das spürte sie. Doch zu ihrer maßlosen Enttäuschung blieb sein Blick wie ein Leerzeichen. Da war nichts, kein verräterisches Blinzeln, nur absolute Verständnislosigkeit. Also war er entweder doch noch so dicht, dass er gar nichts begriff, oder aber da war wirklich nichts. Er wusste nichts, und Mathilda war auf einer völlig falschen Spur. Vielleicht war ja dieser ganze verdammte Brief einfach nur Nonsens. Sie spürte, wie eine geradezu vernichtende Enttäuschung in ihr hochkroch.

Plötzlich hielt er seine Hände in die Höhe und ließ sie gleich darauf wieder auf die Bettdecke plumpsen, wo sie mit den Handflächen nach oben liegen blieben. Er ließ den Kopf hängen. Erst da begriff Mathilda, dass er seine Hände betrachtete. Mathilda folgte seinem Blick und blieb an den weißen Narben an seinen Handgelenken hängen. Der Anblick schnürte ihr die Kehle zu. Sie wandte den Blick ab. Da nuschelte er: »Sie haben uns dann in dieses Scheißbootcamp abgeschoben.«

»Wie bitte? Wer hat wen abgeschoben?«

»Meinescheißeltern. Tristanundmich.« Nein, nüchtern war er noch lange nicht. Wieder klebten die Silben aneinander.

»In ein Bootcamp? Was denn für ein Bootcamp?« Mathilda konnte die Verständnislosigkeit und vielleicht auch die Skepsis in ihrer Stimme nicht gut genug verbergen, denn plötzlich wurde er laut: »In so'n Scheißbootcamp nach Utah.« Er spuckte die Worte aus wie etwas Giftiges.

»Du meinst das Internat in den USA, wo du Abi gemacht hast? Das war eigentlich gar kein Internat?« Sie betrachtete ihn ungläubig. Dieser Mann hier, der so reich war und so rundum elitär wirkte, von dem sie angenommen hatte, dass man ihn ein Leben lang auf Rosen gebettet hatte, war in einem Lager für jugendliche Taugenichtse gefügig gemacht worden? Sie hatte von diesen Einrichtungen gehört, auch von den Misshandlungen dort. Sie atmete tief ein. Dann griff sie vorsichtig nach seinen Handgelenken. »Dort hat man dir das angetan?«, fragte sie.

Im Licht der Nachttischlampe wirkte sein Gesicht wie aus Wachs, seine Pupillen waren riesengroß und starr. Als sie schon glaubte, er schliefe mit offenen Augen, sagte er: »*Ich* hab das selbst getan.«

Mathilda blinzelte. Natürlich, das hatte sie schon vermutet, die Narben konnten typischer nicht sein. Und doch hatte sie das kaum wahrhaben wollen, hatte sich täuschen lassen von der weltgewandten Fassade, der Aura des Luxus, die ihn umgab, der ironischen Selbstsicherheit. Sie hatte das irgendwie nicht zusammenbekommen, nicht zusammenbekommen wollen – ihn und diese grellrote Verzweiflung, die hinter so einem Akt stehen musste. Die Bestürzung sank immer tiefer in sie ein. Sie hatten ihn in ein Bootcamp gesteckt, und er hatte versucht, sich umzubringen. Hatte er – hatte ihr Mann, sich etwas zuschulden kommen lassen? Etwas, das so schwer wog, dass er es nicht ausgehalten hat und seinem Leben ein Ende setzen wollte?

Abrupt drehte Falk sich auf die Seite. Mathilda betrachtete sein Profil, die helle Haut seiner Schulter, die Tränen, die ihm über die Wange liefen. Und plötzlich sah sie den Fünfzehnjährigen auf den Fotos vor sich, sein junges, sorgloses, übermütiges Gesicht. Was hatten die beiden Jungen getan, dass sich ihre Eltern zu einem derart drastischen Schritt entschlossen hatten? Unschuldslämmer waren die Brüder jedenfalls keine gewesen, wenn sie von verschiedenen Internaten geflogen waren, so wie er ihr erzählt hatte. Sanft strich sie ihm über die bloße Schulter und zog dann die Decke über ihn.

»Versuch jetzt zu schlafen«, sagte sie und stand auf.

»Nicht weggehen«, flüsterte er.

Sie setzte sich wieder und blieb eine Weile bei ihm auf der Bettkante. Er murmelte etwas, das sich anhörte wie *Haltmichfest*. Mathilda zögerte. Dann schlug sie die Decke zurück, schlüpfte darunter und schmiegte sich von hinten eng an ihn. So lag sie da, den Arm um ihn gelegt, und lauschte seinen schweren Atemzügen. Den Atemzügen ihres Ehemannes.

Riga, im Herbst 1997

Rebecca. Mitte Oktober kam mir das erste Mal der Verdacht, wer hinter den anonymen Anrufen stecken könnte, die jetzt immer öfter nachts erfolgten. Es war an einem Freitag um die Mittagszeit, ich steuerte auf die Küchenzeile im Lehrerzimmer zu. Ich brauchte dringend Kaffee, ich hatte nicht gut geschlafen nach einem Treffen mit Georg, bei dem ich ihn mit den Gerüchten um seine Affären mit gleich zwei Frauen konfrontiert hatte. Zu meiner Überraschung hatte er nichts bestritten, sondern alles ganz offen zugegeben. Gleichzeitig hatte er mich aber beschworen, all das sei ja jetzt Vergangenheit, für ihn habe eine neue Zeitrechnung begonnen, mit mir. »Wie wär's, wenn wir noch heute Nacht zusammen durchbrennen? Nach Taormina, da hab ich ein Haus«, hatte er zum Abschied gesagt. Diese wohl halb im Scherz dahingesagten Worte waberten mir in der Nacht im Kopf herum und trieben mich schließlich im Morgengrauen an den Schreibtisch, wo ich ihm einen Brief schrieb. Einen Brief, in dem ich ihm zu erklären versuchte, wie das alles für mich war: diese Heimlichtuerei und das Versteckspiel und jetzt auch noch die Zweifel, die mit Lilijas Worten in mich hineingekrochen waren. Und was so ein Satz, wie er ihn gesagt hatte, vom Durchbrennen, in mir für einen Aufruhr erzeugte. Und dann eröffnete ich ihm, dass ich mich von Robert trennen würde.

Daran dachte ich gerade wieder, als ich die Tür des Küchenschranks öffnete, die Kaffeedose herausholte und großzügig Kaffeepulver in den Filter löffelte. Ein Stück weit entfernt, mit dem Rücken zu mir, stand Tanja Ozols und unterhielt sich mit Andris Balodis. Immer mal wieder drangen ein paar Satzfetzen an mein Ohr, Worte wie »niemals so grandios vorgestellt« und »so bald wie möglich wieder«.

Ich ging zum Kühlschrank, holte Milch heraus, ging hinüber zum Regal, in dem die Kaffeebecher standen, und musste mal wieder feststellen, dass mein Becher nicht da war. Ein kurzer Blick genügte, und ich entdeckte ihn wie so oft in letzter Zeit in der Spüle, benutzt, zusammen mit anderen schmutzigen Bechern. Ich griff danach und wollte mich gerade daran machen, ihn abzuspülen, als ich Tanja Ozols sagen hörte: »Es fühlte sich an wie am Mittelmeer. Gerade in der letzten Ferienwoche war es ja sooo heiß.« Sie sagte das in einem, wie ich fand, kindlichen, ja fast kindischen Ton.

»Ich war noch nie auf einem Segeltörn«, sagte Andris. »Wird das mit der Zeit nicht ein bisschen klaustrophobisch?«

»Kommt sicher drauf an, mit wem du unterwegs bist«, antwortete Tanja Ozols und fügte mit einem irgendwie vielsagenden Unterton hinzu: »Wir waren ja nur zu zweit.«

Ich hielt inne, den Becher in der einen Hand, die Spülbürste in der anderen. Hatte ich das gerade richtig verstanden? Tanja Ozols war in der letzten Ferienwoche auf einem Segeltörn gewesen? Und jetzt ging sie damit im Kollegium hausieren? Wo doch die halbe Lehrerschaft wusste, dass Robert ebenfalls auf einem Törn gewesen war. Hatte diese Frau überhaupt kein Schamgefühl? Wie in Zeitlupe drehte ich mich um und sagte laut: »Frau Ozols! Kann ich Sie kurz sprechen?«

Ich sah, wie sie zusammenzuckte, sah Andris Balodis, der mir einen nicht zu deutenden Blick zuwarf und sich dann abwandte und zu seinem Tisch zurückging, nicht ohne sich noch einmal zu uns umzudrehen. Tanja Ozols kam auf mich zu, mit glänzendem Haar, ein liebreizendes Lächeln auf den mit rosa Lipgloss geschminkten Lippen. Ich wartete, bis sie vor mir stand, bevor ich sagte: »Sie sind ja nun schon eine ganze Weile bei uns. Finden Sie nicht, dass es langsam an der Zeit ist, sich einen eigenen zu besorgen?« Ich ließ sie nicht aus den Augen, beobachtete, wie ihr Lächeln in sich zusammensackte und einer unverstellten Irritation Platz machte.

»Ich weiß nicht, was Sie meinen«, sagte sie pikiert, aber es hörte sich unecht an, als spielte sie eine Rolle in einem schlechten Theaterstück.

»Oh, ich denke, das wissen Sie sehr gut.« Ich fixierte sie und ließ meine Worte noch ein wenig nachwirken. Ich bemerkte, wie eine tiefe Röte ihren Hals, ihr ganzes Gesicht überzog. Erst dann hob ich den Becher aus dem Waschbecken, betrachtete ihn mit einem versonnenen Lächeln und sagte dann: »Ich kann ja verstehen, dass Sie ihn haben wollen. Und ich habe auch gar nichts dagegen, wenn Sie ihn hin und wieder verwenden. Das haben vor Ihnen schon so viele getan … viele hübsche junge Frauen haben sich diesen Becher ausgeliehen. Aber … egal!« Ich verstummte, drückte ihr den Becher in die eine Hand und die Abwaschbürste in die andere. »Wenn Sie ihn schon regelmäßig verwenden, dann sorgen Sie doch bitte dafür, dass er wieder sauber ist, wenn ich ihn brauche.«

Ich muss gestehen, dass ich eine gewisse Genugtuung über meinen Auftritt empfand. In dieser grimmigen Zufriedenheit drehte ich mich um und war schon halb bei der Tür, als ich sie sagen hörte: »Sie sollten sich nicht zu sicher fühlen.« Sie sagte das mit einer Stimme, die ganz anders klang als zuvor, kein bisschen neckisch mehr und schon gar nicht kindlich.

Langsam drehte ich mich um, wollte etwas erwidern, doch als ich ihren Blick sah, blieben mir die Worte buchstäblich im Halse stecken. Alles Süßliche darin war verschwunden. Ihre Augen waren hart, wie tot starrte sie mich an. Und in dieser Sekunde begriff ich, dass *sie* es war, die bei uns anrief – es war Tanja Ozols, die in den Nächten am anderen Ende des Hörers lauerte. Und Tanja Ozols hasste mich. Im nächsten Augenblick kamen drei Kollegen durch die Tür, und als hätte man einen Schalter umgelegt, verzog sich Tanja Ozols' Gesicht wieder zu jenem reizenden Lächeln, das wir alle von ihr kannten.

Als ich später mit der vor sich hin summenden Penelope auf dem Rücksitz nach Hause fuhr, dachte ich noch immer an die andere Tanja Ozols, die ich kurz zu Gesicht bekommen hatte. Mit einem Mal war mir klar geworden, dass ich sie vollkommen falsch eingeschätzt hatte. Ich hatte sie für eine naive junge Frau gehalten, eine, die um jeden Preis mit allen gut sein wollte und sich bei der ersten scharfen Böe verziehen würde. Was ich mich nun fragte: Wie weit würde sie gehen, um Robert ganz für sich zu haben? Würde sie jetzt zu ihm laufen und ihm von dem »Vorfall«, der ja eigentlich gar keiner war, erzählen? Aber was wollte sie ihm schon erzählen? Dass ich sie gebeten hatte, meine Tasse nach Gebrauch zu spülen? Ihr letzter Satz fiel mir wieder ein – dass ich mich nicht zu sicher fühlen sollte. Was hatte sie mir damit bloß sagen wollen? Es hatte jedenfalls wie eine Drohung geklungen, und ich fragte mich, wie ernst ich diese Drohung nehmen sollte. Wozu wäre sie wohl fähig? Würde sie jetzt, wo sie wusste, dass ich es wusste, irgendetwas veranstalten, um mir zu schaden? Oder würde sie einfach so weitermachen, jetzt erst recht, vor den Augen aller, um es darauf ankommen zu lassen?

Ich bog in die Skolas iela ein und fuhr hinter einem Kohlenlaster her, der eine derartige Abgaswolke hinter sich herzog, als verwendete er die Kohlebriketts hinten auf der Ladefläche für den eigenen Antrieb. Ich trat auf die Bremse, um Abstand zu gewinnen. Und da musste ich auf einmal wieder an Georg denken und an mich. Auch wir machten einfach so weiter, wenngleich in aller Heimlichkeit, und ich fragte mich, wie Claire von Prokhoff reagieren würde, wenn sie von uns, von ihm und mir, erführe? Wenn ihr klar wurde, dass ich für ihn nicht nur eine Zerstreuung war, eine Bettgeschichte von vielen, sondern dass das mit uns wirklich ernst war? Was würde sie tun? Die Scheidung einreichen? Es ignorieren und trotzdem einfach so weiterleben? Oder würde sie mich damit konfrontieren und mir auf den Kopf zusagen, ich solle gefälligst die Finger von ihrem Ehemann lassen?

»Bist du böse auf mich?«, hörte ich Penelope, die auf dem Rücksitz saß, in meine Gedanken hinein fragen.

»Was? Aber nein!« Ich drehte mich rasch zu ihr um, bemühte mich um ein fröhliches Lächeln.

»Du siehst böse aus.«

Ich hielt nichts davon, Kinder anzulügen, aber die Wahrheit konnte ich ihr schlecht erzählen. Also entschied ich mich für einen Kompromiss und sagte: »Ich hatte vorhin ein unangenehmes Gespräch.«

»Mit wem denn?« Penelope streckte ihren kleinen Kopf nach vorne.

»Ach, mit einer Kollegin. Bitte setz dich richtig hin. Mit dem Gurt über der Brust.«

Widerwillig setzte Penelope sich wieder nach hinten. »Wie heißt sie?«, rief sie nach vorne.

»Tanja Ozols. Du kennst sie. Sie war auch beim Johannisfeuer.«

»Habt ihr euch gestritten?«

»Nein, nicht direkt gestritten. Ich hab ihr nur gesagt, dass ich nicht will, dass sie immer meinen Becher verwendet und ihn dann einfach schmutzig in die Spüle stellt.«

Eine kurze Weile war es still. Dann sagte Penelope: »Ich mag Tanja Ozols nicht. Sie lacht immer so.«

Ich musste mich überwinden, ihr nicht zuzustimmen. »Sie will vielleicht nur freundlich sein.«

»Die ist nur freundlich, wenn Papa es sieht. Mich mag sie nicht.«

»Oh … tatsächlich? Na ja, mach dir nichts draus. Mich mag sie auch nicht. Man muss nicht von jedem gemocht werden.«

Darüber schien Penelope nachzudenken. Nach einer Weile sagte sie völlig unvermittelt: »Komm, wir singen ein fröhliches Lied.«

Ein wenig perplex sah ich in den Rückspiegel. »Wie kommst du denn jetzt darauf?«

»Singen ist gut, sagt Xenia. Auch wenn die Lieder manchmal doof sind. Aber die doofen braucht man ja nicht singen, sagt sie. Wenn es ihr schlecht geht, singt sie immer ein *fröhliches* Lied. Ich kenne jetzt viele fröhliche Lieder.«

»Das ist ja schön. Also habt ihr viel gesungen bei der Freizeit?«

»Ja, das haben wir. Wir müssen die alten Lieder singen, damit sie nicht vergessen werden. Das sagen die Betreuer.«

Und kurz darauf ertönte vom Rücksitz ein etwas schiefes, aber umso kräftigeres *Im Frühtau zu Berge*. Im Rückspiegel beobachtete ich meine Tochter, wie sie inbrünstig dieses altmodische Lied sang, das ich selbst wohl zuletzt im Musikunterricht in der Schule gesungen hatte.

»Du musst mitsingen«, sagte Penelope, und ich stimmte ein, aber nur halbherzig. Denn ich dachte über Penelopes Worte nach und landete sofort wieder bei Xenia und der Frage, was nur mit ihr los war. Vielleicht trug ich ja die Schuld für Xenias Veränderung – ich und ihr Vater, die wir in dieser Lüge gefangen waren und glaubten, niemand würde es merken.

Vielleicht war ich auch nur zu jung gewesen. Als Kind lebt man in dem Glauben, dass die Erwachsenen im Allgemeinen und die eigenen Eltern im Besonderen unfehlbar sind.

Kaiserwald I

Penelope. Ich weiß eigentlich gar nicht, warum mir das, was in jener Nacht passierte, immer noch so nahegeht. Das liegt wohl daran, dass mein Kopf wie eine verdammte Festplatte ist und dieses Ereignis wie eine Videodatei, die man jederzeit öffnen kann. Jedenfalls wird mir bei der Erinnerung an die Frau im roten Kleid immer noch schlecht. Aber das kam erst später. Erst einmal zogen wir lachend und johlend durch die Gassen Roms, bis wir vor eine Tür kamen, vor der ein Typ mit einem Tattoo am Hals stand. Immer wenn die Tür aufging, drang ein Schwall Musik heraus, wummernde Bässe, die uns erfassten wie eine warme Bö. Leon zog mich hinein, und als ich eintrat, war der Beat so laut, dass ich ihn in meinem Kopf spürte, in meinem Körper. Er pumpte durch mein Gehirn, wummerte durch meinen Magen. Lichtblitze zuckten, und ich hatte für einen Moment Schwierigkeiten, das Gleichgewicht zu halten, doch Leon bugsierte mich auf die Tanzfläche, wo sich die Welt endgültig auflöste und zu einem Strudel aus Rhythmus und Farben wurde. Leons Blicke hielten mich fest im Hier und Jetzt. Dieser Musik hatte ich nichts entgegenzusetzen, ich sank vollkommen in sie hinein. Es gab jetzt keine Erinnerungen mehr, die mich seltsam machten und von den anderen trennten. Es gab jetzt nur noch die Musik, in der ich mich bewegte, durch die ich hindurchfloss.

Irgendwann tauchte Lena auf, in einer Hand hielt sie eine Flasche, die sie Leon reichte, der einen Schluck nahm und sie an mich weitergab. Ich trank, gab die Flasche an Lena zurück, schloss die Augen, bewegte mich weiter im Takt der Musik. Die Tanzfläche war jetzt sehr voll. Zwei Italiener mit Gel in den Haaren tanzten mich an, fixierten mich mit dunklen Augen, der eine beugte sich vor und sagte so etwas wie *bella bionda*.

Es musste weit nach Mitternacht sein, vielleicht drei oder vier, als ich einen Körper spürte, der gegen meinen prallte. Ich öffnete die Augen, sah Isabelle, die schwankte. Ich hatte Mühe, sie festzuhalten, sie lallte irgendetwas, krümmte sich, als wollte sie sich übergeben. Ich schaute mich um, Leon war nicht mehr zu sehen, auch sonst niemand von den anderen. Auf einmal war der Zauber gebrochen. Ich fasste Isabelle am Arm, bugsierte sie durch die zuckenden Lichter und Körper bis nach draußen, wo sie sich vornüberbeugte und würgte. Aber es kam nichts. So standen wir herum, warteten, bis wie auf ein geheimes Kommando hin die anderen auftauchten, alle bis auf Lena und Sissi. Isabelle hockte inzwischen auf den Eingangsstufen zwei Häuser weiter. Anscheinend war sie vollkommen fertig.

»Ich will zurück«, nuschelte sie, rappelte sich hoch und wollte los, doch Sven sagte: »Wir können sie nicht allein gehen lassen. Jemand muss Lena Bescheid sagen.« Er zeigte dem Türsteher seinen Stempel und verschwand im Club. Erst nach zehn Minuten kam er wieder zurück, zusammen mit Lena.

»Wir müssen noch auf Sissi warten«, sagte Sven, als alle sich in Bewegung setzten, doch Lena rief ihm über die Schulter zu: »Die hatte keinen Bock mehr. War wegen irgendwas sauer.«

Als wir an einer hell erleuchteten Bar an der Platanenallee vorbeikamen, wollte Lena unbedingt noch einen Kaffee trinken, aber ich hatte keine Lust mehr, und so sagte ich: »Ich geh schon mal vor«, doch Kim und Isabelle hakten sich bei mir ein, jede an einer Seite, und zogen mich in die Bar, wo Leon in seinem tollen Italienisch »Caffè per tutti« bestellte.

Ich stand dabei, eingepfercht zwischen Kim und Isabelle, unter dem gnadenlosen Neonlicht, das alles wegleuchtete, was an diesem Abend verheißungsvoll gewesen war. Ich sah Kims verschmierte Wimperntusche, Svens gerötete Augen, Lenas exaltiertes Lachen. Endlich hatten alle ihren Espresso in sich hineingekippt, und wir verließen die Bar wieder. Wir standen an einer erloschenen Ampel, wollten gerade die Straße überqueren, als mein Blick auf eine Frau auf der anderen Straßenseite fiel. Sie stand auf dem Bürgersteig vor einem vergitterten Schaufenster und schien auf jemanden zu warten. Aber das war nicht der Grund, warum sie mir auffiel. Es war das Kleid, ein rotes Kleid, und ihr langes blondes Haar, das ihr bis weit über die Schultern fiel. Dann bemerkte ich, dass sie weiße Sandalen trug und eine gelbe Handtasche, die ihr quer vor dem Oberkörper hing. Ich starrte sie an, wohl ein paar Sekunden, konnte nicht glauben, was ich da sah: Die Frau auf der anderen Straßenseite sah aus wie meine Mutter.

Ich schrie: »Mama!«, die Frau fuhr herum und schien bei meinem Anblick zu erschrecken. Dann drehte sie sich auf dem Absatz um und lief davon. Ich schüttelte die Hände von Kim und Isabelle ab und rannte über die menschenleere Allee, stolperte über eine Straßenbahnschiene, fing mich gerade noch und rannte weiter. Die Frau bog in eine Seitenstraße ein, und ich folgte ihr. Das blonde Haar flog ihr um den Kopf, ihr weiter roter Rock flatterte hinter ihr her wie ein Fanal. Noch einmal schrie ich: »Mama«, dann ihren Namen, und ich sah, wie sie sich umdrehte, wild, gehetzt, und ihre Absätze knallten auf der nächtlichen Straße. An einem Kiosk bog sie rechts ab, in eine schmale Gasse, und ich rannte, als ginge es um mein Leben. Ich lief am Kiosk vorbei, ihr hinterher, bis zur nächsten Querstraße. Doch sie war weg, wie vom Erdboden verschluckt. Ich blieb stehen, vollkommen außer Atem, lief die Straße entlang, sah in jeden Hauseingang, ging durch eine dunkle Passage und wieder zurück, aber sie war und blieb verschwunden.

Mathilda. Später in derselben Nacht im Spa-Room. Der vornehme Name änderte nichts an den Tatsachen: Falks Klamotten auf links gedreht und Kotze, so weit das Auge reichte.

Mathilda zog sich das Kleid über den Kopf, hängte es auf den Bügel und legte Falks Klamotten auf einem Haufen zusammen. Natürlich hätte sie den Roomservice anrufen und es irgendwelchen armen Teufeln überlassen können, die Schweinerei zu beseitigen. Aber so war sie nicht. Während sie das Erbrochene mit Klopapier aufnahm und in mehreren Etappen in der Toilette herunterspülte, dachte sie an Falk im Raum nebenan, der nun ihr Mann war, vor aller Welt oder doch zumindest diesem Teil der Welt. Es hatte eine ganze Weile gedauert, bis er endlich eingeschlafen war. Immer wieder hatte sie versucht, sich leise davonzustehlen, doch er war jedes Mal aufgewacht und hatte sie mit einem herzzerreißenden »Nichtweggehen« festgehalten.

Sie nahm ein kleines Handtuch, kippte reichlich Shampoo darauf und fing an zu putzen. Sie putzte in mehreren Etappen, gelernt war schließlich gelernt, wrang aus, wischte nach, bis alles wieder sauber war. Dann ging sie zu dem Kleiderhaufen in der Ecke, nahm Falks Klamotten, um sie in einen der Kleidersäcke zu stecken. Gerade als sie den Sack schließen wollte, begann der Anzug zu vibrieren. Mathilda tastete das Jackett ab, holte Falks Smartphone aus der Innentasche und blickte auf das Display. Eingehender Anruf von Jo. Das Signal erlosch, wahrscheinlich sprang die Mailbox gerade an, und der Startbildschirm erschien – auf dem Display jede Menge ungelesene Nachrichten, allesamt von der Wittgenstein. Daher also der besorgte Gesichtsausdruck, den sie den ganzen Abend über immer mal wieder an Falk wahrgenommen hatte. Sie spürte eine leise Wut in sich aufsteigen. Mit dem Smartphone in der Hand lief sie hinüber zu dem vor sich hin dösenden Falk, der immer noch auf der Seite lag, und drehte ihn grob auf den Rücken. Er stöhnte, nuschelte etwas. Sie wartete, bis er die Augen wieder geschlossen hatte, und nahm seinen Finger, um das Ding zu entsperren. Neunzehn verpasste Anrufe, zweiunddreißig ungelesene

Nachrichten, alle von *Jo*. Mathilda öffnete Telegram und scrollte durch den Chat:

Warum tust du mir das an? 06.08
Warum tust du uns das an? 07.13
Wir gehören zusammen. Für immer. 07.14
Da wird niemand und nichts was dran ändern. 07.14
Lass uns zusammen durchbrennen. Jetzt. Sofort. 08.23
Komm schon. Lass es uns tun. 08.24
Weißt du noch ... in St. Thomas? 10.12

Es folgte ein Nacktbild am Strand sowie weitere Nachrichten, in denen sie ihre Liebe zu Falk beschwor. Dann kippte die Stimmung, und es fielen Worte wie: *du bist doch das Allerletzte* und *mieser Wichser, warst du ja schon immer*. Um 22.22 Uhr erklärte sie, ohne Falk nicht mehr leben zu können. Um 23.09 Uhr schließlich kündigte sie einmal mehr ihren Suizid an.

Angewidert schüttelte Mathilda den Kopf und wollte das Smartphone schon wieder in die Jackentasche zurückschieben. Doch da leuchtete das Display auf, und eine neue Telegram-Nachricht kam herein. Mit gerunzelter Stirn las sie: *Erinnerst du dich an die Fotos, die ich von dir habe?*

Da waren sie wieder, die *interessanten Fotos*, mit denen die Wittgenstein Falk gedroht hatte. Und immer noch drohte. Eine halbe Ewigkeit starrte Mathilda bewegungslos auf den Bildschirm und wartete darauf, dass noch etwas nachkäme. Aber das Smartphone blieb stumm. Kurz spielte sie mit dem Gedanken, zurückzuschreiben und die Wittgenstein aus der Reserve zu locken, damit sie vielleicht eines dieser Fotos schickte. Aber selbst wenn Mathilda die Nachricht hinterher löschte – das Risiko war zu groß, dass ihr das alles um die Ohren fliegen würde.

Der Vollständigkeit halber scrollte sie nun auch noch durch den Chatverlauf in den letzten Wochen vor der Hochzeit. Zugegeben, Falk hatte der Wittgenstein nicht allzu häufig geantwortet. Dennoch gab es einige ausgehende Telefonate, also hatte er sie zumindest immer mal wieder angerufen. Auf einmal war Mathilda so unendlich müde und voller Überdruss, dass sie das Smartphone einfach zurück in das Jackett schob und alles in den Kleiderbeutel stopfte.

Als sie ins Schlafzimmer zurückkehrte, lag Falk quer über dem Bett, mit offenem Mund und schwer atmend. Sie deckte ihn zu, nahm ihre eigene Decke und ging nach nebenan in den Wohnbereich, um sich das Sofa als Bettstatt zurechtzumachen. Dann stieg sie unter die Dusche, wo sie eine gefühlte Ewigkeit den heißen Wasserstrahl auf sich niederprasseln ließ. Sie war ausgelaugt, aber gleichzeitig überwach, ihre Gedanken fühlten sich an wie eine Horde wild gewordener Affen, die kreischend und unberechenbar von Baum zu Baum sprangen. Und das taten sie auch später noch, als sie auf dem Sofa saß, die Decke bis zum Kinn hochgezogen, und den Blick durch den Raum gleiten ließ, über die cremefarbenen Stuckarbeiten, die Kronleuchter, die Wand- und Tisch- und Stehlampen, den verschnörkelten Schreibtisch, die beiden Sitzgruppen in verschiedenen Bereichen der Suite. Vielleicht war es die plötzlich eintretende Stille, diese übermächtige Ruhe nach der summenden Aktivität dieses Tages. Aber mit einem Mal kam sie sich verloren vor, verloren und vollkommen erschöpft, und für einen Moment wusste sie nicht, was sie eigentlich tat in diesem prachtvollen Salon mit den tausend Sitzgelegenheiten. Sie löschte das Licht und blieb einfach sitzen, den Blick nach draußen in die riesige Tanne mit den Weihnachtslichtern gerichtet, die im Hotelgarten stand. Der Gedanke an zu Hause kam, und sie fragte sich, wie in aller Welt sie ihnen verklickern sollte, dass sie in diesem Jahr nicht heimkommen würde. Wobei sie natürlich auch sonst an Weihnachten nicht immer zu Hause gewesen war. Einmal war sie in Afghanistan gewesen, ein andermal in Camp Castor. Aber das waren Notwendigkeiten, die sie hatte begründen können. Was sollte sie jetzt sagen? Dass sie Weihnachten als *einsamer Einzelgänger* wie Sid aus *Ice Age* verbringen würde? Das würden sie ihr niemals abnehmen. Also würde sie auch da noch tiefer in die Lügenkiste greifen müssen. Es war schon so, eine Lüge zog die nächste nach sich, bis man in einem Dschungel von Unwahrheiten gefangen war. Sie knipste die Lampe wieder an. Darüber würde sie nachdenken, wenn es so weit war.

Es war kalt im Zimmer, sie hatte vorhin die Heizung ausgestellt und ein Fenster geöffnet. Es kostete sie Überwindung, die Decke zurückzuschlagen und sich der Kälte auszusetzen. Schnell ging sie zum Fenster, schloss es und drehte die Heizkörper wieder auf, die sofort zu gluckern anfingen. In ihrem Koffer suchte sie nach einem Wollpullover, nahm ihr Tablet aus der Reisetasche und schlüpfte erneut unter die Decke. Sie startete das Tablet und gab noch einmal *Xenia von Prokhoff* in das Google-Suchfenster ein. Das hatte sie schon in der Nacht nach der Entdeckung der Pfadfindersachen in Falks Zimmer getan und seither immer wieder, in Kombination mit verschiedenen Schlagwörtern. Aber sie war dabei nie fündig geworden, es war, als hätte Xenia niemals existiert. Jetzt gab Mathilda *Xenia von Prokhoff* und *Kaiserwald* ein, den Titel der von Patrizia erwähnten Graphic Novel. Aber erst als sie *Xenia* und *Kaiserwald* und *Graphic Novel* eingab, wurde sie fündig.

Mathilda schoss das Adrenalin durch die Adern, als sie den Namen las ... Das musste sie sein. Sie klickte auf Bildersuche. Und da stand sie, in einer Werkstatt, Arm in Arm neben einer großen Blondine unter einem Bild mit dem Datum 2020. Also war sie nicht tot. Xenia lebte.

Sie hatte sich verändert, war nicht mehr das unscheinbare Mädchen mit den hellblonden Zöpfen von den Fotos. Mathilda betrachtete das kantige Kinn, die braunen Augen, es waren die gleichen Gesichtszüge wie die ihres Vaters. Nur dass sie jetzt Dreads hatte und diese zu einem Dutt aufgetürmt trug, der von einem breiten bunten Band gehalten wurde. Mathilda las die Bildunterschrift. *Contemporary Creative Couple: and Chelsea Applestein in their Boston Artist Loft.* Deshalb hatte sie sie nicht gefunden. Sie nannte sich jetzt *XeniaX*. Mathilda überflog den Artikel und erfuhr, dass die beiden privat und beruflich ein Paar waren und zwischen Boston und Kennebunkport hin und her pendelten. Chelsea wurde als international gefeierte Künstlerin bezeichnet, die bekannt geworden war durch ihre überlebensgroßen dramatischen weiblichen Akte, und als eine in Berlin geborene Multimedia-Künstlerin. Eine Weile starrte Mathilda noch auf das Gesicht, das ihr gleichzeitig fremd und doch vertraut war, die Familienähnlichkeit war eklatant. Dann schloss sie die Seite wieder und stieß auf der Suche nach Xenias Kunst auf einen Ausstellungskatalog mit dem Titel *Happy Families*. Sie klickte auf die *glück-*

lichen Familien, aber leider war nur das Titelbild zu sehen. Allerdings ließ schon das Rückschlüsse auf das Glück zu, das Xenias Familien versprühten – es erinnerte eher an den Gesichtsausdruck nach einer Wurzelbehandlung ohne Betäubung. Und dann entdeckte sie es, das Buch, von dem Patrizia gesprochen hatte: *Kaiserwald I. Die Geschichte meiner Jugend.* Mathilda spürte, wie das Adrenalin durch ihren Körper schoss. Sie klickte auf den Eintrag und landete auf einer Seite namens ZVAB, auf der antiquarische Bücher angeboten wurden. Es war das einzige Exemplar, das angeboten wurde. Nachdem sie es für 48,99 Euro gekauft hatte, saß sie noch eine ganze Weile einfach so da und starrte auf den Titel. Wie lange es wohl dauern würde, bis das Buch geliefert wurde? Schließlich schloss sie die Seite und wollte den Laptop gerade herunterfahren, als ihr ein Gedanke kam. Was war das überhaupt für ein Wort? Wie kam Xenia auf so einen komischen Titel, der Mathilda irgendwie an das alte Österreich und an Sisi erinnerte. Ohne sich viel davon zu erwarten, gab sie *Kaiserwald* ins Google-Suchfenster ein und landete bei einer überschaubaren Liste in Wikipedia. Tatsächlich war Kaiserwald ein Waldgebiet südwestlich von Graz. Aber auch ein Mittelgebirge in Tschechien. Und dann hielt sie erschrocken die Luft an. Mežaparks – auch Kaiserwald genannt – war ein Stadtteil von Riga. Minutenlang saß sie da, hörte dem Dröhnen in ihren Ohren zu, bis ihre Betäubung langsam nachließ.

Xenia. *Ich glaube, Papa hat irgendwo eine Wohnung, in der er sich mit Waltraud trifft. Und zwar an Donnerstagen. Ist das nicht abgefuckt? Am liebsten würde ich die beiden auffliegen lassen. Aber dann würde Mama mit mir wegziehen. Und das will ich nicht. Jetzt, wo ich endlich einen Plan für mein Leben habe. Und Frau Maywald, die ihn mir gezeigt hat. Klar wusste ich schon vorher, dass ich gut malen kann. Aber daraus einen Beruf zu machen? Das wäre ein Traum. Wenn es nach Mama geht, dann soll ich* BWL *studieren. Oder Jura. Um später in die Firma einzusteigen. Und weil ich das auf keinen Fall will,* AUF KEINEN FALL, *muss ich hierbleiben, solange es geht. Und den Kunstwettbewerb gewinnen. Wenn ich das schaffe, kann Mama mir das nicht verbieten. Dann sieht sie, dass ich gut bin. Und dass ich da was draus machen kann. Aber was Papa und Waltraud angeht, kann ich nicht nichts tun. Das halte ich nicht aus. Ich werde den zweien einen Denkzettel verpassen. Und ich weiß auch schon wie.*

Riga, im Herbst 1997

Rebecca. Am Samstagvormittag fuhr ich auf dem Rückweg vom Zentralmarkt, wo meine Tochter und ich für die Woche eingekauft hatten, im Moskauer Viertel vorbei. Ich hoffte, Georg kurz zu sehen und ihm meinen Brief geben zu können. Telefonisch hatte ich ihn nicht erreicht, vielleicht verbrachte er ja einen Arbeitsvormittag in seiner Wohnung.

Die gestrige Begegnung mit Tanja Ozols hatte mich nachhaltig aufgewühlt und ein Gedankenkarussell in Gang gesetzt, das mich die halbe Nacht wach gehalten hatte. Was hatte sie gemeint, als sie sagte, ich solle mich nicht zu sicher fühlen? Immer und immer wieder kehrten meine Gedanken zu diesem Satz zurück, umkreisten ihn und verpufften dann doch im Nichts. Im Grunde war es auch nicht die Banalität dieser Aussage, die aus einem klischeebeladenen Film hätte stammen können. Wären es allein die Worte gewesen, dann hätte ich innerlich wahrscheinlich mit den Schultern gezuckt und sie als das hilflose Geschwätz einer albernen Pute abgetan, der *Geliebten*, die sich nicht anders zu helfen wusste, als der *Ehefrau* auf die Art ein bisschen einzuheizen. Was mich die Nacht über vielmehr umgetrieben hatte, das war ihr Blick gewesen, dieser Hass in ihren Augen. Man brauchte nicht viel Fantasie, um zu wissen, dass sie mir nicht nur die Pest an den Hals wünschte.

Ich hörte Penelope auf dem Rücksitz leise vor sich hin summen und immer wieder mit ihrer Tüte Kārums rascheln, einer lettischen Süßigkeit, auf die sie ganz versessen war. Während ich in die Līksnas iela einbog, überlegte ich einmal mehr, ob ich es wirklich wagen konnte, vor der Wohnung anzuhalten und – sollte er da sein – kurz zu Georg hinaufzulaufen. Mehr denn je hatte ich nun das Bedürfnis nach Klarheit, nach Bekenntnis. Ich wollte endlich wissen, wie es weitergehen sollte – ob Georg und ich eine Zukunft hatten.

Wie immer war die Straße fast leer, nur zwei Wagen außer meinem parkten ein Stück weit entfernt am Fahrbahnrand. Ich sah hinauf in die tief hängenden Wolken, beobachtete ein paar verlorene Birkenblätter, wie sie herabtaumelten, und überlegte, was genau ich zu Georg sagen würde, wenn er denn da wäre. Und plötzlich wurde mir klar, dass es nicht damit getan wäre, ihm den Brief zu geben. Ich musste ihm sagen, dass ich so nicht weitermachen würde. Und dass er sich, wenn das mit uns weitergehen sollte, ebenfalls scheiden lassen musste. Ein Wagen fuhr langsam an uns vorbei und riss mich aus meinen Gedanken. Ein Mann mit einem Schnurrbart stieg aus und verschwand durch eine Pforte, die in einen Lattenzaun eingelassen war. Ich wandte den Blick ab und drehte mich zu Penelope um.

»Ich muss hier kurz was abgeben. Bin gleich wieder da«, sagte ich zu Penelope, griff nach dem Brief und stieg aus. Ich überquerte die Straße und klingelte. Als niemand öffnete, warf ich einen verstohlenen Blick zu Penelope, und nachdem ich mich vergewissert hatte, dass sie woandershin schaute, schloss ich rasch die Haustür auf und lief nach oben. Aus der Wohnung unter Georgs drang wie so oft abgehacktes Klavierspiel. Die Frau, die dort wohnte, hatte gerade wieder einen Schüler bei sich. Sie war früher eine bekannte Konzertpianistin gewesen, das hatte sie mir einmal erzählt, in gebrochenem Deutsch, als ich sie im Treppenhaus getroffen hatte. Während ich an ihrer Wohnungstür vorbeilief, erinnerte ich mich daran, dass ich mich gerne länger mit ihr unterhalten hätte, das Gespräch aber schnell beendet hatte, aus Furcht, sie könnte mir eine Frage stellen, zu Georg, zu meinem Leben, die ich nicht beantworten durfte.

An Georgs Wohnungstür klingelte ich noch einmal, zur Sicherheit, und schloss dann auf. Ich legte den Brief auf den Küchentisch und machte noch einen Rundgang durch die Wohnung, ließ meinen Blick auf dem sauber gemachten Bett mit der weißen Bettwäsche ruhen, stand einen Augenblick am Fenster und betrachtete die orangerot verfärbten Blätter der Bäume im Hinterhof, spürte den Erinnerungen an unser letztes Treffen nach. Wie wichtig wäre es jetzt für mich gewesen, mit ihm zu sprechen, seine Stimme zu hören und seine Wärme zu spüren. Zu spüren, dass er zu mir gehörte. Zwei Minuten später verließ ich die Wohnung.

Kurz bevor ich auf dem Treppenabsatz ein Stockwerk tiefer ankam, ging die Wohnungstür auf und ein etwa zehnjähriges Mädchen trat heraus, gefolgt von der Klavierlehrerin. Das Mädchen stutzte, als sie mich sah, und lief dann rasch an mir vorbei die Treppe hinunter. Ich grüßte die Klavierlehrerin und machte eine Bemerkung über das Wetter, aber sie schien zerstreut, nickte nur, so als wüsste sie nichts darauf zu sagen. Doch als ich weitergehen wollte, fasste sie mich plötzlich am Arm. Ganz leicht nur, doch ich erschrak, woraufhin sie ebenfalls zusammenzuckte, was irgendwie lächerlich war, dieses gegenseitige Erschrecken. Dann sammelte sie sich und sagte: »Sie sollen sich nicht gefallen lassen so etwas.«

Ich war völlig perplex. »Was meinen Sie?«

»Ich meine …« Ihr Deutsch war ein wenig brüchig, ihre Aussprache eckig. »Sie guter Mensch.«

»Wie bitte … Ich verstehe nicht …« Ich konnte sie nur ansehen, ihr breites, nahezu faltenfreies Gesicht, die braunen Augen, aus denen sie mich regelrecht beschwörend, aber auch irgendwie furchtsam ansah. Doch auf einmal schüttelte sie den Kopf. »Ich … Tut mir leid. Sie vergessen, was ich sage. Ich will nicht … Bitte keinem erzählen.« Offenbar hätte sie ihre Worte nun am liebsten zurückgenommen. Dann tat sie unversehens einen Schritt zurück in ihre Wohnung und schloss die Tür hinter sich. Verdattert blinzelnd stand ich da und versuchte zu begreifen, was das da eben gewesen war, was die Klavierlehrerin mir hatte sagen wollen. Ich wusste nicht recht, was ich tun sollte – so lange klingeln, bis sie mir öffnete? Tatsächlich unternahm ich einen zaghaften Versuch und klingelte, doch wie erwartet öffnete sie nicht. Schließlich setzte ich mich wie ferngesteuert in Bewegung, stieg Stufe um Stufe hinunter. *Sie guter Mensch.* Wieso sagte sie mir das? Und was sollte ich mir nicht gefallen lassen? Ich weiß noch, wie ich dastand und nicht begreifen wollte. Eigentlich habe ich es immer noch nicht recht begriffen, obwohl doch alles ganz klar war.

Als ich kurz darauf die Haustür öffnete und hinaus auf den Bürgersteig trat, hatte es zu regnen begonnen, ein leichter Regen, so sacht, dass man die einzelnen Tropfen nicht spürte. Ein Gespinst aus Feuchtigkeit, das sich auf mein Gesicht legte, während ich die Straße überquerte und in meinen Wagen einstieg.

»Mama, Mama«, hörte ich beim Starten Penelopes Stimme vom Rücksitz.

»Ja? Was ist denn, mein Schatz?«, fragte ich und sah in den Rückspiegel.

»Der Hund, sieh mal, der süße Hund«, rief Penelope und deutete auf einen dicken kleinen Hund mit barocken Beinchen, der im Stakkatoschritt den Gehsteig entlanglief und schließlich in einem Garten verschwand.

»Ja, der ist süß«, antwortete ich zerstreut und bog am Ende der Straße nach links ab.

Zu Hause versuchte ich noch einmal, Georg zu erreichen. Während Penelope singend die Einkäufe in den Kühlschrank räumte, stand ich in der Diele und hörte das Freizeichen, das endlos tutete. Als meine Tochter sich an den Küchentisch setzte und nach ihrem Malbuch griff, versuchte ich es noch einmal, bei ihm zu Hause und in der Wohnung im Moskauer Viertel. Sogar in seinem Büro in der Botschaft rief ich an, obwohl heute Samstag war, und hörte es doch immer nur klingeln und klingeln und legte schließlich wieder auf.

Den Rest des Nachmittags verbrachte ich mit Penelope im Park, und später spielten wir Memory, wobei ich wie immer haushoch verlor, was nicht nur an meiner Unkonzentriertheit lag, sondern daran, dass Penelope beim Memory grundsätzlich gewann, gegen jeden. So war es schon immer gewesen, sie hatte ein außerordentlich gutes Gedächtnis. Später begann ich mit dem Korrigieren von Aufsätzen, doch auch jetzt schweiften meine Gedanken ab und landeten wieder bei den Worten der Klavierlehrerin und bei der Frage, was sie gemeint haben könnte. Vielleicht dachte sie ja, ich wüsste nicht, dass er verheiratet war, und wäre in meiner Naivität auf einen Mann hereingefallen, der mir die Hucke volllog? Ich dachte an die Male, an die ich mit der Frau im Treppenhaus gesprochen hatte, einfache kleine Gespräche, die kaum mehr als das Wetter zum Gegenstand hatten. Einmal nur hatten wir auch übers Kochen geredet, das war im Sommer gewesen, als ich zwei Plastiktüten voller Lebensmittel die Treppe hochgeschleppt hatte. Da hatte sie mich gefragt, was ich kochen wolle, und ich hatte ihr erklärt, dass ich Gemüsesuppe und ein Hähnchen machen würde. Ich dachte an ihr freundliches rundes Gesicht und wie sie gelächelt hatte, aber dann auch relativ schnell in ihre Wohnung verschwunden war. Ich kannte sie im Grunde überhaupt nicht, hatte aber immer den Eindruck gehabt, dass sie ein zurückhaltender Mensch war, eher scheu. Wie so viele hier war sicher auch sie vom Sozialismus geprägt, von einem Leben, in dem man besser die Klappe gehalten hatte. Umso mehr befremdete mich dieser Satz, den sie zu mir gesagt hatte.

Gegen sechs Uhr belegte ich die Pizza, damit Penelope und die Babysitterin, die später käme, um auf sie aufzupassen, das Blech nur noch in den Ofen schieben mussten. Um sieben würden Robert und ich nach Mežaparks zu der Vernissage fahren, auf der die drei Gewinner des Jugend-Kunstförderpreises gekürt werden würden. Ich war immer noch durcheinander, dachte ständig an die Worte der Klavierlehrerin, aber auch daran, dass ich Georg später bei der Vernissage sehen würde. Ob sich wohl - so meine inständige Hoffnung - Gelegenheit für ein Gespräch ergeben würde? Außerdem war ich ein wenig aufgeregt wegen Xenia. Ich wünschte mir so sehr, dass sie den Preis gewann. Nicht nur deshalb, weil sie in den letzten Wochen so bedrückt gewirkt hatte, sondern noch viel mehr, weil sie eine große Begabung hatte, und der Preis würde ihr zeigen, dass nicht nur ich dieser Meinung war.

Ich war gerade dabei, das Wellholz abzuspülen, als ich vom anderen Ende der Wohnung Roberts wütende Stimme hörte. Mein erster Gedanke galt meiner heimlichen Stippvisite am Vormittag in Georgs Wohnung und der Möglichkeit, dass ich aufgeflogen war. Dann fiel mir Tanja Ozols und meine Begegnung mit ihr am Vortag ein. Hatte sie Robert inzwischen angerufen und sich über mich beklagt? Aber weder das eine noch das andere ergab einen Sinn, denn Robert wurde niemals laut, in all den Jahren hatte ich ihn kein einziges Mal brüllen hören. Seine Wut war eine nach innen gerichtete, eine Art Implosion, die sich durch einen verbissenen Gesichtsausdruck und energischere Bewegungen äußerte. Verwundert legte ich das Wellholz, das ich noch immer in der Hand hatte, beiseite und ging durch den Korridor in den hinteren Teil der Wohnung. Als ich näher kam, glaubte ich meinen Ohren nicht zu trauen, denn da war nicht nur Robert zu hören, sondern auch Penelope, die mit einer ganz kleinen Stimme sagte: »... haben mir das beigebracht.«

»Ich verbiete dir, je wieder so einen Mist zu singen!« Roberts Stimme donnerte regelrecht.

Als ich Penelopes Zimmer betrat, saß sie an ihrem Kinderschreibtisch, den Wasserfarbenpinsel noch in der Hand, und sah Robert, der vor ihr stand, mit großen Augen an. Aber sie weinte nicht. Das schoss mir seltsamerweise durch den Kopf: Obwohl Robert sie noch nie im Leben angebrüllt hatte, weinte sie nicht, sondern sah ihn nur an.

»Sag mal, geht's eigentlich noch! Was ist denn hier los?« Ich hatte Mühe, meinerseits ruhig zu bleiben. Robert, dessen Gesicht ganz rot war, atmete tief ein und wieder aus, dann sagte er zu mir: »Weißt du eigentlich, was deine Tochter da für Lieder singt?«

»Was?« Ich blickte von ihm zu Penelope. »Wovon sprichst du überhaupt?«

»Davon, dass deine Tochter das Horst-Wessel-Lied singt!«

»Wie bitte? Aber ... wie kommst du denn darauf?«

»Wie ich darauf komme? *Ich habe Ohren!*« Den letzten Satz sprach er so akzentuiert aus, als würde er einen Sprachkurs Deutsch für Ausländer leiten, und deutete dabei mit beiden Zeigefingern auf seine Ohren.

Ich sah zu Penelope. »Aber das kann doch gar nicht sein.«

Er funkelte mich an, dann herrschte er Penelope an: »Los, sing deiner Mutter vor, was du eben gesungen hast.«

Penelope blickte auf. Ihre Augen waren riesig. Dann hob sie an: »Die Fahne hoch, die Reihen fest geschlossen. SA marschiert mit ruhig festem Schritt.«

Im Kontrast zu dem kernigen Text dieses Nazi-Liedes wurde Penelopes Stimme immer dünner, weshalb man sie am Ende kaum mehr verstand. Als sie endgültig verstummte und schließlich nur noch so dastand, mit zitternder Unterlippe, konnte ich mich nicht mehr beherrschen und fuhr Robert wütend an: »Siehst du denn nicht, dass sie überhaupt nicht weiß, was das ist!« Dann drehte ich mich zu Penelope um, nahm sie in den Arm und fragte ganz ruhig: »Aber mein Liebes, woher hast du denn dieses Lied?«

»Das haben uns ein paar der großen Jungens beigebracht ... Sie haben gesagt, das muss man können, wenn man ein richtiger Pfadfinder sein will.«

In dem Moment klingelte es an der Haustür, vermutlich die Babysitterin. Nach einem letzten vernichtenden Blick auf mich verschwand Robert im Gang, um die Tür zu öffnen.

»Hör zu: Du kannst nichts dafür. Aber das ist kein gutes Lied«, sagte ich, ging vor meiner Tochter in die Knie und legte meine Hand auf ihre

Schulter. »Die Jungs haben dir da etwas ganz Blödes beigebracht. Das darfst du nicht mehr singen, ja? Ich erklär dir morgen auch, warum. Aber du musst dich nicht schuldig fühlen, Penelope, hörst du?« Noch immer schlug mir das Herz vor lauter Ärger über Robert, dass er so herumgebrüllt hatte und seinen Ärger über ein paar dämliche Jugendliche, die blödes Zeug sangen, an unserer Tochter ausgelassen hatte.

Penelope nickte, und da betrat auch schon Baiba den Raum, eine Schülerin aus der Oberstufe, die im Nachbarhaus wohnte und hin und wieder auf Penelope aufpasste.

»Wir sprechen morgen, ja?«, sagte ich, gab Penelope einen Kuss auf ihr Haar und instruierte Baiba wegen der Pizza. Dann verließen Robert und ich die Wohnung.

Es war neblig, als wir in eisigem Schweigen auf die Straße traten und zu meinem Wagen gingen, der unter einem Baum geparkt war. Auf der Windschutzscheibe lagen vereinzelt gelbe Blätter, die durch die milchige Luft davonstoben, als wir losfuhren. Es dauerte nicht lange, da sagte Robert: »Dieser Sache müssen wir nachgehen. Das ist dir doch klar?«

Ohne mir Gelegenheit zu einer Antwort zu geben, begann er auf mich einzureden, auf die gleiche pseudogeduldige und gleichzeitig autoritäre Art, mit der er mit aufmüpfigen Schülern sprach oder mit schwierigen Eltern. Was ich mir dabei gedacht hätte, Penelope in diese Freizeit zu schicken, zu diesen Leuten, die ich doch gar nicht kannte. Er nannte mich leichtsinnig und unverantwortlich. Ich wollte ihn daran erinnern, dass er bei unserem Besuch in Trīs Liepas doch selbst ganz angetan gewesen war – das Camp und die jungen Leute dort, die wunderschöne Umgebung und dazu die Aussicht, dass Penelope dort eine ganze Woche lang an der frischen Luft wäre –, doch ich ließ es bleiben. Und während Roberts Vorwürfe weiter auf mich einprasselten und wir durch den Nebel fuhren, überkam mich auf einmal eine große Erschöpfung.

»Das wird sich schon alles aufklären«, sagte ich matt, und dann fragte ich mich, wie lange ich das eigentlich noch durchhalten würde. Wieso saß ich hier neben einem Mann, der mir Vorhaltungen über Verantwortungsbewusstsein hielt und gleichzeitig ein Verhältnis mit einer Referendarin hatte? Und wie kam diese Referendarin eigentlich dazu, mir zu drohen? Und dann noch diese Klavierlehrerin, die mir gute Ratschläge gab, obwohl sie mich gar nicht kannte. Und was für Idioten mussten das auf dieser Freizeit gewesen sein, die meiner Tochter das Horst-Wessel-Lied beigebracht hatten!

Plötzlich brach es aus mir heraus: »Ich will mich von dir scheiden lassen.«

Mit einem Mal war Stille. Ich sah ihn nicht an, hörte ihn nur noch »Was?« schnappen. Die Fabrikhalle, in der die Vernissage stattfand, kam in Sicht, ein riesiges dunkles Tier, das im Nebel kauerte, alte Straßenlaternen aus den Fünfzigerjahren, die den unbefestigten Parkplatz mehr schlecht als recht beleuchteten. Ich bremste ab, neben mir herrschte immer noch Stille. Erst als ich den Motor abstellte, raunzte Robert mich an: »Sag mal, bist du jetzt von allen guten Geistern verlassen?«

Ich sagte nichts mehr, stieg einfach aus, schlug die Wagentür hinter mir zu und ging über den Parkplatz zum Eingang, wo die Kuratorin der Ausstellung stand und auf jemanden zu warten schien. »Haben *Sie* diesen Nebel bestellt?«, fragte sie mich mit einem schiefen Grinsen, und es kostete mich in meiner derzeitigen Stimmung einige Überwindung, auf den scherzhaften Ton einzugehen. Ich wechselte ein paar Worte mit ihr und schob mich dann an ihr vorbei in den Ausstellungsraum. Es war die ehemalige Fertigungshalle einer Bettwarenfabrik, die nun unterteilt war von Stellwänden, an denen die ausgestellten Bilder hingen. Ich bog um eine der Stellwände, auf der Suche nach den Toilettenräumen. Ich musste jetzt erst mal ein paar Minuten allein sein, um wieder zu mir zu kommen. Eine Weile irrte ich umher, bis ich die Toilette endlich fand. Ich betrat eine der Kabinen und schloss die Tür hinter mir. So blieb ich ein paar Minuten stehen und starrte die gegenüberliegende Wand an. Ich hatte es gesagt. Ich hatte es ausgesprochen, das, was schon so lange hätte ausgesprochen werden sollen. Allerdings war mir klar, dass der Zeitpunkt nicht ungünstiger hätte sein können. Aber nun war es eben so. Ich würde nicht mehr zurückrudern.

Jetzt galt es nur, diesen Abend hinter mich zu bringen. Ich kniff die Augen zusammen, massierte mir den schmerzenden Nacken und verließ die Kabine wieder. Ich holte meine Tasche von der Schulter, suchte nach dem kleinen Kosmetikspiegel und frischte meinen Lippenstift auf. Nachdem ich mir gründlich die Hände gewaschen und mich noch einmal im Spiegel betrachtet und ein Lächeln ausprobiert hatte, fühlte ich mich bereit, den Blicken der anderen entgegenzutreten.

Zwei Schülerinnen der Oberstufe, deren Arbeiten ebenfalls ausgestellt waren, kicherten aufgeregt und kamen gleich auf mich zu, als sie mich sahen. Sie führten mich zu ihren Arbeiten, und ich würdigte sie angemessen, bis Lilija zu uns trat und die Mädchen weiterzogen. Sie reichte mir ein Glas Sekt und stieß mit ihrem an mein Glas.

»Hey«, sagte sie und betrachtete mich prüfend. »Alles in Ordnung? Du machst einen etwas mitgenommenen Eindruck.«

»Lass uns morgen reden, ja?«, sagte ich hastig und setzte dabei ein so strahlendes Lächeln auf, dass es wehtat.

Lilija runzelte die Stirn. »Okay«, sagte sie zögerlich und verzog das Gesicht ebenfalls zu einem etwas zu strammen Lächeln.

»Warum lächeln wir?«, fragte sie mit zusammengebissenen Zähnen.

»Damit ich nicht losheule.« Ich hob mein Glas und trank es leer.

»Mal nicht so flott. Du musst ja nachher wohl noch was sagen, wenn dein Schützling gewinnt! Hast du Xenias Bild schon gesehen?«

Ich schüttelte den Kopf, tastete nach dem Zettel mit den Redenotizen in meiner Handtasche und ließ mich von Lilija die Stellwände entlangführen, bis sie vor einem überdimensionalen schwarz-weißen Bild im Comic-Style stehen blieb. Im ersten Moment begriff ich nicht, was das Bild eigentlich darstellen sollte. Erst als Lilija mich etwas weiter wegzog, erkannte ich das Sujet. Und hielt vor Schreck die Luft an.

»Sag mal, das bin ja ich!«

Niemand von außerhalb wusste, wie wir wirklich waren.

Kaiserwald I

Penelope. Du siehst schockiert aus und irgendwie auch verwirrt. Wie das möglich war? Dass ich sie dort, mitten in Rom, nach all den Jahren wiedergesehen habe? Oder es zumindest geglaubt habe. Auch diese Frage sehe ich in deinem Blick. Lass mich dir erst noch alles erzählen. Vielleicht begreifst du dann, warum ich später drastischere Maßnahmen ergreifen musste.

Den Rest der Nacht, das kannst du dir ja denken, suchte ich die Straßen ab, in einem immer größeren Radius. Erst als der Morgen dämmerte, ging ich zurück zum Hostel. Ich hatte mich verlaufen und musste dreimal nach dem Weg fragen, und als ich die Jugendherberge endlich erreichte, war es kurz nach sieben.

Aus dem Speisesaal drangen Stimmen. Alle schienen schon beim Frühstück zu sitzen, und ich erinnerte mich, dass heute ein Ausflug zur Hadriansvilla geplant war, der Bus dorthin sollte um acht Uhr abfahren. Ich ging durch das Foyer, doch gerade als ich mich an der geöffneten Tür vorbeischleichen wollte, rief Sven: »Da ist sie!« Und dann drehten sich alle, wirklich alle, zu mir um und sahen mich an. Rüsch sprang auf und kam zu mir gelaufen. Er fragte: »Sag mal, wo warst du denn die ganze Nacht?«, schien aber keine Antwort zu erwarten, denn er fasste mich am Arm und zog mich von der Tür weg, sodass die anderen uns nicht sehen konnten. Er musterte mich, auf seinem Gesicht standen Wut und Empörung, aber auch sichtbare Erleichterung.

»Mensch, bist du denn komplett übergeschnappt! Wir wären jetzt gleich zur Polizei gegangen … Was hast du dir nur dabei gedacht?«

Ein paar meiner Mitschüler steckten den Kopf zur Tür heraus, Sensationsgier in den Blicken. Doch Rüsch herrschte sie an, sie sollten Land gewinnen, und so zogen sie sich widerwillig in den Speisesaal zurück. Er ging mit mir ins Büro hinter dem Empfang, wo ich ihm erzählte, ich sei in einem Club gewesen und hätte dann den Weg zurück nicht mehr gefunden. Die anderen ließ ich unerwähnt, weil ich niemanden verpetzen wollte, aber er wusste schon Bescheid.

»Lena hat mir alles erzählt. Sie war ziemlich besorgt um dich, deshalb hat sie mich letzte Nacht sofort geweckt. Sie meinte auch, du hättest dich ziemlich weggeschossen ... und dann seist du einfach davongerannt.«

Ich presste die Lippen aufeinander. Also hatte Lena keine Zeit verloren, mich hinzuhängen.

»Sag mal, gibt es etwas, das du mir erzählen willst?«

Ich zuckte die Schultern. »Alles cool«, sagte ich. Aber er schien mir nicht zu glauben, denn er hakte noch einmal nach und ließ auch dann nicht locker. Er wollte partout wissen, warum ich weggelaufen war.

»Hat einer der Jungen was getan, was er nicht hätte tun sollen?«, fragte er mich plötzlich und fixierte mich, ohne mich auch nur eine Sekunde aus den Augen zu lassen.

»Was? Nein!«

»Aber du musst doch einen Grund gehabt haben, einfach so wegzurennen!«

»Ich war halt dicht.«

Er schwieg eine ganze Weile. Schließlich nickte er langsam, aber so, dass ich wusste, dass er mir das auf keinen Fall abnahm. Dann sagte er: »Du solltest noch was frühstücken. Der Bus fährt in dreißig Minuten.«

Den letzten Tag brachte ich mehr schlecht als recht hinter mich. Jetzt, im Licht des Tages, war ich mir nicht mehr so sicher, ob ich wirklich meine Mutter gesehen hatte. Schon einmal war ich vollkommen überzeugt gewesen, ihren Land Rover gesehen zu haben, damals an der Schule. Während ich über sommermüden Rasen schlurfte, vorbei an Ziegelruinen und kopflosen Statuen, vollkommen erschöpft nach dieser schlaflosen Nacht, erschien mir alles irreal, und ich zweifelte an meinem Verstand. Sicher, die Frau hatte langes blondes Haar gehabt und ein rotes Kleid getragen, das ja. Aber wie war das mit der gelben Tasche, und hatte sie wirklich weiße Sandalen angehabt? Immerhin hatte ich ziemlich getankt, da war es doch möglich, dass ich mir die Accessoires nur eingebildet hatte. Aber warum war sie dann vor mir davongelaufen? Sie war gerannt, als wäre der Teufel hinter ihr her. Während ich noch darüber nachgrübelte, ob ich nicht doch zur Polizei gehen sollte, fiel ein Schatten über mich, schräg von der Seite. Ich sah auf, mein Blick blieb auf halber Höhe hängen, an einem schwarzen T-Shirt, auf dem *Es* stand, in so einer Pseudo-Horror-Schrift. Leon.

»Hey«, sagte er. Ich antwortete nicht.

Er setzte sich neben mich. »Sag mal, was war das gestern?«

Ich wollte nicht mit ihm sprechen. Also zuckte ich nur die Achseln und gab ihm die gleiche Antwort wie schon Herrn Rüsch.

»Ich war dicht. Das war alles.«

Er sah mich ganz genau an, so als wollte er mich sezieren. Dann lächelte er dieses leicht überhebliche Lächeln und sagte: »Die anderen sagen, du bist ziemlich durchgeknallt. Aber ich glaub das eigentlich nicht.«

Mein Blick schnellte zu ihm hoch. »Ach ja? Und wieso nicht? Du kennst mich doch gar nicht.«

»Gut genug, um zu wissen, dass du keinen an der Waffel hast.«

Er quatschte noch eine Weile auf mich ein, stellte mir alle möglichen Fragen, zu meiner Mutter und der Vergangenheit. Er fragte mich sogar über diese schreckliche Sendung aus oder versuchte es zumindest, woraus ich schlussfolgerte, dass jemand sich das Maul über mich zerrissen und Leon alles haarklein berichtet hatte. Irgendwann wurde es mir zu blöd, und ich raunzte ihn an: »Was fragst du mich das alles eigentlich?«

Doch Leon sah durch mich hindurch, so als wäre ihm gerade ein Gedanke gekommen.

Mathilda. »Wie geht es dir?«, fragte Mathilda. Sie musste sich zwingen, nicht vorwurfsvoll zu klingen, während sie da auf dem Bettrand saß, neben Falk, der blinzelnd zu sich kam. Erst rieb er sich die Augen und das Gesicht, dann grinste er sie schuldbewusst an.

»Oh Mann«, sagte er. »Da habe ich ja einen tollen Einstieg hingelegt. Als dein Ehemann, meine ich.«

»So könnte man das sehen.« Mathilda lächelte nicht. »Jedenfalls hast du, ich will es mal so ausdrücken, alles rausgelassen, was keine Miete zahlt.«

»Muss ich das schon verstehen?«

»Zuerst hast du gekotzt, als gäbe es kein Morgen. Und dann hast du mir wilde Geschichten erzählt. Es war eine ... ziemlich verwirrende Berichterstattung.«

Er stöhnte. »Oje ... Was habe ich denn gesagt?«

Mathilda betrachtete ihn im grauen Licht, das durch die halb zugezogenen schweren Vorhänge auf sein Gesicht fiel. Die Ereignisse der letzten Nacht kamen ihr jetzt fast unwirklich vor. Dann wanderte ihr Blick zu seinen Händen, blieb an den weißen Narben an seinen Handgelenken hängen.

»Du hast mir von dem Bootcamp in Utah erzählt.«

Sein Blick, der eben noch ganz offen gewesen war, ganz weich, verschloss sich von einer Sekunde auf die andere. Es war, als wäre da plötzlich eine Glasscheibe, eine unsichtbare Trennwand, die Mathilda auf Distanz hielt.

Aber sie ließ nicht locker und fragte: »Wieso bist du dort gelandet?«

Er verzog das Gesicht zu einer Grimasse, die komisch sein sollte, aber nur gequält wirkte. »Weil ich jung und dumm war?«

»Und das bist du jetzt nicht mehr?«

»Jung und dumm?« Er lachte. »Zumindest jung bin ich nicht mehr.«

Mathilda lachte nicht, sah ihn nur weiterhin an. »Warum erzählst du es mir nicht?«

Er stieß die Luft geräuschvoll aus. »Du sollst ja weiterhin Respekt vor mir haben. Und ehrlich gesagt bin ich der Meinung, dass zu viel Nähe einer Beziehung nicht gerade guttut.«

Obwohl sie in dieser Hinsicht ganz seiner Meinung war, fand sie seine Antwort irritierend, war das ein Ablenkungsmanöver? Dabei blitzten in ihren Gedanken für einen kurzen Moment die Wittgenstein und ihre tausend Nachrichten auf, und auch wenn das gerade gar nicht passte, fragte sie sich, ob die Beziehung der beiden eine von diesen Lieben gewesen war, in der sich die Grenzen zwischen den Partnern auflösten und der eine beim Toilettengang des anderen neben ihm im Bad stand und sich die Mitesser ausdrückte. Für den Bruchteil einer Sekunde war sie versucht, ihn danach zu fragen, nach *Jo*, die so schön war und alles zu haben schien, wovon jeder Mann träumte. Und ob er sie noch liebte. Obwohl er doch jetzt mit *ihr* verheiratet war, mit Mathilda. Doch sie bremste sich im letzten Augenblick und sagte so sanft sie konnte: »Die Narben an deinen Handgelenken. Du hast versucht, dich umzubringen.«

Er blinzelte. Für einen Augenblick sah es so aus, als wollte er durch das Blinzeln Zeit gewinnen. Doch dann sagte er nur: »Ja.«

Mathilda atmete tief ein und schwieg. Sie wartete darauf, dass er weitersprach: »Meine Eltern ... also, sie wussten sich damals nicht anders zu helfen, als uns in dieses Camp in Utah zu stecken ... Provo Canyon School. Das ist ... so eine Mischung aus Erziehungsanstalt, Schule und ... na ja ... Psychiatrie.«

Mathilda stutzte. *Provo Canyon School.* Den Namen hatte sie schon einmal gehört. War das nicht das Internat, das die Wittgenstein auf Schadensersatz wegen Misshandlung verklagt hatte? Natürlich, das war die Schule, in der Falk und sie sich kennengelernt hatten! Mathilda fiel ein Ausdruck wieder ein, den die Brandt aus dem Ruderclub benutzt hatte. Sie hatte davon gesprochen, dass *so etwas zusammenschweißt*. Es war also nicht, wie Mathilda gedacht hatte, um irgendein Nobelinternat gegangen!

Mathilda registrierte die Gefühle, die nun in ihr hochstiegen, ein eigenartiger Tumult aus Irritation, schlechtem Gewissen und – tatsächlich – Eifersucht. *Das* also war die Verbindung zwischen den beiden. So neutral wie möglich fragte sie: »Aber was habt ihr denn gemacht? Ich meine, dass sie euch dorthin verfrachtet haben.«

»Es lief nicht gut in der Schule ... zu viele Partys ... und dann haben wir mit Drogen herumexperimentiert.« Er schlug die Augen nieder, wich ihrem Blick aus.

»Ich meine ... das ist nichts, worauf man stolz sein kann ... und sicher geht man damit nicht hausieren. Aber ... wird man dafür von seinen Eltern an einen solchen Ort verbannt?« Mathilda legte ihre Hand auf seine. »Erzähl es mir. Ich bin deine Frau.«

Er schwieg und ließ seinen Blick durch den Raum wandern, zum Fenster. Sein Gesicht war vollkommen ausdruckslos, als er begann: »Ich war die Nummer 123. Wir wurden im Dunkeln gefesselt, geschlagen, gewürgt. Unter Psychopharmaka gesetzt. Das ganze Programm. Mit dem Ziel, uns zu sozial kompatiblen Mitgliedern unserer Gesellschaft zu machen. Irgendwann habe ich es nicht mehr ausgehalten.« Er hielt seine Hände hoch und ließ sie langsam wieder sinken. »Aber ich mache ihnen keine Vorwürfe. Ich mache meinen Eltern keine Vorwürfe. Sie wussten nichts davon.«

Mathilda schluckte. Die tröstenden Worte, die sie gerne gesagt hätte, blieben ihr im Halse stecken. Sie schämte sich. Das also hatte dieser Mann hier erlebt, ihr Mann, den sie für schnöselig und verwöhnt gehalten hatte, für ein von Anfang an in Watte gebettetes Kind unverschämt reicher Leute. Von dem sie geglaubt hatte, sein traumatischstes Kindheitserlebnis wären ein paar Blaubeerflecken auf seinem pastellgelben Ralph-Lauren-Shirt gewesen. Und dann fielen ihr die Nachrichten der Wittgenstein ein, die sie nicht ernst genommen hatte – sie hatte die Wittgenstein für nichts weiter als eine oberflächliche und eingebildete Tussi gehalten, der es immer nur ums Rampenlicht ging. Was, wenn sie sich doch etwas angetan hatte? Einen Augenblick lang saß Mathilda da und kämpfte gegen die aufkommenden Bilder. Es kostete sie ihre ganze Kraft, sich wieder zu sammeln und daran zu erinnern, warum sie hier saß, weshalb sie dieses Gespräch überhaupt führte. Du bist kein verdammter Angehöriger der Heilsarmee, sagte sie sich. Und dann fragte sie: »Und deine Schwester? War die auch in diesem Bootcamp?«

»Was? Wie ... Woher weißt du von meiner Schwester?« Er sah sie entgeistert an, schien nicht fassen zu können, was sie ihn gerade gefragt hatte.

»Du hast von ihr gesprochen.«

Da schob er sie von sich, schlug die Decke zurück und stand abrupt auf.

»Was habe ich denn gesagt?« Mathilda sah ihm hinterher, sein schlanker Körper hell im diffusen Licht, wie er durchs Schlafzimmer ging. Sie folgte ihm, betrat hinter ihm den Spa-Room. Er stand vor der rauschenden Dusche, wartete darauf, dass das Wasser die richtige Temperatur bekam. Rasch trat Mathilda an ihn heran, umschlang seinen Brustkorb mit ihren Armen, schmiegte sich von hinten an ihn. Langsam drehte er sich zu ihr um. So standen sie einen Moment lang stumm da und sahen sich an, ihre Augen auf gleicher Höhe.

»Was ist das nur mit dir?«, sagte sie leise. »Dass du immer wieder vergisst, dass ich es bin?«

Sie sah, wie sein Blick, der Zug um seinen Mund langsam weicher wurde.

»Entschuldige. Das mit meiner Schwester ...«

»Ist schon gut«, flüsterte sie. »Wenn du so weit bist, erzählst du mir von ihr.« Er schlang seine Arme so fest um sie, als wollte er sie nie wieder loslassen – und gleichzeitig spürte sie in sich eine Kraft, die ganz tief aus ihrem Herzen strömte, und die sie gut und gerne mit diesem Menschen teilen mochte, wenn nötig, für immer.

Xenia. *Das Zimmer riecht nach Papa. Nach kalten Pfeifenrauch. Nur hier raucht er Pfeife, nur in diesem Zimmer. Zum Pfeiferauchen braucht man Ruhe. Die er sonst nirgends hat. Weil alle immer irgendwas von mir wollen, sagt er. Seine Frau, die Leute in der Botschaft, die Leute aus dem komischen Dorf. Und nun auch noch Waltraud. Nur wir Kinder nicht. Wir Kinder haben es uns schon vor Jahren abgewöhnt, etwas von ihm zu wollen. Und jetzt sind wir ja auch keine Kinder mehr. Vorsichtig ziehe ich die erste Schublade auf. Büroklammern und Notizzettel und Radiergummis und Bleistifte. Nicht das, was ich suche. Ich ziehe die nächste Schublade auf. Und da sind sie, ganz hinten unter den Umschlägen: all seine Ersatzschlüssel, schön säuberlich etikettiert. Ich suche den richtigen heraus und schleiche zurück auf mein Zimmer.*

Am nächsten Tag nehme ich erst den Bus, dann die Tram und gehe den Rest zu Fuß. Ich gehe schnell, versuche, das mulmige Gefühl abzuschütteln. Aber in meinem ganzen Körper pocht und pulsiert es, weil das, was ich gleich tun werde, so ungeheuerlich ist. Ich werde die Wohnungstür aufschließen und einfach hineingehen. Und dann werde ich ein Foto von ihnen schießen. Bei dem, was sie gerade tun. Und ihnen dann sagen, dass ich sie hochgehen lasse, wenn sie nicht damit aufhören.

Im Treppenhaus riecht es nach kaltem Stein, und mit jedem Schritt wird mir schlechter. Aber ich gehe trotzdem weiter, vorbei an einer braunhaarigen Frau, die mich voll dumm anglotzt. Vor der Wohnungstür wird das Pulsieren zu einem Donnern. Ich könnte einfach wieder gehen. Und alles so laufen lassen. Was kümmert es mich. In drei Jahren bin ich eh weg. Doch so funktioniert das nicht. So funktioniere ich nicht. Ich muss das jetzt durchziehen. Ich hole die Spice Cam aus dem Rucksack, mache sie startklar. Und stecke den Schlüssel ins Schloss. Die Tür geht ganz leicht auf, ganz leicht und ganz leise. Ohne auch nur das winzigste Geräusch zu machen, betrete ich die Diele und lausche. Und da höre ich, wie sie sagt: »... weißt doch, dass ich noch fahren muss.« Und dann sagt Papa: »Wie wär's, wenn du einfach hierbleibst? Jetzt und für immer?« Und dann lacht Frau Maywald und sagt: »Das wär ein Traum.«

Riga, im Herbst 1997

Rebecca. Lilija und ich standen vor Xenias Bild, einem schwarz-weißen Linolschnitt im Comic-Style, der eine janusköpfige Gestalt zeigte, eine blonde Frau, deren linke Gesichtshälfte makellos war, ihr Haar geflochten und von Blumen umkränzt, die rechte düster und zerfurcht, das Haar ein krakeliges Zickzack, das bei näherem Hinsehen aus Satz- und Wortfetzen bestand, aus denen man mit etwas Fantasie Ausdrücke wie *Pathological liar* und *I hate you* herauslesen konnte.

»Sie hat so ein Geheimnis um das Bild gemacht«, sagte ich und hörte selbst, wie schrill meine Stimme klang.

Lilija drehte sich zu mir um. Sie sah mich an, mit einer Mischung aus Fassungslosigkeit und Amüsement, so als hätte ich ihr soeben gestanden, in Wirklichkeit Walter zu heißen.

»Bist du noch ganz bei Trost?« Sie starrte mich weiter an, und ich sah wohl, dass sie Mühe hatte, nicht loszulachen.

»Also ... denkst du nicht, dass *ich* das bin?« Ich konnte den Blick nicht von dem Gesicht der Frau abwenden, von ihren hellen Augen, die auf der einen Seite so freundlich blickten und auf der anderen so furchteinflößend.

»Wie lange willst du das eigentlich noch durchziehen, mit diesem Typen, du bist ja total durch den Wind!«

In dem Moment trat Grazyna Ivanova zu uns, eine hübsche Frau mit kurzem grauem Haar, die später die Preisverleihung moderieren würde.

»Eine ganz außergewöhnliche Arbeit«, sagte Grazyna und blieb versonnen vor dem Bild stehen. Als sie mich ansah, stockte sie und fragte: »Geht es Ihnen gut?«

»Ja, ja, es geht mir gut«, antwortete ich und fügte um eine Erklärung bemüht hinzu: »Ich habe ein wenig Kopfschmerzen, das ist alles.«

Sie sah mich mitfühlend an. »Brauchen Sie eine Schmerztablette?«

»Danke, ich habe eine dabei … Zur Not nehme ich sie. Aber im Moment geht's noch ohne.«

»Wenn es eine beginnende Migräne ist«, sagte Grazyna, »sollten Sie nicht zu lange warten. Mit Migräne kenne ich mich aus …« Sie zeigte auf ihren Kopf und verzog das Gesicht zu einer schiefen Grimasse, dann ging sie davon.

»So, jetzt krieg dich mal wieder ein«, sagte Lilija gedämpft und schob mich weiter, vor das nächste Bild. »Kein Mensch denkt, dass *du* das auf dem Bild bist, okay! Ich weiß gar nicht, wie du auf so einen absurden Gedanken kommst.« Und dann, übergangslos: »Glaubst du, du kriegst das nachher hin mit der Rede? Ich meine, falls Xenia gewinnt.«

Ich nickte langsam. »Jaja, ich hab was über die junge Künstlerin vorbereitet.«

Nach und nach füllte sich die Ausstellungshalle mit Gästen, und ich beruhigte mich wieder. Lilija hatte recht. Ich war dabei, mich auf eine fast krankhafte Weise in etwas hineinzusteigern. Ich musste mich jetzt zusammenreißen und atmete ein paarmal tief durch. Nach einer Weile fühlte es sich fast normal an, hier zu sein, wie auf *irgendeiner* Ausstellung. Ich begrüßte ein paar Kollegen und Bekannte aus der deutschen Community, sprach mit einigen meiner Schüler, die zwischen den Stellwänden herumliefen und in prustendes Gelächter ausbrachen vor einem Bild, auf dem nichts zu erkennen war als eine dünne Linie, die wie ein Hintern aussah. Ich entdeckte auch Alise, aber sie schien mich nicht zu sehen, oder sie tat zumindest so.

Als Xenia schließlich auftauchte und gleich hinter ihr Georg und seine Frau, flammte für einen kurzen Augenblick Panik in mir auf. Ich fürchtete, Robert könnte sich auf ihn stürzen, wegen des Liedes oder weil er vielleicht begriffen hatte, in welcher Beziehung ich wirklich zu

Georg von Prokhoff stand. Doch ich bekämpfte das Gefühl mit aller Macht, indem ich, ohne weiter nachzudenken, auf sie zuging, mit ausgestreckter Hand. Mit einer Lässigkeit, die ich nicht empfand, begrüßte ich sie beide und sah ihnen dabei fest in die Augen, auch Georg. In den Sekunden, die es dauerte, ihn zu begrüßen, fielen mir die Worte der Klavierlehrerin wieder ein, doch es gelang mir, auch das beiseitezuschieben, indem ich mich an Xenia wandte und mit ihr über das Bild zu sprechen begann. Ich sagte ihr, wie außergewöhnlich stark ich es fand, dass es für mich der klare Sieger sei und dass ich ihr für nachher die Daumen drückte. Sie errötete leicht, so als fühlte sie sich geschmeichelt, doch als ich sie forciert augenzwinkernd fragte, ob *ich* denn das auf dem Bild sei, erwiderte sie mein Lächeln nicht. Stattdessen sah sie mich mit einem vielsagenden Blick an, den ich nicht zu deuten wusste. Doch ehe ich näher darüber nachdenken konnte, erklang auf einmal eine leichte Melodie, ein sachtes Perlen von Tönen. Ich drehte mich um und sah eine silberhaarige Frau in einem langen grauschwarzen Kleid, die die Hände über eine Harfe gleiten ließ. Die musikalische Untermalung für die Vernissage. Als das Stück verklungen war, trat Grazyna ans Rednerpult und begann über den Förderpreis zu sprechen, über das Thema des Wettbewerbs, die Zweiheit, und über die Jury, wie schwer es ihnen gefallen war, aus all den großartigen Beiträgen die drei Gewinner zu küren. Ich hörte nur teilweise zu, war zu sehr damit beschäftigt, mich zusammenzureißen, während ich Georgs Anwesenheit im Nacken spürte. Links neben mir stand Xenia. Unauffällig betrachtete ich ihr Profil mit dem adretten Ährenzopf, bemerkte die Ähnlichkeit ihrer Gesichtszüge mit denen ihres Vaters und fragte mich, wieso mir das vorher nie aufgefallen war. Vielleicht wegen ihrer hellen Haare? Und dann war da noch etwas, das mir in dem Moment durch den Kopf schoss: dass Xenia nicht so aussah wie jemand, der vielleicht gleich einen wichtigen Preis gewinnen würde. Da war nichts Aufgeregtes in ihrer Miene, nichts Fragendes, ihr Ausdruck war vollkommen reglos. Und während ich noch darüber nachdachte, hörte ich Grazyna die Namen der Gewinner des zweiten und dritten Platzes nennen, und schließlich sagte sie: »… kommen wir jetzt zum ersten

Platz des Mežaparks-Förderpreises, zu einem Beitrag, der eine außergewöhnliche Verbindung schafft aus traditioneller Linolschnitttechnik und dem Medium Comic, also bereits in dieser Hinsicht die im Motto des Wettbewerbs geforderte Zweiheit herstellt. Er geht an eine junge Künstlerin, die nach Ansicht der Jury ein Ausnahmetalent darstellt und in deren Werk ein tiefes …« Die Worte wurden hinweggespült von der Aufregung und der Freude, die ich plötzlich empfand, trotz allem, was geschehen war. Sie hatte tatsächlich gewonnen. Xenia hatte gewonnen. Ich sah hinüber zu ihr, betrachtete ihr noch immer unbewegtes Gesicht. Inzwischen musste sie doch begriffen haben, dass sie gemeint war und dass sie nicht nur gewonnen, sondern sogar den ersten Platz gemacht hatte. Doch ihr Gesichtsausdruck blieb unverändert, eine Maske, ein Gesicht wie aus dem Wachsfigurenkabinett.

Die Gäste klatschten, ich trat vor, um meine kleine Rede zu halten, und als Xenia fünf Minuten später ebenfalls vortrat, um den Preis von Grazyna entgegenzunehmen, war ihr Lächeln künstlich, wie festgetackert. Und auf einmal war ich mir ganz sicher, dass sie es wusste, dass sie alles wusste über Georg und mich und unseren Betrug. Ich beschloss, der Heimlichtuerei noch heute Abend ein Ende zu setzen. Ich würde sie beiseitenehmen und ganz offen mit ihr sprechen.

Die Gelegenheit dazu bekam ich eine halbe Stunde später, als sich der Pulk um Xenia verlaufen hatte. Ich sah sie die Ausstellungshalle verlassen und folgte ihr. Als ich auf den Gang trat, war Xenia gerade am Ende des Korridors angekommen. Ich rief ihren Namen, doch sie schien mich nicht zu hören, denn statt auf mich zu warten, bog sie nach links ab. Reflexartig lief ich los. Ich hörte eine Tür zuschlagen und folgte ihr kurz darauf durch dieselbe Tür – es war die einzige, wie ich sah, und sie führte nach draußen.

Sie stand ein Stück weit entfernt, das Licht, das schräg durch die alten Fabrikfenster fiel, beleuchtete ihren Rücken, das adrette dunkelblaue Kleid, die Zopffrisur. Nach dem festlichen Ambiente, den schwarz befrackten Kellnern mit ihren Tabletts, der Harfenmusik, die nun wieder eingesetzt hatte, war es ein merkwürdiger Anblick, sie hier stehen zu sehen, im dichten Nebel, auf diesem Hinterhof, auf den rissigen Betonplatten, aus deren Ritzen Unkraut spross. In einiger Entfernung hörte man eine Ente schnattern, also musste der See hier in unmittelbarer Nähe sein.

»Xenia«, sagte ich sanft, doch sie schreckte trotzdem zusammen und fuhr herum. Sie sah blass aus, irgendwie fix und fertig, und erst in diesem Zwielicht, dem milchigen Lichtschein aus den Fabrikfenstern, der nun auf ihr Gesicht fiel, bemerkte ich die tiefen Ringe unter ihren Augen, so als hätte dieser Abend ihr den Rest gegeben.

»Sie sind das!« Ihre Stimme klang schrill und heiser zugleich.

»Entschuldige, ich wollte dich nicht erschrecken.« Ich machte eine vage Geste und versuchte es mit einem lahmen Scherz: »Hier ist es aber auch ein bisschen wie bei Stephen King.«

Sie verzog das Gesicht, vielleicht versuchte sie zu lächeln, doch das Lächeln misslang, entgleiste auf halbem Weg.

»Das ist ein großer Tag für dich«, eröffnete ich das Gespräch. »Ich wollte dir noch mal zu deinem Sieg gratulieren. Du hast es geschafft!«

»Ja, das ist toll«, sagte sie tonlos. Doch im nächsten Moment griff sie sich plötzlich in die Haare, riss den Gummi heraus und löste ihre adrette Zopffrisur mit einer Heftigkeit, die beim bloßen Hinsehen schon wehtat. Sie rupfte und raufte in ihren Haaren herum, die nun löwenartig aufgebauscht ihren Kopf umgaben, und dann tat sie etwas, das mich noch mehr erstaunte. Sie griff in die Seitentasche ihres hübschen dunkelblauen Kleides, zog eine zerknitterte Zigarettenschachtel und ein Feuerzeug heraus und zündete sich eine Zigarette an. Und wie sie so dastand, die Hände schützend um die Zigarette haltend, wirkte sie, als hätte sie das schon viele Male gemacht. Wann hatte sie sich so verändert?, fragte ich mich wieder. Diese Person hier wirkte völlig anders als das Mädchen, das sich noch vor ein paar Wochen rührend um meine Tochter gekümmert hatte.

»Seit wann rauchst du?«

Sie zuckte die Achseln und sah an mir vorbei.

Da hielt ich es nicht mehr aus. »Ich … ich glaube, wir sollten uns unterhalten«, sagte ich und betrachtete sie mit hämmerndem Herzen. Gleich würde sie es mir auf den Kopf zusagen, das mit Georg und mir.

Doch sie blieb stumm, rauchte nur schweigend weiter und sah dabei so aus wie jemand, der schon alles gesehen hatte. Plötzlich wurde mir klar, dass ich diesen Gesichtsausdruck kannte. Sie sah aus wie ihr Vater. Wie Georg in jenen Momenten, in denen er sich unbeobachtet fühlte. Ich konnte meinen Blick nicht abwenden, und irgendwann brach es aus mir heraus:

»Xenia! Ich muss mit dir reden. Es geht um deinen Vater und …«

Auf einmal schien sich etwas in ihr zu verändern. Sie stand nun bewegungslos da, ohne zu rauchen, mit hängenden Schultern, die Zigarette in der gesenkten Hand. Die Zigarette fiel zu Boden, und sie stand weiter einfach so da. Mit einem Mal begannen ihre Schultern zu beben. Sie weinte.

Ich tat einen Schritt auf sie zu, wollte sie in den Arm nehmen, aber sie stoppte mich mit einer Handbewegung, drehte sich weg.

»Ich könnte kotzen.« Sie spie die Worte förmlich aus und tat noch einen Schritt zurück. »Ich könnte einfach nur kotzen.« Sie verstummte und warf mir einen wilden Blick zu.

Ich spürte einen Kloß in meinem Hals. Sie wusste also tatsächlich von ihm und mir. Plötzlich wirbelte sie herum, die Hände zu Fäusten geballt. Ihre Augen funkelten. Und da hörte ich sie sagen, und ihre Stimme schien sich zu überschlagen: »Alles, was ihr könnt, ist lügen!«

»Xenia«, sagte ich beschwörend, »lass mich dir das erklären. Es ist nicht so, wie es für dich aussieht. Dein Vater und ich …« Doch sie ließ mich nicht ausreden.

»Ach, Sie denken, *das* ist mein Problem? Dass *Sie* was mit meinem Alten haben?« Sie lachte auf. Es war ein bitteres, theatralisches Lachen. »Sie wissen schon, dass der es mit jeder treibt, die bei drei nicht auf den Bäumen ist!« Dann verstummte sie abrupt und schaute mich unverwandt an, mit diesem wilden Blick, den ich noch nie an ihr gesehen hatte. Ich hob an, etwas zu sagen, ihr meine Sicht der Dinge zu schildern, aber wieder fiel sie mir ins Wort.

»Ich werde Ihnen jetzt mal was sagen: Mein Vater ist ein Perverser. Und ich weiß ja nicht, wieso ausgerechnet Sie auf ihn reinfallen konnten. Mein Vater treibt es nicht nur mit unserer Haushälterin! Der treibt es auch mit meiner sogenannten Freundin!«

Ich blinzelte verwirrt, konnte ihre Worte nicht richtig zusammensetzen. »Du meinst Alise?«

»Oh ja. Ich meine Alise, diese kleine Nutte.«

»Aber … wie kommst du denn darauf?«

»Wie ich auf so was komme? Das kann ich Ihnen gerne sagen. Bei dieser Freizeit da im Sommer, wo Penelope auch war … Da habe ich sie aus seinem Zelt kommen sehen. Mitten in der Nacht.«

Die Worte sickerten in meinen Körper wie Gift. Ich starrte Xenia an, außerstande, etwas zu sagen. Dann spürte ich nur noch, wie meine Knie nachgaben.

Ich weiß nicht, ob er von Natur aus verdorben war. Oder ob meine Eltern ihm nur ein schlechtes Beispiel waren. Mit anderen Eltern wäre er vielleicht ein anderer Mensch geworden.

Kaiserwald I

Penelope. Es war der Morgen unserer Abfahrt, um kurz vor halb sechs. Im Speisesaal war es ungewöhnlich ruhig dafür, dass unsere gesamte Stufe hier versammelt war. Ich nahm an, dass alle noch ziemlich geschafft waren von dem Gemeinschaftsabend, den sie veranstaltet hatten. Ich hatte nicht teilgenommen, war auf dem Zimmer geblieben und hatte so getan, als wäre mir schlecht, wobei natürlich alle gewusst hatten, dass der Grund für mein Fernbleiben ein anderer gewesen war. Ich hätte kein weiteres Zusammensein mit meinen Mitschülern ertragen, schon gar keinen bescheuerten Spieleabend. Es musste so gegen zwei gewesen sein, als meine Mitschülerinnen ins Zimmer gepoltert waren. Sie hatten nicht besonders viel Rücksicht auf mich genommen, hatten so übertrieben laut geflüstert, dass es besser gewesen wäre, wenn sie sich in Zimmerlautstärke unterhalten hätten.

Jetzt saß ich ganz hinten im Frühstücksraum, mit dem Rücken zu den anderen, und mampfte gerade das zweite staubtrockene Croissant, als hinter mir laute Stimmen zu hören waren.

»… spinnst du jetzt total?« Das war Lena. Ich drehte mich nicht um, dachte, es handelte sich um das übliche Aufmerksamkeitsgeheische. Doch dann hörte ich Leon laut und deutlich sagen: »Vielleicht kannst du mal erklären, was ihr da für eine Scheiße abgezogen habt?« Der Ton seiner Stimme war merkwürdig, nicht so mokant wie sonst, eher scharf. Auch war es im Speisesaal ganz still geworden, und so wurde ich nun doch neugierig und drehte mich um.

Leon stand breitbeinig neben Lenas Stuhl. Vor ihm auf dem Boden lag etwas, das er offensichtlich dorthin gepfeffert hatte, mitten in den Speisesaal: etwas Rotes, ein Kleid, daneben eine gelbe Tasche, weiße Sandalen. Und wie ein Fächer ausgebreitet: eine Perücke mit langen blonden Haaren. Es dauerte einen Moment, bis ich kapierte, was das da sein musste. Langsam stand ich auf und näherte mich den beiden.

Jetzt lachte Lena. Aber es klang künstlich, und als unsere Blicke sich begegneten, lief sie knallrot an.

»Ich weiß nicht, was du für ein Problem hast«, sagte sie zu Leon, wobei sie den Kopf schüttelte und versuchte, amüsiert auszusehen. »Und ich weiß auch nicht, was du mit diesem Zeug hier willst.«

Herr Rüsch war aufgestanden, kam durch den Speisesaal und stellte sich vor die Klamotten wie vor ein Lagerfeuer.

»Also, Leon, du kannst mir sicher erklären, was du hier gerade veranstaltest.«

Aber Leon beachtete ihn gar nicht. An Lena gewandt sagte er: »Ihr seid wirklich das Letzte. Scheißbitches.«

»He, he, he, jetzt mal langsam. Was ist los?« Rüschs sonst so ruhige Stimme war jetzt ein paar Dezibel lauter geworden.

»Das will ich gerne tun. Dieses Pack da …« Leon machte eine ausladende Geste, die Lena und ihre Clique umfasste, »hat sich was ganz Tolles ausgedacht. Als wir aus dem Club gekommen sind, hat sich Sissi auf die andere Straßenseite gestellt, in genau den Klamotten, die Penelopes Mutter auf dem Foto im Fernsehen getragen hatte.« Jetzt schaute er zu mir rüber.

Da sprang Sven auf. »He, he, he, Moment mal, Freundchen, was laberst du … ich hab damit gar nichts zu tun.«

Auch Kim, Benji und Tore schossen jetzt hoch und riefen durcheinander. Dass sie von nichts wüssten. Was das solle. Ob Leon sie noch alle hätte.

»Ruhe jetzt«, brüllte Rüsch. An Lena, Sissi und Leon gewandt, fuhr er fort: »Ihr kommt jetzt mit. Dann klären wir das. Ihr anderen macht euch fertig und wartet in euren Zimmern. Der Bus geht in einer Dreiviertelstunde. Los jetzt, Bewegung.«

Ich war noch immer wie benommen, sah auf das Kleid zu meinen

Füßen, auf die blonde Perücke, die grotesk aussah, wie aus einem billigen Film. Eine ganze Weile stand ich so da, während die anderen nacheinander den Raum verließen, in einem gespenstischen Schweigen.

Berlin, im Herbst 2023

Mathilda. Seit ihrem Einzug im *Weißen Haus* vor nunmehr zwei Wochen kämpfte Mathilda gegen die unterschiedlichsten Gefühle, die miteinander im Wettstreit lagen. Meist war sie morgens, wenn sie erwachte und Falk schon zur Arbeit gefahren war, mit ihren Gedanken noch ganz bei ihm und der vergangenen Nacht, bei seinen Blicken und Berührungen und den unglaublichen Gefühlen, die sie mittlerweile für ihn empfand. Sie brauchte dann immer eine Weile, bis sie in der Lage war, sich dem Tag zu stellen und den Aufgaben, die *allesamt* im Widerspruch zu diesen Gefühlen standen. Erst wenn sie mit einem Pott Kaffee vor ihrem Laptop saß und durch ihren Schlachtplan scrollte, verblassten die Bilder der Nacht, und die anderen, die altbekannten Bilder traten an ihre Stelle und brachten all das, was sie hinter sich lassen wollte, mit aller Macht zurück. Dann wusste sie wieder, was sie hier tat und warum sie so dringend auf das Eintreffen einer Graphic Novel wartete, die Falks Schwester vor vielen Jahren geschrieben hatte. Zweimal hatte sie schon beim Verkäufer nachgefragt und die Antwort erhalten, er habe die Ware gleich nach ihrer Bestellung versandt und *Büchersendung aus Antiquariaten: das kann dauern.* Und dann kommunizierte sie mit Baldrich, den sie noch am Tag nach der Hochzeitsfeier angerufen und damit beauftragt hatte, sich auf Xenias Spur zu begeben. Inzwischen hatte Mathilda sich ganz und gar auf Xenia fixiert. Sie musste einfach wissen, wohin sie verschwunden war und ob es Baldrich gelingen würde, sie aufzuspüren. Und mehr als alles andere: worum es in dieser Graphic Novel, die in Riga spielte, gehen mochte.

An manchen Tagen, wenn es ihr gelang, mit Georg zu sprechen, kam noch etwas anderes hinzu: ein Gefühl zwischen Unwirklichkeit und

Triumph: dass sie nun wirklich hier stand, in der Höhle des Löwen, und sie sich von innen ansah. Und es war dieses Gefühl, das dann wie ein Katalysator auf sie wirkte, der sie durchs Haus trieb und sie immer wieder – wie beiläufig, aber überwach – das Gespräch mit Waltraud suchen ließ, um mit der langjährigen Haushälterin über *ihr interessantes Leben an so vielen verschiedenen Orten der Welt* zu sprechen. Und tatsächlich hatte Waltraud ihr schon von ihrer Zeit in Riga erzählt, in der die Prokhoffs von 1996 bis 1998 dort gelebt hatten in einem wunderschönen Haus in einem Viertel namens Kaiserwald. Als Mathilda sich dann jedoch weiter vorwagte und sie sich darüber wunderte, warum die Familie Riga denn nach nur zwei Jahren verlassen hatte, reagierte die Haushälterin auf eine seltsame Weise kurz angebunden, was Mathilda als Zeichen nahm, auf der richtigen Fährte zu sein. Und zwischendurch suchte sie in Falks Schränken nach den Fotos, die die Wittgenstein angeblich von ihm hatte. Sie tat dies roboterhaft, mit schlechtem Gewissen und mit der halben Hoffnung, nichts zu finden. Dennoch fragte sie sich immer wieder – es war wie ein Zwang –, was darauf nur zu sehen sein könnte. Und dann blitzte zwischendurch immer wieder dieser Satz auf, den er in der Hochzeitsnacht gesagt hatte: dass an dem Namen Prokhoff Blut klebe. Was hatte er nur damit gemeint? Und wer hatte tot dagelegen? Auf ihre Frage, ob es *die Lehrerin* gewesen sei, hatte er jedoch überhaupt nicht reagiert. Es war alles ein einziges großes Rätsel.

Eines jedoch wurde ihr während ihrer Hausdurchsuchung immer klarer: dass das Innenleben von Falks Schränken und Kommoden von einem geradezu zwanghaften Ordnungsdrang zeugte. Und das waren die Momente, die für sie am schwersten zu ertragen waren: Wenn alles über ihr hereinbrach, die Erinnerungen an den Spreewald und an die Hochzeitsnacht, an seine nackten Schultern im Schein der Nachttischlampe und die Verletzlichkeit in seiner Stimme. *Haltmichfest*, hatte er gesagt, und sie hatte sich an ihn geschmiegt, den Arm um ihn gelegt und seinen schweren Atemzügen gelauscht. Und das war das erste Mal in ihrem Leben gewesen, dass sie das Gefühl gehabt hatte, dass da ein Mann war, der sie liebte. Und der sie brauchte.

Es war an einem Montagabend, als sie das Notizbüchlein in seinem Nachttisch fand. Das Notizbüchlein, in dem er seine gesamten Passwörter aufbewahrte.

Falk war nebenan im Bad, die Dusche rauschte, während sie, das Büchlein in der Hand, einen kurzen Moment aufs Bett sackte. In den Sekunden, die es dauerte, bis sie ihr Smartphone gezückt und sämtliche Seiten fotografiert hatte, schossen ihr die verschiedensten Gedanken durch den Kopf.

Dass sie damit zu weit ging. Dass das ein schlimmer Vertrauensbruch war. Und dass sie damit Zugriff auf sein ganzes Leben hatte. Und so vielleicht endlich den Durchbruch erlangte. Den Durchbruch und hoffentlich den Beweis, dass zumindest Falk nichts mit all dem zu tun hatte.

Am Ende siegte der Gedanke an ihr Ziel. Sie war so weit gegangen, sie war so weit gekommen. Sie konnte jetzt nicht mehr anhalten. Sie musste den Weg bis zum Schluss gehen. Und sie vertraute darauf, dass ihr Herz sie nicht betrog.

Als Falk schließlich in Boxershorts aus dem Bad kam und sich neben ihr aufs Bett fallen ließ, saß Mathilda schon wieder da und las in einem der beiden Ernst-Jünger-Bücher, die sie sich von Georg aus Dreilinden ausgeliehen hatte, mit dem Titel *In Stahlgewittern*. Sie klappte das Buch zu, legte es beiseite und drehte sich zu ihm um.

So betrachtete sie ihn, wie er dalag, mit geschlossenen Augen, und dachte nicht zum ersten Mal seit der Hochzeitsfeier, dass er sich irgendwie verändert hatte, dass er abgekämpfter wirkte, so als hätte er die letzten Tage damit zugebracht, Wackersteine oder Bleigewichte durch die Gegend zu schleppen. Unwillkürlich wanderte ihr Blick zu seinen Handgelenken, blieb an den weißlichen Narben hängen, woraufhin ihr Magen sich leicht zusammenzog. Und plötzlich dachte sie, dass sie damit aufhören wollte, dass sie damit aufhören würde. Noch diesen einen Schritt, dachte sie, nur noch die Passwörter ausprobieren und sehen, was dabei herauskommt. Wenn sie auch diesmal nichts fände, würde sie es gut sein lassen und alles so akzeptieren, wie es war, ihr Leben leben und die Vergangenheit endlich ruhen lassen.

Und so kopierte Mathilda noch in derselben Nacht, als Falk eingeschlafen war, die komplette Festplatte seines Macs und verbrachte die nächsten Tage damit, alles zu durchsuchen, was ihr auch nur im Entferntesten wichtig erschien. So pflügte sie sich auf der Jagd nach den Fotos, von denen die Wittgenstein gesprochen hatte, als Erstes durch sämtliche Bilder. Dabei musste sie mehr als einmal mit aller Macht gegen ihr schlechtes Gewissen angehen, und während sie durch die unzähligen Fotos flippte, auf denen die Wittgenstein zu sehen war, empfand sie ihre Eifersucht als einen fast wohltuenden Schmerz – die verdiente Strafe für das miese Spiel, das sie hinter seinem Rücken abzog.

Und schließlich stieß sie doch noch auf etwas von Interesse. Es war eine Mail in einem Ordner, den er »Mist« genannt hatte und der eine einzige Mail enthielt, und zwar von Sieglinde König, dieser Angestellten der Dreilinden-Stiftung. Mathilda erinnerte sich, dass Falk seine Mutter gefragt hatte, was passieren würde, wenn die König damit – womit auch immer – an die Öffentlichkeit ginge. Und dann hatte er noch gesagt, man solle ihn *mit diesem Scheiß in Ruhe lassen*. Entsprechend neugierig öffnete Mathilda die Mail – und blies enttäuscht die Backen auf. Die Nachricht klang wirr, das wirkte doch alles einfach nur paranoid, fast als wäre die König eine dieser irren QAnon-Anhänger, die glaubten, eine Elite entführe Kinder, um aus ihrem Blut ein Verjüngungsserum zu gewinnen.

Müde und unbefriedigt verschaffte Mathilda sich zum Schluss noch Zugang zu Falks Terminkalender und stieß auf einen Eintrag, der sie aufmerken ließ, wenngleich aus anderen Gründen: An nahezu jedem Mittwochabend gegen achtzehn Uhr hatte Falk einen Termin, den er mit einem J markiert hatte. Während sie auf den einzelnen Buchstaben starrte, glaubte sie mit einem Mal zu wissen, mit wem Falk sich da in schönster Regelmäßigkeit traf. Das konnte doch nur die Wittgenstein sein, dachte sie. Und fragte sich mit einem Mal, ob sie Falk noch immer mit ihrem bevorstehenden Selbstmord in Schach hielt. Oder ob diese Verabredungen andere Gründe hatten. Gründe, die mit den ominösen Fotos zu tun hatten, die Jo gegen Falk in der Hand hatte.

In der übrigen Zeit war sie damit beschäftigt, das Leben von Claire und Georg und deren Alltagsgewohnheiten unter die Lupe zu nehmen.

Am meisten überraschte sie dabei ein Ritual, das sie den beiden nie zugetraut hätte: die allabendliche Cocktailstunde. Die Sache lief so ab, dass sie sich jeden Abend im Salon trafen. Claire, die es sonst noch nicht einmal schaffte, sich selbst Kaffee einzuschenken, hantierte geschickt mit allerhand Flaschen und Zutaten und reichte den anderen pünktlich um achtzehn Uhr ihre Martinis, Margaritas oder Whiskey Sours. Und auch wenn Mathilda diese Trinkerei auf Dauer lästig fand, so betrachtete sie sie als Möglichkeit, die von Prokhoffs in ihrer natürlichen Umgebung zu beobachten und die eine oder andere Information zu sammeln. In jener Stunde zwischen sechs und sieben war es denn auch, dass immer mal wieder Besuch an der Tür klingelte. Meist waren es Freunde von Claire und Georg. Mathilda begriff, dass diese Cocktailstunde eine allgemein bekannte Institution war, vielleicht könnte man sogar sagen: Claire und Georg hielten Hof. Noch etwas begriff Mathilda bei diesen Treffen nach und nach: Die Prokhoffs in ihrer Blase hatten eigenartige politische Überzeugungen, die gar nicht so leicht zu greifen waren. Einerseits schienen sie erzkonservativ und beschworen die alten Werte, andererseits schienen sie sich eine Art Öko-Diktatur herbeizuwünschen. Tristan und Veronika, aber auch Falk fehlten bei diesen Zusammenkünften meist. Was Falk betraf, so gewann Mathilda zunehmend den Eindruck, dass er ihr aus dem Weg ging, was sie natürlich mit den regelmäßigen Mittwochsterminen mit *J* in Verbindung brachte.

Es war am frühen Freitagabend kurz vor Weihnachten. Mathilda saß im Prokhoff'schen Kaminzimmer, Claire gegenüber, ein Whiskeyglas in der Hand. Zwar wehte der Winterwind ums Haus und drückte von außen gegen die Scheiben, doch hier am offenen Kamin war es behaglich warm, fast zu warm. Mathilda zog ihre Kaschmirjacke aus und krempelte sich die Blusenärmel hoch. Noch immer fühlte sie sich in dieser Art von Kleidung wie kostümiert. Wenn es nach ihr ginge, würde sie den ganzen Tag in einem Odlo-Oberteil verbringen. Doch da sie hier nicht wie der sprichwörtliche bunte Hund herumlaufen wollte, hatte sie sich wohl oder übel ein paar passendere Klamotten bestellt. Von ihrem Platz auf dem Sofa aus sah sie, wie die Äste der Buche, die noch immer voller brauner Blätter hing, hin und her schwankten. Auch die Herrnhuter

Sterne, die der Gärtner in der siebzig Jahre alten Eiche aufgehängt hatte, schwankten bedrohlich. Und wie so oft in den Tagen setzte ihr auch jetzt wieder der Gedanke an Weihnachten zu, doch sie schob ihn beiseite – inzwischen hatte sie da schon fast eine Art Routine.

Georg hatte sich bald verabschiedet, einen heißen Grog in der Hand, den allerdings die Köchin zubereitet hatte, weil Claire sich für Heißgetränke nicht zuständig fühlte. Jetzt saß Mathilda allein mit Claire da und nippte etwas befangen an ihrem Whiskey Sour. Sie und Claire waren zum ersten Mal zu zweit, und in dieser ungewohnten Intimität kam es Mathilda so vor, als müssten sie nun ihre Geheimnisse teilen. Außer dem leisen Klirren der Eiswürfel in ihren Gläsern war das Prasseln des Kaminfeuers das einzige Geräusch im Raum. Wie jedes Mal saß der Whiskey Mathilda schon nach dem ersten Schluck in den Gliedern, erzeugte eine träge Wohligkeit und das Versprechen, dass alles gut werden würde. Schon zum dritten Mal in dieser Woche war Falk noch immer im Büro. Er hatte gerade angerufen, es werde spät, sie solle nicht auf ihn warten, ein Arbeitsessen, und dass er wieder im Apartment in der Stadt übernachten werde. Seitdem sie den Eintrag in seinem Kalender gefunden hatte, rumorte in ihr der Gedanke, ob diese dauernden Besprechungen und Übernachtungen im *Apartment in der Stadt* möglicherweise gar nichts mit Arbeitswut zu tun hatten. Wobei Falk in den letzten Tagen zunehmend angespannt gewirkt hatte, wortkarg und in sich gekehrt. Etwas schien ihn ernsthaft zu bedrücken.

»Noch einen Whiskey Sour?«, fragte Claire in ihre Gedanken hinein.

Mathilda trank den letzten Schluck aus. »Warum nicht?«, antwortete sie und reichte Claire ihr Glas. »Ich muss ja nirgends mehr hin.« Ihr Blick wanderte durch den Raum, über das gediegene Mobiliar, den Adventskranz – ein aufwendiges Gebilde aus Eukalyptus und weißen Beeren, der auf einem Ständer in der Zimmerecke stand – und blieb an dem Gemälde über dem Kamin hängen, das Claire in jungen Jahren in einem Abendkleid zeigte. Sie sah aus wie die junge Grace Kelly in *Das Fenster zum Hof*, einer der Lieblingsfilme von Mathildas Großmutter. Wieder einmal fragte sich Mathilda, was für eine Mutter Claire gewesen sein mochte, als die Kinder noch klein waren. Sie hatte Mühe, sich diese distanziert, zuweilen zynisch wirkende Frau mit einem Säugling auf dem Arm vorzustellen, während zwei andere Kinder an ihrem Rock zerrten. Irgendwann waren diese kleinen Jungen in die Pubertät gekommen, und falls zutraf, was Falk ihr in der Hochzeitsnacht erzählt hatte, war dann alles aus dem Ruder gelaufen. Die Söhne waren in einem Bootcamp gelandet, die Tochter war von der Bildfläche verschwunden, als hätte es sie nie gegeben.

In diese Gedanken versunken beobachtete Mathilda Claire, wie sie die Drinks mischte, in ihrem cremefarbenen Twinset mit Perlenkette und den dazu passenden *Loafers* – auch so ein Wort, das sie in den letzten zwei Wochen gelernt hatte. Jedenfalls wirkte Claire, wenn Mathilda ihr im Haus begegnete, stets wie aus dem Ei gepellt, so als ginge sie zu einem Nachmittagstee der Lions-Club-Frauen. Mittlerweile hatte Mathilda sich an den Anblick gewöhnt, so wie Claire sich an Mathilda gewöhnt zu haben schien. Bisweilen hatte Mathilda sogar den Eindruck, dass Claire sie auf ihre kühle Art schätzte, vielleicht, weil sie ihr nie zu nahekam und die eigenartige Distanziertheit, mit der Claire ihr begegnete, akzeptierte – Mathilda hatte nie den Versuch unternommen, sich ihr anzubiedern, um so etwas wie Nähe zwischen ihnen entstehen zu lassen. Vielleicht war es aber auch schlicht die Tatsache, dass sie eine Schicksalsgemeinschaft bildeten, den harten Kern einer Trinkgemeinschaft – der Whiskey schien der Kitt zu sein, der sie zusammenhielt, zumindest einmal am Tag zwischen sechs und sieben Uhr.

Ein bisschen wunderte sich Mathilda, wie akkurat Claires Bewegungen beim Zubereiten der Drinks noch immer waren, wie sicher sie mit Zitronensaft, Whiskeyflasche und Zuckersirup hantierte, obwohl dies bereits ihr dritter Drink an diesem Abend war. Mathildas Augen wanderten erneut zum Kamin, streiften die Girlande, die um das Gemälde drapiert war – auch sie aus Eukalyptusblättern und weißen Beeren. Wieder musste sie an zu Hause denken, an den schlichten Kranz, der immer auf dem Küchentisch gestanden hatte, und dann fiel ihr auch noch der Christbaum ein. An Heiligabend war es jedes Jahr ihre Aufgabe gewesen, ihn zu schmücken, mit Strohsternen und roten Kerzen und den kleinen Perlentieren, die ihre Mutter damals auf dem Markt gekauft hatte.

Die Kehle wurde ihr eng bei dieser Erinnerung, doch Claire riss sie unvermittelt aus ihren Gedanken, indem sie sagte: »Da ist Post für dich gekommen, eine Büchersendung ... Ist wohl nachgesandt worden ... Sag mal, hast du diese Wohnung in Lichtenberg etwa immer noch?«

Mathilda spürte, wie eine heiße Röte ihr Gesicht überzog. Das musste Xenias Comic sein, den sie extra in ihre Wohnung nach Lichtenberg bestellt hatte. Wie war es möglich, dass die Sendung hier gelandet war? Hatte das etwa ihre Nachbarin veranlasst, der sie die neue Adresse gegeben hatte?

Betont ruhig erwiderte sie: »Ah ja ... danke.« Doch ihr Herzschlag hatte sich von einer Sekunde zur anderen verdoppelt. Nicht auszudenken, wenn jemand den Umschlag aus Versehen – oder aus anderen Gründen – aufgerissen hätte. Der Gedanke wirbelte in ihrem Kopf herum, und sie bereute es, so viel getrunken zu haben. Seit ihrem Einzug in der Prokhoff'schen Familienvilla hatte sie tatsächlich den Eindruck, dass Claire sie zunehmend beobachtete. Sie würde sich nicht wundern, wenn ihre Schwiegermutter auch einen Privatdetektiv auf sie angesetzt hätte. Plötzlich fühlte sie sich wie aufgespießt von Claires forschendem Blick. Um Zeit zu gewinnen, nippte sie ein weiteres Mal an ihrem Drink. Sie musste Claire von sich ablenken. Und so sagte sie das Erstbeste, was ihr durch den Kopf schoss: »Kann es sein, dass Falk und Josephine sich immer noch treffen?«

Claire, die Mathilda gerade eben noch fixiert hatte, blinzelte einen Augenblick lang verständnislos. Dann runzelte sie die Stirn, schüttelte kurz den Kopf, wobei sie mit der Zunge schnalzte und fragte: »Wie kommst du denn um Himmels willen darauf?«

Mathilda, deren Kopf immer noch summte, überlegte fieberhaft, was sie antworten sollte, wie viel sie von dem, was sie wusste, preisgeben durfte. Sie beschloss, es mit einer Halbwahrheit zu versuchen: »Josephine hat ihn mit Nachrichten bombardiert ... an unserem Hochzeitstag ... den ganzen Tag, bis in die Nacht hinein.«

»Bist du dir sicher?«

Mathilda errötete leicht. »Ja«, log sie. »Das hat Falk mir erzählt, in der Hochzeitsnacht.«

»Das hat er dir *erzählt*?« Claire zog eine Augenbraue hoch. »Dann muss er entweder den Verstand verloren haben oder vollkommen betrunken gewesen sein.«

Mathilda versuchte es mit einem verlegenen Lächeln. »Ich würde sagen Letzteres.«

Jetzt schien Claire sich zu entspannen. Sie hob ihr Glas an den Mund und nippte an ihrem Whiskey.

»Chronik eines angekündigten Todes – Klappe, die Vierte«, murmelte sie leise, aber doch so deutlich, dass Mathilda sie verstand.

»Dann hat sie schon öfter mit ... Selbstmord gedroht?«, fragte Mathilda.

»Davon kannst du ausgehen. Das Mädel hat einen deutlichen Hang zur Theatralik. Glaub mir, das nimmt hier keiner mehr ernst.«

Eine Weile dachte Mathilda über das nach, was Claire gesagt hatte. Da kam ihr ein Gedanke. Und ehe sie sich noch bremsen konnte, sagte sie: »Falk hat noch etwas gemurmelt. Von einer ...«, sie machte eine kleine Pause, bevor sie weitersprach, »... *Bedingung*, die er erfüllen musste.«

Einen Moment lang sah Claire sie regelrecht entgeistert an. »*Das* hat er dir *auch* erzählt?«

»Er war sehr betrunken.«

Claire fixierte sie mit kühlem Blick. Es dauerte eine Weile, bis sie sagte: »Guter Gott! Der Junge quasselt sich noch um Kopf und Kragen. Und jetzt willst du von mir wissen, was für eine Bedingung das ist?«

»Ja«, antwortete Mathilda schlicht.

Claire lehnte sich in ihrem Sessel zurück. Mit einem tiefen Seufzer sagte sie: »Hast du dich denn nie gefragt, warum Falk ausgerechnet dich heiraten wollte?«

Sie hob die Augen, begegnete Claires Blick. Sie war nicht geneigt, auf diese Unverschämtheit zu antworten, also wartete sie einfach ab. Und tatsächlich fuhr Claire kurz darauf fort: »Es gibt da einen Erbvertrag, den Falks Großvater seinerzeit hatte aufsetzen lassen. Der Vertrag besagt, dass Falk nur erbberechtigt ist, wenn er ein solides Leben führt, was in der Vorstellung meines Vaters mit einer Heirat verbunden war.«

Mathilda blieb der Mund offen stehen. Dann lachte sie kurz auf.

»Das ist jetzt nicht dein Ernst? Das klingt ja wie aus dem vorletzten Jahrhundert.«

Aber Claire sah sie nur an, mit einem fast gelangweilten Gesichtsausdruck.

»Oh, das ist mein Ernst, Kindchen. Und wenn er nicht heiratet, dann muss er sich mit dem Pflichtteil begnügen. Jaja, ich weiß, damit würde er immer noch nicht in der Gosse landen. Aber es macht doch einen gewissen Unterschied.«

Auf einmal war es Mathilda, als würde eine kalte Hand nach ihr greifen. Dennoch gelang es ihr, äußerlich unbeeindruckt zu bleiben, als sie nun sagte: »Also damit ich das richtig verstehe: Du sagst mir gerade, dass Falk mich geheiratet hat, damit er an das Vermögen seines Großvaters kommt?«

Im nächsten Moment tauchten auf Mathildas Netzhaut Bilder auf, sie hörte Worte, die gesagt worden waren. Nach dem Überfall im Park, im diffusen Licht der Straßenlaterne. *Du bist von nun an für mich verantwortlich. Für alle Zeit.* Das waren seine Worte gewesen. Und der Heiratsantrag, sie beide auf der Decke im Spreewald, ihre Gesichter dicht beieinander. Also war tatsächlich alles fake gewesen? Sie hatte sich getäuscht, dermaßen in ihm getäuscht? Oder war sie gerade dabei, Claire auf den Leim zu gehen? War es möglich, dass ihre Schwiegermutter diesen Köder für sie ausgeworfen hatte, damit sie sich daran verschluckte und so schnell wie möglich wieder aus seinem – und ihrem – Leben verschwand?

Jetzt seufzte Claire. Einen Augenblick lang betrachtete sie Mathilda, so als hätte sie Mühe, die Geduld zu bewahren.

»Grundgütiger!«, stieß sie schließlich aus. »Ich weiß gar nicht, was dein Problem ist! Jetzt hast du doch alles, worum es dir ging. Einen Adelstitel, wenn du ihn denn willst, mehr Geld, als du ausgeben kannst. Du musst nie mehr arbeiten gehen! Und bald ziehst du mit deinem Mann in ein Haus, das du sonst noch nicht mal von außen zu sehen bekommen hättest.«

Doch Mathilda ließ sich nicht beeindrucken. Mit ausdruckslosem Gesicht sagte sie: »Eine Heirat an eine solche Bedingung zu knüpfen, halte ich gelinde gesagt für irritierend. Ich meine, man will doch, dass die eigenen Enkel ... oder die eigenen Kinder ... glücklich werden. Aber vielleicht gilt das nicht für euch.« Mathilda konnte ihre Verachtung nun nicht mehr verbergen.

Im ersten Moment schien Claire gar nicht zu verstehen, was Mathilda damit meinte. Doch dann änderte sich ihre Haltung, und ihr eben noch überlegenes Lächeln wich einem harten Ausdruck. In schneidendem Ton sagte sie: »Was weißt du schon von uns.«

Mit einem erneuten Achselzucken sagte Mathilda: »Nichts. Trotzdem finde ich diese Vereinbarung unmoralisch.« Jetzt lehnte auch sie sich zurück. Noch immer hatte sie Mühe, die Gefühle, die Claires Worte in ihr ausgelöst hatten, wieder unter den Deckel zu drücken. Sie durfte jetzt nicht die Fassung verlieren und auf eine Seitenstraße abbiegen. Sie musste ruhig bleiben. Es geht hier nicht um meine Ehe mit Falk, sagte sie sich und wiederholte diese Worte innerlich noch einmal wie eine Beschwörungsformel. Und so fügte sie etwas freundlicher hinzu: »Aber natürlich kenne ich die Hintergründe nicht.«

Die beiden Frauen maßen sich schweigend. Als Claire endlich weitersprach, fühlte Mathilda, dass sie schon wieder festen Boden unter den Füßen hatte.

»Als mein Vater seine Erbangelegenheiten regelte«, sagte Claire, »waren meine Söhne, um es mal so zu sagen, nicht gerade in der besten Verfassung. Also musste er sich etwas einfallen lassen.«

»Und so hat er das Erbe an die Bedingung einer Heirat geknüpft? Ist das nicht sittenwidrig?«

Claire lächelte nachsichtig. »Nicht in unseren Kreisen.«

Mathilda ballte die Hände zu Fäusten. Plötzlich wallte die Wut wieder in ihr auf. Was bildeten diese bornierten Heinis sich eigentlich ein? Dass für sie andere moralische Gesetze galten?

Und in dem Moment kam ihr der Brief wieder in den Sinn – dieser Brief, der alles verändert und an dessen Inhalt sie doch manchmal gezweifelt hatte. Jetzt war sie sich auf einmal vollkommen sicher, dass alles, was daringestanden hatte, stimmte. Jedes einzelne Wort entsprach der Wahrheit. Und dazu hatte Mathilda fast nebenbei auch noch erfahren, dass Falk sie anscheinend nur geheiratet hatte, um sich sein Erbteil zu sichern. Weil er den Rachen nicht voll bekam und ihm der Pflichtteil, der sicher auch noch etliche Millionen umfasste, nicht genügte! Er hatte sie offenbar nur benutzt. Was im Grunde nicht wirklich einen Unterschied machte, schließlich benutzte auch sie ihn nur. Aber es machte eben doch einen Unterschied. Denn er hatte es des Geldes wegen getan – etwas, das sie niemals tun würde. Mathilda beugte sich vor, griff nach ihrem Glas, leerte es in einem Zug und stellte es mit einem Knall auf den Tisch.

»Tja«, sagte sie und stand auf. »Dann weiß ich ja jetzt Bescheid.«

Sie registrierte Claires überraschten Blick, bevor sie sich umdrehte und zur Tür ging. Mit energischen Schritten durchquerte sie die Eingangshalle und steuerte die Treppe an, die hinauf ins *Weiße Haus* führte. Sie hatte die ersten Stufen schon erklommen, als ihr Blick auf den Konsoltisch mit der Post fiel. Die hatte sie ganz vergessen. Sie machte auf dem Absatz kehrt, ging zurück. Immerhin hat das Ablenkungsmanöver funktioniert, dachte sie bitter, als sie nach den Briefen griff. Und durch dieses Ablenkungsmanöver hatte sie etwas Wesentliches in Erfahrung gebracht: dass Falk – genau wie sie – ein Lügner war. Wie gut, redete sie sich ein. Jetzt war sie vollkommen frei, das zu tun, weshalb sie gekommen war. Doch während sie die Treppe nach oben lief, immer zwei Stufen auf einmal, hatte sie einen Kloß in ihrer Kehle und spürte eine tiefe Traurigkeit darüber, dass wirklich alles nur gelogen war.

Riga, im Herbst 1997

Rebecca. Ich wurde nicht ohnmächtig, das nicht. Ich stützte mich an der Hauswand ab und murmelte eine Entschuldigung, etwas von Unterzucker und dass das Letzte, was ich gegessen hatte, ein Apfel zum Frühstück gewesen sei. Und während ich das sagte, diese harmlosen Worte aussprach, klang mir die eigene Stimme fremd in den Ohren. In meinen Gedanken hatte nichts anderes mehr Platz, als dass Xenia sich irren musste. Das konnte einfach nicht wahr sein. Georg würde das niemals tun, nicht mit einer Fünfzehnjährigen. Und während Bilder vor meinem inneren Auge auftauchten, die ich nicht wegdrängen konnte – von der Johannisnacht und einem halb nackten Mädchen, das bewusstlos in einem Wald lag –, ging die Tür auf, und ein paar Lehrerkollegen traten heraus, um zu rauchen, unter ihnen Andris Balodis. Ich sah, wie Xenia sich versteifte, wie ihr Gesicht wieder diesen Wachsfigurenausdruck annahm. Fast war ich dankbar, dass sie sich abrupt umdrehte und ohne ein weiteres Wort nach drinnen verschwand, denn das lenkte die Aufmerksamkeit von mir weg. Er rief Xenia etwas hinterher, irgendeine dumme Bemerkung, ob sie jetzt überhaupt noch durch die Tür käme, wo sie diesen Preis gewonnen habe. Als sie nicht reagierte, warf Andris mir einen irritierten Blick zu und murmelte: »Man wird ja wohl noch einen Scherz machen dürfen.« Bis dahin hatte ich mich zum Glück schon wieder unter Kontrolle. Ich zwang mich zu einem Lächeln, murmelte etwas Unverbindliches und wollte mich ebenfalls an der Gruppe vorbeischieben, um Xenia zu folgen. Doch Andris verwickelte mich in ein Gespräch, und es gelang mir erst etliche Minuten später, mich loszueisen.

Drinnen lief ich auf der Suche nach Xenia zwischen den Stellwänden umher, hielt zugleich aber auch nach Georg Ausschau, wobei ich keine Ahnung hatte, wie ich ihm begegnen sollte. Doch ich konnte weder sie noch ihn entdecken. Stattdessen kam ich an Lilija vorbei, die mich fragte: »Suchst du jemanden?« Ich wollte schon an ihr vorbeilaufen, als sie mich am Arm fasste und mit gedämpfter Stimme fragte: »Hast du das eben mitbekommen?«

Widerwillig blieb ich stehen, zu verstört, um mir irgendwelchen Klatsch anzuhören. Ich wollte, ich musste Georg finden, sofort. Doch da fuhr Lilija fort: »Alise und Xenia hatten eben einen Wahnsinnszoff. Hast du eine Ahnung, was zwischen den beiden los ist?«

Ich versuchte, mir vor Lilija nichts anmerken zu lassen.

»Keine Ahnung. Wieso? Was ist denn passiert?«

»Ich bin erst am Schluss dazu gekommen. Aber Xenia ist total ausgerastet. Ich wiederhol jetzt lieber nicht, was sie zu Alise gesagt hat.«

»Wo sind die beiden jetzt?«

»Xenias Eltern haben sie nach draußen befördert. Ich glaube, die sind nach Hause gefahren. Wo Alise ist, weiß ich nicht.« Also würde es heute kein Gespräch mehr mit Georg geben. Ich erstarrte innerlich. Wie sollte ich diese Nacht überleben, ohne die Wände hochzugehen?

»Und du weißt nicht, worum es bei dem Streit ging?«

Lilija zuckte die Achseln. »Keine Ahnung. Ich frag mal ein bisschen rum.«

Da kam mir ein Gedanke. »Und ich schau mal nach Alise. Vielleicht finde ich sie irgendwo.«

»Das wär gut. Ehrlich gesagt machte sie auf mich keinen … allzu fitten Eindruck.«

»Denkst du, sie war betrunken?«

»Das … oder Schlimmeres.«

»Was meinst du? Du denkst doch nicht etwa …«

»An die Sonnwendfeier?« Lilija runzelte besorgt die Stirn. »Keine Ahnung. Wenn sie nicht high war, hatte sie auf jeden Fall noch etwas anderes intus als den Sekt hier.«

Ich ging zur Garderobe, schlüpfte in meinen Mantel und lief nach draußen, wo ich ein paar Leute nach einem Mädchen mit roten Haaren fragte, aber die zuckten nur die Achseln.

Doch dann meldete sich eine blasse junge Frau mit schwarz gefärbten Haaren und Punkerlederjacke, die etwas abseitsstand und rauchte. »Ich habe ein Mädchen nach da hinten laufen sehen«, sagte sie und deutete mit der Zigarette auf eine Straße, deren Laternen sich im Nebel verloren. Ich überlegte nicht lange, sondern rannte zu meinem Wagen und fuhr los. Ich kannte mich in der Gegend nicht aus, vermutete aber, dass die Straße zum See hinunterführte. Und plötzlich entdeckte ich sie, eine einsame Gestalt in einem wehenden Rock, die in den milchigen Lichtkegel der Laterne tauchte und kurz darauf wieder von Nebel und Dunkelheit verschluckt wurde.

Ich gab Gas, fuhr bis zu einem Wäldchen, wo ein verwittertes Baden-verboten-Schild aus dem Dunst auftauchte. Also konnte der See nicht weit sein. Ich holte die Taschenlampe aus dem Handschuhfach und stieg rasch aus. Wo war sie? Die Straße endete hier. Ich leuchtete den Parkplatz ab, bis ich linker Hand einen Pfad ausmachte, der ins Gebüsch hineinführte. Nach wenigen Schritten waren meine feinen Wildlederstiefel von dem matschigen Untergrund durchnässt, doch ich lief weiter, folgte dem Pfad, der in den Kaiserwald hineinführte. Auf einmal glaubte ich das Geräusch von Schritten zu hören, da war ein Ast, der knackte. Ich lief schneller, hielt die Taschenlampe höher. Und dann entdeckte ich sie.

»Alise«, rief ich. »Bleib stehen. Ich bin es, deine Lehrerin.«

Die Szene hatte etwas Unwirkliches an sich, das leuchtende Grün ihres Kleides, das lange rote Haar, das im Nebel leuchtete. Und dann das blasse Gesicht, als sie sich zu mir umdrehte.

Einige Sekunden später hatte ich sie eingeholt. Wir standen uns gegenüber, wohl vier, fünf Meter voneinander entfernt.

»Warum läufst du denn vor mir weg?«, fragte ich ein wenig atemlos, aber sie antwortete nicht, sah mich nur an, mit einem undurchdringlichen Blick, der es mir unmöglich machte zu erkennen, was in ihrem Kopf vorging.

»Ich habe euren Streit mitbekommen«, sagte ich ein wenig hastig und überlegte, wie ich das Gespräch fortsetzen sollte, wie ich sie auf das ansprechen sollte, was Xenia mir soeben um die Ohren gehauen hatte.

»Ja und?«

Aber alles, was mir in dem Moment einfiel, war ein lahmes: »Ich mache mir Sorgen um dich.« Selbst in meinen Ohren hörte ich mich falsch an. Ich war nicht *besorgt*. Was da in meiner Körpermitte steckte, war ein Klumpen aus Abscheu, Unglauben, Verstörung und – ja – Eifersucht. Dieser eine, dieser einzige Satz hatte gereicht, um alles in Trümmer zu legen, meine Träume, meine Wünsche, meine Zukunftspläne.

»Ach ja?« Sie machte es mir nicht gerade leicht.

»Ja. Xenia hat mir alles erzählt.« Ich suchte weiter nach Worten, mit denen ich sie erreichen konnte, mit denen ich sie dazu bringen konnte, mir die Wahrheit zu sagen. »Alise, du kannst mir vertrauen. Was ist in dem Zeltlager passiert? Hat Xenias Vater dich …« Ich konnte den Satz nicht zu Ende bringen.

Ein paar Sekunden lang sah sie fast verdutzt aus. »Sie denken, dass Georg *mich missbraucht* hat?«

»Alise, du bist *fünfzehn*!«

Da geschah etwas mit ihr. Ein wissender Ausdruck stahl sich in ihr Gesicht: »Jetzt kapier ich«, sagte sie gedehnt. »Sie machen hier einen auf besorgte Tante und sind selbst scharf auf ihn!« Sie verstummte, legte eine bedeutungsschwere Pause ein, wohl um ihren Worten mehr Nachdruck zu verleihen. »Aber er steht nicht auf Sie. Er steht auf mich.« Wie leichthin zuckte sie die Achseln. »Alle Prokhoffs stehen auf mich. Na ja, … bis auf die Mutter vielleicht.« Sie lachte, als hätte sie einen guten Witz gemacht.

In dem Moment wurde mir klar, dass Robert in allem, was er über dieses Mädchen gesagt hatte, recht hatte. Sie *war* ein Früchtchen und legte es tatsächlich darauf an. Der Klumpen in mir löste sich auf, und zurückblieb ein Gefühl, das ich noch nie im Leben gespürt hatte und das mir gerade den Atem nahm, so stark war es.

»Du bist so ein mieses Stück Dreck«, sagte ich und ging langsam auf sie zu.

Solange ich lebe, werde ich den Anblick nie vergessen: ihr lebloser Körper im Lichtkegel der Taschenlampe. Der Regen, der auf sie niederfällt.

Kaiserwald I

Penelope. Jedenfalls wird mir diese Reise – und das, was darauf folgte – für immer als die schlimmste Berg-und-Tal-Fahrt meines Lebens in Erinnerung bleiben. Diese irre Himmelshoffnung, sie könnte es sein, an dieser Straßenecke in Rom, lebendig und im roten Kleid, und ich müsste nur schnell genug rennen, und sie wäre wieder da. Und obwohl ich es ja wusste, *es wusste,* dass sie es gar nicht gewesen sein *konnte,* steckte mir das Gefühl dennoch so tief in den Knochen, dass ich das, was dann kam, nur schwer ertrug. Noch immer krampft sich mir der Magen zusammen, wenn ich daran denke, was der Opa einige Wochen später zu mir sagte.

»Es gibt da etwas, worüber wir mit dir sprechen müssen.«

Das waren seine Worte eine Woche nach meinem achtzehnten Geburtstag. Wir hatten gerade zu Abend gegessen, Wurstbrot und saure Gurken wie jeden Abend. Die Oma war schon aufgestanden und hatte mit dem Abwasch begonnen. Jetzt stand sie an der Spüle und trocknete sich die Hände ab.

»Komm. Trink doch noch ein bisschen Tee«, sagte mein Opa nun, was mir komisch vorkam, weil er sich sonst nie dafür interessierte, wie viel Tee ich trank oder wie viele Brote ich aß. Das tat sonst immer nur die Oma. Jetzt schenkte er mir sogar Tee nach.

»Was ist denn?«, fragte ich und wunderte mich ein bisschen über seinen bierernsten Gesichtsausdruck.

Es war der Tag nach den mündlichen Abiturprüfungen, und ich nahm an, dass sie mit mir mal wieder über meine Zukunft sprechen wollten. Schon dreimal hatten sie zusammen mit Tante Hannelore und einem Buch über Berufe versucht, mir ein Studium schmackhaft zu machen, Sportmedizin, Forstwissenschaften, sogar Garten- und Landschaftsbau, obwohl ich mich nicht im Geringsten für Gärten interessierte. Doch so gut wir uns sonst verstanden, hatte ich all diese Gespräche durch konsequentes Schweigen sabotiert. Ich wollte nicht studieren, ich wollte auch nicht groß über die Zukunft nachdenken, die Zukunft war etwas Gestaltloses, das mich nicht interessierte, weil sie ja vielleicht nie eintreten würde. Und falls doch, würde ich in der Zwischenzeit hier am Ort eine Ausbildung zur Landmaschinenmechanikerin machen. Auf jeden Fall aber wollte ich hier in Röthenberg bleiben, damit ich da wäre, falls meine Mutter vielleicht doch zurückkäme. Natürlich wusste ich selbst, dass dieser Gedanke vollkommen irrational, ja geradezu verrückt war, und doch steckte er in mir fest wie der Kern in einer Aprikose.

Jetzt nahm der Opa einen Schluck Tee, als müsste er sich wappnen für das, was nun käme. Und dann sagte er: »Ich denke, es ist Zeit, deine Mutter für tot erklären zu lassen.«

Die Worte trafen mich mit voller Wucht, landeten wie ein Fausthieb in meinem Magen.

Es seien schon Leute nach kürzerer Zeit für tot erklärt worden, sagte der Opa nun. Aber jetzt, wo ich erwachsen sei, denke er, genau wie mein Vater, dass wir darüber reden sollten. Dass wir es angehen sollten.

Ich sah ihn an, vollkommen sprachlos, und löffelte mir Zucker in den Tee, bis die Oma meine Hand fasste und mich stoppte. Ich war nie besonders dramatisch gewesen, ich hasste Leute, die dramatisch waren, wollte nicht zu ihnen gehören. Deshalb saß ich jetzt einfach nur da, ohne die geringste Vorstellung, wie ich reagieren könnte, und währenddessen explodierte ein Feuerwerk in meinem Kopf.

Sie endgültig gehen lassen. Die Hoffnung gehen lassen. Sie ein für alle Mal begraben. Als sei sie wirklich tot.

Es kam mir vor wie eine Ewigkeit, diese Zeit, in der wir nur dasaßen und sie mich ansahen, mit ihren aufmerksamen und besorgten Gesichtern, ihren tieftraurigen Blicken. Natürlich wusste ich, dass es ihnen gerade das Herz zerriss, dass sie das eigentlich gar nicht sagen wollten, nicht über so etwas mit mir reden wollten. Und dass sie ihr Kind, ihre geliebte Tochter, nicht gehen lassen wollten. Trotzdem sprachen sie mit mir darüber, und nach einer Weile wurde mir klar, dass sie es für mich taten, damit ich endlich loslassen und weiterleben konnte, ohne sie. Und weil sie mir so leidtaten, weil ich nicht wollte, dass sie sich auch noch um mich Sorgen machen mussten, nickte ich einfach und sagte: »Okay.«

Das war alles. Mehr brachte ich nicht heraus. Nur dieses eine dumme Wort. Doch im tiefsten Inneren wusste ich, dass ich noch lange nicht bereit war, dass ich vielleicht nie bereit wäre – jedenfalls nicht, bevor ich nicht wusste, was mit ihr passiert war.

Xenia. *In mir ein Hurrikan. Gerade eben habe ich Alise vor allen eine dreckige kleine Nutte genannt, und als das noch nicht gereicht hat, hab ich sie auch noch geschubst. Und da haben sie geglotzt wie die Kühe. Sich gewundert, wie die nette kleine Preisträgerin so ausrasten kann. Aber ich bin so was von durch. Ich kann einfach nicht mehr. Ich hab nicht mehr genug Platz in meinem Kopf für all die Lügen und Geheimnisse. Ich schnappe mir eine Sektflasche und laufe raus, durch den Hintereingang, wo ich erst mal durchatmen muss. Dann hocke ich mich auf die überdachte Laderampe, mit dem Rücken gegen die Betonwand, und trinke direkt aus der Pulle. Das Zeug schmeckt echt beschissen und schäumt aus dem Flaschenhals. Aber schon nach ein paar Schlucken merk ich was, und dieses Bummbumm in meinem Brustkorb ebbt ab.*

Ich glaub, ich bin noch nie dermaßen ausgeflippt. Aber als ich Alise vorhin mit Papa hab sprechen sehen, da hab ich rotgesehen. Diese falsche Schlange, dieses Drecksstück, sie hat es mit Tristan und Falk getrieben, das muss man sich mal vorstellen. Und dann hat sie sich auch noch an meinen Vater rangemacht. Ich glaube, das war echt der schlimmste Moment meines Lebens. Als ich sie aus Papas Zelt habe kommen sehen. Und ich hab ja echt schon schlimme Momente erlebt. Als ich dran denke, fängt mein Herz gleich schon wieder an zu wummern, und ich nehm gleich noch einen Schluck. Der Sekt läuft mir am Kinn runter, aber das ist mir wurscht. Ich hab mich noch nie im Leben so allein gefühlt. Und was das Schlimmste ist: Ich kann mit keinem in dieser Scheißfamilie darüber reden. Nicht mal mehr mit Waltraud. Denn das kann ich ihr nicht sagen. Wenn ich ihr das sage, wenn ich die Wahrheit, all die Wahrheiten herausschreien würde, dann würde alles endgültig auseinanderbrechen. Waltraud würde gehen und mich in dieser Kloake alleine lassen. Denn dass sie und Papa schon lange was am Laufen haben, ist doch garantiert der einzige Grund, warum sie es so lange bei uns ausgehalten hat.

Ich will weitertrinken, aber die blöde Pulle ist leer. Mann, das knallt, als ich sie in hohem Bogen wegschleudere. Ein astreines Geräusch, dieses Zerbersten. Wenn ich könnte, würde ich noch mehr Flaschen hinterherschleudern, würde alle Flaschen dieser Welt zu einem Scherbenmeer zerschmeißen. Aber dazu müsste ich reingehen und Nachschub holen. Und dazu hab ich keinen Bock. Und so hocke ich noch ein paar Minuten in der Gegend herum, bis mein Hirn die Information »kalter Hintern« bekommt. Ich rapple mich auf, muss mich kurz an der Wand abstützen und steige dann von der Rampe, verdammt konzentriert, es fühlt sich an wie unter Wasser gehen. Am Vordereingang bleibe ich stehen und muss erst mal nachdenken. Ein paar Leute kommen raus, glotzen wieder so dumm. Ich remple an ihnen vorbei ins Foyer, wo ich mir den Mantel von der Garderobe hole. Irgendwie ist es schwer, ihn anzuziehen, den zweiten Arm bekomme ich erst nicht in den Ärmel. Wieder draußen bleib ich erst mal stehen. Ich weiß gerade nicht, wohin ich eigentlich muss. Die ganze Welt um mich her ist wie Watte. Die Parkplatzlaternen, die wie milchige Monde vom Himmel hängen, auf halber Höhe über den Autos. Das will ich zeichnen, denke ich. Aber dazu muss ich nach Hause.

Ich laufe los, in den Nebel hinein. Und bin schon halb über den Parkplatz, als ich hinter mir eine Stimme höre. Und dann hat sie mich auch schon eingeholt.

»Sag mal, bist du verrückt geworden?«

Meine Mutter. Ihre Stimme ein Zischen. Ich laufe weiter. Muss mich konzentrieren. Kann nicht beides gleichzeitig tun, antworten und gehen. Ich entscheide mich fürs Gehen und höre ihre schnellen Schritte neben mir.

Und dann ist da Papa: »Du bist ja betrunken!«, sagt er und – fuck – klingt er nicht plötzlich wie Fräulein Rottenmeier? Ich lache los und kann nicht mehr aufhören. Da spüre ich einen festen Griff am Arm. Papa hat mich untergehakt und dirigiert mich zwischen den parkenden Autos hindurch. Eine Autotür geht auf, ich werde in den Wagen geschubst, lande auf dem Rücksitz, die Tür knallt zu. Ich will wieder raus, taste nach dem Türgriff, aber als ich ihn endlich zu fassen kriege, geht die Tür nicht auf. Und dann werde ich in den Sitz gedrückt, als wir viel zu schnell losfahren.

Vorwürfe und Drohungen prasseln auf mich ein wie Schläge, ich kann nicht so schnell folgen. Ungeheuerlich. Noch nie so etwas Peinliches erlebt. Dümmliches Pubertätsgehabe. *Meine Mutter ist jetzt richtig in Fahrt, Papa schweigt; nur an der Art, wie er die Kurven nimmt, merkt man, wie wütend er ist. Wir sind noch nicht weit gekommen, als ich meine Mutter giften höre: »Nun sag doch du auch mal was … Die Große-Schweiger-Nummer ist jetzt nicht angebracht! Und fahr um Gottes willen langsamer! Du siehst ja überhaupt nichts!«*

Einen Moment lang ist es still, dann sagt Papa: »Du brauchst jetzt nicht auch noch auf mich loszugehen.« Dann hält er erst mal die Klappe, wie immer halt. Aber irgendwann ringt er sich doch durch, was zu sagen.

»Du bist eine von Prokhoff, so benehmen wir uns nicht! Dir ist schon klar, dass das ernste Konsequenzen haben wird!«

Er fährt wie eine Sau, weshalb ich auf einmal ein komisches Gefühl im Magen habe. Als er abbiegt, kippe ich seitlich auf den Sitz und habe Mühe, mich wieder hochzurappeln. Ich taste nach dem Haltegriff über dem Fenster, halte mich mit beiden Händen fest. Dann erst schnalle ich, was er da gesagt hat. Denkt wohl, er wär ein Vorbild, der feine Herr von Prokhoff. Ausgerechnet er. »Das ist jetzt nicht dein Ernst«, sage ich, aber niemand hört mich. Und so rutsche ich mühsam in die Mitte der Sitzbank, klammere mich links am Fahrersitz fest und rechts am Beifahrersitz. Und will ihnen mal so richtig einschenken.

Doch gerade als ich den Mund aufmache, um dieser beschissenen Heuchelei endlich ein Ende zu bereiten, spüre ich, wie mir das Essen hochsteigt. Ich klammere mich fester an die Lehnen, versuche mich dagegen zu wehren. Aber mein Körper ist stärker. Und dann bricht alles aus mir heraus, ergießt sich schwallweise auf Papas Nacken, platscht auf die Mittelkonsole spritzt auf die linke Schulter meiner Mutter.

Meine Mutter kreischt, und Papa flucht, fährt aber unbeirrt weiter. Als wir zu Hause in die Einfahrt einbiegen, zerre ich am Türgriff, ich will jetzt nur noch raus hier, aus diesem nach Kotze stinkenden Wagen, aber da ist immer noch die Kindersicherung drin.

Ich will brüllen: »Mach die Scheißtür auf«, aber ich klinge ganz mickrig. Als die Tür endlich aufgeht, taste ich mich aus dem Auto. Dann Richtung Haustür, die von selbst aufgeht. Waltraud, die etwas sagt, aber mitten im Satz stecken bleibt, weil ich einfach an ihr vorbeigehe. Ich will nur noch ins Bett. Also weiter die Treppe hoch, immer am Geländer lang. Oben dröhnen die Bässe aus Tristans Zimmer, »Bück dich« auf volle Pulle. Ich hasse Rammstein. Ich knalle die Tür zu meinem Zimmer zu, zerre mir das Kleid über den Kopf, werfe es auf den Boden. In meinem Bad beuge ich mich über das Waschbecken. Halte das Gesicht unter den Hahn, lasse Wasser in meinen Mund laufen, spüle und spucke. Ich habe es schon fast bis zum Bett geschafft, als das Gedröhne durch meine Zimmertür dringt. Mein Arsch von Bruder hat die Musik noch lauter gedreht. Einen Moment bleibe ich einfach so stehen, wie in Watte, erschöpft und immer noch leicht schwankend. Dann drehe ich mich um, gehe hinaus, reiße Tristans Zimmertür auf. Ich brauche kurz, um mich zu orientieren, sehe Tristan, der auf dem Bett liegt, Augen zu. Wahrscheinlich mal wieder zugedröhnt. Ich steuere auf die Soundanlage zu, drücke eine Taste. Stille. Aber ich lass mich nicht beirren. Ich hole die CD aus dem Player und breche sie in der Mitte auseinander. Hinter mir vom Bett ein genuscheltes »Hey«. Aber ich beachte ihn nicht, packe den ersten der beiden Bang & Olufsen-Lautsprecher, reiße an den Kabeln, die noch mit der Anlage verbunden sind, und werfe alles aus dem Fenster, das komischerweise sperrangelweit offen steht, und schnappe den zweiten Lautsprecher, zerre am Kabel.

»Blöde Kuh, spinnst du!«, schreit Tristan. Auch schon wach, denke ich, aber da schubst er mich auf den Boden. Wir rangeln miteinander, bis Papa plötzlich dasteht.

»Verdammt noch mal«, schreit er und zerrt Tristan von mir weg.

Auf einmal stehen alle im Zimmer, auch Waltraud und Falk, der richtig blöd zu lachen anfängt, als er den Lautsprecher mit den herausgerissenen Kabeln sieht. Und dann geht Tristan auf ihn los. Als Papa die beiden endlich voneinander getrennt hat, ist es plötzlich still.

»Sag mal, wie siehst du eigentlich aus? Und wonach riecht es hier?«, fragt Papa.

Jetzt erst merke ich, dass es ein bisschen stinkt, verbrannt und irgendwie süßlich. Da gucken alle Tristan an, der total bekifft aussieht, rote Augen, Riesenpupillen.

Da dreht meine Mutter sich zu Waltraud um und sagt mit ihrer Gletscherstimme, die sie immer dann hat, wenn das Personal Scheiße gebaut hat: »Wofür bezahlen wir Sie eigentlich?«

Doch ehe Waltraud antworten kann, sagt Papa plötzlich mit gefährlich leiser Stimme: »Was seid ihr eigentlich für Gesocks! Die eine besäuft sich, der andere bekifft sich! Ihr seid eine Schande für die Familie! So benimmt sich kein Prokhoff!«

Da sehe ich Papa an, sehe ihm direkt in die Augen, muss noch nicht mal blinzeln. So benimmt sich kein Prokhoff. Dieser Satz, der bringt was zum Kippen, dazu der Ausdruck auf seinem Gesicht, der Ekel, mit dem er mich anschaut. Und obwohl ich noch immer dizzy bin, langsamer halt, oder gerade drum, wird mir klar, dass das alles Quatsch war, schon immer gewesen, dieser Gedanke, wir könnten wie andere Familien sein. Und dann feuere ich diesen Satz auf ihn ab, der schon die ganze Zeit raus will. »Und das sagst ausgerechnet du!«

Irritiert runzelt Papa die Stirn. »Wie bitte? Jetzt wirst du auch noch frech!«

Da kocht sie über, diese heiße, brennende Wut, wird ein rot glühendes Gleißen.

»DAS sagst DU zu MIR!«, sage ich jetzt lauter, wie zu einem Schwerhörigen. Und dann überschlägt sich meine Stimme. »DAS SAGST DU ZU MIR, DU WIDERLICHES SCHWEIN! DU HAST MIT MEINER FREUNDIN RUMGEMACHT!« Völlig außer mir wirble ich zu meiner Mutter herum und zeige auf Papa: »Ich hab gesehen, wie sie aus seinem Zelt gekommen ist, mitten in der Nacht!«

Die Stille, die auf meine Worte folgt, fühlt sich unwirklich an. Hab ich das gerade wirklich gesagt? Ich sehe die Reaktion in den Blicken der anderen: Fassungslosigkeit in Papas Augen. Mama und Waltraud im Schockzustand. Falk, der zwischen mir und Papa hin und her glotzt, *als wär das hier Wimbledon. Und Tristan. Tristan, der anscheinend immer noch damit beschäftigt ist, meine Worte mit irgendeinem Sinn zu verknüpfen. Aus seinen riesigen Pupillen starrt er Papa an. Dann scheint er langsam zu begreifen.*

»Du hast WAS?« Tristan macht einen Schritt auf Papa zu. »Du hast mit Alise …«

»Natürlich NICHT«, sagt Papa jetzt. Aber da hat Tristan ihm schon eine verplättet. Mitten ins Gesicht. Papa taumelt zurück, fängt sich wieder, als Tristan auf ihn einzuprügeln beginnt. Die Erste, die reagiert, ist Waltraud. Sie versucht, Tristans Arm zu packen, herrscht Falk an: »Nun hilf mir doch mal.« Vergebens versuchen sie zu zweit, den außer Rand und Band geratenen Tristan niederzuringen. Am Ende versetzt Tristan Falk einen solchen Stoß, dass der gegen Waltraud und Waltraud gegen Papa prallt, und rennt aus dem Zimmer. Dann fällt unten die Haustür ins Schloss.

Berlin, im Herbst 2023

Mathilda. Sie betrat das *Weiße Haus* und machte sich daran, den kartonierten Umschlag aufzureißen, hielt aber abrupt inne. War da jemand? Mit schnellen Schritten ging sie erst ins Wohnzimmer, dann weiter ins Innere des Hauses und rief »Hallo«, woraufhin Mayari lautlos wie ein Geist in der Tür erschien und sie freundlich anlächelte. Mathilda lächelte zurück, fragte sich im selben Moment aber, was Mayari hier eigentlich machte, um kurz vor acht Uhr abends. Hatten diese Hausangestellten niemals Feierabend? Oder stöberte Mayari etwa in Mathildas Sachen herum, im Auftrag von Claire? Mathilda schwirrte der Kopf, vom Alkohol und den Erkenntnissen der letzten halben Stunde. Sie wollte jetzt nur noch allein sein und sich über Xenias Comic hermachen. Und nachdenken: Falk und über diesen Erbvertrag. Und dazu kam dieser Rattenschwanz an Gefühlen, der mit alldem verbunden war. Mit mühsam unterdrückter Ungeduld sagte sie: »Sie können jetzt Feierabend machen, Mayari.«

Doch Mayari deutete hinter sich, woraufhin Mathilda einen Blick ins Schlafzimmer tat und sah, dass die Hausangestellte begonnen hatte, die Betten abzuziehen. Mathilda nickte resigniert und ging zurück ins Wohnzimmer. Solange hier jemand herumschwirrte, konnte sie den Umschlag nicht öffnen. Sie ging zur Küchentheke und ließ Wasser in den Kocher laufen. Sie brauchte jetzt einen starken Kaffee, einen Filterkaffee, um wieder einen klaren Kopf zu bekommen. Sie musste nachdenken. Darüber, wie sie nun reagieren sollte, denn irgendwie musste sie schließlich reagieren. Passend zu ihrer Rolle. Denn sie hatte ja immer noch diese Rolle zu spielen. Was würde die Frau, die sie zu sein vorgab, in dieser Situation tun? Sollte sie sich beleidigt, verletzt oder wütend geben? Was war die passende Reaktion auf so eine Eröffnung? Irgendetwas musste sie tun, denn schließlich wusste niemand, dass sie die Letzte wäre, die das Recht hatte, wütend oder verletzt zu sein. Im Grunde waren Falk und sie ja jetzt quitt. Es war wie in der Mathematik, zwei negative Vorzeichen hoben sich gegenseitig auf. So war das.

Mit wütenden Bewegungen holte sie Filter und Kaffeepulver aus der Schublade und suchte nach der extragroßen Tasse, die hier irgendwo sein musste. Da hielt sie auf einmal ihren alten Stanley-Thermobecher in der Hand. Einen Moment lang betrachtete sie ihn mit einer Mischung aus Wehmut und Zorn, dann kam ihr plötzlich ein Gedanke. Aber ja, dachte sie und spürte, wie neue Energie ihren Körper flutete. Das konnte sie tun. Und das Beste daran wäre: Auf die Art würde sie mühelos zwei Fliegen mit einer Klappe schlagen. Niemand würde Verdacht schöpfen, wenn sie jetzt eine Weile untertauchte. Einen besseren Vorwand hätte Claire ihr gar nicht liefern können.

Sie brühte sich den Kaffee auf und lief dann ins Schlafzimmer, vorbei an Mayari, betrat den begehbaren Kleiderschrank, wo sie mit wenigen gezielten Griffen Pullover, Hosen, Socken und Unterwäsche heraussuchte und alles – einschließlich Xenias Comic – in ihren Rucksack steckte. Dann lief sie in Falks Arbeitszimmer, holte ein Blatt Papier aus dem Drucker und schrieb:

Falk. Deine Mutter hat mir heute von der »Bedingung« erzählt. Sicher weißt du, wovon ich spreche. Du kannst dir vorstellen, dass das ein Schock für mich war. Ich werde über Weihnachten in Windhoek sein, bei Freunden. Bitte versuche nicht, mich zu erreichen. Ich brauche jetzt Zeit für mich, muss nachdenken, wie es weitergeht. Melde mich. M.

Noch einmal las sie die Worte, strich *wie es weitergeht,* und befand ansonsten, dass die Nachricht gut war. Alle Informationen drin, die es brauchte, und in Anbetracht der Umstände an Nüchternheit kaum zu überbieten. Zu deutlich erinnerte sie sich an die dramatischen Botschaften der Wittgenstein. Mathilda wollte nicht dramatisch sein, um keinen Preis, auch nicht um der Rolle willen.

Kurz überlegte sie, wo sie den Brief deponieren sollte – auf der Kücheninsel, auf dem Wohnzimmertisch? – und entschied sich für das Kopfkissen. So oder so würde Mayari die Nachricht zuerst sehen und vielleicht ja sogar lesen, und Mathilda war sich ziemlich sicher, dass Claire sehr bald vom Inhalt erfahren würde, wahrscheinlich sogar früher als Falk. Aber das war ihr im Augenblick egal.

Um kurz vor halb neun verließ sie das Haus, stieg in den Range Rover, den Falk ihr nach der Hochzeit geschenkt hatte – wohl, weil er dachte, dass ihr die Marke gefiel – und fuhr nach Lichtenberg, wo sie ihren geliebten alten Wagen aus der Mietgarage holte und den Range Rover stattdessen dort unterstellte. Dann ging sie hoch in ihre Wohnung, schaltete ihr Smartphone aus und holte das andere, zweite, hinter der losen Kachel im Bad hervor. Als sie es einschaltete, poppten unzählige Nachrichten auf, die sie rasch durchsah und manche auch gleich beantwortete. Auch Tillie hatte geschrieben. Was los sei, sie mache sich Sorgen. Tillie, außer Baldrich die einzige Person auf der Welt, die Bescheid wusste, die wusste, wo sie war und was sie tat, die Person, ohne die sie jetzt nicht hier wäre. Mathilda öffnete den Chat und schrieb eine lange Nachricht an Tillie, in der sie sie beruhigte, ihr in groben Zügen erklärte, was vorgefallen war, und ihr versprach, sich morgen, spätestens übermorgen telefonisch bei ihr zu melden. Dann verließ sie das Bad, holte Mütze, Handschuhe und Schal aus der Box neben der Haustür sowie ihren Daunenschlafsack. Das alles würde sie brauchen für die Fahrt mit dem alten Wagen, dessen Heizung so launisch wie das Wetter war und meist dann nicht funktionierte, wenn es nötig war. Vor ein paar Jahren hatte sie sich deshalb extra eine Standheizung einbauen lassen, die allerdings vollkommen überdimensioniert war. Wenn sie die bei der Fahrt einschaltete, würde sie viel zu schnell müde werden.

Auf der Höhe von Leipzig begann es zu schneien, dünne, fisselige Schneeflocken, die auf die Windschutzscheibe zustoben und vom Scheibenwischer sofort zur Seite befördert wurden. Nach einer weiteren Stunde Fahrt wurde sie langsam müde. Immer wieder ertappte sie sich dabei, wie ihr die Augen zufielen. Außerdem hatte sie Kopfschmerzen, was wahrscheinlich auch der Müdigkeit geschuldet war. Sie schaffte es bis kurz hinter Ingolstadt, wo sie auf einen Rastplatz bei einer Tankstelle fuhr, die Vorhänge zuzog und sich hinten im Wagen ausstreckte. Zum Glück hatte sie an den Schlafsack gedacht. Als sie zwei Stunden später wieder aufwachte, war es kurz vor fünf. Regen prasselte auf das Dach, und sie spielte mit dem Gedanken, die Standheizung einzuschalten und einfach weiterzuschlafen. Doch der Gedanke an das bevorstehende Wiedersehen trieb sie vor sich her. Und so fuhr sie an die Tankstelle, wusch sich Hände und Gesicht, tankte voll und kaufte sich einen großen Pappbecher Kaffee und eine Flasche Wasser.

Es war kurz nach halb sieben, als sie die Autobahn verließ, und während sie die immer noch dunkle Landstraße entlangfuhr, begann es wieder zu schneien, dicke weiße Flocken diesmal, die auf die Windschutzscheibe zuwirbelten und sie zum Langsamfahren zwangen, obwohl sie am liebsten gerast wäre. Sie konnte es jetzt kaum mehr erwarten. Als sie den Ort erreicht hatte und im Schritttempo an den vertrauten Häusern vorbeifuhr, schlug ihr das Herz bis zum Hals, und auf dem schmalen Sträßchen, das sie zu ihrem endgültigen Ziel führte, umkrampfte sie das Lenkrad derart fest, dass die Gelenke weiß hervortraten. Und dann war sie da.

Alles war genau wie immer. Alles war so, wie es sein sollte. Die Tanne im Vorgarten schon mit den altmodischen Kerzenbirnen bestückt, und an der Haustür der Tannenkranz, schlicht und ohne jeden Schnickschnack. Und obwohl es erst kurz vor sieben war, brannte hinter dem Küchenfenster schon das Licht. Sie stieg aus, öffnete die Gartenpforte und ging mit schnellen Schritten auf das Haus zu, so als ob es verschwinden könnte, wenn sie sich nicht genug beeilte. Es roch nach Holzfeuer, als sie vor der Haustür stand und den Klingelknopf drückte. Also hatte er schon den Kachelofen angeheizt.

Und dann schwang die Tür auf, und der Opa stand da, in seinem braunen Wollpullover und den Haferlschuhen. Bei ihrem Anblick riss er die Augen auf, dann lachte er über das ganze Gesicht und sagte: »Ja mei, Mädle, das ist ja eine Überraschung!« Und dann rief er über die Schulter hinweg: »Oma, komm schnell, die Penelope ist da!«

Xenia. Als ich die Augen öffne, ist es kalt im Zimmer. Irgendwo im Dunkel bewegt sich etwas. Angst kriecht in mich rein wie ein Nervengift. So bleibe ich liegen, atme geräuschlos in die Dunkelheit hinein. Dann, wumms, schlägt das Fenster zu. Das Fenster, es war nur das Fenster. Erleichterung durchströmt mich. Und langsam, wie Wolken, die vom Wind weggetrieben werden, taucht die Erinnerung an gestern Abend wieder auf. Warum ich die Fenster aufgemacht habe, ganz weit, warum ich so viel Luft gebraucht habe, wie ich nur kriegen konnte.

Wie spät ist es? Ich hebe den Kopf, suche im Dunkeln nach den Leuchtziffern des Weckers, die kurz nach eins anzeigen. Übelkeit und Schwindel sind verschwunden. Dafür fühlt sich mein Mund an, als hätte ich Sandpapier gekaut. Ich taste nach der Mineralwasserflasche auf dem Nachttisch, bekomme sie zu fassen und merke beim Hochheben, dass sie leer ist. Ich sacke zurück aufs Kissen, wo ich erst mal liegen bleibe. Ich will nicht aufstehen, unter der Decke ist es so schön warm und im Zimmer eisig kalt. Auch hab ich nichts an. Irgendwann wird mein Durst zu einem Brand, also mühe ich mich doch hoch und stehe auf. Fröstelnd husche ich zum Fenster, will am liebsten schrumpfen, damit die Kälte nicht so viel von mir erwischt. Ich drücke das Fenster zu. Es hat hereingeregnet, der Teppich unter meinen Füßen ist nass. Ich mache einen Schritt zur Seite, streife mir die Füße trocken. Bücke mich, suche meinen Schlafanzug, bis mir einfällt, dass ich den ja gar nicht angezogen habe. Ich brabble halblaut vor mich hin, taste nach dem Lichtschalter der Stehlampe und erwische stattdessen etwas Weiches. Einen Pullover. Ich schlüpfe hinein, finde auch noch eine Jogginghose, die herumliegt, und bleibe einen Moment am Fenster stehen, sehe hinaus, ohne wirklich etwas zu sehen. Frage mich, wo der ganze Nebel hin ist. Und schaue dann gebannt auf die einsame Laterne zwischen Bootshaus und Steg. Auf den Regen, der in schrägen Schnüren das Licht schraffiert. Auch das will ich zeichnen. Überhaupt will ich alle Bilder dieser Welt zeichnen. Und malen. Und fotografieren. Ich will mich gerade umdrehen, als ich unten auf dem Steg eine Bewegung wahrnehme.

Im ersten Moment glaube ich, mich zu täuschen. Denke, das sind die Nachwirkungen von gestern Abend. Oder der Wind, der an den Ästen zerrt. Ich schiebe mein Gesicht näher an die regenbenetzte Scheibe und blicke hinaus. Da ist sie wieder, die Bewegung am Steg. Also wieder das Fenster geöffnet und hinausgebeugt, um besser sehen zu können. Und dann kapiere ich. Das da unten auf dem Steg sind zwei Leute, und sie sehen deshalb so komisch aus, weil sie gebückt gehen und etwas tragen. So was wie Strom schießt durch meinen Körper. Ich wünschte, ich hätte ein Fernglas wie meine Mutter. Da habe ich eine Idee. Im Halbdunkel taste ich mich zu meinem Schreibtisch, hole die Digitalkamera, die ich zum Geburtstag bekommen habe, nehme sie vors Auge und zoome die beiden Gestalten heran. Ohne zu blinzeln, starre ich durch den Sucher und beobachte, wie die beiden Typen etwas Großes, Schweres den Steg entlangschleppen, um es dann über den Rand in den See zu kippen.

Meine Augen tränen vor lauter Anstrengung, nicht zu blinzeln. Jetzt verschwindet einer der beiden aus meinem Blickfeld, und ich begreife, dass er in ein Boot steigt, das auf der anderen, im Schatten gelegenen Seite des Stegs festgemacht ist. Mit dem Sucher schwenke ich auf die andere Gestalt, die aber immer noch mit dem Rücken zu mir steht und jetzt anscheinend auch ins Boot klettert.

Ich renne aus dem Raum, um Waltraud zu wecken, die im Zimmer am Ende des Korridors schläft. Leise öffne ich die Tür, leise schleiche ich zu ihrem Bett, in dem schmalen Lichtstreifen der Korridorbeleuchtung. Als ich Waltraud sanft an der Schulter berühre, schlägt sie erschrocken die Augen auf.

»Komm schnell, Waltraud. Da ist jemand draußen am Steg«, flüstere ich.

Aber sie seufzt nur. »Ach, Kindchen, du bist das halt nicht gewöhnt … Komm, ich bring dich wieder ins Bett.« Sie schlägt die Decke zurück und schlüpft in ihren Morgenmantel.

Da begreife ich, dass Waltraud mich immer noch für betrunken hält.

»Ich bin wieder voll da, da ist jemand, wirklich, du musst mitkommen.« Ich ziehe an ihrem Arm und komme mir dabei wie ein kleines Kind vor. Das dauert alles viel zu lang. Ich gehe schnell zur Tür. »Mach schon! Wir müssen nachsehen.«

Aber Waltraud steht immer noch so da. Dann holt sie tief Luft und sagt: »Also gut.« Doch statt mir zu folgen, geht sie zu ihrer Kommode, zieht die unterste Schublade auf, die leicht quietscht, und holt etwas heraus, das sie in die Tasche ihres Morgenmantels steckt.

»Was hast du da?«, flüstere ich, während wir die Treppe hinuntergehen, aber Waltraud ignoriert meine Frage. Im Wohnzimmer angekommen, öffnet sie die Fenstertür, und wir laufen hinaus in den Regen, überqueren die Terrasse. Auf einmal packt mich Waltraud am Arm. »Lass mich vorgehen«, sagt sie so leise, dass ihre Worte in Wind und Regen fast untergehen.

Ich folge ihr, die im Schutz der Dunkelheit auf den Steg zuläuft. Kurz nachdem sie in den Lichtkegel der Laterne eintaucht, stoppt Waltraud so abrupt, dass ich fast gegen sie pralle. So bleibe ich stehen und ahne mehr, als dass ich es sehe, wie sie etwas aus ihrer rechten Morgenmanteltasche zieht.

»Was hast du da?« Ich höre selbst, dass ich wie ein Baby klinge, ganz quietschig.

Da hält Waltraud einen Revolver in der Hand. Einen Revolver oder eine Pistole oder was immer das für ein Ding ist.

»Schschsch …«, sagt sie. »Nur eine Vorsichtsmaßnahme.«

Immer noch geschockt vom Anblick der Waffe, sehe ich Waltraud zu, wie sie angestrengt in Richtung Steg sieht.

»Da ist niemand«, flüstert sie.

»Aber da war jemand«, flüstere ich zurück. Und dann frag ich sie: »Woher hast du denn die Waffe?«

Als Waltraud nicht antwortet, laufe ich an ihr vorbei auf den Steg, bis ganz zum Ende. Regen und Wind fahren mir durch die Haare, wie ich so dastehe und in die undurchdringliche Dunkelheit schaue.

»Da war jemand«, flüstere ich so leise, dass nur ich es höre. »Zwei Leute. Ich habe sie gesehen.«

Penelope. In der Küche war der Frühstückstisch gedeckt, und es roch nach frisch gebrühtem Kaffee. Die Oma holte ein drittes Gedeck aus dem Vitrinenschrank.

»Jetzt setz dich doch erst mal. Du hast bestimmt Hunger, Mädle, wie schön, dass du da bist! Aber was ist denn? Ist etwas passiert?« Die Oma sah mich mit großen Augen an, während sie einen Teller und eine Tasse auf den Tisch stellte.

Ich schüttelte den Kopf und wischte mir mit dem Ärmel über die Augen.

»Es ist nichts. Ich freu mich nur so, endlich wieder hier zu sein.«

»Ja«, sagte der Opa, »dein letzter Besuch ist ja schon eine Weile her.« Er stand am Fenster und warf einen Blick hinaus: »Hast du die alte Klepperkischt etwa immer noch?«

Ich schluckte die restlichen Tränen herunter. »Aber ja doch.«

»Jetzt komm doch, Siggi«, sagte die Oma, »und schenk dem Mädle Kaffee ein.« An mich gewandt sagte sie: »Bist du etwa die Nacht durchgefahren? Das sollst du doch nicht!«

»Das Mädle ist erwachsen«, raunzte der Opa. »Sie wird schon wissen, was sie sich zutrauen kann.« Dann griff er nach der Kanne und schenkte mir Kaffee ein. »Wie läuft es mit der Umschulung?«

»Nun lass sie doch erst mal ankommen«, fuhr ihm die Oma über den Mund.

Ich nahm einen großen Schluck Kaffee und sagte: »Es läuft gut. Aber jetzt bin ich erst mal froh, ein paar Tage Pause zu haben.« Es fiel mir schwer, mein schlechtes Gewissen zu unterdrücken. Ich wollte sie nicht anlügen, aber es ging eben nicht anders. Auf keinen Fall durften sie wissen, was ich getan hatte. Baldrich und Mathilda sollten die einzigen bleiben, die davon wussten. Mathilda, meine liebe Freundin Tillie, die noch immer in Windhoek lebte und mit der ich über all die Jahre Kontakt gehalten hatte. Es war ihre Idee gewesen, dass ich in ihre Haut schlüpfen sollte. »Du bist ganz einfach ich«, hatte Tillie damals gesagt. »Damit bist du auf der sicheren Seite. Du nimmst eine andere Identität an, eine, die es wirklich gibt und die du gut kennst, die aber schwer zu überprüfen ist. Glaub mir, keiner wird sich die Mühe machen, nach

Windhoek zu fliegen. Die werden ein bisschen Internetrecherche betreiben, und das war's.«

Von alldem ahnten meine Großeltern nichts, und das sollte auch so bleiben.

»Dann kannst du am 24. ja sogar den Christbaum schmücken!«, sagte die Oma jetzt und strahlte mich an. »Hier.« Sie stellte einen Eierbecher mit einer kleinen gehäkelten Haube in Form eines Fliegenpilzes vor mich hin.

»Danke«, sagte ich. »Die hast du immer noch?«

»Wie könnt ich die wegtun? Die hast du doch gemacht!«

Nach dem Frühstück ging ich nach draußen, um Holz zu hacken. Als ich später mit einem Korb Brennholz hereinkam, sagte die Oma: »Das hättest du doch nicht tun müssen.«

Das ganze Haus duftete nach Pfefferkuchen, den sie am Vortag angeteigt und soeben gebacken hatte. Auf einmal überkam mich eine große Rührung. Alles ist wie immer, dachte ich und spürte einen dicken Kloß im Hals. Ich stellte den Korb neben den Kachelofen und umarmte die Oma. So standen wir eine ganze Weile da, bis ich mich löste und nach draußen ging, um mein Gepäck hereinzuholen.

Am Nachmittag kam Tante Hannelore, und wir tranken Kaffee und erzählten. Als es Abend wurde, spürte ich die Müdigkeit wie ein Gewicht auf mir. Und doch war ich so glücklich wie seit Monaten nicht mehr. Ich war wieder zu Hause.

»Dir fallen ja die Augen zu«, sagte Tante Hannelore.

»Das Kind hat nicht geschlafen. Ist die ganze Nacht durchgefahren.«

»Nicht die ganze Nacht«, murmelte ich. »Ich hatte schon ein paar Stunden Schlaf.«

»Weißt du was?«, sagte die Oma. »Du gehst jetzt ins Bett. Ich bring dir noch eine kleine Vesper hoch, und dann schläfst du, ja?«

Eine Viertelstunde später saß ich im Bett, ein Kissen im Rücken und dicke Wollsocken an den Füßen. Nach dem Duschen fühlte ich mich wieder etwas fitter, und so hatte ich beschlossen, endlich einen ersten Blick in Xenias Buch zu werfen. Gleich als ich es aus dem Umschlag zog und das Cover sah, stieg ein unangenehmes Gefühl in mir hoch.

Die Tür ging auf, und der Opa kam herein, vor sich ein Tablett, mit dem er auf mich zusteuerte. Ich legte das Buch beiseite, nahm das Tablett entgegen und stellte es auf meinen Schoß. »Danke«, sagte ich. »Das ist lieb. Aber ich hätte doch auch unten essen können.«

Der Opa, dessen Blick auf dem Comic ruhte, schüttelte den Kopf. Dann zog er sich einen Stuhl heran und setzte sich.

»Liest du immer noch so einen Schmarrn.«

Ich musste grinsen, ging aber nicht darauf ein. Schon früher hatte er gemurrt, wenn er mich mit einem *Asterix* oder *Isnogud* gesehen hatte.

»Wie geht es euch?«, fragte ich ihn. Er sah gut aus, hatte eine frische Gesichtsfarbe, und sein silbernes Haar war noch immer dicht und so kurz geschoren, dass es an einen Igel erinnerte. Allerdings bemerkte ich einen sorgenvollen Zug um seinen Mund.

»Was ist denn? Ist was mit der Oma?«

»Nein. Mit der Oma und mir ist alles in Ordnung. Es ist nur …«

»Was? Was ist los?«

»Dass wir uns ein bisschen Sorgen um dich machen.«

»Um mich? Aber warum denn das?«

»Ja, weil du doch mit der Bundeswehr aufgehört hast. Wir haben immer geglaubt, das ist deine Berufung. Und wir … zumindest ich … verstehe nicht richtig, warum du das Angebot, Berufssoldatin zu werden, nicht angenommen hast. Ist irgendwas passiert, was du uns nicht erzählt hast?«

Da war es wieder. Mit einem Schlag hatten die Lügen mich wieder eingeholt. Hier saß ich und war gezwungen, sie zu wiederholen, war gezwungen, meinem geliebten Opa weiter ins Gesicht zu lügen. Es war fast so, als wäre ich zweigeteilt – nur noch ein halber Mensch, egal, wo ich mich gerade befand.

»Ach, Opa, nein, es ist nichts passiert. Meine dreizehn Jahre waren um, und ich hab ja auch lange darüber nachgedacht, das weißt du, und da bin ich halt zu dem Schluss gekommen, dass ich einfach noch mal was anderes ausprobieren will.« Auch das eine dicke fette Lüge, die fetteste überhaupt. Ich war mit Leib und Seele Soldatin gewesen, die Bundeswehr war mein Leben, und diese Entscheidung hatte mir fast das Herz herausgerissen.

Der Opa sah mich an, und ich fühlte mich wie Pinocchio, der darauf wartete, dass seine Nase mit jedem Wort länger wurde.

»Wenn du's sagst«, brummte er und strich mir unbeholfen über den Kopf. Dann stand er auf und rückte den Stuhl wieder an den Schreibtisch. Mit einer vagen Handbewegung deutete er auf das Buch auf meinem Nachttisch. »Sieht ja gräuslich aus. So was solltest du vor dem Einschlafen nicht lesen.«

An der Tür nickte er mir noch einmal zu und ging hinaus.

Mein Blick glitt zu dem Cover von *Kaiserwald I.* Der Opa hatte recht. Das in Grün und Schwarz gehaltene Bild sah wirklich *gräuslich* aus. Dunkle Tannen an einem Waldsee, davor das angsterfüllte, zur Hälfte beschattete Gesicht einer jungen Frau, die im Regen stand. Xenia. Im Hintergrund, viel kleiner, weil weiter weg, ein zweites Mädchen, mit rotem Haar.

Und plötzlich sah ich sie vor mir, die wirkliche Xenia. Einzelne Bilder blitzten auf, Erinnerungen an das Zeltlager in der letzten Ferienwoche, vom 23. bis 30. August 1997. An die Lagerfeuer und das Baden in einem versteckten Waldsee. Ich kniff die Augen zusammen, dachte an einen Pfeil-und-Bogen-Wettbewerb, an dem ich teilgenommen und in meiner Altersklasse gewonnen hatte. Ich dachte an die Lieder, die wir auf unseren Wanderungen gesungen hatten. Und dann war da auf einmal mein Vater, der in meinem Zimmer stand und herumbrüllte, weil ich eines der Lieder aus dem Camp gesungen hatte. Aber das war nicht die Erinnerung, nach der ich suchte. Ich kniff die Augen zusammen, legte die Hände vors Gesicht, konzentrierte mich noch stärker und fuhr den Zeitstrahl meines Lebens entlang, fuhr diese eine Woche auf und ab. Nach und nach tauchten immer neue kleine Begebenheiten auf und strömten in mein Bewusstsein. Es war, als wäre ein Damm gebrochen, die Wassermassen stürzten ungebremst auf mich nieder. Und brachten die Worte mit sich, die ich ein älteres Mädchen zu ihrer Bettnachbarin hatte sagen hören, am 29. August 1997. Dass Xenia auf Alise losgegangen sei. Dass die Betreuer sie von ihr wegziehen mussten, so irre habe sie sich aufgeführt.

Alise, dachte ich. Und erinnerte mich an ein mürrisch dreinblickendes rothaariges Mädchen, das wenig Geduld mit uns Kleinen gehabt hatte. Über genau dieses Mädchen hatten meine Eltern am Abend des 21. Oktober 1997 gesprochen.

Ich stand gerade in der Küche, um noch ein paar Plätzchen zu stibitzen, die ich mit meiner Mutter am Donnerstagnachmittag gebacken hatte, als mein Vater zur Haustür hereinkam und meine Mutter ihn mit den Worten begrüßte: »Hast du das von Alise gehört?« Ihre Stimme hatte schrill geklungen, vollkommen anders als sonst, aber auch irgendwie aggressiv, so als würde sie meinen Vater für etwas verantwortlich machen.

»Ja, hab ich. Es ist unfassbar«, hatte er daraufhin gesagt und mit dem Kleiderbügel an der Garderobe geklappert. Dann waren sie ins Wohnzimmer gegangen. So leise wie möglich hatte ich die Blechdose mit den Plätzchen zurück in den Schrank gestellt und mich in die Diele geschlichen, um deutlicher hören zu können, was im Wohnzimmer gesprochen wurde.

»Die arme Mutter«, sagte meine Mutter jetzt, heftiger. »Ich mag mir gar nicht vorstellen, was sie durchmacht.«

»Ach, und dem Vater ist es wurscht, willst du das sagen?«

Es folgte einer ihrer üblichen Wortwechsel, bis meine Mutter auf einmal mit unendlich müder Stimme sagte: »Sie soll abgetrieben haben.«

Damals hatte ich nicht begriffen, was das bedeutete, nur dass es etwas Schlimmes sein musste, denn mein Vater klang schockiert, als er nun fragte: »Was? Woher hast du das denn?«

Und dann hatte jemand die Wohnzimmertür geschlossen.

Ich öffnete die Augen. Wie ferngesteuert stellte ich das Tablett weg, holte das Buch vom Nachttisch und sah mir das rothaarige Mädchen im Hintergrund genauer an, betrachtete den winzigen Punkt auf ihrer Oberlippe. Tatsächlich hatte Xenias Freundin Alise so einen Punkt über der Oberlippe gehabt.

Jetzt war ich hellwach. Mit zitternden Fingern schlug ich das Buch auf und fing an zu lesen.

Die Geschichte begann harmlos. Eine namenlose Erzählerin zieht mit ihren Eltern und zwei Brüdern nach Riga, in einen Stadtteil namens Kaiserwald, wo sie sich mit einem Mädchen namens Elise anfreundet und sich in sie verliebt. Doch bereits nach wenigen Seiten entwickelte sich die Story zu einer giftigen Gemengelage aus Eifersucht und Lügen, Täuschung und Betrug. Was mich aber am meisten schockierte, war, dass ich viele der Personen wiedererkannte. Auch an ein paar der hier beschriebenen Ereignisse erinnerte ich mich, an das Johannisfeuer zum Beispiel. Staunend betrachtete ich die Figuren: Die gleichgültige und egozentrische Mutter der Erzählerin glich Claire aufs Haar. Die abwechselnd besoffenen oder koksenden Brüder sahen aus wie Falk und Tristan auf den alten Fotos, und einige Lehrer erinnerten mich an Kollegen und Freunde meiner Eltern. Ein Lehrer, der es im Gebüsch mit einer jungen Referendarin trieb, sah meinem Vater erschreckend ähnlich. Und dann war da diese Lehrerin, die den Vater der Erzählerin küsste. Und aussah wie meine Mutter.

Meine Mutter, die Georg küsste.

Wie betäubt starrte ich auf die Zeichnung, die gleichzeitig real und irreal war. Also stimmte es, was sie in der Sendung damals gesagt hatten. Meine Mutter hatte einen Liebhaber gehabt. Und dieser Liebhaber, begriff ich jetzt, war Georg gewesen. Irgendwann löste sich meine Erstarrung, und ich blätterte weiter, schlug die Seiten um, bis ich bei einer Szene ankam, wo das Mädchen *Elise* nachts aus Georgs Zelt kam. Was war das bloß für eine Geschichte?, dachte ich und las weiter, schneller nun, hastiger, um zum Ende der Story zu gelangen. Und dann, auf der vorletzten Seite, lag Elise tot am Ufer eines Sees. Und obwohl es sich nur um eine Comiczeichnung handelte, war der Anblick ein Schock für mich.

Ich blätterte auch die letzte Seite um. Sie bestand aus nichts anderem als aus einer Galerie von Gesichtern, die mich aus ihren Rahmen heraus ansahen. Das war alles. Das Ganze wirkte wie ein Fahndungsplakat. Mein Blick glitt über die Gesichter, die hier durchgehend düster, ja bedrohlich wirkten. Mein Vater, die Freunde und Kollegen meiner Eltern, Falk und seine Familie, Tanja Ozols.

Und eine Frau, die aussah wie meine Mutter. Allerdings hatte sie mit der Mutter, wie ich sie erinnerte, nichts gemein. Diese Frau hier sah furchteinflößend aus, furchteinflößend und unheimlich. Ich schluckte. Was sollte das?

Mein Blick glitt weiter zum allerletzten Panel, das unverkennbar Xenia selbst zeigte, mit ihren Dreads, die sie damals eigentlich noch nicht gehabt hatte. Als Einzige wirkte Xenia weder böse noch bedrohlich. Im Gegensatz zu den anderen sah sie ängstlich aus. Und unter dem letzten Panel stand:

Wer tötete Elise V.?

Ich atmete tief ein und wieder aus und legte die Hände auf meine Augen, blieb so sitzen. Das also war das Buch gewesen, das die Prokhoffs so unbedingt hatten aus der Welt schaffen wollen. Ich konnte es ihnen nicht verdenken. Das Gesicht meiner unheimlich aussehenden Mutter tauchte wieder vor mir auf. Warum nur hatte Xenia sie so gezeichnet, als Teil eines Fahndungsplakats? Fast so, als wäre sie verdächtig, das Mädchen Elise getötet zu haben! Ich ließ die Hände sinken.

Noch einmal glitt mein Blick über die letzte Seite, über all die Gesichter, von denen eines schrecklicher aussah als das andere, und blieb schließlich an der unteren rechten Ecke hängen, wo unter einem weiteren Kästchen, das gestaltet war wie ein Exlibris, ganz klein die beiden Worte *Fortsetzung folgt …* standen. Ich blinzelte verwirrt. Also gab es noch eine Graphic Novel, einen zweiten Teil?

Ich schlug die Decke zurück, sprang aus dem Bett und holte meinen Laptop aus der Tasche. Ungeduldig wartete ich darauf, dass er hochfuhr, und gab dann *Kaiserwald II* ins Suchfenster ein. Keine Ergebnisse. Natürlich nicht. Wahrscheinlich kam es sowieso schon einem kleinen Wunder gleich, dass dieses eine Exemplar die Vernichtungswut der Prokhoffs überlebt hatte. Überwach klappte ich den Laptop zu. Was sollte ich tun? Mit Xenia konnte ich nicht sprechen, niemand wusste, wo sie war. So saß ich noch eine halbe Ewigkeit da, bis ich wieder nach dem Buch griff, noch einmal die erste Seite aufschlug und zu lesen begann:

Ich erinnere mich noch gut an den Tag, an dem wir im Kaiserwald ankamen. Es war, als würde man in die Vergangenheit reisen, an einen Ort, den es eigentlich gar nicht mehr gab.

Sonnenwende
Leseprobe

KAPITEL I

Ich weiß, was du getan hast. Geh zur Polizei. Sonst muss ich es tun. Das war die SMS von gestern Nacht. Er drückte auf die Taste und steckte das Smartphone zurück in die Tasche seiner Barbourjacke. Den Espresso vor sich auf dem Bistrotisch hatte er noch nicht angerührt. Der Gedanke an den Geschmack verursachte ihm Übelkeit. Er hatte ihn sowieso nur bestellt, weil er irgendetwas hatte bestellen müssen, während er auf sie wartete. Und derweil brannten die Worte ein Loch in sein Gehirn.

An dem hohen Sideboard, das hinten an der Wand entlang verlief, saßen zwei Teenagermädchen in bauchfreien Strickpullovern und kicherten. Sie hatten ihre MacBooks vor sich auf dem Tisch stehen und schienen irgendetwas für die Schule machen zu wollen. Er bemerkte die Blicke, die sie ihm immer wieder zuwarfen, und fragte sich, ob sie über ihn lachten. Oder ob sie nur seine Aufmerksamkeit erregen wollten.

Er hatte sich an den Fenstertisch gesetzt, der gerade frei geworden war, als er kam. So behielt er den Bürgersteig im Auge und würde sie kommen sehen. Er würde jeden kommen sehen. Er selbst aber war halb verdeckt von der Säule mit der Tannengirlande, sodass man ihn von außen erst spät erblicken würde und er auf diese Weise die Gelegenheit hätte, schnell dahinter zu verschwinden. Ihm war klar, dass es leichtsinnig war, ohne Bodyguard unterwegs zu sein. Aber er konnte Brammer bei diesem Treffen nicht gebrauchen. Er konnte niemanden dabei gebrauchen. Tatsächlich war es das erste Mal seit Jahren, dass er tagsüber ein Café betreten hatte. Für so etwas hatte er schon lange keine Zeit mehr.

Die Tür ging auf, und ein schwarz gekleideter Typ mit breiten Schultern kam mit großen Schritten in seine Richtung. Er spürte, wie sein Körper in Habachtstellung ging und sein Herz zu rasen begann. Und als wäre es gestern gewesen, sah er den Mann mit dem Messer wieder vor sich, wie er aus dem Nebel direkt auf ihn zugerannt kam. Seine Hand schoss in die Tasche seiner Wachsjacke, umschloss die Walther PPK, die Brammer ihm besorgt hatte, und umklammerte den Griff der Waffe. Doch dann hörte er die Mädchen gieksen, und eine von ihnen sprang auf und fiel dem Typ um den Hals, sodass ihr viel zu kurzes Oberteil hochrutschte und man ihren pinken BH sah. »Du bist ganz nass«, kreischte sie, und Falk beobachtete, wie der Typ seine regennassen Haare in ihre Richtung ausschüttelte.

Sein Herz hämmerte weiter, als er schon längst wieder die Hand aus der Tasche gezogen hatte. Und da stand mit einem Mal Jo vor ihm. Nun hatte er sie doch nicht kommen sehen. Sie sah dramatisch aus, ganz in Schwarz, dramatisch und wie immer so schön, dass es ihm im ersten Moment den Atem verschlug, trotz all der Jahre und all der Wunden, die sie ihm geschlagen hatte. Die sie sich gegenseitig geschlagen hatten. Im Augenwinkel bemerkte er, dass die Teenager und der Typ vom Nebentisch verstummt waren und zu ihr herübersahen. Wahrscheinlich erkannten sie sie. Jo lächelte zu ihm herunter, und er wusste, dass sie um ihre Wirkung wusste und dass sie ihren Look mit Regenschirm und Accessoires und dem Make-up, das aussah, als wäre sie ungeschminkt, bis ins kleinste Detail ausgearbeitet hatte.

Jetzt trat eines der beiden Mädchen näher. Sie hatte ihr Smartphone in der Hand. Natürlich.

»Oh mein Gott! Joooo?« Ihre Stimme war wie ein Quietschen, als sie den Wunsch mit dem Selfie vorbrachte.

Wie immer in diesen Situationen reagierte Jo souverän und so warmherzig, als lägen die beiden Mädchen ihr wirklich am Herzen. Falk rückte ein wenig mehr in die Ecke, drückte sich ganz an die Wand, um auf keinen Fall im Hintergrund dieser Fotos aufzutauchen. Als Jo dann ebenfalls ein Selfie von sich und den beiden hübschen Mädchen machte, um diesen *Fanmoment* festzuhalten, spürte er, wie seine Hände sich zu Fäusten ballten. Die Erinnerung an die Jahre mit ihr saß ihm so tief in den Knochen, dass der kleinste Reiz seine Gefühle wieder hochkochen ließ. Er hätte es besser wissen müssen. Er hätte sich woanders mit ihr treffen sollen. Das Gespräch, das er mit ihr zu führen hatte, brauchte weiß Gott keine Zuschauer.

Mit einem kleinen Seufzer schlüpfte Jo aus ihrem übergroßen Mantel, griff nach ihrem Regenschirm, den sie für das Selfie abgestellt hatte, durchmaß das ganze Café mit ihrem Laufsteg-Gang, um Mantel und Schirm an der Garderobe loszuwerden. Sie kehrte zurück und ließ sich ihm gegenüber auf dem grün gepolsterten Samtstuhl nieder. Trotz des regnerischen Wintertages trug Jo eine riesige schwarze Hollywood-Sonnenbrille, die auf dem vermeintlich nachlässig aufgetürmten blonden Haar steckte. Auch ihre restlichen Klamotten, der enge Rolli, die schmale Hose waren schwarz. Das einzig Nichtschwarze an ihr war die Perlenkette ihrer Großmutter um ihren schlanken Hals. Einmal hatte sie ihm unter Tränen erzählt, dass sie diese Kette immer dann trug, wenn sie die ganze positive Erb-Energie ihrer siebenhundert Jahre alten Ahnen benötigte. Vielleicht traf das ja wirklich zu. Vielleicht aber spielte sie an diesem Tag auch nur wieder eine Rolle, möglicherweise die Holly Golightly aus *Frühstück bei Tiffany*. Und da sie wusste, dass er das mit der Erb-Energie wusste, vermutete er eher, dass die Kette ihre Rolle unterstreichen sollte.

Die Kellnerin kam, und Falk sandte ein Stoßgebet zum Himmel, dass sie offenbar kein Instagram nutzte. Nachdem Jo einen Masala Chai bestellt hatte, saß sie ihm gegenüber und knetete nervös die schmalen weißen Hände, die sie vor sich auf den Tisch gelegt hatte und an denen, er glaubte es kaum, der Ring prangte, den er ihr zu ihrem zehnjährigen Jubiläum geschenkt hatte. Als sie sich das erste Mal verlobt hatten. Sein Magen zog sich zusammen. Sie würde doch wohl nicht glauben, er habe die Absicht, eine Neuauflage ihrer kranken Beziehung zu starten?

Und so kam er sofort zur Sache und schob ihr das Smartphone über den Tisch, wobei er sie keine Sekunde aus den Augen ließ.

Ich weiß, was du getan hast. Geh zur Polizei. Sonst muss ich es tun.

Er sah, wie ihr Blick den Bildschirm abtastete. Wie sie die Brauen zusammenzog und ihn dann ansah, in einer Mischung aus Irritation und Frage.

»Was ist das? Warum zeigst du mir das?«

»Ist die von dir?«

Sie wich zurück, als hätte er sie geohrfeigt.

»Hast du mich deshalb angerufen?« Ihre Stimme zitterte. So wie auch ihr Mund. Und dann füllten sich ihre Augen mit Tränen. »Dass du mir so etwas zutraust …«

Er presste die Lippen zusammen. Er traute ihr noch ganz andere Dinge zu. Aber das wollte er jetzt nicht thematisieren.

»Du hast mir schon einmal gedroht.« Er dachte an ihren Überraschungsbesuch im letzten Herbst, kurz bevor er mit Mathilda im Park joggen gegangen und der Mann mit dem Messer auf ihn losgegangen war. Zuerst war sie ganz sanft gewesen, hatte versucht, ihn zu umgarnen. Und als er nicht darauf einging, war sie ausgerastet und hatte das mit den Fotos aus der Kiste geholt.

Sie riss die Augen auf, und eine einzelne Träne kullerte ihre Wange hinunter. Sie wischte sie nicht weg.

»Wann soll das gewesen sein?«

»Ich glaube, das weißt du genauso gut wie ich.«

Sie atmete tief ein und hörbar zittrig wieder aus. Ihre Stimme war sehr leise, als sie nun sagte: »Ich war verzweifelt.«

Die Kellnerin kam, stellte den Chai auf den Tisch und verzog sich diskret. Falk bemerkte, dass die Teenager immer wieder zu ihnen herübersahen. Er konnte nur hoffen, dass diese Szene hier nicht doch irgendwie im Internet landen würde.

Er beugte sich vor, deutete auf die SMS und sagte eindringlich: »Ich muss es wissen. Ob du das warst.«

Eine zweite Träne lief Jo übers Gesicht. Und obwohl er sie so gut kannte, obwohl er all das tausendfach erlebt hatte, ihre Auftritte in allen Schattierungen kannte, sie still weinend oder dramatisch schluchzend oder schweigsam vor Schmerz und dem Zusammenbruch nahe, war er sich in diesem Moment doch wieder unsicher, ob sie nicht wirklich litt.

Plötzlich flüsterte sie, und ihr zarter blasser Mund bebte: »Ich hab die Hölle wegen dir durchgemacht, weißt du das? Und trotzdem dachte ich, das Herz bleibt mir stehen, als ich gestern deinen Namen auf dem Display sah.«

Er wusste nicht, was er erwidern sollte, sah sie nur an, ihr betörend schönes Gesicht, diese strahlend blauen Augen, die jetzt von Tränen glänzten.

»Warum hast du mir das angetan?«

Er holte tief Luft. Das hätte er sich ja denken können. Dass es ihr gelingen würde, auch *dieses* Gespräch in eine ganz falsche Richtung zu drehen. So war sie. Schon immer gewesen. Es kostete ihn seine ganze Selbstbeherrschung, als er nun sagte: »Das mit uns hätte nicht funktioniert. Es hat nicht funktioniert. Du weißt das so gut wie ich.«

Sie schlug die Augen nieder. »Ich hasse dich«, stieß sie hervor. »Und ich liebe dich. Ist das nicht armselig?«